Do outro lado do rio

John Bemrose

Do outro lado do rio

Tradução de
ANA LUIZA DANTAS BORGES

EDITORA RECORD
RIO DE JANEIRO • SÃO PAULO

2005

CIP-Brasil. Catalogação-na-fonte
Sindicato Nacional dos Editores de Livros, RJ.

B392d Bemrose, John, 1947-
Do outro lado do rio / John Bemrose; tradução de Ana Luiza Dantas Borges. – Rio de Janeiro: Record, 2005.

Tradução de: The island Walkers
ISBN 85-01-06840-3

1. Ficção canadense. I. Borges, Ana Luiza Dantas. II. Título.

05-0007 CDD – 819.13
CDU – 821.111(71)-3

Título original em inglês
THE ISLAND WALKERS

Publicado mediante acordo com Westwood Creative Artists Ltd.

Direitos exclusivos de publicação em língua portuguesa para o Brasil adquiridos pela
DISTRIBUIDORA RECORD DE SERVIÇOS DE IMPRENSA S.A.
Rua Argentina 171 – Rio de Janeiro, RJ – 20921-380 – Tel.: 2585-2000
que se reserva a propriedade literária desta tradução

Impresso no Brasil

ISBN 85-01-06840-3

PEDIDOS PELO REEMBOLSO POSTAL
Caixa Postal 23.052
Rio de Janeiro, RJ – 20922-970

Para Cathleen
e para Alix

PRÓLOGO

UMA CIDADE DE DOIS RIOS, seu vale profundo uma anomalia na monótona planície do sudoeste de Ontario. Pontes. Água ao crepúsculo. A leveza da cerração sobre a face íngreme de uma represa. Janelas altas raiadas de dourado entrevistas em meio de bordos. Ruas que acenam e desaparecem. O viajante, deparando-se com o lugar, deve ser perdoado por imaginar que ali a vida é melhor.

Bem no centro da cidade, os fundos das lojas descem direto para o rio Shade. Da ponte da Bridge Street, pode-se saborear a atmosfera do Velho Mundo evocada pelas sacadas de madeira elevadas, aleatoriamente, acima da água, acima da cantaria das fundações que parecem se mover rio acima enquanto o matagal do Shade passa por raias de corredeiras rasas. O grito das gaivotas.

No extremo sul, sob o bastião emadeirado de Lookout Hill, pode-se divisar o desfiladeiro onde o Attawan entra no Shade. Neste exato instante, um dardo de sol, que tremula das colinas até o oeste, ilumina as cercanias da confluência dos rios. Mas enquanto se observa o fulgor se esvanece, saturando o ar com a melancolia de um entardecer precoce.

Se olhar para o outro lado, a uma centena de metros ao norte da ponte, verá onde a represa imobilizou o rio, tornando-o um lago escuro. Dois altos contrafortes de pedra erguem-se da água para suportar a ferrovia suspensa que desaparece no meio das árvores na ribanceira. Ainda mais altas, apenas vislumbradas entre os pinheiros, as janelas austeras da mansão Bannerman dão para o vale com uma aparência de plenitude confiante, conquistada com muita dificuldade. Escondidas atrás estão as casas das classes média e alta do extremo norte, o North End. Ali, um sol tardio derrama sua madureza nos bulevares frondosos, atravessando gramados amplos, penetrando varandas protegidas com toldos listrados e treliças de angelicó.

A leste, no Flats, casas menores se comprimem, protegendo-se da noite que se aproxima. Não parecem tão pobres quanto apinhadas e, de certa maneira, agrupadas às pressas, como se seus construtores não lhes reconhecessem o mesmo direito de permanência das do North End.

Na orla desse bairro encontrará uma floresta sem nada de especial, sumagres e um cerrado de bordos formando um canteiro rústico no coração da cidade. Grande parte desse deserto, curiosamente, tem o solo cimentado, coberto de garrafas de vinho, e de outras bebidas, quebradas que cintilam na luz toldada, carbonizadas com os restos escurecidos de fogueiras. É possível fazer outras descobertas interessantes: pedaços enferrujados, indefinidos, de maquinaria, tijolos manchados de fuligem. A impressão é que, por algum ato inconcebível de violência, um edifício inteiro — um vasto complexo de edifícios — foi feito em pedaços e levado para longe.

Perto dali, a Attawan Historical Society instalou um pequeno parque. Canteiros minúsculos de petúnias e uns dois bancos preservam o ar de propriedade cercada, sob um solitário poste de luz. Um caminho asfaltado dá em uma placa de metal sustentada por uma base de cimento.

MANUFATURAS BANNERMAN

Nesse local ficavam as fábricas Bannerman's, que foram as maiores manufaturas de artigos de malha do país. As fábricas foram construídas por John Bannerman (1850-1932), nativo de Boston, que chegou em Attawan em 1876, instalando a primeira no rio Attawan. Em 1892 ele construiu os prédios maiores para aproveitar melhor o potencial da força hidráulica do Shade. No apogeu de sua glória, na década de 1950, a Bannerman's Knitting empregava mais de novecentas pessoas de uma população total de 5.200. As manufaturas produziam meias soquetes, meias femininas, suéteres, camisetas e roupas de baixo, inclusive as famosas ceroulas a 99 cents, populares nos acampamentos nas colinas e na região florestal do norte do Canadá. Em 1966 as fábricas foram destruídas pelo fogo.

Hoje nada muito importante é feito em Attawan. Tornou-se uma cidade de passagem, um lugar para estranhos, onde ônibus de turismo param por meia hora para senhoras, com o cabelo pintado, baterem fotos rápidas das casas mais antigas, da famosa vista da ponte.

Em Willard e Bridge, o pequeno parque continua a sonhar em uma espécie de sabá ameno, perpétuo. Seus bancos ainda são ocupados por moradores antigos. Alguns, sem dúvida, são veteranos das fábricas e do trabalho que se realizava lá dentro. Mas se mostram relutantes em falar sobre o passado. Pergunte sobre o incêndio, ou sobre a investigação que se seguiu, e olharão para você, um forasteiro, com a prudência crônica dos velhos e murmurarão que não sabem nada sobre isso, que não, não se lembram. Você quase acreditará que concordam com o argumento sugerido pelo adensamento dos bordos, a cada ano, na direção do rio: que as manufaturas Bannerman nunca existiram.

1

O MENOR DOS BAIRROS de classe operária de Attawan, o Island, ficava enfiado atrás do Setor Comercial no centro, dele separado por um velho córrego que formava uma espécie de atalho aquático para uma curva do rio Attawan. Esse indolente canal era sombreado por salgueiros escuros e ladeado por uma trilha estreita que passava por cercas de trepadeiras e galpões decadentes. Island tinha cerca de duas dúzias de casas, apinhadas ao longo das suas duas ruas que se cruzavam, Water e West. Por várias gerações, as pessoas de Island — geralmente operários das fábricas e suas famílias — tinham-se considerado completamente separadas dos outros moradores da cidade: estado de espírito mais acentuado entre as crianças, que travavam disputas contínuas de maçã azeda e hóquei com seus inimigos no Flats e no North End.

A casa dos Walker ficava no fim da West, dando para um beco onde a rua encontrava uma barragem de barro contra inundação. Com quase cem anos de idade, a casa tinha paredes rebocadas, janelas com persianas e uma porta de entrada de tábuas sólidas de carvalho. O solo instável da área — que de certa maneira continuava a ser o território do rio, ainda propenso a inundações ocasionais quando as águas transpunham as barragens — tinha ao longo dos anos fragilizado a estrutura da casa e inclinado o seu chão. Mas era um lugar bem-cuidado, as paredes bem-caiadas, as persianas e portas pintadas de verde-escuro.

Certo sábado, no verão de 1965, Joe e Alf Walker subiram ao telhado e passaram quase toda a manhã retirando as velhas telhas de madeira. Por volta das onze estavam colocando as novas. Joe, que completara dezoito anos nesse julho, trabalhava no declive que dava para o quintal nos fundos. Sem camisa, martelava, taciturnamente, entre as pernas, ciente da extensão torrada pelo sol do papel alcatroado que se estendia rampa acima atrás dele. Do outro lado do pico, o martelo de seu pai batia estrondosamente sem trégua. Parecia loucura tentar acompanhar seu ritmo.

Deslocou o peso do corpo, colocou a telha seguinte e olhou o quintal com a sua mesa de piquenique e macieira, seu gramado estreito e as fileiras de hortaliças, além, a barragem florescendo alegre com as flores de sua mãe, até o Atta, fluindo à sombra de Lookout Hill. Debaixo da ribanceira distante, a água parecia fria e convidativa: um outro mundo. Estava trabalhando a contragosto, com um senso de injustiça que lhe provocava acessos de raiva, antes de arrastá-lo a uma preguiça tão profunda que parecia um feitiço. Por que estavam dando duro logo hoje? Hoje — e tinha certeza de que mencionara isso a seu pai na quarta-feira passada — ele e Smiley planejavam ir caçar com a nova calibre 22 de seu amigo. Smiley tinha ido sem ele. Alguns minutos antes ouvira um tiro ecoar no vale.

Pôs a mão dentro da sacola ao seu lado e pregos afiados espetaram seus dedos. Durante semanas as telhas tinham ficado do lado da casa, empilhadas, debaixo de uma lona salpicada de tinta. Sua mãe tinha dito no mínimo uma dúzia de vezes: "Alf, estou ficando cansada daquela *pilha* lá fora. Parece que moramos nos Ozarks*." A idéia que ela fazia dos Ozarks vinha da televisão, mas usava a frase para

*Área de terra alta coberta de florestas nos estados de Arkansas e Missouri, nos EUA. (*N. da T.*)

transmitir o senso de constrangimento social, de aparências insatisfatórias. Ele sempre achou que soava engraçado quando ela dizia isso com aquele sotaque inglês. Seus pais tinham se conhecido durante a guerra. Ao ouvir as palavras *noiva da guerra* quando era menino, tinha imaginado a mãe caminhando, com passadas largas, de saia e capacete, para a batalha. A visão o tornara um tantinho cauteloso com ela, como se ela fosse capaz de reivindicar para si poderes secretos, irresistíveis. Mas não aconteceu nada além de uma exasperação enfastiada em suas queixas em relação ao telhado, a recitação mecânica de um velho grito de guerra que não assustava mais ninguém: um número para turistas. Ela havia crescido em uma casa melhor do que essa; contara-lhe várias vezes sobre os livros, o piano de cauda, as férias na Normandia. "A farda do seu pai me enganou direitinho." Esta era outra de suas histórias. "Até onde eu sabia, ele era filho de um milionário." Tinha se tornado uma piada da família, contada, na hora certa, em festas; a sua perda de posição social foi um erro, baseado em sua incapacidade de perceber o *status* de seu pai por cauda do sotaque e das roupas. Só quando chegou em Attawan, na primavera de 1946, se deu conta do que tinha feito. Mas não desistiu. Colocar as telhas era somente o mais recente em uma série interminável de ataques a seus beirais rudes — na casa, que, por seus padrões, era pequena demais e, apesar das implacáveis benfeitorias, ainda pobre demais, sem falar na localização na parte errada da cidade. Joe olhou de novo para o rio. Tais pensamentos eram perturbadores, resultando sempre em trevas, em tristeza. O melhor era agachar-se como o pai e fingir que não o afetava.

Mas seu pai não era impenetrável. Pode ser que as queixas da mulher parecessem penetrar nele sem deixar vestígio, neve em água escura, mas na verdade eram capazes de atingir uma massa crítica. Nessa manhã, ele tinha acordado Joe cedo e comunicado que hoje colocariam as telhas de madeira. Mas por que logo hoje, Joe se perguntou, até agora o dia mais quente do verão? No desjejum, por cima de uma garfada trêmula de ovo frito, atreveu-se a questionar a decisão; talvez fosse melhor esperarem até refrescar, disse ele, pensando o tempo todo na arma de Smiley, na hóstia de luz prateada no extremo do escopo, até mesmo na palavra "escopo" em si, tão agradável e definitiva, como uma bala acertando a lama. "Vai chover", disse o pai, e quando ele retrucou que "Choveu antes", querendo dizer *e você nunca se preocupou,* seu pai replicara tranqüilamente, olhando para ele com aqueles olhos azuis gélidos, a cor do lago Erie na primavera: "Sem discussão."

Achava que tinha algo fanático em seu pai, que se originava em um lugar de silêncio e ruminação que Joe não podia alcançar: algo extremo, autoritário e violento que, graças a Deus, não estava presente o tempo todo, mas que podia despertar de chofre, como uma lâmina com que não tivéssemos tomado cuidado, e nos atingir. Mas era a sua arbitrariedade o que mais incomodava Joe. O que dava a seu pai o direito de decidir? Por que ele tinha de obedecer? Por que não tinha simplesmente largado o martelo e saído do telhado? Joe desconfiava que, se tivesse feito isso, também teria de deixar a casa. Tinha absorvido um certa noção de que o trabalho era algo que se fazia para todo mundo, sem se queixar. Trabalhara desde quando se lembrava, lavando chão, lavando o carro, jardinando, empilhando latas no A&P; nesse verão, estava na Bannerman's. Queria trabalhar, mas nessa manhã o restinho de um ressentimento antigo tinha vindo à tona. A necessidade da obediência inquestionável era uma injustiça, assim como ele perder o seu dia.

O martelar no outro lado cessara. Um pouco depois ouviu os passos pesados, firmes, do pai descerem a inclinação atrás dele. Um pacote de telhas bateu de encontro às tábuas do telhado como um corpo. Em seguida, a respiração arquejante do pai enquanto inspecionava o seu trabalho.

— Ótimo — disse o pai laconicamente, e Joe percebeu que ele estava decepcionado. — Pete vem depois do almoço. Devemos terminar por volta das três, quatro horas.

Os passos recuaram no telhado. Foi quando, com a brisa tocando as árvores na outra margem do rio, uma voz chamou o nome de seu pai. Joe olhou em volta, mas não viu ninguém. A voz tinha parecido ressoar do céu azul ou de sua própria cabeça: um barítono rouco que ele não conhecia chamando *Alf Walker?* em um tom interrogativo animado.

Seu pai levantou-se, no alto do telhado, contra o céu causticante. O cabelo grisalho tinha caído sobre as orelhas e pendurava-se rígido, como flâmula pendente. Olhava fixo para o pátio da frente, para alguém que Joe não podia ver.

— Malachi Doyle — bramiu a voz, e, por um instante, Joe achou que ouvia uma língua estrangeira ou um código. Em seguida se deu conta de que o homem dissera o seu nome.

— Sou da UKW — disse a voz, que tinha um quê ritmado. — United...

— Sei quem são — disse o pai de Joe.

— Gostaria de dar uma palavrinha. Só vai levar alguns minutos.

O pai de Joe não respondeu, mas continuou olhando para o pátio, como se tudo que tivesse ressoado fosse um eco.

Para Joe, o silêncio do pai era excruciante. Nunca se acostumara àquele hábito de não responder, de modo que se ficava na dúvida se ele teria mesmo escutado a observação ou se (cruzando o olhar fixo e franco daqueles olhos azul-claros) a teria achado idiota ou trivial demais para merecer uma resposta. Seu pai negociava silêncios. Quando falava, parecia emergir do silêncio como um peixe se erguendo da água, seu elemento natural, para logo a ela retornar. Apesar de Joe já tê-lo escutado contar histórias de maneira divertida, rir e conversar como qualquer homem, tais momentos pareciam excepcionais. Seu pai existia à distância, e essa distância era reforçada pelo silêncio, como se simplesmente o espaço fosse grande demais para uma voz percorrer: somente um tolo ficaria ali gritando o que não poderia ser escutado.

O olhar do pai pareceu se erguer por cima dos telhados de Island. Joe lambeu os lábios. Passaram-se mais alguns segundos, que para ele pareceram minutos. Estava esperando que algo ainda mais constrangedor acontecesse. Nas últimas duas semanas, na fábrica, circulara o boato de que um organizador de sindicato estava na cidade. Joe tinha ouvido os outros operários falarem sobre ele durante a pausa do trabalho, fazendo troça de sua suposta presença de maneira indireta e desconfiada, como se falassem de sexo. Seu pai, que era o chefe da manutenção na fábrica de malhas Número Seis, não tinha feito nenhum comentário sobre o assunto até que uma noite, quando caminhavam de volta para casa, Art Johnson começou a falar sobre o organizador. Art tinha-se calado, como se sentisse uma reprovação. Após alguns segundos, Joe ouviu o pai dizer: "É melhor esse safado não dar as caras lá em casa."

Bem, ali estava o safado, ao que parecia. Joe observou seu pai tocar, por um breve momento, no bolso de trás de sua calça, estufado com a sua carteira. Em seguida transpôs o alto do telhado e foi ficando fora de vista: o uniforme da fábrica manchado, os ombros pesados em sua camiseta imunda, a cabeça com suas madeixas pendentes, o ponto calvo.

Quando Joe ouviu a escada ranger, levantou-se e subiu ligeiro ao alto do telhado. Olhando para baixo na inclinação íngreme, viu a parte de cima da escada balançar um pouco. Mas na calçada diante da casa e no pequeno gramado da cor de palha chamuscada não viu ninguém.

2

O ORGANIZADOR ESTAVA ESPERANDO ao pé da escada: um sujeito baixo, de constituição robusta, talvez uns dez anos mais velho que Alf, com o cabelo grisalho despenteado e o rosto tão vermelho que Alf achou que ele bebia. Usava uma camisa de madras manchada de suor na altura do peito volumoso e calça deselegante de uma cor indeterminada. Observou Alf descer com um lampejo irônico mas cordial nos olhos pequenos, como se percebesse certa hostilidade mas não se sentisse ofendido. Fazia parte do jogo.

— Doyle — disse ele, estendendo a mão grande.

— Talvez pudéssemos dar uma volta — disse Alf, ciente de Margaret em alguma parte da casa, atrás dele. Do outro lado da rua, um gato esparramado contorcia o rabo. Uma janela escura olhava com uma curiosidade discreta. O mundo inteiro estava olhando e fingindo não ver.

Pegou a calçada com Doyle e o levou em direção à represa no fim do beco. Passaram pelo Edsel verde-escuro do organizador — um 58, achou Alf —, o pára-choque e os faróis se projetavam circundados de ferrugem. Alf reprimiu um risinho melancólico. Parecia coerente, de certa forma, Doyle dirigir essa relíquia profana de carro, um carro tão ruim que a Ford tinha parado de fabricá-lo depois de três anos. "A UK-sei-lá-o-quê não deve ser lá grande coisa", pensou Alf, "mandando-o em um ferro-velho como este." Apesar de tê-lo admitido, quando estava no telhado, nunca tinha ouvido falar na organização de Doyle. Supunha que fosse um desses pequenos sindicatos pé-de-chinelo que viviam das sobras dos grandes.

Doyle tagarelava mal-humorado do seu lado, como se estivesse acostumado a ser afastado sorrateiramente como um parente vergonhoso.

— Foi o diabo encontrá-lo — disse ele. — Fui a um lugar do outro lado da cidade, me disseram que eu tinha achado os Walker errados. "Esses são os Walker do Flats", me disseram. "Você quer os Walker de Island." Os Walker de Island — repetiu Doyle. — Com um nome desse, achei que estava de volta à Irlanda. Todo mundo tem um apelido esquisito. Os Kelly da viela, os Corcoran da encosta. Fiquei meio perdido.

Alf apontou à sua frente, indicando um caminho que encilhava a represa. Doyle avançou com energia, os quadris pesados sacudindo-se ao atravessarem varas-de-ouro. Desceram até a marinha-d'água de rocha solta, estrepitosa, onde poças de água parada escumavam sujeira. Alguns arbustos mirrados de salgueiros os observavam como cachorros. Doyle avançou alguns passos e parou com os braços grossos dobrados, as mãos nos quadris, olhando o rio.

— Cresci à margem de um rio como este — disse o organizador. Parecia ter prazer em recordar.

— Na Irlanda — disse Alf, entediado. Sentiu que estava representando.

— Um rio de salmões. Peixes que costumavam aparecer, compridos como a porra de um braço.

— Bem, não há nada desse tipo aqui — disse Alf. Correnteza abaixo, um pescador no túnel sob a ponte da Shade Street. Alf torceu para que o homem, era Del Featherstone, não se virasse e o visse.

— Lembro-me de meu pai e eu termos saído certa vez de manhã cedo... — O rosto vermelho de Doyle brilhou. Havia algo de menino nele, um menino espantosamente feio de oito anos. — Pegamos nossas bicicletas. Ah, devem ter sido cinco ou seis quilômetros até um rio desconhecido. Pelo menos era desconhecido para mim. Dim. Dyne. Alguma coisa assim. Pescamos durante duas horas e não pegamos nada. Então meu pai fez uma última tentativa lançando o anzol. A impressão foi de que toda a criação tinha entrado em erupção. Quer dizer, a coisa parecia uma barra de prata...

Uma recordação semelhante — pesca, um rio da cor de cobre ao entardecer — passou pela cabeça de Alf. Ele a pôs de lado.

— Bem — disse o organizador. Apalpou o bolso da camisa, tirou um maço de Macdonald's, de aspecto deplorável. Alf recusou o cigarro com a mão e esperou o homem procurar os fósforos e riscar um.

— Não vai chegar a lugar nenhum aqui — disse Alf.

— Quer dizer, com você?

— Com ninguém — replicou Alf. — Aqui não estamos a fim de sindicato.

— E por quê? — disse Doyle, soprando a fumaça bem devagar. Parecia, pensou Alf com apreensão, que estava em um bar, com uma cerveja na mão e a garrafa do lado, preparando-se para se deleitar com a história do companheiro.

Alf franziu o cenho. Quem dera estar de volta ao telhado.

— Digamos simplesmente que já passamos por isso.

— Ah, sim, a famosa greve de quarenta e nove — disse Doyle, depois de outra tragada.

— Que se dane a fama — disse Alf, realmente furioso. — Dividiu o lugar. — Tinha sido uma greve intempestiva, fracassada. O sindicato inexperiente havia sido esmagado. As feridas abertas ainda não tinham cicatrizado.

— Fale-me dela — disse Doyle.

Alf sacudiu a cabeça, incrédulo. Não queria pensar na greve — o hábito de anos —, muito menos falar sobre ela com esse estranho. Olhou à distância, para a margem do rio, onde uma grande carpa morta havia sido escolhida por gaivotas. Agora somente moscas se moviam.

— Suponho que você tenha participado — disse Doyle, calmamente.

Alf relanceou os olhos para ele. Como sabia? Achou que o outro devia ter andado falando com gente na cidade. Supunha que ele próprio, Alf, continuava a ter a reputação de arruaceiro, embora tivesse abandonado a greve semanas antes de ela se encerrar. Embora tudo aquilo tivesse acontecido há mais de dezesseis anos, em um lugar pequeno como Attawan, as pessoas não esqueciam. Tampouco mudavam de opinião a seu respeito, pensou com amargura, pelo menos não tão facilmente. Era assim em uma cidade em que todo mundo conhecia todo mundo. Ou achava que conhecia.

— Fui ainda mais tolo — disse Alf.

Doyle continuou observando-o enquanto fumava. Parecia à vontade com o silêncio, mas Alf não. Alf estava dividido entre falar mais e simplesmente ir embora. Mas achou que tinha de prevenir Doyle. Era por isso que o levara até o rio.

— Ouça — disse ele. — Ninguém... estou dizendo ninguém mesmo... vai se interessar por seu projeto. Talvez consiga alguns descontentes, sempre há sujeitos assim. Mas a grande maioria... se começar a pressioná-los, eles o porão para correr.

O peito grande e os ombros de Doyle se ergueram, como se apreciasse a idéia.

— Na verdade, Alf, tem mais do que alguns. — O organizador falava calmamente, com segurança, como se lamentando contradizê-lo. — Escreveram uma carta para mim — disse ele. Inclinando-se à frente, deu uma batidinha com os dedos manchados de nicotina no bolso da camisa, onde aparentemente estava a carta, guardada junto com os cigarros.

— Não comece nada — disse Alf, sacudindo a cabeça. — Não acreditaria na confusão que pode provocar. — Interrompeu-se. Havia tanta coisa a mais que poderia dizer, tanta coisa que queria dizer, pressionando seu peso sinistro em sua mente. Desviou o olhar para a carpa morta, e o legado de 1949 estava ali, tão real e palpável quanto a carcaça apodrecida sob a nuvem efervescente de moscas. Mas não sabia como colocá-lo em palavras. — Tenho de voltar ao meu telhado — disse ele.

De súbito, Doyle jogou fora a guimba do cigarro. Seus olhos se estreitaram fitando Alf através da fumaça, e houve um senso repentino de ataque.

— E a Intertex — disse abruptamente. — Como se sente em relação a eles?

A PRIMEIRA VEZ QUE ALF ouvira esse nome não o compreendera. Parecia um nome mais apropriado para uma máquina ou um processo do que uma empresa. Foi Johnny Carruthers, subgerente geral da Bannerman's, que havia lhe contado, certa noite em maio — no estacionamento da cervejaria —, que a Intertex tinha adquirido a Bannerman's. Não apenas o nome o desconcertou. O termo "adquirido" também. O que tinha acontecido?

— Eles nos compraram — explicou Johnny, em um tom de voz excessivamente alto, como se falasse com uma criança. — International Textile, uma firma grande de Montreal. Ela nos adquiriu na semana passada.

Alf imaginou a nova empresa puxando a Bannerman's do chão, como a mão grande no anúncio de seguros.

— Ela nos comprou por uma ninharia — disse Johnny, fechando a mala do carro. Havia uma certa petulância em suas maneiras, como se ele tratasse desse tipo de atividade de alto risco todos os dias, nada de que um verdadeiro homem de negócios não pudesse cuidar. — O ramo deles é tecelagem industrial: forro de banco de carros, cortinados comerciais, esse tipo de coisa. Mas recentemente andaram comprando fábricas de artigos de malha, principalmente em Quebec.

Alf sentiu uma ligeira vertigem, como se o chão tivesse se movido, pois ele também não tinha sido adquirido? Mais tarde sentou-se à mesa de piquenique no quintal de sua casa, debaixo de flores caducas da macieira, e leu sobre a venda no *Attawan Star.* Debaixo da manchete VENDA DA BANNERMAN'S, estava a foto três por quatro de um homem calvo, elegante, queixo quadrado, de terno, os ombros ligeiramente pendentes, como se estivesse saindo, um tanto maliciosamente, de trás de uma árvore. A legenda o identificava como R. J. Prince, vice-presidente da Intertex. O artigo revelava que a Intertex tinha adquirido fábricas no Canadá, Estados Unidos, Inglaterra e França, e citava R. J. Prince dizendo como a Intertex estava orgulhosa de adquirir uma firma tão venerável quanto a Bannerman's — "uma fatia real da nossa história nacional". Dizia estar ansioso "para trabalhar com toda aquela gente boa que tornou a Bannerman's um sucesso no passado". Alf baixou o jornal sobre a mesa. Uma pétala, como um pequenino chapéu de seda, caiu sobre a cabeça de Prince. Alf retirou-a e examinou a cara do homem, e sua insinuação de uma franqueza sutil. No todo, ele aprovou.

No dia seguinte, na saída de incêndio do lado de fora da sala do sexto andar, onde os tecelões e o pessoal da manutenção descansavam, só se falou da venda. Alf bebericava em sua xícara térmica de plástico e acompanhava atento a erupção de especulações, rumores e medo ao longo da comprida sacada de ferro. Alguns dos operários estavam calados, assim como ele, mas a maioria concordava que a venda era uma coisa ruim. Podia significar dispensas, disse Pat Kenner. Seu cunhado, em Quebec, dissera que a Intertex eram "verdadeiros filhos da mãe. Não vão usar ninguém do lugar".

No pátio embaixo, um pombo deslizou com as asas retesadas, voando do sol para a sombra.

— Deixa disso — falou Alf. — Até parece que fábricas nunca foram vendidas antes.

Era tão raro ele falar que todos se viraram para olhá-lo.

— Quando John Bannerman era um velho, nos anos vinte, foram vendidos — prosseguiu. — Todos ficaram preocupados naquela época também, mas acabou sendo a melhor coisa que poderia ter acontecido. Os trinta anos seguintes foram os melhores que já tivemos.

Depois disso, fez-se silêncio — ele lhes dera algo sobre o que refletir — e um minuto depois, quando voltaram todos ao trabalho, alguém bateu-lhe nas costas. Mas sentiu-se desconfortável. Tinha suas próprias preocupações em relação à Intertex. Duas semanas antes do comunicado da venda, havia aparecido no quadro de avisos da sala de tecelagem uma nota procurando candidatos para a posição de chefe de seção. Ele se inscreveu, sentindo uma indignidade o tempo todo. Estava na fábrica há dezoito anos, tendo galgado as posições de tecelão até chefe da manutenção, e tinha passado nos últimos anos a praticamente gerir o lugar. Era ele, e não o contramestre, Matt Honnegger (que se aposentaria no inverno), que elaborava os turnos de trabalho e o cronograma da tecelagem, que procurava as encomendas perdidas e despachava as que tinham pressa. Achava que era mais que um chefe-de-seção-na-espera; de certa maneira, já era o contramestre, e qualquer sugestão de que devia pedir o que era seu o deixava furioso.

A nota pedia aos candidatos que apresentassem idéias sobre como as operações nas salas da seção Número Seis poderiam ser aprimoradas. Alf prorrogou por dias, mas finalmente preencheu várias folhas de papel com esboços de respostas possíveis. No fim, apresentou a Joe dois parágrafos de um texto conciso e esperou, tão suscetível quanto um adolescente, enquanto Joe lia. Quando o filho sugeriu modificações, Alf quase perdeu o controle. Era duro ser lembrado que ele, Alf, abandonara a escola aos dezesseis anos e que seu filho logo estaria cursando o último ano, a caminho do planeta distante da universidade. Mas aceitou a maior parte das sugestões de Joe (e, mais tarde, ficou preocupado, achando que deveria ter aceitado o resto), e Joe datilografou a proposta. No dia seguinte, entregando a carta a May Watson, a recepcionista do Escritório Central, Alf sentiu um pedaço de sua vida escapando de suas mãos, como se tivesse soltando no mar uma garrafa com um bilhete dentro. Parecia impossível que um sinal tão vago e fortuito conseguisse chegar ao lugar certo.

A primavera tornou-se verão, as barragens ganharam tons de rosa e azul por causa das violetas, e não houve resposta. Na saída de incêndio, a conversa mudou para *softball* e as férias de verão. A Bannerman's tinha mudado de mãos, mas as fábricas, ao que parecia, não tinham sido afetadas. O apito do vapor em cima da instalação da caldeira continuava a soar ao amanhecer, tirando os operários do sono. As máquinas altas continuavam a verter seus rios de tecido macio e perfumado. É como a guerra falsa, pensou Alf, lembrando-se do outono de 1939. O Canadá tinha declarado guerra à Alemanha, mas quando ele olhara para o céu, impressionado e amedrontado, de repente, com a idéia de estar em guerra, as nuvens brancas tinham-se movido com uma imponência serena, declarando todas as questões terrenas uma ilusão.

No quadro de avisos, a nota desaparecia debaixo das tachas azuis. Toda manhã, quando Alf subia a escada para o sexto andar, olhava-o apreensivo. A fria permanência da nota parecia um julgamento, julgamento desfavorável, que dizia: Avaliamos sua proposta e a achamos insuficiente. Continuamos procurando.

— Está tudo no ar nesse negócio de Intertex — disse-lhe Matt Honnegger um dia, o rosto roliço sem demonstrar nenhuma expressão. — Não demora, e cuidarão dos casos como o seu e o meu.

O ar resignado de Matt desconcertou Alf ainda mais. Ele queria ser aproveitado. Imaginou sua carta esperando sob uma montanha de outras enquanto homens que ele não conhecia, em salas que ele nunca tinha visto, pouco atentavam ao seu destino. Que importância tinha?, pensou com amargura. Não era um tolo por ter acreditado em algo assim, sobre o qual não tinha nenhum controle, por ter contado com isso a ponto de ficar com insônia?

Em meados de julho, um rapaz com um capacete amarelo surgiu diante de Alf segurando uma prancheta e fazendo, aos gritos, perguntas do tipo:

— Quando vai à sala de fios, quantas bobinas em média traz de volta?

Alf olhou para os olhos evasivos inquietos por trás das lentes grossas.

— Sou da manutenção — disse ele. — Não entro na sala de fios.

Falando estritamente, isso não era verdadeiro, mas ele não resistira a dar uma gozada no autômato. Foi recompensado com uma breve agitação de pânico, algo humano, mas o rapaz descobriu rapidamente outra pergunta na prancheta.

— Quantas vezes por dia, em média, vai ao banheiro?

O lugar estava repleto deles — jovens cujas perguntas superdetalhadas e capacetes brilhantes geravam uma hilaridade amarga no meio dos operários. Capacete em uma manufatura de malhas! Do que tinham medo, de linhas caindo? Os capacetes mediam, observavam, cronometravam, tomavam notas, desapareciam, voltavam para mais medidas, e então desapareciam de vez. Semanas depois, as dispensas tiveram início. Vinte do turno da noite, mais dezesseis do turno diurno. Só do andar de Alf foram três, inclusive seu jovem amigo Rick Stevenson, que tinha dois filhos para sustentar e uma esposa que estava enlouquecendo com enxaquecas. Os que haviam permanecido trabalhavam mais; Alf, com freqüência, não chegava em casa antes das oito. As discussões na saída de incêndio se intensificaram. Está na hora de pensar em sindicato de novo, disseram alguns dos operários, quebrando um tabu. Mas a maioria, talvez se lembrando de 1949, argumentava que não: a essa altura, um sindicato seria uma bandeira vermelha, acarretaria mais demissões. Era melhor esperar, suportar os tempos ruins e — embora isto nunca fosse expresso — torcer para que fosse o colega e não você o demitido.

Alf falava pouco. As demissões o atormentavam muito. Emprestou dinheiro a Rick Stevenson e expressou suas preocupações a Matt Honnegger, esperando que este as passasse adiante, na cadeia de comando que levava ao sacrário, onde alguém com um pouco de coração talvez as escutasse. Ao mesmo tempo tentou apreender o fundamento lógico por trás do ponto de vista da gerência. Sentiu que, como chefe de seção, ofereceria uma interpretação especial da situação; de alguma maneira, construiria uma ponte entre o que os trabalhadores precisavam e o que a empresa tinha de fazer. Como conseguiria isso não estava claro, mas a sua carta agora parecia mais urgente que nunca. Os novos homens, quem quer que fossem, precisavam dele.

— A INTERTEX ESTÁ fazendo o que tem de fazer — disse Alf, obstinadamente defensivo. Tinha perdido o gosto pela discussão. O sol parecia apertar um arco de ferro em volta da sua cabeça.

— Gosta do que estão fazendo aqui? — perguntou Doyle, sem se dar ao trabalho de simular o sarcasmo.

— É claro que não gosto das dispensas. Conheço essas pessoas. Mas a fábrica estava caindo. Alguma coisa tinha de ser feita.

— No entanto continuava a dar lucro. — O organizador tinha enfatizado alegremente *lucro*, prova que refutava qualquer argumento. Seus olhos pretos lampejavam.

Alf encarou a inclinação pronunciada de seu telhado, flutuando como uma tenda acima da barragem. Seu filho estava lá, uma figura esguia, bronzeada, em pé no alto. O garoto parecia inacessivelmente distante, como a juventude. Um painel de telhas pendia em sua mão como uma asa quebrada.

3

A FAMÍLIA SENTOU-SE À MESA de piquenique para o almoço, na tela de luz tremeluzente, propagada pela MacIntosh anã que se debruçava na base da represa. A seis metros em pleno sol, Red, seu cão esquimó, jazia de lado na terra, arfando pesado, a língua pendendo, salpicada de terra. Margaret tinha pedido a Jamie que fissesse a oração. O menino de oito anos espiava por sobre suas mãos cruzadas enquanto listava o que estava sobre a mesa. Seu cabelo cheio, clareado pelo sol, estava em pé aqui e ali, em tufos.

— Agradecemos o leite, a água, os picles... Não! — gritou de repente, batendo em sua irmã com os cotovelos.

— Não toquei nele — queixou-se Penny a Alf. Seus olhos, azul-claros como os dele, estavam enormes de protesto. Debaixo da camiseta rosa, seus ombros se ergueram, declarando sua inocência.

— Vamos lá — apressou Joe —, os sanduíches estão ressecando.

O filho mais velho de Alf vestira uma camisa, já que Margaret tinha insistido. Do seu lado, estava uma brochura virada para baixo. Outro livro de guerra, notou Alf, aborrecido, relanceando os olhos para a suástica flamejante na capa e um tanque aterrador girando entre as ruínas: *The Anvil of Stalingrad*.

— Não gosto de atum — disse Jamie à mãe. — Tenho de...?

— Tem manteiga de amendoim para você — disse Margaret com calma, soando muito inglesa. Estava usando o vestido caseiro de algodão listrado, o que deixava seus braços esguios nus. O cabelo preto, ainda úmido por tê-lo lavado, grudava-se do lado da cabeça, deixando as orelhas expostas e, aos olhos de Alf, estranhamente vulneráveis. Nessa tarde ela cantaria em um casamento na igreja. — De qualquer jeito, não precisa agradecer a Deus por itens individuais.

Penny riu com desdém, o que provocou outro olhar assassino de Jamie. Mas ele prosseguiu com a sua lista comprida. Lá no alto uma cigarra se exercitou no calor do meio-dia. Alf olhou para a mulher. Suas pálpebras fechadas tremiam, como se animadas por uma corrente elétrica sutil. O rosto com a testa pálida e as sobrancelhas finas estava ligeiramente erguido, enquanto escutava a oração de Jamie.

— Estamos realmente gratos, emnomedeCristopedimos...

— Obrigado — disse Joe ironicamente, estendendo a mão para pegar um sanduíche.

— Espera! — Os olhos castanhos de Jamie, como os da mãe, se fixaram no irmão. — Não acabei.

— Não acredito! — gritou Penny.

— Penny — repreendeu Margaret.

A garota olhou para o pai, para ela a última corte de apelação. Alf sempre sentira que compartilhavam segredos, coisas não expressas sobre a família, que raramente eram especificadas. Desviou diplomaticamente o olhar.

Voltaram a esperar com a cabeça baixa, estoicamente. As cigarras zumbiam, e o carrossel do Lion's Park, na outra margem do rio, guinchava com um som de metal sobre metal.

— Amém — disse Jamie por fim.

— Acho que vou matá-lo — disse Joe.

— Ele foi muito bem — disse Margaret, enquanto empurrava o prato de sanduíches na direção de Jamie.

Em seu próprio prato havia só uma pequena porção de queijo cottage e uma fatia espessa de tomate, vermelha como sangue. Mais uma de suas dietas, pensou Alf com pesar. Achava que ela já estava bastante magra, não pesava mais do que quando a conhecera, 23 anos atrás, no baile dos soldados em Henley-under-Downs. Sua magreza era notável. "Se eu descobrisse o segredo de Margaret! Acho que fez um pacto com o diabo!" Sua pele parecia quase tão clara como a que exibia em 1942. O cabelo, que continuava a usar no mesmo estilo, escovado em ondas, dividido no meio, tão escuro e cheio quanto antes. Ainda assim, ele sabia que ela tinha mudado. Havia um indício de lividez em seu rosto. Já nos olhos podia vislumbrar o que temia, o desapontamento.

Mas nessa semana ela tinha-se agitado pela casa, com um humor muito melhor do que o comum. Jack Ramsay, pensou ele. Jack Ramsay era o novo reverendo da igreja anglicana. Jack era da Inglaterra, como ela, um jovem alto de seus trinta anos, com um rosto vivo de menino e maneiras afáveis que Alf achara um tanto eloqüentes. No entanto tinha uma bela voz de tenor. Nessa tarde, ele não apenas celebraria o casamento como também cantaria com Margaret. Alf a escutara ensaiando a sua parte, as palavras do dueto flutuando pela casa em sua voz clara de soprano.

O pardal encontrou uma casa
E a andorinha um ninho
Onde pode pôr seus filhotes:
Até mesmo seus altares
Ó Senhor dos Exércitos.

Alf achou que ela estava apaixonada, de certa maneira, por Jack Ramsay. Estava acostumado com aquelas paixões — por homens e mulheres, ou por cantores e autores, ou orquestras sinfônicas. Nunca duravam mais de alguns dias ou algumas semanas, e enquanto aconteciam ela ficava excitada e satisfeita com tudo. Ele tentou ser filosófico em relação a Jack Ramsay — afinal, nada além de um bom humor resultava dessas paixonites, e era muito mais agradável a sua alegria do que a severidade no resto do tempo.

— Acho que no fundo você é ateu — Joe disse ao irmão.

— Não sou, não.

— Nem mesmo sabe o que é ser ateu.

— Sei, sim.

— O que é?

— Ele não sabe — disse Penny, com a certeza desdenhosa de uma menina de dez anos, mordiscando um picles.

— Sei — insistiu Jamie, os olhos dardejando a irmã. Tinham brigado a manhã toda.

— Então, diga — disse ela, exultante. Jamie olhou duro para Joe, como se por uma violenta força de vontade fosse capaz de forçar uma resposta aparecer na cara do menino. Jamie tinha o rosto liso, franco, de um crente, parecido com o de Alf. O garoto adorava o irmão e o considerava uma fonte de verdade inquestionável.

— É alguém que não vai à igreja.

— Está quente.

— Quem sabe você não poderia simplesmente dizer a ele o que é um ateu? — indagou Margaret, com impaciência. Ela estava serrando seu tomate, os olhos faiscando. Umas duas semanas antes Joe tinha comunicado que não freqüentaria mais a igreja. Alf sabia que a sua atitude a magoara.

— Um ateu... — começou Penny.

— Quero que ele me diga — insistiu Jamie, apontando para Joe.

Alf notou que Bob Horsfall tinha aparecido no jardim, do lado da porta. Nunca falhava. Era só comerem no quintal que Horsfall, ou sua mulher, viria para fora e ficaria rondando, fingindo estar ocupado com alguma coisa, como crianças esperando serem convidadas a brincar. Horsfall — um homem pequeno usando short folgado — fez uma carranca para Alf (de qualquer jeito, sua cara estava permanentemente trombuda, só precisou emburrá-la um pouco mais) e fez um gesto violento na direção de algo em seu jardim — algum tomate que apodrecera, sem dúvida, ou um caule quebrado, mais uma prova de que o mundo estava indo para o inferno. Alf ignorou-o. Horsfall e sua mulher eram ambos surdos. Não conseguiam falar bem, expressando-se com grunhidos que mal se pareciam com o discurso humano.

— ... é alguém que não acredita em Deus.

Os olhos de Jamie foram se iluminando. Olhou para a irmã, a briga com ela ficando esquecida. Olhou para o pai.

— Eu acredito em Deus — disse ele, quase sussurrando.

— É claro que acredita — disse Margaret, tentando fazer com que ultrapassasse essa crise logo. — Nós todos acreditamos.

— Eu não — disse Joe, irreverentemente. Ele estava olhando fixo para o seu livro.

— Não acredita? — perguntou Jamie.

— Um cara legal lá no céu — replicou Joe.

— Chega — disse Alf.

— O grande pena branca que acha bom as pessoas morrerem de câncer ou de fome...

— Eu disse chega! — Alf não suportava quando seu filho mais velho moralizava, o tom intolerante, superior, que usava às vezes, dizendo a todos o que era bom para eles.

Comeram em silêncio, em um calor perfurado pelo zunido das cigarras. O olhar chocado de Jamie voltava-se para Alf. Alf piscou e o rosto do menino se contorceu, mas não foi apaziguado. Alf percebeu que ele esperava ser tranqüilizado de alguma forma em relação à sensação estranha, deprimente, resultante do que havia se estabelecido à mesa. Não se tratava de ele ter gritado com Joe, mas sim do que este havia dito, sobre não acreditar em Deus. Mas o que sei sobre Deus? pensou Alf. Freqüentava a igreja, mas isso era essencialmente uma coisa social, que fazia devido ao grande empenho de Margaret. De vez em quando, ele rezava. Mas a quem, a que poder? Metido em seu tomateiro, Bob Horsfall grunhiu, a face contorcida com emoções que não conseguia expressar. Alf concentrou-se em seu prato. Não conseguia imaginar a vida de Horsfall, vida totalmente envolvida pelo silêncio, como uma vida submarina. Às vezes ele ouvia a mulher de Horsfall ganindo na casa como um animal ferido.

Uma formiga grande subia pela língua de Red. Ele a engoliu molhada: pronto, desapareceu.

— Joe me disse que teve visita — disse Margaret.

O tom foi casual, mas Alf a conhecia muito bem. Percebeu crítica, alarme.

Seus olhos encontraram os da mulher. Houve um certo reconhecimento, uma sensibilidade, que ultrapassava o limite de suas vidas cotidianas. No entanto não pôde ser sustentado. Ele franziu o cenho para Joe, que tinha continuado a ler seu livro. Por que contara à mãe sobre a visita de Doyle? Certamente sabia o problema que causaria.

— De um sindicato? — insistiu Margaret, com um tom de inocência jovial.

— Só fazia sua rotina — disse Alf, pegando outro sanduíche. — Já deve estar sondando outra cidade.

Ao falar, percebeu que provavelmente isso não era verdade; o homem não se retiraria tão facilmente. Ainda assim, quis acalmá-la.

— Estou surpresa que tenha falado com ele.

— Preferia que eu tivesse jogado o martelo nele? — disse Alf, e sentiu-se gratificado ao ouvir Jamie rir.

— Bem, não — replicou ela, como se, na verdade, ele devesse ter feito isso. — Só acho que com o emprego de contramestre ainda no ar...

— Acho que foi por isso que papai o levou para o rio — disse Joe. Alf relanceou os olhos para o filho, que geralmente não era seu aliado nessas discussões. — Para mantê-lo fora de vista — acrescentou Joe.

Margaret cortou seu tomate.

— Simplesmente acho que devemos ter cuidado — disse ela.

— Tomei cuidado, Margaret — disse Alf com a voz macia, reprimindo a raiva.

Ela não o encarou. Ele olhou para o seu prato, coberto de migalhas e sumo dos picles. As cigarras perfuravam seu cérebro. Uma emoção forte parecia ao largo, mas distante, enclausurada no gelo, refulgindo como um mar que ele não podia alcançar. Arrependia-se de ter contado à mulher que se candidatara ao cargo de chefe de seção. Claramente significava tanto para ela quanto para ele, talvez mais. Sentindo estar sendo observado, ergueu a cabeça e viu Penny olhando-o com uma seriedade infinita. Seus olhos fixaram os dele. Ela devia ter lido a sua mente, lido uma corrente obscura de pensamento que ele próprio mal compreendia.

ABORRECIDO COM O ÓDIO e a violência em ebulição pela cidade (um operário morrera de ataque cardíaco depois de sua família ter sido ameaçada), Alf tinha abandonado a greve algumas semanas antes de finalmente cambalear para o seu desfecho infame. Margaret tinha herdado alguns milhares de dólares de uma tia e o instigou a abrir a oficina de carpintaria de que ele falava há anos — de fato, desde o começo do namoro deles, na Inglaterra. Caminhando com ela na chapada acima de sua casa (o ar tremendo com o zumbido dos bombardeiros partindo para a Alemanha), ele descobrira sua vocação. "Vou construir casas", disse ele em um arroubo de excitação. Em Attawan, antes da guerra, trabalhara para o melhor construtor da cidade, Bute Erikson. Aprendera a erguer casas do nada; era capaz de fazer o trabalho de carpinteiro, eletricista, bombeiro, pedreiro. Mas só quando conheceu Margaret teve um vislumbre de seu futuro. "Vou construir uma casa para você", prometeu ele. "Vamos escolher o melhor terreno no North End. O que o seu coração desejar."

Na França, sentando-se de costas para um muro em ruínas, com a fumaça preta ameaçando no horizonte, tinha-se divertido esboçando várias versões da sua futura casa, pondo as folhas de papel nas cartas que enviava para a Inglaterra. Margaret também fazia desenhos e os enviava. A casa tornou-se parte do sonho mútuo, um escudo contra a guerra.

De volta ao Canadá, descobriu que não havia dinheiro suficiente para se estabelecer por conta própria, não imediatamente. Bute Erikson estava morto, portanto foi trabalhar nas fábricas. Para economizar, ele e Margaret viveram com os pais de Alf, no chalé de tijolos aparentes, no lado leste de Island. Mas Margaret e Moira — as duas inglesas, mas de classes sociais diferentes — se davam como água e vinho. Com os nervos já abalados com a guerra, Alf achou que enlouqueceria com as brigas das duas. Ele e Margaret logo se mudaram para uma casa alugada, virando a esquina — a casa em que ainda estavam, e que recentemente ele conseguira comprar. Em 1948 se envolveu no movimento para introduzir um sindicato na Bannerman's, instigado por Cary Winner, o organizador de Montreal, que o cativou com a idéia de que o socialismo era a única maneira de crescer. Sim, ele tinha mordido a isca — a visão de um mundo em que todos eram iguais, em que tudo era dividido. Mas depois de meses de preparação a greve cedera em apenas algumas semanas. ("Nada pior do que uma greve fracassada", dissera Cary a Alf, pouco antes de o organizador lavar as mãos da história toda.) O dinheiro de Margaret chegou na hora H.

Alf comprou ferramentas de segunda mão e uma caminhonete Ford, com local aberto para carga, que lixou e envernizou para que parecesse nova. Nas portas escreveu com estêncil ALF WALKER E FILHO, CONSTRUTORES (Joe ainda era bebê na época, mas Alf o incluiu como se não estivesse inaugurando apenas um negócio, e sim uma dinastia). Colou anúncios pela cidade toda. Mas o negócio não tinha deslanchado. Seu papel na greve o sabotara, ele achou; sua reputação de desordeiro garantiu que ninguém na cidade com dinheiro para construir uma casa o contratasse. Após dois anos, tinha construído somente uma — e tinha sido deixado com dívidas de mais de cinco mil dólares quando seu cliente fugiu da cidade. O banco tomou sua caminhonete e a maior parte de suas ferramentas maiores. Conseguiu ficar com algumas chaves de fenda e serras, que continuavam penduradas de maneira ordenada acima da bancada no porão, um lembrete de seu fracasso. Havia outros lembretes, como as plantas para Cape Cod que ele nunca tinha construído para Margaret. Tinham sido desenhadas por um arquiteto em Johnsonville no começo impetuoso do negócio. Outro dia havia reparado nelas, enroladas em um oleado e enfiadas nos barrotes do porão, junto com os velhos caniços de pesca de seu pai. Não tinha tido coragem de baixá-las.

Um gerente da Bannerman's — companheiro de pesca de seu pai — havia usado seu pistolão para conseguir seu antigo emprego de volta, e ele subiu de novo à sala de tecelagem do sexto andar, onde as máquinas altas esperavam em uma imobilidade familiar, zombeteira. Apesar de todos os seus esforços, parecia que nada havia mudado.

Passaram-se 13 anos. No verão anterior, sua mãe morrera de câncer. Eles a tinham sepultado, uma mulher retrógrada com uma expressão de infelicidade ancestral que os agentes funerários não tinham conseguido suavizar inteiramente, sob a pedra de granito vermelho onde 12 anos antes tinham sepultado seu pai. George Walker tinha-se afogado em 1952, enquanto pescava na represa da Bannerman's. Não havia agora nenhum protetor entre Alf e o lugar onde o tempo, o seu tempo, simplesmente parou, como um campo que termina à distância, seu extremo absoluto cortando o azul do mar. Ele podia ver a névoa azul do mar se tornando cada vez mais brilhante. Aonde tinha ido a sua vida? Tinha-se consumido na guerra, na raiva, na esperança, nos anos criando os filhos, na agitação das máquinas de tear, na batida da água na pedra. E agora estava com 47 anos, as costas doídas, menos da metade de cabelo, e talvez somente uma única chance restasse para provar a si mesmo e a Margaret que ele era mais do que o encarregado da manutenção nas fábricas Bannerman's.

PETE CHEGOU QUANDO comiam a sobremesa. Alf ouviu o ruído do Saratoga e viu o grande Chrysler bicolor estacionando na alameda, atrás de seu Biscayne. O carro tinha barbatanas como o Batmóvel dos quadrinhos de Jamie, tão altas que pareciam asas prestes a bater. O Saratoga tinha oito anos e era de segunda mão. Pete preferia dirigir carros mais caros, mesmo que tivesse de esperar oito anos para poder comprá-los. Seu amigo atravessou o quintal com passos largos, um estojo da Carling's Red Cap debaixo do braço forte e tatuado.

— Vejo que a festa já começou — falou, entusiasmado. Com um movimento lisonjeiro, irônico, da cabeça, lançou um olhar circunspecto, sob a pala do boné. — Margaret.

— Pete — disse ela, baixando os óculos.

— Imagino que vocês, rapazes, tenham ficado ocupados.

— Bem, você agora pode assumir — disse Alf, contente com a chegada de seu velho amigo. Com Pete haveria piadas, casos, ele esqueceria.

Margaret levantou-se.

— Não fique tão bêbado a ponto de cair do telhado — disse ela com sarcasmo, tirando o prato de Alf.

— Não se preocupe. Vou ficar de olho nele — disse Pete, piscando o olho para Jamie. O rosto do menino iluminou-se de prazer. Para ele e Penny, tio Pete era o que de mais próximo conheciam de um parente.

Margaret não se dignou a responder. Ela só suportava Pete por *ele*, achava Alf. Anos atrás, ela tinha perguntado ao marido por que considerava Pete Moon seu melhor amigo. "Acho que você merecia algo melhor", disse ela. "Eu não diria que é o meu *melhor* amigo", replicara Alf, magoado e defensivo. Mas sabia o que ela queria dizer.

Havia um quê de alma perdida em Pete, com seus dentes quebrados, sua educação somente até a oitava série.

Margaret continuou ali, com uma pilha de pratos sujos na mão, e perguntou pela mulher de Pete, May.

— Nossa, não dá para conviver com ela quando está assim. — Os olhos de Pete, com sua expressão de franqueza inocente, haviam se fixado em Alf, embora tecnicamente estivesse respondendo a Margaret. — Não faço nada certo. Ponho os óculos na mesa e ela diz "*Não ponha aí!*"

Jamie riu do falsete debochado de Pete. Mas Penny o observava sobriamente, como se não percebesse nenhuma piada. Em seu prato estava uma maçã com uma fatia cortada do lado, a polpa branca ficando marrom.

— Bem, estou certa que ela tem suas razões — disse Margaret. — Penny, não comeu a sobremesa. Traga-a para a cozinha, assim você me ajuda a lavar a louça.

Movendo-se como se estivesse hipnotizada, Penny passou as pernas por cima do banco, mas não se levantou, aparentemente absorta na grama.

— Soube de Timmy Morton? — perguntou Pete.

Alf murmurou que não e olhou à distância, esperando desviar o olhar de seu amigo, esperando que Pete se dirigisse a Margaret, que já havia se queixado de ele ignorá-la. "É só comigo", tinha perguntado ela, "ou ele faz isso com todo mundo? Às vezes tenho a impressão que ele tem medo de mulheres." Alf afirmou que Pete era assim com todo mundo, pelo menos quando Alf estava por perto. E era verdade: Pete sempre dirigia sua atenção a Alf, como se fosse o único lugar para o qual se sentisse à vontade para olhar. Eram amigos de infância.

— Estava tão bêbado que ao voltar para casa entrou na casa errada — disse Pete, os olhos ainda fixos em Alf. — Sabe como são essas casas na Gold Street, todas iguais. Timmy estacionou na alameda em frente, achando que era a sua casa, mas estava na do vizinho! — Pete sorriu largo para Joe e Jamie, mas retornou rapidamente para Alf. — Era a casa de Sly Callum. Timmy foi entrando como se estivesse em sua própria cozinha.

Era uma boa história. Pete estava sempre a par dos últimos escândalos — que geralmente ele dramatizava com o seu toque pessoal —, mas Alf tinha-se distraído com a saída de Margaret. Ela e Penny tinham atravessado o gramado, abrindo caminho pelos recifes de telhas velhas espalhados até a entrada dos fundos. Pouco depois, Alf viu o cabelo preto da mulher na janela, enquanto ela retinia os pratos na pia.

— Então, lá estava ele no quarto errado — estava dizendo Pete. — Tirava as roupas no quarto errado! Foi quando Sly acordou e disse: "Quem diabos é você?", Timmy pensou, não era a voz de Jean. Então Sly pulou sobre ele e começou a esmurrá-lo...

— Sly é só um baixinho! — disse Joe, gostando da história.

— É — disse Pete, os olhos se esbugalhando. — Mas não o provoque, hein? Daí acho que Mary finalmente acendeu a luz e tudo foi esclarecido. — Pete estava de novo fitando Alf, os olhos escancarados, perplexos, como se Alf e somente Alf pudesse ter a resposta ao prodígio de comportamento humano que ele estava expondo. — Jean, quando soube, ficou tão fula com Timmy que o fez passar a noite no carro!

Ao ouvir a risada dos filhos, Alf sorriu largo. Mas estava em outro lugar, pensando na mulher que se movia na casa obscurecida atrás dele.

4

SANDY ENTROU NO BISCAYNE. Seus novos olhos de Mulher Gata cruzaram com os de Joe.

— Uau — falou ele, o rosto sem expressão. Delineador. Máscara. Não sabia ao certo se tinha gostado.

— Se não gosta, posso tirá-lo.

— Tirá-lo? — Seu olhar deslizou para o alto de seus seios, alvos acima do decote do top frente-única. Uma corrente de prata fina caía até desaparecer. Na sua ponta, ele sabia, lá embaixo, entre os seios, pendia Cristo em sua agonia.

— Mente suja — disse ela, erguendo o queixo para o pára-brisa.

A West Street estava deserta. Saíram de Island, passando por pequenas casas de estuque, pequenas casas de tijolos aparentes, pela antiga fábrica Bannerman's de artigos de malha, com o seu campanário decapitado, e subiram a estrada asfaltada que seguia pela encosta. No outeiro da passagem de nível, ele relanceou os olhos à esquerda e viu o calor tremeluzindo à distância, além da cidade, sobre o canteiro untuoso das trilhas vazias: o vazio do domingo.

Ela pegou um vidrinho em forma de pá em sua bolsa, tirou a tampa com seu pequeno pincel e, com muita concentração, pôs-se a pintar as unhas. Irritado, observou como ela enrolava a língua sobre o lábio superior e afastava a mão para examinar seu trabalho, uma artista escravizada pela perfeição. Achava que ela dava atenção demais a coisas triviais.

— Por que faz isso?

— Faz o quê?

— Pinta-se dessa maneira. — Quase disse, se faz tão vulgar. Às vezes, especialmente agora, à luz do dia, ele sentia vergonha de sua relação.

Ela franziu o cenho, olhando a mão. O verniz vermelho vivo sugeria a ele farra barata, uma violência.

— Não gosta?

— É que parece... Sei lá.

— Posso tirá-lo, se não gosta.

— Não, não — disse ele, e um pouco depois: — De qualquer jeito, quando entrarmos na água, provavelmente não vai durar, vai?

— O esmalte da unha?

— A coisa nos seus olhos.

Ela ajustou o espelho e se examinou, preocupada. De perfil, sua face era quase chata. Tinha sido seu pai que anos antes começara a chamá-la de Macaca.

— É só uma curtição — disse ela, puxando para baixo a pele do osso malar.

— Olha pra mim.

Havia *algo* atraente em sua maquiagem, quase primitivo, como uma máscara que a transformasse em outra. Atrás de seu drama, ela podia não ser ninguém.

— Está me excitando — disse ele.

Ela era um ano mais nova que ele — a irmãzinha de seu melhor amigo, Smiley, ou pelo menos era assim que pensava nela até o baile da escola em maio, quando no calor da noite de primavera, entre corpos girando ao ritmo dos locutores, ela o empurrara para a pista do ginásio, quando coube às mulheres escolherem seus pares. E no turbilhão de casais, com Paul McCartney se lamuriando, tinham se deixado levar para uma intimidade oscilante tão fácil e natural, que sentiu como se estivesse se preparando para isso a vida toda.

Tinham saído o verão todo. Ela usava o anel dele da escola, com uma fita para ajustá-lo. A mãe de Joe não aprovava. Ele a ouvira por acaso responder ao telefone a uma amiga que aparentemente o havia visto com Sandy no Biscayne: "É apenas um desses encontros de verão, é temporário. Quer dizer, eles cresceram juntos. É difícil isso dar em namoro sério." A amiga de sua mãe disse alguma coisa, e ela tinha replicado com um tom de segurança e escárnio infinito: "Sim, exatamente. Ela não está à altura dele."

Mais tarde, Joe a censurou.

— Ela é uma garota maravilhosa — disse ele com raiva, querendo feri-la — e não é temporário.

Na verdade, ele sabia que era. O julgamento de sua mãe e o dele a respeito de Sandy eram desconfortavelmente parecidos, mas ele odiava quando ela antecipava seus pensamentos. Isso o deixava com a sensação de que ela tinha roubado um pedaço de seu futuro.

Sandy escorregou para mais perto, entocando-se debaixo de seu braço. Seu cabelo cedeu à pressão do corpo dele. Em suas profundezas provocadas, complexas, ligeiramente viscosas, havia principalmente ar. Seus seios se comprimiram. Ele levava, debaixo do banco, uma lanterna. Mais tarde, depois de terem nadado na ponte, depois de terem comido um cachorro-quente no Rendezvous, tinham ido para o local em que estacionaram o carro, acima das Coles Rapids. Ele pretendia deixar a lanterna acesa no carro, em um lugar em que irradiasse uma luz indireta, mais suave do que a iluminação por cima, poupando a bateria. Para ele, Coles Rapids era o foco do encontro, o excitante ponto final de uma viagem que, sem isso, não valeria a pena ser feita.

Nos Fairgrounds, ele acelerou. Galgaram a ponte nova, com a sua vista fugaz das cascalheiras que circundavam a cidade — crateras de turquesas, frias demais para se nadar nelas — e, mais longe, as esteiras transportadoras atravessando, como pequenas estradas elevadas, uma paisagem triste, deserta, coberta de matacões e equipamento enferrujado. Por fim, surgiram no meio de fazendas, as velhas casas reluzindo por trás de quebra-vento de choupos e espruces, enquanto os grandes celeiros desgastados pela ação do tempo mantinham seu curso como galeões antigos galgando mares de safras verdes e cor de bronze.

POR VOLTA DAS QUATRO E MEIA já estavam fartos de nadar e se recolheram à pedra calcária chata de Turtle Rock. Deitaram-se de bruços sobre a toalha de banho rosa de Sandy, de frente para a corrente em direção à velha ponte de ferro. Fragmentos desmoronados do leito da estrada pendiam embaixo, como a parte interna de um colchão rasgado, suspensos por filamentos de aço enferrujado. A ponte há muito fora interditada para carros. Só a passagem para pedestres permanecia aberta.

No lago embaixo, havia somente uma mulher nadando agora. Sua cabeça movia-se lentamente corrente acima, na direção de uma pequena corredeira que tremeluzia sob a ponte. Do fundo dos recessos entre as árvores na margem, por sobre a areia fria coberta com os refugos de fogueiras e piqueniques, ouviam-se vozes. Uma garrafa estourou ao bater contra uma pedra. Nessa tarde havia cerca de vinte pessoas no rio, mas, exceto pelos carros enfileirados ao longo da praia na margem oposta, quase não havia sinal delas. Tinham-se afastado para escapar do calor, para namorar, para beber. Nesse momento, a atividade estava tudo, menos entorpecida no silêncio.

Sandy virou-se, deitando-se de costas, e meneou o corpo contra o dele. Seu cabelo caíra em uma massa pegajosa. A maquiagem se fora quase toda, só ficando um borrão no canto do olho direito, como se ela tivesse chorado piche. Ele lambeu o dedo e a limpou. A boca de Sandy era larga, lábios finos, e flexível. Mas o que o deixou confuso foram os olhos dela encarando-o com uma afeição tão indefesa que ele teve de desviar o olhar.

— Acha que vamos nos casar? — perguntou ela.

— Casar? — disse ele, rindo de repente.

— Não digo agora, mas talvez — seu dedo traçou algo no braço dele —, você entende, um dia.

— Tenho a universidade — disse ele.

— Eu poderia trabalhar, ajudá-lo a se formar. Um monte de minas faz isso pelos garotos.

Minas o incomodou. Assim como a maquiagem, as roupas vistosas demais o incomodavam. Sandy também morava em Island, mas as famílias dos dois não poderiam ser mais diferentes. Pensou na casa dela: o feio papel de parede, a bagunça das roupas que pareciam nunca ser arrumadas, a ausência de livros, de música decente.

— Como sabe que um monte de garotas faz isso?

— Li sobre isso — disse ela, com cara feia. — Eu leio, sabia? — Empurrou-o de leve. Mas o que ela lia eram em geral romances com títulos como *April's Summer* e *Ann Masterson's Only Choice*. Ele tinha tentado fazê-la ler algo mais sério, *Os dublinenses*, de James Joyce, a história da Segunda Guerra Mundial, de Churchill, mas ela não tinha ido muito longe. "Não é o meu gênero realmente", dissera, devolvendo os livros. "Não sou tão inteligente quanto você." Disse isso feliz, como se ser menos inteligente fosse um alívio.

— Não sei — disse ele, pouco depois, referindo-se ao casamento.

De fato, soube assim que ela levantou o assunto que não se casaria com ela, se é que se casaria um dia. Mas estava sendo vago para não magoá-la. Era a única coisa que podia lhe dar para compensar um pouco o desequilíbrio em seus sentimentos: a ternura solícita da culpa.

— Teríamos a nossa própria casa — disse ela. Seus dedos subiam e desciam o braço dele, seu cabelo louro roçando a pele dele. — O nosso próprio quarto.

— Ah, mesmo?

— Onde pudéssemos... você entende.

Suas pálpebras baixaram e ele entreviu possibilidades — uma intimidade acetinada — que era mais do que tinham conhecido. Não tinham feito amor, não totalmente, não da maneira que ele ansiava, e agora, na entreperna de seu calção, comprimida contra a rocha quente, as coisas estavam começando a acontecer.

— Fale mais — disse ele olhando para ela.

— Bem, você sabe. — Ela corou. Tinha-se deparado com o seu pudor. Quando se tocaram no Biscayne, ela manteve os olhos fechados.

— Você faz isso parecer muito bom. — Agora havia uma liberdade em seu olhar. Ele não sabia que ela era tão francamente sedutora.

— Por que não me beija? — Sua boca nunca fora tão macia. Ele não conseguia pensar em outra coisa a não ser no que o beijo dela prometia para mais tarde, na Rapids. Beijou-a de novo.

— Então, o que diz? — disse ela maliciosamente, como se a questão estivesse quase decidida. Ele estava perplexo com a tenacidade com que ela insistia na idéia.

— Vai me mostrar hoje à noite? — perguntou ele. — Como é estar casado?

— Garoto safado! — disse ela, batendo em seu braço.

— Mas vai?

— Safado — disse ela, empurrando-o.

Deixou a cabeça pender; gostou de ser safado.

— Falando sério — disse ela. — O que acha? Uma possibilidade?

— Nunca pensei nisso — respondeu com sinceridade.

— Acha então que vamos continuar assim?

— Me parece legal.

— Mas isso basta para você?

A nadadora — era Marilyn Truscott — chegou à parte rasa e se levantou, a água escorrendo dos ombros. Por alguns segundos, enquanto ajeitava na nuca o fecho do maiô, ela representou todas as garotas que ele ainda não tinha conhecido.

— Sim — disse ele. — É o bastante para mim.

— Ah, seu...! — disse Sandy. Agora empurrava o braço dele sem dar muita bola, demonstrando bom humor, mas ele sabia que ela estava magoada. Ela deitou-se e fechou os olhos, erguendo o queixo, como se tivesse encontrado no sol um amante melhor.

Uma luz plana, desconfortável, vinha do rio.

— Acho que vou dar outro mergulho — disse ele.

Depois de alguns minutos, levantou-se e caminhou lentamente, demonstrando indiferença, até a beira de Turtle Rock.

AO VIR À TONA, ouviu Smiley gritar:

— Navio à vista!

Seu amigo estava na orla dos salgueiros, em seu calção xadrez, a barriga branca, peluda, derramando-se sobre a cintura de elástico, o lampejo cor de iodo de uma garrafa de cerveja apertada na mão. Do outro lado do rio, um grande carro azul-celeste descia pelo pasto até a praia. Lentamente, quase hesitantemente, passou sobre os afloramentos brancos no leito de rocha firme, roçando nas ervas daninhas, desaparecendo por trás de um grupo de árvores de frutas silvestres, e reaparecendo com um fulgor camuflando o pára-brisa: um Lincoln, e novinho em folha pelo que parecia. Joe não fazia idéia de quem era.

— Cristo — disse Sid Kovacs. Sid tinha acabado de chegar, vindo dos carros estacionados alguns metros à direita de Joe. Usava sua sunga pequena e deselegante e os óculos de aro de osso preto, o cabelo em pé por causa do último mergulho, como uma crista de merganso. Boquiaberto, a expressão entre a perplexidade e o desinteresse abobado.

— Bem, é domingo — disse Smiley em tom de galhofa. — Deve ser isso.

Na água, erguendo a cabeça, Joe observou a grande dianteira do carro, chata dos lados, descer o declive. O motor, agora, era audível, um zumbido vibrante, um tanto agourento, como se estivesse conectado a poderes e propósitos que ele não podia entender. Nesse momento, muitos dos garotos no rio se sentiram invasores de propriedade alheia. Não sabiam quem era o dono desse lugar, dessa água; talvez estivessem para descobrir. Então, quando o Lincoln aproximou-se da comprida rampa que levava à ponte arruinada — "Talvez ele tente passar por cima", gracejou Smiley esperançoso —, Joe viu de relance Sally McVey no assento do motorista, seu rosto sem queixo erguido como o de uma tartaruga. Do seu lado estava a sua irmã mais velha, Liz, e, no banco de trás, uma terceira pessoa, ao mesmo tempo iluminada e obscurecida pela luz do sol que banhava o carro.

— Que porra estão fazendo aqui? — disse Sid, dando a impressão de se dirigir a todos que estavam no rio. Agora estavam todos observando do bosque e da beira da água, enquanto o carrão insinuava-se rumo aos carros estacionados, sua direção chiando e gemendo, o motor queixando-se de ser obrigado a ir tão devagar. Por que as McVey *estavam* ali? Nunca iam lá, jovens do North End simplesmente não apareciam por ali. Nadavam principalmente no *country club*, em uma piscina em que Joe nunca entrara, embora, ao passar de carro por lá à noite, tivesse visto de relance o seu fulgor turquesa na encosta e escutado as vozes excitadas dos nadadores do outro lado do canal escuro.

O Lincoln acercava-se sorrateiro por entre as filas desordenadas de Chevys, Fords e Plymouths, com suas manchas de ferrugem e painéis avermelhados imprimados, em que o reparo feito pelo dono tinha sido interrompido no meio. Passou pelo velho Biscayne bege dos Walker e prosseguiu, como um dignitário em visita, inspecionando a guarda de honra esfarrapada de um país do Terceiro Mundo, finalmente parando atrás da picape de Smiley, carregada com os móveis que supostamente ele estaria entregando a seu tio. Então o carro azul-celeste silenciou. Na pausa que se seguiu, uma gaivota, agoniada, desapareceu no céu. As portas do carro se abriram e fecharam e três figuras surgiram e caminharam rápido para a margem arenosa em direção à ponte. Sally ia na frente, de bermuda e boné de golfe, seguida por sua irmã Liz e seus ombros ligeiramente caídos, o rabo-de-cavalo bamboleando. Alguns passos atrás, apareceu uma garota que Joe não reconheceu, um tanto alta, também de bermuda, o cabelo louro cortado à holandesa: um capacete louro, com as pontas viradas para cima sobre as bochechas. Parecia ciente, ao contrário das McVey, das pessoas observando do rio. Olhou duas vezes para eles, para Sid Kovacs, boquiaberto, e para Joe, batendo os pés na parte mais funda do poço para manter a cabeça ereta. Havia curiosidade no seu olhar de relance, ele pensou, e a sensação de que ela sabia que a sua situação era absurda.

As McVey avançavam como se estivessem em uma expedição importante, Sally aparentando boa índole como sempre e uma confiança levemente simplória, a cabeça erguida, e Liz correndo atrás dela com a cabeça baixa. E, por fim, a terceira garota, mais alta do que as duas outras e andando mais devagar ao segui-las subindo a rampa de terra, e chegando à passagem para pedestres.

À primeira vista, parecia que Sally pretendia conduzir seu pequeno grupo para o outro lado do rio, para o bosque na outra margem. Mas ao percorrerem aproximadamente dois terços do caminho, ela virou-se para o parapeito. Sua irmã deteve-se do seu lado. A terceira garota parou a um metro à sua esquerda e debruçou-se no parapeito para olhar a pequena corredeira lá embaixo. O movimento fez com que curvasse seus ombros largos, expostos pela blusa sem mangas, e, na água, Joe de repente tomou consciência da nudez de seus pés pedalando lentamente.

Foi um momento estranho, as três garotas na ponte e os outros na água e na orla do bosque olhando uns para os outros, sem falar, como se até agora não tivessem nem desconfiado que o mundo continha mais pessoas do que eles próprios. O único som era o espadanar da corredeira e, por um breve instante, o ronco violento de um jato rumo ao oeste.

O momento prosseguiu por vários segundos, uma eternidade. O sol ardia laranja no alto das vigas. O rio cintilava distante, correndo entre os campos verdes corrente acima. O ar destilado, sombroso, manteve todos em suspenso. Joe não conseguia tirar os olhos da terceira garota. Tinha a impressão de ver alguma coisa em sua bochecha direita, uma brancura como o pó de uma farinha, mas quando ela mexeu um pouco a cabeça (ou talvez tivesse sido ele a se mover, a ser carregado quase imperceptivelmente pela correnteza) já não tinha certeza de ter visto algo.

Foi Smiley que finalmente rompeu o encanto, gritando para as garotas na ponte, chamando-as para nadar, que a água estava ótima.

Liz McVey, que na aula parecia tão gelidamente segura, replicou com uma voz estranhamente trêmula — a voz de uma mulher velha — que não estavam de maiô.

— Não precisam — disse Smiley com sua voz normal para Joe.

— O quê? — gritou Liz, a voz ganhando força. — Não consigo ouvi-lo!

— O quê? — berrou Smiley para a ponte.

— O quê? — gritou Liz. — O que disse?

— Quer dizer, posso emprestar minha sunga — disse Smiley baixinho para Joe.

— Ah, pare com isso — disse Joe.

— O quê? O que foi que eu fiz? — Smiley estendeu as mãos, a cerveja, alegando inocência.

— Pare de implicar com elas.

— Implicar! — Smiley praticamente gritou: — Não estou implicando! Por que implicaria?

Joe sabia que elas deviam ter escutado da ponte, e essa era a intenção de Smiley.

Na ponte, as duas irmãs se juntaram para confabular. A terceira garota continuou olhando a água. Na orla do bosque, alguém resmungou:

— O que diabo *elas* estão fazendo ali?

Era Marty Cain. Joe observou-o sair de detrás de uma árvore, o corpo volumoso e pálido, e doentio, na sombra. De sua mão pendia uma caneca de uísque de centeio.

— Devíamos fazê-las nadar — disse alguém.

— Ah, parem com isso — disse Joe de novo, mas não teve certeza de que alguém tinha ouvido. Na verdade, estava se lixando para as McVey. Era a outra garota que o preocupava. Ela parecia deslocada entre as irmãs, melhor e, de uma maneira inexplicável, vulnerável. No espaço de dois ou três minutos, tinha-se tornado seu protetor.

Mas é claro que não havia nada que pudesse fazer a não ser observar, com extrema atenção, movendo seus braços e pés bem devagar para não ser levado pela corrente.

As McVey olharam para o rio e para o carro, claramente inseguras. Embaixo, a pequena corredeira esparrinhava.

— Que elas se danem — resmungou Marty Cain, tomando um gole do uísque.

— Estamos esperando! — gritou Smiley para a ponte.

— Cale-se! — disse Joe.

— Que bicho mordeu você?

— Deixe-as em paz.

Smiley olhou para ele, uma malícia faiscando em seus olhos fundos.

— Ei, está apaixonado de novo?

Joe mergulhou, furioso. Em Turtle Rock, Sandy estava sentada e observava atentamente. Sorriu para ele, divertida, como se dissesse: não é engraçado?

Do outro lado do rio, Sid Kovacs gritou para a ponte:

— Quem é a sua amiga? A bonita?

— Babaca — disse Joe com raiva, do outro lado do rio.

— Use seus olhos, cara — protestou Sid, sem a menor intenção de baixar a voz. — Veja o corpo dela! Tire a roupa e se junte a nós! —

gritou Sid, alegremente, para a ponte. Deu um grito de espanto e se lançou de costas na água. Sua cabeça molhada reapareceu um instante depois, sem os óculos. — Meus óculos!

As irmãs não tiveram mais dúvidas. Puseram-se a andar de volta, procurando exibir um ar de indiferença e dignidade. Ao alcançarem a terceira garota, Sally murmurou alguma coisa e tocou em seu braço, mas, em vez de seguir as irmãs, a garota virou-se e olhou pelo parapeito oposto, do lado da corrente, através da estrutura dos trilhos em ruínas. Joe sabia o que ela estava vendo: a água correndo rápido, visível pelo buraco no concreto, que fazia parecer que a ponte deslizava veloz corrente acima. Por fim, seguiu as McVey.

Sally McVey chegou à praia, e Marty Cain, jogando a cabeçona para trás, berrou:

— Fora, suas putas ricas! — com uma depravação que irrompeu como uma torrente de veneno. — Putas malditas, voltem para o Morro Esnobe!

Mesmo então, a situação poderia ter sido salva, pois no começo só um silêncio chocado respondera a Marty, como se os outros achassem que ele tivesse ido longe demais. Então Liz McVey se pôs a correr, de repente em disparada, e logo sua irmã também. Da orla do bosque, foi um pandemônio: gritos e vaias, o bando enlouqueceu.

Debaixo de um salgueiro, alguém batia, exultante, com uma vara em uma tambor de óleo. As irmãs passaram pelos carros estacionados, Sally na frente, ao se dirigirem à segurança do Lincoln. Joe bateu na água e gritou para os outros pararem, mas logo percebeu que só fazia aumentar a gritaria. Consternado, observou a terceira garota atravessar calmamente a praia. Ela não se apressou nem pareceu querer se apressar. O insulto do outro lado do rio poderia ter sido apenas uma brisa.

Então, ela fez algo extraordinário. Parou. Olhou primeiro para Sid Kovacs, inclinando ligeiramente a cabeça como se se perguntasse que tipo de animal estranho era aquele, na água até o peito e gritando como uma criança de cinco anos. Sid ficou em silêncio. Depois ela olhou para Joe. Ele disse "Desculpe" para ela, mas com a algazarra toda não tinha certeza de que ela tinha escutado. Viu que *havia* algo em sua bochecha, esbranquiçado e rosado ao mesmo tempo, e na luz que caía, estranhamente elusivo, mutável: um pingo de neve, a impressão de uma mão minúscula.

Os outros também se calaram. Foi estranho, como se estivessem esperando que ela fizesse um discurso ou os conduzisse a outra atividade mais interessante. Alguém, uma garota, riu bruscamente, talvez por constrangimento. A batida no tambor de óleo tinha sido interrompida.

No litoral, o Lincoln foi acelerado. Quando Joe se virou na água para olhar, a garota andou calmamente para o carro, os tênis brancos erguendo-se e baixando na areia.

ERA TARDE quando voltaram para a cidade, e chovia fino. Desceram a West, passaram pelas casas apinhadas, acaçapadas, dos operários das fábricas. Além, o Atta e seu vale eram uma escuridão insondável, estendendo-se por quilômetros em uma região rural miserável: floresta úmida, lama e animais amontoados. Sandy, do seu lado, a mão com o anel da escola colocada sobre a coxa dele, como sempre quando saíam de carro. Mas algo tinha mudado. Havia uma sensação de distância, de disjunção, uma tristeza que parecia emanar de algum fracasso irrevogável e inexprimível. Ao mesmo tempo, uma nova idéia lhe ocorria, com uma excitação que o fez assobiar de repente.

— Você está bem? — A voz dela soou baixo.

— Estou. E você?

— Bem. — Ela não parecia bem. De maneira expansiva, e para evitar qualquer conversa séria, ele pôs o braço em volta do ombro dela, e apertou. A estrada escura brilhou como uma peliça.

Parou em frente à casa dela, observou-a sair e subir a alameda. Quando ela se virou no pórtico para acenar, ele já dava a partida. Quando ele dobrou a leste na Water, a fachada caiada, escorçada, de sua casa ficou para trás quando, com a expectativa acirrada, acelerou no ar suavizado pela chuva. O Biscayne seguiu colina acima, passando pelo King's Park, a Central School e a ferroviária, atravessando em alta velocidade o outeiro da ponte no North End. Por um momento, como se um holofote o tivesse descoberto, questionando seu direito de existir, tomou consciência do estado do carro: a ferrugem carcomendo os pára-lamas, o cheiro de carro velho, o pó no painel. Sua camisa pinicava nas costas, outro defeito. Tinha sido do seu pai e agora era dele.

A chuva tinha parado. Rodou a esmo pelas ruas silenciosas de pneus, passando debaixo de árvores antigas, onde postes de luz solitários iluminavam grupos de folhas úmidas lustrosas. Do outro lado de amplos gramados, casas grandes perscrutavam sombriamente de seus pórticos. Cada objeto — cadeiras de balanço de madeira emparelhadas, vitrificadas com a chuva — parecia estar prestes a revelar um segredo. Entrou na Robert, e a casa dos McVey ergueu-se entre os bordos: uma casa neogeorgiana com uma série de janelas com persianas e uma porta de entrada grande, com um dintel de vidro. Todas as luzes estavam apagadas, com exceção de uma no andar de cima, refulgindo entre cortinas fendidas. Diminuindo bem a marcha, relanceou os olhos para a alameda e viu o Lincoln abrigado no escuro, seu grande corpo vivo e, lhe pareceu, ambíguo, suas propriedades só podendo ser imaginadas.

5

QUASE TODA MANHÃ Alf ia a pé para o trabalho. E quase toda manhã, ao alcançar a esquina da West com a Water, relanceava os olhos à esquerda para ver Pete transpondo com passadas largas a passarela, vindo do Lion's Park, a lancheira balançando. Pete morava no lado de lá do parque, em um pequeno bangalô de ripas de madeira que ele construíra com a ajuda de Alf no começo da década de cinqüenta, sob a encosta arborizada de Lookout Hill. Pete trabalhava na seção de tintura da Bannerman's, o que explicava suas mãos e braços quase sempre manchados com riscas de vermelho-persa ou azul-marinho, e por que até mesmo suas roupas às vezes pareciam (Alf achava) como se ele tivesse andado pintando um celeiro com uma pá. Usava um boné de beisebol puxado bem para trás de sua testa estreita.

Nessa manhã, encontraram-se como sempre. O rosto fino de Pete iluminou-se ao ver Alf, suas sobrancelhas erguendo-se em um reconhecimento jocoso, como se os dois compartilhassem uma piada que não precisavam explicar. Seguiram lado a lado, em passos rápidos, pela Water. Cinqüenta passos à frente, Joe fez uma reverência arrastando o pé para trás, usava jeans e camiseta, dando a Alf a impressão de estar encouraçado em uma fachada ocultando uma vida secreta. No que o rapaz estaria pensando? Alf não fazia idéia. Seis e quarenta e cinco. Uma torrente de luz varreu as árvores de Lookout Hill. Pássaros cantaram feito loucos nos bordos que amortalhavam os pequenos jardins à frente das casas. Passaram pelo chalé de tijolos onde Alf crescera — a mesma sebe de cedro irregular, o mesmo gramado árido —, sob as folhas castanho-avermelhadas do bordo que seu pai tinha plantado depois que ele e seu irmão tinham ido para a guerra. Sempre sentia uma presença ali, como se seus pais ainda estivessem vivos, perscrutando pelas janelas acortinadas, esperando-os retornar. Porém mal a olhou. Não queria recordações agora, assim como não queria falar. Já era o bastante estar acordado naquela luz transbordante. Ainda bem que Pete estava calado.

A avenida principal continuava escura. Outros os acompanhavam a pé na outra calçada ou nos carros que passavam: todos se dirigiam às fábricas, todos contidos na solidão de seu sono recente. Passaram pelas colunas brancas do memorial da guerra. Sem precisar olhar, percebeu Alf, pressentia os nomes entalhados na pedra, um coro respirando com um sussurro quase inaudível. Depois da loja de ferragens expondo seus potentes cortadores de grama, o pequenino escritório do *Attawan Star*, cuja vitrine expunha uma grande foto aérea da cidade, da bifurcação dos rios, um Y escuro de cabeça para baixo. No alto, a face leste do relógio do correio em que incidia a luz agressiva.

Pete baixou a pala do boné para proteger os olhos do sol que percorria a Bridge Street. O apito da Bannerman's deu o grito de alerta. É melhor eu botar essa velha Jacquard para funcionar, pensou Alf, e sentiu de súbito o choque do ar frio ao atravessarem o Shade. Pete deu um tapinha no parapeito da ponte, como para dar sorte.

— Alf...

Alguma coisa no tom de voz do amigo alertou-o. Lá adiante, Joe chegava ao fim da ponte e, abruptamente, girava em direção do caminho ao longo da represa. Seu movimento repentino assustou Alf, como se o rapaz estivesse simplesmente escapando.

— Já deve ter ouvido falar. Há um organizador na cidade...

No alto, gaivotas gritavam.

— Muitos de nós têm-se encontrado com ele. Mas nada foi decidido, parece. Estamos só checando nossas opções.

— Doyle — disse Alf, como para si mesmo. Não sabia do homem há umas duas semanas. Tinha chegado a achar, a esperar, que ele tivesse deixado a cidade.

Pete deu uma risadinha que pareceu culpada a Alf.

— Acho que ele deve ter falado com você.

— Acho que você sabe que ele falou comigo.

— Sim, sim. Bem, na verdade...

— Bem, na verdade, o quê?

— Eu disse que falaria com você.

— Sobre o quê? — disse Alf, com uma carranca. É claro que ele sabia. Olhou de relance para o amigo, cujos olhos nervosos agitavam-se sob a pala do boné.

— Como eu disse, só estamos checando nossas opções.

— Vocês não têm nenhuma.

Pete ficou em silêncio. Alf sabia que, insolitamente, não estava com remorsos. Mas ainda guardava muita raiva; tentou deslocá-la para o andar, como se simplesmente pudesse deixar as notícias de Pete para trás. Lá na frente, Joe já havia desaparecido. Sentia-se um mau cheiro de ervas daninhas no rio deteriorado. E o grito das gaivotas.

Não estavam acostumados a divergências de maior peso. Podiam discutir sobre quem era o melhor jogador de hóquei, Pulford ou Baun, mas a amizade deles tinha sido construída com base em uma amabilidade natural e uma compreensão que fazia com que evitassem tudo que causasse uma emoção forte. Não estavam preparados para isso, o ar irradiando perigo.

Pete tentou de novo, conciliador.

— O sindicato pode fazer coisas, Alf. Essas dispensas... Se tivéssemos um sindicato, haveria respeito pelo tempo de serviço.

— Você sempre foi contra a sindicalização.

— Quer dizer, eles não poderiam tratar as pessoas como tratam. Haveria protocolos.

— Protocolos — zombou Alf. Tinha certeza de que Pete tirara a palavra de Doyle. Afinal, seu amigo mal completara a oitava série e, até onde Alf sabia, nunca dera importância ao que acontecia no mundo ou a questões políticas. Nunca lia o jornal. — Sabe o que aconteceu na última vez que tentamos isso?

— Sei, foi ruim. Mas temos de seguir adiante.

Seguir adiante. Suspeitava que também fosse um argumento de Doyle.

— Você não sabe — disse Alf, emburrado. — Não estava aqui.

— Querendo dizer: "Você ainda estava na marinha em 1949. Não tem o direito de falar sobre o que aconteceu."

— As circunstâncias eram diferentes, Alf.

Alf ergueu as mãos com raiva, sem esperança. Tinham quase alcançado o fim da ponte. Pete teve de se apressar para acompanhá-lo.

— O Malachi é um sujeito legal, Alf.

— Um sujeito legal. — Alf estava furioso. A mera menção de Doyle dava-lhe ganas de bater em alguma coisa. Era como se Doyle e Pete tivessem andado conspirando às suas costas. Falou com um sarcasmo irado: — Então Malachi é um sujeito legal. Um cara legal com quem beber uma cerveja. Isso é razão para segui-lo? Céus, sujeitos legais têm arruinado o mundo desde a sua origem.

Ele tomou o caminho no topo da represa. Pete se mantinha logo atrás, descendo o declive de terra que levava para os campos de esporte atrás da arena. A duzentos metros, a luz do sol perfurava os andares superiores das fábricas. Na embocadura da chaminé, um penacho de fumaça adejava.

— Quer dizer — disse Pete —, diabos, se acha o sindicato tão péssima idéia, por que não vai a uma de nossas reuniões e nos diz por quê?

Alf parou. Os olhos de Pete encararam os seus francamente por sob a pala do boné. Havia uma queixa, uma súplica, neles. Porém, ao mesmo tempo, Pete o estava desafiando, e isso era novidade. Alf estava perplexo.

— Você é um tolo — disse Alf. — Siga esse cara, e nós todos viveremos para nos arrepender. Francamente, Pete, você é muito mais panaca do que pensei.

Alguma coisa mudou no olhar de Pete, alguma coisa brilhou e se consumiu ao mesmo tempo. Foi como se ele desaparecesse. Seu rosto ainda estava lá, sorrindo largo como se acreditasse que Alf estivesse somente brincando, mas Pete tinha ido embora, submerso em suas feições como um homem afogado sob a superfície de um lago. Alf virou-se, juntando-se à multidão que fluía nos fundos desfiladeiros entre as fábricas.

NAS ESCADAS DA FÁBRICA de tear, uma massa de gente, um ribombo de sapatos galgando os degraus imundos. Ele baixou a cabeça e arrastou-se. Fazia isso havia dezoito anos. Os milhares de manhãs pareciam ter-se tornado uma única manhã, essa manhã: uma eternidade que ele estava condenado a passar observando, a um palmo de seu rosto, o largo traseiro balançando-se com dificuldade e as panturrilhas com as veias tortuosas de Millie Jennings.

Ainda estava furioso. Quantos deles haviam falado com Doyle? Quem estava levando o organizador a sério? O que via não lhe dizia nada. No entanto tudo para o que olhava — as pernas feias de Millie, o invólucro de um chiclete jogado fora — parecia uma pista. Cada rosto, com a sua obtusidade afável, sonhadora, tinha-se tornado traiçoeiro.

A sala de tecelagem ficava no último andar, o sexto. Dirigiu-se à bancada em que suas ferramentas ficavam, reparando, aborrecido, que alguém tinha sido incapaz de pôr uma de suas chaves inglesas no lugar. Um murmúrio vago, meio uma risadinha abafada, o fez olhar em volta. O sol inclinava-se por entre a série de máquinas altas, cada qual com sua armação circular de bobinas. Na parede mais distante, os tecelões, em suas bancadas compridas, viraram-se e olharam para ele com expressões vazias, indecifráveis. Foi dominado pela aversão diante da imobilidade soturna deles. Foi quando a campainha soou sua ordem nasalada: sete horas. Estava na hora de trabalhar, mas os tecelões não se mexeram. Sua morosidade — que duraria apenas alguns segundos — teve a intenção de declarar que eram donos de si próprios, até mesmo ali.

Ao ouvir o som de novo, ele olhou para cima. Sob o teto alto, o comando acionado por correia zuniu, aguardando o momento em que sua potência seria transmitida às máquinas embaixo. Centímetros abaixo, sobre a mangueira do extintor de incêndio, um pombo capturado. Alf podia divisar claramente sua cabeça esguia virada para o lado, olhando para baixo, para ele, com seus olhos pequeninos e veementes.

NA MANHÃ SEGUINTE, quando Pete não apareceu na ponte do Lion's Park, Alf seguiu sozinho. Foi a mesma coisa na manhã seguinte a essa e na outra. Pete agora ia de carro para a Bannerman's. Todo dia, ao chegar nas fábricas, Alf via as lanternas traseiras elevadas do Saratoga estacionado na viela sem saída do lado do prédio de tintura. Mas nunca esbarrava com Pete.

Achou que devia ligar para o amigo. Pete tinha propensão a esses recolhimentos. Uma vez, anos atrás, ele o tinha criticado por alguma coisa, e seu amigo havia desaparecido de sua vida por quase um mês. Um belo dia simplesmente apareceu, comportando-se como se nada tivesse acontecido. Alf supôs que agora seria igual. Uma manhã Pete surgiria atravessando com passadas largas a ponte do Lion's Park, com um largo sorriso, exibindo a falha nos dentes, contando uma história engraçada, e continuariam como antes, sem fazer menção à briga. No entanto ele estava preocupado e triste — sim, definitivamente triste — com algumas coisas mais ríspidas que dissera.

Pegou duas vezes o telefone para ligar para Pete. Nas duas vezes desistiu com uma sensação de confusão e derrota. Não conseguia separar pedir desculpas de admitir que tinha errado.

Certa tarde quente, durante esse período de reserva, estava ele sentado no chão da sala de tecelagem, entre as partes de uma máquina que espalhara sobre jornais, quando o elevador de carga chegou.

Alf percebeu corpos se movendo atrás das grades de segurança. Então as grades se abriram e um grupo de homens saiu. Suas camisas sociais com os punhos virados irradiaram um choque de branco na sala. Havia uma jovem com eles: alta, com uma saia extremamente curta, as pernas longas, meias arrastão pretas. Avançaram com arrogância. Um homem calvo, elegante, tocou nas costas dela e inclinou-se para cochichar alguma coisa na massa de cabelo eriçado. Ela jogou a cabeça para trás e abriu a boca em uma risada silenciosa, desanimada, exibindo uma fartura de dentes.

A seis metros de distância, Alf puxou as pernas instintivamente, um homem flagrado no banheiro. Eles tinham parado em frente ao elevador. O homem calvo, que media mais de um metro e oitenta, parecia estranhamente familiar. Mas Alf só reconheceu Gordie Henderson, subgerente da manufatura de suéteres, olhando em volta ansiosamente, como se procurando abrigo de uma tempestade.

Ao localizar Alf, correu em sua direção.

— Alf, preciso de Matt.

— Acho que ele desceu para a seção de tintura — disse Alf erguendo os olhos. Tufos de pêlo preto obstruíam as grandes narinas de Gordie. Na verdade, Alf não fazia idéia de onde Matt Honnegger estava. O chefe de seção que se aposentaria em breve provavelmente estava no lavatório, relaxando.

— Essa gente é da Intertex — disse Gordie, tenso, a meia voz. — Os chefões. Querem conhecer a fábrica.

— Vou ver se encontro Matt.

— Talvez você pudesse nos conduzir.

Gordie já tinha decidido por ele. Enquanto ele acenava para os outros se aproximarem, ele fez esforço para ficar de pé. Não conseguindo encontrar um pano, limpou apressadamente as mãos na calça.

— Alf, este é o senhor Prince...

— Bob Prince — disse o homem calvo em uma voz grave cheia. Alf lembrou-se de onde o vira: na foto no *Star*, na primavera anterior. Foi um pouco como conhecer alguém cuja fama o precedera, um pequeno remoinho de excitação. Alf estava nervoso, ciente de que esses homens estavam no alto de uma escada que ele queria subir.

— O senhor Prince é o vice-presidente da... ahn... — vacilou Gordie.

— New Acquisitions — disse Prince. Estendeu a mão.

— Estou um pouco sujo — disse Alf, passando a mão na frente da camisa. Os outros observavam inexpressivos.

— Sujeira honesta — disse Prince. A mão permaneceu estendida. Tornara-se uma ordem. Alf aceitou-a. Por um longo momento, os olhos do homem, glaciais e de um azul desmaiado, quase da mesma cor dos de Alf, penetraram os seus com a franqueza de um holofote. Alf sentiu uma vergonha obscura.

— Alf é o nosso chefe da manutenção — ouviu Gordie dizer. — Não há nada que ele não conheça neste lugar. — Alf se perguntou se Gordie pretendia deixá-lo sozinho com esse bando.

Prince apresentou os outros. Seus nomes e rostos passaram por ele como um relâmpago. Jacobson. Martin. Raleigh. Macrimmon. Todos inclinaram-se à frente, seguindo o exemplo de seu chefe, para apertar a sua mão. Um homem magro, de óculos sem armação, olhou-o mais diretamente do que os outros; então os olhos verdes se esquivaram.

— E esta é Shirley — concluiu Prince, com um quê de condescendência afetuosa. Não forneceu nenhum sobrenome, como se, como uma criança ou um mascote, a jovem do seu lado não precisasse de um. Shirley envaideceu-se, sorrindo em algum lugar do lado da cabeça de Alf.

Para alívio de Alf, Gordie permaneceu para conduzir o *tour*. O subgerente conduziu-os à primeira ala de máquinas em grande atividade. Sem saber bem o que queriam dele, mas aliviado por não ser mais o centro das atenções, Alf seguiu-os de perto.

Pararam do lado da primeira máquina, uma Richardson. Em um tambor circular, centenas de agulhas faziam um ruído suave trabalhando em uma rápida sincronia, enquanto, acima delas, bobinas azuis giravam sem parar em um carrossel, soprando uma leve brisa sobre seus rostos suados.

— Fique aqui do meu lado, por favor, Alf.

De repente, sentindo a boca seca, Alf pôs-se do lado de Gordie. Para seu alívio, o subgerente parecia determinado a assumir todo o discurso. Alf pôs as mãos nos bolsos. Seus dedos encontraram uma chave, cujos dentes ele se pôs a alisar, distraidamente, com o polegar. Fiapos de algodão arrastaram-se no chão; na saliência de uma janela distante, o sol reluzia no pescoço de um pombo. A voz aguda, frenética, de Gordie alvoroçava-se no ar confinado. Explicava como a fábrica era organizada: tecelagem no alto, corte logo abaixo, todos os estágios dispostos por ordem, um embaixo do outro, de modo que no fim as suéteres terminadas já estariam na porta. Alf olhou de soslaio para o corpete de Shirley, o botão astutamente aberto.

Sem explicação, o corpo afogado de seu pai veio à tona. Viu a sua cabeça pálida sobre a mesa de metal no McArthur's Funeral Home, viu o corte profundo, quase exangue, atravessando o ombro e o peito, como uma correia a tiracolo. O ferimento não o tinha matado, disse-lhe Rick McArthur. Havia se afogado primeiro e, depois, se ferido enquanto o corpo girava na corrente sob a represa. "As velhas vigas lá embaixo", dissera Rick, "são grossas e pontiagudas." Ele nunca se esquecera dessa frase, *grossas e pontiagudas*. Pensou nisso ao atravessar a ponte da Bridge Street e olhar de relance, casualmente, a correnteza da represa, escumando benignamente no outro lado do rio. *Grossas e pontiagudas*, como se existisse um monstro lá embaixo, eriçado com espinhos.

Momentaneamente se sentiu à deriva no espaço, um fantasma no meio das máquinas. Enxugando o suor da testa, olhou para cima. Prince estava escutando Gordie com uma certa impaciência. O queixo pesado do executivo mascava um pedaço de chiclete, enquanto relanceava os olhos pela sala. Os outros homens pareciam ter sido contagiados pela infelicidade de seu patrão: os rostos emburrados, fartos como urubus com a carniça comida pela metade. Somente Shirley parecia natural. Parecia hipnotizada pela máquina funcionando na sua frente, pelos fios que se precipitavam das bobinas no tambor de agulhas que se multiplicavam. Mas o que parecia fasciná-la mais era o lugar sob o tambor, onde o tubo de pano estampado surgia como do nada, descendo pelas pernas de ferro da máquina como algo recém-nascido.

O GRUPO PENETROU mais fundo na sala, passando pelas alas das máquinas altas, por baixo das correias zumbindo próximo ao teto alto. A maior parte dos modelos eram mais antigos do que as Richardson; com suas armações fixas e metal escuro agitavam-se desde que o pai de Alf começara como membro da manutenção, lá pela década de 1920. Os tecelões tomaram o cuidado de permanecer longe dos visitantes. Ocasionalmente uma mão erguia-se para colocar uma bobina carregada em uma pua ou um rosto dava uma olhada breve de uma ala distante. Mas os executivos da Intertex podiam muito bem estar tendo a impressão de que as máquinas funcionavam sozinhas.

Gordie não estava se saindo bem. O suor escorria de sua testa ossuda, alta, pingando do seu nariz para a gravata xadrez com o pregador vermelho. Tinha-se saído bem ao descrever as operações gerais das fábricas, mas quando se tratava de máquinas e rotinas específicas ele perdia o pé, e Prince percebeu. O executivo o observava com frieza, fazendo perguntas de maneira brusca e áspera, como uma criança endiabrada. Quando Gordie conseguia dar uma resposta coerente, Prince disparava outra pergunta, implacavelmente. Gordie, o único do grupo usando paletó, enxugava o rosto compulsivamente e repetia "Certo, certo", sem parar.

O *tour* tinha-se tornado uma exibição de crueldade por parte de Prince, pois agora o executivo não dava sequer tempo de Gordie responder. Os outros homens agitavam-se pouco à vontade, desviando os olhos.

Por fim, Gordie pareceu não escutar uma pergunta. O homenzinho ficou com meio sorriso estranho na face úmida, olhando para um ponto abaixo dele como se fosse a sua própria morte. E parecia achá-la bem-vinda.

— Desculpe — disse ele, por fim, erguendo os olhos.

— O senhor Prince — disse Alf calmamente — quer saber como lidamos com os pedidos urgentes.

— Talvez — disse Prince — você pudesse nos dizer, Alf. Acho que é hora de escutarmos o chefe do andar.

A atenção de Prince, como toda a sua insistência inflexível, voltou-se para ele. Os outros também se viraram para Alf, talvez com um quê de esperança, como uma multidão olhando para um novo provocador, uma nova vítima.

Alf explicou sobre os pedidos urgentes. Lembrando-se de como Prince parecera irritar-se com os rodeios de Gordie, sua resposta foi curta e direta. Quando terminou, Prince já tinha outra pergunta pronta, a que ele também respondeu da maneira mais eficiente que pôde. Prince animou-se. Relanceou os olhos deliberadamente para os outros, como se dissesse "Isso, é isso que queremos", como se assumisse o crédito de ter criado a resposta de Alf e talvez de também ter criado Alf, moldando-o do caos dessa tarde quente quase perdida. Prosseguiram pela ala, parando em outra máquina. Alf tentou jogar para Gordie a pergunta seguinte de Prince, mas este disse:

— Não, não, você agora está com a bola.

Portanto não teve escolha. Ele estava liderando o *tour*.

Esperava que a qualquer momento fosse feita uma pergunta que ele não saberia responder, ou que Prince fizesse mais perguntas do que seria admissível responder, mas o ataque não aconteceu. Prince tornara-se cordial, interessado, escutando Alf com um entusiasmo de proprietário. Era como se um homem completamente diferente tivesse aparecido na camisa branca e na calça bege impecável. Começou até mesmo a fazer piadas. Os outros responderam com uma hilaridade exagerada, aliviada e, depois de algum tempo, Alf também relaxou. Percebeu que Prince não tinha nenhuma intenção de humilhá-lo. Ele estava em casa. Havia cuidado dessas máquinas por anos, desmontando-as e montando-as de novo, e as conhecia tão bem quanto a pesada Lee-Enfield que ele tinha carregado pela Europa, cujas peças era capaz de montar com os olhos vendados. Mas nunca colocara seu conhecimento em palavras, não a esse ponto, e agora via seus anos de experiência transformados, quase sem esforço, em linguagem aceita, o que foi excitante, liberador.

Prince parou abruptamente. Todos pararam também, enquanto o chefe olhava em volta com um sorriso satisfeito.

— Shirley — disse ele —, andei pensando — e era evidente que suas palavras eram dirigidas não somente a ela, mas também ao resto do grupo. Sua voz transmitia um convite para preparar o tributo da sua gargalhada. — Não acha uma boa idéia comprar uma dessas coisas para o seu apartamento? — Apontou para a máquina do seu lado, descarregando seu rio de tecido branco macio. — Isso a pouparia de todas essas compras.

Até Gordie riu. Alf o viu atrás, sorrindo largo como uma criança louca para fazer parte da turma.

ANTES DE SAIR com o seu grupo, Prince fez um elogio a Alf que o deixou com o rosto rubro.

— Este é uma espécie de elite — disse o executivo olhando em volta — que mantém uma firma produzindo. Sem os Alf Walker, podem dar-se por vencidos.

O *tour* havia-lhe consumido uma hora que ele não poderia deixar de compensar, mas estava animado por ter de ficar até tarde. O futuro pareceu, de súbito, cor-de-rosa. Já eram quase oito horas quando saiu da fábrica e percorreu a Bridge, parando do lado das vitrines de vidro laminado da Bud Mackie's Motors.

No showroom, um Impala azul-marinho girava lentamente. Uma porta estava aberta revelando o painel, os assentos forrados de couro creme. Que linhas claras tinha o carro em comparação ao seu velho Biscayne! Sim, as barbatanas no carro estavam definitivamente superadas; até mesmo as asas horizontais do Biscayne agora pareciam canhestras e antiquadas. Olhou atentamente as superfícies impecáveis, o painel azul-escuro desaparecendo e reaparecendo infinitamente, como em um sonho.

6

— ACHO QUE ELE está sempre adulando as pessoas desse jeito. Assim não precisa pagar melhor.

— Não seja tão modesto — disse Margaret. — Você merece, Alf.

Ela sentou-se à mesa em frente a ele. Ele sacudia o molho HP sobre sua carne ressequida e tentava reprimir a excitação. Não tivera a intenção de lhe contar o elogio de Prince, sentia-se um colegial levando para casa a notícia de um triunfo sem importância, mas simplesmente lhe escapara.

Através das telas chegavam os gritos distantes de crianças brincando no parque na outra margem do rio. Margaret inclinou-se à frente, os cotovelos sobre a mesa, os braços cruzados, as mãos abertas em seus ombros de uma maneira que a fazia parecer jovem, animada.

— Vou ficar mais feliz quando isso resultar em algo definitivo.

— Não sei por que não seria assim.

— Tudo depende de Prince se lembrar de mim. Quer dizer, quando tiver de decidir o cargo. Se ele tiver alguma coisa a ver com isso...

— Francamente, querido, eu acho que você o conseguiria com ou sem a ajuda dele. Se eles querem o melhor.

Parecia tentar o destino falar dessa maneira, mas ele gostou de receber seu apoio. Há quanto tempo ela não o olhava como se ele fosse o seu galã, com a cabeça cheia de planos? Ele fez uma carranca, embora estivesse incontrolavelmente alegre. Quando acabou de comer, saiu para o jardim. O perfume terroso aguçado de tomate impregnava o ar. Fez a mão em concha sob um das grandes bagas lobuladas, pesando a frieza e, para a sua surpresa, o fruto soltou-se em sua mão.

Mais tarde, na cama, escutou o som esmaecido do zíper de sua mulher no closet onde ela se despia. Escorregando para fora das cobertas, atravessou o quarto e espiou pela porta. Ela estava curvada, tirando a anágua. Ele olhou suas costas largas, cortadas pela alça branca e rígida do sutiã.

— Quer um cheiro? — Era a sua palavra para fazer amor. Não faziam amor havia semanas. Não tinha havido tempo ou energia para isso.

Ela hesitou e ele pareceu pairar no vazio. O pior era que se sentia pedindo a ela que o recompensasse por ter trazido boas notícias.

— Bem, estava contando com isso — disse ela, sorrindo-lhe por sobre o ombro nu. Ele não estava certo de acreditar nela, mas voltou para a cama satisfeito.

Esperou-a sob o lençol, já teso, esperou que ela descesse ao vestíbulo e fosse ao banheiro, esperou que ela abrisse a torneira e puxasse a descarga e se agachasse estalando os joelhos para colocar o diafragma, esperou que voltasse ao vestíbulo, desviando para dar uma olhada em Jamie e Penny, esperou ela fechar a porta e tirar o penhoar no escuro, o que lhe propiciou um vislumbre breve, excitante, de seus seios pequenos, esperou que ela deslizasse para debaixo do lençol, do lado dele, seu cabelo preto no travesseiro quando ele se apoiou no cotovelo para começar a corte, esperou mais um pouco para que ela se acomodasse, na penumbra, onde ela esperaria, como sempre, em uma imobilidade que o comovia.

A cortina enfunou na janela quando ele se curvou para beijá-la. Os lábios dela tocaram de leve os dele. A mão dele deslizou sobre sua barriga, onde a pele era extraordinariamente macia, flácida, descorada, ele sabia, com riscas marmóreas. Era isso que ter filhos tinha feito.

Ela segurou seu pulso.

— Sabe que não gosto disso.

— Está bem. Desculpe.

Ele moveu a mão para a parte inferior de seu tórax, sob seus seios. Havia nela uma tensão que parecia avaliar cada movimento dele. Ele a tinha percebido na primeira vez que a tocara, dançando juntos na noite da festa dos soldados em Henley-under-Downs: uma pulsação que parecia afastá-lo enquanto ele pelejava para guiá-la. Tinham lutado um com o outro pela pista de dança.

Mas a amara na primeira noite: a franqueza clara, vibrante, de seu rosto e grandes olhos, que pareciam olhar para o futuro, para ele, com uma alegria ousada, disposta a tudo. E seu ar de refinamento — seu vestido de ombros altos, de bom caimento, a cintura bem-marcada, o decote do corpete sobre um peito de uma maciez clara inconcebível. Ela parecia muito melhor do que qualquer outra garota no salão cheio. Então ele aprendeu a suportar a sua prudência física. De certa maneira, ele se sentia como se, desde então, continuasse cortejando-a em silêncio, ainda tentando se aproximar.

Os lábios dela tentavam os seus com uma delicadeza minuciosa. Ela aprendera a segurá-lo, seus dedos longos e finos firmes. Ele a achava excitante, e seu alheamento físico era parte disso, uma provocação infinita.

Quando estava dentro dela, moveu-se lentamente, retardando o clímax, na esperança de ajudá-la a atingir o seu. Na verdade, não tinha certeza se ela *viria a* gozar, embora ela insistisse que sim ou que pelo menos sentia bastante prazer. Debaixo dele, seu corpo longo tremia com a sua vigilância nervosa. Ele sentiu que ela se esforçava muito mais do que geralmente, talvez ansiando por algum tipo de descoberta, e ele ficou com ela. Finalmente, ela lhe disse que estava machucando.

— Acabou, querido? — sussurrou ela. — Tem certeza?

— Sim, sim.

Mas ele estava tão entorpecido que teve de trabalhar por um bom tempo, até finalmente alcançar o ponto culminante e passar rapidamente, rápido demais, por esse lugar em que nunca tinha sido capaz de parar.

7

JAMIE OBSERVOU ANDY WILSON empurrar sua bicicleta para o bicicletário e se afastar pelo Pátio Masculino, cheio a essa hora, jogando a massa embaraçada de cabelo ruivo para trás com um movimento da cabeça. Chegando mais perto, Jamie tocou nos pneus de corrida finos como cobras, o quadro vermelho cereja sem um arranhão. Andy Wilson morava no North End. O Morro Esnobe, como era chamado por alguns meninos, aqueles que moravam na parte mais baixa da cidade, onde os rios marrons e enevoados exalavam o cheiro de lama e coisas apodrecidas. Sua mãe o havia repreendido quando ele falara "Morro Esnobe". Ela disse que com certeza as pessoas que moravam lá não gostariam. Disse que não eram nem mais nem menos esnobes, piores nem melhores, do que qualquer outra pessoa. Talvez, mas eram diferentes. Quando os meninos da terceira série, que viviam no North End, brincavam de pique-cola não chamavam ninguém mais para brincar com eles. Corriam de lá para cá nos limites do pátio, chamando uns aos outros por seus apelidos, Pud e Clumbs, Schooner e Drums. Era como uma festa particular, uma festa em que todos fingiam estar se divertindo. Ele achava que havia muita dissimulação nos meninos do Morro. Estavam sempre juntos, falando alto, organizando alguma coisa.

A sua bicicleta — ele não a usava para ir à escola — tinha um quadro marrom avermelhado, amassado, e não tinha pára-lamas, o que significava que era borrifado ao passar sobre uma poça. A bicicleta de Andy Wilson tinha freios de mão prateados e guidom que lhe lembrava os chifres do carneiro montês em *O Mundo Animal.* Ficava feliz só de olhar a bicicleta de corrida, como olhar pela janela de Eaton's naquela vez em que sua família tinha ido a Toronto, os pequenos elfos trabalhando na loja do Papai Noel e o trem elétrico movendo-se com ruídos de descarga, atravessando túneis nas montanhas, uma felicidade só para olhar; não se podia tocar.

Afastou-se devagar do bicicletário, demorando-se no pátio por algum tempo para ver alguns meninos da sexta série brincando de *conkers.** Uma castanha batia na outra, penduradas em um barbante. Ouviu-se um craque alto e um grito dos meninos, quando uma castanha oscilou frenética formando um arco. Quando se assentou, viram que um pedacinho da casca se rompera, revelando a polpa amarelada em seu interior.

Jamie foi até a cerca de malha de ferro que circundava o pátio, pôs-se de costas para ela, enganchando os dedos na malha e inclinando-se à frente. Atrás, do outro lado da cerca, havia um olmo enorme,

*Brincadeira infantil em que se amarram castanhas em um barbante e um tenta quebrar a castanha do outro. (*N. da T.*)

seus grandes galhos pendendo sobre o pátio "como um guarda-chuva gigantesco", sua nova professora, a Srta. Wayne, tinha dito. Ela tinha mostrado à turma as folhas do olmo, pontiagudas como pontas de lanças. Olhou em volta do pátio, onde meninos corriam ou se juntavam em grupos. Alguns estavam trocando cartas ou as lançando com piparotes, ou brigando, ou conversando aos berros, contando vantagens. Alguns ficavam sozinhos, como ele, mas esses eram muito mais velhos ou mais novos que ele para serem seus amigos. No ano anterior, na segunda série, Johnny Simms tinha sido seu amigo. Mas o pai de Johnny havia sido despedido da fábrica e, em agosto, toda a família fora embora, sua mãe e sua irmã no carro, e Johnny e seu pai do lado do motorista do caminhão, com todos os móveis. O coração de Jamie tinha-se apertado sob a camiseta, pois ouvira seu pai dizer que eles, os Walker, provavelmente nunca mais veriam os Simms de novo.

Olhou para cima, para o arco formado pelo olmo e lembrou-se do que Joe tinha dito a respeito de não acreditar em Deus. Na hora, Jamie tinha sentido algo se mover com uma velocidade extraordinária — *vupt!* — como as asas de patos sobrevoando o rio. Tudo parecia igual — o quintal, a mesa de piquenique, o rosto de seu pai —, mas algo tinha-se ido. Ele ficara vazio por dentro.

Acredito em Deus, disse a voz.

Jamie olhou em volta, esperando encontrar alguém. No entanto não viu nada. Quem quer que tivesse falado — uma voz tão próxima, que parecia ter ressoado de sua própria cabeça — havia desaparecido. Ou era invisível, como o Homem Invisível.

Certa vez, de carro, no campo, depois do jantar, ele e sua família tinham-se perdido. Nos dois lados da estrada, água verde brilhava por entre as árvores. Um velho a cavalo tinha se aproximado, acompanhando o carro com um vagaroso *clop-clop*. Usava um chapéu deselegante, bronzeado como o seu rosto na luz que caía, e parou quando o carro parou, e apontou para trás, para a estrada obscurecida, mostrando aonde deveriam ir. Às vezes, de manhã cedo, Jamie acordava com um som que ele não compreendia: um arrulho distante que o enchia tanto de tristeza quanto de felicidade que era ainda mais profunda, como uma nota grave. Olhando pela janela, nunca conseguia localizar de onde exatamente vinha o som; parecia vir da colina, das árvores e do rio, e, ao mesmo tempo, de nenhum desses lugares. Uma vez, procurando a sua origem, tinha visto o velho com seu chapéu desengonçado debaixo de uma árvore na outra margem do rio. O homem havia cumprimentado Jamie com a cabeça, e Jamie fizera o mesmo para ele. Depois se perguntou se o velho não seria Deus. Ou talvez fosse um anjo, e Deus estivesse próximo.

Você não pode ver Deus, disse a voz. *Ele é tímido.*

— Ei, pateta, onde conseguiu esta calça?

Tommy Leach, do Flats. Tommy tinha a cara larga, o nariz grande se projetando como uma barbatana. Estava na quinta série, duas séries acima de Jamie, e era bem mais alto, um menino gordo com a pele branca descorada que nem a barriga de uma carpa. Jamie acompanhou o olhar sarcástico de Tommy até sua calça, que tinha sido de Joe. Em um bolso havia a imagem de um urso, erguido sobre suas patas traseiras, a cabeçorra rugindo. No outro bolso estava Davy Crockett com calça de couro de veado e chapéu de pele de racum, apontando a Old Betsy para o urso. Na parte externa das pernas corria uma franja de plástico marrom.

Era a primeira vez que a usava.

— Não sou pateta.

— É claro que é. Você parece um pateta. Que coisa é esta pra fora?

O lábio superior de Tommy tinha franzido, mostrando dois dentes grandes. Jamie tinha reparado que Tommy era um dos meninos no pátio que não tinham amigos. Já o vira rondar outros garotos que o tinham ignorado. Ultimamente carregava uma pequena ferradura. Ele a tinha prendido na cerca, depois erguido os olhos com um sorriso afetado para ver se alguém estava interessado.

Tommy estendeu o braço e começou a puxar a franja.

— Ei, pare!

— Me dá um pedaço da sua calça! — gargalhou Tommy.

— Não!

— Só um pedacinho! — Tommy escarneceu com uma gargalhada. Pequenas gotas de catarro apareceram sob seu nariz.

Jamie bateu na mão de Tommy que puxava a franja.

— Ei, você me bateu! — gritou Tommy. Seus olhos se inflamaram, como se achasse isso bom, algo bom e divertido.

— Me deixe em paz — disse Jamie. Seu coração batia com força.

Tommy empurrou-o para a cerca e o segurou ali com uma mão, enquanto com a outra rasgava pedaços da franja, borrifando em volta, como grama.

— Vejam! A calça dele está se partindo! — gritou por cima do ombro. Ninguém nem mesmo estava olhando.

Seu nariz. Agarre seu nariz, disse a voz.

Assustado, Jamie olhou e viu o nariz grande e fino de Tommy. Agarrou-o.

— Ei! — gritou Tommy. Agora, ele parecia um pato.

A boca de Tommy estava aberta, mostrando os dentes grandes, e golpeou Jamie, batendo em sua cabeça, seu ombro, mas Jamie segurava com toda a sua força. Era estranho, mas estava quase calmo, só ciente que tinha de agüentar firme e não largar a coisa escorregadia entre seus dedos. Tommy atacou com o pé, com seu tênis de cano alto. Jamie se esquivava, puxando seu nariz com força, para cá e para lá, como puxava o barbante de sua pipa quando a fazia dançar. Tommy despencou no chão. Nem assim Jamie soltou-o, embora uma coisa branca pingasse do nariz, e Tommy começou a respirar entrecortado, fazendo o ruído de soluço. Outros haviam se aproximado, rindo e gritando.

— Ele o pegou pelo nariz!

Tommy tentou se levantar, mas Jamie o derrubou com outro solavanco do nariz e se sentou sobre ele. Finalmente, um garoto grande, da oitava série, disse:

— Acho que você venceu, é melhor soltá-lo.

Quando Jamie soltou o nariz, Tommy ficou olhando-o com os olhos semicerrados. Sobre seu lábio superior, um bigode de uma coisa branca ensangüentada. Jamie mal teve tempo de se levantar e os outros o pegaram, erguendo-o no ar. Jamie achou que teria de brigar com eles também. Mas então percebeu que o estavam encorajando, dando vivas. Os garotos grandes da sétima e oitava séries estavam gritando seu nome enquanto o carregavam, cantando: "Jamie Walker! Jamie Walker!", e outros meninos correram para ver. Logo havia uma turma grande se agitando no pátio, com Jamie desajeitadamente sobre seus ombros, agarrando-se na cabeça de alguém, preocupado com estar limpando o catarro ensangüentado de Tommy no cabelo do garoto, achando que escorregaria a qualquer momento. Então olhou para o bicicletário e viu Billy Boileau. Mesmo a essa distância, sabia que Billy o seguia pelo pátio com seus olhos pretos, e o medo o penetrou como água fria, porque sabia o que Billy estava pensando e o que ele, Jamie, teria de fazer.

NO RECREIO, ele foi ao banheiro dos meninos. Estava em frente ao mictório, que era mais alto do que ele, observando a urina jorrar sobre a louça rachada no ralo fedorento, quando ouviu alguém atrás dele. Fechou o zíper, virou-se. Os olhos de Billy estavam fixos no nariz de Jamie.

— Acho que agora você pensa que é o melhor lutador.

— Não.

— Acho que vai ter de provar.

— Não acho que sou o melhor lutador. Você é o melhor.

Jamie acreditava nisso. Tinha visto Billy brigar uma vez com um menino uns trinta centímetros maior do que ele. Ele tinha pulado em cima do outro, mordendo e arranhando que nem um gato montês, até o menino, Dickie Collins, correr aos berros para dentro da escola.

Billy não tirava os olhos de seu nariz. Jamie teve vontade de esconder o nariz, de pôr as mãos sobre ele. Como tinha torcido o nariz de Tommy, era como se o seu também tivesse sido torcido. Billy não parecia estar, na verdade, vendo-o, somente o seu nariz, que de repente pareceu do tamanho da sua cara.

— Não quero lutar com você — disse ele.

Em um cubículo alguém peidou, um peido daqueles. Jamie deu um sorriso largo, achando que ele e Billy achariam graça juntos, mas Billy não sorriu.

— Depois da escola — disse ele.

Nas sextas à tarde eles sempre tinham arte. Era a aula favorita de Jamie: o cheiro das tintas e da cola, o chocalhar das grandes folhas de papel, brancas como neve, onde se podia fazer qualquer coisa, tudo que se imaginasse. Na semana anterior, ele tinha começado um quadro de índios atacando um comboio. As carroças corriam na campina, e os índios, montados em seus pôneis malhados, disparavam flechas incendiárias. Os acampamentos ficavam no alto das colinas: um monte de tendas (fáceis de desenhar), e uma fogueira para dançarem em volta, e linhas para cima e para baixo, como ondas, para as colinas. Desde que Joe lhe contara sobre Geronimo e Cavalo Louco, ele passara a ficar do lado dos índios. Quando levava seu arco rio acima, fingia ser Cavalo Louco, espiando as pessoas que haviam construído todas aquelas casas em sua própria terra. Ele tomava trilhas secretas, de modo que ninguém o visse.

Mas hoje, pensando em Billy, a aula de arte não teve muita graça. Desenhou mais alguns índios em seus cavalos. Lá fora, a grande copa desgrenhada do olmo ocupava o céu. Certa vez o tinha visto em uma tempestade, cinza, se agitando, iluminado pelo relâmpago: uma imensa cabeça viva, agitando o cabelo desgrenhado. Seria Deus? Em silêncio, disse para a árvore, *Por favor, me ajude,* mas a árvore continuou pendurada, como um grande e triste velho guarda-chuva esburacado. Talvez chovesse e ele não precisasse lutar. Nunca tinha visto alguém lutar na chuva. No entanto pensou que Billy talvez lutasse.

Billy era da sua idade, mas estava na turma especial para alunos de aprendizagem lenta, junto com garotos retardados como Dougie French — Dougie com seus lábios grandes, babões, e seus olhos felizes. Billy não era retardado — no ano anterior tinha sido da turma de Jamie — mas estava sempre encrencado. Certa vez foi castigado com a palmatória de couro por ter sido desbocado com a Srta. Bell. A correia de couro escuro, mais grossa do que um cinto, tinha estalado na sua mão quatro, cinco vezes, e Billy tinha rido, uma risada estranha, parecida com um gorgolejo. E a Srta. Bell, a cara ficando ainda mais vermelha, batera mais três vezes. Quando Billy atravessou o espaço entre as carteiras até o seu lugar, suas bochechas estavam cintilando de pranto, mas ele não tinha emitido nenhum som de choro. Ele estava sorrindo largo, como se tudo não passasse de uma brincadeira.

Quando bateu a campainha, Jamie ficou para trás e perguntou à Srta. Wayne — ele adorava a Srta. Wayne, com a sua cara tolerante e feliz, e a voz gentil — se podia ajudá-la a arrumar o material.

— Não, obrigada, querido — respondeu ela, e passou a mão de leve em seu cabelo.

Ele saiu para o corredor, com seu desenho enrolado na mão. Do patamar, dava para ver, claramente, pela janela acima da porta o pátio dos meninos vazio, até o portão e o parque do outro lado da rua. Billy estava lá, sentado no meio-fio, cutucando com uma vara alguma coisa na sarjeta como se estivesse, quem sabe, torturando uma formiga. Jamie sentiu-se só, talvez só como nunca se sentira antes. Billy também estava sozinho. Os dois juntos estavam mais sós, parecia, do que se fosse somente um deles.

Jamie foi ao banheiro e tentou mijar. Mas não havia xixi para sair, de modo que foi ao bebedouro e deixou que sua água clara borbulhasse como pequenas bolas prateadas durante algum tempo antes de beber. Quando saiu, o Sr. Small, o porteiro, andando com passos curtos atrás de sua vassoura larga, disse que ele não devia estar ali.

Ele saiu. Ao atravessar o pátio dos meninos em direção ao portão, pensou em um plano. Quando chegasse ao portão, dispararia como um raio colina abaixo e torceria para chegar em casa antes de Billy saltar sobre ele. Mas, por alguma razão, não correu. Dirigiu-se, passando pelo olmo, ao portão enquanto Billy largava a vara e se levantava. Jamie teve o estranho pressentimento de que aquilo tudo tinha acontecido antes, e que não podia fazer nada a respeito. Não sentia mais medo, apenas solidão, como quando era pequeno e sua mãe tinha se esquecido de pegá-lo na casa da *baby-sitter*.

— Vem cá — disse Billy.

Jamie hesitou. Perto, em algum lugar, um sussurro nas árvores, a voz disse *Está tudo bem.*

Agarrando seu desenho, Jamie atravessou a rua.

— O que é isto? — perguntou Billy, fazendo uma carranca para o tubo.

— O meu desenho. Índios.

Billy olhou para ele. Dessa vez não para o seu nariz, mas para ele.

— Me mostra.

Jamie desenrolou o desenho sobre o gramado. Billy abaixou-se do seu lado, ficando de joelhos. Ele estava afogueado, como se tivesse corrido.

— Os índios estão atacando as carroças — disse Jamie. — Porque os brancos estão tirando suas terras. Este com a pena vermelha é Cavalo Louco.

— Cavalo Louco — disse Billy. O nome soou difícil e esquisito, ficou, de certa maneira, preso em sua garganta.

— Foi o maior líder indígena. Era amigo de Geronimo. Eles viveram por aqui, isso faz muito tempo.

Nenhum dos dois falou enquanto olhavam o desenho.

— Eu sou índio — disse Billy.

Jamie continuou olhando fixo a imagem, mas não a via mais.

— Minha mãe é índia. Ela não gosta que eu conte a ninguém.

— Não vou contar.

Olharam para o desenho.

— É um bom desenho — disse Billy.

— Vou botar mais índios nele.

— Escalpos?

— Sim. Poderia mostrá-los escalpando alguém.

Jamie enrolou o desenho e eles se levantaram. Agora ele via o cabelo preto que caía embaraçado até os olhos pretos e a pele que parecia marrom, talvez bronzeada, e talvez um pouco suja. O coração de Jamie batia forte de novo, sob a camiseta, mas não por medo. Porque tudo isso era novo. Estava em um lugar onde nunca estivera. Ele estava com um índio.

8

TERÇA-FEIRA: A RELVA TOSTADA sob um céu sem nuvens. Os meninos da terceira série pegaram os bastões de lacrosse em um tambor de papelão e disputaram um jogo — camisas contra peles — entre os altos Hs brancos que protegiam os extremos do campo de futebol. À distância, do outro lado de ondas de varas-de-ouro e o escuro de um charco, erguia-se o verde impecável do campo de golfe. Joe arremessou um longo passe para Bobby Merchant e lembrou-se de que tinha de estudar para a prova de francês. Mais tarde atravessou correndo os corredores, sem nem mesmo tomar banho, até a sala do Sr. Kay. Ele tinha de estudar antes de os outros chegarem.

A sala de aula no primeiro andar tinha trinta carteiras de madeira clara. Nas paredes estavam pendurados pôsteres emoldurados representando a praça Pigalle, a Torre Eiffel e as ruínas do teatro romano em Orange. O Sr. Kay estava de costas para o quadro-negro, falando com alguém sentado na carteira à sua frente. O professor estava falando francês, proferindo os sons com uma veemência exagerada, em uma voz cheia e grave. Usava uma camisa de náilon de mangas curtas, uma gravata de lã estreita e óculos de aros pretos cuja ponte ele ficava empurrando para cima com o dedo médio da mão direita.

Ela sentou-se na primeira carteira da fileira da janela: uma garota em um vestido verde-claro sem mangas, o braço direito esguio sobre a mesa, imóvel, exceto por um pequeno movimento dos dedos alisando a madeira. Quando Joe jogou a bolsa de ginástica para baixo do banco, o professor deu-lhe um alô gentil e a garota se virou para olhá-lo. O choque atingiu-o antes de ele entender por quê, como se seu corpo a tivesse reconhecido antes dele, reconhecido o rosto cujos detalhes ele tinha esquecido, sob a franja espessa.

Ele abriu o livro e o olhou fixo, sem ver nada. Na frente da sala, a conversa continuou. Joe ergueu os olhos de novo e viu, em sua bochecha, a alvura levemente escurecida, uma queimadura ou sinal de nascença: a marca do entardecer no rio.

Ela também estava falando francês. Ele achou que era francês, a maneira como ela arredondava os sons, saboreando-os antes de soltá-los com os lábios projetados. A face larga e sorridente do Sr. Kay tinha-se enrubescido.

Joe virou a página, mas tudo era uma charada. Ele podia ser um ator fingindo ler enquanto esperava sua próxima fala. Estava ciente do vestido dela, o decote quadrado nas costas expondo uma pele bronzeada e macia, o bracelete fino de prata que ela remexia em seu pulso. Em sua voz delicada havia um traço grave, uma nota impura que o impressionou e, obscuramente, o assustou. Escutou-a com a boca seca, meio ressentido com a sua chegada. Até então, ele estivera satisfeito com a sua vida.

Do que ela estava falando? Apesar de ele sempre ter-se saído bem em francês, ficou perdido diante da fluência de sua conversação. Era algo sobre a França, ele achou, ou era a Suíça? Algo sobre piqueniques, queijos e preço do café — ou dos cafés? Na rua, o caminhão de Vern Melling passou com estrondo, transportando uma pequena montanha de lixo cercada de moscas.

O resto da turma começou a chegar, um rebuliço de vozes e bolsas de ginástica e livros batendo sobre as carteiras. A garota de vestido verde-claro observava, com curiosidade. Ela não viu como, na passagem entre as carteiras atrás dela, Elaine Brown apertava os livros contra o peito e dirigia um sorriso tolerante à intrusa que roubara o seu lugar.

— *Bien!* — disse alto o Sr. Kay, o sinal para que se calassem. — *Alors, mes amis* — disse ele. Um livro caiu, e pela janela aberta uma abelha entrou, voando em direção às luzes fluorescentes.

O professor descobriu Elaine esperando.

— *Oh, Elaine! Ton banc!*

— *C'est votre banc?* — disse a garota. O silêncio se propagou pela sala. A garota fez menção de se levantar, mas Elaine disse que não se importava de se sentar no fundo da sala. — Tem certeza? — insistiu a garota. Em sua voz havia um indício de riso, como se, secretamente ela estivesse, se divertindo com essa pequena confusão. Ainda abraçada aos livros, Elaine foi para o fundo da sala.

Falando em francês, o Sr. Kay apresentou a nova aluna: Anna Macrimmon. O nome soou estranho a Joe, um pedaço de terra rochosa no gramado liso do francês. Ela tinha-se virado para a turma, e Joe pôde então deleitar-se com cada detalhe de seu rosto: o sinal de nascença em sua bochecha, a sutil inclinação asiática dos olhos, de um verde-claro incomum, sob as sobrancelhas escuras e bem-definidas. O cabelo curto com franja espessa lhe conferia uma aparência de menina peralta, meio moleca, ele achou.

— *Bonjour* — disse ela à turma toda.

Um ou dois *bonjours* esfarrapados responderam.

— *Non, non* — advertiu o Sr. Kay. — *Encore! Plus fort!*

Da segunda vez, se saíram melhor. Joe estava mortificado por causa dela. A recepção da turma deve ter-lhe parecido infantil, pensou, coisa de escola primária.

O Sr. Kay distribuiu papel. A prova ia começar. As botinas do professor chiavam enquanto ele andava, bem devagar, de lá para cá na frente da sala, lendo alto, *en anglais*, as frases a serem traduzidas. *Eles terão de vir. Você tem de ficar. Ela deve estar lá.* Canetas arranhavam e batiam de leve durante as pausas. Anna Macrimmon inclinou a cabeça de lado enquanto examinava o que tinha escrito. Uma mecha de seu cabelo caiu para a frente e ela a enfiou atrás da orelha. Ele viu que a sua orelha era ligeiramente de abano, um defeito sofrível. Acima, a abelha acompanhou a luz e, abruptamente, deslizou no ar para tocar no pôster do teatro romano em Orange, as ruínas douradas sob um céu azul primitivo.

EM PEQUENOS GRUPOS, os alunos da 13A percorreram a calçada branca como osso e reta como uma pista de pouso, entre as garagens abertas e os gramados do novo condomínio conhecido como Shade Survey. Todo ano o Sr. Mann convidava a sua turma de história do último ano para almoçar em sua casa. Joe arrastava-se do lado de Smiley, que estava contando uma história sobre como ele e Freddie Farmer quase tinham sido mortos no fim de semana. Estavam de carro na estrada de Johnsonville, a quase noventa, disse Smiley, e, além de escuro, havia neblina, e de repente perceberam que a estrada fazia uma curva para a direita, mas foram levados para a esquerda, só Deus sabe por quê.

— Que merda, cara — disse Smiley, uma grande felicidade irradiando-se de seus olhos fundos —, achei que tinha chegado a nossa hora.

Mas uma pista tinha aparecido nos faróis dianteiros. Deram com um portão e acabaram com a grade do radiador do carro do pai de Freddie Farmer, mas nenhum outro dano foi causado.

Vinte e cinco metros à frente, Anna Macrimmon caminhava entre Liz McVey e Elaine Brown. Joe olhou a nuca da garota, que desaparecia e reaparecia no meio de corpos que se interpunham entre eles. Mesmo quando a perdia de vista ou olhava para outro lado, sentia a sua presença, um escuro magnético no sol abrasador. Tinha sido reprovado no teste de francês e tinha o pressentimento de que o pior estava por vir. Não ter tomado banho o deixava suando, um desastre quando levava em conta que ainda estava vestindo sua camisa xadrez vermelha e branca. O tecido era barato e fedia, e o seu suor fazia a tinta sair.

Subiram uma alameda estreita entre sebes altas de cedro, passando por uma placa que dizia que Abraham Shade, fundador de Attawan, tinha construído essa casa em 1823. A casa apareceu, um chalé comprido e baixo com janelas sem persianas, cercada de acácias altas. Manchas de sol tremulavam em seus muros caiados. A porta azul estava aberta.

Sentaram-se no gramado ressequido da frente, sob árvores imensas e artríticas, enquanto Archibald Mann falava. O professor — o mentor de Joe e seu preferido — era um homem magro e baixo, as pálpebras pesadas, carregadas de melancolia, o cabelo branco ralo penteado para a frente em pontas, como Júlio César. Falava mais calmamente do que os outros professores e, de maneira geral, dizia menos. Mas havia algo em seu discurso lento, esmerilado, que prendia a atenção deles, uma espécie de sinceridade casual, como se lhe fosse impossível dizer outra coisa que não o que realmente pensava. Ele se aposentaria no fim do ano.

Mann falou de Abraham Shade e de sua casa. Atrás dele, o vale flutuava no sol do fim do verão. Detalhes eram visíveis, miniaturizados pela distância: a trama alta, escura, da ferrovia suspensa e, entrevista por suas pernas de pedra, a água marrom do rio, deslizando para a beirada íngreme da represa. Mas o que predominava era a luz ampla, extática, uma presença que anunciava a proximidade, ainda oculta, do outono.

— Tentem imaginar — disse Mann — outro dia como esse. Há cento e cinco anos. Algumas coisas não mudam, pelo menos não tão rapidamente. Este tipo de luz. Os grilos. Este sempre foi um bom lugar onde se viver. Há nascentes na encosta, árvores que produzem boa madeira para construção e combustível, solo fértil. Uma vista do vale que nos permite ver amigos ou inimigos se aproximarem.

"É claro que outras pessoas conheceram este lugar antes de Shade: os índios. Encontrei cabeças de flechas na encosta, fragmentos de cerâmica. Chamamos a nossa cidade de Attawan por causa desse povo, mas de fato não temos idéia de como se chamavam a si mesmos. Foram os hurons que os chamaram de attawan, ou melhor, de attawandaeron, nome comprido e difícil. A palavra significa: 'pessoas que falam uma língua ligeiramente diferente', o que quer dizer que o povo que vivia por aqui falava um dialeto iroquês, não muito diferente do dialeto dos hurons. De qualquer jeito, os attawandaerons desapareceram há cerca de quatrocentos anos. Desapareceram completamente — acrescentou Mann, e fez uma pausa. Um grilo continuou a girar sua roda rangente. Sutilmente, como um lamento, uma buzina ressoou além da cidade. Com a palavra *desapareceu* de Mann, concentrou-se uma ausência profunda. Todos a sentiram e foram dominados por ela.

— O que aconteceu com eles? — perguntaram finalmente, quebrando a tensão. Houve uma agitação entre os outros, um aprofundamento da atenção.

Mann deu de ombros, sacudiu a cabeça.

— Na verdade, não sabemos. Podem ter sido dizimados por doença ou pelos ataques de iroqueses vindos do sul. Talvez tenham feito uma má escolha política, entendem?, aliando-se à potência errada. Talvez não tenham acompanhado tecnologicamente, talvez fossem lentos demais para usar rifles ou outras coisas feitas de ferro. De qualquer maneira, desapareceram, e nós herdamos deles estes dias de fim de verão, que devem ter achado tão adoráveis como nós achamos.

Mann fez uma pausa, franzindo o cenho, como se se envergonhasse um pouco de seu arroubo de sentimento poético. A audiência permaneceu quieta.

— Quando — prosseguiu ele — Abraham Shade aqui chegou, no começo da década de 1820, apaixonou-se imediatamente pelo lugar. Temos a palavra de seus diários sobre isso. Sempre dizia que parecia assombrado. Ele e sua família foram os primeiros brancos a se estabelecerem aqui, e alegava que podia sentir as pessoas que tinham vivido aqui antes, embora tivessem desaparecido, bem, a essa altura, há dois séculos ou mais. Foi o seu irmão John, um pouco erudito, à maneira amadora, do século XIX, que lhe contou o que hoje sabemos sobre o povo indígena nesta região. Shade decidiu dar o nome deles à cidade. Muita gente não gostou, na época. Houve discussão. Mas o nome ficou...

Movendo levemente a cabeça, Joe pôde ver Anna Macrimmon. Estava sentada no chão, sob um carvalho, com as mãos em volta das canelas, o queixo um pouquinho erguido, escutando com atenção.

OCUPARAM A COMPRIDA sala de estar, repleta de livros e sofás e cadeiras de aparência confortável.

Sobre a maciça lareira de pedras rústicas pendia um pequeno quadro de montanhas, descendo escarpadas para um lago glacial. Em um canto, uma roda de fiar como uma bicicleta de madeira estranha solta no ar.

Era a primeira vez que Joe ia à casa de Mann, a primeira vez que examinava a vida particular do professor, e estava atento a cada objeto. Sentia-se, ao mesmo tempo, desconfortável e excitado, ciente de sua camisa cheirando mal e dos outros que, sem fazer idéia de como tudo isso era importante, apinhavam-se em volta de Mann como gado. Odiava ter de dividir a casa de Mann com eles, odiava que Anna Macrimmon tivesse ido logo nesse dia, quando não estava preparado para ela. Podia senti-la, no agrupamento de corpos.

— Se repararem no piso... — disse Mann.

Infeliz, Joe observou as tábuas largas e de um brilho escuro. Uma gota de seu suor caiu.

— Em geral, esperamos ver o piso de pinho em uma casa pioneira como esta. Mas este é de carvalho, carvalho de cinco centímetros sobre vigas de carvalho. De fato, atipicamente, quase toda a madeira na casa é carvalho. Alguém poderia me dizer por quê?

O silêncio foi a resposta. Os olhos castanhos na face inexpressiva passou rapidamente por eles, desafiadores. Enquanto o relógio de pêndulo tiquetaqueava sobre o console da lareira, uma pressão sutil, nervosa, propagou-se. Os estudantes sabiam que Mann era capaz de esperar minutos por uma resposta.

Joe levantou a mão. Mann balançou a cabeça para outra pessoa.

Brad Long falou com sua voz grave, agradável, impregnando a sala, como sempre, com um quê de escárnio feliz; certamente era tudo tão óbvio.

— Havia muito carvalho por aqui, estava à mão. E sendo o tipo de sujeito que ele era, queria ser importante, de modo que colocou o melhor.

— Muito bem — disse Mann.

Joe quicou de raiva pelo elogio perdido; ele sabia a resposta. Mas Brad não tinha terminado.

— Acho que ele queria que estivéssemos aqui um dia e o admirássemos. — Brad ergueu suas mãos grandes e olhou para o teto, como se falasse a uma galeria de ancestrais, baixando os olhos, de maneira aprovadora, para a cena do paraíso. — Grande piso, Abe!

A turma riu. Joe achou ter ouvido a voz de Anna Macrimmon atrás dele, prata no meio do resto.

ALMOÇARAM AO AR LIVRE. Joe pegou um sanduíche e um prato de papel na mesa comprida que Mann armara sob a acácia e retirou-se para um local na sombra, do lado de um chafariz de concreto. Anna Macrimmon ainda estava na fila. Estavam com ela Liz McVey e Sheila Benson, uma garota bonita de feições bem-definidas, o cabelo enfunado e uma risada dura, desdenhosa. Levaram seus pratos a um pequeno outeiro sob uma árvore e se sentaram no chão, puxando a saia para cobrir os joelhos. Alguns minutos depois Joe viu Brad Long juntar-se a elas. Baixou o corpo esguio na relva seca aos pés delas, espreguiçando-se com toda a descontração do mundo diante da estatuária formal de suas pernas dobradas.

Brad levantou um braço, gesticulando indolentemente para explicar algo, e Joe viu como o punho de sua camisa azul-clara estava virado, com uma precisão casual e agradável, virado uma vez e ali mantido por algum poder mágico que desafiava a gravidade, ao contrário das mangas de sua própria camisa, que desciam constantemente, a menos que fossem enroladas várias vezes. Ouviu o riso de Brad, tolerante, divertido, afetuoso. Joe viu Anna Macrimmon sacudir a cabeça sem acreditar ou desmentindo, viu a seda de seu cabelo se mover como algo vivo. Mas ela estava sorrindo também ou devolvendo um sorriso, como se dissesse "Cai fora".

A uma pequena distância, um grupo de amigos de Brad — garotos do North End — o observava com uma alegria que não conseguiam reprimir, como se ele estivesse fazendo o que não tinham coragem de tentar por si mesmos.

Joe deu uma mordida no sanduíche de atum. Desde a primeira vez que vira Anna Macrimmon, aquele dia no rio, ela tinha parecido existir só para ele. Agora se tornara propriedade de todo mundo que olhasse para ela, inclusive Brad Long, que não fazia idéia do que ela era, do seu verdadeiro valor, nenhuma mesmo.

— Yugga.

Smiley. Sentou-se de pernas cruzadas do lado de Joe, seu prato cheio.

— Comida — grunhiu, bancando o homem da caverna. Joe olhou para o outro lado.

Maionese escorria da boca de Smiley.

— Aquela garota nova — disse ele. — Eu já a vi em algum lugar.

— Como poderia? — disse Joe com frieza.

Smiley comeu com um prazer suspeito, predatório.

— Não sei. É estranho. Ela é bem bonita.

Joe não disse nada. Smiley ergueu os olhos com uma franqueza espantada.

— Não a acha bonita?

— É bonitinha. Na verdade, não tinha notado.

— Pois devia. Ela está logo ali.

Para horror de Joe, Smiley apontou.

Desolado, Joe observou as ilhas trêmulas de sombra e sol do outro lado do gramado. Quis começar o dia — a sua vida — de novo.

— Lá, não. Ali.

— Pelo amor de Deus, sei onde ela está. Pare de apontar.

Passado um momento, Smiley disse:

— O que será aquilo no seu rosto? Está vendo?

— Não.

— Olhe. Parece uma queimadura.

Joe cambaleou ao ficar em pé e caminhou rapidamente na direção da casa, tomando cuidado ao passar pelos grupos de estudantes. Nesse exato momento surgiu Mann carregando uma jarra de água com gelo. Normalmente, Joe ficava feliz ao ver o professor. Gostava de ficar depois da aula conversando com ele, descobrindo em seu poder de escutar alguma coisa que fazia seus pensamentos despertarem e se tornarem claros. Mas agora não estava preparado para Mann. Perguntou onde era o banheiro.

Mann deixou a jarra e conduziu Joe pela casa, que se estendia para os fundos com uma série de complementos. O professor moviase ligeiro, os pés pequenos em sapatos gastos, de bico fino, tropeando sobre os ladrilhos. O banheiro ficava atrás da cozinha.

— A velha cozinha de verão — disse Mann, e quando recuou para deixar Joe passar tocou-o levemente nas costas.

Joe fechou a porta, ajustou a tranca, tirou a camisa e se pôs a lavar o rosto e o peito, esparrinhando água sem pensar. No espelho, seu rosto parecia um conjunto de imperfeições. Sob o olho direito, uma espinha erguia seu minarete de vergonha. Secando-se, examinou uma foto emoldurada e pendurada do lado da janela. Dois rapazes de shorts e camisas brancas, os braços descontraídos sobre os ombros um do outro, sorrindo largo de pura felicidade. Atrás deles, elevava-se o cume branco, semelhante a uma tenda, de uma montanha distante. Com um susto, percebeu que um dos homens era Mann, o cabelo preto e cacheado, os olhos menos empapuçados, Mann na radiante dissimulação da juventude. O outro homem tinha um tipo de rosto feminino, suave, que lembrou a Joe uma pintura que vira em um livro: a face espectral de um anjo de Rafael. Isso é uma loucura, pensou, desviando-se subitamente da imagem com uma sensação de alarme. Vou falar com ela. Tenho de falar com ela.

Atravessou a casa com a sensação de estar cumprindo uma sentença, de estar sendo puxado em uma espécie de estado onírico. Porém o tempo todo dizia a si mesmo que era livre; talvez falasse com ela, talvez não. Ele estava com medo da própria covardia enquanto ansiava por sua intervenção. Ao chegar na escada da frente, relanceou os olhos pelo gramado e viu, com o coração baqueando, que ela tinha se levantado; estava se afastando dos outros com um copo de papel na mão, acompanhando a sebe que corria do terreno de Mann até a propriedade do lado.

Mann surgiu do seu lado. O professor segurava uma câmera antiquada, com a sanfona preta, e perguntou se podia bater uma foto de Joe. Há anos ele tirava fotos das turmas que se formavam, instantâneos sem malícia; tinha-se tornado uma tradição. Posicionou Joe contra a porta, segurando levemente seu bíceps para fazê-lo recuar um pouco. Quando Mann franziu o cenho atrás do visor, Joe viu Anna Macrimmon andar à toa ao longo da sebe, a cabeça erguida e um pouco inclinada para o lado, numa atitude de ceticismo.

— Lá vamos nós. Garoto mais bonito da turma — disse Mann com um largo sorriso. Um momento depois, laconicamente: — Vejo que temos uma garota nova.

— Sim. — Joe evitou os olhos do professor.

— Por que não me apresenta?

— Na verdade, não a conheço. Ela acaba de chegar.

— Então nos apresentaremos os dois.

Andando com Mann sob as acácias, ele de novo cumpria uma sentença, marchando para a sua execução. Passaram por Smiley, que ergueu os olhos do sanduíche.

— Yugga — disse em silêncio seu amigo, como se soubesse.

Ela estava agora andando em direção a um belvedere no cume da colina, passando por um jardim abandonado, onde as flores que tinham sobrevivido lutavam em silêncio com as ervas daninhas. Pertencia à propriedade Bannerman, que havia se transformado em um lar para aposentados.

Mann continuava a falar sobre as pontas de flechas e outros artefatos que ele tinha encontrado na colina. Estava vindo alguém do museu em Toronto para dar uma olhada. Joe balançava a cabeça automaticamente, mal ouvindo.

Ela estava no belvedere, com um joelho no banco, olhando o vale. Quando se aproximaram, ela se virou. Cada vez que Joe a via, seu rosto lhe parecia novo, uma revelação. De novo ele percebeu um quê de divertimento em seu olhos, como se a chegada deles fosse o começo de uma aventura que de certa forma ela estivesse esperando. Mas havia também uma franqueza que lhe provocou um arrepio. Perguntou-se se ela não se lembraria dele no rio.

Mann apresentou-se e apertou a mão dela.

— Este é Joe Walker, um de seus colegas de turma.

— Sim — disse ela estendendo a mão.

Joe pegou-a e percebeu a firmeza daquela mão na sua, e a frieza de sua própria mão.

Ela voltou a olhar para Mann.

— Estava pensando no que você disse. Em como Shade se apaixonou por este lugar. Acha que há lugares que nos chamam?

— Acho que depende, até certo ponto, da psicologia individual — disse Mann — e, é claro, há a necessidade humana de abrigo. Mas também existe algo mais... as pessoas, pelo menos a maioria, não gosta de armar acampamento em um lugar qualquer.

Ela olhava para o professor com a cabeça ainda um pouquinho de lado, ignorando Joe. Ele ficou ali como um criado, miserável e agradecido.

— Veja este lugar — disse Mann, abarcando com um gesto o vale atrás dela. — Há algo nele que satisfaz uma necessidade.

— Beleza — propôs ela.

— Sim, talvez, simples assim — disse o professor, erguendo as sobrancelhas.

— Ou complicado assim. — Ela estava olhando para Mann com uma espécie de ironia defensiva, claramente sentindo prazer.

— Realmente. Quer dizer, não nasci aqui, como Joe — disse Mann. Ela olhou rapidamente para Joe e, depois, para o professor. — Mas quando cheguei... bem, eu me senti quase como Shade ... Senti que aqui era o meu lugar.

— Lembra-me a Europa — disse ela.

— Oh, mesmo? Que lugares?

— Oh... — Lançou outro olhar supérfluo para Joe. Ele nunca tinha ouvido pessoas discutirem a beleza como uma coisa em si, como se fosse possível encontrar a Beleza descendo a Bridge Street. — A Dordonha, talvez. Partes da Itália, você sabe, calcário e pontes.

— Sim! — disse Mann, com um arroubo repentino de entusiasmo. Quando ele sorriu, o que fazia raramente, seu rosto estava radiante. — Muitas vezes senti o mesmo. A sensação de vidas que vieram antes. É claro que o espírito aqui é diferente, e receio que a comida não seja boa.

— Não acredito — disse ela.

— De onde você é? — disse Mann. Relanceou os olhos para Joe, como se o convidando a participar.

Ela riu um pouco, como se essa fosse ao mesmo tempo a pergunta mais simples e mais complexa do mundo. Na verdade, não tinha resposta.

— Nasci em Montreal — disse ela, com uma ênfase arisca, como se nascer fosse uma espécie de piada —, mas meu pai trabalhou em tudo que é lugar. Principalmente no exterior. Morei tanto na Europa quanto aqui. Minha mãe é francesa.

— Ahan — disse Mann.

Ele olhou de novo para Joe, com um tipo de perplexidade flagrante. Mas Joe nunca estivera na Europa, uma terra mítica para ele, uma terra de guerras e torres. Sentiu-se completamente desnorteado. Mexia-se e sorria vagamente enquanto eles conversavam, e torcia para ela não sentir o cheiro da sua camisa.

— O que a trouxe a Attawan? — perguntou Mann.

— Meu pai está trabalhando aqui agora. Ele é contador. E a sua empresa comprou algumas fábricas aqui.

— A Bannerman's — disse Mann. — O pai de Joe também trabalha lá.

— Mesmo? — disse ela, parecendo não estar nem um pouco interessada. Mas, pelo menos, ela o olhou novamente.

— Ele trabalha na fábrica de suéteres — disse Joe, o rosto esquentando. Queria que Mann nunca tivesse mencionado seu pai. Não queria nenhum passado. Queria apenas ficar ali, tão novo quanto ela.

Houve uma pausa, excruciante para Joe, que achou que deveria dar continuidade à conversa. Sorriu largo, mas não lhe ocorreu nada a dizer.

— Ouça — disse Mann, animando-se. — Estou batendo fotos de todos aqui, é uma tradição com minhas turmas de formandos. Se você não se importar...

Anna Macrimmon ficou de costas para o belvedere dilapidado. Seu ar brincalhão tinha-se evaporado de repente, substituído por uma espécie de tolerância soturna do processo, estreitando os olhos contra o sol, virando a bochecha com o sinal de nascença. Quando acabou, Mann disse, com a face inexplicavelmente ruborizada:

— Bem. Ótimo. Estou certo que Joe gostaria de lhe mostrar o resto. — Foi embora em segundos.

Anna Macrimmon olhou para Joe.

— Eu já o vi antes — disse ela sem rodeios.

Ele pensou em negar, mas sua concordância escapou em um movimento da cabeça.

— Onde? — perguntou ela, implacavelmente.

— Aquele...

— Não, não, deixe eu adivinhar! — Continuou examinando-o, como se o rosto dele fosse uma pintura. Ele sabia que estava corando, sabia que a espinha sob o olho estava ficando maior, sabia que o seu cheiro logo chegaria até ela, se já não tivesse chegado.

— A ponte — disse ela. — Aquela vez com as McVey...

— Eu não gritei nada — disse ele.

— Você estava na água — disse ela, apertando os olhos.

— Eu dizia a eles que parassem...

— Dizia? — gritou ela, sem acreditar.

— Palavra de escoteiro — disse ele, levantando dois dedos.

Ela o olhava maliciosamente.

— Sabe, as McVey ficaram muito chateadas.

Havia um quê de acusação em suas palavras. Ele assentiu com a cabeça.

— Por que faziam aquilo? Por que eles estavam fazendo aquilo?

Ele sacudiu a cabeça, como se dissesse: “Garotos idiotas, quem pode explicar?” Mas ela não o deixaria se esquivar tão facilmente.

— Vamos caminhar — disse ela. — Me diga.

Desceram o caminho amplo e gramado. As costas de sua mão roçaram na dele.

— Estou esperando — disse ela.

Ele sabia perfeitamente por que os outros tinham insultado as McVey. Não gostavam delas por causa da riqueza, do esnobismo, pelo fato de Doc McVey ser o senhor de várias daquelas famílias, pelo fato de terem descido ao rio para bancarem os tolos.

— Tem muita coisa atrás disso — disse ele.

— Parece fascinante.

— É uma coisa de bairro. Uma idiotice, realmente.

— Quer dizer, uma coisa de classe?

Ele pensou que ela se referia a *classe* na escola.

— A maioria daqueles garotos não é da classe delas, da turma das McVey.

— Foi o que eu disse — replicou ela, entendendo errado. — Eles são... bem, da classe trabalhadora?

Ele tinha certeza de que ia pegar fogo na frente dela. Ele nunca usava a expressão *classe trabalhadora*, apesar de saber muito bem o que ela queria dizer. A classe trabalhadora era inferior à classe média. Seu pai era da classe trabalhadora; sua mãe era, ou tinha sido, da classe média. Isso o tornava uma espécie de vira-lata?

— É uma asneira, realmente — disse ele. — É porque Doc McVey é dono de muitas casas. Algumas daquelas pessoas pagam aluguel a ele. Acham que ele cobra muito alto.

— Ah — disse ela. — E ele cobra?

— Não faço idéia. A nossa casa é própria.

Ela examinou-o enquanto andavam.

— Desculpe, eu o estou deixando embaraçado. Vamos falar de outra coisa.

— Não estou embaraçado — mentiu ele.

Mas sentiu-se aliviado quando ela voltou a atenção para os anexos da propriedade Bannerman. Seguiram em direção à casa grande, seus telhados de ardósia alcantilados assomando sobre a copa das árvores, passando por um agrupamento de galpões e o chalé de pedra do jardineiro. Ela espiou pelas janelas, as prateleiras de vidro com violetas africanas e badulaques, os pequenos cômodos sombrios mais além. Sua petulância o surpreendeu. Ele sabia que violavam propriedade alheia, mas não falou nada. Em sua curiosidade, ela parecia insensível a tais preocupações, e ele achou que também devia ficar, como se ela estivesse lhe ensinando alguma forma de liberdade.

NESSA NOITE, DEPOIS DO JANTAR, ele subiu acima da represa e ficou observando o rio. Corrente acima, uma pequena corredeira girava seu corpo líquido entre as pedras: um lampejo branco na penumbra. Tudo tinha mudado. Depois da meia hora que passara com Anna Macrimmon, tudo que ele via — a pequena corredeira, a colina ascendendo no escuro, o bando fantasmagórico de crianças fazendo algazarra na ponte para pedestres que levava ao Lion's Park — tinha o seu sinal.

Ela não foi à aula no dia seguinte. Ao fazer a chamada, o Sr. Kay olhou de relance, por cima dos óculos de armação de osso, para a carteira vazia e ergueu levemente as sobrancelhas — uma mera contração de surpresa antes de seu rosto redondo ceder à estóica brandura atrás da qual os adultos viviam suas vidas remotas. Para Joe, foi como se o professor tivesse passado, com indiferença, por um edifício em chamas.

A manhã estava impregnada de sua ausência: uma sala de aula deserta, a suéter vermelha com capuz, a aula de educação física das garotas enquanto elas deslizavam pelo campo ensolarado, o eco tribal da gargalhada vindo de um banheiro, uma ausência que ainda continha a promessa da presença dela, pois parecia possível ela se materializar inesperadamente, como tinha feito na primeira vez e também na segunda. Ele se perguntou se ela não teria decidido nunca mais voltar. Os poderes dela nessa questão pareciam absolutos; ela estava em toda parte e em parte nenhuma, tão fluida e invisível quanto o humor dele. Na aula de biologia, ele cortou o dedo com um bisturi. O sangue, uma pequena bolsa vermelha em sua junta, surpreendeu-o, porque era ele. Foi um choque se lembrar de que tinha seu próprio corpo, uma vida separada.

Ao meio-dia Sandy o esperava no pequeno parque na outra calçada, em frente à escola: uma menina de rua em um vestido xadrez sem forma, saindo, com um meio sorriso esperançoso, de uma sombra escavada embaixo de um bordo. Ele ficou consternado com a sua mediocridade, com a sua própria existência, tão pequena, finita e limitada. Seus poderes não afetavam nada além dela, nem uma única folha de grama. Ele ficou calado ao percorrerem a Shade Street, passando por mansões que dominavam, com uma reserva sem humor, os longos gramados em declive. Sentiu que sua vida verdadeira o chamava. Tinha-se tornado outra pessoa com Anna Macrimmon; agora seu velho ego enfadonho estava de volta, suando e desconsolado em sua melhor camisa, de veludo cotelê verde, quente demais para o dia, e nem de longe adequada a seus propósitos. Essa era a sua vida: a cava do vestido sem mangas de Sandy, deixando entrever seu sutiã manchado de suor; sua voz animada, sempre falando, sem dizer nada que o interessasse.

Passaram pela boca da Senator's Lane. Meninos jogavam varas em uma árvore. Feixes de folhas caíam, castanhas em suas cascas cheias de pontas como a cabeça de maças medievais.

— Fiquei esperando você ontem à noite — disse ela.

— Para quê?

Seu rosto chato ergueu-se, se oferecendo.

— Meu ensaio?

— Que ensaio? — Fez uma carranca, tentando evitar a culpa que nascia. Não adiantou, ela o atingiu. — Desculpe. Eu me esqueci. Estava ocupado. — Um momento depois, mais delicado: — Você o terminou?

Ela sacudiu a cabeça, como uma criança, pensou ele.

— Só tenho de entregar na segunda.

— Talvez possamos fazê-lo no fim de semana — disse ele. Imediatamente, o pensamento de mais alguns dias com ela o oprimiu.

ANNA MACRIMMON RETORNOU na manhã seguinte. Joe estava sentado em sua carteira na sala do Sr. Kay, esperando a aula começar, quando, instintivamente, virou-se e a viu passando entre os alunos que ainda não tinham se sentado, abrindo caminho, segurando os livros contra o peito, da maneira como as garotas faziam.

Seu rosto reintegrou-se para ele, o coração pulando de felicidade por reconhecê-lo. É claro que ela era assim! No dia intermédio, tantos detalhes tinham escapado da memória: a forma nítida de capacete de seu cabelo louro acinzentado, suas sobrancelhas escuras e, é claro, a marca na bochecha, que aparecia nesse exato momento como a imagem de uma pequena flor pálida, meio destruída.

Ainda assim, ela estava diferente. Eram suas roupas. O vestido tubinho verde tinha sido substituído por uma blusa branca franzida com mangas até a metade do antebraço, uma saia rodada em um tom vivo de verde, entremeado de indícios de outras cores, um cinto largo. Ele observou, com assombro, quando ela chegou mais perto. A sua mudança na aparência parecia a evidência de alguma fecundidade misteriosa, como o florescimento de hemerocales no jardim de sua mãe, a cada manhã novos brotos em novos lugares, erguendo sua forma de jarro no ar quieto.

Depois da aula, ele a alcançou no corredor.

— Oi — disse ele casualmente, pondo-se do seu lado.

Seu olhar de relance denotou não surpresa e total aceitação, como se a chegada dele não fosse nada especial. Ele ficou desconcertado.

— Oi — disse ela, com uma ironia que ele não captou.

— Estava doente ou...

Ela estudava o rosto dele com uma calma simples.

— Ou o quê?

— Senti sua falta — disse ele e empalideceu com seu erro.

— Obrigada — disse ela tranqüilamente.

Era difícil se manter do lado dela no meio dos corpos passando rápido, se esbarrando. Um armário a chaves foi fechado com uma batida e alguém perto resmungou a meia voz: "Não é da sua conta!"

Entraram no laboratório de biologia com suas mesas pretas e pias fundas. Um cheiro de formol impregnava tudo, vindo de tanques na frente da sala. A turma estava dissecando gatos. Joe puxou seu banco, ciente de que Anna Macrimmon havia parado várias mesas atrás dele. Ficou passando e repassando sua gafe terrível. Sentia-se como batendo a cabeça na mesa.

Smiley buscou seu gato. Rígido de lado, em uma bandeja de metal, parecia afogado, os olhos fechados crispados, o pêlo ensopado, emaranhado, arrepiado em pontas. Joe virou a página de seu caderno de notas, examinando, desolado, seus desenhos. Na semana anterior tinham dissecado rãs: a pele amarela das barrigas, removidas como coletes; os corações como chumaços de goma, acinzentados por causa dos conservantes químicos. Esse conhecimento não podia ter nada a ver com Anna Macrimmon. Ela estava atrás dele e, de alguma maneira, ele estava em seu poder. Ela tinha retirado o significado de tudo, das imagens cuidadosamente desenhadas por ele, de Smiley, com sua faca, curvado sobre o gato.

Deixou Smiley fazer a maior parte da dissecação, enquanto ele, sem entusiasmo, tomava notas, fazia diagramas. O Sr. Brunt vigiava a passagem entre as mesas, um homenzinho entusiasmado, com uma cabeça exageradamente grande, como a de um filhote de ave. Mordia um lápis e gritava instruções de uma maneira disciplinar quase incompreensível. Era como ser molestado por um cachorro latindo. Lá fora, os campos de esportes estendiam-se na direção das casas tipo ranchos, amontoadas, do Shade Survey. Um gato preto esquivava-se no outro lado do gramado.

Do fundo da sala, por cima de um murmúrio de vozes, uma voz feminina falava claramente, dizendo que ela não podia fazer aquilo, que ela não faria aquilo. Anna Macrimmon.

Ele a viu falando com o Sr. Brunt. O rosto corado, tomado por uma expressão de descrédito acirrado pela raiva. Ela estava exigindo que o professor prestasse contas.

— Isso é repulsivo — disse ela pela segunda vez. — Onde conseguiu estes gatos?

O Sr. Brunt tirou o lápis da boca e deu um risinho cínico.

— Vai desmaiar? — perguntou ele. Parecia torcer que sim.

— Não se trata disso! Não posso fazer isso, não com ela!

Ela mantinha a mão levantada — com um escalpo —, olhando para a forma cinza ensopada diante dela. Todos observavam perplexos. Ela tinha falado com o professor como se ele fosse um igual ou mesmo inferior. Era inconcebível.

— Deite-se, se vai desmaiar — disse o Sr. Brunt. Seu rosto estava vermelho como um pimentão.

Anna Macrimmon sacudiu a cabeça. Curvou-se para trás da mesa — Joe se perguntou se ela não teria desmaiado — e, um momento depois, surgiu subitamente com seus livros e saiu rápido da sala, deixando a porta entreaberta. Liz McVey correu atrás dela, uma assistente omissa.

— Simplórias — disse o Sr. Brunt. Era a sua palavra favorita de censura. Pôs o lápis de novo na boca, como uma rolha no frasco de sua fúria. — Sempre tem um — murmurou, com um sorriso forçado.

Ninguém riu. Ninguém tinha entendido o que tinha acontecido, mas a brecha nas fronteiras usuais de obediência e decoro os havia afetado profundamente, como se tivessem testemunhado um ato de violência. Só não sabiam, ao retornarem às bandejas, onde exatamente estava a violência.

NESSA NOITE JOE SONHOU com um gato. Estava de lado, em um banho tremeluzente de formol, sem se mexer. Ouvia-se um som acelerado, baixo, de respiração, como se alguém com febre alta estivesse respirando com dificuldade. Não era o gato, que estava imóvel, ou quase imóvel, sob o polimento deformador da química. O pesadelo não mudava o foco nem lhe mostrava outra coisa. Era extraordinariamente opressivo, como estar fechado em um quarto muito iluminado pouco maior do que ele.

ANNA MACRIMMON FOI ISENTADA da dissecação e autorizada a estudar anatomia por compêndios. No dia seguinte ela se sentou no fundo do laboratório sozinha, trabalhando em seu livros com uma intensidade peculiar, privada, que o deixou triste e pensativo. Ela usava um fita preta grossa prendendo o cabelo. Joe teve a impressão de que a mudança tinha a ver com o que acontecera no dia anterior, como se ela estivesse de luto pelos gatos, embora, ao mesmo tempo, houvesse algo intencional e agressivo na nova aparência. Ela não sorriu, não que ele tivesse notado. Estava claro que ele não existia para ela.

Certa manhã — um semana depois do acidente com os gatos — ele estava passando, sozinho, pelo North End, a caminho da escola, e a viu vindo em sua direção na Senator's Lane: descendo a passagem borrada de sol entre duas grandes casas vitorianas. Ela estava com um vestido cor de areia, pequeno decote em V, e andava com a cabeça baixa, os livros frouxos nos braços. Ela estava bem perto quando despertou de seu devaneio e o viu, dizendo seu nome de maneira cordial, mas com aquele quê de indiferença que tanto o desconcertara antes.

Nervoso, ele pegou uma castanha, e agora a girava nos dedos.

— O que é isso?

Deu a castanha para ela, que a examinou com um prazer óbvio e, a certa altura, levou-a ao nariz para cheirar.

— Parece mogno. E isto o que é? — Apontou para os pedaços de uma coisa branca viscosa grudada na castanha. Ele notou que a pele em volta da sua unha estava brilhando e vermelha.

— Não sei bem. Todas as novas têm, quando tiradas da casca.

Ajudou-a a procurar mais algumas, que ela pôs no bolso do vestido.

— Esta é uma das árvores que dão as melhores delas — disse ele, e a olhou atentamente, o pescoço, o cabelo, enquanto ela observava a folhagem. — Mora aqui perto?

— Em Banting. Nunca tinha feito este caminho antes.

Ele quase replicou que estava feliz por ela tê-lo feito, mas conseguiu se conter. Subiram juntos a Shade.

— É terrível — disse ele. — Aquela história dos gatos.

Ela não reagiu de imediato, e ele se perguntou se não teria cometido um erro. Ele não parecia capaz de ser natural com ela.

— Talvez eu seja sensível demais em relação a certas coisas — disse ela. — Simplesmente me ocorreu que a gata não tinha morrido de velhice.

— Eles os pegam nas fazendas — disse Joe. — Gatos de celeiro.

— Gatos de celeiro?

— São selvagens, vivem nos celeiros. Reduzem o número de ratos.

— Uma vida boa e útil — disse ela. — Não sei por que têm de morrer. Como se já não conhecêssemos a anatomia dos gatos.

— É — disse ele, com um riso nervoso. Havia uma sagacidade nela, sarcástica, dogmática, um pouco intimidadora.

— É ele mesmo que os mata?

— Não sei.

— Aposto que é. Esse homem me dá arrepios.

Uma abelha voou rápido da outra calçada, passando por eles na altura dos joelhos. Um Studebaker vermelho zuniu mais adiante na rua arborizada, e uma mulher, em uma das grandes casas no aterro a leste, parou por instantes de varrer o pórtico para olhá-los.

Anna tinha parado de remexer nos livros. Sacudiu um papel desdobrando-o com uma mão e ofereceu-o a ele.

— Escrevi um poema sobre isso.

Ele pegou a folha de papel na luz forte e ofuscante. O que ele sabia de poesia? "Ulysses", de Tennyson — ele gostava desse poema —, Wordsworth sobre narcisos, fragmentos dos solilóquios de Hamlet giravam em sua cabeça e, às vezes, em momentos estranhos, saíam. *Ser ou não ser. Depressa, bela Hipólita, aproxima-se a hora de nossas núpcias.* Olhou para a folha de papel com a sua coluna de texto datilografado e, de súbito, o leve toque de uma brisa, sentiu a vulnerabilidade dela enquanto esperava a sua reação.

A gata não está morta.
É apenas a ilusão de seu pêlo úmido, arrepiado,
Sua quietude
Seus olhos fechados
Sua última e desesperada corrida imobilizada em um emblema
Do que foi um gato.
A gata não está aqui.
O que vemos nesses órgãos endurecidos
Esse resto cinza de células
É somente o vestígio de uma gata —
Pegadas de gatos
Marcam a neve de nossos cadernos.

A gata desapareceu
Mais uma vez
A gata esquivou-se de nós:
Um sussurro em relvas ressequidas,
Um uivo de consternação
Do país de suas outras vidas.

Ao chegar ao último verso, ele sentiu alguma coisa. Não sabia ao certo se era nervoso em relação a Anna Macrimmon ou o poema em si, a sua estranheza, como uma bala varando a água.

— É bom — disse ele, e corou pela espantosa inadequação de sua observação. — É muito bom... maravilhoso! O último verso. — Ele sacudiu a cabeça, entravada por seu assombro.

Ela pegou a folha de volta e prosseguiram sem falar. Conhecendo-a tão pouco, ele tinha se lançado em novo território, e era mais estranho do que percebera. Havia regiões sombrias, trilhas traiçoeiras. Estava perdido e não gostava disso. Sentiu que a decepcionaria com o seu silêncio.

— Você é poeta — disse ele, ao espaço à sua frente. — Quer dizer, não entendo muito de poesia. Mas essa!

Relanceou os olhos para ela repentinamente, e a pegou olhando para ele; havia algo alerta em seus olhos, penetrante, que ele não conseguiu decifrar.

— Tem outros?

— Alguns — replicou ela.

— Gostaria de vê-los, qualquer dia desses. Quer dizer, se você... — Achou que ela corava. — Desculpe, Anna, se você não quiser...

— Não. Eu lhe mostro qualquer dia. Eu quero.

— Ótimo.

— Ótimo — disse ela, um eco apático.

Sentiu que ela escapava. Desesperado, antes que sua vantagem desaparecesse completamente, ele disse:

— Na semana que vem tem um baile, na sexta-feira. Pode não ser o maior baile do mundo, mas pensava se você não gostaria de ir comigo.

Ela olhou rua acima.

— Acho que não, Joe.

Sua voz ressoou abafada. Não era a primeira vez que ele sentia que ela era mais velha do que ele.

— Ou poderíamos ir ao cinema, ou...

— Não entenda mal, mas simplesmente não estou a fim desse tipo de coisa.

— E de que tipo de coisa você está a fim?

Ela sorriu levemente, sacudindo um pouco a cabeça, como se o achasse incorrigível e um pouco divertido. Ela não respondeu.

ELE SENTIU COMO se ela o tivesse pegado muito delicadamente e o posto de lado. Depois, ela foi muito cordial, portanto ele se perguntou se, afinal, ela o teria dispensado. Mas não, estava feito. Lambeu suas feridas por um ou dois dias e — não conseguia se controlar — recomeçou a segui-la. Dava um jeito de encontrá-la no corredor, e umas duas vezes esbarrou com ela a caminho da escola. Tomava cuidado em não forçar nada, fingindo estar à vontade, camuflando seus sentimentos. Uma ou duas vezes, tentou levar as coisas mais longe, mas ela o repeliu. Ele percebeu que era uma questão de confiança. Se não ficasse atrás dela, poderiam, de vez em quando, por pouco tempo, ficar juntos. Observando-a, rindo de alguma piada que ela tinha dito, fingindo que ela era apenas uma de uma dúzia de garotas de que ele gostava, ele se extasiava em segredo, profunda e gratamente.

Ela estava freqüentemente sozinha — parecia-lhe seu estado natural; quando não, estava com Liz McVey, Diane Cochrane, Sheila Benson e Carol Jeunesse — a panelinha reinante de garotas a cercava como um rebanho dando as boas-vindas à sua própria espécie. Para ele, eram inferiores a ela. Andando com ela pelos corredores, segurando os livros no peito ou debaixo dos braços, em suas saias xadrezes e blusas impecáveis, com seus cardigãs e blazers, o cabelo cortado ou eriçado, pareciam apenas suas acompanhantes, damas de companhia da rainha.

Brad Long fazia claramente parte do quadro. Ele e suas maneiras descontraídas e roupas finas — aquelas camisas sempre-parecendo-novas, os colarinhos habilidosamente abertos, os cardigãs macios, as calças cáqui perfeitamente vincadas, os sapatos de camurça chocolate Hush Puppies —, Brad dava um bocado de atenção a Anna Macrimmon. Seu armário era ao lado do de Anna — maldita sorte — , mas Joe achou que era mais do que uma simples coincidência o número de vezes que via Brad lá, curvando-se sobre a garota quando ela ia pegar alguma coisa no estreito compartimento ou simplesmente o escutava, retida no espaço protetor que seu corpo alto fazia, atenta à sua voz grave, que a cercava com uma casualidade descontraída e macia, que os arrastava juntos como dois amantes ociosos em uma canoa.

Uma vez ele os viu saírem juntos depois das aulas e subirem a Angle Street, o que era significativo. Anna Macrimmon morava nessa direção, mas Brad Long, não. Ele se perguntou se ela não o teria convidado para ir à sua casa. Seguiu-os à distância, e os viu dobrar na Cairn, mas depois disso, não querendo ser visto, perdeu-os. Poderiam ter entrado em uma casa (não sabia qual) ou virado e descido outra rua. Estava muito chateado, excessivamente ciente de seu absurdo patético para seguir adiante, mas nessa noite teve certeza de que a perdera, uma amizade era o máximo que podia esperar. Mas estava com raiva dela por estar com Brad Long; ele se achava melhor do que Brad, e melhor para ela também, e parecia um defeito importante, o primeiro que ele tinha descoberto, ela não enxergar isso.

Logo depois, ele e Anna Macrimmon se encontraram no bebedouro no corredor. Ela inclinou-se sobre a bica — que parecia viva sob as borbulhas de água — segurando o cabelo para trás com a ponta dos dedos.

— Tão gostosa — disse ela, enxugando a boca com a mão e se virando para ele. — Fria.

— Vem das nascentes fora da cidade — disse Joe. — Eles a pegam antes mesmo de ela brotar no solo. — Lembrando-se vagamente de algo da primeira conversa que tiveram, na casa de Mann, acrescentou: — Da pedra calcária.

Seus olhos verdes faiscaram. Ele sentiu-se reanimado com o súbito interesse dela.

— Adoro a palavra calcária — disse ela. — Rocha, cálcio, cal...

— E os calcários! — disse ele, feliz.

— Sim, as esponjas de águas rasas — disse ela. — Significados diversos se unindo, se fundindo em uma palavra...

Ela parecia excitada com o jogo de palavras. Ele sentiu-se desafiado.

— Isso me faz pensar nas coisas secretas, no fundo da terra — disse ele, sem tirar os olhos dela. Sentia-se meio embriagado, além do alcance de seu nervoso habitual. Sua mente dançava. — Rios subterrâneos, cavernas.

— Grutas — disse ela funestamente.

— Conheço uma gruta perto daqui — disse ele. — Não é muito profunda, na verdade, mas é de pedra calcária.

Ela olhou para ele animada; ela gostou de como isso soou.

— O que é isso? — disse Brad Long.

Tinha-se aproximado por trás, com um sorriso largo.

— Oh, Brad — disse ela, relanceando os olhos para Joe, com um ar de cumplicidade. — Estávamos fazendo poesia. Você não entenderia.

— Adoro poesia — protestou Brad, de sua maneira jocosa.

— Sei que sim, pobrezinho — disse ela, dando tapinhas na bochecha de Brad. Joe, que estava se sentindo maravilhoso com a conversa com ela, ficou espantado com a familiaridade entre eles.

Os três foram juntos para a aula de inglês. Na frente de Joe, Brad pôs a mão atrás de Anna, no lugar em que sua blusa juntava-se à sua saia. Joe não podia ver se Brad a estava tocando realmente ou simplesmente se aproximando, em um gesto de proteção e posse que visava muito mais impressioná-lo do que a ela.

9

QUANDO O TELEFONE TOCOU, Alf estava com as mãos nas entranhas de uma máquina. Quinze para as nove. As luzes estavam acesas na fábrica deserta. Em uma janela próxima, um céu amarelo pendia por trás dos reflexos das máquinas. Com freqüência queixava-se a Margaret por ter de trabalhar até tarde, mas a verdade é que gostava do silêncio e isolamento da fábrica a essa hora, quando as máquinas de tear se silenciavam e ele podia se concentrar em uma coisa de cada vez. Ignorou o telefone e ele parou abruptamente. Dois minutos depois recomeçou. Enxugando as mãos num pano, percorreu às pressas a passagem entre as máquinas até o cubículo desolado que era a sala de Matt Honegger. Era Margaret, ofegando como se tivesse corrido. Jamie não tinha ido para casa, disse ela. Tinha saído depois do jantar, sozinho, e estava uma hora atrasado. Joe já havia procurado por todo o Island e o parque.

O medo que sentiu pareceu pequeno e remoto, como se um peixe tivesse saltado no centro de um lago tranqüilo.

— Ele vai aparecer — disse ele. — Está apenas andando por aí com algum dos outros garotos. Provavelmente no bosque.

— Todos os outros garotos estão em casa.

Hesitando, pensou na noite lá fora, as sombras compridas dos terrenos de árvores para madeira estendendo-se sobre os campos, a fria e insensível erosão da água corroendo barrancos, escumando sobre a pedra. Intuiu tudo isso em um instante — as terras ermas no noroeste da cidade — e despertou para uma solidão profunda, como se fosse ele que tivesse se perdido.

Quando virou, entrando na alameda para estacionar, os faróis do Biscayne iluminaram Margaret e Penny virando-se, no alto da represa, para olhar para ele. Atrás, Lookout Hill assomava-se sombriamente. As meias brancas de sua filha brilharam e entrecruzaram-se quando, de repente, ela correu para sua mãe. Lá embaixo, os olhos castanho-amarelados de Red refulgiam. Alguns minutos depois Joe apareceu, e a família ficou em pé do lado da mesa de piquenique, enquanto Alf tentava acalmá-los e elaborar um plano. Estavam todos olhando para ele, esperando uma solução; podia sentir a pressão até mesmo de Joe, como se, nessa hora de crise, um instinto de recorrer ao homem mais velho, mais forte, pusesse de lado os desafios constantes, sutis e não sutis, à sua autoridade. Mas Margaret permitia-lhe essa autoridade provisoriamente, ele sabia, sentindo uma impaciência que beirava à fúria.

— Vamos subir o rio — disse ele. — Temos de verificar o forte que ele fez com Johnny Simms.

— Ele está sempre falando em ir a Devil's Cave — disse Joe.

Transformaram a conjetura em uma espécie de certeza. Mas Alf sabia que o menino poderia estar andando a esmo por qualquer lugar. Poderia (afastou a idéia, mas sua essência permaneceu) estar a quilômetros da cidade. Se alguém o tivesse pego, perdê-lo por trinta segundos seria tão ruim quanto perdê-lo por um dia. Talvez já fosse tarde demais. À luz vindo da casa, Penny ergueu o rosto para ele. Ele mal conseguiu suportar a maneira como seus olhos grandes assimilavam cada movimento seu, cada palavra sua, como se ela pudesse fazer Jamie surgir de seu corpo como por encanto. Alf passou os dedos na bochecha quente dela.

— Oi, menina. Não demora, e ele vai entrar e ficar sem entender o porquê dessa confusão toda.

— Isso vai lhe ensinar a não implicar com ele — disse Margaret à menina.

— Eu, nunca — disse Penny, e caiu em prantos.

Alf lançou um olhar à mulher.

— Não é hora para dar lições.

— Bem, eu só estava dizendo que será uma lição para todos nós — disse Margaret, defensivamente. Era capaz de mudar de direção tão rapidamente quanto um político.

Alf quase disse: "Não é isso o que quis dizer." Mas não era hora para esse jogo. De qualquer maneira, ele nunca conseguiria vencê-la.

— E Red? — disse Joe. — Talvez ele possa encontrar Jamie.

O cachorro grande tinha estado trotando para cima e para baixo do quintal, em uma agitação frenética, ganindo e uivando, as orelhas empinando e baixando.

— É mais provável que encontre um gambá. É melhor prendê-lo.

Entrou em casa para buscar uma lanterna. Ao voltar, Margaret insistiu em que chamasse alguns vizinhos. De início, Alf resistiu. A idéia de um grupo de busca parecia melodramática. Ele não queria passar por tolo na frente dos homens de Island.

— Pelo menos, chame Pete — disse Margaret.

— Estamos perdendo tempo — disse ele, ainda irritado com ela.

— Alf, tem muito chão para cobrir.

— Chame-o — disse Penny.

Todos olharam para ela, sobressaltados com algo em sua voz. Ela estava olhando perfeitamente calma para Alf e, nesse momento, teve mais autoridade do que qualquer outra pessoa da família.

Alf entrou para ligar para Pete. Não se falavam desde a briga.

— Pete — disse ele, indo direto ao assunto —, perdemos Jamie. Acho que ele pode estar para cima do rio.

— Já estou indo.

Reuniram-se no quintal. Seu vizinho Bill Olmstead também tinha chegado, atraído pela voz de Margaret gritando o nome de Jamie na represa; e o seu filho mais velho, Dick. Alf não gostava de nenhum dos dois homens, gordos e faladores, o filho a cópia mais alta do pai. Transbordavam animação e davam a impressão de que procurar Jamie era uma espécie de aventura. Pete, no entanto, estava quieto. Tinha levado uma corda.

Margaret e Penny foram com eles até a ponte para pedestres. Elas ficariam em casa, para o caso de Jamie aparecer. Ou alguém ligar, tinha dito Alf. Não pensou com clareza em quem poderia ligar ou por quê. Sabia que a polícia não ligaria, eles bateriam à porta.

— Vamos encontrá-lo — disse Alf, e por um momento fitou os olhos da mulher. Estava escuro demais para vê-los com nitidez, mas algo em seu rosto pareceu estender-se a ele e, em um instante, a hostilidade que sentia em relação a ela se esvaneceu.

No limite da fazenda de Wiley, os homens se dividiram. Alf tomou a trilha de baixo, que seguia as curvas do Atta pela floresta. Acima do pasto, no alto à sua esquerda, o céu apresentava uma última tênue risca de iodo. Ele golpeou com o facho de luz da lanterna os arbustos na margem sobre o rio, incapaz de resistir ao chamado de seu medo. É claro que não veria Jamie flutuando no meio do Atta (dizia a si mesmo), mas era o rio que o preocupava. Uma noite na floresta não machucaria o menino, mas a água era um fator desconhecido, correndo com um propósito próprio. No alto, para o sul, uma lua gredosa, achatada do lado, escapara das nuvens.

Ele podia ouvir os outros gritando o nome de Jamie nas colinas da fazenda. Resistiu a gritar, embora a palavra *Jamie* não parasse de vir à sua garganta. Gritar parecia um ato de desespero, e ele estava lutando contra o desespero, como se, uma vez liberado, gerasse o que ele mais temia. Ouviu Pete chamar de novo e, quase como um eco, também gritou. A palavra *Jamie* irrompeu, ressoando mais rouca do que ele pretendera. Gritou de novo, enquanto a lanterna penetrava as árvores novas na beira da barragem. Não houve resposta ou, pelo menos, nada audível além do chiado grave e regular da água. Explorou, por alguns minutos, a área em volta da represa, jogando a luz sobre a ampla superfície de concreto, lustrosa com a água que deslizava por sua face íngreme, caindo no suavemente agitado poço em sua base. Achou a represa desalentadora e ficou feliz em prosseguir trilha acima. Em um bosquete de árvores mortas, lançou o facho de luz a um clarão repentino e viu a cesta de metal de um carrinho de compras abandonado.

Havia andado por essas sendas toda a sua vida. Havia brincado ali, pescado, nadado, até mesmo trabalhado, durante uns dois verões, para o velho Wiley, a um dólar por dia, retirando ervas daninhas dos nabos e limpando estábulos. Mas nessa noite o lugar lhe pareceu desconhecido, como se nunca o tivesse visto realmente, a malevolência emboscando-se nas trevas que cercavam seu facho de luz com uma presteza felina. Nem mesmo tinha certeza do que estava procurando. Se Jamie estivesse consciente, certamente ouviria seus gritos e responderia. E se não estivesse? O facho de luz saltava no meio das árvores e esquadrinhava a moita de ervas daninhas emaranhadas, procurando um corpo pequeno e encolhido. Talvez Jamie tivesse caído ao tentar subir em uma árvore. Talvez tivesse desmaiado com a dor de uma perna quebrada. Alf tentou vasculhar com a lanterna de maneira ordenada, mas a escuridão e a densidade da floresta escarneceram do seu sistema. Pisou em samambaias — suas copas marrons agonizando, achatadas no solo — e galgou a pequena colina até as vinhas que se balançavam. Havia pegadas ali, de vários pés. Algumas pareciam do tamanho exato dos pés de Jamie, mas não podia ter certeza. Esforçou-se, em vão, para se lembrar do padrão das solas dos sapatos do filho. Os rastros pareciam recentes, talvez do dia anterior. Animando-se um pouco, prosseguiu, sob os altos carvalhos inclinados. Tinham sido gigantescos quando ele era menino. À sua esquerda, os campos da fazenda de Wiley tinham-se tornado cinza ao luar.

De novo, sua luz varreu o rio. Jamie podia nadar, mas o pai de Alf também poderia ter nadado. Recordou, apesar de todo o esforço para reprimir a memória: a tarde de domingo de junho de 1952, quando olhou pela janela da frente e viu Gerry Milton, o contramestre da Town Yard, de lá para cá na calçada como se estivesse indeciso ou perdido, suas botas de borracha deixando rastros leves e úmidos no concreto. Encontraram-se na porta da frente. Quando Gerry contou, seu rosto dorido, seus olhos perfurando os de Alf como se ele, Alf, pudesse salvá-lo dessa aflição, pareceu-lhe que sempre soubera que seu pai estava morto. Gerry não estava lhe dando a notícia, mas apenas forçando-o a olhar para o lado, para uma negritude que sempre existira.

Ele tivera de contar à sua mãe. Sentou-a em uma cadeira enquanto ela chorava. O quê?, O quê? e ele percebeu que ela também já sabia. Talvez fosse a guerra que lhe tivesse dado a presciência; ela já tinha perdido Joe, o irmão de Alf. Agora sabia que o marido também estava morto. Tinha estado morto durante todos os 46 anos que ela o conhecera, morto desde que namoravam naqueles mesmos caminhos que ele, Alf, percorria agora, agitando a lanterna à sua frente, morto desde o primeiro momento em que respirara. A morte estava inscrita no osso, na minúscula semente dinâmica, no átomo em remoinho.

Quando lhe contou, o braço direito dela agitou-se com vida própria, como se ela pudesse afastar o conhecimento. Nesse momento ele tinha odiado a vida, e sentia o mesmo ódio agora, ao parar e olhar, para se acalmar, pelas copas das árvores algumas estrelas esmaecidas pulsando. Era a isso que tinha se reduzido: ao medo, inteiramente justificado, de que em algum lugar fora dali a sua própria morte e a morte dos que ele amava estivessem aguardando.

Seguiu a trilha ao longo da orla da floresta. Sentiu-se frio como gelo, determinado a tirar o filho da armadilha. Procuraria o menino nem que tivesse de morrer fazendo isso. A trilha descia às terras baixas do Atta. A área tinha mudado desde a sua infância. Na época, vacas pastavam ali, mantendo a terra limpa e desobstruída. Agora estava densa de árvores frutíferas.

— Jamie! — gritou uma voz à distância, e a esperança inflamou-se nele. Eles o teriam encontrado?

Silêncio. As pequenas árvores, como buquês toscos, pareciam se erigir na sua luz como se esperando alguma coisa, estupidamente. O mato explodiu do seu lado, e ele rodopiou para enfrentar o ataque, o coração batendo acelerado. A luz da lanterna iluminou uma corça fugindo, seu rabo branco erguido, nítido como um cartaz, enquanto ela saltava para o meio das árvores.

— Cristo — disse ele, e se arrependeu de blasfemar.

Sentiu que tinha de se manter puro ou Jamie não apareceria. Prosseguiu, ciente de não ter mais um plano. Simplesmente seguia seu instinto, rastreando as trilhas para o norte, sondando na lama mais marcas de tênis (não encontrou nenhuma). Não ouvia mais ninguém gritando. Quem sabe não o teriam encontrado?

— Jamie! — gritou, e sua própria voz retornou, um grito muito menor, da parede do vale.

Alcançou de novo o rio. A água, no facho de luz, parecia sinistra, furtiva, ardilosa. O ar cheirava a outono, a decadência, a vazio gelado.

Corrente acima, uma corredeira espumava, um fragmento de branco movendo-se erraticamente no escuro. Alf iluminou-a e a luz estancou. Ali estava Jamie, com sua camiseta branca e short, os olhos vidrados, piscando na luz como um animal pego bebendo. Em um momento ele desapareceria.

— Jamie!

— Papai!

— Fique aí! Jamie, não se mexa! Vou pegá-lo!

Deu a volta na beira da enseada escura que os separava, tropeçando no mato e na água, o facho da lanterna dirigido a Jamie o tempo todo. Ficaram juntos, o menino em seus braços.

A luz passou por um segundo par de pernas, também de short, em pé a uns seis metros. Havia um menino lá, um menino de cabelo preto mais ou menos da idade de Jamie, o braço levantado contra a luz. Seu corpinho de camiseta vermelha recuava lentamente, como se pretendesse fugir.

— Quem é ele? — perguntou Alf. Tinha deixado Jamie no chão. O outro menino tinha despertado um início de medo em Alf, como se, de alguma maneira, tivesse representado perigo para Jamie e continuasse a ser uma ameaça. Apontou a luz de novo para o filho. Que acenava para o outro menino se aproximar.

Jamie! Jamie!, gritavam vozes na colina.

— Eu o encontrei! — gritou Alf.

Silêncio e então:

— Ele o encontrou! Ele o encontrou!

— É o menino Boileau? — perguntou Alf.

— Billy — disse Jamie —, está tudo bem. É o meu pai. O menino Boileau tentava ver pela luz, os olhos furiosamente desconfiados. Alf ficou surpreso ao ver os dois juntos. Os Boileau eram rudes, pobres. O tio do menino, ou seria seu primo?, tinha estado preso. — Ele perdeu seu cachorro — disse Jamie. — Tentamos encontrá-lo. Passamos pela gruta. E nos perdemos.

— Venha cá, filho. Está tudo bem.

O menino Boileau sorriu de maneira rígida e deu um passo na sua direção.

Os outros retornaram em grupo, alegres sob a lua assimétrica. Jamie voltou, por algum tempo, sobre os ombros do pai. Pete ofereceu-se para carregar Billy, mas o menino recusou com a cabeça e se afastou, andando a uma distância dos outros e não falando nada, apesar de, vez ou outra, apresentar seu sorriso dolorosamente automático, como se achasse que devia fazer isso.

Do lado de Alf, Bill Olmstead não parava de falar como nunca duvidara de que encontrariam o menino. Partiu para outras histórias de crianças e cachorros perdidos, e da vez que ele próprio se perdera no mato atrás de um chalé no norte. Nenhum desses episódios tinha acabado mal, declarou Bill, como se a boa sorte dependesse apenas de uma atitude positiva.

Na frente, Pete caminhava com a cabeça baixa, a corda não usada balançando enrolada em sua mão. A visão comoveu Alf; seu amigo havia ido por ele, sem hesitar nem um instante. Bem, é claro que ele teria feito o mesmo. Alcançando-o, Alf pôs a mão em seu ombro.

— Pete... obrigado.

— Tudo bem, amigo — disse Pete, evitando os olhos de Alf, falando sem pensar, como se suas palavras resultassem de uma emoção potente demais para ser admitida com segurança.

Alf levou Billy de carro para casa. O menino sentou-se vigilante na ponta do banco da frente do Biscayne, grunhindo *é* ou *não* como resposta às perguntas de Alf e observando cada curva na estrada. Sua voz áspera e baixa parecia presa em sua garganta. Havia algo esquisito nele.

Os Boileau viviam no Flats, no lado leste da cidade, em um chalé de estuque e sarrafos, obscurecido pela balaustrada da barragem. Um dos suportes da varanda da frente havia sido substituído pelo tronco de um vidoeiro. Estacionando no meio-fio, Alf olhou para a janela da frente, sem cortinas, e viu o tremeluzir de uma pequena televisão, o encosto de um sofá e um buraco na parede que expunha as ripas embaixo. Ele se perguntou se Billy tinha mesmo se perdido. Mas viu Lucille Boileau, na rua, vindo do rio. Quando ela localizou o carro, parou.

— Está tudo bem, eu o achei! — gritou Alf, saindo do carro. E observou-a se curvar, como se tivesse levado um soco no estômago. Ainda chorava quando se aproximou dele.

Ela apertou a cabeça de Billy contra o corpo. Afastou-o abruptamente, dando-lhe um tapa do lado da cabeça.

— Você me deixou louca!

— Não seja muito dura com ele — disse Alf. — Ele estava com o meu filho. Eles se perderam rio acima.

— Você nunca me disse que ia lá! Onde está Fuzz? Perdeu ele de novo?

— A corda arrebentou.

— A corda arrebentou — Lucille disse a Alf, com sarcasmo.

— Eles estavam tentando voltar — disse Alf.

— Vá para dentro — disse Lucille.

Billy disparou para casa.

Ela virou-se para Alf. Tinha cerca de 35 anos, calculou Alf, bela de uma maneira severa, ameaçadora, o cabelo negro comprido escapando dos grampos e mechas caindo em ondas, os ossos altos da face luzindo com as lágrimas. O sorriso que ela lhe deu foi tímido, achou ele, e um tantinho ambíguo e astuto. Durante anos — ele a via com freqüência na Bannerman's, onde ela trabalhava no departamento de costura —, sua boca o fascinara, era tão larga, os lábios tão grossos e móveis, uma boca excêntrica, como se uma criatura marinha estranha adquirisse vida em sua face.

— Eu morro se perdê-lo — disse ela, os olhos fixando o peito de sua camisa.

Lançou-se para ele, pegando sua nuca com uma mão e pondo sua boca na dele. Foi mais do que um beijo, foi como se ela tivesse tirado com uma mordida macia um pedaço de seu rosto. De volta, ao passar pela ponte, ele continuava a pensar nisso, uma excitação elétrica atravessando seu peito onde ela se pressionara a ele. Sentiu-se com vinte anos de novo, tudo muito vívido: o ar úmido, rançoso, acima do rio, suas mãos formigando no volante, e passando o sinal, a Igreja Batista e a biblioteca, a lua alta, solitária, irregular.

10

A LUZ NO BANHEIRO tinha um matiz esverdeado. A mãe de Jamie o fez sentar-se na privada com a tampa baixada e sentou-se na beira da banheira, um joelho em sua meia marrom tocando no dele. Na Jarrod's Shoe Store havia uma máquina em que se punha o pé, olhava-se por um visor e dava para ver os ossos do pé, pálidos e estranhos como pequenos fantasmas. Ele achou que ela estava olhando seus ossos.

— O que estava fazendo com aquele menino?

— Nada.

— Não estavam fazendo nada.

Ela bateu em seu joelho com uma espátula de borracha. Era o que usava para bater nele. A raiva dela era imensa — refulgia no azulejo atrás de sua cabeça —, mas ele não sabia o que tinha feito para provocá-la. Ele observou a borracha chata tocar seu joelho e a encarou. Geralmente, isso funcionava, mas agora, não.

— Estávamos só brincando.

— Não quero que brinque com esse menino de novo.

— Billy?

— Não quero que tenha mais nada com esse menino Boileau. Está me entendendo?

A espátula bateu de novo em seu joelho.

— Por quê?

— A família dele não é gente do nosso tipo. Entendeu?

Ele olhou para a torneira da banheira, onde uma gota grande se inflava, ficando pronta para cair.

— Só estávamos nos divertindo.

— Jamie!

— Tentamos voltar!

Ele estava chorando. Quando chorava, seus pensamentos se dispersavam, ele não conseguia acompanhar seu curso. De que tipo era a nossa família? O tipo era bom, não era? Sua professora, a Srta. Wayne, era bondosa e sua mãe também, em geral. Agora ela não estava sendo bondosa — ela não era do tipo bondoso?

— Olhe para mim!

Ele tentou encarar aqueles olhos pretos olhando para os seus ossos.

— Papai não ficou com raiva — disse ele em tom de lamúria.

— Ele também não quer que brinque com esse menino. Prometa que não vai mais brincar com ele.

— Mãe!

— Prometa!

A espátula bateu. Ele estava chorando, ele não sabia por que, exceto que alguma coisa não era certa. O que tinha feito de errado? Quando se faz alguma coisa errada, se é punido, mas por que ele estava sendo castigado por fazer simplesmente o que achava certo? Ele tinha tentado ajudar Billy a achar seu cachorro e tentado voltar para casa o mais rápido possível. Só que não tinha conseguido encontrar a trilha.

— Jamie!

— Prometo! Mas, mãe, por que os Boileau não são do tipo...

— Por que não são gente do nosso tipo? Porque não são boa gente. Tiveram problemas com a lei.

— Que problemas?

— Isso não tem importância. O importante é que não nos damos com eles. Certo?

— Sim.

— É assim que se diz.

Deu-lhe outro tapa com a espátula e se levantou. O assunto estava claramente encerrado. Observou-a se olhar no espelho. Ela pôs um dedo na bochecha e puxou a pele para baixo. A bolsa sob o olho estava vermelha, como as guelras de um peixe.

NA SEGUNDA E NA TERÇA, ele ficou em casa, com um pouco de resfriado, disse a mãe, sentindo suas bochechas. Sentava-se na cama bebericando refrigerante e olhando seus livros, especialmente as histórias de *Tim* e os quadrinhos do Super-homem e do Pato Donald. Na quarta-feira, sua mãe anunciou que ele já estava bom para voltar às aulas. Ele subiu a colina e viu Billy esperando-o no portão do pátio dos meninos, com um sorriso tão largo, tão claramente alegre em vê-lo que Jamie sentiu uma dor no estômago.

— Oi.

— Oi.

— Veja o que eu trouxe! — disse Billy. Olhou por cima do ombro, pôs a mão no bolso do paletó e tirou um pequeno tubo de cartolina com uma tampa de metal. Rolou-o na mão. — Uma bala — disse Billy, com sua voz gutural, como um gorgolejo.

— De verdade?

— Espingarda de caça.

— Onde é a ponta?

— Não tem ponta. A gente bota pólvora. Depois bota outra coisa, como bolas de gude, pedras ou balas de sal. Podemos fazer pólvora depois da aula. Certo?

— Não sei. Prometi que ajudaria a minha mãe.

Mentiroso, disse a voz dentro dele. Jamie esquivou-se.

— Mói-se carvão e bota outras coisas dentro.

— Não sei.

— Podemos ir à minha casa — disse Billy.

Mentiroso, mentiroso, nariz de Pinóquio.

— Cala a boca — disse Jamie à voz, sentindo o rosto queimar. — Não é com você — disse ele a Billy.

Billy pôs a bala no bolso. Alguns garotos da quinta série passaram com a cabeça para trás, uivando como lobos. Jamie afastou-se, abruptamente, em direção a um grupo de meninos que estavam jogando *conkers.* Billy foi com ele. Jamie fingiu prestar atenção às castanhas se balançando e se quebrando, mas só conseguia realmente pensar em Billy, que empurrou outro garoto para ficar do lado dele. Afastou-se de novo. Billy foi atrás. Parou, e Billy parou.

Tentou mais uma vez, seguindo para o muro em que Fattie Lonsdale e Mike Harms estavam de joelhos, lançando cartões em um canto com movimentos rápidos dos pulsos: cartões de beisebol, cartões de hóquei e cartões com bandeiras do mundo e carros, cobrindo o asfalto como folhas. Billy juntou-se a ele. Sorriu largo para Jamie com seus dentes amarronzados; era divertido!

A inspetora tocou o sino, e os meninos no pátio começaram a andar em direção à escola. Billy do lado de Jamie, na fila que entrava pela porta sul.

— É melhor você ir para a sua porta — disse Jamie.

— Ah, é! — disse Billy, e bateu com a mão na cabeça e fez uma careta, como para dizer como sou pateta, e Jamie não conseguiu deixar de rir. Billy fez menção de ir, mas parou quase imediatamente e mandou Jamie estender a mão.

— Para quê?

— Ora, só estende a mão.

Ele estendeu. Billy pôs a bala vazia nela.

— É um presente — disse Billy, e saiu correndo.

Durante a aula de leitura, Jamie sentiu-se um pouco enjoado e, quando estava pondo a cartilha debaixo da mesa, o vômito precipitou-se por sua boca. Bateu na madeira e ficou ali, uma grande poça marrom com salpicos amarelos. Ele mal podia acreditar. Tinha visto outros meninos vomitarem na escola, visto serem levados à enfermaria enquanto o Sr. Small, o zelador, entrava e espalhava serragem sobre o vômito e o retirava e lavava o chão. Mas durante muito tempo não se podia pisar no lugar cheirando a vômito que fazia a gente vomitar também. Agora era ele o garoto que tinha feito a coisa idiota e fedorenta. Estavam todos olhando, as fileiras de cima a baixo, alguns dos garotos rindo ou esticando o pescoço para ver, ou dizendo Uau e olhando fixo para ele como se não mais o conhecessem, exatamente como não conheciam Hel Grimm, o menino alemão que não sabia falar inglês e que um dia tinha ido à escola usando short de couro.

11

ATRÁS DE SUA MESA NO Escritório Geral, a recepcionista May Watson ergueu sua cara de alcoólatra.

— Querem falar com você na sala da diretoria — disse a lenga-lenga com os olhos de pálpebras pesadas fixados no peito de Alf.

— Eles disseram sobre o quê?

Eles: como uma criatura com vinte cabeças.

O ombro direito de Mary se contorceu, um leve dar de ombros.

Atravessou o escritório, subiu a escada carpetada, passou por um murmúrio de vozes e o metralhar das datilógrafas, consciente das manchas em seu macacão de trabalho. Na última porta à sua direita estava pendurada uma pequena placa de metal em que se lia: DIRETORIA. Ele fez uma pausa, imaginava uma dúzia de homens o aguardando no outro lado, as cabeças virando quando ele batesse. Mas a sala estava vazia. Entrou, deixando a porta entreaberta. Cadeiras de carvalho amarelo em volta de uma mesa comprida da mesma madeira. Em um canto da mesa, alguém tinha deixado um guardanapo e um biscoito comido pela metade.

Sentou-se, mas após alguns segundos levantou-se. Na parede do lado da porta, as feições graves de ex-executivos da Bannerman's, em fotografias e pinturas, os olhos fitando-o sem vê-lo, com uma serenidade tal que pareciam fixos em algum lugar distante, melhor. Na parede oposta, estavam penduradas várias fotos históricas. Percorreu-as com as mãos nos bolsos, relanceando os olhos para mulheres em blusas de mangas compridas e gola alta, com o cabelo elaboradamente para cima, erguendo os olhos de suas máquinas de costura, homens posando estoicamente do lado de carrinhos e correias em roldanas. Reconheceu vários amigos de seus pais. Pareciam mais jovens do que ele agora: Mary Plumstead, Vickie Short, Johnny Bickersteth, Al Partridge, tantos deles ingleses. Sim, quando ele crescia, os sotaques da parte central da Inglaterra, das Midlands, eram tão comuns na cidade quanto os canadenses. Sua mãe tinha vindo em 1910 no *Empress of Ireland*, uma garota de 23 anos com um nota de dez libras presa dentro da blusa e o melhor bule de prata de sua mãe na mala, sem conhecer ninguém. Procurou-a em uma foto grande do piquenique do pessoal da Bannerman's em 1927. Nesse ano ele também devia estar lá; quantos anos teria, oito? Uma grande massa de pessoas vestidas de branco, cor do verão, olhava da arquibancada. Seus rostos sérios pareciam ofuscados pelo clarão de uma imposição.

Passou para a fotografia seguinte: Os Bannerman Stingers, Ontario Senior "B" Champions, 1938. Tinha uma versão menor da mesma foto em casa. Ainda assim, tinha de procurar Joe, tinha de se certificar de que seu irmão estava nela, como se Joe, o selvagem, aquele que sempre fazia o inesperado, pudesse ter escapado da moldura quando ninguém estava olhando.

Lá estava ele, em seu lugar na primeira fila, ajoelhado com outros jogadores, com o uniforme listrado dos Stingers, seu bastão recurvado inclinando-se na direção da enorme taça de prata na frente deles. Usava o cabelo louro esticado para trás, sugerindo — mesmo em repouso — velocidade, seu talento para o ataque.

— Encontrou alguém que conhece?

A voz forte, cordial, assustou-o. Com sua entrada mascarada pelo ruído do ar-condicionado, Bob Prince tinha-se materializado no outro lado da mesa. Segurava uma pasta de papel-manilha contra o peito do paletó do terno bege-claro. A cabeça calva, bastante bronzeada, lhe conferia uma aparência estranhamente estrangeira — italiana, ou mesmo árabe.

— Meu irmão — disse Alf, feliz em ver o executivo. Independentemente do motivo da reunião, sentiu que tinha um aliado.

— Ah, mesmo? Vamos ver.

Quando Prince deu a volta à mesa e se curvou para examinar a foto, o ar refrescou agradavelmente com sua loção pós-barba. De perfil, o maxilar definido projetava-se um pouco, com uma agressividade exagerada.

— Um jogador de hóquei!

— Ele era muito bom. De qualquer jeito, o melhor da equipe.

— Campeões de Ontario — comentou Prince, de modo aprovador.

— Depois dessa série, os Leafs ficaram de olho nele.

— Passou a jogador profissional?

— Não, ahn...

— Tinha coisa melhor a fazer — disse Prince, com uma condescendência afável.

— Acho que se pode dizer assim. Quando a guerra foi declarada, ele se alistou imediatamente. Minha mãe não queria deixá-lo ir, mas não conseguimos convencê-lo.

Os olhos azuis pálidos o observavam cautelosamente. Um tom de respeito na voz de Prince ao dizer:

— E depois disso ele...

— Ele foi morto — disse Alf, virando-se. Sentia-se envergonhado, mas do quê? Do vazio, do silêncio, quando proferiu as palavras *Ele foi morto*? Ou da emoção aprisionada atrás das palavras, como um animal em uma gaiola pequena demais?

Percebeu que atingira Prince, e que para isso usara a morte do irmão, como uma vara encontrada na rua.

— Sinto muito — disse Prince, com aquela bela voz. O ar-condicionado crepitava. Por trás da vidraça manchada, sumagres definhavam no calor. — Deixamos para trás alguns dos melhores, não?

O executivo balançou a cabeça, dando um suspiro.

— Eu estava na força aérea — prosseguiu. — Não que tenha voado muito. Queria ser piloto, mas não superei o enjôo no ar, de modo que me transferiram para a inteligência. Partíamos na frente dos caças ingleses, na França, procurando novos campos de aviação enquanto o front avançava. — Prince deu a volta à mesa, apontando uma cadeira para Alf. — Bert Hatch me disse que você esteve no exército.

— Sim, fui da turma do *tour* a pé.

Ao se sentar, Alf relanceou os olhos para a pasta que estava na frente de Prince. Não conseguiu ler a etiqueta.

— Eu tinha de andar de jipe — disse Prince. — É engraçado, eu sempre achava que tinha perdido alguma coisa, que não tinha cumprido, de fato, a minha parte. Isto é, nunca ninguém atirou em mim.

— Nem todos eram para ser atingidos — disse Alf.

Prince deu seu brilhante sorriso.

— Acho que não — disse ele, e em um instante o sorriso havia desaparecido. — Bem — anunciou, franzindo o cenho para a pasta: uma mudança de humor, de direção. A guerra, aviões de caça, a morte de Joe foram postos de lado. — Chamei-o para conversar sobre um problema que tenho. Bem, acho que primeiro devo situá-lo. — Prince recostou-se na cadeira, um homem grande tentando ficar à vontade, o paletó aberto, a gravata marrom cara com o prendedor de ouro ajustado à camisa branca. Alf relanceou os olhos para a porta fechada atrás dele. Aparentemente, ninguém mais era esperado.

— Estamos determinados a erguer de novo a Bannerman's — disse Prince. — Novas linhas de produtos, novas máquinas, nova contabilidade. Estamos planejando informatizar o sistema. Tudo isso custa muito dinheiro, é claro, mais, na verdade, do que a Bannerman's está ganhando. Mas estamos dispostos a investir nela, contanto que acreditemos que não teremos nenhuma surpresa desagradável.

O executivo franziu o cenho e deu tapinhas com os dedos juntos, fixando o olhar em Alf, como se ele tivesse alguma coisa a ver com as surpresas desagradáveis. Havia um peso nele, um senso de responsabilidades importantes e graves. Alf sentiu-se lisonjeado por ter sido escolhido para confidente. Mas sentia-se também confuso. Certamente não era função de Prince dizer-lhe que havia sido promovido a chefe de seção. Porém sobre o que mais poderia ser?

— Provavelmente, Alf, ouviu falar que há um sindicato rondando por aí.

— Entendo — disse Alf, mudando de posição na cadeira.

— Bem, teoricamente, não tenho nada contra sindicatos. Mas a questão é que com todos os investimentos que estamos fazendo aqui não podemos realmente arcar com um.

— Não — disse Alf.

— Quero dizer — disse Prince, lançando-lhe um olhar significativo — que *realmente* não podemos arcar com um.

— Não — repetiu Alf, o rosto esquentando.

— Se me permite lhe confidenciar algo, Alf. Se o Escritório Central, estou falando dos meus patrões agora, achar que terá problemas trabalhistas aqui, poderá pular fora em um estalar de dedos. Quer dizer, de qualquer maneira, acham um risco vir para cá. Estão nervosos.

O executivo estremeceu ao pôr a mão no peito do paletó. Talvez tivesse apalpando uma caneta ou tocando uma ferida.

— Chegou a perceber algum sinal do sindicato? — perguntou ele.

Alf entendeu por que tinha sido chamado. Prince achava que podia confiar nele. Precisava de informação.

Alf chegou para a frente em sua cadeira. Ali havia perigo e sentiu que só o aumentaria se não fosse franco.

— Na verdade, um organizador apareceu lá em casa. Eu o mandei passear.

Prince não devolveu seu sorriso.

— Um sujeito feio com a cara vermelha?

— Isso aí.

— Doyle — disse Prince.

— Esse era o nome — disse Alf, confirmando.

— Tivemos muitos problemas com o seu grupo em nossas fábricas no leste — disse Prince. — Ele não parece grande coisa, mas é perigoso. O que ele disse?

Alf deu de ombros, impaciente por considerar Doyle inconseqüente.

— O de sempre. Assine na linha pontilhada e suas preocupações estarão terminadas. — Relanceou os olhos para Prince, que estava claramente esperando algo mais substancial. — Disse que a Intertex tinha os bolsos tão fundos que era um crime não pagar melhor do que a Bannerman's.

— Esses socialistas — disse Prince, sacudindo a cabeça. — São todos iguais. Acham que somo baús de tesouros ambulantes. Não fazem idéia do que é preciso para gerir uma empresa, para mantê-la funcionando. Não fazem idéia de onde vem a riqueza...

— Não — disse Alf.

— Isso foi tudo o que ele disse? Sabe se ele está fazendo progressos?

— Não comigo.

— Já disse isso — replicou Prince com uma certa impaciência. — Refiro-me aos outros. Quantos ele conseguiu recrutar?

— Ele não disse — respondeu Alf. — Mas não sei se conseguiu mais do que alguns, se é que conseguiu.

— Por quê? — perguntou Prince, recostando-se em sua cadeira, o olhar insensível e penetrante.

— Bem, tentamos o caminho do sindicato antes, em 1949. O pessoal se queimou feio. Não acho que haja muitos que queiram tentar de novo. A verdade é que nem mesmo gostam de falar sobre isso.

— Sim, eu soube — disse Prince. Por trás da aparência bronzeada, elegante, Alf percebeu uma pressão, como se uma emoção tivesse sido reprimida por tanto tempo que havia se solidificado. — Vamos torcer para que você tenha razão. Soube que participou da greve.

Alf sentiu o rosto queimar. Não conseguia parar de relancear os olhos para a pasta de papel-manilha. Percebeu o que continha. Toda a sua vida estava nela.

— Eu era jovem e tolo — conseguiu dizer.

— Fale-me sobre isso.

— Oh. — Sua boca ressecou-se. Nunca tinha explicado essas coisas a ninguém e não sabia se conseguiria fazê-lo agora. Estava receoso de condenar a si mesmo. — Tinha visto coisas, na guerra. Acho que diria que eu tinha o pavio curto. Se não tivesse sido a greve, seria qualquer outra coisa. Acho que na época a vida parecia mais simples.

— O que viu na guerra?

Alf sacudiu a cabeça, na verdade era indescritível.

— Vidas jogadas fora. Meu irmão. Acho que estava revoltado contra a autoridade. Parte dessa coisa de esquerda me parecia ótima. Livrar-se dos patrões e fazer por si mesmo, se é o que estavam dizendo. Nunca fui muito bom em teoria.

— Tenho alguns sentimentos iguais — disse Prince. Alf olhou para ele surpreso. — Os filhos da mãe que viu saíram dos quartéis. Foram suficientes para deixar a gente com nojo. Mas, de qualquer jeito, vencemos — disse Prince inexoravelmente. — Acho que é o fim da linha.

Houve uma pausa. Prince olhou para a palma da mão. O ar-condicionado rangeu e um pássaro bateu na janela e se foi.

— Ouça, Alf, quero que me ajude. Há algo que pode fazer agora, antes de se tornar contramestre. Oh, eu devia ter mencionado isso — disse Prince, com seu sorriso. — Estamos querendo alguém da manutenção. Não selecionaremos as novas promoções antes de novembro, mas acho que posso afirmar que você estará dentro.

Alf balançou a cabeça, e um pequeno avião deu uma volta em seu estômago.

— Oh, sim, você está definitivamente incluído — murmurou Prince. — Mas antes quero que fique de olho nesse sindicato. Freqüente suas reuniões, se é que fazem alguma. Veja se Doyle está fazendo progressos. Não preciso dizer, Alf, o quanto depende disso. Fará isso por mim?

Prince estava olhando para ele, intensamente, com apenas uma sugestão de um sorriso fraternal, uma necessidade.

— Quer dizer — replicou Alf —, simplesmente fingir aceitar.

— Vá a algumas reuniões. Faça algumas anotações. Pode-se apresentar diretamente a mim. — Prince tirou um cartão do paletó e rabiscou alguma coisa nele antes de passá-lo a Alf. — Este é o meu telefone no Executive Motel, em Johnsonville. Ligue assim que conseguir alguma coisa. — Prince indicou o cartão com a cabeça. — Receio estar vivendo com uma mala, atualmente. Minha mulher não está lá muito satisfeita com isso. — Apertaram-se as mãos. — Sei que posso contar com você, Alf. — Os olhos azuis pálidos encararam os de Alf com uma chama de sinceridade. Alf foi o primeiro a desviar o olhar.

12

— VOCÊ DISSE QUE um bando de caras estava se reunindo com um organizador.

Fez-se silêncio na linha. Para Alf, soava conspiratório, como se os outros estivessem com Pete agora, escutando. Pela janela da cozinha, ele via a cabeça escura de Margaret, o *spray* prateado sibilante enquanto ela regava o jardim.

— Não estou dizendo que estou nessa, mas que gostaria... de ver qual é a situação. — Tentava, escrupulosamente, não mentir.

Alguém descia a escada. Aproveitou-se, feliz, da interrupção.

— Ouça, é difícil falar aqui.

— É uma boa notícia, Alf.

Alf sondou em volta, no vestíbulo, e viu Penny de short e top frente-única. Sua filha corria uma mão pela parede, cantando baixinho, desafinado, para si mesma.

— Então, quando eu...

— Primeiro tenho de falar com Malachi — disse Pete. — Se fosse só eu, Alf... mas estamos preocupados com que o Escritório Central descubra. Temos de tomar cuidado.

Alf pensou: "Alguém pode ter-me visto ir ao Escritório Central. Talvez Pete saiba que estive lá."

Arrependeu-se de ter ligado. A suspeita mútua lhe proporcionava uma sensação terrível de *déjà vu*. Era a atmosfera que haviam respirado em 1949. No entanto na época tinha ficado excitado pelo clima de capa-e-espada. Agora essa manobra parecia juvenil, irritante.

Penny entrou na cozinha, foi à pia, as sandálias arrastando-se no linóleo. Na luz fraca, o branco de seus olhos brilharam.

— Conversamos no trabalho, está bem? Está um pouco difícil agora.

— Estou feliz por ouvir isso, Alf. Outro dia mesmo, Malachi estava dizendo como gostaria de ter você junto.

— Não estou dizendo que vou...

— Contei como você e Skinny Jones faziam durante a greve. Içando a bandeira. Rimos muito.

Com uma pontada de remorso, Alf lembrou-se do lençol tingido de vermelho que ele havia erguido sobre o relógio do correio.

— Não sabíamos o que estávamos fazendo — disse vagamente.

Quando desligou, Penny virou-se para ele, os olhos grandes atentos enquanto bebia. Ela baixou o copo com uma pequena explosão de fôlego.

— O que não sabia que estava fazendo?

— Oh, nada. Uma coisa muito tempo atrás.

— Quando era menino?

— Um pouco mais velho que isso.

— Me conta. — A expectativa iluminou seu rosto diante da possibilidade de uma história que ela não conhecia. Ele sentiu-se quase compelido a contar. Falava mais à vontade com ela do que com qualquer outra pessoa, até mesmo Margaret. Era como falar consigo mesmo. — Fez alguma coisa ruim?

— Não, apenas meio boba.

— Conta.

— Outra hora.

Ela continuou esperando. Como um mar calmo, aberto, claro e vazio, ela parecia capaz de esperar para sempre — pelo que, ele não tinha certeza —, de esperar com uma ausência de julgamento simples e perturbadora. No fundo da casa, um cano gemeu quando Margaret fechou a bica lá fora.

— Você disse que íamos jogar pedras — disse Penny.

No verão anterior, o verão em que sua mãe morrera, a diabetes havia sido diagnosticada em sua filha. Toda manhã, ela se injetava sozinha. Era difícil para Alf ver, menos por escrúpulo do que por ser algo — a diabetes — contra o que ele não tinha sido capaz de protegê-la. Seu tio-avô John tinha morrido de diabetes quando era menino, de modo que a doença, disse o médico, provavelmente havia sido transmitida por ele a Penny.

Desceram a trilha murada, atravessaram os tomateiros molhados, passaram por cima da barragem até o rio. A água lisa emitia uma luz indistinta. Mecanicamente, ele se pôs a procurar uma pedra. Sentia-se desligado de toda atividade, desligado de si mesmo. Na penumbra, a substância das coisas se esvanecia.

Penny deu-lhe um fragmento de ardósia. Pareceu irreal em sua mão e teve de jogá-la para o alto algumas vezes, pressionar o polegar na borda afiada para que adquirisse vida. A impressão era a de que ela estava fazendo um teste — ele sabia que isso era pura superstição, e absurdo —, um teste para o qual ele já estava desqualificado.

Enviou a pedra rio abaixo, um caminho de pequenas lascas brancas surgindo no escuro.

— Sete! — gritou Penny.

Ela deu-lhe outra.

DOIS DIAS DEPOIS Pete ligou de volta.

— Hoje à noite às oito. Na minha casa.

Às oito e quinze Alf cruzou a ponte para pedestres até o Lion's Park e passou pelos balanços e coreto vazios, subindo o aterro em direção ao bangalô, no estilo de rancho, de Pete, introduzido na encosta arborizada. Cerca de doze carros estavam estacionados na alameda e na beira da estrada escura que descia da encosta da Lookout Hill. Com um susto, reconheceu o pesado Edsel de Doyle, abandonado em um declive, duas rodas na vala.

A mulher de Pete, May, encontrou-o à porta da frente, uma mulher alta, de calça comprida e folgada e blusa sem mangas, com uma qualidade ansiosa e penetrante em seus olhos proeminentes. Ela e Alf tinham sido amantes por algumas semanas na década de 1930. Desde então ele a sentia ansiosa, como se ainda esperasse que ele fizesse alguma coisa, dissesse alguma coisa, que abrandasse a agitação de um caso não concluído. Esquivando-se de seu olhar, beijou-a na bochecha e, por um momento, a intimidade dos dois voltou à sua memória: os gritos dela no quarto do hotel em Johnsonville, sob o feio papel de parede com rosas púrpura do tamanho de repolhos. Dos fundos da casa, ele ouviu um zurro tribal de gargalhada.

— É melhor eu entrar — disse. Mas ela pegou seu braço.

— Alf, estou preocupada com essa história de sindicato. Se o Escritório Central descobrir...

— Vai ficar tudo bem — disse ele, assumindo mais responsabilidade do que pretendia.

Atravessou o vestíbulo para a cozinha. Além, o pórtico era uma caverna de sombras iluminada apenas pela luz da porta da cozinha. Em volta, na treva e clarão de cigarros, uma dúzia ou mais de pessoas ergueram seus rostos espectrais.

— Alfie! — ouviu Pete dizer. Outros o acompanharam na acolhida. Pareciam felizes em vê-lo. Ouviu seu nome ser proferido por várias vozes, masculinas e femininas, ouviu: "Oi, amigo, que bom vê-lo", "Aqui está o Olhos-Azuis!" e "Sente-se aqui, Alf." Ficou confuso. Por um momento, era 1949 de novo, quando se chamavam de irmão e irmã sem inibição.

Cristo, não fique sentimental, pensou. Mas estava perturbado. Algo antigo e esquecido o tinha tocado em seu isolamento.

May levou-lhe uma cadeira e ele se sentou perto da porta da cozinha. Quase no extremo da varanda, na fraca luz vinda do quintal, a cara bexiguenta de Doyle brilhava como bronze.

— Estou feliz que tenha vindo — rosnou o organizador. Um tom de ironia? — Estávamos repassando as fábricas, um departamento de cada vez. Tentando fazer uma idéia de quem pode nos apoiar.

— Quem é sólido e quem é do tipo em cima do muro — disse Ed Berry, em sua cadeira do lado de Alf. O planeta minúsculo de seu cigarro avermelhava-se sob sua face inclinada para baixo.

De início, Alf teve dificuldades em se concentrar. Estava absorto na emoção que o dominara inadvertidamente, na sensação misteriosa de que não estavam em 1965, e sim em 1949. À sua frente, estava sentada uma mulher com cara de coruja, Margo Love. Ela havia sido uma das grevistas mais violentas na época. Lembrava-se de como ela seguira cada veículo que furava as linhas, batendo no capô e gritando obscenidades. Quando a polícia tentara levá-la, deitara-se no chão, chutando o ar, de modo que sua calcinha ficou à mostra, ameaçando furar qualquer um que se aproximasse com um alfinete de chapéu. Ela parecia um pouco mais gorda agora, mas era a mesma Margo, ofendendo-se por qualquer coisa e contestando os outros tão freqüentemente que Doyle teve de mandá-la esperar sua vez. Repreendida, ela lançou um olhar mal-humorado à parede acima da cabeça de Alf.

Sim, há dezesseis anos tinha havido uma excitação no ar, a sensação de não estarem apenas fazendo um sindicato, que estavam remodelando o mundo. Esse grupo, em comparação, parecia deprimido. Pareciam distantes uns dos outros, como se não tivessem decidido genuinamente estar ali; eram lentos em oferecer sugestões, deixando dois ou três deles carregarem a responsabilidade, enquanto Doyle, fumando, adulando e fazendo uma carranca à sua prancheta, parecia ficar mais irritado a cada minuto. Alf já se via — um suspiro de alívio — fazendo o relato a Prince: Não têm com que se preocupar. Esse bando não vai chegar a lugar nenhum.

A discussão voltou-se para a tecelagem Número Seis. A voz de cascalho do organizador ressoou na varanda.

— Então, Alf, vê alguma possibilidade lá?

Antes de ter tempo para responder, Woody Marr interrompeu.

— Pode incluir agora Sid Queen e Ellie Snider — disse o tecelão, erguendo sua cara de buldogue e apontando com seu dedo grosso. Alf sempre achara que Woody nutrira ressentimentos contra ele, embora a razão nunca tivesse ficado clara. Talvez fosse simplesmente por Woody ser um ressentido com todo mundo, irritado, amargo, sem nenhuma causa aparente. Ele tinha participado da greve de 49 e sido despedido por isso. Como Alf, havia retornado à Bannerman's após uma ausência de alguns anos.

Doyle bateu a ponta do lápis na prancheta.

— Concorda com Woody, Alf?

— Não estou certo em relação a Ellie Snider — disse ele.

— Por que não? — perguntou Doyle, rispidamente.

— Droga, ela é decidida — resmungou Woody, olhando para os dois.

— Quais os seus motivos, Alf? — perguntou Doyle,

— Bem, ela pode ser simpatizante, o que duvido. Mas tem três filhos para cuidar e não tem marido.

— Isso é besteira — disse Woody.

Doyle tomou nota.

— Alguém mais? — perguntou, olhando direto para Alf, que sacudiu a cabeça.

A varanda ficou em silêncio, embora houvesse uma inquietação velada, como se as pessoas estivessem decepcionadas com a sua resposta.

— Droga — disse Doyle de repente —, isto aqui parece uma maldita masmorra. Pode-se acender alguma luz?

A fraca lâmpada acima inundou o pórtico com uma luz baça. Dezoito rostos abatidos piscaram e evitaram olhar uns para os outros como se tivessem sido expostos em um ato privado, vagamente vergonhoso. A floresta, colina acima, tinha desaparecido. Alf ficou surpreso ao ver Lucille Boileau no canto, atrás de Doyle. Seu coração acelerou, pois ela tinha-se inclinado à frente para olhar para ele.

— O quadro geral — dizia Doyle — não é muito bom, irmãos e irmãs. De fato, cheira mal. Os "com certeza" não somam mais de dez por cento do total. Vamos ter realmente de usar a persuasão. Na verdade, ir atrás desses "talvez".

— Há alguma esperança? — perguntaram.

— Sempre há esperança — respondeu Doyle abruptamente, como se a esperança fosse um aliado fraco do qual seria melhor não depender. — A questão é a seguinte: temos de aumentar isso, conseguir trinta ou quarenta por cento do pessoal antes que os chefões descubram. E vão descobrir, podem acreditar. Então será dada a partida da maldita corrida. Talvez precisemos dos últimos dez por cento para chegar a cinqüenta e cinco em um fim de semana.

— Então vale a pena continuar? — perguntou Rob Cole, um jovem expedidor que Alf conhecia. Ele tinha mulher e só Deus sabe quantos filhos. — Quer dizer, não me importo em arriscar se a probabilidade for razoável.

A varanda ficou em silêncio. Ninguém queria ser despedido por tentar dar início a um sindicato. Todos sabiam que era arriscado. Doyle olhou fixo para Rob como se não o tivesse ouvido, o lápis girando em sua mão como um pequeno rabo laranja.

— O que essa empresa está fazendo com vocês não é certo — disse Doyle por fim, e sua voz foi grave e ameaçadora, como se viesse do fundo de uma caverna. — Não é justo. Talvez seja legal, pelo menos no mundo como está hoje, mas isso é outra história. A escravidão também era legal no passado. Essas dispensas. Sei que muitos de vocês estão preocupados com que aconteçam com vocês. Alguns estão operando duas vezes mais máquinas do que antes. No fundo, sabem que isso não é certo. Não é maneira de tratar as pessoas. É apenas uma maneira indireta de reduzir o salário. Há indícios de que também haverá corte nos benefícios. Sem um contrato, não terão proteção contra isso.

Doyle fez uma pausa — melodramaticamente, achou Alf — para acender outro cigarro. Todos observaram quando a chama iluminou sua cara bexiguenta.

— O que vocês estão pedindo, isto é, organizar um sindicato, é apenas o que é seu direito por lei — prosseguiu o organizador, sob uma nuvem de fumaça. — Vocês sabem disso, é por isso que estão aqui. Tudo o que temos de fazer é que alguns dos outros também tenham essa compreensão. Assim, eles agirão, se juntarão a nós. Lembro-me de uma fábrica a leste de Ontario, as Dempster's Mills, onde começamos com um grupo menor do que este. Éramos dez, um grupo de dez. Quando terminamos, tínhamos organizado uma seção de duzentos homens. Duzentos e dezessete. Mil novecentos e cinqüenta e nove. E continua a se fortalecer.

Os olhos miúdos de Doyle quase se fecharam por um momento, enquanto dava uma tragada e expelia a fumaça. Tinha presença, reconhecia Alf. O que fazia parecia importante. O que dizia, com sua voz rude, grosseira, parecia valer a pena ser ouvido e verdadeiro, ou pelo menos mais verdadeiro do que um discurso comum. Se eu não tivesse passado por isso antes, pensou Alf, estaria quase convencido a me juntar a eles.

— Não se trata apenas de dinheiro — disse Doyle. — O que estamos fazendo tem a ver com justiça, segurança, decência. Este é um país rico. As pessoas comuns trabalham duro para que assim seja.

Por que não podem ter uma parcela justa do que fazem? Por que os ricos têm de manter seus cargos e privilégios, enquanto toda a economia de gastos é descontada em vocês? É a mesma pergunta que as pessoas faziam na Depressão, e não desapareceu. Se há bastante para todos, por que alguns são obrigados a viver com tão pouco?

"Os ricos acham que têm o direito de se esquecer do resto de nós. Acham que têm o direito de tomar e tomar, mesmo que isso signifique nos derrubar. Não chamam isso de nos derrubar, chamam de leis da economia. Chamam de liberdade. Chamam de mercado. Dizem que a melhor maneira do mercado funcionar é eles se tornarem tão ricos quanto Creso e, de alguma maneira, magicamente, todos seremos protegidos. Não é verdade, irmãos e irmãs. Estão jogando com as regras manipuladas à sua maneira. E não importa como o chamem, não está certo.

DEPOIS MAY SERVIU bolinhos e café. Alf se viu em pé do lado de Ed Berry.

— Achei que você era definitivamente contra essa história de sindicato.

— Eu, não — disse Ed, erguendo a cabeça com dificuldade.

Anos de trabalho em cima de máquinas o tinham deixado curvo, o rosto quase paralelo ao chão. Alf se perguntou quantos anos ele teria. Sessenta e três, sessenta e quatro? De qualquer jeito não muito longe de se aposentar. E colocava isso em risco estando ali.

— Quer dizer, você não participou do movimento de 49.

— Eu queria — disse Ed —, mas minha mulher disse que me abandonaria. Arrependo-me disso desde então.

— Você pode olhar para isso de outro ângulo — disse Alf com uma risada. Ed não sorriu, portanto ele mudou para uma tática mais moderada. — Mesmo depois do que aconteceu na primeira vez, está disposto a tentar de novo?

— Quero outra chance — disse Ed baixinho, com grande dignidade, seus olhos cinzas, os olhos de um homem jovem, se tornando vívidos de repente.

— Então sua mulher mudou de idéia, não?

— Edna não está mais comigo.

Mortificado, Alf lembrou-se do acidente de carro: a foto no jornal do carro de Edna Berry destruído.

— Ed, desculpe, me esqueci.

Levantaram-se constrangidos, mordiscando os bolinhos. Lucille Boileau estava ali, sorrindo para Alf. Parecia extraordinariamente feliz por vê-lo, como se o encontro dos dois na noite em que ele levara Billy para casa tivesse inflamado um senso de lealdade ou amizade ou simples simpatia desproporcional ao que ele havia feito.

— Não foi um discurso e tanto? — disse ela.

Engasgado com um pedaço de bolinho, Alf não pôde responder.

— Ele foi derrotado por sua beleza — disse Ed.

— Ora, vai se catar! — disse Lucille

— Só se for com você — disse Ed, erguendo-se um pouco.

— Gostou do discurso, não? — disse Alf quando se recompôs.

Ele a observava atentamente, e por um momento um reconhecimento, um medo, passou entre eles.

— Você não?

— Bem, esses velhos esquerdistas — replicou ele. — Conhecem todos os truques.

— Você não parece muito entusiasmado — disse ela, perplexa.

— Oh, Alf está, sim — disse Ed. — Em 49, era um dos mais entusiasmados.

— Ele ajudou meu pai — disse Lucille.

Ela tinha se recuperado de seu momento de dúvida e o olhava intensamente de novo. Ele percebeu a falha entre seus dentes, o que lhe conferia um quê de bruxa, e como sua blusa branca de algodão avolumava-se sobre o ligeiro decote em V do sutiã.

— Na verdade, não teve a ver com a greve — disse Alf, um pouco embaraçado. Tinha-se esquecido completamente do incidente.

— Um bando começou a intimidar o papai no hotel — contou Lucille. — Alf entrou e os deteve.

— Bem dele — disse Ed, balançando a cabeça.

Passou-se mais meia hora antes que ele conseguisse sair. Alcançando-o na cozinha, Pete deu-lhe um tapinha amistoso nas costas e encetou uma conversa sobre duas mulheres do departamento de costura. Alf continuou olhando de relance para o relógio sobre o fogão. O senso de seu embuste era esmagador. Sentiu-se em uma bolha, com o oxigênio se esgotando lentamente e sem nenhuma conexão verdadeira com ninguém.

13

DURANTE A SEMANA SEGUINTE Alf tirou o cartão de Prince da carteira tantas vezes que logo ficou coberto de borrões cinzas, marcas de seus dedos. Mas toda vez que pegava o telefone algo o detinha: a recordação dos rostos na casa de Pete. Se fizesse o que Prince queria, poria essa gente em risco, sem dúvida. E estava ressentido por ter de fazer qualquer coisa, muito mais algo execrável, para conseguir o cargo de contramestre. É claro que Prince não havia afirmado que uma coisa dependia da outra, mas a implicação estava ali: uma compreensão com um sorriso, um balançar de cabeça na direção da pasta onde seus pecados passados estavam sepultados, a sugestão de que poderia progredir, ser promovido, se ele compensasse.

Dias depois o telefone estrilou na cozinha em que Alf e sua família jantavam. Alguns minutos antes, ele tinha brigado com Margaret. Ela tinha perguntado, inocentemente, se ele ouvira os rumores sobre um organizador de sindicato vivendo no Vimy House.

— Será o mesmo que veio aqui?

Ele tentou evitar uma resposta direta e, quando ela o pressionou, ele revidou agressivo, que, diabos, não podia ficar por aí checando cada maldito boato que corresse pela cidade. Na verdade, desconfiava que ela desconfiava dele, embora não tivesse certeza do que exatamente. Achava que não tinha feito nada errado, ainda não, mas uma vaga opressão de culpa, uma presciência do que ia fazer ou podia fazer levava-o a ver crítica em tudo.

Seu arroubo havia propagado um silêncio opressivo, segregador, na cozinha, que o telefone agora interrompia. Penny atendeu.

— Papai, é pra você.

Quando ele atravessou a cozinha, ela manteve os olhos fixos nos dele.

— Alf. É Bob Prince.

O *Bob* pegou-o de surpresa, adiando, por um instante, a sua compreensão de *Prince*. Com quem ele estava falando? Cambaleou à frente, obscuramente emocionado, na intimidade oferecida por aquela voz forte, confiante, como se já fosse lhe oferecer ser membro de um daqueles lugares em que os poderosos se encontram com uma familiaridade afável: nos campos de golfe, nos elevadores exibindo momentaneamente torres de luz e aço.

— Tem alguma novidade para mim?

— Ahn, sim. Sim, acho que sim. — O silêncio na linha exigia mais. — É difícil para mim falar agora. Posso vê-lo no escritório amanhã?

— Não sei se é uma boa idéia, Alf. Muitos olhos curiosos. Pode passar por aqui esta noite? Estou no Executivo. Quarto 226.

Quando Alf desligou, sua família o olhava fixamente: quatro rostos iluminados pela luz que cedia, observando-o com a quietude de animais interrompidos no pasto.

— Alguma coisa errada? — perguntou Margaret.

— Não, não — disse ele, comovido com sua preocupação. — O senhor Prince quer me ver. Negócios da empresa.

Assim que proferiu *negócios da empresa,* se tranqüilizou. Era como se tivesse dito *segredos de Estado* em tempos de emergência nacional. Negócios da empresa nem sempre eram negócios agradáveis, embora necessários. A recompensa, as honras radiosas viriam mais tarde.

ERAM VINTE MINUTOS de carro até os arredores de Johnsonville. Em campos salpicados de lixo, a massa volumosa de fábricas fechadas e decadentes passavam na luz do crepúsculo. Firmas menores persistiam à beira da estrada. O Biscayne passou por um vidraceiro para automóveis, vários restaurantes *fast-food* e uma loja ocupando uma grande área e que vendia móveis de madeira para jardins, as cadeiras de balanço e espreguiçadeiras sem pintura empilhadas até a altura do ombro.

O Executive Motor Lodge formava um C quadrado, de dois andares, ao redor de um pátio central onde uma piscina emitia um clarão frio. Estacionou perto da Recepção e subiu os degraus de metal até uma varanda comprida que passava por uma série de portas idênticas e janelas panorâmicas. Uma bonita jovem, em um vestido curto, veio animadamente em sua direção, seus saltos altos ressoando no passadiço de metal. Como uma recepcionista de restaurante severa, avaliou friamente sua camisa pólo amarelo-canário (da Bannerman's, há quatro anos), suas calças curtas demais, de material sintético azul-marinho, seus sapatos pretos. Tinha vestido a roupa errada, se dava conta agora, embora achasse que não tinha nada melhor em seu armário. Margaret a tinha escolhido para ele, descartando quase tudo que desencavara com uma brusquidão impaciente, ajoelhando-se para esfregar vigorosamente com uma esponja a antiga mancha de mostarda na calça, como se tivesse adivinhado o quanto estaria em jogo nesta noite e estivesse com raiva de si mesma e dele por não estarem preparados.

As cortinas na janela do 226 tinham sido fechadas. O tecido atrás de uma delas pendia como uma roupa de baixo posta fora de uso. Para além da porta, uma voz masculina nasalada aumentou excitada.

— Ele vai conseguir! Cuidado! Oh!

A TV, percebeu Alf, um jogo de futebol. Teve de bater duas vezes antes de a porta se abrir e o rosto retangular, moreno, de Prince assomar.

— Alf. Que bom vê-lo. Entre.

Prince ofereceu uma cadeira perto da janela e caminhou sem ruído, descalço, até ficar do lado das duas camas, detido por uma colisão na tela da TV.

— Toronto e Hamilton — disse ele, magnetizado.

Em sua mão grande, um copo continha gelo, uma mancha âmbar. Alf sentiu de novo o aroma na atmosfera de sua loção pós-barba, ao mesmo tempo ativa e asfixiante, viu o maxilar pronunciado, levemente saliente, aberto em um sorriso que se retesou em um estremecimento.

— Gosta de futebol? — Prince não tirara os olhos da tela.

— Pode crer — disse Alf. Na verdade, nunca assistia a futebol. As repetições do caos ao longo da linha, as interrupções freqüentes o entediavam. Gostava de hóquei.

— Botei dez dólares nesse, com meu filho.

— Tem filhos?

Alf se agarrou, com esperança, ao detalhe doméstico, um indício de normalidade, de algo que tinha em comum com Prince. Ele estava tentando relaxar, adotar o ar de alguém que havia passado pela casa de um amigo, pois a descontração de Prince com ele, seus pés descalços, o jogo não eram um sinal de que haviam mudado para um plano mais íntimo?

— Incomoda-se se assistirmos mais um pouco?

— Não, não, pelo contrário.

Ainda preso à tela, o executivo sentou-se na cama mais próxima. Estava de calça folgada marrom-clara, impecável, e camisa esporte branca com bolsos abotoados, aberta no pescoço, revelando uma corrente de ouro que desaparecia no primeiro vestígio do pêlo no peito. Alf cruzou as pernas e olhou, furtivamente, sua calça. Tinha secado, mas a mancha de mostarda sobrevivera ao ataque de Margaret: um pequeno borrão grosseiro.

— Quer uma bebida? — disse Prince para a tela. — Eu estava tomando uísque. — Prince serviu a bebida na mesinha entre as camas. — Gelo?

— Ótimo.

Alf sentou-se com o copo pesado, tentando prestar atenção ao jogo. Corpos moviam-se juntos, caíam contorcidos, amontoados. O árbitro correu, gesticulando furiosamente.

— Uau — disse Alf com entusiasmo. — Desta vez ele quase se deu mal.

— Patterson não bloqueou Clarkson — disse Prince, criticando. — Ele devia ter se afastado.

Alf percebeu que Prince torcia para o Argos e adaptou seus comentários de acordo, pois na verdade estava pouco se importando com quem venceria. Sentado com os joelhos erguidos, o executivo bebericava distraidamente o uísque. O jogador com a bola esquivava-se, levantando os dois braços.

Alf olhou em volta do quarto. A mala de Prince estava na outra cama, aberta como um molusco gigantesco, revelando uma massa de roupas bem dobradas e ordenadas. Havia um embrulho dourado, do lado das meias enroladas: um tijolo de ouro com um laço com muitas voltas.

No tapete gasto, passando a TV e dentro de um armário, estava outra mala: pequena, quadrada, azul-clara. Alf percebeu ser uma maleta de maquiagem feminina. A esposa de Prince estava com ele ou, como era mesmo seu nome?, Sharon? Shirley. Aquelas pernas longas. Olhou para a porta fechada do banheiro e um arrepio percorreu seu corpo, como um vento frio. Bebericou o uísque e olhou para a parede mais distante com uma pintura de barcos à vela: impressões vagas em amarelo e rosa, inclinando-se na curva de uma baía tropical. Prince gritou sua aprovação a uma jogada. Alf teve a sensação de já ter estado ali antes, exatamente assim: esperando alguém que mal dava conta de que ele estava ali. Ele se perguntou se Shirley, ou sua esposa, ou quem quer que fosse, estaria esperando atrás da porta do banheiro ou, quem sabe, lá embaixo, no bar com sua palmeira de néon na janela.

— Isso! — gritou Prince de repente, com uma ferocidade impactante. Havia uma quantidade imensa de energia nesse homem, de força de vontade. Ele não estava simplesmente assistindo ao jogo, estava tentando fazer as coisas saírem como ele queria.

Passou-se mais meia hora até o jogo acabar e Prince se levantar com um gemido cansado para desligar a TV.

— Acho que devo dez dólares ao garoto — disse ele, e lançou um sorriso vivo a Alf. Houve algo tão franco, tão jovialmente encantador nisso, talvez o pensamento em seu filho, que Alf sentiu-se melhor instantaneamente.

Seus tornozelos estalaram, Prince foi até o armário e pegou o paletó de um terno. Com Alf observando, o executivo baixou o olho e viu a maleta de maquiagem. Seu pé descalço cutucou-a, discretamente, até ficar fora de vista. Em seguida se sentou na cama mais afastada, de frente para Alf. Em suas mãos estava um pequeno caderno de notas em espiral e uma caneta esferográfica, cuja tampa puxou ajustando-a na outra ponta com uma meticulosidade cirúrgica.

— OK, conte o que conseguiu.

Alf tinha-se esforçado para imaginar esse momento. Ainda não estava certo do que diria.

Escolheu as palavras cuidadosamente.

— Não acho que tenha algo com que se preocupar. Esse sindicato... de Doyle, não vai chegar a lugar nenhum. Só um pequeno grupo se interessou. E são pessoas que ninguém seguiria. Descontentes, eu diria. É um bando muito triste.

A palavra *descontentes* o agradou. Ele a tinha guardado.

— Quem são? — disse Prince sem rodeios.

Alf esfregou o sapato sobre a relva turquesa.

— Quer dizer — e pigarreou como se preparasse uma mentira —, o líder, esse sujeito, o Doyle, me disse que não estava satisfeito com os prospectos.

— Talvez sejam simples descontentes — disse Prince —, mas é assim que geralmente começa, com descontentamento. — Proferiu a palavra com uma ironia sombria.

— Fui a uma reunião — disse Alf.

— Onde? Na casa de quem?

Prince preparou-se para anotar.

— Não foi numa casa, não foi na casa de ninguém — disse Alf. — Foi... ao ar livre, no campo. À margem do rio. Fizeram uma fogueira — acrescentou, absurdamente.

Estava descrevendo uma reunião a que fora no outono de 1948, quando estavam iniciando o sindicato. Assaram salsichas, e foi um momento feliz, exuberante, que estava além da compreensão de Prince.

Prince olhou para ele confuso. Alf sentiu que sua mentira era óbvia.

— Está bem — disse Prince. — Uma fogueira. Quem estava lá?

— Poucos. Doyle. Alguns outros.

— Quantos?

Alf deu de ombros.

— Mais ou menos uma meia dúzia.

— Não contou?

— Seis — disse Alf —, sem me incluir.

A ponta da caneta fez uma pequena marca no caderno.

— Quem eram?

— Tem de entender — disse Alf. — Conheço algumas dessas pessoas há anos. Podem estar sendo mal orientadas, mas são...

— Isso será confidencial.

— Não é isso. Cresci com essas pessoas.

Por alguns segundos os olhos de Prince encararam os seus. Não demonstraram nenhuma emoção, somente uma avaliação fria. Alf poderia ser apenas um poste ou um pedaço de papel.

O executivo começou a falar. Agora estava sério, mostrando-se preocupado, confidencioso, quase gentil.

— Alf. Você foi selecionado como um dos que têm futuro na empresa. Mas, se quer ter sucesso, vai ter de decidir de que lado está.

— Estou do seu lado — disse Alf.

— Quando confiamos em alguém... bem, as possibilidades de progresso na Intertex são excelentes. Temos orgulho do nosso sistema de mérito. Há executivos nessa empresa que começaram como bóis, como trabalhadores comuns. Nós lhes demos uma chance e... bem, souberam o que fazer para merecê-la. — Prince fez uma pausa, deixando Alf assimilar as palavras. Quando voltou a falar, foi em um nível de intimidade completamente diferente. Parecia quase estar confessando. Pareceu abatido e mais humano. — Ouça, simpatizo com o que o preocupa. Você é leal a essas pessoas, e isso é digno. Eu também sou leal. Isto é, diacho, venho de uma família pobre. Meu pai trabalhou, durante toda a sua vida, em uma fábrica de colchões. Nunca se tornou chefe de seção, embora merecesse. Éramos sete a ser alimentados, inclusive minha mãe, que Deus a tenha. Sei como é isso, Alf. Sei o que é usar roupas de segunda mão e dormir sob um velho casacão porque não há cobertores suficientes. Tenho toda simpatia pelos operários. Mas a única maneira de um operário receber atenção, a única maneira de as coisas melhorarem para ele, é se a empresa em que trabalha progredir. Esse é o único lugar que gerará a riqueza. A riqueza não cai do céu. Não vem de boas intenções.

Prince bebeu um gole de sua bebida, olhou para baixo com a cara carrancuda, antes de prosseguir.

— Produção têxtil não é aço. Não é a General Motors. As margens de lucro não são grandes, a competição é feroz, cada centavo tem importância. Cada fração de centavo tem importância. Podemos ser bonzinhos e assinar um contrato generoso, e daqui a três, quatro, cinco anos acordamos e percebemos que não podemos mais competir porque fomos generosos demais, e ponho essa palavra entre aspas, de fato, nos cobramos um preço proibitivo. Portanto a empresa afunda, e então onde fica o seu operário?

Prince inclinou-se à frente.

— Não quero fazer mal a esse pessoal, Alf. São meu povo também: não me esqueci disso. Farei tudo que estiver ao meu alcance para evitar lhes causar algum mal. Mas é melhor um pouco de sangue agora do que um excesso de tinta vermelha.

O silêncio durou vários segundos. Alf sentiu-se tratado com condescendência — conhecia esses argumentos e até já usara alguns deles. Mas sabia que tinha retrocedido de um ponto de compreensão que alcançara antes. *Tudo bem,* pensou.

— Se eu der os nomes — disse ele —, o que fará com eles?

— Mandarei chamá-los, um por um. Falando francamente: vou assustá-los. Vou dizer que sabemos o que estão pretendendo e deixar implícito, pois isso não é coisa que se diga simplesmente, que é melhor largarem o crime ou arriscarão perder seus empregos.

— Não irá despedi-los?

— Acho essa uma tática que raramente dá certo. Até onde estiver ao meu alcance, não.

— Até onde estiver ao seu alcance.

— Não estou aqui para discutir abobrinhas com você, Alf.

Alf levantou-se e virou-se para a janela, abrindo um pouco as cortinas. Do outro lado da estrada, a imagem iluminada de uma bela loura olhava de um cartaz. Ela expelia fumaça de seu cigarro, seus olhos entreabertos sorrindo com uma sensualidade sugestiva sobre as frágeis arremetidas de faróis.

— Woody Marr — disse ele, virando-se para Prince.

Prince hesitou, depois escreveu.

Alf sentiu-se mergulhar em uma ausência. Era como estar em um serviço religioso *in memoriam* de um morto. Tudo o que é dito é um nome, e no entanto, de alguma maneira, uma vida inteira está ali, seu desfile sombrio.

— O próximo.

Alf não disse nada. Estava olhando fixamente a cama com sua colcha florida amarrotada, uma vegetação marrom geminada, flores rosas imensas, uma selva horripilante repetida em um milhão de quartos alugados iguais a esse.

— Tenho de ir — disse ele.

O sorriso de Prince reluziu.

— Você só me deu um nome.

— Eu não devia. Não estou do lado do sindicato, mas isso é... Conheço essas pessoas.

— Alf, como eu disse...

— Quando eu for contramestre, então trabalharei junto com você. Mas não posso fazer isso dessa maneira.

— Está me passando a responsabilidade.

— Não tem nada a ver com você. São eles.

Prince encarou-o com um sorriso incrédulo. Ora, deixe disso, dizia seu sorriso, você e eu sabemos muito bem o que está se passando aqui. Não acredito que seja tão tolo.

Lá fora as luzes da piscina tinham sido apagadas. Acima, ao longo do parapeito das sacadas, um céu de pequenas luzes brancas surgira, tremeluzindo ao redor do pátio.

NO DIA SEGUINTE viu Woody subir a escada para a sala de tecelagem com pavor e alívio. Alívio por ele ainda estar ali e pavor de que ele, Alf, tivesse pendurado a vida do homem em um abismo. Passou a manhã toda observando furtivamente o tecelão. O homenzinho poderoso com as costas retas e a cara de buldogue movia-se rápido por suas máquinas, atando linhas ou recolocando bobinas com gestos bruscos, raivosos, como sempre fazia: um homem perpetuamente aborrecido e parecendo gostar de ser assim. Quando ia dar meio-dia, Alf atravessou a passagem entre as máquinas até onde estava Woody.

— Como é que vai a número seis? — Alf consertara a máquina dois dias antes.

— Oi, amigo — disse Woody, seu rosto feio se iluminando. Nunca chamara Alf de *amigo* antes. Evidentemente, não suspeitava de nada. — Vai como uma puta dos infernos.

Nessa tarde, quando Alf descansava na saída de incêndio, Woody sentou-se onde raramente se sentara antes, do lado dele. Havia algo deliberado, quase cerimonial, na maneira com que ele verteu o café no copo da sua garrafa térmica, sua respiração lenta, difícil. Sentou-se ereto, as costas sem tocar no tijolo quente, e pôs uma mão, grande e com cicatrizes, sobre o joelho.Ergueu o copo de uma maneira que pareceu extraordinariamente digna, como um guerreiro japonês resoluto.

Ao longo da sacada, outros tecelões fumavam, conversavam, bebiam café ou chá, enquanto olhavam pela grade do parapeito, o pátio da fábrica. Distante, por uma brecha entre os edifícios, a vara-de-ouro dourava a face da barragem.

— É a melhor estação do ano — resmungou Woody. Sua cara rude e carrancuda estava erguida para o sol. Até mesmo seu elogio era desafiador. — Meu velho costumava caçar veado em Manitoulin com os índios. Ele mesmo tinha um pouco de sangue índio.

Alf não achava que Woody fosse realmente capaz de se lembrar do pai, morto na Grande Guerra. Ficou em silêncio. Não queria encorajar Woody, não queria saber mais nada sobre ele. Mas Woody estava decidido a falar. Contou a Alf sobre Manitoulin Island: um campo de caça em um lago no interior, um história da proeza de seu pai com um rifle.

— Eu mesmo fui lá algumas vezes. Lembravam-se dele em Wicky.

Seis andares abaixo, uma carroça atravessava, fazendo barulho, o pavimento asfaltado do pátio. Woody pegou um maço de Macdonald's e ofereceu a Alf, que se sentiu forçado a tirar um, embora não fumasse há dez anos. Mas hoje curvou-se à chama oscilando nas mãos de Woody e puxou a fumaça para seus pulmões, recostando-se para expeli-la com a sensação de que não tinha mais importância o que fizesse, observando o corpo pálido da fumaça se contorcendo e desintegrando no ar azul.

TRÊS DIAS DEPOIS Alf atravessou Willard até o prédio de topo chato onde ficava o Escritório Central. A cadeira de May Watson estava vazia, o que era normal; ele não tinha marcado hora. Subiu rapidamente a escada, percorreu o *hall* carpetado, passou pela ala de reuniões onde se encontrara com Prince pela primeira vez, procurando a sala do executivo. Mas seu nome não estava em nenhuma das placas nas portas. Quando estava para voltar, ouviu uma descarga de banheiro. Alguns segundos depois Judy Stackhouse, a secretária de Prince, surgiu no corredor, sorrindo afetuosamente ao vê-lo.

Ele ficou atrás dela em sua sala, enquanto ela ia a uma sala interna. O ruído concreto e breve da voz de Prince respondeu:

— Mande-o entrar.

Prince estava em pé de costas para ele — incisivamente, achou Alf — do lado da janela atrás de sua mesa, uma mão no bolso da calça como se examinasse um bosque de sumagres avermelhados. Sem se virar, mandou Alf se sentar. Alf sentou-se, cansado, em uma poltrona de couro verde. Sobre a agenda de Prince havia um guardanapo de papel e um Digestive Biscuit pela metade.

Prince puxou sua cadeira.

— E então — disse ele, limpando migalhas invisíveis da borda de sua agenda. Quando finalmente o olhou, sua face estava inexpressiva, como se Alf tivesse deixado de merecer a mínima cortesia.

— Acho que, de alguma maneira, começamos mal — disse Alf, sua voz de súbito ressequida, falhando. — De alguma maneira, acabou irritando-se comigo e talvez eu esteja um pouco irritado comigo mesmo. Mas a questão é, sou leal a este lugar...

— Então tem os nomes.

— Bem, não. Não é por isso que...

— Por que veio?

— Eu... eu pensei que deveríamos recomeçar, você e eu.

— E como propõe que façamos isso, você e eu?

— Gostaria de enterrar nossas desavenças. Só que...

— Não tinha percebido que haviam sido desenterradas.

Alf devolveu o olhar do homem, que parecia encará-lo com total franqueza. Teria julgado errado alguma coisa? Estaria Prince oferecendo mais liberdade do que tinha imaginado? Estimulado, prosseguiu.

— A questão é que o nome que lhe dei está na minha consciência. Gostaria de dizer apenas que ele é um bom homem, um bom trabalhador e odeio achar que o pus em perigo de alguma maneira. Especialmente já que, como disse antes, essa coisa de sindicato não vai levar nada a lugar nenhum.

Prince limpou mais uma vez a mesa.

— Sei que gosta de dizer isso a si mesmo, Alf. Mas na verdade não é assim. Temos provas de que *vai* levar a algum lugar. Os nomes que você tem são fundamentais.

Alf experimentou uma sensação penetrante de desilusão. O que estava se passando com ele? Mas a sua chance permanecia ali. Continuava no quarto de motel de Prince. Tudo o que tinha a fazer era dizer os nomes e imediatamente voltaria a cair nas graças de Prince. Reassumiria seu progresso escada acima, escada que levaria, por degraus, para fora do mundo de costas doídas e relógios de ponto. Olhou fixo para a boa madeira da mesa de Prince.

— Alf, receio que você seja sentimental demais para esse tipo de negócio. — A voz de Prince parecia chegar de uma grande distância, como a de seu pai, certa vez, despertando-o de um devaneio. — Negócio, Alf, é guerra, de fato. Isto é, travada dentro da lei, mais ou menos, e as pessoas tentam ser cavalheiros, até mesmo camaradas. E tudo o que é preciso é molhar mãos. Mas para ser franco é preciso ter uma certa propensão. Não pode se preocupar demais com os outros.

A lengalenga bajuladora de Prince prosseguiu. Alf ouvia, remotamente, palavras e frases isoladas, flutuando calmamente em sua maré. Além da cabeça calva na sua frente, estava a selva de sumagres atrás do escritório. O que viu foi uma adega de vinhos na França: sombra e sangue. Em setembro de 1944 ele tinha matado um soldado alemão que o emboscara. O soldado tinha saltado por sobre alguns barris e Alf havia girado o corpo a tempo de sentir o cano de sua arma e disparar. Alguns instantes depois, um dos companheiros de Alf tinha recuado para a porta, e uma luz iluminado o corpo a seus pés. Era um garoto, não mais de quatorze, quinze anos. Acima de sua farda cinza, os olhos assustados, fixos no nada. Sua boca estava aberta em um leve sorriso, como se tivesse pretendido apenas brincar. Em sua mão havia uma garrafa de vinho quebrada.

Sentindo-se estonteado, saiu imediatamente. Fora da sala, Judy Stackhouse ergueu os olhos.

— Alf... você está bem? — Levantou-se enquanto ele se apoiava, por um momento, na beira de sua mesa. — Quer um biscoito? — Sorrindo, atenciosa, Judy empurrou o pacote de biscoitos para ele, do outro lado de sua agenda escarlate.

14

SMILEY LIGOU. Joe não queria ir caçar?

— Venha a minha casa — disse Smiley, e desligou.

Há semanas Joe evitava a casa do amigo porque evitava se encontrar com a irmã dele. Tinha rompido com Sandy, mas vê-la era doloroso: sua culpa era provocada pela maneira como ela ainda estava ligada, como o olhava, como se ele lhe devesse alguma coisa, embora, é claro, ela jamais afirmaria isso. Dava a impressão de estar disposta a esperar, pacientemente, disposta a fazer o que ele quisesse, mesmo que levasse anos até que lhe fizesse a proposta. Uma manhã, no caminho para a escola, percebeu que ela o seguia, uma quadra atrás. Ele recusou-se a se virar e esperar. Na passarela, olhou para trás, com remorso, e não a viu.

Agora seguia o caminho no alto da barragem, com vista para os quintais de Island, onde as pessoas estavam recolhendo folhas para as fogueiras. A fumaça passou por ele, aplanando-se na água escura do Atta.

O pai de Sandy estava ajoelhado na varanda dos fundos, mexendo em um pequeno motor elétrico com uma chave de fenda. Seu rosto redondo com suas bochechas lustrosas relanceou os olhos para Joe.

— Joe — disse ele, insipidamente, retornando à tarefa. Quase casualmente, um julgamento havia escapado.

Joe continuou ali, observando, com esperança de uma comutação da pena, esperando Charlie Richards dizer alguma coisa que os fizesse voltar a ser como antes.

— Para que é isso? — perguntou.

Charlie Richards continuou a trabalhar sem responder, ele que há anos era tão afável com Joe. Durante o verão, esperando Sandy chegar do trabalho como garçonete no Oasis, Joe ficava sentado com ele no pátio, sob o bordo, bebendo limonada e conversando sobre a guerra, ele com um ar de descrença jocosa — tão diferente do seu pai —, como se tudo aquilo fosse um pouco de azar divertido, de que tinham tido a sorte de escapar — como aquela vez na Itália, quando um atirador de tocaia o mantivera preso a uma rocha por um dia inteiro...

Então Sandy chegava, surgindo correndo em seu uniforme bege, do Oasis, os olhos dirigindo-se imediatamente para Joe, os lábios reprimindo em vão um sorriso; achavam que a sua felicidade era segredo, e agora ele percebia que devia ter sido óbvia para todo mundo. Tudo isso tinha acabado, há séculos. Ao observar o pai dela girando a chave de fenda, encheu-se de remorso.

— Encontrei isto no porão — disse Charlie Richards. — É um bom motor. É uma pena jogá-lo fora.

SMILEY LEVAVA A .22, seu cano apontado para o chão, como se farejando uma trilha. Saíram do Lion's Park e penetraram numa brecha no arbusto de cedro. Em seguida, margearam os campos, alternando luz e sombra, passaram por uma velha segadora de feno oxidando em uma pilha de rochas sarapintadas de líquenes dourados. Ele se perguntou se seu pai não a teria operado. Quando era menino, trabalhara na fazenda de Wiley, e seus campos estavam impregnados das histórias que ele contara a Joe: ele desatrelando os cavalos de tração, King e Maud, conduzindo-os sem arreios para o rio em uma época passada, em que as ações pareciam grandiosas, gravadas com tal intensidade na memória que davam a impressão de ainda estar acontecendo, longe dos olhos, remotamente — seu pai e Pete Moon fazendo os cavalos de pernas pesadas correrem pelos baixios. Teve a sensação de que, em comparação, pouco havia acontecido em sua vida. Seu pai, de certa maneira, era dono da terra em que ele caminhava, assim como possuía a Depressão e a Guerra, todas as grandes aventuras do passado, e agora nada restara para Joe, a não ser uma espécie de banalidade.

Do outro lado do campo em declive, eriçado com as espigas pálidas de trigo, havia montículos de terra — de marmotas —, como se buracos para estacas tivessem sido cavados a esmo. Joe e Smiley observaram-nos intensamente, torcendo por terem algo que matar. Um gaio azul voou na direção de um pinheiro, e Smiley fez pontaria, seu rosto pesado fazendo uma careta, pressionado na coronha.

— Pou! — disse ele baixinho, e o gaio morreu e viveu ao mesmo tempo.

Instalaram-se em um buraco sobre a relva seca, examinando o campo que tinham acabado de contornar. À distância, na outra margem do rio, dava para ver as alturas do North End, acima do corte rígido feito pelas trilhas da CN. Joe correu os olhos pelos fundos das casas grandes, os telhados e segundo andar visíveis acima da beira do precipício. Era possível que Anna Macrimmon morasse exatamente lá, atrás do toldo verde, ou ali, onde uma faia imensa refletia metade do seu dourado.

— Me dá a arma — disse ele.

A lente de mira aproximou-o. Fixou sua cruz fina nos galhos nus da faia, sobre a sacada dilapidada em que uma toalha laranja pendia no parapeito.

Rapidamente, baixou o .22 e mirou o campo. O tiro levantou uma lufada de poeira amarela que se dispersou.

— Ei! — disse Smiley.

— Achei que era uma — mentiu Joe. Ele tinha precisado atirar. Devolveu a arma com as mãos tremendo.

Depois de uma hora, não tinham visto nenhuma marmota, de modo que prosseguiram, acompanhando a trilha que descia atravessando as árvores, até as terras baixas do Atta. Chegaram a uma praia arenosa, à margem do rio, e se sentaram em um grande tronco prateado, olhando a água da cor de cerveja, no ponto em que se esparramava em direção a uma corredeira.

— Pois é — disse Smiley. Joe esperou pelo murro. Tinha certeza que seu amigo o atacaria por causa de Sandy. — Pois é, acho que vou me desligar — continuou Smiley.

— Desligar... quer dizer, do *colégio*?

A atenção de Smiley estava fixa na água. Não demonstrou ter ouvido.

— Smiley?

Seu amigo deu de ombros, como se o assunto estivesse além de qualquer explicação, e até mesmo compreensão; era simplesmente algo que tinha acontecido. Joe estava à beira de cair na risada. Certamente Smiley estava brincando, à sua maneira de cara-de-pau. Era um dos dois ou três melhores alunos de matemática da turma. Ele tinha falado em ir para a universidade.

— Achei que você ia continuar. Isto é, o que vai fazer, trabalhar na fábrica? — Smiley estava com a cabeça baixa, mexendo com uma vareta. — Com sua capacidade, poderia ser professor. Um cientista...

— Talvez me junte aos fuzileiros navais.

— Aos fuzileiros navais?

— Ver o mundo — disse Smiley, com um sorriso gelado.

— Diga por que não vai continuar. Fale sério.

Smiley torceu a vareta em suas mãos.

— Porque simplesmente parece não fazer sentido.

— E o que faz sentido? Ficar famoso e rico? Não ter de trabalhar com as mãos?

— Até que gosto de usar minhas mãos.

— Então vai ser um fuzileiro naval e... — Joe gesticulou com raiva para o rio — matar gente.

— Não vai ser por muito tempo. Somente um ou dois anos, pelo lado divertido.

— Raspam sua cabeça e o chamam de babaca. Chama isso de divertido?

Joe não conseguiu tirar mais nada dele. Olhou para o amigo: para o nariz bem-feito coberto de sardas cobreadas, para os olhos agitando-se de lá para cá na areia, o sorriso dissimulado e irritado, como se estivesse se deleitando com a destruição de sua vida. Joe foi até a água, pegou uma pedra e a arremessou com força.

— Amo Anna Macrimmon — disse Smiley.

Joe virou-se. O que Smiley tinha dito parecia tão despropositado, tão impossível, que era inescrutável.

— A garota nova — disse Smiley com a voz engasgada, olhando para ele, infeliz. — Eu a amo.

Era impossível. Smiley nunca falava assim, nunca revelava seus sentimentos francamente, em relação a nada. Havia sempre uma piada.

Mas Smiley transpirava tal desolação que ele percebeu que era verdade.

— Você se dá com ela — disse Smiley. — Talvez pudesse falar com ela por mim.

— Falar... O que eu diria? — Começava a achar um ultraje o que achava ser uma violação.

— Não sei. Descubra o que ela sente em relação a mim.

— Ela não é o seu tipo!

— Como sabe? Qual é o meu tipo? — Os olhos pequenos piscaram para Joe, hostis.

— Ela é poeta. Você não gosta de poesia — disse Joe, sem saber o que responder. Não podia ser direto e dizer: "Ela nunca o amaria. Você é um grosseirão. É inconcebível."

Smiley olhou para o rio, impassível.

— Quer dizer, diabos — disse Joe, retornando ao tronco. — Ela é... Você sabe, a maneira como ela é, a maneira como se veste, ela é...

— O quê? Melhor do que eu?

— Eu não diria exatamente isso.

— É o que quis dizer. — E para o rio. — Está dizendo que ela é boa demais para mim. — Após um instante, acrescentou: — Sei que é. Sei que nunca a terei. Mas quando ela... Tudo o que tenho de fazer é vê-la, para saber que nunca mais desejarei outra.

— Vai desejar outras — replicou Joe.

— Foda-se — disse Smiley.

— Oh, cai na real.

Smiley deu um pulo do tronco. Joe não teve tempo de reagir antes de seu amigo empurrá-lo com fúria.

— Droga, o que está fazendo? — gritou Joe, aprumando o corpo.

De certa maneira, não estava surpreso. O que se manifestava agora em Smiley sempre estivera ali, ele sabia, um ressentimento que fora se acumulando a cada ano, aguardando uma centelha como essa. Ele estava assustado, não tanto com um perigo físico quanto com a sensação de uma emoção intensa investida às cegas. Com o coração acelerado, um tanto em desespero e, também, culpado (sabia que tinha falado com um ar superior, sabia que sempre se sentira, secretamente, superior a Smiley, e agora colhia o castigo), revidou o empurrão. Estavam se estapeando, prestes a se esmurrarem, quando Smiley foi até o tronco e pegou a .22. Virou-se e apontou para a testa de Joe. O olho que Joe via estava fechado, enquanto o outro estava metido atrás da lente de mira. O dedo de Smiley estava imóvel sobre o gatilho, e Joe não acreditava que ele o apertaria.

Ficou olhando, mas não teve medo, Smiley apontar para o seu peito.

— Pou! — disse Smiley.

15

BILLY ESTAVA ESPERANDO Jamie sob o olmo. Folhas amarelas caíam, uma, duas, três de cada vez, rodopiando, flutuando, se assentando, silenciosamente, no asfalto do pátio vazio. Todo dia a turma de retardados era dispensada quinze minutos antes das outras séries, e todo dia, quando a turma de Jamie saía, Billy estava esperando. Várias vezes Jamie tentou se demorar na escola, mas Billy ficava esperando, sentado sob o olmo. Jamie acabava tendo de sair, levado por um professor ou o porteiro, e sempre contava a mesma mentira a Billy.

— Tenho de ir para casa e ajudar minha mãe.

Billy geralmente voltava com ele, apesar de sua casa ficar em outra direção, no Flats.

— Você não tem de ir para casa? — perguntava Jamie.

— Minha mãe ainda não voltou do trabalho — respondia Billy, e continuava arrastando os pés do seu lado, com seu sorriso arreganhando os dentes marrons, como se não tivesse nada melhor no mundo a fazer a não ser andar arrastando os pés nas folhas que rumoravam e faziam ruge-ruge ao redor de seus joelhos, no ar cheirando a fogueiras. Na primeira vez ele havia ido até a porta dos fundos da casa e teria entrado se Jamie não o tivesse impedido.

— Tenho de ajudar minha mãe — disse Jamie de novo, enquanto Billy espiava para dentro da cozinha. Jamie teve medo de que sua mãe os visse juntos. Teria de enfrentar a espátula, seus olhos de raios X.

O pior era quando Billy ficava esperando do lado de fora da casa, às vezes por muito tempo. Jamie olhava para fora e lá estava ele, sentado no meio-fio, cutucando alguma coisa com um graveto. Uma vez sua mãe viu Billy esperando.

— Aquele ali é o menino Boileau? — perguntou ela. Jamie sacudira os ombros e respondera que não sabia, e sua mãe disse: — Espere aqui dentro até ele ir embora.

Quando finalmente teve permissão para sair, Billy tinha ido embora e não havia ninguém com quem brincar. O sentimento de tristeza e solidão que experimentava não estava só nele. Estava em Lookout Hill, ascendendo amarela do outro lado do rio, a cor de metal antigo, cortando suas rochas escumosas. Lançou gravetos na água e bombardeou-os com pedras até ser chamado para jantar.

Billy levantou-se e atravessou o pátio, sorrindo um sorriso flamejante, que fez Jamie se sentir mal, sabendo que mentiria de novo, mentiria e o desapontaria e — depois de descerem juntos a colina — o deixaria em pé na West Street, enquanto entrava em casa.

— Sei — disse Billy com sua voz sem modulação, com um indício de zombaria —, tem de ir para casa e ajudar sua mãe.

— Não, não tenho — disse Jamie.

Billy caminhava do seu lado em direção ao portão.

"Não, não tenho", tinha simplesmente escapado. Estava cheio de ficar dando a mesma desculpa, e agora que tinha dito outra coisa, a verdade, sentiu-se como se não soubesse mais onde estava. Não sabia o que dizer em seguida.

Do outro lado da rua, um cachorro preto com uma risca entre os olhos levantava uma das patas para mijar.

— Podíamos ir à Trilha dos Índios — disse Billy.

— Está bem — disse Jamie. Mas se sentiu como se estivesse fugindo.

Está bem.

Ergueu os olhos, surpreso.

— Mesmo? — disse ele, questionando a voz. Tinha parado no portão. O cachorro estava do lado de outra árvore: um fio de líquido amarelo e prosseguiu seu trote.

É claro, disse a voz. *Vá em frente.*

— O quê? — perguntou Billy.

Glória ao Senhor, e passe a munição!

Jamie riu. A voz tinha-lhe feito cócegas.

— O quê? — perguntou Billy, dançando à sua volta.

— Glória ao Senhor, e passe a munição!

— Podíamos fazer pólvora! — gritou Billy. Pulava de um pé para o outro, segurando o escroto como se sentisse vontade de ir ao banheiro.

Atravessaram o parque e desceram a estrada que levava à Trilha dos Índios. A senda atravessava a floresta sobre um barranco íngreme, de modo que, se olhassem para baixo, veriam, bem lá embaixo, uma estrada e telhados; se olhassem para cima, veriam as cercas dispersas no fim dos quintais particulares. Mas a trilha em si (que, na verdade, eram várias trilhas entrelaçadas) era um lugar secreto, e eles caminhavam sem ser vistos, levando gravetos como lanças, um grupo que havia penetrado furtivamente na cidade para roubar e matar pessoas. Agora estavam a cavalo, pequenos pôneis índios que relinchavam, batiam os cascos e se esquivavam de obstáculos encosta abaixo, até uma clareira. No extremo da clareira, havia uma rocha lisa, redonda, como a carapaça de uma tartaruga enorme, metade enterrada.

— Meu avô foi enterrado ali — disse Billy. — Debaixo da rocha.

— De verdade?

— Ele era um chefe.

Jamie tinha-se esquecido da espátula e dos olhos de sua mãe. As árvores amarelas, imóveis ao redor da pedra (estavam agora em pé sobre ela, como em uma ilha na maré enchente), pareciam saber que os meninos estavam lá.

16

A CONVERSA SOBRE LIZ MCVEY irrompeu um dia depois da aula de ginástica, quando os meninos da 13A estavam no vestiário. Dick Osborne disse que tinha ouvido falar que Liz rompera com o namorado, Bobby Tanner, um vendedor três ou quatro anos mais velho do que ela. Bobby, disse alguém, havia trepado com ela. Isso desencadeou uma discussão animada sobre quem seria o próximo a transar com ela, um expectativa animadora, já que Liz era considerada uma das garotas mais bonitas da turma. Foi quando Brad Long — secando-se, negligentemente, à porta do chuveiro — calou-os todos, anunciando, com um ar de autoridade sombria, que Liz era uma "mulher de classe". Sua reputação de conquistador frustrou as intenções dos outros, pois Brad, que era tido como fazendo aquilo, ao falar em defesa de uma garota lembrava-lhes a sua deplorável falta de experiência. De qualquer jeito, a mulher de classe estava fora do alcance da maioria deles, por causa de sua aparência e por ser filha do homem mais rico da cidade.

Quando Liz parou Joe no corredor, tudo isso estava na sua cabeça. Não dava para ouvir que uma garota tinha andado fazendo aquilo e depois esquecer tudo quando ela estava a meio metro de distância, olhando-o com seus bonitos olhos grandes, ainda que, de alguma maneira, gélidos. Ela usava o cabelo ondulado cortado bem curto e sua boca de lábios cheios franzia-se um pouquinho de cada lado, projetando a parte de baixo do lábio superior. Era um tipo de boca pueril. Joe sentia-se atraído por ela, mas não gostava da sua afetação, especialmente da expressão langorosa de tédio. Ela era a atriz principal no Drama Club. Um ano antes assistira a ela no papel principal de *Deirdre's Island*, uma história de crime, sobre uma mulher da alta sociedade, vingativa, e seus convidados. Uma Liz completamente diferente tinha surgido: tensa, felina e surpreendentemente madura. O crítico do *Gleaner* de Johnsonville tinha perdido a cabeça por ela, e, ao mesmo tempo, ela tinha deixado Joe nervoso; havia algo repulsivo na histeria controlada que ela transmitira.

Agora ela o convidava para uma festa em sua casa no sábado à noite. Foi tão inesperado — ele não fazia parte da turma do North End — que ele hesitou. Isso pareceu provocá-la; com seus olhos excessivamente brilhantes fixados nele, disse satisfeita:

— As pessoas ficarão desapontadas se você não for — com tal ênfase insinuante em "pessoas" que ele percebeu uma mensagem, ainda que cifrada, e respondeu é claro que iria, que seria um prazer. Depois que ela se foi, ficou tentando decifrar "pessoas", chegando, quase instantaneamente, à conclusão de que ela estava se referindo a Anna Macrimmon.

Na aula seguinte, de inglês, observou Anna ler *Macbeth*. Durante semanas sentira uma conexão profunda entre eles. Suas conversas revelavam uma carga complexa de emoção. Os olhares furtivos, achava, cada vez mais sugeriam a possibilidade de um futuro mútuo. Ele tinha quase certeza de que isso era real, mas não comentava, pois podia estar enganado. Ela lia com uma qualidade de concentração, de absoluta independência, a que parecia capaz de apelar quando quisesse. Ele tinha percebido isso durante a apresentação de uma peça cômica no colégio. Ele a tinha observado — no meio de todo um ginásio ruidoso com as gargalhadas — simplesmente olhando, nem se divertindo nem reprovando nem distraída. Havia nela uma calma, uma consciência, que ele admirava e respeitava, pois nunca percebera isso em ninguém, exceto em Archibald Mann, embora na atenção desse último houvesse sempre um quê severo, como se estivesse analisando ou até mesmo julgando o que via. Mas não havia julgamento em Anna Macrimmon; ela estava simplesmente olhando, achava ele, estava vendo mais do que ele podia imaginar. O que estaria ela pensando? Será que achava todos eles tolos? Nesse ponto, parecia superior não somente a todas as outras garotas, mas também a ele. Isso era atemorizante. O que poderia fazer para merecê-la? Ainda assim, ele persistia perseguindo-a secretamente.

Deixou passar duas aulas para forçar um encontro no corredor. Ela foi afável como sempre, conversando enquanto passavam pelo grupo de alunos, embora, quando ele perguntou se ia à festa de Liz, ela lhe tenha enviado um sorriso de viés, e dito, com uma voz singular e melopéica: "Ah, acho que sim." Isso era flerte, pensou ele, com um toque de timidez, escondendo e revelando, ao mesmo tempo, algo mais profundo.

O CONVITE DE LIZ levou-o a comprar o casaco. Há semanas estava de olho nele, receando que desaparecesse da vitrine da Art Blostein: um casaco tipo jaqueta de camurça chocolate com as mangas de malha bege. Preso no busto que vestia a jaqueta estava um cartão com a silhueta da cabeça de um coelho e a mensagem COMO ANUNCIADO NA *PLAYBOY*. A jaqueta, quando a experimentou, pareceu larga demais para ele, mas Art Blostein lhe garantiu que era o feitio, e, ao olhar suas três pessoas no espelho triplo, pareceu mudado. Pareceu maior, mais relaxado, alguém que sabia das coisas.

— Este é você! — disse Art, satisfeito, e sua face de palhaço de borracha deu um sorriso largo aprovando o ombro de Joe.

Joe atravessou a Shade Street até o banco. No guichê do caixa, não conseguiu evitar olhar em volta, preocupado com a possibilidade de sua mãe entrar. Ele nunca tinha tirado dinheiro de sua poupança, desde que ele e ela a haviam aberto há dez anos. Usando seu melhor casaco, um de tweed inglês, ela havia dito ao caixa, e a quem quer que ouvisse (o banco inteiro parecia estar prestando atenção), como Joe estava indo bem na escola, como um dia ele iria para a universidade, essa conta era para isso, para economizar todas as mesadas, presentes e rendimentos de pequenos trabalhos. Depois, ela praticamente fizera uma cerimônia de entrega da caderneta de capa vermelha dura.

— Este é o seu futuro — tinha dito ela. — Cuide bem dele.

Ele carregara seu futuro pelas ruas de Attawan, a mão suando, sentindo-se muito importante. Quando chegaram em casa, ela pegara a caderneta e a guardara na gaveta de sua cômoda.

De acordo com a caderneta — que ele agora guardava na desgastada cômoda azul do lado de sua mesa —, a conta agora chegara a mais de mil dólares, cuja maior parte ele ganhara trabalhando, durante o verão, na fábrica, e enchendo as prateleiras da A&P depois das aulas. O caixa lhe entregou quatro notas novas de vinte e uma de dez, que ele levou à loja. Art dobrou a jaqueta em uma caixa, embrulhando-a com duas folhas de papel de seda, com a ternura de alguém que estivesse enterrando um bebê.

Nessa noite, ao chegar em casa vindo do A&P, levou a caixa para o quarto e a escondeu atrás do armário. Era crucial que sua família não visse a jaqueta, que era como uma nova pele para ele, frágil e vulnerável. Depois do jantar, sentiu que tinha de ver sua aquisição de novo. Seus pais estavam assistindo à televisão — o ruído da gargalhada gravada pairou escada acima —, portanto abriu a caixa, vestiu a jaqueta e atravessou ligeiro o corredor até o quarto dos pais, onde havia um espelho de corpo inteiro na porta do armário. Em seu retângulo glacial, a jaqueta parecia bonita, bonita demais, com braços volumosos como cota de malha de ferro. Eclipsava todo o resto: sua calça verde, com os joelhos informes e polidos, suas botas de camurça de cano curto já gastas, até mesmo seu rosto. Sim, a jaqueta era perfeita, mas a sua boca era fina demais e suas orelhas de abano. Examinou-se desconfiada e criticamente, como se tivesse esbarrado com um primo infame.

Saindo do quarto, encontrou o pai no corredor. Ao passarem um pelo outro, seu pai não pareceu reparar na jaqueta.

— Diga, Joe — falou. Relutantemente, Joe virou-se para ele.

Nos últimos dias, seu pai parecia cansado, os olhos fundos — sua mãe tinha comentado que ele não estava dormindo bem — e agora ele retraiu os lábios, encolhendo-os de uma forma como se suas palavras tivessem de ser puxadas de sua pele, como uma farpa.

— Você vai para a universidade.

A jaqueta, de repente, pareceu imensa nele, quase grosseira.

— Sim, é isso.

— Eu estava pensando — disse ele, passando a mão em sua cabeça calva —, está pensando nisso por dinheiro? Isto é, é o dinheiro o seu principal objetivo para continuar a estudar... ganhar muito dinheiro?

— Na verdade, não — replicou Joe, confuso.

De fato, nunca pensara no dinheiro por si só. A esse propósito, pensava em uma vida diferente: uma casa com uma biblioteca, talvez. Mas até mesmo *isso* não era tudo.

Os olhos do pai fixaram-se nele.

— É história, acho, que o atrai, não é?

— Sim.

Seu pai fez um gesto com a mão, como limpando um punhado de areia.

— Gosta disso, acho.

— Aha-ahan.

Os dois ficaram pouco à vontade com a menção do gostar. Joe lembrou-se da época, anos atrás, em que seu pai tinha tentado lhe falar sobre sexo. Os dois haviam ficado mortalmente embaraçados com seu relato — "e você põe seu corpo dentro do da mulher"—, proferido com a cara séria evitando se olharem. Joe já sabia disso.

O pai olhou para ele diretamente e, por um momento, seus olhos azuis o abraçaram com força e uma feliz descoberta.

— Ótimo — disse o pai. — Isso é ótimo. — E balançou várias vezes a cabeça, aprovando desajeitadamente. — Então, persista.

Joe voltou para o seu quarto e tirou a jaqueta. Não tinha entendido o que acabara de acontecer, mas sentiu vontade de chorar. Sentiu-se um impostor. Sua jaqueta era uma fraude, e ele era um impostor por pensar que isso faria diferença. Seu pai o amava. Ele odiava ser lembrado disso. A consciência o penetrou como uma fraqueza, dissolvendo tudo de que um momento antes ele tivera certeza. Quem era ele? O que diabos estava fazendo? Olhou a jaqueta nova com remorso e ódio.

Dois dias depois voltou a Art Blostein's e comprou uma calça cáqui, uma camisa azul-clara com listras finas (iguais às que Brad Long usava, ele notou com satisfação), e uma suéter azul-marinho. Na Jarrod's, mais adiante na mesma rua, comprou um par de sapatos de camurça chocolate. Escondeu tudo em seu armário e, na noite da festa, pôs às escondidas a jaqueta, ainda na caixa embrulhada, na mala do Biscayne. Depois voltou para o quarto para se arrumar.

Às nove horas, estava pronto. Usando sua velha jaqueta de popeline sobre a suéter nova, desceu, furtivamente, a escada. Mas sua mãe devia estar atenta. Ela foi ao vestíbulo afogueada de excitação para vê-lo sair. Uma semana antes, quando ele lhe dissera que iria à casa dos McVey, ela mal conseguiu conter o prazer. Um dia depois tinha comunicado que lavara sua melhor calça e camisa; até mesmo limpara seus sapatos de domingo.

Agora queria ver o resultado de seu trabalho. Ele ficou no pequeno *hall* de entrada e observou os olhos dela — seus olhos grandes nos quais ele podia perceber cada mudança de seu tempo interno —, observou-os se iluminarem quando ela viu a calça nova. E a suéter, espiando debaixo da jaqueta.

— Joe, o que está usando? Deixe eu ver!

Ele estava preparado para a luta, para lhe dizer, o dinheiro é meu, ganhei cada centavo, mas ela estava deliciada.

— Oh, Joe, abra a jaqueta! Deixe eu ver! — Ela recuou, esfuziante. — Sim, é linda, você tem excelente gosto. Onde comprou?

Ele contou a história toda. Ela ficou perto dele — perto demais, na verdade, para que ficasse à vontade —, olhando-o com uma admiração febril e catando pedaços microscópicos de fios de linha em sua suéter, alisando seu cabelo para trás de sua testa.

— Também comprei uma jaqueta nova — disse ele, com acanhamento. Ela mandou que a buscasse no carro. Ela pareceu menos encantada com a jaqueta, ele achou que sua face ficou mais sombria quando ele disse quanto custara, mas a maré do seu entusiasmo não podia ser interrompida. De repente, ergueu-se e o beijou na bochecha. Por um momento, sentindo seu cheiro familiar, sentindo seus lábios roçarem sua pele, pressentiu o mundo desaparecido de sua juventude. Sua mãe também devia ter tido 18 anos.

AS RUAS DA CIDADE estavam iluminadas com fogueiras, onde os chefes de família tinham juntado folhas no meio-fio. Algumas das pilhas flamejavam quando ele passou no Biscayne; outras fumegavam, até a rajada do carro abaná-las, enviando faíscas que rolavam para a estrada. Ocasionalmente, uma castanha pipocava com o calor do fogo.

Fumaça ascendia em colunas pálidas, e o seu cheiro na janela aberta do carro era a alegria do mundo ardendo, revigorante, impetuoso. Estacionou na Robert e seguiu a pé, passando por uma dúzia de carros, até a casa dos McVey, relanceando os olhos para a garagem aberta onde o pára-brisa do Lincoln olhava para fora com uma serenidade imperial. O carro era um dos principais santuários entre os muitos que criara onde quer que Anna Macrimmon tivesse sentado, andado, falado com ele. Em seu peito, outro fogo ardia.

O dintel de vidro dava para um grande *hall* coberto com um tapete indiano. Ele viu a base curva, graciosa, da escadaria, atapetada de verde-escuro e um corredor comprido almofadado que levava ao fulgor ártico de uma cozinha vazia. A música vibrava distante — achou escutar a voz de Diane Ross dançando *cakewalk* para o paraíso —, mas ninguém respondeu à batida da aldrava pesada. Pensava se deveria tentar os fundos da casa quando a porta se abriu e Doc McVey surgiu diante dele com um penhoar preto e vermelho sobre — Joe achou isso estranho — sua camisa e calça. Em seu pescoço um plastrom; em sua mão, um copo cheio até a borda de gelo.

— Um folião retardatário — disse Doc, com sua voz suave, ligeiramente tresloucado, olhando, com uma ironia animada, por suas lentes redondas.

Era um homem alto, com um rosto pueril e uma expressão de bestificação divertida, levemente desdenhosa. Era médico e, apesar de não mais praticar, conservava seu antigo consultório no centro, no alto de uma escadaria íngreme sobre o Salão de Beleza de Maggie. Tinha herdado dinheiro — Joe soube disso por seu pai — e feito muito mais investindo em ações na Bolsa, assim como comprando e vendendo propriedades na área. Há vários anos — esse era um segredo de polichinelo na cidade — ele mantinha um caso com uma mulher chamada Babs Wilcocks, que trabalhava como secretária no Escritório Central da Bannerman's.

— Você não é filho de Alf Walker? — perguntou Doc McVey, mandando Joe entrar.

De repente, seu passado, sua família, tudo pareceu vividamente presente, como se tivesse se arrastado atrás dele. A música agora estava mais alta, mas ele não via sinal da festa.

— Seu pai e eu freqüentamos a escola juntos. Ele era muito rápido na corrida, o seu pai. Ele me deu um bocado de trabalho nos cem metros.

— Mesmo?

— Oh, sim, ele era rápido — disse McVey com malícia, como se algum escândalo estivesse associado com a velocidade de seu pai. Seus olhos grandes, aumentados pelas lentes dos óculos, fixaram-se em Joe com uma expressão de vigilância divertida. Joe teve a sensação de estar sendo testado, como se Doc McVey estivesse esperando para ver se essa criatura interessante, o filho de Alf Walker, poderia realizar um ou dois truques. Do corredor, Sally, irmã caçula de Liz, aproximava-se com uma tigela de pipocas. Reconheceu Joe com um sorriso tímido e, sem graça, projetando o pescoço como se isso facilitasse sua escapada, subiu a escada, seguida de seu gato branco felpudo. Doc McVey continuava com os olhos em Joe.

— Lá embaixo, pela cozinha — falou arrastado, apontando com o gelo.

Quando Joe chegou à cozinha, Liz McVey subia de um cômodo escuro, submerso atrás, um murmúrio de vozes e a lamúria de Dion se queixando, mais uma vez, de Runaraound Sue.

— Joe! Estava com medo de que não viesse! — Ela aproximou-se dele com aquele seu olhar extremamente intenso, quase trágico, e inclinou-se à frente para beijá-lo na bochecha. Ele sentiu um aroma almiscarado. Pegando sua jaqueta, jogou-a sobre várias outras em uma cadeira; ao se afastar, a pilha veio abaixo. — Quer beber alguma coisa?

Enquanto ela remexia na geladeira, ele recolocou os casacos na cadeira, pendurando a sua jaqueta no espaldar, e se virou para a porta que levava, ele percebeu, à sala grande, cheia de gente. A única luz vinha da cozinha e das luminárias lá fora, iluminando as portas do átrio. Ele não viu Anna Macrimmon.

Demorou-se na cozinha. Liz estava de costas para a bancada, com um braço sobre o quadril e o outro estendido sobre a bancada. Era uma pose ousada e se ajustava a ela. Debaixo de sua saia até os joelhos, meias granadinas complementavam o cor cereja de sua blusa. Seus olhos estavam mais maquiados do que o habitual, um toque de Cleópatra. Ele achou-a sedutora de uma maneira provocadora, quase vulgar.

— Gostei do que você disse ontem na aula de Mann, sobre a guerra não ser boa para ninguém. Muito bem colocado.

Ele murmurou um obrigado. Tinha ficado embaraçado com seus comentários, a sua discussão com Brad Long na frente de toda a turma, na frente de Anna, sobre os benefícios da guerra. Brad tinha-se vangloriado de que seu pai, oficial de um destróier, tinha partido garoto e retornado — o que provocara risos — "um cara realmente senhor de si".

— A guerra deve ser horrível — disse Liz, olhando-o com aflição —, não acha?

— Seu pai foi para o exterior? — disse ele.

— Oh, céus, não! — Sua mão, com três anéis, abriu-se sobre o peito. — Eles nunca o teriam mandado, não com a vista que tem. Meu Deus, ele não conseguiria saber em que ponta fica a boca da arma. Oh, não, ele perdeu tudo isso, graças a Deus. Ou eu acho graças a Deus — acrescentou sinistramente.

Ele estava ciente da porta escura à sua direita. Esperava que Anna aparecesse a qualquer minuto. Aumentaram o volume da música. Nos armários, os cristais estavam começando a dançar.

— Por que não vamos a um lugar em que possamos escutar realmente um ao outro?

Relutantemente, ainda que, de certa forma, feliz pela distração, deixou-se ser conduzido pela sala de jantar onde uma grande mesa cintilava na penumbra. Depois, entraram em uma sala de estar, passando por um sofá comprido, com pés bem-proporcionados, esculpidos, forrado com um tecido listrado. Duas poltronas verde-musgo idênticas estavam de frente para uma lareira com o console de mármore. Havia tapetes indianos espalhados sobre o carpete e pinturas a óleo reluziam sob pequenos abajures tubulares de cobre: paisagens brilhantes, em molduras trabalhadas, mostrando rios sinuosos no outono, um céu nortista vermelho com um V de gansos. Ele nunca tinha estado em salas tão ricamente decoradas. A partir desse momento, ele passaria a achar sua casa miserável e inferior.

Mas o *living* não parecia ser do gosto de Liz. Ela conduziu-o por um corredor, por onde ele entrara na casa, e atravessaram uma porta pesada que dava para um gabinete amplo. Esse cômodo parecia mais freqüentado. Fotografias em molduras douradas estavam penduradas acima de uma escrivaninha esculpida, onde uma pilha de papéis estava presa por um peso de vidro. Havia uma televisão pequena e um grande sofá forrado de um material bege, com almofadas soltas, verdes e azuis. Liz enroscou-se em uma ponta, puxando as pernas de meias granadino. Ele sentou-se na outra ponta, mas teve dificuldade em achar a postura correta. Uma que condissesse com a dela o poria em uma proximidade e intimidade que ele não sentia. Sentou-se de quina para ela, sua atenção desviada por um grande livro na mesinha de centro. Na capa, um iate de regata adernando a todo pano.

— E aí? — disse Liz, como se fossem dois velhos amigos que finalmente tinham encontrado tempo para conversar.

— Seu pai gosta de velejar?

— Oh, sim — disse ela, um tanto impaciente. — Ele já teve um barco, lá no chalé. Agora está ameaçando comprar um em que possa dar a volta ao mundo.

— Verdade?

— Soube que rompeu com Sandy — disse ela, ignorando a pergunta. — Ou ouvi errado?

— Não, ouviu certo — disse ele, um pouco surpreso. Ele examinou o rosto dela, agora só simpatia e interesse, embora o brilho de seus olhos se agitassem: a vida não era difícil e não era divertida?

— Uma garota muito bonita — disse Liz. — Espero que não tenha sido muito sofrido.

— Bem — disse ele, dando de ombros. Tinha sido sofrido, mas não da maneira como ela talvez imaginasse.

— Quando Bobby e eu rompemos, há mais ou menos um mês, bem, não é uma coisa por que se quer passar todo dia.

— Não — disse ele. Ocorreu-lhe que ela o estivesse sondando para Anna, querendo saber se ele estava livre. — Não — repetiu, dessa vez com mais força. — Não todo dia.

Atrás dele, apesar de a porta estar fechada, ouviu alguém entrar na casa. Olhou em volta.

— Ignore-os — disse Liz. — Eles podem achar o caminho sozinhos.

— Anna está aqui? — perguntou ele.

— Estava — disse Liz, sem se alterar. — Ela e Brad foram os primeiros a chegar. Foram embora há cerca de vinte minutos.

— Oh, vieram juntos? — disse ele, simulando um interesse casual.

— Juntos? — gritou ela. — Os Gêmeos Bobbsey originais! A cerveja estava acabando e Brad disse que podia conseguir algumas com um amigo, embora, pelo que sei de Brad, é claro que vão passar pela cascalheira.

Ela falava com uma inocência direta. A cascalheira abandonada, a leste da cidade, era o local preferido para se estacionar. Havia noites em que o lago em seu centro ficava completamente cercado de carros.

ELA O LEVOU À PISTA DE DANÇA para uma música lenta. A mão dela era fria na sua, e quando se aninhou nele sua pélvis roçou na coxa dele. A excitação dele — a inquietação em sua calça — pareceu algo distante, uma chateação, realmente, e ele a afastou um pouco. Agora estava claro que Liz nunca estivera sondando para Anna, ela sondava para si mesma, e embora achasse isso lisonjeiro não conseguiu deixar de pensar em Anna lá fora, na noite, Anna e Brad Long. Recusou a visão de Liz dos dois como inseparáveis, pois isso não batia com o que ele sabia. Era verdade que Anna e Brad saíam juntos, pelo menos tinham saído uma vez, mas, na cabeça de Joe, ela ficava mais à vontade, mais satisfeita com ele. Não confiava em Liz. Tudo que precisava era Anna encontrá-lo abraçado com Liz para que desse adeus às suas chances — o que talvez fosse o plano de Liz.

Depois de três danças, ele deixou-a com a desculpa de que iria ao banheiro. O do lado de fora da cozinha estava ocupado, por isso Liz o guiou para o segundo andar. Ao descer, o ranger da porta de um armário no gabinete tentou-o. Anna Macrimmon estava lá, inclinada à frente examinando uma alta estante de livros. Ela usava uma saia plissada curta, de xadrez verde, que ele nunca vira antes, meias verdes e uma blusa branca de mangas compridas colada ao corpo.

— Anna — disse ele, indo direto para ela. A cerveja o deixara mais confiante. — Achei que não vinha. Eu estava inconsolável.

— Sei disso! — exclamou ela, acompanhando seu tom brincalhão. Ela pôs o braço no dele e o levou aos livros. De súbito, ele se sentiu tonto e, ao mesmo tempo, sóbrio e frio como uma pedra. Ela nunca fora tão física com ele. Seu braço direito parecia sem peso. — Veja isto — disse ela. — Eles têm os poemas de Shelley.

— Nossa! Acha que é melhor contar para ele?

— Oh, você é tão mau quanto Brad — disse ela, apertando seu braço.

— Não diga isso — replicou ele, mantendo o tom leviano. Mas a sua referência a Brad havia doído. — Sou muito pior.

— Então, estou realmente encrencada!

Apertou seu braço de novo antes de soltá-lo. Observou-a tirar o volume de aparência antiga, em sua capa de couro gasta. Ele estava extasiado com ela: seu cheiro, que não era bem cheiro e sim frescor, seu ombro roçando no dele quando se debruçaram sobre o livro com cheiro de mofo. Ele leu:

> A sombra terrível de algum Poder invisível
> Paira apesar de invisível entre nós...

A atenção dela fixada na página frágil era exaustiva; concentrava a sala toda nas palavras de Shelley: os móveis, as fotografias, os outros livros, tudo encontrava seu centro nos versos comprimidos do poema. Mas ele não conseguiu se concentrar. Ficou olhando para ela, a maneira como seus lábios se moviam levemente enquanto lia, na maneira como seu cabelo caía sobre o sinal de nascença, branco queimado.

Ela mostrou um retrato do poeta. Sob uma capa de tecido, os imensos olhos de Shelley olhando para cima em estado de ansiedade e exaltação.

— Estive na casa dele — disse ela —, no Golfo de Spezia, a Casa Magni. Dá para senti-lo ali. Só tinha trinta anos quando se afogou.

— Como se afogou? — perguntou ele, para ter algo a dizer. Seus olhos continuaram percorrendo o rosto dela, o cabelo dela.

— Ele estava velejando e... desatracou em uma tempestade, quando não deveria ter saído. Talvez ele achasse que estava na hora.

Ela falou com uma entonação que Joe não conseguiu decifrar: uma seriedade tenteadora e, lá longe, um indício de alegria, de uma alegria fria, sol em um mar frio.

— Em que ano terá sido? — disse ela, de repente, voltando ao livro.

Achou a data na última página, e tiveram dificuldades em ler os algarismos romanos.

— Não sou nada boa com essas coisas.

— Mil oitocentos e cinqüenta e seis — disse ele, finalmente. — O ano em que a Guerra da Criméia acabou.

— Você também gosta disso, não gosta? — disse ela. E quando ele pareceu intrigado: — Do passado.

— Às vezes sinto como se ainda perdurasse — disse ele. Uma vez, tinha tentado dizer isso a Smiley, que havia debochado dele impiedosamente. Não tinha dito para mais ninguém desde então.

— Isso! — exclamou ela. — Acha que quando dobrar a esquina vai se deparar com mulheres de vestidos longos. Vai esbarrar com Shelley!

— Você esteve na casa dele — disse ele, assombrado.

— Fui lá com... um amigo. Foi difícil encontrar. Mas as pessoas por ali, todos a chamam de casa de Shelley. Não existe uma placa ou qualquer outra coisa. Eles simplesmente se lembram. Dão a impressão de sentir orgulho disso.

— Onde fica mesmo?

— Na Itália, perto de Livorno. É no mar. Sabe, a última coisa que se lembram de Shelley é que estava rindo quando partiu ao encontro da tempestade.

Por um instante, ficaram se encarando. Ela foi a primeira a desviar o olhar. Ele viu a cor inundar o pescoço dela, viu-a mudar o sinal em sua bochecha, o branco se tornar rosa.

— Vamos sair — disse ele.

— Para onde? Lá fora, no frio?

Ela mantinha a cabeça baixa, esquivando-se dele.

— Quer dizer, sair só nós dois. Vamos dar uma volta.

— Não posso, Joe.

— Por que não? Você sai com Brad.

— Gosto de Brad — disse ela, erguendo o rosto, de maneira desafiadora.

— Não gosta de mim?

— Sabe que eu não quis dizer isso. Gosto muito de você. — Ela agora virava rapidamente as páginas de poemas de Shelley. Pôs o livro de volta na estante.

Ele tocou em seu cabelo, tentou pô-lo atrás de sua orelha, como a vira fazer tantas vezes. Ela afastou-se.

— Vamos só dar uma volta, qualquer dia desses — pediu ele.

— É claro que sim... uma volta.

Ela tinha se virado de costas para ele, e sua voz ressoou abafada, infeliz.

— Anna — disse ele.

Liz entrou.

— Aí estão vocês — disse ela. — Procuramos vocês por toda parte!

Brad assomou-se atrás dela, sorrindo largo.

17

A FAIXA VERDE no velocímetro no Oldsmobile foi ficando maior, estendendo-se a 75, 80, quando Brad ultrapassou uma fila de carros mais lenta. Dirigia com uma das mãos, o braço esticado para o volante, e ficava relanceando os olhos por cima do ombro para Joe, falando com aquele misto de entusiasmo e descrença, feliz e fanfarrão, como se o mundo estivesse cheio de prodígios em que ele não podia acreditar.

— Está rápido demais — disse Anna, no banco do seu lado. Seus óculos escuros davam-lhe um ar de convalescente. Ela estava com dor de cabeça, e durante a última meia hora tinha se mantido calada. Estavam a caminho das Quedas do Niágara. A viagem tinha sido idéia de Liz: Anna, ao contrário dos outros, nunca tinha visto as quedas, e não seria ótimo irem os quatro juntos? De modo que ali estavam, no dia seguinte à festa, no carro preto 98 do pai de Brad, observando a faixa contrária onde um trator e uma carroça tinham acabado de parar no caminho.

— Brad — avisou Joe, do banco de trás.

— Eu vi — disse Brad, e no último instante enfiou o Olds atrás de uma caminhonete. — Viram? — voltou a dizer, animado. — Se estivéssemos um pouco mais devagar estaríamos mortos. — Na janela suja da caminhonete, uma criança acenava freneticamente.

— Se você estivesse dirigindo mais devagar, não passaríamos por isso — disse Anna rispidamente, e Joe, sentado diretamente atrás dela, pensou “Como pode sair com ele?”

Nas brechas das árvores, o lago Ontario lampejava sombrio, como um metal chato. Terem escapado por um triz encheu o carro de silêncio. A terra rancorosa e voraz passava fugindo em seu amarronzado pós-colheita. Um cachorro desceu correndo uma alameda murada com sebes, seu latido fraco e distante. Em uma varanda, uma abóbora esculpida fazia uma carranca. Depois da conversa sobre Shelley, Joe não tivera chance de falar com Anna a sós. Sentia que havia um assunto pendente entre eles, que ela estivera à beira de uma resposta que teria levado a um território novo. Aferrava-se à convicção de que estavam unidos em um nível que ela acabaria reconhecendo. O centro de sua consciência era o capacete de cabelo dela, a menos de meio metro de distância, e seu rosto, olhando reto à frente, animado por expressões que ele não podia ver. Sentiu estar sozinho com ela — os outros no carro não eram mais importantes do que estranhos — e que ela sentia o mesmo.

Chegaram à cidade de Niágara, passaram pelos motéis vazios e restaurantes baratos e cavernosos, passaram pelo local dos carrinhos de bater cobertos e amontoados para o inverno, passaram por um retrato de três metros de altura de uma mulher gorda barbada: Rasputin com seios.

— Cristo, não é incrível? — disse Brad, feliz. Ninguém respondeu. Uma melancolia dominical havia se instalado; parecia ter sido um erro a viagem.

Bem em frente, do outro lado de uma área de pastagem, os cimos de duas grandes quedas ficaram visíveis; chapas de alvura esfrangalhada, irreal no meio de nuvens de bruma ascendendo do desfiladeiro e enchendo o ar de umidade. Brad ligou os limpadores de pára-brisa.

— Pare! — gritou Anna, de súbito.

— Não tem onde estacionar aqui — disse Brad, sorrindo para ela.

— Pare, pare! — insistiu ela. Chegando para a frente, batia a mão no painel do carro, como uma criança em um acesso de raiva.

— Brad, pare! — gritou Joe. Achou que ela estava com náusea. Quando Brad estacionou no meio-fio, Anna saiu imediatamente. Joe foi atrás.

— Joe, por favor, tenho de fazer isso sozinha.

— Você está bem?

— Sim. Por favor... Tenho de ver as quedas, sozinha.

Ela atravessou às pressas a estrada sem olhar para trás, a gola do casaco caramelo levantada, e passou por uma série de arbustos envolvidos, de cima a baixo, com aniagem. No extremo do parque, atravessou outra estrada e desapareceu atrás de um ônibus de turismo.

Sua deserção repentina deixou-os atônitos.

— Vamos esperá-la — disse Joe, mas como, após vários minutos, ela não tivesse retornado, nem mesmo aparecido, Brad sugeriu que fossem até lá e estacionassem. Seguiram, o doloroso ruído surdo dos limpadores de pára-brisa à frente, para o estacionamento público perto das quedas canadenses.

Alguns minutos depois, Joe percorreu com os olhos a extensão do muro de pedra de segurança que serpenteava a margem do desfiladeiro atravessando a névoa. Ele via turistas, reunidos aqui e ali sobre o pavimento molhado, perscrutando sobre a balaustrada que encimava o muro, mas não havia nem sinal de Anna. Virando-se para a balaustrada, observou a água rasa do Niágara correr para a beira. O rio, nessa junção crucial, era verde, um verde extraordinariamente lívido, e dava a impressão de se retardar ao se arredondar sobre a beira, a água musculosa, reluzente, purgando sua mente de tudo menos dela própria. Lá embaixo, sobre a superfície da bacia, marmórea de espuma, *The Maid of the Mist* parecia um brinquedo, seus deques cobertos de formigas compatíveis com o amarelo.

Incoerentemente, discutiram se deveriam procurar Anna. Onde o amplo rio descia na direção das quedas atravessando corredeiras, uma chata enferrujada tinha atolado em um recife, um pivô para gaivotas movendo-se em círculos. Na ausência de Anna, o Niágara parecia frio e desolado. Tinham ido para mostrar-lhe a vista; sem ela, as quedas pareciam perder seu significado.

— Se ela quer fazer caminhada por aqui, tudo bem — disse Liz, irritada. Ela não tinha se dado ao trabalho de olhar o desfiladeiro e parecia infeliz, as mãos enfiadas no fundo dos bolsos da jaqueta de pele. A névoa, o frio e a água estrondosa pareciam-lhe uma afronta, um hábitat artificial comparado ao conforto de lugares mais abrigados. — Vou para o restaurante.

— Vou dar uma volta para procurá-la — disse Brad.

— Ela não teve tempo suficiente — disse Joe, encarando Brad.

— Ah, mesmo? — replicou Brad, confuso. Joe achou irritante a sua maneira arrogante.

— Ela nunca viu as quedas — disse Joe. — É importante para ela, está vendo pela primeira vez. Não quer ser perturbada.

— Não vou mandá-la parar de olhar! — riu Brad.

— Ela é poeta — disse Joe, com raiva de verdade. — Não pode olhar para uma coisa se você fica tagarelando do lado dela.

— Quem disse que eu fico tagarelando? — Havia uma seriedade agressiva no tom de Brad. Nem sempre ele bancava o piadista.

— Vamos lá, gente — protestou Liz, um tanto entediada. Pegou o braço de Joe e tentou levá-lo para o restaurante. Ele soltou-se.

Joe estava disposto a fazer qualquer coisa para impedir que Brad fosse atrás de Anna. Ele sabia que estava sendo ridículo e que, na verdade, não poderia deter Brad, mas insistiu obstinadamente, com as mãos comprimidas nos bolsos da jaqueta nova, lançando um olhar feroz a tudo que se movia.

— Joe, por favor — pediu Liz, baixinho.

— Não sabe a concentração que é preciso para se compor um poema — disse Joe, sentindo o rosto ficar vermelho, por se pegar defendendo a poesia. — Ela tem de olhar realmente as quedas. Ela me falou sobre isso — acrescentou, meio mentindo. Ela havia falado sobre exercícios do olhar, quando fixava os olhos durante minutos seguidos em uma folha ou um inseto, para treinar ver o que realmente estava ali. Mas qual era exatamente a ligação disso com a criação de poemas era um mistério para ele. — É importante que ela fique só, porque até mesmo uma pessoa perto a distrai.

— Está bem, está bem — disse Brad, levantando as mãos em uma rendição sarcástica. — Vou dizer o que farei. Rodarei por aí... está bem assim? Rodarei por aí e, quando vi-la, não me aproximarei. Eu paro, certo?

Quando Brad se afastou contornando o muro, Joe teve vontade de ir atrás dele. Por um instante de fúria, quis agarrá-lo, começar uma luta, jogar seu corpo desengonçado e gozador no desfiladeiro. Mas Liz estava puxando seu braço de novo, e dessa vez ele se deixou levar ao restaurante. Sentaram-se a uma mesa, forrada com uma toalha, atrás da vidraça colorida que fazia as quedas, lá fora, parecerem duplamente sombrias, como uma fotografia antiga. Um garçom trouxe água. Liz pediu um café e um sanduíche. Joe, que não estava com fome, e continuava consciente o bastante do ambiente para se espantar com os preços, pediu uma sopa. Estava furioso consigo mesmo por revelar a profundidade de seus sentimentos por Anna, se expondo à zombaria nos olhos de Brad.

— Anna é uma garota estranha — disse Liz, com um tom de voz neutro. Joe mexeu a colher na sopa. — Suponho que tenha lido seus poemas — disse ela, tentando de novo. — Ela nunca me mostrou. São bons?

— Mais do que simplesmente bons — replicou ele. — Ela é poeta. É o que quer fazer. É o que ela faz — acrescentou de maneira desafiadora, esfarelando pedaços de biscoitos. Anna lhe dissera certa tarde, quando estavam na biblioteca, que esperava um dia publicar livros.

"Acho que minha vida seria bem vivida se, no fim, houvesse cem páginas de poemas que as pessoas quisessem ler quando eu tivesse morrido", disse ela. Ele lembrou-se da ânsia inflexível em sua voz, o sol caindo em seus livros espalhados, de como a parte interna de seu pé roçara no dela. Uma onda de tristeza tinha-lhe dominado quando ela declarou sua ambição, como se dedicar sua vida à poesia fosse um ato heróico, mas definitivamente condenado, como se lançar na travessia do Atlântico em um barco pequeno demais. Tinha experimentado a mesma sensação ao defendê-la para Brad. Sua tarefa parecia desesperançada e no entanto fazia com que ele quisesse protegê-la ainda mais. Sua ambição era o seu ponto de vulnerabilidade, e ali, de alguma maneira, sentia que poderia ajudá-la.

— Fale-me sobre isso... da poesia dela.

Ele encarou o olhar violeta franco de Liz. Ela tinha feito a poesia parecer uma indulgência infantil.

— Não se pode falar a alguém sobre poesia — disse ele.

Estava citando Anna: se fosse possível se dizer do que se trata, não haveria necessidade de escrevê-la. Lá fora, as quedas cor sépia rugiam insensivelmente. Ele sentia-se meio entorpecido pelo restaurante aquecido e meio furioso de frustração. Seu corpo precisava agir, liberar suas energias em ebulição. Continuou abrindo pacotes de biscoitos e os esfarelando sobre a sopa, enquanto Liz observava.

— Você gosta dela, não gosta?

Ele soprou sem dar atenção e olhou para as quedas.

— Vou ser franca com você, Joe. Ela está apaixonada por Brad. E, de qualquer jeito, não acho que ela seja para você. Você é muito parecido com ela. Soturno demais. Ela precisa de alguém como Brad, que a mantenha para cima.

Ele examinou o rosto calmo, quase belo, de Liz e a odiou. Sentiu como se ela tivesse enfiado dedos compridos e longos dentro dele, pego algum órgão essencial e o esmagado. Mas continuou perfeitamente imóvel, calado, enquanto ela comia o sanduíche e bebericava o café. Uma melancolia dominou-o, uma exaustão. O mundo não era como devia ser, e, ainda assim, o mundo estava ali, tão imutável e formidável quanto um alicerce rochoso. Continuou observando a água esfarrapada, sentado na cadeira no restaurante. Era como se ele e Liz estivessem juntos há anos: ela, sua mulher, comendo calmamente, acostumada com sua recusa taciturna de falar, seu olhar vago.

Alguns minutos depois, Brad e Anna entraram, os rostos corados da agitação e excitação.

— Agora ela quer ir a tudo — comunicou Brad em triunfo. — *The Maid of the Mist*, o remoinho...

— Estou extasiada com este lugar! — disse Anna, tirando o casaco enquanto Joe, de repente consciente, sorria para a toalha de mesa. — Curou a minha dor de cabeça.

Depois dirigiram até o remoinho, onde o Niágara se enroscava em um grande cotovelo do desfiladeiro, cerca de um quilômetro correnteza abaixo, a partir das quedas. Uma trilha arborizada e íngreme descia por uma fenda no muro da garganta. Na beira da água, Anna ficou sobre uma rocha e observou o amplo poço verde, onde ondas de crista espumosa agitavam-se em todas as direções e engoliam cepos cingidos, incapazes de escapar ao poder de sucção do remoinho. Ela permaneceu completamente imóvel, com a cabeça um pouco baixa, os óculos escuros puxados sobre o cabelo, as mãos nos bolsos do casaco, confrontando o remoinho. Joe podia sentir a força de sua concentração. Uma vez levantou o braço para evitar que seus óculos caíssem, mas, fora isso, não se mexeu. Seu olhar profundo parecia viajar pelo rio encapelado, pelas placas móveis de água, pelas erupções de alicerces líquidos, e, ao mesmo tempo para dentro, como assumindo o remoinho dentro de si. Talvez por perceber sua atenção, ela virou-se para ele, se bem que ele não tivesse certeza absoluta de que o via. Seus olhos, pensou, pareciam estranhamente cegos.

18

ANNA SENTIU-SE MAL de novo — sua dor de cabeça voltara — e, durante o regresso, deitou-se no banco de trás com a cabeça no colo de Liz e a jaqueta nova de Joe puxada até o queixo. Do banco da frente,

Joe conseguia às vezes ouvi-la expirar um longo suspiro ou uma lamúria de dor. No entanto, de maneira geral, ela ficou em silêncio, e esse silêncio sugeria um ato de concentração, como se ela estivesse tentando realizar uma tarefa delicada, difícil, como enfiar no escuro a linha no buraco da agulha. Ele nunca tinha visto uma reação tão drástica a uma dor de cabeça; sua mãe simplesmente tomava uma aspirina e ficava soturna. Apesar de toda a sua calma, Anna Macrimmon parecia abrigar uma extraordinária vulnerabilidade. De certa maneira, Joe não podia compreender, a dor de cabeça dela parecia estar relacionada à sua excitação no desfiladeiro, à maneira como olhara tão fixamente para o rio. Era como se ela tivesse fixado os olhos no sol por tempo demais.

Os faróis do 98 araram a estrada, iluminando brevemente as janelas das aldeias anônimas. Todos tinham se calado, por respeito ao — e talvez oprimidos pelo — sofrimento no banco de trás. Joe achou que a sua explosão com Brad tinha de certa maneira corrompido o tempo juntos, capturando-o em um isolamento e ciúme dos quais não conseguiu escapar. Somente um pensamento o consolava: a sua jaqueta nova em seu corpo, como se ele a segurasse secretamente. Quando Brad o deixou no fim da Water Street, ele saltou, deixando-a no carro.

ELA NÃO FOI À AULA no dia seguinte, segunda-feira, nem no outro. Mais uma vez, sua ausência teve uma qualidade palpável, como se fosse parte dela. Na aula de educação física, ele parou no campo de esportes para observar alguns pardais voarem a favor do vento, o bando todo pulsar quase alegremente, suas vidas pequeninas à vontade no vasto céu cor de pedra. Em alguns segundos, tinham desaparecido, vaporizados pelas distâncias sobre os campos vazios. A ausência dela estava lá, também: na terra marrom que se estendia em direção a um bosque de pinheiros, no progresso, como em um sonho, de um caminhão branco saindo da Golf Links Road. Tudo isso o purificava, de uma maneira solitária, da sua sensação de fracasso. Longe de Anna, aos poucos sentiu-se preparado para voltar a encontrá-la. Toda vez que a via, ela era outra, e ele também.

Na quinta-feira, ela estava de volta. Joe achou que ela parecia doente, pálida e um pouco distante, mas quente o bastante ao sorrir para ele e tocar no seu braço. Na aula de inglês, a Sra. Fraser pediu que ela lesse seu ensaio sobre os românticos, que era o trabalho mais notável que ela lera em anos. Joe observou Anna levantar-se, hesitando, do lado de sua carteira, franzindo o cenho para as folhas soltas em sua mão. Duas filas adiante, Elaine Brown ergueu sua pequena cabeça e ficou, estoicamente, contemplando o espaço. Até a chegada de Anna Macrimmon, ela era considerada a melhor aluna de inglês. Agora, com todos os ensaios devolvidos, com as respostas que Anna dera na aula — embora nunca se oferecesse a responder, sendo sempre solicitada pela Sra. Fraser —, Elaine parecia pesarosa com sua queda para o segundo lugar.

— "Aspectos do Romantismo" — leu Anna Macrimmon, com uma voz que para Joe tinha um quê de dúvida. — "Entre aqueles que lêem poesia, os românticos foram, aparentemente, desfavorecidos. Enquanto no passado, homens e mulheres liam Wordsworth, Shelley ou Keats, hoje preferem escritores mais 'duros' e 'modernos', como T. S. Eliot, W. H. Auden ou Dylan Thomas. Talvez seja verdade que esses poetas mais recentes falem diretamente de nossos tempos conturbados, quando duas guerras mundiais destroçaram algumas das certezas em que a sociedade se fundamentava. No entanto estamos enganados se achamos que Wordsworth e Shelley, e seus companheiros, têm pouco ou nada a nos dizer. De fato, eles compreendem o mundo moderno tão bem ou melhor do que muitos dos escritores que vieram depois, pois estiveram presentes ao seu nascimento, quando as primeiras fábricas e cidades industriais se disseminavam pela região rural inglesa, e a ciência estava começando a sua longa destruição da igreja cristã. Apesar de olharem para o futuro com confiança, há um aspecto sombrio em sua obra que pressagia, profundamente, o nosso próprio ceticismo em relação ao fenômeno chamado de progresso. Acredito que a sua análise é o que temos de mais profundo e que, de certa maneira, ainda temos de alcançá-los. Por exemplo, Wordsworth. Em seu soneto que começa: 'O mundo é excessivo conosco...'"

E continuou lendo. Escutaram, todos eles, cuja maioria não lia poesia, para quem Wordsworth era apenas o autor de "I Wandered Lonely as a Cloud", que tiveram de decorar, ouviam com um silêncio raro para eles. Talvez fosse sua voz que os prendia, mais do que suas idéias: leve, quase a de uma mulher, ainda que falhando às vezes, como a de um garoto adolescente com pequenos fragmentos desiguais. Alguns dos alunos pareciam escutar cada palavra. Outros deslizavam para o devaneio, contemplando as árvores desfolhadas do lado de lá das janelas da sala de aula.

Quando ela se sentou, o silêncio prosseguiu. Um radiador retiniu e uma apreciação solitária. Então, o aplauso ondulou, brevemente, pela turma.

DEPOIS DA AULA, Joe passou pela estante de troféus e a viu, em sua capa marrom e gorro escocês, abrindo a porta de vidro que dava para a rua. Em segundos, estava do seu lado.

— Seu ensaio foi maravilhoso.

Imediatamente, sentiu a pobreza da palavra. Ela usava a língua tão bem, que quando ele tentava falar sentia-se inevitavelmente desarticulado. Mas a ironia era que perto dela, ou mesmo pensando nela, parecia pronto a dizer tudo o que sempre tinha querido dizer, para aliviar a pressão de todas as idéias e sentimentos confusos que carregava, que ninguém queria ouvir — nem seus pais, que nunca tinham paciência ou tempo, nem Smiley, que havia zombado dele ao tentar. Tinha adquirido o hábito do silêncio e o hábito mais profundo de não prestar atenção às suas intuições a respeito da beleza, feiúra, verdade, estranheza das coisas. Instintivamente, sabia que ela era a sua chance de falar.

Ela andava rápido, como fugindo de alguma coisa, a cara para baixo, protegida atrás da gola levantada de sua capa. Agradeceu seu elogio, mas ao mesmo tempo acrescentou:

— Não consigo deixar de pensar como foi simplório.

— Oh, não...

— Quando terminei, cheguei mesmo a ter dúvidas se concordava com a sua maior parte.

Ela parecia genuinamente desanimada. Ele não soube o que dizer. Se tivesse escrito um ensaio desse, teria se ufanado durante semanas depois. Mas para ela parecia uma derrota.

— Quer dizer, como posso afirmar que a vida ficou mais sistematizada do que antes? Eu não era viva na época... e não tenho tanta experiência hoje. Estava tudo errado.

Um carro passou, cheio de alunos, buzinando como se viesse de um casamento. Davy McElroy jogou a cara sardenta na direção deles e gritou. Joe viu Anna dar um pulo para trás e relancear rapidamente os olhos para o carro, e nesse momento ele percebeu de novo sua vulnerabilidade. Antes pensara nela como remota, superior, sem defeitos, como ela parecera naquele entardecer no rio. Mas, a partir de então, ele vira muito mais: suas dores de cabeça, os cantos vermelhos de seus dedos manchados de tinta onde ela cortara as cutículas, sua reação de medo agora com os garotos que passaram de carro. Viu que ela estava imersa nos milhares de detalhes particulares da vida — todo aquele mistério que ele também conhecia.

De repente foi dominado por uma grande ternura por ela. Seu medo e inibição tinham desaparecido.

— A vida na fábrica. Gostei do que você disse sobre isso.

— Nunca trabalhei em uma fábrica — disse ela. Sua voz continha uma risada derrisória. — O que sei sobre o trabalho numa fábrica? É ridículo que eu me apresente e fale ao público sobre isso. Metade deles provavelmente sabe mais do que eu sobre o assunto.

— Ainda assim, entendeu bem — disse ele. Ela olhou para ele.

— Trabalhei em uma fábrica, a Bannerman's. — Sentiu o rosto corar ao admitir isso. Sempre tentara esconder dela a sua formação. Agora estava disposto a arriscar se expor. — Não é nada divertido — disse ele — observar máquinas operando o dia todo. Colocar meias em caixas. Isso deixa a pessoa maluca. Fica entorpecida. Ninguém gosta disso. Quer dizer, as pessoas escrevem coisas nas paredes e nos banheiros sobre como odeiam aquilo. A administração está sempre repintando as paredes e colocando cartazes, mas as frases sempre voltam.

— O que você fazia?

— Muita coisa. Durante um tempo, fui tecelão.

— Tecelão!

— Isso mesmo, sentava-me em uma cadeira de balanço e tricotava — disse ele, brincando. — Havia uma sala cheia de tecelões.

Quando ela riu, foi a luz do sol sobre uma onda. Ele levou-a para casa. Ela morava na Banting Street, em uma casa grande de tijolos descorados, com uma pequena varanda branca sustentada por quatro pilares. Ficaram no meio-fio por algum tempo, no cheiro de fogueiras carregado pelo vento, conversando. Ela parecia de melhor humor agora, segurando os livros contra o peito, rindo das histórias que ele contava da vida na fábrica. Mas ele não estava simplesmente contando histórias. Ele a estava observando, calculando as chances de um próximo passo. Não conseguiu se controlar.

Aproximando-se no meio-fio, num súbito arroubo de coragem, disse:

— Quando vamos dar uma volta?

Ela olhou para ele.

— Prometi dar uma volta?

— Na festa da Liz. Eu queria levá-la à Devil's Cave. É uma gruta na rocha, você vai gostar do que o rio faz ali. É como se deslizasse para dentro, sabe?, com aqueles remoinhos que surgem de repente e desaparecem rodopiando.

— Parece fascinante — disse ela, ainda olhando para ele. Ele achou que a tinha convencido. Mas ela acrescentou: — Talvez Liz e Brad queiram ir junto.

— Eu estava pensando em só nós dois.

— Oh, Joe — disse ela, tranqüilamente, um sinal de aviso.

— Não acho que se importem. Poxa, não precisamos contar a eles.

Odiou a si mesmo por pressioná-la. Certamente estava sendo grosseiro e insensível. Ela agora olhava de soslaio para a estrada.

— Se eu lhe contar uma coisa — disse ela —, promete guardar segredo?

— Sim, é claro. — Inesperadamente, ela o presenteava com dois de seus desejos mais fervorosos: abrir-se com ele e pedir-lhe alguma coisa.

— E não vai perguntar mais do que quero contar?

— Nem uma palavra — disse ele. Ele a observava avidamente, amando seus olhos, seu rosto.

— Eu... isso soa tão melodramático. Fiz uma promessa a mim mesma. Alguns anos atrás, eu... bem, aconteceu uma coisa. Passei por uma fase ruim. E depois prometi a mim mesma que... levaria as coisas menos a sério. Que levaria uma vida mais comum.

— Comum. — Ele não via como algo nela poderia ser comum.

— Eu só queria ser... sei lá, como a maioria das pessoas da minha idade. Queria estudar, me divertir, ter um namorado e não levar nada a sério demais... simplesmente fazer as coisa comuns. — Agora ela tinha se ruborizado, olhando para ele, seus olhos pareciam suplicar que compreendesse o que ela não podia expressar. — Bem, acho que o que quero dizer é que preciso de um pouco de espaço.

— Eu lhe darei espaço — disse ele. Não conseguiu deixar de acrescentar: — Eu lhe darei o que você quiser.

Ela suspirou alto. Abruptamente, virou-se e subiu rápido a alameda.

Nessa noite, depois do jantar, ele atravessou o pátio escuro e subiu a escada na horta até o alto da barragem. Ela o rejeitara delicadamente e, ao mesmo tempo, havia lhe confiado um segredo ou, pelo menos, parte de um. Como ter uma fase ruim poderia fazê-la querer ser comum? Teria contado seu segredo a Brad? Brad sabia que era parte da vida comum que ela queria ou, nessa vida comum, não havia lugar para ela contar seu segredo? Brad sabia — como ela tinha colocado — que ela queria ter um namorado e não levar a sério demais? Aonde isso o levava, a ele, Joe? Ela tinha dito que ele era especial. Ser especial o desqualificava para a vida comum que ela queria? Ele caminhou pela senda no alto da barragem. Alguém atravessava de bicicleta a ponte para pedestres. Ele podia ver a luz dos raios da roda atrás da cerca reticulada de arame e ouvir as tábuas ribombarem, cada uma falando alternadamente enquanto as rodas passavam por cima.

19

MEADOS DE NOVEMBRO. Lookout Hill, uma nuvem cinza assomando sobre o centro comercial e Island. Alf estava indo do trabalho para casa quando o Saratoga de Pete parou do seu lado.

— Ei — disse Alf, curvando-se para olhar dentro. Pete segurava o cigarro como um lápis, em seus dedos crispados, virando-se do volante para olhar, infeliz, para Alf. Sua mão, Alf viu, estava manchada de tinta vermelha.

— Você também?

— O quê?

— Acabo de ser despedido.

Uma náusea repentina dominou-o, sentindo o cheiro do ar viciado de fumaça e dos forros antigos e azedos dos assentos. E Pete: Pete continuava olhando para ele — acusadoramente, pareceu a Alf — com a guimba do cigarro nos dedos. Fazia uns dois meses que Alf dera o nome de Woody Marr a Prince, meses de preocupação com as conseqüências. Mas nada tinha acontecido, com Woody ou qualquer outro. Tinha começado a achar que estava livre.

— Não o dispensaram? — perguntou Pete. Seus olhos continuavam fixos nos de Alf, com sua expressão de dor e acusação e, por baixo, um quê de sua velha melancolia, sua velha confiança, pendendo animosamente.

— Não, Pete, isso é terrível.

— Os canalhas disseram que não havia trabalho suficiente. Conversa fiada. Alguém nos dedurou.

— Como sabe?

— Todos que foram mandados embora estavam na minha casa naquela noite.

— Tem mais?

— Oito, que eu saiba. Vou ligar para Doyle — disse Pete, desviando finalmente os olhos de Alf. Amassou o cigarro com uma torção.

— Quem mais? — conseguiu perguntar Alf.

— Entre — disse Pete.

Alf entrou e fechou a porta. À frente, alguns flocos de neve derivavam pela Water Street. Sentiu-se como se tivesse ultrapassado uma fronteira sutil para outro mundo. Tudo parecia igual, mas ele sabia que não era assim. O letreiro do lado de fora do Royal Hotel, a nuvem laranja de salgueiros acima da calha pareciam escavados, menos eles próprios. Pete engrenou o carro e desceram a Water.

— Tem certeza que só foi gente do sindicato? — perguntou Alf, interessando-se.

— Todos estavam na minha casa.

— Quem?

— Terry, Lucille, Ed...

Pete listou oito ou nove nomes. Alf achou aterrador, o movimento rápido de seus olhos feridos. Achou que Pete desconfiava dele. O que mais podia pensar, já que ele, Alf, ainda mantinha seu cargo?

— E Woody? — disse Alf, tão casualmente quanto pôde. Tinha calculado tudo isso antes, se agitando na cama, imaginando o pior. Woody Marr era a chave. Ele tinha dado o nome de Woody a Prince. Se Woody também tivesse sido despedido, significaria que não tinha falado. Mas se ainda mantinha seu cargo podia muito bem significar que dera alguns nomes a Prince para salvar a pele. E se Woody fosse o único a conservar seu trabalho, significaria com certeza que tinha falado. Nesse caso, embora Alf não tivesse dado nomes diretamente, seria o mesmo que sim. Tinha derrubado o primeiro dominó, e este derrubaria o resto. — Então?

— O quê?

— Woody foi dispensado?

— Não sei — disse Pete, desinteressado, como se algo acabasse de ruir dentro dele. — Há alguns de que ainda não sei.

Quando chegaram à casa de Alf, este insistiu para que Pete entrasse e tomasse uma cerveja. Graças a Deus, Margaret e as criança não estavam, mas Alf arrependeu-se imediatamente que Pete estivesse lá, arrependeu-se de sua figura magra, curva à mesa perscrutando desolado pela fumaça de seu cigarro, gesticulando com suas mãos vermelhas, xingando o chefe de sua seção e todo o resto da gerência que lhe ocorria. Alf queria ligar para Woody — não, não para Woody, que daria o serviço todo, mas para alguém — e descobrir se o tecelão tinha sido dispensado. Também estava fumando. Montanhas azuis de fumaça pairavam na cozinha, à deriva na luz nevosa que vinha da janela. Desde que aceitara o cigarro de Woody na saída de incêndio, passara a fumar às escondidas, ocultando o fato de Margaret. Agora não se importava mais.

Nessa noite não conseguiu usar o telefone; tinha sempre alguém na cozinha. Às oito horas vestiu o casaco e dirigiu para o Flats, passando pelo bangalô de estuque de Woody. Seu Ford marrom estava na alameda. Um minuto depois, aproximando-se da arena, viu o estacionamento quase lotado e se lembrou do jogo de hóquei. Alguém lá deveria saber. Estacionou o Biscayne na margem do campo de beisebol, perto do bosque de carvalhos. Adiante soava uma cantilena abafada na colina pálida, redonda, da arena.

Ele desceu um corredor e emergiu no espaço aberto no fim da arquibancada. Woody estava lá, em pé, sozinho, perto da cerca do campo, assistindo ao jogo pela rede de arame. Isso é idiotice, pensou Alf, tudo o que tem a fazer é ver se ele estará no trabalho amanhã. Mas não se conteve. A imagem de um faisão estava exposta nas costas do casaco de Woody. O pássaro batia asas fortes, sua cabeça como um capuz perfurado por olhos vermelhos.

Foi para o lado de Woody. Nesse momento, o disco de borracha ricocheteou no canto e, em um instante, vários jogadores bateram com um baque na cerca. Rostos suados fizeram uma careta pela rede de arame enquanto lutavam pelo disco. Um apito soprou e se afastaram patinando calmamente.

— E aí? — disse Alf. Seu coração batia forte. — Continua com o emprego ou não?

Por vários segundos, Woody continuou a observar o gelo, onde os uniformes verdes e brancos rodopiavam. Era como se Alf não existisse, como se ele fosse um fantasma emitindo sons que os vivos não podiam ouvir.

O ar frio cheirava a madeira podre, de inverno.

— Sim, ainda tenho o emprego — disse Woody por fim. — Sabe de alguma razão para que não o tivesse?

Alf encarou os olhos pétreos de Woody, como clarões minúsculos de metal, ódio puro na face gorducha.

20

MAIS UM DIA, e ele completou o quadro. Todos que tinham estado na casa de Pete naquela noite tinham sido dispensados, quatorze ao todo. Somente Alf e Woody saíram ilesos.

Alf achava que o seu envolvimento devia ser óbvio para todo mundo, pelo menos para os que haviam comparecido à reunião, embora a essa altura os rumores certamente já tivessem se espalhado. Não conseguia sair sem ter a sensação de estar sendo observado — observado e comentado, como se a sua culpa estivesse assinalada com uma marca em seu rosto ou por um desses cartazes que os operários às vezes prendem nas costas de um companheiro, de brincadeira: POR FAVOR, CHUTE AQUI. Diacho, disse a si mesmo, ele tinha dado somente um nome, e esse homem continuava com seu emprego. Não podia ser culpado pelos outros, podia?

Mas seus próprios argumentos não o convenciam. Flanou pela Shade Street, evitando os olhos das pessoas. Ao entrar no A&P, tropeçou no degrau. Um pouco depois, empurrou as portas giratórias que o levaram ao odor de café recém-moído.

Seu carrinho tinha uma roda que rangia. Empurrou-o pelo corredor entre as prateleiras — gente demais — e virou, rangendo lealmente, para outro. Joe estava lá, em um avental branco comprido, arrumando latas de ervilhas.

Conversaram fiado, os dois sem graça.

— Estava pensando em comprar algumas entradas para os Gardens — disse Alf. Sentia uma necessidade urgente de dar alguma coisa a seu filho, para preencher sua sensação de vazio. As bochechas do garoto coraram. — Acha uma boa idéia? — perguntou Alf.

— Com certeza.

— Ótimo.

— Ótimo.

Por cima do ombro de Joe, Alf avistou Dick Forsyte, sua cara pequena fazendo um esgar enquanto examinava o rótulo de uma lata. Dick era um dos que tinham sido despedidos. Vê-lo — olhando tão casualmente da lata para as prateleiras — paralisou Alf momentaneamente. A presença de Dick pareceu enorme; como se ele fosse famoso. Alf deu um passo, ocultando-se atrás de seu filho.

— Esqueci de ir ao banco — disse ele, levando o carrinho embora. Na rua, nevava: flocos grandes e lentos caindo pacificamente da escuridão.

O banco estava superaquecido. Esperou na fila, na atmosfera silenciosa parecida com a da igreja, sobre ladrilhos cinza com pisadas de lama. À sua frente, uma mulher com o cabelo em um coque em desordem — era Matilda Squires, a esposa do pastor presbiteriano — deu um passo à frente. Do lado do salto de seu sapato havia uma moeda de 25 cents. Alf passou direto.

— É sua?

Ele reconheceu a voz — sua qualidade comprimida, ligeiramente abafada, como se viesse do subterrâneo — e virou-se, se deparando com Lucille Boileau. Ela estava segurando a moeda suja entre o polegar e o indicador.

— Oh, nossa, Alf, não o reconheci.

Seu sorriso com um dente faltando iluminou seu rosto.

— Eu diria que é sua — disse ele friamente.

Ela deslizou a moeda para dentro do bolso do jeans. Houve uma determinação pueril em seu movimento que ele achou patética: como se ela pensasse que 25 cents fosse realmente fazer diferença. Ela estava usando uma jaqueta de couro preta, de motociclista, com tachas prateadas nos ombros, jeans preto e botas de caubói com bicos pontudos.

— Lamento o que aconteceu — disse ele.

— Bem, o que se pode fazer, não é?

— O que eles fizeram é ilegal.

Sentiu que estava para queimar em seu casaco abotoado.

— Acho que você escapou, não?

— Até agora.

— Oh, não vão dispensá-lo, não um bom profissional como você.

Esperou-a na rua. Ela desceu a escada contando um punhado de notas e não pareceu muito surpresa ao vê-lo. A neve caía silenciosamente ao redor deles, aparecendo e desaparecendo no cabelo preto dela, no couro preto. Ele experimentou uma sensação curiosa do absoluto isolamento dos dois, como se estivessem se encontrando em uma floresta.

— Ouça, Lucille, quero ajudá-la. — Ele estendeu um maço pequeno de notas de vinte. — Pode me pagar quando conseguir outro trabalho.

Ele estava consciente de sua boca larga, dos lábios cheios. Anos atrás ouvira rumores de que Lucille Boileau aceitava homens em casa por dinheiro.

— Guarde isso — disse ela, empurrando sua mão. — Mas pode me oferecer uma bebida.

Atravessaram a rua até o Vimy House, passando por sua varanda de arcada baixa e pilares atarracados de mármore laranja para o salão escuro, onde um gato cinza felpudo estava enroscado sobre a mesa. Um sofá de couro de onde escapavam fios de lã entrelaçados. Há anos ele não ia ao Vimy House. Por baixo de sua antipatia pelo lugar estava uma sensação de inevitabilidade, como se o tempo intermédio tivesse sido uma espécie de ilusão. Isso era o que estivera esperando-o, isso era real: o cheiro de fumaça e cerveja choca e anseio, os resíduos da felicidade que não tinha durado uma única noite.

Ele seguiu atrás de sua jaqueta preta para o DAMAS E ACOMPANHANTES, deixando-a escolher um caminho entre as pequenas mesas redondas. Ela se deteve do lado de uma janela grande completamente coberta por um cortinado informe. Do lado, em uma moldura floreada, estava pendurada uma fotografia do antigo rei e rainha tirada durante sua breve parada na cidade antes da guerra. O casal famoso estava em pé na plataforma na parte traseira de seu vagão no trem, o rei em um terno de paletó trespassado, a rainha com um chapéu *cavalier* e uma estola de pele branca, acenando por cima de um buquê de rosas. A foto descorada parecia um reflexo da luz do sol distante, uma tarde perdida.

— Eu estava lá — disse ele, apontando, e sentiu de novo o cheiro dos trilhos oleosos no verão, a banda da cidade tocando *God Save the King*.

— Eu também — disse Lucille Boileau. — Subimos a pé a West River Road, todos nós, as crianças da escola. Eles nos deram bandeirolas. Eu estava tão feliz: ia ver o rei e a rainha. Mas o trem parou longe demais e a multidão ficou no caminho. Nunca os vi.

— Não perdeu muito — disse ele. Mas ainda se lembrava da emoção ao ver aqueles rostos reais, tão familiares em fotografias, sorrindo para a multidão que correra para os trilhos para alcançá-los. Quando o trem finalmente partiu, deslizando na distância envolvida pelo calor, foi como se algo mágico tivesse escapado de suas vidas.

Em um canto distante, o único outro freguês, Bessie Kinnaird, tocava em seu copo de vinho. Atrás do balcão, Rick Taylor, de camisa branca arregaçada até os cotovelos, calculava algo com um lápis. A sala estava silenciosa, uma caverna que abrigava da neve. Alf sentiu alívio por estar ali.

Rick levou-lhe quatro chopes, colocando cada um sobre a Arborite amarela com uma pancada brusca. Alf supôs que Rick estivesse se perguntando o que ele fazia ali com Lucille Boileau — sabia que haveria comentários depois —, mas na hora sentiu-se numa carapaça de indiferença.

Lucille ergueu o copo.

— A nós todos, pobres almas que perderam o emprego — disse ela. — Não, isso é triste demais. Ao futuro!

Ele bebeu rápido a cerveja amarga, tomado por uma onda de repulsa. Não entendia por que ela não o estava acusando ou, pelo menos, agindo com desconfiança. Confiaria tanto assim nele? Na mesa distante, Bessie Kinnaird ergueu seu copo com a mão trêmula e bebeu um pequeno gole assombrado, como uma menina.

— Então? Está procurando trabalho? — disse ele bruscamente.

— Ah, sim, tenho circulado por aí.

O tom vago o irritou.

— Onde esteve? Na Samuelson's?

— É claro.

Ele não acreditou.

Ela deu de ombros, e ele viu a passividade de sua vida. Índios. Eram todos iguais, não eram? Deixando-se levar, nunca ajudando a si mesmos.

— Foi a Johnsonville?

— Na verdade, não gosto de Johnsonville.

— Por que não — perguntou ele —, se pode conseguir trabalho lá? — Ela deu de ombros de novo. — O que há de errado com Johnsonville?

— insistiu. — Eu acho que é um bom lugar para você. — Ela olhava fixo e infeliz para a cerveja. — Não é? — Foi direto, querendo provocá-la, querendo que visse que ele não era o homem que ela imaginava.

— Por quê? Porque há índios em Johnsonville? — disse ela finalmente mas para a cerveja. — Todo mundo lá odeia índios — disse ela balançando a cabeça. — De qualquer maneira, tenho de estar em casa por Billy.

— Mas ficava em casa antes, quando estava na Bannerman's?

Ela ficou em silêncio; seu rosto largo, franco e confiante, encarava tristemente a mesa. Ele sentiu pena dela e, ainda assim, continuou a pressionar: estava esperando, meio exultante com sua própria crueldade, que ela o agredisse.

— Deve ter alguém que possa cuidar dele.

— Ninguém em que eu confie — disse ela.

Beberam durante um tempo e fumaram. Ela aceitou os cigarros dele com a cara fechada, e a fumaça do cigarro dos dois ascendeu, misturando-se no teto alto de zinco prensado. Não tinham mais nada a dizer, ao que parecia, mas ele se sentia ligado a ela, responsável por ela. Por trás das cortinas pesadas, carros passavam rápido pela rua coberta de neve.

Alf mudou de posição na cadeira e notou algo em seus pés: um animal empalhado, um cavalinho marrom com a crina de lã vermelha.

— O que temos aqui? — disse ele. Quando tentou pô-lo em pé na mesa, caiu, sem fazer ruído, em uma poça de cerveja.

— Bonitinho — disse ela. — Do menino de Rick.

— Imagina alguém trazendo uma criança para cá? — falou ele a meia voz.

— É claro que sim — replicou ela, amassando a ponta do cigarro. — É aquecido.

Ela foi ao banheiro. Sua repreensão acre perdurou na fumaça. O que ele sabia sobre se manter aquecido? Em comparação a ela, supôs, ele era rico. Viu seu casaco, com o forro vermelho rasgado, amassado no espaldar da cadeira e se perguntou se não poderia pôr furtivamente as notas no seu bolso.

Surpreendentemente, ela voltou rindo. Disse-lhe que não havia reparado que a tampa da privada estava levantada e que quase tinha caído dentro. Ele acendeu outro cigarro para ela. Sua cabeça inclinou-se para a chama que ele estendia como alguém bebendo luz, e por um instante ele a amou: seu rosto largo reduzido, com os olhos pretos brilhando como poças de óleo, a pequena cicatriz em forma de foice na testa. Acalmando-se, ela contou uma história de pesca no gelo com seu pai, anos atrás, no lago Erie.

— Eu caí dentro — disse ela, rindo de novo. — Quer dizer, fiquei com neve até o pescoço. Igual a uma garrafa de Coca-Cola. — Seu pai a tinha puxado e carregado, envolvida em seu casaco, à casa mais próxima. — As pessoas não nos deixaram entrar — disse ela. — Portanto ele teve de correr até a casa seguinte. Um quilômetro a mais, que quase o matou. Que quase me matou. Eles me colocaram no fogão. Tinham aquela plataforma para secar botas. Fiquei boa e assada.

— O que quer dizer — perguntou ele — com não os deixaram entrar?

Sua língua rosa deslizou sobre seu lábio superior, e ele entendeu o que ela queria dizer, no mesmo momento que compreendeu que a tinha envergonhado.

ELE NÃO CONSEGUIA deixar de pensar em Bob Prince. Independentemente da sua própria culpa no caso, ele não tinha dúvida de que Prince era a força por trás das dispensas — o mentiroso que lhe dissera que só teria uma conversa séria com os defensores do sindicato. Estava furioso com o homem, com uma fúria que não estava dirigindo a si mesmo. Sonhou que o Cadillac Fleetwood azul-escuro do executivo o perseguia. Ele correu para a floresta, mas o carro logo estava lá, acima dele, descendo pela copa das árvores, fazendo um ruído semelhante ao das hélices de um helicóptero. Sua parte de baixo era composta de carne cor de creme. Na sua barriga, uma fenda — uma espécie de boca — pulsava abrindo-se e fechando-se, revelando por um breve momento uma cavidade sem dentes.

A neve não se demorou; a cidade retornou ao vazio austero do fim do outono. Um sábado, Alf viu o Fleetwood sair do Tugg's Hardware e descer a Shade. Sem dúvida, era Prince, sua cabeça queimada do sol e rosto bonito ergueram-se um pouco, com uma espécie de nobreza descuidada. O carro atravessou a ponte Shade e seguiu para a parte alta da cidade, acelerando tão suavemente que parecia impulsionado não por um motor, mas por um magnetismo, um desejo. Voltando com o seu Biscayne para o tráfego, Alf começou a segui-lo. Não tinha planos. Sentia-se simplesmente atraído para o outro homem, um lado seu com raiva, o outro com esperança de que algo ainda pudesse ser feito em relação às dispensas — de que ainda tivesse alguma influência nas posições de poder. A cerca de um quilômetro da cidade, na estrada para Johnsonville, o Fleetwood tomou uma estrada secundária. Em uma passagem de nível, ele o perdeu atrás de vagões de carga de madeira lentos, e quando finalmente o guarda-cancela passou crepitando e o som metálico e o pisca-pisca na barreira por fim cessaram, não havia sinal do carro azul escuro no deserto de cascalheiras e lagos cinza e frios. Um quilômetro e meio estrada abaixo, com o campo enfaixado com o emaranhado marrom do outono, ele viu o carro entre as colunas de pedra que marcavam a entrada do Langside Golf Club (SÓ PARA SÓCIOS), estacionado entre vários outros.

Saiu do Biscayne e entrou no clube por um vestiário vazio, subiu uma escada carpetada de vermelho que levava a um corredor almofadado. Um garçom jovem usando um paletó curto perguntou em que podia ajudá-lo. Alf passou direto sem dizer uma palavra, orientando-se instintivamente pelo cheiro de comida, pelo tilintar de pratos. O salão de jantar estava praticamente vazio: quadrados de linho branco dispersos por um amplo espaço. Prince estava a uma mesa próxima a uma janela, usando um paletó de *tweed* cinza, sem gravata, vertendo cerveja em um copo alto. Quando Alf se aproximou, ele ergueu os olhos, impassível. Como se o estivesse esperando.

— Sente-se, Alf.

De novo, a voz: extraordinariamente serena, a alma da civilidade. Alf teve o ímpeto de jogar uma cadeira pela janela. Permaneceu de pé, em seu jeans e jaqueta.

— Você disse que isso não custaria o emprego de ninguém.

— Aceita beber algo?

— Você disse que isso não custaria o emprego de ninguém.

— Exatamente.

— Não seja irônico comigo!

O jovem de paletó curto e gravata-borboleta rondava a mesa.

— Está tudo bem, Sr. Prince?

— Tudo bem, Danny. Traga para o Sr. Walker...

— Não quero nada — disse Alf.

Com um gesto do executivo, o rapaz afastou-se, relutante. Prince falou sério, olhando para o tampo da mesa.

— Se bem me lembro, me referia somente às pessoas cujos nomes você me desse. Ou que seriam dados a mim. Nisso... acho que cumpri a minha palavra. O homem cujo nome você me deu não foi dispensado.

Um argumento astuto.

— O que está dizendo? Que se tivesse lhe dado todos os nomes, eles ainda estariam empregados?

O outro encolheu-se, como se com um súbito mal-estar digestivo.

— Isso mesmo — replicou, franzindo o cenho para as bolhas que subiam em seu copo de Pilsner. — Eu não pretendia demitir essas pessoas. Mas tenho patrões, Alf. Não tenho carta branca, como todos imaginam. Há pessoas acima de mim que estão determinadas a fazer jogo duro.

Prince ergueu os olhos, franca e friamente, um aviso de que já tinha tolerado demais a interrupção e que o melhor era que não se alongasse mais. Alf ficou furioso, moveu os pés. Em uma companhia em que a linha de comando estendia-se para além da vista, sempre havia a quem atribuir o erro.

— Eu o responsabilizo — disse ele.

— Eles também — disse Prince, entediado. — Sou o recheio do sanduíche.

— Chame essas pessoas de volta — disse Alf. — Procure seus patrões e implore. Como estou lhe implorando agora. Diabos, sabe o que isso significa para eles? Com o Natal se aproximando? Receba-os de volta. Aposto o meu emprego como não iniciarão um sindicato. Se o fizerem, me despeça.

Prince tocou no guardanapo perfeitamente dobrado do lado de seu talher: a paz que ele não estava podendo desfrutar. O garçom jovem voltou com uma salada. Alf observou em transe, perplexo, ele pôr a salada sobre a mesa e se afastar.

— Devolva o emprego a Pete Moon — disse Alf.

Prince mexeu no copo de Pilsner, fazendo a superfície da cerveja inclinar-se rapidamente.

— Pelo que sei, ele era um dos líderes.

— Não liderava nada. Tudo o que fez foi fazer a reunião em sua casa.

— Ah, mesmo? — disse Prince, e seus olhos faiscaram. — Pensei que tinha me dito que a reunião havia sido à margem do rio. Havia uma fogueira?

Falou com ironia, encarando-o. Estava claro que soubera o tempo todo que Alf tinha mentido.

Do lado de lá da janela, o encarregado do campo de golfe empurrava um carrinho sobre a parte preparada para uma jogada. Além, as partes lisas entre os buracos estendiam-se em direção a uma paliçada distante da floresta.

O garçom reapareceu com o sanduíche de Prince. Alf continuou observando o homem lá fora, largando o carrinho e se pondo a recolher as bandeirolas nos buracos do campo. Alf pensou em como seria muito melhor estar lá fora, no ar frio, com as mãos sobre um metal honesto, uma madeira honesta. Sentiu-se nauseado, sua raiva se exacerbando. Prince afastou o sanduíche, como se sentisse repugnância. Então o executivo foi direto, com uma auto-suficiência inflexível.

— Alf, não posso dar o emprego de volta a ninguém. Mas posso lhe afirmar uma coisa. Até onde me diz respeito, o cargo de contramestre continua aberto para você. Tivemos nossas desavenças, você e eu, mas continuo considerando-o o melhor homem para...

— Pode engolir o seu maldito cargo — disse Alf.

Na volta estacionou na margem de um dos lagos na cascalheira e desligou o motor. Suas mãos estavam tremendo. Enfiou-as nas axilas e observou a água cinza. Estava sinistramente imóvel, como se tivesse atingido o ponto de congelamento.

21

ALF SENTOU-SE à sua bancada no porão, tentando ignorar a comoção da chegada de alguém lá em cima: o tom soprano, animado, da saudação de Margaret, o arrastar de cadeiras. Em suas mãos estava um pedaço de pinho que lutava para esculpir na forma de um lúcio. Seu modelo era um pôster velho, Terras e Florestas, preso no quadro de ferramentas atrás da bancada. Visto à luz da lâmpada pendurada, o peixe de água doce, típico de Ontario, nadava em um cardume ordenado. Bodião. Perca amarela. Lúcio novo. O lúcio era o mais sinistro: um torpedo flexível de apetite puro, seu corpo manchado estreitando-se até uma cabeça achatada, funesta. Ser eficiente dessa maneira, acima de todas as sensações, exceto fome e saciedade — parecia a Alf o estado ideal.

Tinha começado a entalhar durante a guerra, como uma distração. Lembrava-se de estar sentado à margem de um canal, sua superfície rompida por pedaços de maquinaria e a barriga intumescida e pernas tesas de uma vaca morta. Ele segurava um pequeno pedaço de madeira, sua sujeira lascando branco a cada golpe de seu canivete. Tinha esculpido animais e os dera a crianças.

Houve um menino da idade aproximada de Jamie, com uns olhos imensos, vorazes. Alf havia lhe dado uma lata de ração, mas o rosto do menino só se iluminou quando lhe ofereceu um cavalinho inacabado, seu rabo ainda uma peça só com suas patas traseiras. *Un cheval pour vous.* Gaguejou em seu francês de ginásio.

Incitou a memória, relembrou depois de todos aqueles anos: o menino com sua boina de pano, o cheiro de óleo queimando e carne apodrecendo. Alf levou o pedaço de madeira ao nariz. Mais alguém estivera lá também, um soldado, uma sombra sem rosto, embora pudesse ver as botas do homem balançando do lado das suas sobre a água pútrida. Teve certeza que o homem, fosse quem fosse, não tinha vivido até o fim daquele dia.

Margaret desceu e se pôs do seu lado.

— É May — disse ela, a meia voz, tocando em suas costas. — Ela está terrivelmente preocupada com Pete. — Ele brincou com o peixe em sua mão. — Alf, gostaria que me dissesse o que está acontecendo.

— Não está acontecendo nada — disse ele, laconicamente.

Próximo, o exaustor da fornalha rugiu suave. Conheciam-se há 23 anos, e o silêncio entre eles jamais poderia ser meramente silêncio; era como a noite rompida pela passagem rápida de mensagens cifradas, a virada rápida de páginas marcadas em arquivos.

Lançou-lhe um olhar de relance duro e viu seu rosto absorto por uma seriedade dorida, oferecendo-lhe o bálsamo de escutar e falar. Ela o amava, ele sabia. Com freqüência ele tentava se convencer de que não era assim, que levavam vidas separadas há anos — ela com seu interesse pela sua música, e ele com o seu trabalho, a pesca, os esportes. Tinham a família em comum; se não fosse isso, poderiam muito bem viver separados. Era conveniente acreditar nisso; deixava-o livre e justificava a sua infelicidade. Mas não era verdade.

Passou bruscamente por ela e subiu a escada. May estava à mesa da cozinha. Em sua face abatida, ele percebeu a sombra de seu próprio mal-estar.

— Estou muito preocupada, Alf.

— Ei, não pode ser tão grave assim. — Sua voz lhe ressoou ampliada e irreal, como quando representou em uma peça no Clube de Casais. Tinha representado um jardineiro, um papel com apenas três falas, e mesmo assim sentira-se mais falso do que já se sentira em toda a sua vida. — Pete já passou por tempos difíceis antes.

— Não como este.

Alf puxou uma cadeira. Atrás dele Margaret enchia uma chaleira na pia, depois virou-se para o fogão. A explosão suave de pequenas chamas azuis foram uma promessa de atmosfera doméstica poderosa, salvadora. Por um instante ele acreditou que juntos poderiam ajudar May.

— Lembra quando ele saiu da Marinha — disse ele —, foi um tempo difícil, não foi? Ele ficou realmente deprimido. Mas superou, não superou? Em algumas semanas, não foi?

May observava-o avidamente, os olhos cintilando com lágrimas reprimidas.

— Ou daquela vez em que você perdeu o bebê.

— Sim. — A voz dela, sumida.

— Você sabe, esse cara tem um leão dentro dele. Ele vai se recuperar.

Margaret tinha saído da cozinha sem fazer barulho. Ele reparou em sua saída com um começo de pânico. Não estava preparado para confortar May sozinho.

— Há quanto tempo não o vê? — perguntou ela.

Ele sacudiu os ombros, fazendo uma cara triste.

— Não sei. Há alguns dias, talvez. — Estava mentindo. Fazia pelo menos duas semanas. Achou insuportável estar com o amigo. Teve de agir com tal cuidado e deferência culpada que teve a impressão de estar prendendo a respiração. — Emprestei ferramentas para ele — prosseguiu, ansioso por passar uma imagem positiva. — Ele ia começar a trabalhar no quarto de jogos. Pareceu bem. — Prosseguiu derramando palavras no silêncio. — Praticamente, como era antes. De fato, ele me deu a impressão de estar esperançoso.

Maníaco seria mais apropriado. Alf já vira seu amigo nesse estado antes, embora não tão grave: meio maluco com planos, a mil por hora e, ainda assim, inacreditavelmente, falando do sindicato. Falando de Malachi Doyle como se o irlandês fosse o próprio Jesus Cristo, como se fosse salvá-los, todos eles. Malachi isto, Malachi aquilo. Malachi acha que devemos nos calar por enquanto. Malachi diz que, quando o sindicato estiver organizado, conseguiremos o nosso trabalho de volta. Alf não tinha tido coragem de contradizê-lo.

— Ele estava procurando trabalho — disse Alf. Sabia que o amigo passava o dia inteiro fora de casa, cobrindo o condado no Sarasota, preenchendo formulários. — Teve algumas boas indicações também. No Samuelson's...

Viu-se mencionando os lugares em que Pete provavelmente encontraria trabalho, como se tivesse absorvido o otimismo desesperado do amigo, e recorrera a isso para preencher o espaço vazio acima da mesa. Mas May estava sacudindo a cabeça.

— Agora é diferente. Ele desistiu.

— Não por muito tempo — replicou Alf, rapidamente, e de novo viu as botas do outro soldado penduradas sobre o canal.

— Só fica sentado diante da TV, o dia inteiro. Está bebendo.

Margaret retornou com uma caixa de Kleenex. May olhava para Alf, através de suas lágrimas, com um sorriso estranho, frenético, como se tudo isso que estava contando sobre Pete fosse de fato a fonte de alguma felicidade secreta.

— Ele me bateu — disse ela em um tom de voz agudo, suplicante. — Foi a primeira vez que ... — Margaret aproximou-se e pôs o braço em volta de May. — Não posso culpá-lo — dizia May. — Não, não mesmo. Eu o estava aborrecendo, insistindo em que saísse, fosse ver os amigos. Eu disse que não era o fim do mundo, que pessoas já haviam perdido empregos antes, e ele começou a me xingar, e então... ele não é mais o mesmo, Alf.

Lágrimas correram por sua face. Ele observava com um horror apático. Fazemos uma coisa e isso faz com que outras aconteçam, como ao se espalhar bolas de bilhar. E ali estava uma mulher que conhecemos a vida inteira, uma mulher inocente, chorando à mesa de sua cozinha.

ALF ATRAVESSOU, com os passos arrastados, a ponte do Lion's Park. O Atta revolvia-se na sua direção por meio das corredeiras rasas: extensão de água amarela que desejou poder acompanhar indefinidamente, ao longo das trilhas lamacentas que a levavam para fora da cidade.

Ele teve de bater duas vezes antes do olho e parte do rosto de Pete aparecerem na janelinha redonda na porta da frente. Por um segundo, sua pupila olhou Alf com uma estranha indiferença: um espécimen sob um vidro.

— Oi, amigo — disse Pete, abrindo a porta.

Alf entrou na sala escura, quente, com o ranço de cerveja choca e gás: o composto da infelicidade. Olhando a TV, Pete relaxou em sua poltrona.

Na tela, os jogadores de futebol romperam o abraço e retornaram às suas posições. A tela estava cheia de neve e de vez em quando a imagem deslizava para cima, dando a impressão estranha de que a sala estava afundando.

— Jogo americano — disse Pete. A face macilenta, que até mesmo ele achou extremamente abatida, estava escura da barba por fazer. Seu olhar roçou brevemente os joelhos de Alf. Era a expressão de um homem assustado, verificando as fontes de perigo. — Pegue uma cerveja — disse ele. Já estava com a sua garrafa, e havia várias outras sobre a bandeja da TV do seu lado. — Sabe onde estão.

Alf sentiu uma ponta de acusação em sua voz. *Sabe onde estão.* Como se Pete o estivesse chamando a prestar contas dos anos de amizade, dos anos em que sua casa ficara aberta para ele, como se fosse a sua própria casa. Como se estivesse dizendo *Eu confiei em você.*

Alf buscou uma cerveja e sentou-se no sofá baixo, grato pela distração do jogo. Precisava de tempo para pensar sobre o que diria. A voz do comentarista, plena de autoridade masculina, elevava-se e baixava com a ação. Havia outras vozes também, mais agudas e abertamente excitadas, e a multidão bradando à distância.

Alf teve a aterradora sensação de já ter vivido tudo isso antes. O quarto de hotel de Prince voltou à sua memória: os veleiros na parede, Prince bebericando uísque na cama, o jogo de futebol. A mesma mistura soporífera e o som da multidão, a sensação de coisas excitantes acontecendo, mas acontecendo em outro lugar. Na tela, animadoras de torcida sacudiam seus pompons como cabeças de inimigos derrotados.

A imagem deslizou para cima de novo. Apesar de a temperatura na sala estar acima de 26º C, Alf sentia-se gelar e sua garganta estava irritada. Pete não se mexeu.

— Vou consertar — disse Alf.

— Basta dar um tapa nela.

A imagem corrigiu-se sozinha. Ele voltou ao sofá se perguntando por quanto tempo Pete teria ficado ali, se estivesse sozinho.

Quando apareceu o comercial, perguntou a Pete como estava indo na busca de trabalho.

— Algumas pessoas se interessaram — replicou Pete após algum tempo. Na tela, na terra da felicidade, um velho despejava cereais de milho no prato de um menino sorridente.

— É mesmo? Quem?

Pete não respondeu.

— May passou lá em casa — disse Alf, revestindo-se de coragem. Não gostava de falar sobre dificuldades emocionais, nem suas nem de ninguém. O melhor era ficar calado e deixar que resolvessem por si só. Mas tinha prometido a May. — Acho que ela está muito preocupada com você.

Pete bebeu um gole de cerveja. Era como se fosse surdo.

— Ouça, se não quiser falar, basta dizer — prosseguiu Alf, com uma certa irritação. Sentiu um arrepio. Foi a primeira vez, desde que Pete fora despedido, que se atrevera a falar ríspido com ele.

— O que foi?

— Sua mulher foi à minha casa, chorando muito. Ela está muito preocupada.

— Contou que bati nela? — disse Pete olhando para a TV.

— Sim, mas não o culpa. De qualquer jeito, não é por isso que estou aqui. Estou preocupado com você.

Pete não disse nada.

— Ouça, o que está acontecendo com você? É o emprego ou o quê?

Estava desafiando Pete a acusá-lo. Havia se exposto como um alvo. Mas havia uma hostilidade em seu desafio e mais poder do que Pete seria capaz de enfrentar. Pete lançou outro olhar de soslaio para os joelhos de Alf, tomou um gole da cerveja e continuou a se concentrar na tela.

— Não sei — disse Pete. Encolheu-se e mudou de posição na cadeira. — Tive umas idéias estranhas.

— O que quer dizer?

— Sei lá, às vezes fico muito mal. Meio paranóico. — Alf esperou. — Mas passa, entende? — Pete fez um gesto com a garrafa na direção da TV, onde um homem negro grande, com ombreiras imensas, arrancou o capacete e se pôs a gritar com outro jogador. Pete disse: — Temos de pensar em quem são nossos amigos.

— O que quer dizer? — perguntou Alf, a garganta se apertando. Se tiver de acontecer, pensou, que aconteça logo.

— Apenas maluquice — disse Pete, movendo a garrafa como quem diz deixa pra lá. — Nada importante.

— Acha que tive alguma coisa a ver com a sua demissão — disse Alf.

Pete fixou-se na tela pelo que pareceu uma eternidade. Alf observava o rosto fino do amigo, recostado na sobrecoberta branca do espaldar da poltrona.

— Você não, amigo — respondeu por fim. — Woody é o cara. Todo mundo sabe disso.

— Eu não daria o seu nome nem a Deus em pessoa — disse Alf, conseguindo dar uma risinho rouco. — Não que ele já tenha pedido.

Pete sorriu.

Alf tentou desviar a atenção de volta ao jogo, mas seu coração batia forte. *Você não, amigo, Woody é o cara.* Pete acreditava mesmo nisso ou só estava tentando ser clemente com Alf? Nunca mais o decepcionarei, prometeu em silêncio. Sim, ajudaria Pete a superar essa fase ruim e continuariam juntos, mais amigos do que nunca. Falar, confessar, não faria bem nenhum. Só causaria mais sofrimento, e sua amizade não precisava de mais sofrimento. O melhor era sepultar o que sabia, enterrá-lo no fundo de um buraco profundo, e deixá-lo lá para sempre. Deixá-lo desaparecer, como certamente aconteceria, com o tempo. A menos que Prince falasse, é claro. Ou Woody. Percebendo que tinha deixado de respirar, ele inspirou. Na tela, as animadoras de torcida pulavam em mais uma dança de guerra.

O programa seguinte foi uma reprise de Roy Rogers. Caubóis montados a cavalo ribombando felizes pelas pálidas colinas da Califórnia. Pete parecia mesmerizado. Alf comoveu-se com as imagens do sol estonteante e da liberdade jovial masculina.

— Você precisa sair de casa — disse ele com um arroubo súbito de ternura. — Está apodrecendo aqui dentro.

— Aonde eu iria?

— A qualquer lugar. Vamos pegar o carro e descer até Port Dover. Pegar umas garotas.

Tinham realmente feito isso anos atrás, antes da guerra. No píer, tinham conhecido duas garotas e as levado de carro para as dunas de areia: imensas cristas de areia e o azul esverdeado do lago Erie encapelado lá embaixo.

— Dessa vez — disse Pete —, fico com a mais bonita.

FORAM NO DIA SEGUINTE, uma tarde de domingo com uma luz intensa se espalhando sobre a extensão de terra marrom que aguardava o inverno. Alf dirigia o Biscayne. Pete usava sua jaqueta Stingers azul-escura, levando ocasionalmente o cigarro à boca. Não olhava para a direita nem para a esquerda, e não falava, a não ser incitado por Alf.

Seguiram para o sul, em direção ao grande lago que os atraíra a vida toda. Quando menino, Alf tinha ido a Erie de trem para os piqueniques da Bannerman's. Mais tarde seu pai o levara para pescar em Long Point e, em anos recentes, Alf alugara de tempos em tempos um chalé por uma semana em Port Ryerson. Nunca perdera a excitação ao ver o lago depois de uma longa ausência, e agora, atravessando as planícies intermináveis da hinterlândia, aqui e ali os celeiros verdes e vermelhos das fazendas de tabaco, sentiu a antiga expectativa crescer, o antigo frescor da antecipação.

Ao se aproximarem de Port Dover, montículos de areia surgiram na margem da estrada, e o céu adiante pareceu mudar, se tornar mais e mais brilhante. Viraram para a ponte e lá estava ele, depois do pequeno rio vagaroso e dos barcos abandonados, dos edifícios e do píer: o Erie turquesa reluzindo.

Almoçaram em um restaurante quase vazio que dava vista para a praia, em pleno calor do sol embaçando as vidraças. Pete não tirou a jaqueta, com o zíper puxado até o queixo e não tocou na metade de seu peixe. Lá fora, no lago, um barco de pesca com a proa levantada singrava a luminosidade, sua silhueta escura seguida por uma nuvem de gaivotas.

Na saída, Alf parou para ir ao banheiro. Pete disse que o encontraria lá fora, mas quando Alf apareceu, os olhos piscando com a claridade, o pedaço de praia estava vazio. Um chalé com janelas entabuadas olhava desoladamente para a água. Alf voltou para a rua, passando pelo Biscayne e prosseguindo pela série de restaurantes e lojas para turistas, a maior parte fechada. Sentiu uma pontada de pânico. De alguma maneira, fazia sentido Pete desaparecer, evaporar-se em plena luz do dia.

Percorreu com pressa a cidade, chegando por fim ao píer de concreto com o farol atarracado na ponta. Um garoto de bicicleta passou por ele ruidosamente, a vara de pescar atravessada sobre o guidom. O píer parecia vazio, embora ele não pudesse ver se havia alguém atrás do farol. Avançou rapidamente, tentando conter a sensação de alarme.

Estava quase no farol. Agora o tinha ultrapassado. Não havia ninguém lá, no extremo do píer manchado de dejeto. Examinou a água clara. Uma mancha de óleo cintilou na onda; o corpo de um peixe miúdo flutuava de cabeça para baixo. O fundo arenoso era visível a dez ou quinze pés abaixo — o fundo arenoso encapelado e vazio, agitando-se como se estivesse vivo.

PETE ESTAVA ESPERANDO no carro. Aparentemente, tinham apenas se desencontrado. Pete tinha ido a uma loja olhar alguns cintos, disse ele. No caminho para casa na luz que declinava, as sombras compridas dos celeiros de tabaco elevando-se sobre a terra congelada, conversaram mais descontraídos do que no caminho de ida. Pete contou uma história que Alf nunca tinha escutado. Começava com o navio de Pete atracando em Marselha, uns dois anos depois da guerra. Estava de licença e foi ao litoral, achando o caminho para uma pequena boate, onde uma banda tocava jazz. Era um jazz diferente de todos que já tinham escutado, disse ele, era mais rápido, mais alegre. Um sujeito tocava um violino. Depois, à noite, ele tinha dançado com uma mulher que o atraiu muito.

— Ela era a coisa mais linda — disse ele, ficando em silêncio por um certo tempo. — Olhos negros... Deus. — Ele se apaixonara por ela, contou, a ponto de estar disposto a ficar em Marselha. Mas voltara ao navio. — Ainda penso nela — disse ele. — Não é estranho? Penso nela como se a tivesse conhecido ontem. Ainda me lembro de como sua cintura se curvava atrás. Tão esguia e... isso faz a gente pensar em como teria sido, entende? A gente faz uma coisa diferente e nossa vida toda muda.

DOIS DIAS DEPOIS, uma tarde de terça-feira, Alf estava consertando uma máquina quando Matt Honnegger lhe disse que estava sendo chamado ao telefone. Margaret, disse ele. Alf largou as ferramentas e se dirigiu à pequena sala que dava para o telhado de cascalhos da casa de tintura. No parapeito, um pombo olhou-o desconfiado antes de bater asas. Sobre a mesa de Matt, estava o fone fora do gancho, parecendo mais preto e mais pesado do que o usual. Nos 18 anos que trabalhara na Bannerman's, Margaret só lhe ligara duas vezes: quando Joe tinha caído da bicicleta, atropelado por um carro, dez anos antes, e no verão passado, quando Jamie se perdera.

Por um instante, a voz dela dizendo seu nome, gritando seu nome, deixou em suspenso a vida de seus filhos. Quem se machucou? Quem tinha escapulido para o inconcebível? É Pete, disse Margaret, e ele sentiu um alívio momentâneo antes de sua voz levá-lo para longe da segurança, para longe do mundo que existira momentos antes. Foi o carro, disse Margaret. Ela estava soluçando. Pete tinha se fechado na garagem e ligado a ignição. May o encontrara.

22

NA MANHÃ SEGUINTE ao enterro de Pete, sob um céu sem uma nuvem, cada galho suportava uma fatia delicada de neve. A sensação era de uma quietude de hospital, como se a neve ou quem a tivesse enviado, ciente da necessidade de uma convalescença, houvesse envolvido tudo em ataduras. Joe vestiu-se o mais silenciosamente que pôde — tinha de estar em seu trabalho no A&P às nove — e passou furtivamente pelo corredor. A porta fechada do quarto de seus pais, quase tão branca quanto a neve lá fora, recebeu-o com um vazio opressivo, misterioso. Desceu rapidamente, impulsionado pela expectativa da fuga. Mas sua mãe estava no fogão, preparando o café da manhã.

Sentou-se no outro lado da mesa, enquanto ele comia, bebendo, vez ou outra, longos e ruidosos goles de café. Ele ficou irritado com isso, com a maneira como ela descansava a xícara e suspirava com fastio. Seus suspiros pareciam atravessá-lo, tocar cada pavor seu e dúvida secreta. Ela tinha uma maneira de insuflar na mente dele a atmosfera de suas próprias preocupações. Era sufocante. Ele comeu e procurou não olhar para seu penhoar folgado, onde o alto de seus seios brancos apareciam, marfim, na frágil orla de sua camisola.

— Estou preocupada com seu pai — disse ela.

Ele odiava quando ela dizia *seu pai*, expressão que parecia bloquear a luz do céu, como se uma montanha, de repente, se avultasse. Pegando o frasco de ketchup, sacudiu o molho vermelho obstinadamente. Ele não queria falar, não agora. Queria apenas o isolamento de sua sonolência.

— Há semanas ele não é o mesmo.

— É por causa de Pete — replicou Joe rapidamente, a boca cheia de ovo. Achou que ele sabia mais, muito mais do que contava. Lembrou-se de quando, na beira do túmulo de Pete, sendo um dos que carregaram o caixão, tinha percebido a tristeza em seu rosto escurecendo seus olhos. Tinha-lhe parecido que o pai tinha uma ligação com o caixão que suplantava todos os outros, um anseio, como se desejasse poder ser enterrado com Pete.

Chocado, Joe desviara o olhar para o lado da cova e percebera um pedaço de raiz se projetando da terra. E essa raiz — recurvada e peluda, branca na ponta, onde a enxada a havia cortado — perfurou-o com um sentimento tão tempestuoso, solitário e incontrolável que teve de morder o lábio para não gritar.

— Começou muito tempo antes de Pete.

— Bem — disse ele, dando de ombros, desejando que ela se interrompesse. Bebericou o café quente. Achou que a mãe estava errada em ficar provocando-o, até mesmo indecente. Havia horas em que conversava de bom grado com ela sobre o pai, aliviando suas queixas. Mas nesse momento sentiu uma forte identificação com o pai e seus silêncios. Por um instante, compreendeu a sua profunda utilidade, como a dor e coisas secundárias, mas ainda assim inconvenientes, podiam desaparecer nesses silêncios. Consultou o relógio.

— Tem mais coisa acontecendo do que ele nos conta — disse ela. — Pelo menos mais do que ele me conta.

Na janela, um gaio azul bateu na vidraça com um baque suave.

— É claro — disse ela —, o que ele *já* me contou?

— Sei lá — disse Joe, erguendo a xícara.

— Sabe, nem sempre ele foi assim — disse sua mãe. Seus olhos encararam os dele com um brilho autoritário.

— Assim como? — disse ele, franzindo o cenho.

— Tão calado. Quando o conheci, ele era até eloqüente.

— Papai?

— Falava tanto quanto eu, tenho certeza. E encantador. Era capaz de ser a alma da festa, seu pai. Sei que é difícil acreditar.

— O que aconteceu? — perguntou ele, interessado, embora contra a vontade.

— Bem, a guerra — replicou ela, com outro suspiro longo e desalentado, e ele sentiu a guerra entrar na sala com todo o seu glamour sombrio, misterioso.

Sua curiosidade a respeito da guerra era insaciável, ainda mais porque a reticência de seu pai a abarcava tão completamente. Desde muito cedo, fora instruído por sua mãe a não lhe perguntar nada sobre isso. "Não queremos perturbá-lo", ela tinha dito. De modo que a guerra tornara-se uma presença na casa, alguma coisa que ele não tinha permissão para mencionar, apesar daquilo viver na cara de seu pai, e sentar-se com eles na hora das refeições, e pairar entre as ferramentas de seu pai, e nos espaços entre as palavras que ele proferia. Joe imaginou o pior, não conseguiu evitar, pois o que a não ser o pior poderia gerar uma reclusão tão profunda e duradoura? Talvez seu pai tivesse matado um homem, ou vários. Olharia as mãos do seu pai, as costas das mãos, os dedos fortes com as pontas lascadas com suas unhas sujas, atadas com sangue.

Agora estava ali sua mãe dizendo que, antes de partir para a França, seu pai tinha sido um homem diferente — uma pessoa animada, expansiva, que tinha ido certa vez a um baile a fantasia vestido de Rodolfo Valentino, seus olhos azuis sobressaindo-se em uma máscara preta, encantando todas as mulheres presentes. Depois da guerra, tinha retornado rabugento e paranóico; jogava-se no chão, de cara para baixo, quando o cano de descarga de um caminhão fazia ruído e não conseguia perder o hábito de esmagar as guimbas de seus cigarros, de modo que o inimigo, ainda emboscando-se em cada rua, não as encontrasse. Sua mãe quase não o reconhecera; não era mais o homem por quem ela se apaixonara. Insinuou a Joe que lutara com a dúvida de se ainda o amava, se deveriam se casar. É claro que ela não voltou atrás; tinha carregado essa cruz particular de tentar atrair (persuadir, iludir, amar) um homem que havia deixado a normalidade da vida para trás.

— O que esses garotos passaram — disse ela, concentrada em um lugar assombrado além de sua xícara de café.

— Mas o que aconteceu com ele? — disse Joe, inclinando-se à frente abruptamente. A lacuna em seu conhecimento parecia crítica. Sua curiosidade tinha a ver não somente com batalhas, armas e ferimentos, mas com como se tornar um homem. A guerra era a chave; certamente continha um segredo de coragem ou sobrevivência ou de se tornar mais velho de que se era.

— Nunca compreendi — disse ela de certa maneira espantada. — O irmão foi morto, eu sei... ele não estava lá, estavam em regimentos diferentes... mas a mãe nunca o perdoou por isso.

— Nunca o perdoou porque Joe morreu?

— Joe era o seu favorito. Estava sempre mandando Alf cuidar dele. Quando conheci seu pai, ele fez uma espécie de piada com isso. Mas quando voltou da guerra sozinho, acho que ela... bem, talvez eu não devesse dizer isso, mas se somente um deles retornaria, ela achava que deveria ser Joe.

NA MANHÃ SEGUINTE, sua mãe pediu-lhe que fosse à missa com o resto da família. Há meses ele não ia, desde que tinha declarado seu ateísmo, mas cedeu quando ela disse: "Não posso fazer isso sozinha." Não precisou explicar o que o *isso* era. Havia um senso de infelicidade na família, provindo da desolação de seu pai. Havia cabido principalmente a ela — ao motor de sua vigorosa disposição inglesa — trazê-los ao normal.

Ocuparam o banco de sempre na ala central, a meio caminho do altar. Quando o coro entrou em suas becas vermelhas, Joe olhou automaticamente para a sua mãe — ele fizera isso desde que era menino — e observou-a se sentar, a postura acanhadamente ereta. Seu ar de preocupação cansada havia se suavizado um pouco, ele achou. Ela virara o rosto para cima e parecia ouvir uma espécie de chamado que vinha dos velhos caibros do telhado, onde a bandeira inglesa e a bandeira de São Jorge pendiam, e do altar, com sua toalha branca bordada e velas de cera altas e a cruz dourada elaborada. Para sua própria surpresa, Joe percebeu que estava comovido — primeiro com o comportamento de sua mãe e, segundo, com a igreja em si, quente e acolhedora, quase cheia, nessa manhã de inverno luminosa.

Penny e Jamie ajoelharam-se do lado dele, a tábua fina com pequenas depressões causadas pela pressão de inúmeros joelhos. Seu pai ajoelhou-se no extremo do banco. Joe sempre achara que havia algo deslocado em relação à presença do seu pai ali — sua gravata com o nó mal dado, seu olhar em uma abstração insondável —, mas hoje esse aspecto havia se acentuado, como se seu pai, apesar de todo o esforço, nunca fosse se ajustar. Joe sentiu pena, e lembrando-se do que sua mãe tinha dito — que antes da guerra, ele era outra pessoa —, ficou olhando de viés ao longo do banco, como se pudesse descobrir, na maneira de ele segurar o livro de orações ou de virar a página distraidamente, algum vestígio do homem mais feliz e conversador que tinha sido no passado. Quando as frases da confissão geral ressoaram à sua volta, Penny cantou as respostas, quase enlevada. Mas Joe, ciente do silêncio do pai, também ficou em silêncio.

> Pai Todo-Poderoso e Misericordioso, nós nos extraviamos do caminho como ovelhas perdidas. Obedecemos excessivamente à vontade e desejos do nosso coração. Cometemos ofensas contra as leis sagradas. Ó Senhor, tenha piedade de nós, infelizes infratores. Poupe, Ó Deus, aqueles que confessarem seus erros.

Ao saírem da igreja, seus olhos se ofuscaram diante do fulgor da neve, desacostumados com a luminosidade superior do mundo exterior. Sincelos pingavam dos beirais da igreja e o estacionamento estava coberto de vapores emitidos por canos de descarga encapelando-se como cúmulos no ar quente. Em casa, Joe se pegou pensando em Anna Macrimmon, embora com certa relutância — era como trazê-la para um lugar triste, miserável, que a levaria a fazer pouco dele. Mas continuava a senti-la, lá no alto da colina, na casa com a varanda branca, um lembrete de que a vida dele pertencia, ou devia pertencer, a lugares diferentes dessa casa com seus rodapés lascados e o mau cheiro das couves-de-bruxelas e a atmosfera de derrota. Queria se livrar de seus pais, cujos problemas não eram seus. O que tinha a ver com a tristeza do pai ou o olhar penetrante da mãe, que parecia lhe implorar uma solução que ele nunca poderia dar?

Na manhã seguinte vestiu sua melhor calça e casaco, assim como a jaqueta de camurça e mangas de malha, que depois da viagem a Niágara tinha voltado com o cheiro de Anna, e subiu a colina, para a escola. Era mais um dia branco, resplandecente, de inverno, que faziam os olhos doerem, e, na penumbra dos corredores, ficou momentaneamente incapacitado de identificar qualquer coisa. Os outros alunos deslizavam como sombras no meio do ruído da portas dos armários individuais batendo. Mas sua visão se adaptou quando Anna apareceu. Eufórico, observou-a tatear o caminho para a escada, em sua capa e boina.

— Joe, é você? Esta luz... — Sorrindo, ela pegou seu braço. — Eu me pergunto se Hades não será assim — disse ela.

— Não sei — disse ele, seu coração batendo forte. — Nunca estive lá.

Ela riu por um breve momento e soltou seu braço. Estava para se afastar quando acrescentou:

— Joe já pensou no baile do Natal? — Falou com uma cadência que ele percebeu como coquete. — Pensou em levar alguém?

Ele negou com a cabeça, mas estava mentindo. Tinha pensado em convidá-*la*, mas abandonara a idéia porque, evidentemente, ela tinha proibido qualquer coisa desse tipo, e, de qualquer maneira, supunha que ela fosse com Brad. Ela tocou de novo em seu braço, demorando-se a soltá-lo.

— Eu estava pensando que seria bom se você convidasse Liz. Eu não devia dizer isso, mas sei que ela está louca para que a chame.

Ela o estava manipulando, usando seu poder sobre ele para conseguir alguma coisa que ele poderia não estar querendo. Ficou um pouco surpreso, pois a achava moralmente superior a ele, a todos eles. Podia ter seus momentos de fraqueza, mas era boa — franca, gentil, aberta — e tudo o que fazia, o gesto mais insignificante, de sorrir a ler um ensaio, tinha o toque da retidão. Sentiu um laivo de raiva dela por decepcioná-lo. No entanto, mais tarde naquele dia, falou com Liz. Seus belos olhos maquiados o fixaram intencionalmente. "Adoraria ir com você", ela tinha dito, com uma franqueza que o surpreendeu. Ele sentiu mais prazer do que esperava. Liz McVey era atraente, e além do mais, levando-a, ficaria perto de Anna, que supunha que iria com Brad. Ele a convidaria para dançar. Seu plano lhe ocorreu com uma certa excitação — ele a conduziria na pista, poria sua mão em sua cintura...

Nessa tarde Anna se pôs do seu lado quando iam para a aula de biologia.

— Bem, você fez uma garota muito feliz.

— Quem, você? — disse ele friamente. Não a perdoara.

— Bem, sim, eu — replicou ela. Seu rosto enrubesceu. — Mas sabe o que quero dizer. Espero que não fique com raiva de mim.

— Vai ter um preço — disse ele. — Tem de me prometer pelo menos uma dança. — Atreveu-se a acrescentar: — Uma música lenta.

Ela se deteve abruptamente, de modo que ele teve de se virar para ela.

— Não lhe disse ainda? Não vou ao baile, Joe.

Ia, com seus pais, fazer um cruzeiro pelo Mediterrâneo durante o feriado. Voariam para Nova York e para Lisboa. Depois passariam de navio por Gibraltar, Barcelona, Marselha, Roma. Ele ouviu seu itinerário com o coração apertado. Ela tinha vindo de lá, e ele sempre temera que a Europa, um dia, a reclamasse de volta. Tinha quase mais ciúme da Europa do que de Brad Long.

Pensou em cancelar seu encontro com Liz, mas acabou seguindo em frente como uma atitude de desafio. Ele faria isso, mas faria da sua maneira. Pagou dois dólares e meio por um pequeno buquê na Mill's e subiu a colina no Biscayne, o pára-lama da frente amassado recentemente, quando seu pai derrapara de encontro a uma árvore. Não estava nem um pouco constrangido com o carro; algo nele como que estava desafiando Liz, o mundo todo, a apontar defeitos nele. Ela estava usando um vestido longo de veludo preto de alças finas, e luvas de cano alto que ela tirou na metade da noite e meteu nos bolsos de seu smoking alugado. Por volta das dez horas, ela tinha posto os braços em volta de seu pescoço. Eles se balançavam sem sair do lugar, mal se movendo, enquanto velas tremeluziam nas mesas ao redor da pista e os Morganaires, usando paletós azul-claros e camisas cheia de rufos, se levantaram como se fossem um só, e seus trompetes encheram o escuro com uma balada.

Depois, no Biscayne, na área do estacionamento da escola, se beijaram até suas bocas ficarem doídas e, quando ele fez menção de tocar seus seios, foi Liz que sugeriu que fossem para algum lugar mais confortável.

Ela conduzia tudo tão facilmente, que ele teve certeza de que já tinha feito aquilo antes — sem dúvida com Bobby, o vendedor —, mas não sentiu ciúme de Bobby, pois não tinha nenhuma outra pretensão com Liz a não ser o prazer. Ela levou-o a Johnsonville, a um motel de dois andares construído ao redor de uma piscina cheia de cepos e neve. Ele achou o quarto bonito, de bom gosto, e muito superior a qualquer coisa que ele conhecesse, com camas separadas, uma pintura de veleiros na parede, um único abajur emitindo uma luz quente sobre a colcha florida.

— Volto em um minuto — disse ela, beijando-o antes de ir ao banheiro. Seu olhar teatral, os olhos encarando-o de maneira significativa, fez com que se sentisse representando em uma peça. Um momento depois, ao se virar para tirar a gravata e o colarinho, foi tomado pela dúvida. O que estava fazendo ali? Não sabia nem mesmo se gostava de Liz McVey. Estar com ela, especialmente ali, era uma espécie de mentira. No entanto continuou se despindo. Do banheiro, chegou o som de água correndo. Quando cessou, ouviu as palavras familiares de uma cantiga de Natal atravessando a parede de uma TV ou rádio no quarto ao lado. *Noite feliz.* Cantada com uma voz aguda, clara, não violada: a voz de um menino.

23

— VEJA, AQUI DIZ Cavalo Louco. "Cavalo Louco cresceu em uma aldeia Si-ôuch" — leu Jamie, hesitando só um pouquinho nas palavras difíceis —, "nas Grandes Planícies." Consegue ler isso?

No banco, do seu lado, na Sala das Crianças, na biblioteca, Billy dava seu sorriso largo que, na verdade, não era um sorriso, mostrando os dentes com as pontas marrons. Estavam sós.

— Tente ler.

— Cavalo Louco — disse Billy, dando uma risadinha como se fosse uma grande piada. Jamie estava tentando ensiná-lo a ler. Um dia encontraram a mãe de Billy na rua, e, vendo que Jamie estava com um livro e Billy sem nenhum, tinha dito:

— Gostaria que você pudesse fazer Billy ler... para tirá-lo daquela turma de retardados.

Ele levou Billy à biblioteca. Billy nem bem viu as lombadas dos livros nas estantes, se pôs a andar sobre os bancos, como se isso fosse mais interessante. Jamie pensou em procurar um livro de que ele pudesse gostar. *A história de Cavalo Louco* era um dos favoritos de Jamie. Mas tudo o que Billy fez foi folhear o livro rapidamente, olhando as figuras, e logo recomeçar a se equilibrar nos bancos. Por isso Jamie resolveu ler para ele, para ver se despertava seu interesse.

— Leia isto! — disse ele apontando. — Leia a frase seguinte. É uma boa história. — Billy olhou para onde ele apontava e seu sorriso se tornou mais fixo. Ele empurrou o livro. — O que houve?

— Não estou com vontade.

Saíram para a neve que caía vagarosamente. Na esquina, Billy disse:

— Tenho um presente para você.

— O quê?

Billy pegou, com dificuldade, dentro de sua jaqueta, o livro sobre Cavalo Louco em seu invólucro de plástico.

— Você pegou este livro?

— É pra você — disse Billy, com sua voz sem modulação. — Afanei — acrescentou, ainda sorrindo, e Jamie lembrou-se dos biscoitos de chocolate com marshmallow que Billy furtara da Kinnear's um dia antes. Eles os tinham comido sobre a pedra, na Indian Trail.

— Não precisa afanar nada na biblioteca. São de graça. Pode pegar o que quiser, basta mostrar sua carteira.

Billy sorriu largo de novo. Certo, ele já sabia!

Jamie pegou o livro explicando que já o tinha lido, guardou-o dentro do casaco e o devolveu à Sala das Crianças. Quando saiu, Billy estava jogando bolas de neve na placa de parada de ônibus. Atravessaram a rua. Olhando na direção sul, para a Water, Jamie viu sua mãe. Ela estava cruzando a Water, andando ligeiro, usando seu casaco cinza, o braço carregado de compras na mercearia. Tudo o que ela precisaria fazer para vê-lo com Billy era relancear os olhos para a direita. Seu pai o havia visto com Billy, um dia, na avenida principal e havia piscado o olho para ele, como se estarem juntos fosse uma espécie de brincadeira. Com sua mãe, seria diferente. Para ela, o errado estava de um lado e o certo do outro, e ela nunca hesitava em lhe dizer qual era qual. E ele próprio não tinha certeza absoluta se deveria estar com Billy. Não tinha se sentido bem em relação aos biscoitos. Mas não tinha outros amigos e, além disso, Billy não o deixaria em paz. Grudava em Jamie como cola.

Ele deu um passo para trás, para não ser visto, depois outro. Billy sorriu largo.

— O que está fazendo?

— Nada. Andando para trás.

Billy também deu alguns passos para trás.

Seguiram a Bridge Street até a ponte e olharam a água negra fluindo lá embaixo, para as plantas curvando-se sobre a sua superfície, e rio acima passando pela barragem, até a ponte de ferro da ferrovia, onde uma fileira de vagões de carga fechados passava estrondosamente, contra um céu vazio.

— Somos índios Si-ôuch — disse Jamie.

— OK.

— Você pode ser o Cavalo Louco, já que é índio de verdade.

— Quer ir para a minha casa? — perguntou Billy.

Caminharam para o Flats, percorrendo a Willard e Pine até a casa de Billy. O lugar deixou Jamie triste com sua atmosfera solitária, nenhum quadro nas paredes, somente um sofá com um rasgão atrás. A cama de Billy era um colchão no chão, seus brinquedos estavam espalhados por toda parte, e ele sentia o cheiro de urina. Depois de um tempo, Jamie disse que tinha de ir. Ele e seu pai iam comprar uma árvore de Natal.

— Vocês vão armar uma árvore? — perguntou Billy, dizendo, em seguida, que poderiam cortar uma naquele instante. Os dois podiam ir cortar uma, certo? E como Jamie só sairia com seu pai à noite e como cortar uma árvore os tiraria da casa, ele concordou.

Billy pegou uma machadinha no porão e subiram a estrada, passando por baixo da ponte do trem, e subindo uma pequena rua até um bosque de sempre-verdes. No bosque silencioso e tranqüilo, a neve caía sobre as pontas das botas de Jamie e gelava seus pés. Começou a desejar não ter ido. Mas prosseguiram, falando sobre que árvore seria boa de cortar, e finalmente escolheram uma e Billy começou a golpeá-la com a machadinha. Apareceram talhos pálidos, mas apesar de ele golpear a árvore furiosamente, cerrando os dentes, não conseguia ir mais fundo do que a cortiça. Jamie fez uma tentativa, e foi quando ele estava batendo na árvore que uma voz ressoou do lado dele. Era tão assustadora que ele largou o machado. Estava pronto para correr, mas Billy ficou parado, olhando para o homem — um velho que Jamie não conhecia. Ele sorria para eles com uma boca que não tinha dentes.

— Está tentando levar minha aarvorre? — disse ele, com uma voz rouca mas cordial. — Conheço eche aqui — disse indicando Billy com a cabeça —, mas quem é vochê?

Jamie disse seu nome. O velho usava um casaco aberto e uma camisa xadrez, e um boné do qual suas orelhas se projetavam como alças. Disse que podiam ir até a casa dele, que lhes daria uma serra adequada. Jamie não tinha certeza se deveria, mas Billy se pôs atrás do velho, seguindo as pegadas feitas por suas botas.

A casa ficava em uma pequena colina acima do bosque. Atrás, estendia-se por um espaço aberto de cascalheira, onde Jamie via torres de cimento e um linha coberta de neve de esteiras transportadoras. Então, estava em uma cozinha grande, não clara e limpa como a de sua mãe, mas aquecida, com armários de madeira sem tratamento, uma mesa pintada de vermelho vivo, e um fogão a óleo com fendas dos lados que lhe lembraram guelras de bagres. O velho disse para tirarem as botas e sentarem-se à mesa. Enquanto o velho remexia em um armário, Billy inclinou-se à frente e disse a Jamie:

— Vamos ganhar balas.

— Ouvi alguma coisa sobre balas? — disse o velho. Ele tinha tirado o gorro, e seu cabelo era tão branco quanto a neve.

Ele voltou com uma grande jarra de vidro cheia de balas de tipos diferentes: balas redondas e de alcaçuz e outras embrulhadas em papel laminado. O velho pôs a jarra na mesa e disse a Billy.

— Vamos lhe contar o nosso joguinho?

— Você abaixa a calça e ele sente seu pinto, e então você ganha a bala. Às vezes, ele chupa. Então, você ganha três balas.

Jamie se perguntou: “Chupa a bala?”

— Não faço nada que você não queira — disse o velho a Jamie. Seu sorriso tinha mudado, agora ele tinha dentes, dentes amarelos tão retos quanto as tábuas de uma cerca. Jamie sentiu o rosto quente e o velho deu um risinho e disse: — Acho que Billy deve ser o primeiro, para mostrar como é. Está bem, Billy?

Billy deu um pulo da cadeira e foi para um sofá perto do fogão. Deitou-se, o velho se aproximou e sentou-se do lado dele no sofá.

— É só uma brincadeira — disse ele a Jamie. — É bom. Por que não se aproxima e olha?

Jamie não queria, mas quando o velho piscou para ele e fez um gesto para ele se aproximar, ele foi. Ficou em pé do lado do velho enquanto ele estendia suas mãos grandes e encaroçadas e baixava a calça de Billy. Ele achou que estava no consultório do Dr. Carr, quando ele examinava seu pinto, puxando, com cuidado, sua pele para baixo, e pensou em quando Carol Jenkins e o amigo dela, Chrissy Bell, baixaram a calça dele no anexo da casa de Carol e não conseguiram parar de rir. Todos esse outros momentos pareciam estar acontecendo de novo, enquanto ele observava o velho mover seus dedos encarquilhados, muito delicadamente, sobre o membro de Billy, puxando e acariciando-o da mesma maneira que ele, Jamie, puxava e acariciava a orelha de Red, sentindo sua maciez.

— Isso, isso... — disse o velho (ele tinha pêlos nas orelhas e até mesmo crescendo para fora do nariz, Jamie viu), e parecia quase cantar, cantarolando como uma mãe para um bebê que está chorando, se bem que Billy não estava chorando, e sim sorrindo largo para Jamie como se achasse tudo aquilo uma bobagem. Então, ele parou de sorrir e seu olhar ficou distante, vazio.

— Viu, é só isso — disse o velho, de repente, olhando para Jamie. — Quer tentar?

— Não vai chupar? — perguntou Billy.

— Hoje não, seu maroto. — O velho puxou a cueca de Billy. — Pegue uma ou duas balas. Chame-me de apenas o Homem das Balas. — Piscou o olho de novo para Jamie.

Billy subiu a calça e saiu do sofá. O velho tinha-se virado para Jamie e sorria-lhe amistosamente, mostrando seus dentes retos como tábuas.

— Não é nada complicado — disse ele.

— Ele é legal — disse Billy, voltando para a mesa.

O velho deu tapinhas no sofá.

— É só se deitar — disse ele.

Jamie deitou-se no sofá. Olhou para o teto e para o queixo comprido do velho, com a barba cerrada espetada e sentiu sua calça ser puxada para baixo. Quando o velho disse "Só levante um pouco os quadris", ele obedeceu, e sentiu sua nudez no ar. Então os dedos grandes o tocaram, e ele sentiu gostoso lá embaixo, e macio, exceto que a mão do velho estava um pouco fria, como a do Dr. Carr, e o velho cantarolava em cima dele, enquanto puxava seu membro.

— Oh, o seu é bonito — disse o velho. — Vai ficar uma verdadeira beleza — e se curvou e beijou o pinto de Jamie. Mas a barba espetada arranhou a coxa de Jamie e o fez se contorcer e se afastar, mas o velho o puxou de volta, com força, jogando-o na posição que ele queria, como se jogasse um saco de areia. De repente, Jamie quis ir para casa. Quis estar à mesa da cozinha, bebendo leite com chá, com sua mãe, todas as luzes acesas e a casa aquecida contra o frio. Mas estava ali, e o velho estava se curvando para beijá-lo de novo, e tudo que havia sido tão estranho e agradável — o velho, as balas, o toque das suas mãos e até mesmo os lábios — foi substituído, de súbito, por uma solidão tão grande que sentiu vontade de gritar.

Ouviu sua voz dizer, em tom agudo e estranho, que tinha de ir, mas o velho manteve a cara abaixada e seu pinto estava na boca dele, sentiu o arrastar molhado de alguma coisa que devia ser sua língua.

Aconteceu que lá embaixo estava gostoso, mas lá embaixo era agora só uma parte dele, pequena e remota, e no resto dele não sentia gostoso; sentia frio e solidão, e teve a impressão de que o velho o estava comendo, pedaço por pedaço, começando lá por baixo, e ele não podia fazer nada. Examinou o teto e a cabeça do velho, calva e coberta de sarna. Virou a cabeça e olhou a mesinha do lado do sofá e viu os dentes amarelos dentro de uma jarra, sorrindo arreganhados debaixo da água.

— Tenho de ir — disse ele de novo

O velho levantou o rosto, que agora estava vermelho, e disse com uma voz afetada, suplicante:

— Você vai ajudar a cortar a árvore? — Pondo a mão sobre o seu pinto (que ele achava estar sangrando, embora não tivesse checado). Jamie replicou que ia comprar uma árvore de Natal com seu pai. O homem se levantou e pôs a dentadura, e Jamie se levantou e ergueu a calça, sem olhar para baixo, sem nem mesmo querer saber que existia lá embaixo. Não queria balas, mas pegou uma, com um sorriso falso, quando o velho fez uma piada, sem querer que o tocasse de novo. Antes que pudesse atravessar a porta para fora, o velho inclinou-se para ele. Pegou o ombro de Jamie com uma mão e perguntou: — Quem é seu pai?

Por um momento, Jamie, distraído por Billy que estava remexendo na jarra de balas, sem parecer nem um pouco abalado com tudo o que tinha acontecido, não conseguiu lembrar o nome de seu pai.

— Alf Walker — disse, por fim.

— Se eu fosse você — resmungou o velho —, não contaria a ninguém nada do que aconteceu — disse ele. — É um segredo, está bem?

Jamie respondeu que sim; prometeria qualquer coisa para conseguir ir embora. Fez um gesto para Billy, achando que iriam embora juntos. Mas Billy estava chupando uma bala e não respondeu.

— Vamos — disse Jamie, mas Billy parecia não escutá-lo.

— Porque se você contar — disse o velho, seus dedos apertando com força o ombro de Jamie — poderão acontecer coisas ruins. Está bem?

— Está bem — disse Jamie.

— Olhe para mim — disse o velho, e ele olhou e viu as coisas ruins nos olhos dele.

Lá fora percorreu a floresta de árvores de Natal. O sol se punha, um fogo atrás da colina na outra margem do rio, e a neve era azul, e seus rastros antigos estavam azuis. Embora estivesse indo para casa, sentia como se não tivesse casa, que estava simplesmente ali, com um caroço na garganta e uma sensação molhada, frouxa, em sua calça, avançando com dificuldade na neve azul que se derramava sobre suas botas e perdurava para sempre.

— É CLARO — DISSE SEU PAI, e sua voz preencheu Jamie de modo que quase parecia que estava ouvindo a si mesmo —, quando eu era menino, nós cortamos a nossa própria árvore.

Os faróis do carro estendiam-se para cima, na estrada íngreme e sinuosa de Tapper's Hill, por uma floresta em que árvores se projetavam na luz, pendentes de barrancos de uma neve espectral. Estavam a caminho da fazenda de Gowan, e o aquecimento fazia o barulho de um tobogã ralando sobre gelo áspero.

Um carro surgiu à frente, os faróis baixos.

— Por que não cortamos?

Seu pai não respondeu, e Jamie percebeu que ele não tinha escutado. Ele estava triste por causa do tio Pete, tinha dito a mãe de Jamie. Eram amigos desde meninos.

— Papai?

— O quê?

— Por que não cortamos?

— Não cortamos o quê?

— A nossa própria árvore.

Pensou na machadinha de Billy, ricocheteando no tronco mal lascando-o, e sentiu de novo a tristeza da floresta das árvores de Natal no lado de fora da casa do velho, na neve azul, solitária. Não devia ter deixado Billy. Pensou se ele ainda estaria na casa, no sofá marrom, e viu a expressão nos olhos de Billy quando o velho o tocou, os olhos se distanciando, sem medo, mas distantes, como se ele estivesse em algum lugar onde ninguém pudesse encontrá-lo.

— Bem — disse seu pai, e continuou sem responder. Os pneus cantaram sobre um pedaço de gelo, e na estrada uma forma comprida saltou pela beira da luz. — Um cervo!

Jamie virou-se, mas o que quer que fosse já tinha desaparecido na prisão das árvores sombrias que se inclinavam na direção do rio. Seu pai diminuiu a marcha do carro, e olharam para a floresta onde um cabo pendia entre postes. Não dava para ele ver o chão, que se afastou bruscamente. O cervo parecia ter voado para o escuro.

— Um cervo! Você viu? Viu os chifres nele?

A jaqueta de seu pai cheirava a fumaça, um cheiro gostoso. Jamie espreitou pela janela aberta do lado de seu pai, onde o ar frio agora penetrava. Os troncos das árvores foram vagamente iluminados de um lado.

— Você o viu?

— É — disse Jamie. Mas não sabia o que tinha visto.

— Um meninão, hein?

— É.

Ele não sabia se era ele o meninão ou o cervo, mas ficou contente por ver seu pai feliz. A felicidade com o cervo tinha contaminado o carro. Torceu para que durasse. Seu pai engrenou a marcha e prosseguiram pela neve espectral empilhada até o alto.

O meu amor está na neve azul, disse a voz. Jamie estava alerta, muito quieto. Há muito tempo não ouvia a voz, embora não tivesse sentido a sua ausência até agora. *O meu amor está na neve azul.* A voz penetrava mais fundo nele do que qualquer outra coisa, mais do que a voz de seu pai ou a sua própria voz, e ao mesmo tempo parecia ter vindo da noite, iluminada pelas luzes fugazes do carro. Esperou que falasse de novo, mas o único som que ouviu foi o do aquecimento.

24

MARGARET OBSERVOU quando o reverendo John Ramsay, Jack para ela, pegou a bandeja com seu chá pelas alças de madeira e a colocou cuidadosamente sobre a mesa, a porcelana retinindo quase musicalmente. Também havia um prato com os biscoitos que a sua irmã tinha mandado da Inglaterra: Fortnum e Mason's. Só observá-lo verter o chá, a maneira como o chá devia ser vertido, a acalmava. Achava que as pessoas neste país não entendiam isso: a paz gerada ao se fazer as coisas de maneira certa, cerimoniosamente. Levando o tempo certo. As pessoas dali bebiam o chá em qualquer tipo de caneca ou xícara, até mesmo de papel, como se tudo o que importasse fosse saciar a sede. Mas chá não tinha a ver com sede, ela achava. Chá tinha a ver com conversa, e controle, e bom humor: um baluarte contra o dia em declínio.

— O que tem para este ano, dois anjos? — disse Jack Ramsay, sentando-se em uma cadeira perto dela. Ele cruzou as pernas, em sua sarja preta clerical; um homem bonito, arrumado, com uma chama agradável, sugestiva, nos olhos, como se a sua ocupação como reverendo da igreja anglicana de São Paulo fosse, além de um prazer, de certa maneira, uma diversão. Tinha o talento inglês, que ela tanto prezava, de transformar um encontro comum em uma pequena conspiração de alegria.

— Dois pastores. Penny está determinada a ser um anjo, mas...

— Ela é um anjo — disse ele.

— Vou dizer para ela — replicou Margaret —, se não se importa. Está convencida de que fica feia em seu roupão de banho. É claro que o que ela realmente gostaria era de ser como a Virgem Maria. Todas as garotas querem ser a Virgem. Eu também, quando menina, na minha terra.

— Eu nunca quis ser outra coisa que não um pastor. Os anjos me pareciam afeminados, e quanto a José... era incrivelmente embaraçoso.

— Por quê? — perguntou ela, interessada. Qualquer conversa que os levasse de volta à infância era uma alegria para ela.

No salão principal, as crianças faziam uma balbúrdia. Mais dez minutos e teria início o penúltimo ensaio para o quadro vivo do Natal. Além de cantar no coro, esse ano Margaret era a assistente de direção, o que envolvia principalmente procurar halos perdidos e se certificar de que o número de corpos requisitados desfilasse pela passagem central nos momentos certos.

— Bem, ser José — disse ele — significava casar-se com Maria. Os outros meninos não o deixariam em paz por causa disso. Levaram mais de um José às lágrimas. Casar-se com a mãe de Deus aos 13 anos não é fácil!

Ele lançou-lhe um olhar cintilante, que se demorou uma fração de segundo a mais do que o necessário. Ela gostava de sua maneira sedutora. Era casado com uma canadense muito mais nova do que ela. Mas Grace era estéril e, apesar de ser bonita e ter bom coração, Margaret a achava um tanto simplória. Sentia que oferecia ao reverendo o gosto de algo um pouco mais culto, mais no espírito dele.

— Temos uma Maria adorável este ano — disse ela, de repente pouco à vontade. No corredor, Stella Bridgeman, a diretora da apresentação, gritava pedindo ordem.

A voz de Jack Ramsay baixou de tom.

— Queria falar comigo?

— Acho que pode esperar. — Ela olhou de relance a porta aberta.

Ele levantou-se para servir o chá.

Nunca tinham conversado intimamente, não, nunca; a intimidade só tinha ficado implícita. Além de nunca mencionar seus problemas, considerava uma questão de orgulho dar a impressão de não tê-los. Outros podiam se rastejar até ele pedindo ajuda, mas ela e ele eram iguais em sua alegria inglesa. Já não tinha certeza de querer abrir-se com ele.

Ele deu-lhe uma xícara e foi fechar a porta.

A xícara estabilizou-a: o chá com leite, sua fragrância calmante. Bebeu alguns goles e tentou reencontrar o impulso que a tinha levado até lá. Não estava completamente convencida da pureza de seu motivo. Talvez tivesse querido apenas a distração de sua companhia.

Mas ele estava escutando, esperando, a poucos centímetros de distância. A sala almofadada com seu cheiro de livros antigos e papéis da escola dominical embolorados estava cheia de expectativa.

— É Alf — disse ela, concentrando-se em sua mesa, e sentindo, imediatamente, que havia trazido o marido a um processo em que não tinha certeza de acreditar. Já em sua mente recuava, descrevendo a situação como menos séria do que era. — É que sinto que a perda de seu amigo e tudo o mais... ele não está bem. Faz quase três semanas desde... desde o enterro, e ele... ele sempre foi uma pessoa reservada.

Bebeu um pouco do chá, evitando olhá-lo. Ela não tinha como transmitir, não queria transmitir, o que estava por trás do silêncio do seu marido.

— O que quer dizer com estar mal?

— Nada específico. Ele só... bem, me lembra como ficou depois da guerra. Não é ele mesmo. As crianças estão sentindo. Mas acho que vai ficar bem.

Mexeu-se na cadeira dura. Seu período estava se aproximando e, por um momento, seu aparelho digestivo pareceu estufado de pregos. Achou que tudo isso contribuía para uma aparência nada atraente. Sim, era um erro ter ido.

— Se ele quiser passar para conversarmos — disse ele. Sua voz tinha-se tornado mais cavernosa, profissionalmente solidária. Mas na verdade parecia ter-se retirado, o que a fez se sentir ainda mais pária. — Gostaria que eu falasse com ele?

— Não, não. Ele ficaria sabendo que eu... ele não me agradeceria. É muito orgulhoso — disse ela, e sentiu uma centelha de amor pelo marido. Era algo de que não tinha consciência freqüentemente, mas que agora redescobria como verdadeiro. No isolamento do marido, que ela deplorava, havia algo mais que ela não deplorava em absoluto. Ele era melhor do que todo o resto, melhor do que Jack Ramsay com sua conversa cordial. — Não — disse ela, de repente protetora. — Está tudo bem. Vamos deixar assim, por enquanto. — E achando que devia dar algo a Jack por seu tempo, conseguiu sorrir e acrescentar: — Mas foi bom falar com você sobre isso, estou grata.

— Não há do quê — disse ele. — A dor — falou, e a palavra soou teatral em sua boca — pode levar muito tempo para ser sanada. Tem de ser paciente com ele, rezar por ele. Eu rezarei por ele.

— Obrigada — disse ela.

Ela rezava por Alf, mas agora essa menção a rezar a tinha desconcertado. A oração era algo tão privado, as palavras vindo do coração aos trancos. Ao falar abertamente sobre isso, Ramsay a tinha transformado em algo vagamente vergonhoso.

Ainda assim, a prece, na verdade, era uma alegria para ela, o salto de suas palavras silenciosas no quarto escuro, ela deitada do lado de seu marido: uma corrente elétrica de alegria, tão boa quanto cantar, melhor. Rezar era como cantar. O que queria, quase mais do que qualquer coisa, era que Alf conhecesse a mesma alegria. Mas ele nunca aceitara suas sugestões de que a oração poderia ajudar. Desconfiava que ele não rezasse. Ao observá-lo na igreja, de seu lugar no coro, ele parecia opor-se ao lugar e a todos ali presentes, sua boca não se movia durante as respostas ou hinos, seus olhos fixos à frente sem nenhuma emoção discernível. Na cama, no escuro, ela não o sentia rezar do seu lado. Era desanimador pensar que ele não conhecia essa alegria. Mas quem sabe ele conhecia? Era tão reservado. E a prece era a coisa mais reservada de todas.

Saiu da sala de Jack Ramsay sentindo-se inquieta e entrou com a turba de crianças na igreja. Separou os anjos dos pastores, os pastores dos sábios e dos animais. Algumas luzes haviam sido acesas contra o dia plúmbeo lá fora. Percebeu Penny, curvada sobre si mesma, no extremo de um banco. Sua filha parecia desamparada. Desde o início da diabetes, Penny parecia mais dada a esses acessos de melancolia. Margaret estava sempre se perguntando se o nível de açúcar em seu sangue estava bom. Pegou um cajado de pastor e aproximou-se dela.

— É seu, meu amor?

Em sua abstração, Penny não pareceu reconhecê-la. Aqueles olhos simplesmente miraram Margaret, do fundo de sua tristeza estranha.

MAIS TARDE, EM CASA, ela encontrou Alf na cama, deitado de costas com os sapatos saindo da colcha. O resto da colcha estava puxada até o seu queixo. Tinha ficado ali deitado, no quarto frio, enquanto a luz declinava, só Deus sabe por quanto tempo.

Mudando de roupa, ela bateu na lâmpada sobre o toucador: um ato agressivo, para que ele se mexesse. Depois de algum tempo, ele afastou a colcha e sentou-se na beira da cama. Estava de calça e camiseta, e seu cabelo estava espalhado para todo lado. Ela estava esperançosa, mas ele ficou lá, coçando a coxa. Isso a deixou furiosa, a maneira como ele cedia à tristeza, se é que era tristeza. Agora queria ainda mais que ele falasse, queria que sepultasse sua tristeza como ela fazia. Queria que ele a expulsasse da casa com a força de vontade.

— O jantar vai atrasar um pouco. Acabei de pôr a carne para esquentar.

Passou por ele rapidamente. Virando-se no alto da escada, relanceou os olhos para trás, ao longo do corredor, e viu que ele não tinha se movido. Ele a estava encarando, os olhos obscurecidos, fulgurantes. Era o seu olhar pós-guerra, definitivamente, quando ele a observava, dono de um cabedal de conhecimento tão sombrio que ela achava que devia gritar ou sufocaria. Havia momentos em que ela pensava em deixá-lo, em voltar a Inglaterra. Um dia chegara realmente a fazer as malas e as levara até a porta da frente. Mas partir tinha deixado de ser uma possibilidade. Havia as crianças, e mais uma coisa; ela estava casada com ele de uma maneira como não estivera quando tinha 23 anos. Ao longo dos anos, como duas árvores entrelaçando-se, seus troncos tinham-se fundido. Talvez não fossem um para o outro, talvez suas naturezas não combinassem (ela tinha considerado todas essas possibilidades), mas estava feito; o seu casamento era um fato que, de alguma maneira, tinha alcançado o cerne de seu ser e ali se alojado.

Encarou-o francamente. Não se deixaria intimidar por seu humor como acontecera anos atrás. Embora não compreendesse nada do que ele estava sentindo ou pensando ou lembrando, recusou-se a se acovardar.

— Desça logo — disse rispidamente. — Vou lhe preparar um chá.

25

NO FUNDO DO LINCOLN, a transmissão estremeceu delicadamente, e eles, Joe e Liz, estavam flutuando, deixando para trás parquímetros, pedestres que flanavam e vitrines com seus cartazes anunciando as vendas do Natal. Nessa noite os pais dela dariam uma festa de réveillon, e Joe a acompanhou a Johnsonville para comprar um vestido novo.

Ele estava apaixonado pelo carro, a luxuosa linha dos bancos forrados de couro castanho, o arranque suave quando ele encostava no acelerador. Era a primeira vez que estava atrás do volante e dirigia cautelosamente, precavendo-se para o que o carro era capaz de fazer. Rodava tão suavemente, quase sem fazer ruído, ainda que, sob a plácida ampla capota, sentisse as reservas de potência, algo vivo, até mesmo consciente, pedindo para serem liberadas.

Na ponte da Bridge Street, ele deu uma gargalhada.

— Gosta dele? — perguntou Liz, com um triunfo simulado.

Balançou uma perna sobre a outra, o movimento emitindo o som de uma escovadela, de algo friccionando; uma faixa da saia de tweed emergiu do caimento macio de seu casaco de pele. Seria o mesmo se ela o tivesse presenteado com asas.

Suas pernas, bem-torneadas e expostas até quase a coxa, em meias de náilon rosa tornaram-se parte da excitação de Joe, como se o corpo dela e o luxo e potência do carro fossem um só. Entraram no Flats. Ele estava começando a acelerar, quando de repente se deparou com o caminhão de lixo de Vern Melling, parado do lado do meio fio, enquanto Vern e seu filho carregavam um velho sofá. A faixa oposta estava impedida com o movimento de carros na direção contrária, portanto Joe diminuiu a marcha até o Lincoln parar. Nas calçadas, os empregados da Bannerman's seguiam em massa para almoçar em casa. Enquanto esperava a outra faixa ficar desimpedida, Joe viu seu pai. Estava sozinho, parecia mergulhado em seus pensamentos, o casaco adejando aberto, a camisa verde de trabalho parcialmente para fora da calça, e o cabelo, que há muito precisava do corte no Benny's, esvoaçando rebelde. Nesse momento, Alf ergueu os olhos. Sua face demonstrou reconhecê-lo, mas Joe, sem saber bem por que, olhou para longe. Um momento depois deu a partida no Lincoln, ultrapassando o caminhão.

Na Willard, acelerou, mal se dando conta de que Liz falava do seu lado. Ela inclinou-se à frente para girar o botão do rádio, e os Beach Boys os envolveram com seus falsetes frenéticos.

Na rodovia Johnsonville, Joe aumentou um pouco a velocidade. Sem esforço, o Lincoln tomou a longa colina e desceu a estrada sinuosa que diziam já ter sido uma trilha índia: passaram por casas de fazendas, celeiros cinza inclinados e bangalôs modernos baixos, pelo Kanter's Miniature Golf e Driving Range, pelas torres esqueléticas de linhas de transmissão hidrelétricas, movendo-se ameaçadoras sobre os campos bloqueados pela neve, como gigantes, os braços estendidos sob um céu baixo. Tocando de leve o acelerador, Joe verificava, pelo espelho retrovisor, o asfalto manchado de sal que se desenrolava atrás deles. Estava triste por só irem até Johnsonville. Gostaria de prosseguir para o sul indefinidamente, deslizando velozmente com os Beach Boys chamando de uma terra onde todo mundo era jovem e sem nada a lamentar.

JOE SENTOU-SE EM UM PUFE enquanto Liz experimentava os vestidos. Ela desaparecia no provador por minutos, deixando Joe e a vendedora partilhando um silêncio constrangido, e uma música tépida tocando tão baixo como se viesse de um navio afundado. Liz irrompia, andando pomposamente, resolutamente, em uma nova roupa, os olhos encarando os seus com uma franqueza total, como se dissesse *E então?* Ele gostava desse momento, a energia que ela introduzia na sala, e a autoridade que colocava nele, a liberdade de examinar seu corpo. Tinham dormido juntos só uma vez, mas agora ele tinha a impressão de que tudo o que faziam os estava levando de novo ao sexo. Sua antecipação provocava uma excitação a cada vestido e mantinha seu interesse fluindo quando ela se punha diante do espelho triplo, virando-se para cá e para lá, se examinando, empinando a cabeça ou a torcendo para olhar suas costas refletidas, enquanto a vendedora murmurava comentários ou curvava-se, discretamente, para ajeitar a bainha.

Não conseguindo decidir, Liz separou dois vestidos. A vendedora dobrou-os em caixas, em cujas tampas estava impressa a assinatura bastante estilizada da *Candy Brothers*, amarrou-as elegantemente com uma cordão e entregou-as a Joe.

— Esta é a tarefa do homem — disse ela, virando para cima o canto da boca pequena, e todos riram, embora a observação não tivesse sido engraçada. Liz agradeceu efusivamente à mulher e virou-se para sair.

— Não vai pagar? — perguntou Joe. Ele tinha permanecido do lado da caixa registradora.

— Papai paga — disse Liz por sobre o ombro.

Joe ficou mortificado, esperando que ninguém tivesse escutado; ele detestava quando ela fazia essas poses. Ao mesmo tempo, ela o segurava com algo mais irresistível do que o sexo. Tinha o poder de fazê-lo segui-la e, quando parou no balcão de perfumes, ele também parou.

— Acabo de ter uma idéia — disse ela, tocando no braço dele, fazendo uma demonstração afetada de inspiração. Ele teve a nítida sensação de que ela planejara esse momento. — Por que não damos uma olhada no departamento masculino?

— Não acho que...

— Por favor? Por mim? Só uma olhada? — Ela deixou o olhar cair em sua boca.

O departamento masculino estava ainda mais vazio do que o feminino. Algumas pessoas solitárias — metade delas, funcionários — vagavam no labirinto de balcões e prateleiras. Liz guiou-o até um lugar em que as camisas estavam dispostas em filas, sob vidro. Ela pediu a um funcionário que o medisse. Era um homem baixo e magro de cerca de trinta anos, com uma expressão viva, ávida-por-agradar, que oprimiu Joe. O mundo nunca apreciaria o serviço que esse homem parecia ansioso a pôr a seus pés. Mas manejava a fita com uma delicadeza de perito e não demorou muito para Joe sentir uma espécie de conivência com ele — os dois tinham de suportar a sucessão rápida e segura das instruções de Liz. Ela colocava gravatas sobre camisas dobradas. Ela pedia suéteres. Engabelava Joe para que as experimentasse. O funcionário e ele trocavam olhares, irônicos e tolerantes. Mulheres.

Mas as roupas eram tão elegantes, que ele meio que gostou do processo, do faz-de-conta, que era o que tinha-se tornado. Fazer isso, fingir que podia comprar essas roupas, dava prazer a ela e a si mesmo. No entanto o tempo todo estava consciente de só ter dez dólares na carteira, e essa consciência passou a incomodá-lo cada vez mais; sentia que estava se metendo em uma situação que acabaria deixando-o, de maneira constrangedora, exposto. Quando ela mandou o funcionário buscar mais alguma coisa, ele lhe disse que agora bastava.

— Não pode ver algumas calças? Gostaria de vê-lo *completo.*

— Ouça, não tenho dinheiro — disse ele franzindo o cenho.

— Não precisamos de dinheiro — disse ela, passando o dedo por seu peito.

Quando ele compreendeu o que ela pretendia, seu rosto enrubesceu.

— Não.

— É Natal — disse ela, fazendo beicinho.

— O Natal já passou.

— Não vai deixar que eu compre um presente de Natal para você? — Ela continuava com o dedo em seu peito.

— Não. Quer dizer, não tenho nada para você.

Essa defesa acabara de lhe ocorrer.

— Não importa. Eu só quero...

O vendedor voltara e esperava discretamente.

— Gostaríamos de ver algumas calças — disse Liz.

Ele não encontrou a escada rolante, o que tornou sua fuga canhestra. Andou às cegas pela seção de sobretudos e acabou tendo de perguntar a outro vendedor. Lá fora, o ar frio, úmido, acentuado pelo vapor de exaustores, atingiu-o como um sopro de sanidade.

Passaram-se quase dez minutos antes de ela aparecer. Debaixo de um braço estavam as duas caixas com os vestidos. Pendendo na outra mão havia uma sacola grande, também como o logotipo da loja. Passou carrancuda por ele e, quando chegou ao carro, esperou que ele abrisse a porta no lado do motorista. Jogou os embrulhos no banco de trás, deslizou para trás do volante e girou a chave na ignição. O Lincoln rugiu. Ele achou que ela daria a partida sem ele.

Mas ela esperou. Ele subiu e bateu a porta. Nenhum dos dois falou.

Ela dirigia em alta velocidade, com uma competência feroz. Ele foi o primeiro a romper o silêncio.

— Ainda assim você comprou aquelas coisas?

Ela dirigia sem cuidado, os dedos de uma mão na parte de baixo do volante, o queixo erguido.

Ele espichou-se para trás para pegar a sacola. Estava fora de alcance.

— Comprou, não comprou?

— Compro o que quiser.

— Certo. Mas não vou usá-las.

Estavam distantes. Passaram em velocidade pela Escola de Surdos, pelos gramados amplos, com elevações e depressões suaves, cobertos de neve, pelos bordos altos e espruce. Quando pequeno, tinha-se perguntado como as crianças cegas conseguiam evitar colidirem com árvores. Tinha praticado, fingindo-se de cego, fechando os olhos e sentindo o espaço em volta do quintal.

Estavam nos arredores da cidade, com os campos abertos à frente. O velocímetro marcava 75.

— Vá mais devagar — disse ele. Ela ignorou-o.

Ele ficou em um silêncio estóico, odiando-a. Ainda bem que a estrada era árida, embora bancos de neve congelada muitas vezes obscurecessem a visão nos dois lados, e as faixas à beira da estrada tinham quase desaparecido. Teve um vislumbre de uma vaca, com o dorso excessivamente curvo, em uma imobilidade infeliz do lado de uma pilha de estrume. Decidiu que tinha acabado, ele e Liz. Ele falaria com ela quando chegassem em casa.

Ela estava dirigindo a oitenta.

— Vamos, diminua a velocidade — disse ele. — Não vale isso.

Ela relanceou os olhos para ele com um olhar avaliador tão frio e penetrante que ele achou que ela se inclinara casualmente de lado, enfiando uma faca em seu braço. Nesse momento, o Lincoln, derrapando para a direita, raspou um banco de neve e deu uma guinada de volta à estrada.

— Liz! — gritou ele.

Cem metros adiante, ela levou o carro à área de estacionamento de uma garagem, onde uma fila de carros novos estavam cobertos de neve. Ficaram em silêncio.

Ele percebeu que ela estava chorando; um fio de delineador escureceu sua bochecha.

— Por que fez isso? — perguntou ele. — Quer dizer, por algumas camisas?

— Eu sabia o que estava fazendo. — Toda a sua pátina de sofisticação tinha-se desfeito.

— Podíamos ter capotado.

— Não — disse ela.

Ele tinha se aproximado contra a vontade dela, infantil, teimosa e sombria. Um cansaço profundo filtrou em seus membros.

— O que estava tentando provar? — disse ele, animando-se.

Ela relanceou os olhos para ele: agora, uma menina emburrada.

— Está bem — disse ele, gentilmente. — Talvez seja melhor eu dirigir.

Saiu e deu a volta até o lado do motorista, enquanto ela se afastava. Antes de dar a partida, ela deslizou para perto dele e se aconchegou em seu ombro. Buscou a sua boca com a sua própria boca. De início, ele resistiu, mas ela pegou seu pulso e pôs sua mão entre as pernas. Ele afastou sua calcinha molhada enquanto ela gemia exageradamente e puxava seu cabelo. No fim, ela enroscou-se nele, com o rosto arruinado, fungando e pedindo desculpas.

NESSA NOITE OS PAIS de Joe foram de carro à festa do Couples'Club, na igreja. Joe subiu a colina a pé até a casa de Liz, onde foi logo posto para trabalhar atrás do balcão, perto das janelas francesas que davam para o pátio isolado pela neve. Um pinheiro decorado elevava-se no canto oposto, uma montanha de contos de fadas de luzes e globos dourados encimada por um anjo dourado com as asas abertas ornamentadas de dourado, a face suave erguida como em direção a uma glória maior, embora invisível. A sala estava cheia, vozes animadas por toda parte, e ele foi mantido ocupado servindo vinho e uísque ou preparando coquetéis, Manhattans e Brown Cows, com um olho no quadro preso atrás do balcão.

Também estava bebendo — cerveja — e logo se sentiu animado por uma agradável maré de sociabilidade. Melodias familiares de décadas passadas elevavam-se da alta-fidelidade, tocando as harmonias do Ray Conniff e seus cantores. Pela porta da cozinha, ele podia ver Liz em seu vestido novo de seda quase branco, conversando com uma mulher mais velha que não largava seu braço. Levando os dedos da mão esquerda ao nariz, ele sentia o cheiro dela: um travo de terra que o sabão não tinha suprimido.

— Oh, Joe! — A mãe de Liz, Mary, aproximava-se do balcão, seus olhos castanhos fixos nos dele, com a sua expressão de esperança abalada, mas ainda presente. No fundo do seu copo, uma casca de limão parecia uma flor murcha. Nessa noite, ele já lhe preparara três drinques de gim-tônica. Ela estava se comportando notavelmente de maneira menos matronal com ele, estranhamente mais jovem. Pensou na namorada de Doc McVey, Babs Wilcocks. Na cidade, as pessoas diziam que ela e Mary McVey tinham encontrado uma maneira de conviverem, e ele se perguntou se Babs Wilcocks apareceria na festa. Algo nesse pensamento, algo em relação à mera *existência* de Babs Wilcocks, excitou-o. Tudo parecia possível nessa noite. Por baixo do rebuliço constante da festa, uma espécie de energia subterrânea estava incomodando.

Mary estava trazendo uma mulher idosa com um cabelo azulado ralo e fino. Um pontinho de queijo alojara-se no canto de sua boca.

— Marjorie, este é Joe, o novo *beau* de Liz. — Mary parecia adorar a palavra *beau*, com sua sugestão de uma vida mais licenciosa e aventureira. Passou a noite toda apresentando-o dessa maneira, como se o anel de noivado já estivesse no dedo de Liz.

— Então este é o jovem.

— Andei pensando em fugir eu mesma com ele — disse Mary, olhando direto para Joe. Ele baixou o olhar. Havia um limite que ela estava ultrapassando. Marjorie riu com uma alegria exagerada, mostrando a parte de cima de seus dentes falsos.

— Talvez tenha de competir comigo — disse a mais idosa.

As mulheres se foram. Joe passou um pano no balcão. Não se sentia como o *beau* de Liz (o que quer que isso significasse), mas pelo menos ser apresentado dessa maneira tornava impossível ser confundido como um barman, o que lhe agradava. Não tinha subido a colina como criado, mas praticamente como membro da família. Estava gostando de si mesmo, gostando, com uma descontração quase de proprietário, dos cômodos refinados, dispersos, dessa casa que pertencia ao homem mais rico da cidade, gostando da acolhida das pessoas mais importantes da cidade — médicos, advogados, empresários, executivos da Bennerman's e, é claro, suas esposas, vestidas com suas roupas mais formais, vestidos de seda, o cabelo curto ondulado e eriçado. Estava gostando de ser tratado com tanta familiaridade por todos, como se fosse a coisa mais natural do mundo ele estar ali. Mesmo quando alguém disse: "Ah, você é filho de Alf Walker", o pequeno tremor de apreensão que o percorreu foi respondido sem nenhum sinal de condescendência ou reprovação. Sua presença como namorado de Liz tornava-o um deles.

Liz veio da cozinha.

— Querido, lamento isso.

Nessa noite nem mesmo se importou com o seu teatral *querido*. A festa toda era um drama, de certa maneira.

— Lamenta o quê?

— Ter de conhecer todas essas pessoas.

— Gosto disso. Gosto de sua mãe — disse ele, observando-a, dissimuladamente, no outro lado da sala. Mary McVey tinha o busto grande, aninhado sob a seda azul-escura. Observou-a quando ela jogou a cabeça para trás rindo.

— Acho que estou com ciúmes.

— Deve. — E por uma fração de segundo, ele intuiu um lugar, excitante e mal definido, em que ela e a mãe eram dele. Olhou incisivamente para a fenda profunda no corpete do vestido de Liz. — Por que não nos deitamos atrás do balcão? — disse ele, descaradamente.

Sentia que ela também estava excitada.

Mas então lá estava sua mãe de novo.

— Vou tirá-lo de você — anunciou Mary. Estendeu o braço e pegou a mão de Joe.

— Oh, mãe.

Mary apertou a mão de Joe, segurando-a firme. A dela era surpreendentemente macia, mas também fria, como se a mantivesse em um banco de neve.

— Não lhe dê atenção — disse Mary a Joe. — Estou falando sério, Joe. Gosta de mulheres mais velhas? Acho que gosta.

— Mãe — sussurrou Liz, a voz furiosa.

— É claro — disse Joe. Mas isso era demais. Conseguiu tirar a mão.

Mary afastou-se, estranhamente deslocada em sua própria festa. Esbarrou em um homem com um paletó laranja esporte, vulgar, e desviou. Bing Crosby fazia sucesso, sem o menor esforço, com *White Christmas*.

— Acho que é melhor diminuir o gim dela — disse Liz.

Liz mostrava-se extremamente atenciosa com ele desde a volta de Johnsonville. Talvez estivesse se apaixonando por ele. Ele sentia remorsos, um pouco de impostura, e ainda assim se sentia tão bem ali, cheio de boa vontade. Inclinando-se à frente, beijou-a impulsivamente na boca e disse que ela era bonita. E ela era. Quando olhou para ele, testando suas palavras, sua beleza o impressionou e se lembrou de como os pequenos globos de seus seio apertaram-se contra seu peito no motel. Havia uma fome no corpo rijo de Liz McVey, tão genuína e convincente quanto suas maneiras, socialmente, eram falsas — uma fome sincera que sugeria perigo e o excitava.

A irmã de Liz chamou-a para providenciar a comida e ele estudou a sala cheia com um arroubo de excitação, pensando na próxima vez em que ele e Liz estariam a sós. Alguns minutos depois Mary voltou trazendo um homem com a cabeça calva e morena, e uma expressão inquiridora confiante nos olhos. Joe o havia notado antes, quando Mary o apresentou a seu marido. Seu nome, disse a Joe, era Bob Prince. Ela o conhecera na escola, em Toronto, e agora, por coincidência, ele estava trabalhando em Attawan.

Joe apertou a mão do homem e sentiu o impacto de uma força inflexível, obstinada. Quando os olhos azuis pálidos encontraram os seus, Joe pensou em seu pai.

— Ele vai para a universidade no ano que vem — disse Mary. — E, quando se formar, fugiremos juntos.

— Oh-ho! — disse Bob Prince, com uma voz descontraída. Perguntou a Joe para que universidade ele ia. Mary, que sorria exultantemente para Joe, como para uma criança que recebera um prêmio, foi chamada à cozinha.

— Vai fazer o bacharelado geral ou...

— Vou me especializar em história.

— Ótimo. Muito bom. Ótima preparação.

— Preparação?

— Para prosseguir. Negócios. Direito. O que planeja fazer? — perguntou Bob Prince, cordialmente.

— Apenas estudar história — respondeu Joe, enxugando o balcão. — Talvez ensinar, ensinar na universidade. Não me interesso por negócios.

Simplesmente escapou, um laivo de rebeldia. Sentiu que estava atacando o outro e que isso o faria passar por *gauche*. Mas tinha sentido uma antipatia imediata por ele; sua fluência, sua voz irresistível, que por baixo do veludo insinuava um metal laminado. Ele fez Joe se sentir inseguro.

Bob Prince, de sua altura superior — devia medir cerca de um metro e noventa —, lançou um olhar de través a Joe, aparentemente divertido.

— E o que há de errado com negócios?

Joe sacudiu a cabeça. Seu contato com negócios era muito limitado; não sabia bem como passara a achar que era uma atividade de segunda classe, não uma profissão de verdade. Quem ele considerava homem de negócios — o gerente do A&P, Scott Dowd, ou os diversos chefes que ele tinha observado na Bannerman's, que pareciam perpetuamente absortos em trivialidades, encomendas perdidas e prazos de entrega — arrancava o cabelo por questões que não valiam a pena. Também havia os donos de lojas na rua principal e aqueles que batiam de porta em porta vendendo vassouras; o que mais o impressionava neles era a falsa cordialidade. Sim, negócios significavam vender coisas, e isso significava, achava, se transformar em um impostor cordial.

— Simplesmente não me atrai — disse Joe, dando de ombros de novo. —Tateando no escorregadio...

— São palavras interessantes.

— São de um poema — disse Joe. Anna Macrimmon o havia mostrado a ele um dia na biblioteca.

— Está me parecendo que é um socialista.

Joe deu de ombros, como se admitisse que sim.

— Tribute os ricos e dê aos pobre, como Robin Hood.

— Mais ou menos.

— São os ricos que assumem todos os riscos.

— Acha que os pobres não assumem riscos? — Joe tinha ouvido seu professor de história, Archie Mann, colocar esse argumento e o tinha adotado como seu. Prosseguiu: — Um homem pobre põe a sua saúde, o seu corpo, em perigo cada vez que vai trabalhar. Esse é o seu capital, e ele o está arriscando. Se perdê-lo, perde muito mais do que um cara rico que perde dez mil dólares a que se pode dar o luxo de jogar.

Bob Prince riu, de maneira um tanto tolerante demais, Joe achou. O rosto de Joe estava ruborizado. Estava pasmo consigo mesmo, com a sua veemência. Não tinha certeza se o outro homem o levava a sério.

— Mas está disposto a usufruir dos frutos do trabalho de outros — disse Bob Prince.

Fez um gesto com o copo de uísque indicando a sala, com seus sofás e poltronas brancas confortáveis, a árvore esplêndida, o fogo tocando de leve, feliz, atrás do cristal. Seu gesto abrangeu a casa toda e, em algum lugar no fundo da casa, Liz McVey — ou, pelo menos, assim pareceu a Joe. Sentiu a contradição no cerne de seu argumento e antipatizou com Bob Prince por apontá-la com uma precisão tão casual.

— Não sei. É trabalho ganhar dinheiro na Bolsa? — disse ele.

Bob Prince sacudia a cabeça rindo.

— Acho que deveríamos dividir mais eqüitativamente — insistiu Joe, teimosamente.

— Gostaria de viver como vivem na Rússia?

— Não — replicou Joe. — Na Rússia, eles não são livres. Mas pelo menos compreenderam um certo princípio.

Discutiam assim, enquanto Joe continuava a limpar o balcão com um pano, como um verdadeiro barman, embora sem a equanimidade neutra. Ele estava convencido de que o homem estava sendo condescendente, e isso o deixava com mais raiva ainda. Depois de algum tempo, Doc McVey passou para renovar seu uísque. Por trás dos óculos, sua cara de bebê parecia estar sempre prestes a dar uma gargalhada, como se o mundo fosse uma fonte perpétua de diversão: somente um tolo o levaria a sério.

— Então, Bob, o nosso barman o está aborrecendo?

— O primeiro barman comunista que conheço, Jack — disse Bob Prince.

A boca frouxa de Doc McVey abriu-se mais, feliz.

— Não sou comunista — disse Joe, mal-humorado. Sentiu que se tornava alvo de zombaria. A maneira como se tratavam, de Bob e Jack, com uma familiaridade *country-club* evidente, como se fossem velhos conhecidos, o aborrecia.

— Comunista, socialista — disse Bob Prince, movendo seu copo. — É a mesma coisa.

Joe permaneceu em silêncio, recusando-se a ser atormentado. Estava convencido de que Bob Prince, independente de sua esperteza para ganhar dinheiro, era essencialmente um idiota. Havia um quê rude nele que tornava a sutileza impossível.

— Quando a revolução vai ter início? — disse Doc McVey.

— Em dez minutos — replicou Joe. — Vocês todos serão levados para o porão e mortos. Depois seus corpos serão arrastados para fora e queimados.

É claro que era uma piada, mas houve uma fúria em sua observação que ele lamentou instantaneamente. O momento difícil foi rapidamente encoberto pelos homens mais velhos que riram indulgentemente e se afastaram, mas Joe, o rosto afogueado, percebeu que havia sido inabilmente grosseiro.

No entanto ficou até o fim, ficou durante a comoção da meia-noite, quando todos sopraram cornetas e se beijaram, e quando, na

TV, Guy Lombardo e seus Royal Canadians tocaram *Auld Lang Syne* sobre as imagens da multidão se comprimindo em Times Square. Quando a confusão estava diminuindo, Mary descobriu-o e, pressionando seu corpo contra o dele, beijou-o com força. O movimento rápido de sua língua alarmou-o e, delicadamente, se afastou, mas um minuto depois, lembrando-se de sua língua macia — a insinuação de experiência além do que qualquer coisa que já conhecera —, ficou tão excitado que teve de se sentar.

Mais tarde, quando o último convidado tinha partido, Liz pediu que fosse à sala da família, onde sua mãe e seu pai estavam. Ela tirou dois embrulhos de debaixo da árvore e os deu a ele.

— O seu pagamento por atender tão bem no bar. E porque gosto de você.

— Todos nós gostamos de você — disse Mary, com a voz um pouco pastosa. Ela estava afundada em uma bergère do lado da lareira, olhando fixo para seu peito. Doc McVey estava à janela de costas para eles. Lá fora, uma árvore preta solitária inclinava-se para o espaço iluminado por um projetor, acima do pátio, soltando alguns grumos de neve soprada pelo vento.

Joe pegou os pacotes, muito bem embrulhados com papel dourado. Podia sentir a maciez da suéter, a forma engomada de colarinhos de camisas.

Hesitou por um segundo; algo o percorreu deixando apenas um gosto metálico, um vazio.

Liz exultava, um tanto freneticamente, enquanto Mary sorria sonolenta para si mesma. Além do ombro de Liz, seu pai continuava a observar o pátio iluminado pelo projetor.

— Para você, querido — disse Liz.

Em sua poltrona, Mary batia palmas, como uma criança.

26

PASSAVAM DAS DUAS DA MANHÃ quando ele voltou para Island. Encontrou seu pai na cozinha, em pé, de costas para fogão, usando seu roupão xadrez, que estava aberto, deixando à mostra o paletó de pijama desabotoado, uma garatuja de pêlo em seu peito pálido. Estava bebendo uma garrafa de cerveja. Algo nele — seus olhos fundos, com uma chispa agressiva, observando-o com amargura — o fez se esquivar. Prosseguiu sem parar, com a sacola de presentes.

— Então, como é a vida no palácio? — perguntou o pai.

— Melhor do que a daqui — replicou Joe. Por que simplesmente não o deixava em paz?

— O que disse?

Joe não se deu ao trabalho de responder. Tinha quase chegado à porta para o corredor.

— Ei, você!

Não parou.

— Pare!

Ele parou, deu um suspiro exagerado — isso era tolice — e virou-se para encontrar o homem que se dirigia a ele arrastando os pés. Sabia que tinha ido longe demais, sabia disso por um medo antigo e familiar que corria por seu peito como água fria.

Devolveu o olhar, levantando o rosto.

— O que disse? — perguntou o pai novamente.

— Acho que me ouviu.

— Acha que agora é bom demais para nós, é isso?

— Oh, Deus — disse Joe, fazendo menção de se afastar.

Quando o pai o agarrou pelo braço, Joe tentou empurrá-lo. Em um segundo, estavam se batendo, empurrando, desajeitadamente, lutando no chão. Com freqüência, ao longo dos anos, tinham brigado pelo prazer da brincadeira: lutado corpo a corpo ou boxe sobre o tapete da sala de estar ou no quintal. Mas nunca tinham brigado com raiva, nunca com a intenção de machucar um ao outro. Mesmo agora, eram refreados por antigas repressões, sem saber o que fazer com a energia se intensificando em seus braços. Mas a fúria era real. Tinha surgido tão prontamente que parecia estar aguardando em um poço profundo, onde os ressentimentos e rivalidades e o amor, absolutamente tenaz, pelo caos, tinham sido guardados ao longo dos anos. Por fim, imobilizando um ao outro em um emaranhado de braços — em alguma parte de seus cérebros, sabiam que lutar era menos perigoso do que boxear —, desabaram no chão. A mesa deslizou. A manteigueira caiu sobre uma cadeira. Rolaram em uma onda de tecido escocês, e Joe sentiu o baque macio da genitália de seu pai sobre sua perna. Empurrou a cabeça do pai contra a geladeira. Lá fora, Red, despertando em seu canto sob o pórtico dos fundos, ergueu a cabeça e uivou às almas penadas de neve que deslizavam de Lookout Hill.

A mãe de Joe apareceu, gritando para que parassem.

— É isso o que somos? — continuou a gritar. Ela estava quase cantando, com uma voz diferente, desvairada, trêmula e aguda. — É isso o que somos?

Além da cabeça de seu pai, Joe via a canela de suas pernas, cortadas pela gilete.

— Tudo bem, companheiro — disse o pai com a voz rouca. Estavam caídos, com o flanco de um preso no do outro, em um equilíbrio penoso, os rostos a alguns centímetros um do outro. Joe podia sentir o hálito de cerveja de seu pai, o mau cheiro da infelicidade de seu pai. — Vamos nos levantar — disse o pai.

Joe se soltou, evitando os olhos do pai. Até onde lhe dizia respeito, aquele homem tinha deixado de existir. A casa tinha deixado de existir. Ele cortou as relações.

DOIS DIAS DEPOIS Joe encontrou a mãe passando o aspirador de pó em seu quarto.

— Tem uma carta para você — disse ela, indicando sua mesa com a cabeça, onde ela havia escorado um pequeno envelope com selos pretos e laranja desconhecidos. Joe levou-o pelo corredor até o banheiro, trancou a porta e se sentou na vaso sanitário com a tampa baixada para abri-lo no vapor conseqüente do banho de alguém. Continha duas folhas de papel azul do correio aéreo, cobertas dos dois lados pela letra irregular de Anna.

Querido Joe,

estou sentada no convés do *Independence.* Estamos navegando para leste, em direção à Itália. Ontem passamos o dia em Cannes, o melhor até agora. Almoçamos em um pequeno restaurante chamado Pont-du-Loup, nos arredores da cidade: telhados de telhas vermelhas e fachada branca, persianas compridas verdes, sob colinas verdes que tomam a forma de rochedos íngremes. A região é rústica, mas bela. Não se imagina que as pessoas possam viver aí, isto é, tão bem quanto vivem. As cidades são maravilhosas, tantas colinas, tantas vistas do mar pegando-o de surpresa. Estou olhando para ele (o mar) agora, onde se turva em direção à Córsega (que não posso ver) e à África em algum lugar além. Sempre gostei da idéia do Mediterrâneo, e agora que estou aqui de novo é maravilhoso.

Mamãe e papai alugaram um carro e exploramos as colinas. Padre Campion foi conosco. Ele é americano, um padre que conhecemos no navio, e uma ótima companhia — um grande contador de histórias. Ele não usa o colarinho quando sai de férias, parece-se mais com um empresário aposentado. É gorducho, com um brilho nos olhos que, quando observamos de mais perto, são afiados como facas. Gosta mais da sua comida do que qualquer um que eu já tenha conhecido e adora falar sobre isso. Quando pega seu copo de vinho tende a levar dez minutos falando da origem do vinho (parece ter visitado um milhão de vinhas), até a colina exata. Diz estar apaixonado por mim, e é muito galante, mas como ele tem sessenta e alguma coisa na verdade é apenas uma brincadeira. Mexo com ele e digo que não é um padre de verdade. Papai acha que ele provavelmente está se divertindo muito, porque não somos católicos.

Enquanto ele, mamãe e papai visitavam um estabelecimento vinícola, fui dar uma volta. Subi uma colina e atravessei alguns campos. Conheci um pastor. O meu primeiro pastor! Ele tinha um cachorro, e seus carneiros dispersavam-se na orla de um campo, onde ele estava sentado sobre uma pedra velha comendo seu almoço. (Acho que todas as pedras são velhas, mas essa parecia mais velha.) Na verdade, o cachorro me viu primeiro e veio latindo, até o pastor chamá-lo. Tivemos uma conversa, pelo menos como entendo isso. O francês antigo que falam aqui é muito estranho. Os carneiros continuaram dando a sua opinião. Ele devia ter cinqüenta anos, talvez menos, mas tinha uma cara incrivelmente rija, como couro. Disse-me que era pastor desde os seus 12 anos, quando o pai dele o tirou da escola, e se calou. Acho que ninguém nunca lhe perguntara isso antes, e ele não sabia o que dizer. Ficamos os dois sem jeito. Mas é claro que eu não seria eu se o livrasse dessa dificuldade. Quer dizer, eu não disse nada que o ajudasse a sair da situação. Tem um lado meu que ficaria frio em um acidente de trem, acho, só observando para ver o que acontece. Senti a tristeza de sua vida, e algo mais: o seu destino, talvez. A forma que a sua vida assumira.

Eu me pergunto se as pessoas ainda têm destinos, ou terão apenas carreiras? A vida de todos é tão igual, tão insípida e previsível, que um verdadeiro destino não pode acontecer? Ou apenas fingimos não ter destinos — mas acontecem de qualquer jeito, de uma maneira furtiva. Não existem dois destinos iguais, e acho que é por isso que temos medo do nosso. Significa que temos de aceitar a nossa solidão, a nossa singularidade, e, por mais que digamos que é isso que queremos, ficamos apavorados. É melhor ser como todo mundo e não se sobressair demais. Por isso a vida nos escapa.

No fim, ele simplesmente deu de ombros. Foi como se dissesse: "É assim que as coisas são. Não adianta lamentar." Deu-me um pouco de vinho em um copinho de vidro.

Vi três golfinhos hoje de manhã.

Amanhã, Itália: Livorno, Roma, Nápoles.

Pensando em você com carinho,
Anna.

Leu-a três vezes. O papel fino parecia fabuloso em seu azul, como se a qualquer momento três golfinhos emergissem de suas profundezas.

COMO UM INFLUXO repentino de ar fresco depois de semanas dentro de casa, a carta intoxicou-o, como se ela estivesse oferecendo uma promessa de uma vida mais refinada; como se a paisagem que ela tinha descrito — o Mediterrâneo azul cintilando continuamente — tivesse introduzido suas cordilheiras e penínsulas em sua própria existência, e ele já estivesse vagando com ela, em uma parceria que não conseguia fantasiar com clareza já que nunca conhecera nada igual. Olhou fixo para a beira da pia no banheiro, onde um único fio de cabelo estava colado, parecendo uma rachadura na porcelana, e se perguntou se a carta não revelava uma incrível mudança de atitude em relação a ele (se não havia uma insinuação disso na frase *pensando em você com carinho*). Ao mesmo tempo, usando um pouco de bom senso, disse a si mesmo que ali não havia nada além de amizade.

Mas era o bastante ela ter pensado nele, ter-se sentado no convés de um grande navio e dirigido essas palavras a ele! Ela se comunicara com o outro lado do mundo para criar esse espaço habitado somente por eles dois. Ao mesmo tempo, a carta o fez pensar no contraste com a sua relação com Liz, que parecia cada vez mais falsa. Nos últimos dias tinha passado muito tempo em sua casa, tinha dirigido o Lincoln do pai dela e, ainda assim, sabia que essa relação era temporária e até mesmo desonesta, pois a verdade era que, por mais que gostasse dela fisicamente — e realmente não se cansava dela a esse respeito —, tinha de admitir a si mesmo (e via isso na clareza que a carta de Anna lhe provocara) que não *gostava* muito de Liz McVey. A idéia de que Anna voltaria e o encontraria com ela estimulou uma vergonha obscura.

No sábado seguinte, ele e Liz foram ao cinema em Johnsonville de carro. Ele passou a noite toda com a intenção de lhe dizer que tinham acabado, e a noite toda adiando o confronto, embora conseguisse se manter um pouco afastado. Ela deve ter sentido que havia alguma coisa errada, pois mostrou-se mais atenciosa do que nunca, tocando constantemente seu braço na sala escura, adaptando sua risada à dele. Depois, no carro, perguntou se ele não queria ir ao motel. Ele planejara negar a si mesmo esse prazer, mas se viu incapaz disso quando ela começou a beijá-lo. Na cama, sua excitação foi extrema. Mas no final lamentou o quarto de mau gosto, os veleiros insossos na parede, a nudez dela quando, agachada, se lavava na banheira comprida. Voltaram a Attawan em silêncio.

27

UM DOMINGO, SMILEY passou pela casa com seus patins e bastão. Joe foi pego de surpresa; não o via há semanas, desde que largara a escola e fora trabalhar na seção de tintura da Bennerman's. Mas ali estava ele, como nos velhos tempos, plantado no capacho da cozinha, com suas botas de borracha e o blusão azul e branco de hóquei, comunicando que o Atta estava solidamente congelado, na altura das primeiras corredeiras. Condições tão perfeitas para patinar não aconteciam há anos. Não havia nenhuma neve para remover, e o gelo, disse Smiley, fazendo Jamie rir de prazer, estava tão macio quanto a bunda de um bebê.

Joe agarrou a oportunidade. Era como se a sua antiga vida — antes da chegada de Anna Macrimmon e a complicação com Liz McVey — tivesse retornado, oferecendo-lhe a chance de uma felicidade esquecida, sem complicações. Penny e Jamie também queriam ir, de modo que foi um corre-corre geral para desencavar patins, gorros e bastões de hóquei. Estavam quase prontos para sair quando o pai de Joe surgiu do porão, com seu antigo bastão e patins amassados, com lâminas compridas e finas que Joe não o via usar há anos. Penny e Jamie pularam de alegria ao redor dele: Papai vai patinar! Mas Joe, à porta do lado de Smiley, sentiu como se o dia lhe tivesse sido roubado. Nos dias após a briga, suas relações com o pai haviam existido em um estado de suspensão. Eram afáveis de maneira superficial, formal, mas Joe sentia que cada qual estava esperando que o outro desse o passo seguinte — para uma reconciliação ou mais hostilidades, ele não sabia. Nesse momento, a face melancólica do pai — sorrindo languidamente para as crianças — parecia o espectro no banquete. Era impossível haver alegria à sua volta. Nesse momento, seu pai olhou para ele e — para total surpresa de Joe — piscou o olho. Instantaneamente, algo nele teve início, alegrou-se.

Partiram em um grupo barulhento. Margaret, que nunca aprendera a patinar, observou-os saírem.

— Não caiam — disse ela, com ironia.

Smiley prometeu ficar de olho neles.

Atrás da antiga fábrica de meias da Bannerman's, na West Street, desceram até o açude de azenha formado por uma barragem no Atta. Homens e meninos jogavam *shinny** sobre o gelo, provocando rajadas aqui e ali, como um bando de estorninhos levados pelo vento sob um céu límpido. Sentaram-se em cepos para colocar os patins. Joe e o pai ajudaram Jamie e Penny. Depois, os dois se sentaram lado a lado, atando o cordão com os dedos entorpecidos.

— Já se esqueceu de como é? — provocou Joe.

Seu pai não respondeu. Seus dedos atacavam o cadarço com fúria, com o que poderia ter sido raiva. Joe sentiu a sombra do antagonismo dos dois.

Então, Alf terminou e pegou seu bastão. Ao se afastar, lançou um desafio — "Ninguém pega o velho" — e o dia ficou completo de novo. Joe observou-o patinar em direção aos outros jogadores, com movimentos lentos, indolentes, acelerando de repente por um ou dois passos, a cabeça baixa, depois atacando sem nenhuma tensão, balançando ligeiramente enquanto aumentava a velocidade. Parecia tão natural quanto se estivesse andando na rua, como se toda a sua vida fosse um exílio da descontraída liberdade do gelo.

Joe juntou-se a eles logo depois. Smiley tinha perdido o disco e ele, Jamie e o pai de Joe o passavam de lá para cá. Joe deslizou rio acima.

— Ei, Walker! — gritou ele, e seu pai olhou para cima e o viu. Joe recebeu o passe perto dos pés, perdeu-o por um momento, depois deslizou de volta, em círculos, com o disco, fazendo um passe fácil para seu irmão. Jamie bateu o bastão no ar e caiu de costas.

---

*Tipo simplificado de hóquei, jogado com tacos. (*N. da T.*)

Joe estava alegre com a extensão do gelo. Sentia que era capaz de fazer qualquer coisa ali — girar, voar, frear de supetão —, sob um céu que parecia sorrir a cada improvisação. Esqueceu-se de Anna Macrimmon e Liz McVey. O que mais importava a não ser perseguir um disco pelo rio vasto e escuro? Depois de algum tempo, Smiley e os Walker participaram da partida de *shinny*. Havia somente uma única regra: quem pegasse o disco o manteria o máximo que pudesse. Era a raposa e cães de caça, com quase todo mundo, em um certo momento, sendo a raposa. Joe riu quando seu pai pegou o disco e se pôs a bancar o bêbado, passando pelas pessoas como um maluco, com o cabelo arrepiado para fora do gorro, pequeno demais para ele. Joe conseguiu tirar o disco dele, que deslizou direto para o bastão de Larry Langlois, claramente o melhor jogador ali. Larry tinha dezessete anos, era alto e flexível — diziam que tinha sido observado pelo Leafs — e ele brincou com o disco como se estivesse atado com um arame ao seu bastão, percorrendo o gelo sem o menor esforço, seus olhos rindo. Ele provocava os outros, simulava um ataque e deixava o outro se debatendo no ar.

Começaram um jogo. O time de Larry tinha só seis jogadores, e o outro lado, oito. Os gols em uma ponta eram pedras e, na outra, a uma distância de cem metros, as botas de caubói de alguém. As botas pareciam lastimáveis e absurdas, colocadas a um metro e oitenta uma da outra, os dedos apontando para barrancos distantes com suas nuvens baixas de árvores de inverno. O pai de Smiley, que apesar de calvo, jogava sem chapéu, fez o primeiro gol com uma explosão imprudente, a velocidade de um moinho de vento, que fez os outros gritarem e rirem. Quando se afastou do gol e curvou-se sobre o bastão tentando recuperar o fôlego, Smiley bateu-lhe afetuosamente no traseiro.

Passado algum tempo, Joe notou que seu pai abandonara o jogo. Jamie não tinha conseguido acompanhar os meninos mais velhos e os homens, de modo que Alf o levara para o lado e lhe lançava passes fáceis, Jamie se esforçava, buscando o disco com dificuldade, nos tornozelos que mal o sustentavam, caindo e levantando rápido de novo, com uma determinação férrea. Observando seu irmão, Joe sentiu uma pontada pungente de reconhecimento. Seu pai havia-lha feito passes exatamente da mesma maneira, e, vendo Jamie, viu a si mesmo, ansioso por agradar ao pai, seu deus e seu nêmesis ao mesmo tempo. Mas onde estava Penny? No outro lado do rio, onde alguns amieiros apareciam vermelhos contra o cinza de salgueiros, ele a viu com seu chapéu rosa e luvas, abrindo caminho com movimentos abruptos, eretos, entre suas amigas. Caindo, de repente, abriu os braços, estendeu uma perna para trás e se tornou um cisne deslizando.

Mais tarde, cansado de jogar, Joe cedeu seu lugar a um recém-chegado e seguiu rio acima. Parecia menos frio sob os altos penhascos, sem vento, e patinou, segurando seu bastão com uma mão, passando por ilhas minúsculas e pelos grandes troncos inclinados de salgueiros, tudo flutuando com uma suavidade onírica, ao zunido rítmico de suas lâminas. O rio foi-se tornando mais raso e ele começou a ter um vislumbre das ervas daninhas e das rochas sob o cristal do gelo. Logo ficou fora da visão e audição dos jogadores. Na curva em que certa vez apanhara meia dúzia de peixes, encontrou Penny e suas amigas, retornando de rio acima. Estavam rindo e tagarelando — patinando com aquele tipo de movimento exigido por suas lâminas ásperas. Penny, ele percebeu, estava comendo neve de suas luvas, mas quando o viu, engoliu-a. Alguns segundos depois, quando as meninas ficaram para trás dele, ouviu-as darem risinhos, que acabaram se extinguindo depois da curva.

Ele escutou as corredeiras antes de vê-las: um ruído suave, impetuoso que o abalou com um leve receio, lembrando que o rio continuava vivo embaixo dele, que essa tarde de patinação era uma dádiva passageira, uma espécie de ilusão.

A maior parte das corredeiras tinha congelado. Mas a onda maior continuava visível, fluindo como o corpo liso, sombriamente reluzente, de uma serpente no meio de crostas de gelo. A água tinha-se derramado sobre o gelo, onde havia endurecido em um revestimento amarelado, como cera. Ficou à beira da corredeira, na dúvida, sem saber se se atreveria a desviar galgando um lado. Nesse momento, viu a raposa.

Estava observando-o de cima da corredeira. Tinha certeza que a raposa não estava lá há alguns instantes, mas não a vira aparecer. Ela estava quase transversal a ele, a cabeça virada de maneira inquiridora, o penacho laranja fantástico de seu rabo com a ponta branca projetando-se quase do comprimento de seu corpo e, exceto uma agitação da brisa em seu pêlo espesso, estava imóvel. Ergueu o focinho, tentando farejá-lo, e virou a cabeça um pouco mais. Com o coração batendo forte, Joe encarou o olhar fixo do animal.

A raposa afastou-se sem pressa, acompanhada do grande penacho estendido. Alguma coisa no movimento do animal pareceu incomum. Joe percebeu que estava faltando metade de sua pata traseira direita, a coxa afunilava-se em um coto escuro. Apenas entreviu a sua ponta, pendendo inútil debaixo da barriga da raposa.

NESSA NOITE ADOECEU e teve febre alta. Tremia e suava enquanto uma lua pequena e fria afastava-se da casa. Ao entrevê-la entre as cortinas, pareceu que o procurava, como uma lanterna cujo facho oculta quem a segura. Vomitou duas vezes. Na primeira vez, não conseguiu chegar ao banheiro e o vômito esparrinhou no piso do corredor. Então sua mãe apareceu, e ele se sentiu de novo com quatro anos de idade, impotente diante de sua repreensão carinhosa. Levou-o de volta para a cama com mais cobertores e uma garrafa de água quente, que, em seu delírio, parecia ser uma parte de si mesmo que não conseguia incorporar a seu corpo. Sonhou que estava em um quarto branco vazio, que não tinha porta. Ele tinha subido a uma saliência e estava se equilibrando ali, precariamente, enquanto a raposa com três pernas pulava para ele, mostrando seus dentes afiados em uma espécie de sorriso.

No dia seguinte, segunda-feira, continuou com febre e vomitando, de modo que não havia como ir à aula. Mas ele sabia que era o dia programado para Anna Macrimmon voltar. O que ele temia — e estava impotente para fazer o que quer que fosse a respeito — era a recepção que sabia que teria de Liz. Podia imaginar Liz lhe contando, com um ar sutil de triunfo, que ela e Joe estavam firmes. Sim, ela deixaria Anna saber de alguma maneira que estavam dormindo juntos, e essa antecipação pareceu expô-lo à injustiça de ser mal compreendido, se bem que não via claramente no que exatamente. Resmungando, virou-se violentamente na cama e bateu o punho na parede.

Na quinta-feira, sua doença transformara-se em resfriado e ele pôde subir a colina para ir à escola. Na sala da Srta. Todd, a carteira de Anna Macrimmon, um brilho de compensado de bétula sob uma janela alta, estava vazia. Permaneceu vazia em suas várias encarnações em diversas salas, a manhã toda. A sua ausência encheu-o de esperança; talvez ela ainda não tivesse voltado e sido informada por Liz. Ele ainda tinha tempo de dizer a Liz que tinham acabado, mas havia um único problema. Liz também estava ausente. Às vezes as duas carteiras vazias eram separadas, mas na aula de francês ficavam lado a lado, um lembrete constante da estranha parceria que ele tinha feito com as duas e que, de uma maneira obscura, tinham feito um com o outro. No corredor, depois da aula de francês, pôs-se do lado de Brad Long, encetando uma conversa sobre as aulas a que ele tinha faltado. Perguntou casualmente se Anna já tinha voltado.

— Voltou na segunda-feira.

Excitação e desespero o dominaram ao mesmo tempo. Ela estava ali, e Liz, sem dúvida, lhe contara tudo. Ainda assim, tinha de se certificar.

— De volta? Às aulas?

— Aonde mais? — Brad parecia divertido.

— Está doente ou...

— Um vírus que ela pegou lá fora. Um vírus estrangeiro.

Os olhos de Brad fixaram-se nele, cheios de gozação, e Joe teve a sensação de que seu dilema era do conhecimento comum, como se Anna e Brad, e só Deus sabe quem mais, tivessem se sentado à mesa e falado — dando boas risadas — do Walker cego de amor.

Assim que as aulas se encerraram por aquele dia, ele correu ao florista no centro e escolheu um pequeno buquê de urzes secas e meteu-o dentro do casaco. Depois tornou a subir a colina, andando tão depressa que logo ficou sem fôlego e teve de parar para cuspir um catarro espesso na neve. Atrás das casas, na Banting, o sol emitia raios sobre a rua sulcada.

Subiu os degraus da frente, sob a pequena varanda com seus pilares brancos, em uma camisa-de-força de constrangimento, ciente de que ela poderia estar observando. A própria casa parecia viva. Nenhuma luz nas janelas, ainda que cada objeto visto de relance lá dentro — a parte de cima do encosto de uma poltrona, um abajur retraindo-se na penumbra — parecesse notá-lo.

Apertou o botão da campainha. Não emitiu nenhum som. Um setter irlandês descia a rua sozinho, seu longo pêlo emaranhado com pequenas bolas de gelo que estalavam juntas. Joe abriu desajeitadamente seu casaco e pegou o pequeno buquê. A casa continuava avaliando-o.

A porta foi aberta e ele viu uma mulher em um avental branco, o cabelo puxado para trás em um coque desalinhado. Era de meia-idade e baixa, mas havia algo nela, um lampejo de humor, que era familiar.

— Sou Joe Walker. Sou amigo de Anna.

— Oh, Joe, sim, ela falou de você. Sou Estelle Macrimmon. Por que não entra? — Sua simpatia deu-lhe coragem. Seu sotaque fez o "por" soar "porr". Ele viu-se em um pequeno *hall* de entrada, percebendo a escada de madeira escura, o cheiro de comida.

Ela fechou a porta e ficou olhando-o de uma maneira franca e agradável. Havia orgulho em sua postura, criando um efeito quase aristocrático, apesar de sua figura rechonchuda. Ele explicou que tinha passado só para desejar as melhoras de Anna e deixar o buquê; estendeu-o quase pedindo desculpas.

— Por que não o dá a ela você mesmo? Vou chamá-la.

Ele esperou no *hall*. A casa era muito menor do que a dos McVey, e mais sombria, com sua madeira pesada e tapetes indianos desbotados. Na sala de estar, à sua direita, livros estavam empilhados no chão. As paredes eram verdes, com remates brancos (curiosamente, como as paredes de sua própria casa), com inúmeras fotos e quadros pendurados. Sobre o console da lareira estava um grande quadro a óleo de uma mulher sentada, com o cabelo grisalho e um vestido gasto. Suas pregas verde-claras, muito bem evocadas, ocupavam grande parte da moldura antiquada. Seus lábios sustentavam um sorriso vago, mas seus olhos transmitiam uma certa melancolia.

A mãe de Anna reapareceu no patamar acima.

— Ela quer vê-lo aqui em cima. Suba, Joe.

Ele tirou as botas e subiu. A mãe de Anna indicou uma porta aberta.

— Apenas *entrez*.

Anna estava sentada na cama com os joelhos levantados, sob uma colcha. Na janela à esquerda, o globo laranja derretido de sol caía na floresta. Livros estavam empilhados sobre o tapete do lado da cama. Um Kleenex amassado jazia como a cabeça de um crisântemo espectral.

Ela tirou o papel que envolvia o buquê. Ele reparou que seu lábio superior estava esfolado.

— Urze! Como soube?

Sua voz tinha engrossado com o resfriado.

— Bem com um nome como Macrimmon...

— As colinas ficam púrpura com ela — disse, tentando sentir o cheiro das flores secas. — Já viu como ficam?

Ele não respondeu. Estava em pé do lado da cama, sentindo-se um pouco como um criado que entrega uma mensagem e logo recebe ordens de sair. Mal acreditava que estava ali, no quarto dela. Feliz por tê-la agradado, ficou secretamente embevecido por ela, seu cabelo achatado pelo travesseiro, o franzido de seu penhoar de flanela sobre os seios pequenos, o nariz vermelho. Não podia acreditar. Ela tinha estado lá, e agora estava aqui. Tinha navegado no Mediterrâneo, no verdadeiro Mediterrâneo azul e úmido. Sim, dias antes ela tinha estado na Europa — Europa fabulosa, distante, que ele só conhecia de livros. E agora ela estava sentada na cama na frente dele, resfriada.

Sua doença parecia fazer parte de sua viagem e sua conseqüência, como se ir a outro continente e retornar, ultrapassando a fronteira entre dois mundos diferentes, fosse algo estressante, e a gripe era o preço que ela pagava por realizar o milagre de existir em dois lugares.

Ela falou que ele pegasse a cadeira de sua escrivaninha. Levantando-a, ele entreviu algo de sua vida privada. Em uma folha de papel, meio coberta por um livro, ele viu o que poderia ser um poema — uma coluna estreita, desigual de linguagem em sua letra pontuda. Nos dois segundos que sua atenção se demorou ali, ele leu *uma máscara de abelhas*, e no mesmo vislumbre, ele correu os olhos por uma foto emoldurada, escorada de um lado. Anna, o cabelo amarrado com um lenço, sentada em um barco — via-se água no segundo plano, o arco de uma ponte — do lado de um homem bonito com o cabelo louro puxado para trás e olhos intensos, graves; seu braço estava em volta dos ombros dela com uma possessividade confiante. Com excitação e dor, sentiu a um só tempo como se tivesse abraçado e perdido a vida dela.

Sentou-se do lado da cama enquanto conversavam. Tudo o que podia fazer para se conter, para fazer seus membros se comportarem e não saírem pulando pelo quarto em uma dança louca. Ficou mudando de posição na cadeira de espaldar duro.

— Sua carta foi incrível — disse ele. Isso pareceu pouco convincente, um chavão; às vezes achava que não lhe oferecia nada além disso. — Isto é, eu quase senti o cheiro daquelas colinas.

— Engraçado. Eu senti mais vontade de escrever para você do que para qualquer outra pessoa. Tenho a sensação de que você me ouve melhor do que todo mundo.

— E ouço — disse ele.

— Falo sério. Você parece fazer os pensamentos virem, fazer, de alguma maneira, com que se expressem. É um bom ouvinte.

— Bem, isso é melhor do que nada.

— É muito — disse ela. A luz do sol caía, abandonando completamente o quarto. Ficaram na penumbra, sem falar. Na sua mesa, um relógio tiquetaqueava devagar. Tudo o que ele mais tinha desejado estava ali, tão perto que bastava apenas... o quê? Se se inclinasse sobre a cama e a beijasse, estragaria tudo.

Ela assoou o nariz.

— Ouça, seu safado! — Ela fungou e prosseguiu. — Liz me disse que vocês têm-se visto sempre.

Ele não tinha dúvidas de que ela sabia de tudo e estava sendo discreta. Sentiu-se preso na cadeira.

— Saímos algumas vezes.

— Fico feliz que a tenha chamado para o baile.

— Fiz isso por você.

— Ainda está saindo com ela por mim?

Havia riso em sua voz. Assoou o nariz de novo. Ele não disse nada.

— Desculpe, não foi justo.

— Não sei por que tenho saído com ela — disse ele. — Não sei se gosto muito dela.

Ela ficou em silêncio, mas ele sentiu sua atenção prendendo-o, prendendo o quarto todo com seus livros e relógio, na luz acinzentada. A sua confissão pareceu persistir entre os dois, sem desaparecer, algo que não tinham outra escolha a não ser levar em consideração. Triste, sentiu-se recuando, como se tivesse alcançado uma sobriedade, uma clareza. Ela estava com Brad e ele, com Liz. Pela janela, ele via os campos brancos da fazenda de Wiley, a mata cerrada que margeava o Atta.

— Domingo, fui patinar no rio. Lá embaixo — disse ele. — Foi incrível. Estava tudo solidamente congelado. Não havia neve, de modo que podíamos patinar por quilômetros. Nas primeiras corredeiras, vi uma raposa.

Contou, da melhor forma possível, a sensação estranha que o animal lhe causara, a maneira como seus olhos se encontraram, como se ele estivesse tendo um vislumbre privilegiado da vida em suas profundezas.

Contou como a raposa aparecera em seu sonho. Como tinha parecido a mesma e outra, com o coto e um sorriso ameaçador.

— Senti medo, mas sabia que não ia me morder. Só queria se aproximar.

— E você não deixou.

— Não.

Ele teve uma sensação de fracasso. Em seu silêncio, ela pareceu perceber.

— Sabe — disse ele —, eu não poderia contar a Liz nada disso... nem mesmo pensaria em contar a ela.

Na cama, Anna deixou os joelhos caírem.

28

PENNY TRABALHAVA A BARRA DE SABÃO de lavar roupa, esculpindo cuidadosamente com sua faca afiada, tentando fazer as guelras do peixe ficarem à mostra. A sala de aula superaquecida estava impregnada do estrépito dos radiadores e do cheiro de lã secando, do som dos passos pesados e lentos dos sapatos de cadarço da Srta. Hobsbawn, de lá para cá, com as mãos para trás.

O peixe de Penny estava lhe dando trabalho. Entalhada no sabão amarelo duro, achava que a cabeça parecia uma coisa horrível como a de um carneiro. Largando-o, tentou se lembrar do peixe que seu pai e tio Pete tinham pego no lago Erie. De repente, viu tio Pete subindo a trilha para o chalé com um balde de peixes. Ele os tinha limpado em uma prancha presa entre dois cedros, o cigarro pendendo dos lábios, os olhos estreitados por causa da fumaça enquanto trabalhava com sua faca especial. Ela viu a lâmina estreita cortar a barriga dos peixes e atrás de suas cabeças, viu-o passando a faca pelos lados dos peixes — sentindo o seu caminho, disse tio Pete, ao longo das costelas, como se a faca tivesse mente própria —, e então tio Pete erguendo os filés brancos e colocando-os cuidadosamente sobre o papel encerado. Ninguém cortava um filé de peixe como tio Pete, seu pai dizia; poderia ter sido um cirurgião. Ouviu tio Pete conversar, o cigarro balançando nos lábios, parecendo que ia cair, falando de peixes e de seus cheiros, do que gostavam de comer e onde poderiam ser encontrados. Ele tinha pego o papel encerado com os filés, colocando-o nas mãos dela, deixando-a levantar seu peso, rindo para ela através da fumaça do cigarro, sob a luz do sol debaixo dos cedros: seu tio Pete.

— Penny, você está bem?

Enxugando um olho com o pulso, Penny ergueu os olhos. A Srta. Hobsbawn usava uma saia cinza e uma blusa branca com um babado na frente. Corria história de que a professora tinha tido um seio removido. Penny não podia vê-la sem se perguntar qual dos dois era falso.

— Precisa de seu lanche?

A professora a olhava por seus pequenos óculos.

— Não, Srta. Hobsbawn.

Pelo canto do olho, ela percebeu Bobby Tuckett girando em sua carteira para olhar para ela. Às vezes ele só a olhava fixo, implicando, e outras vezes passava correndo falando baixinho *Diabética!*. Ela preferia que a Srta. Hobsbawn não tivesse mencionado seu lanche (os três biscoitos de araruta dentro de seu casaco pendurado no vestiário). Deveria comê-lo no recreio, para evitar uma reação.

— Penny, é maravilhoso! Absolutamente maravilhoso! — falou a Srta. Hobsbawn com sua voz masculina. — Turma, vejam isto!

Pegou o peixe de Penny com a mão em concha e girou com ele para que todos o vissem

— Vejam o cuidado que ela teve com os detalhes — disse a Srta. Hobsbawn, segurando o peixe entre o polegar e o indicador. — A cabeça... vejam, vocês todos! A cabeça! Penny, receio que não consigam ver. Por que não leva para que vejam?

Penny levantou-se e desceu a passagem entre as carteiras, com o seu peixe amarelo na palma da mão, tentando equilibrá-lo sobre a barriga. Alguns alunos mal prestaram atenção, o que era ótimo para ela — estava encabulada por ter de mostrá-lo —, mas outros o examinaram com atenção e murmuraram *Uau* ou *Muito bom*, e Ginny

Lamport sorriu para ela como se não somente o peixe a tivesse agradado, mas também Penny. Ela tentou se esquivar da carteira de Bobby Tuckett, mas ele gritou "Espere!" e puxou-o da mão dela e sorriu tolamente sob suas pestanas compridas.

No recreio, ela foi para um canto do pátio das meninas para comer seus biscoitos de araruta. O pátio inteiro, que dava para a Shade Street e o rio, era uma mixórdia de lama pisada. Um cachorro preto com uma risca no nariz latia estridente, enquanto duas garotas passavam com cuidado pelas poças tentando pegá-lo.

— Ainda comemos biscoitos de bebê?

Brenda Stubbs. Apesar de "stub" significar toco, ela era alta e magricela, com o cabelo liso escorrido e os olhos vermelhos, sempre pegando infecções. Penny viu que Ginny Lamport estava com ela, Ginny e seu cabelo louro macio como seda, cortado como pajem. Quantas vezes Penny não ficara diante do espelho no banheiro desejando ter o cabelo de Ginny, desejando ser Ginny.

Penny atrapalhou-se tentando pôr o último biscoito no bolso.

— Não seja má — Ginny disse a Brenda. — Ela tem de comê-los.

Penny ouvia o tilintar de balas em suas bocas.

Penny levantou-se insegura, ansiosa para que gostassem dela. No bolso, sua mão abandonou o biscoito. Ela o comeria mais tarde, no banheiro.

— Gostei de verdade do seu peixe — disse Ginny. Seus olhos faiscavam divertidos, como se Penny tivesse feito a coisa mais inteligente que ela já vira. — Estávamos esculpindo sabões — explicou a Brenda. — O de Penny foi o melhor da turma.

Brenda ofereceu um saco de papel amassado.

— Quer uma bala?

— Não posso — disse Penny.

— E de alcaçuz?

— Não posso. — Seus olhos acompanharam o pacote quando Brenda o guardou. Por alguns segundos, ninguém disse nada e Penny achou que as estava decepcionando.

— Vamos convidá-la? — disse Ginny a Brenda.

— Para mim, tanto faz — disse Brenda, contorcendo a boca ao olhar para longe.

— Queremos que venha dormir lá em casa — disse Ginny. — No sábado que vem.

Quando Brenda virou-se para a cerca de arame, Penny teve a sensação de que ela estava reprimindo uma risada. Mas Ginny estava sorrindo para ela, a boca aberta, os lábios e língua pretos como piche.

29

A ALF PARECIA que a única coisa limpa a vista era a cerveja. A cerveja amarela flutuando em cilindros na bandeja de Sid Walters, os pontos de amarelo subindo e descendo pelo MEN'S BEVERAGE ROOM lotado do Vimy House, a poça amarela no fundo de seu copo bebida até a última gota. Tudo o mais estava indistinto, esquálido, manchado pela luz emitida de lampadários na parede e que se refletia opaca das venezianas empoeiradas. O salão oferecia uma espécie de privacidade uterina — se não contasse os dez, aproximadamente, outros fregueses que, por razões só conhecidas por eles mesmos, davam preferência ao hotel mais soturno da cidade. Fez sinal de mais dois para Sid.

Na tela acima do balcão, jogadores pareciam um enxame de insetos no gelo: Leafs contra Red Wings. Nunca comprei aquelas entradas, pensou ele, erguendo seu copo a uns cinco centímetros da mesa e girando seu conteúdo. Pôs o copo na mesa. A lembrança tinha chegado até ele não se sabia de onde, fragmentos de uma vida normal em que pais prometiam levar os filhos a jogos de hóquei, e às vezes se esqueciam. Mas quem ele estava enganando? Não ia levar Joe ao Maple Leaf Gardens. Esse tipo de coisa parecia tão longe de se concretizar quanto transpor a distância da lua. No entanto continuava falando e agindo como se nada estivesse errado. *Quer alguma coisa do armazém? Vou sair para dar uma volta. Me passa aquela chave inglesa, por favor?* Observou a si mesmo fazendo os movimentos, mas os movimentos tinham pouco a ver com o que realmente estava acontecendo com ele — o que estava além de seu poder de expressão e até mesmo compreensão, se bem que o arrastasse como uma corrente fria, estranhamente fascinante.

Na pequena mesa em frente, Freddie Stone o observava desde que ele chegara: o pequeno Freddie Stone com sua face desalinhada e os olhos lacrimosos acima do vermelho vistoso de seu cachecol enrolado, sorrindo e balançando a cabeça como se ele e Alf compartilhassem uma compreensão que era fonte de grande prazer para os dois. Conhecia Freddie desde pequeno, o Freddie retardado, que passara cinqüenta anos, no mínimo, como bói na Bannerman's. Tinha-se aposentado e morava em um quarto no Vimy House, sustentando-se com duas pequenas pensões e uma remuneração paga mensalmente, diziam, por Doc McVey.

Sid chegou com as cervejas, dois copos de chope de luz dourada através da qual fios de bolhas se ascendiam. Sid, com perícia, recolhia os copos vazios com os dedos de uma mão, erguendo-os com tinido. Quando se foi, Alf ergueu um copo, e a cerveja fria, amarga, deslizou pela espuma para dentro da sua boca. Ele não estava bêbado, ainda não, mas atingira aquele estado de vigília clarividente, onde ficava à beira do *insight*, e isso produzia a sensação de perigo iminente, como se estivesse se aventurando no gelo fino lá fora. No litoral distante entreviu uma embriaguez mais profunda, onde o perigo seria passado porque lá ele não sentiria nada; era o que ele estava pretendendo.

No outro lado, Freddie sorria com sua boca informe e úmida e balançava a cabeça, parecendo dizer: *É isso mesmo, simplesmente persista e chegará a um lugar agradável.*

Alf ergueu seu copo para ele e bebeu de novo. Atrás de Freddie, Ron Carson queixou-se com uma obscenidade e deixou sua cabeça calva, sarnenta, balançar para a frente. A televisão sobre o balcão ladrava seu som de multidão, e na sala escura, alguns homens gritavam. Alf tinha dito a Margaret que estava indo para a Legion, a sociedade de veteranos da guerra. No passado, era freqüente ele passar por lá no sábado à noite, para jogar sinuca e assistir ao jogo de hóquei. Mas não sentia mais vontade de ir à Legion, de participar da camaradagem ruidosa, forçada, como se todos eles acabassem de chegar de além-mar.

Acendeu um cigarro e acolheu com prazer o fogo suave em sua garganta. Pelo menos Margaret tinha parado de perguntar o que havia com ele. É Pete?, tinha perguntado uma vez, espicaçando. E ele tinha respondido que sim, que era Pete, que é claro que era Pete, o que diabos poderia ser se não Pete? E ela respondera abraçando-o. Ele enrijecera-se e quisera chorar. De fato, tinha estado à beira de contar tudo para ela, contar que ele tinha traído seu melhor amigo e muitas outras pessoas, e agora seu melhor amigo estava morto por causa disso. Mas tinha se contido. A sua vergonha ia tão fundo? Tinha medo de que ela deixasse de amá-lo? Toda vez que contemplava a possibilidade de pôr seu crime em palavras, achava que se aproximava da beira da desintegração. Sentia que não sobreviveria à confissão. Tinha sido o mesmo há vinte anos, depois da guerra. Foi quando tinha tentado explicar a Margaret o que tinha acontecido que o derrubara. Não contara quase nada. Mas quase ter-lhe contado desencadeara terrores que de alguma maneira conseguira refrear em seus dois anos na França. Foram quando os tremores começaram, os pesadelos, o medo das ruas. Era melhor, ele achava, o silêncio do que a desintegração. Era melhor suportar com medo do que se fazer em pedaços e não ter utilidade para ninguém. Por fim, o silêncio permitira que ele sepultasse os demônios da guerra. Talvez não os tivesse matado. Talvez ainda estivessem vivos em alguma zona de crise limite, de onde faziam rápidas incursões em seus sonhos, sua vida. Mas os tinha praticamente banido da luz. Conseguiria fazer o mesmo agora?

Freddie pegou o copo e atravessou, com seu andar arrastado, a estreita lacuna entre suas mesas.

— Posso me sentar, Alf?

— Claro, Freddie. Fique à vontade.

Freddie sentou-se com uma formalidade estranha, parecendo tão satisfeito como se tivesse sido convidado ao Palácio de Buckingham. Seus pequenos olhos astutos brilhavam e seus lábios grossos pendiam abertos em uma risada silenciosa.

— Como é que vai, Freddie?

— Não posso me queixar.

Tinha uma voz irritante, fragmentada, como se cada frase fosse revestida de catarro.

Freddie não disse mais nada, mas continuou a sorrir para Alf como se essa fosse toda a conversa de que precisava, como se a coisa mais agradável que duas pessoas pudessem fazer fosse se sentar a uma pequena mesa e olhar uma para a outra.

— Tem feito algum trabalho?

— Oh, sim.

— No Kelly's?

— Isso mesmo.

Alf concentrou-se em sua bebida. Era difícil suportar a confiança daqueles olhos aquosos, o sorriso com sua amabilidade indefesa e sua inocência.

Beberam em silêncio por algum tempo. O Leafs fez um gol e alguns homens gritaram. Um removedor de neve ribombou na rua, aço sobre cimento.

— Você encontrou seu irmão — disse Freddie.

Estava rindo largo, um sorriso amassado, como se Alf soubesse exatamente do que ele estava falando.

— Meu irmão? — perguntou Alf. Certamente Freddie referia-se a Jamie, à noite que o encontraram rio acima, com o filho de Lucille Boileau. Mas como Freddie sabia disso?

— Você mergulhou e o apanhou — disse Freddie, exultante.

— Mergulhei — repetiu Alf. Depois se lembrou.

Uma tarde de verão no começo da década de trinta, ele e Joe tinham ido nadar na barragem Number One da Bannerman's e seu irmão tinha desaparecido debaixo da plataforma que recebia a água da represa. Alf não ficou preocupado, não de início. Havia um lugar em que se podia deslizar entre as vigas e subir a uma espécie de caverna permeável, atrás da face da barragem; ele mesmo a mostrara a Joe. Mas depois de alguns minutos, como Joe não tinha reaparecido, Alf mergulhou para procurá-lo. Seu irmão estava lá, na caverna escura e fria riscada com a luz marrom do Atta. Estava sentado abraçando as pernas, chorando de uma maneira abafada, a boca no joelho. Teria sentido pânico? Alf não sabia. Precisou de muito tempo para acalmar Joe. Por fim, as cabeças dos dois romperam a superfície juntas.

Freddie devia estar lá, em pé na plataforma ou no muro de cimento a oeste: um homem-menino de trinta anos com seu calção listrado antiquado que cobria quase o corpo todo, olhando-os boquiaberto ao nadarem para a praia. Talvez Freddie não soubesse da gruta atrás da face da represa. Talvez pensasse que Alf tinha resgatado Joe do fundo.

Freddie mantinha a memória fresca. Mantinha sua admiração fresca. Você encontrou seu irmão. Como se suas cabeças lisas e lustrosas acabassem de irromper do buraco gelado embaixo da barragem.

— Lembra-se disso? — perguntou Alf.

— Ah, sim! Você foi muito fundo.

— Não tanto — disse Alf. — Na verdade, ele estava bem. — Não tinha energia para explicar.

Beberam por mais um tempo sem falar. Por que Joe tinha chorado? Alguma mágoa, alguma ofensa que ele nunca compreenderia. Alf sentiu que tinha passado a maior parte de sua juventude cuidando de seu irmão mais novo. *Não deixe que nada aconteça com Joe:* o grito de guerra de sua mãe. Ele tinha tirado Joe de brigas, lutado por ele, o levado para todo lugar, até mesmo rio acima com seus amigos, quando na verdade não queria que o seguisse de perto, com seu olhar maníaco que anunciava que estava duas vezes mais preparado do que qualquer um para qualquer aventura que tivessem planejado. Às vezes Alf o odiara, o favorito de sua mãe. Uma vez o havia empurrado de uma árvore, e outra vez tinha metido uma zarabatana por sua goela abaixo por puro rancor. Mas geralmente cumpria a tarefa que lhe designaram. Não se lembrava de ter passado algum tempo comum, relaxado, com seu irmão, pois estava sempre tomando conta dele.

Mas tinha amado Joe, como descobriu naquela noite de chuva no verão de 1944, perto da fronteira holandesa, quando seu sargento o levou para o lado e contou que seu irmão, que servia em uma unidade diferente, tinha sido morto. Tinha parecido impossível. Ao longo dos anos, Joe havia escapado por um triz de acidentes de carro, no rio, em jogos de hóquei e brigas em bares, que Alf começara a achar que o seu irmão era intocável, um garoto-prodígio. Joe não tinha mais de quinze anos quando atravessou para o Shade, no lado inferior da ferrovia suspensa, manobrando pelas vigas pretas muito acima da água. Alf não estava lá, mas ouviu a história. Por que fez isso?, perguntou. E Joe respondeu (Alf nunca se esquecera disso): "Quando penso numa coisa, tenho de fazê-la. Mesmo que seja loucura, não descanso enquanto não faço."

O sargento de Alf, o rosto empoeirado brilhando na luz do lampião, disse-lhe que Joe cochilava em uma vala quando uma mina terrestre tinha explodido debaixo dele. Aparentemente, ele teria rolado sobre ela quando dormia. Alf saiu do celeiro onde estavam acampados e ficou na chuva. Algum tempo depois, o sargento encontrou-o e o levou de volta ao abrigo.

— Nem sempre fui capaz de trazê-lo de volta — disse Alf.

— Não — disse Freddie.

— Há pessoas que não se podem trazer de volta. Quando as matam, elas ficam mortas.

Freddie sacudiu a cabeça; era a triste verdade.

Alf bebeu. Sentiu que se entendiam perfeitamente.

Freddie terminou sua cerveja e se levantou.

— Está na hora de eu subir, Alf.

Observou Freddie passar pelas mesas com seus passos arrastados, balançando a cabeça aqui e ali, à sua maneira obsequiosa. No outro lado da sala, uma garrafa quebrou com um estampido e alguém gritou *É isso aí, garoto!*. Quando Alf tornou a olhar para a mesa em que Freddie estivera antes de se sentar com ele, viu que estava ocupada por outra pessoa. O homem usava um boné de *tweed* fora de moda, com o topo chato e uma viseira curta e grossa. Tinha-se virado na mesa para chamar o garçom, de modo que Alf não conseguiu ver seu rosto, mas experimentou, instantaneamente, uma exultação aterrorizadora, como se estivesse prestes a se lançar de um penhasco.

O homem virou-se em sua cadeira. Alf viu as belas feições esqueléticas, a pele fina, feminina, o nariz curvo por causa de uma luta, os olhos azuis fixados nos seus com uma alegria arrebatada, como se o homem estivesse se divertindo com a sua pequena surpresa. Estava usando o terno de *tweed* que tinha comprado em Johnsonville para o banquete da vitória, depois que os Stingers tinham vencido o campeonato provinciano de 1938. Enquanto Alf olhava, petrificado, o homem tocou uma mão no nó de sua gravata com uma delicadeza curiosa, sugestiva.

Alf tinha parado de respirar. Seu irmão não tinha envelhecido desde os 21 anos, que fora quando o vira pela última vez. Pareceu a Alf que desde então ele apenas se escondera. Joe tinha descoberto algum lugar secreto onde ninguém nem mesmo pensaria em olhar, onde até mesmo o tempo tinha sido, de alguma maneira, ludibriado, e o ignorado. Sua pele macia estava rosada e havia malícia em seu sorriso, como se estivesse mais do que satisfeito consigo mesmo. A felicidade que ele transmitia era como o poder e a esperança da própria juventude, e seu poder inundou Alf, engolfando-o em uma maré calma e quente. Começou a levantar-se de sua cadeira — queria ir até Joe, abraçá-lo — e, nesse instante, Joe desapareceu.

Mas a sensação permaneceu, uma sensação de bem-estar que espalhou-se por todo o seu corpo. Quis gritar *Ei, é o meu irmão!*. Tudo na sala fulgia — os rostos dos homens, a lua bruxuleante da televisão, até mesmo os copos à sua frente, que continham um líquido miraculoso, uma destilação de flores amarelas.

Ele tinha anseio do escuro e do silêncio da noite. À porta do MEN'S BEVERAGE ROOM, olhou para trás, maravilhado, para a mesa a que seu irmão tinha-se sentado. Agora dois homens a ocupavam, dois homens de jaquetas desbotadas mandando Sid Walters levar suas cervejas. Com mais um choque, Alf se lembrou que o banquete da vitória tinha acontecido naquela mesma sala, no tempo em que o Vimy House ainda fazia questão de uma espécie de decoro. Tentou lembrar-se da sala como havia sido naquela noite: as mesas compridas cobertas com toalhas brancas, as bandeiras drapeadas e o retrato do novo rei, a taça do campeonato exibida com orgulho na mesa principal. Lembrou-se do rosbife e do discurso maçante do prefeito, mas não conseguiu localizar onde Joe e ele se sentaram.

Alf desceu o corredor, consciente de que a sua felicidade já desaparecia. Da porta aberta do LADIES AND ESCORTS, chegaram risadas. Pareceram envolver seu corpo, puxá-lo para a sala. *Você não!*, gritou uma mulher. Foi respondida pelo grito escandalizado de outra mulher. O gato do hotel estava enroscado sobre a mesa da recepção. Seus olhos verdes notaram a sua passagem com indiferença — o corpo de Alf não era nada além de um movimento no ar.

Percebendo que precisava urinar, virou-se e voltou ao corredor. A escada para os banheiros no porão era íngreme, e ao descê-la sentiu um momento de vertigem, como se o chão exercesse uma atração magnética. No banheiro, caiu de costas sobre os minúsculos ladrilhos pretos e brancos, em uma poça do que deveria ser urina. Conseguiu se levantar imediatamente e ficou, por um instante, apoiado na pia. Havia um espelho à esquerda, mas evitou olhar para ele.

Urinou no antigo mictório fedido, onde a porcelana estava riscada de rachaduras mínimas, e depois ficou por algum tempo escorando a testa em um cano frio, úmido, ciente dos fundilhos de sua calça molhados, da ruína de sua vida. *Você é um tolo,* disse ele, e sentiu-se um pouco aliviado. *Simplesmente um maldito tolo.* Chorou um pouco, rindo para si mesmo com as lágrimas correndo. Diante de seu rosto, a parede amarronzada rabiscada de grafite parecia, de alguma maneira, diferente de um momento antes, as letras mais claras. Supunha ter sido sempre um tolo, só que, como a maioria dos tolos, não tinha notado. No vestíbulo lá fora, viu uma par de pernas de mulher, em jeans, descendo a escada. Usava botas pretas de cano curto com taxas prateadas e uma blusa cinza, que parecia de metal. Em seu pescoço, uma gargantilha preta com um camafeu. Lucille Boileau. Quando o viu, abriu um largo sorriso. Mas esse desapareceu quando ele foi até ela e a pegou pelos ombros. Quando se curvou para beijá-la, esperava que ela o empurrasse ou mesmo batesse nele, mas no último segundo antes de ele fechar os olhos, viu os dela se estreitarem e escurecerem ao oferecer sua boca.

30

FLOCOS DE NEVE, flocos de neve eternos, caíam cintilantes na luz que Margaret deixara sobre a varanda dos fundos, ardendo com uma lealdade inabalável que o reprovava. Ele lavou o rosto na pia da cozinha, esfregou-o com uma toalha de pratos e percebeu que a tinha manchado com o batom de Lucille. Levou o pano molhado para o porão e o escondeu sob sua bancada de trabalho.

Subindo de novo para a cozinha, encontrou Margaret em seu penhoar.

— Ah, é você.

— Desculpe. Não queria acordá-la.

— Eu não estava dormindo. Estou preocupada com Joe. Essa neve.

— Onde ele está?

— Ele lhe disse — replicou ela, em tom de crítica, examinando-o por um momento antes de ir à janela. Desde a sua briga com Joe no réveillon, ela parecia mais distante, assim como Joe: o lado civilizado da família, os Selwood, fechando o cerco contra os bárbaros Walker. — Ele e Liz McVey foram a Toronto de carro. Parece que a um concerto.

Ele a observou pôr as mãos em concha na janela, perscrutar lá fora, depois virar-se para ele.

— Você está bem?

— Só estava levando uma toalha lá para baixo. Tinha um pouco de graxa em mim e tentei limpá-la. — Sentia necessidade de explicar tudo, quase tudo.

Houve um constrangimento entre eles, uma incompatibilidade de ritmos. Ele estava no alto da escada do porão e se sentiu imobilizado, como se não tivesse mais vontade nem razão para se mover. Como se o movimento pudesse traí-lo.

— As estradas estão muito ruins?

— Não, não. Ele vai chegar bem.

Ele ocupou-se indo até a pia e pegando um copo, contente com a distração. Mais uma vez teve a sensação de estar paralisado, como se nunca tivesse estado em outro lugar senão ali, observando o jato branco de água da bica borrifar e transbordar em seu copo. O mundo parecia irreal, o copo em sua mão ao mesmo tempo mais pesado e mais leve do que era na realidade. Sentiu que podia deixá-lo cair. Quando tocou seus lábios, pensou em Lucille Boileau, a massa escura de seu cabelo esparramando-se sobre sua virilha.

— Ele parece firme com ela — estava dizendo Margaret. — Não sei por que não a traz aqui. Será que tem vergonha de nós?

— Vergonha? — disse ele, virando-se. Ele não estava escutando.

Ela saiu da cozinha. Ele permaneceu imóvel por um longo tempo. Atrás, a bica pingava; há semanas pensava em consertá-la. O vento zuniu brevemente sob a porta. Ele voltou ao porão e pegou a toalha. Estava escura da umidade, impossível dizer se a marca do batom tinha desaparecido. Pendurou-a em um prego. Pensamentos sobre Lucille Boileau retornavam sem cessar — a maneira como ela tinha-se ajoelhado diante dele em sua cama instável. Curvou-se no espaço sob a bancada e encontrou a antiga caixa de metal que pertencera a seu pai. Abriu-se com facilidade, as gavetas revelando-se como terraços de um jardim em miniatura. Cada pequeno compartimento continha iscas: colheres de prata com anzóis e contas miudinhas presas, peixes de madeira esculpidos, as costas riscadas ou sarapintadas de tinta amarela e marrom, os anzóis enfeixados, enredados e enferrujando. Um compartimento estava ocupado por diversas chumbadas, como bombinhas cinza, e anzóis de diferentes tamanhos. Havia uma bóia habilmente moldada a partir de uma pena de gaivota, a sua ponta pintada de vermelho. Quando seu pai escorregou na represa da Bannerman's, a caixa de metal tinha permanecido na saliência de cimento do lado da praia. Alf tinha guardado tudo, exatamente como estava.

No fundo da caixa havia objetos maiores: alicates, faca de escamar, um velho carretel de linha preta, um livro com a sobrecapa esfarrapada, tudo cheirando um pouco a mofo. Ele pegou o livro, *The Thirty-Nine Steps*, de John Buchan. Seu pai não tinha sido do tipo que lia muito, e ele se surpreendeu ao encontrar o romance, embora só o tivesse realmente aberto vários anos depois do afogamento. As fotografias estavam exatamente onde Alf as tinha encontrado, em um envelope no meio do livro. Ele as pegou e colocou sobre a bancada.

As fotos haviam sido tiradas em uma das excursões de pesca que seu pai tinha feito com seu velho amigo Shorty Bigwood. Ali estava Shorty, com uma garrafa de cerveja em uma mão e uma vara de pescar na outra, posando como um colegial. E lá estava seu pai, em pé perto da popa de um barco a remo abicado, a face magra e comprida, marrom como a de um índio, reluzindo saúde e disposição sob seu cabelo branco. Alf supôs que as fotos tivessem sido tiradas depois da guerra, talvez apenas um ou dois anos antes de ele ter-se afogado. Escolheu duas e pôs o resto de lado. Na primeira, seu pai estava em pé do lado de um vagão de trem, em cujo interior escuro algumas pessoas estavam sentadas em bancos. Tinha uma mala na mão e estava virado para o vagão, ajudando uma mulher a descer o degrau comprido para a plataforma. Essa mulher era alta, com o cabelo cortado curto e óculos redondos escuros que devia estar usando para se precaver do sol, se bem que Alf não descartava a idéia de que era cega; tinha alguma coisa a ver com a insegurança de seu sorriso, como se estivesse ansiosa em não ofender pelo trabalho que dava aos outros.

Na segunda, seu pai estava com a água na altura do peito nu, encarando a câmera com os olhos estreitados, enquanto a mulher de óculos escuros estava sentada na praia de pedras em declive, atrás dele, perto das raízes brancas de uma árvore caída. Ela usava maiô; suas pernas cruzadas pareciam pálidas e bem-torneadas, e acima do corpete do maiô o alto dos seios era apenas visível. Alf não fazia idéia de quem era essa mulher. Quando descobrira as fotos, tinha ficado intrigado, e um pouco chocado, mas deixara de lado qualquer julgamento. Nunca tivera a menor suspeita de que seu pai tivesse se envolvido com outra mulher além de sua mãe. Mas agora, examinando as fotos, teve certeza que, quando entrava na faixa dos sessenta anos, tivera um caso com uma mulher pelo menos dez anos mais nova do que ele, uma mulher que talvez fosse cega. Achou uma lente de aumento e examinou o rosto dela. Tinha o queixo bem definido e uma boca pequena. Era elegante, e não bonita, e em sua postura — tinha algo a ver com suas costas eretas e a cabeça erguida — havia um orgulho difícil de compreender. Alf moveu a lente para o rosto de seu pai, que estava ligeiramente desviado do sol. Havia uma espécie de sorriso afetado que sugeria que os dois estavam unidos em um conhecimento comum. Estavam juntos. Era tão claro como se estivessem de mãos dadas.

Seu danado, pensou Alf. Que outros segredos seu pai tinha guardado? Retornou ao seu rosto, ao mesmo tempo tão familiar e tão distante. Nenhum filho vê o pai claramente. Há sempre um deslumbramento distorcido que exagera ou diminui o que está ali, que deixa áreas ocultas que não deviam estar ocultas a mais ninguém, e revela segredos deformados nos torvelinhos profundos de emoções antigas. Seu pai tinha feito o que ele, Alf, tinha feito. Essa compreensão encheu Alf de uma excitação marota. Até certo ponto, o pecado de seu pai justificava o seu, pois era simplesmente o que os homens faziam.

— Seu danado — disse alto.

Ao mesmo tempo, como se fosse um menino abrindo uma porta que mais tarde desejaria não ter aberto, ouviu o longo eco da traição.

31

PENNY, GINNY E BRENDA estavam no quarto grande de Ginny, com as fotos de bailarinas de tutus rosa e cor de limão emolduradas, e um babado rosa — como um tutu de gigante — em volta da penteadeira. Estavam se aprontando para dormir quando Ginny, de repente, se virou para Penny e disse que havia uma brincadeira que ela e Brenda às vezes faziam. Quando tiravam a roupa, se olhavam no espelho e às vezes colocavam jóias, e às vezes desafiavam uma à outra a dar uma volta na casa, nua.

— Temos de ser rápidas, certo? Porque minha mãe vai voltar logo. Entendeu? — Ginny sorriu para Penny de uma maneira secretamente divertida, como se a achasse um pouco retardada, mas legal assim mesmo. Na cama, Brenda estava desafivelando os sapatos.

Penny sacudiu os ombros em sinal de que tudo bem, se bem que sentisse um calor subindo de debaixo de suas roupas até seu rosto. Ela agora tomava banho sozinha, e não mais com Jamie, como fazia quando era pequena. Não gostava nem mesmo que a sua mãe a visse nua. Às vezes, quando se despia em seu quarto, mal suportava ficar sem roupa. O ar sobre ela — sobre todo o corpo — parecia estar tocando delicadamente onde nem mesmo ela se atrevia se tocar. Olhando-se no espelho, Ginny desabotoou a blusa. Havia uma excitação no ar. Penny não tinha certeza se gostava daquilo, dessa sensação de estar à beira de coisas que não conhecia, que não deveria fazer.

— Vamos lá, não seja tímida.

Sentada na beirada da cadeira, Penny curvou-se para os sapatos. Estava respirando com um pouco mais de dificuldade. As outras garotas já estavam de calcinha. Debaixo de seu corpete de algodão branco, Ginny tinha protuberâncias, onde seus seios começavam a crescer. Penny não conseguia tirar seus olhos deles.

— Vamos, você está atrasada — disse Ginny. Ela deslizou sua calcinha por suas pernas longas e as tirou com um risinho.

Penny tirou o corpete. Na cama atrás de Ginny, Brenda já estava nua. Ela passava os dedos em seu cabelo e olhava distraidamente para Penny. Quando descobriu Penny olhando de volta, sua face ficou desconcertada.

— Tire a calcinha — disse Ginny.

Penny fez o que mandou e sentou-se com os ombros encolhidos e as mãos entre as pernas. Um arrepio percorreu seu corpo e atravessou seus ombros, e ela não conseguia tirar os olhos do peito nu de Ginny.

— Venha se olhar no espelho — disse Ginny.

Agora estavam todas diante do espelho. Ginny e Brenda estavam rindo e mal conseguiam ficar eretas, sentindo a maciez uma da outra contra a pele. Penny se olhou no espelho, os seios inexistentes franzindo-se em seu peito fino, e seu cabelo castanho desgrenhado que não era nem liso nem crespo, sua face com os grandes olhos azuis olhando-a de volta como se ela — aquela garota nua no espelho — estivesse olhando para Penny e se perguntando o que estava fazendo ali, sem participar da alegria da brincadeira.

DEPOIS QUE A SRA. LAMPORT chegou, fizeram pipoca — Penny tinha uma quantidade especial em sua tigela, sem manteiga — e comeram no quarto de Ginny enquanto folheavam revistas antigas. Mais tarde, no escuro, Penny deitou-se na pequena cama que tinha sido de Ginny quando sua irmã Ella estava em casa, escutando as outras duas conversarem na cama grande. Falavam de garotos, e isso era um tanto estranho para ela, já que pareciam ter notado e pensado sobre tanta coisa que ela não — quem gostava de quem, quem era bonito —, se bem que quando Ginny disse que tinha certeza que Bobby Tuckett tinha uma queda por Penny, ela se sentisse quente sob a coberta.

— Não! — gritou, sentindo-se realmente ultrajada. — *Odeio* Bobby Tuckett!

— Por quê? — disse Ginny. — Ele é uma gracinha!

Penny ficou em silêncio, pasma com a idéia de Bobby Tuckett gostar dela. Pasma com a idéia de ele ser uma gracinha.

Depois de algum tempo em silêncio, o ruído do removedor de neve. Penny tinha começado a dormitar quando ouviu uma erupção de risinhos e um ruge-ruge na outra cama. Ginny disse em um sussurro um tanto alto:

— Oh, querido! — o que fez com que as duas, Ginny e Brenda, abafassem o risinho no travesseiro. Depois, de novo o silêncio, e mais ruge-ruge, e Penny ouviu Brenda dizer:

— Não gosto de línguas.

— Psiu! — disse Ginny.

— Ela está dormindo — disse Brenda.

— Está?

— Não acho que Bobby Tuckett goste dela.

— Sim, ele gosta — disse Ginny.

— Não, não gosta. Quem vai gostar de alguém com diabetes?

Não disseram nada por um tempo. Penny escutou Ginny dizer:

— Minha mãe disse que diabético não pode ter filhos.

De manhã, as outras garotas se aproximaram quando Penny se aplicou a injeção. Ela sentiu-se estranha ao ter de fazer isso na frente delas — sua mãe, geralmente a deixava só —, mas tinham pedido para ver.

— Meninas, prestem atenção, ela tem de fazer isso *toda* manhã — as três observando atentamente Penny enfiar a agulha no frasco de insulina, direto na tampa de borracha, puxar o êmbolo da seringa até a quantidade certa, vinte e quatro unidades, retirar a agulha e levar sua ponta ao braço.

— Não posso olhar — disse Brenda.

Estavam todas encantadas: a Sra. Lamport com seus grandes dentes da frente; Ginny, seu rosto bonito lívido; e Brenda, os olhos vermelhos movendo-se da agulha para Penny, e de novo de Penny para a agulha.

Às vezes, em casa, ela hesitava por muito tempo antes de empurrar a agulha. Tinha medo da dor — da dor fina, cortante, que zunia por seu braço ou perna. Tentou negar a dor. Disse a si mesma, à sua mãe, a seu irmão Jamie: "Gosto de injeção." Porém, por mais que dissesse isso, sabia que não gostava de injeção; ela detestava.

Agora, vendo suas caras receosas, fascinadas, experimentou um arroubo de triunfo.

— Gosto de injeção — disse calmamente, e enfiou a agulha.

32

O SOM LIGEIRO DO ÓRGÃO DE TUBOS ergueu-se acima da igreja, penetrando o céu de fevereiro. Bach, Margaret pensou, se detendo na calçada; era como se um velho e querido amigo, que não via há anos, a tivesse surpreendido. As notas mais graves foram abafadas pelas grossas paredes de pedras arredondadas, mas as agudas, nítidas, prosseguiram, uma alegria que nunca se exauria ou se repetia.

Entrou na igreja em silêncio, para não perturbar Helen. Do lado do parapeito de bronze, parou de novo para escutar. Agora o baixo era claramente audível, movendo temas para lá e para cá com o agudo. Parecia uma música invernal, a luz do sol ricocheteando nos sincelos, que também continha, por alguma alquimia misteriosa, as profundezas do verão.

Helen tocou errado, recomeçou, tornou a falhar.

— Droga!

Margaret riu e aproximou-se.

— Oh, você está aí.

— Estava escutando. Fiquei absolutamente...

— Uma porcaria.

— Não, não. Foi adorável — disse Margaret com simpatia. Tirou o casaco e o pôs sobre o banco do coro. — Está ensaiando para o casamento?

Helen virou-se para ela, na faixa de luz no consolo.

— Não, para a sorte de todos envolvidos. De qualquer jeito, não creio que os Clark ou os William tenham ouvido falar em J. S. Bach.

Helen torceu sua boca fina como se suprimindo um comentário mais sarcástico e estendeu uma pauta de música para Margaret. Tinha exatamente a idade de Margaret, 42 anos: uma mulher prematuramente grisalha, com uma franja rala e um pouco curva. Seu marido era editor do *Attawan Star*. Às vezes ela e Margaret iam a Kitchener, Hamilton ou Toronto, no Buick de Helen, para assistir a óperas e concertos. Tinham adotado um tom jovial, de zombaria, ligeiramente superior, duas mulheres que compartilhavam o amor pela música e a pouca tolerância por embustes.

Margaret olhou a música que Helen lhe dera: *Seven Wishes for You*, de Anne-Marie Fletcher-Valois.

— Nunca ouvi falar dela. Vai tocar as sete?

— Se quisermos ser pagas.

Helen tocou de ouvido com a mão direita, enquanto Margaret acompanhava pela pauta. Por fim, afastou-se do órgão. Os bancos vazios na igreja pareciam prontos para escutar. No vitral de uma janela, um apóstolo barbado carregava um livro que brilhava como rubi. Margaret ergueu um pouco o rosto enquanto cantava e seu corpo balançou levemente. Sua família estava sempre mexendo com ela dizendo que "ficava se balançando", e ela tentou parar. Mas era a sua resposta ao canto, o prazer que sentia ao se tornar um instrumento para a música, mesmo uma música nada excepcional como a de Anne-Marie Fletcher-Valois.

Seven Wishes for You listava, como prometia, sete coisas que os recém-casados desejavam um para o outro. Era uma peça lenta, sentimental, embora tivesse uma série de notas no refrão de que ela gostava imensamente, que davam uma cadência obsedante à palavra *you*. Cada vez que cantava a palavra, um arrepio percorria seu rosto e peito.

Inesperadamente, o sexto desejo deu-lhe trabalho. "Eu escutarei você, ouvirei seus problemas", ela cantou, "mesmo quando você estiver longe". As palavras eram bastante inócuas, mas na primeira sílaba de *longe*, sua voz falhou e ela parou.

O órgão silenciou atrás dela.

— Desculpe — disse Margaret. Inexplicavelmente, sua face queimava. Decidiu não olhar para Helen. — Toque a parte introdutória.

Foi pior na segunda vez. Quando ela proferiu a palavra *mesmo*, um tremor a percorreu e só conseguiu impedir que a nota se tornasse um gemido tampando a boca. Sentou-se na poltrona do coro.

— Você está bem?

— É a coisa mais estranha... desculpe. — Curvou-se, incapaz de falar. Helen foi sentar-se do seu lado.

— Senti que ia desmaiar — conseguiu dizer. — É muito estranho...

— Quer um pouco de água?

Quando Helen apressou-se a ir à cozinha da paróquia, Margaret pressionou a testa no espaldar duro e frio do banco do lado, lutando para reprimir o impulso de chorar. Lágrimas não seriam nada convenientes, especialmente na frente de Helen, muito menos uma confissão. Considerava Helen sua amiga mais íntima, mas a sua amizade não era desse tipo. Quando Helen retornou, decidiram parar por aquela manhã. A caminho de casa, Margaret parou no parapeito da ponte da Shade Street. Lá embaixo, o Atta lançava vapor de uma fissura estreita no gelo, abria seu caminho turfoso em direção ao encontro com o Shade. Por algum motivo, a água conduziu seu pensamento à Inglaterra — proporcionou-lhe uma intuição aguda da primavera inglesa, com seu cheiro característico de terra e floresta úmida, e emanações de gasolina. Por alguns minutos, foi dominada por uma profunda nostalgia da meninice, de sua mãe e seu pai já falecidos, do verde de um certo campo, da chapada gredosa no sul, com seus laivos do canal distante, aquele infinito cinza, estranhamente inspirador. Chorou, procurando freneticamente um lenço na bolsa, pensando *Isso não convém, não convém.* Tudo o que encontrou foi um guardanapo de papel.

POR VOLTA DAS ONZE E MEIA, estava ocupada na cozinha, preparando o almoço das crianças. Penny requeria um esforço especial — tudo tinha de ser pesado na balança, cuja face redonda com os números dominava o mostrador —, e a sobremesa era sempre um problema, já que Jamie ainda exigia doces. O nutricionista, no hospital, tinha-lhe dito que o resto da família continuaria a comer o de sempre, mas quando Margaret tinha servido uma torta de limão a expressão de Penny fora de tal tristeza, que tinha jurado nunca mais torturá-la.

Meio-dia chegou com o uivo penetrante do apito da Bannerman's. Alguns minutos depois, Alf ligou para dizer que tinha de trabalhar na hora de almoço. Ela sobressaltou-se com a sua voz, mas achou que ele estava animado e afetivo, e impaciente por desligar.

Então Penny atravessou a porta, o rabo-de-cavalo balançando. Pôs-se a contar a história de uma briga no pátio da escola, e um momento depois Joe e Jamie entraram, os rostos vermelhos, tendo corrido um atrás do outro desde o extremo de Island. Margaret observou a si mesma em atividade — a mãe animada distribuindo tigelas de sopa de tomate e pratos de sanduíche de carne e queijo, escutando e comentando o que contavam. Mantinha o olho especialmente em Jamie, que parecia distraído e estranhamente cansado ultimamente. Recentemente, quando faziam compras no A&P, ele tinha agarrado sua mão como se, de repente, voltasse a ter quatro anos. Assustada, Margaret relanceara os olhos pelo corredor à esquerda do supermercado. Mas havia apenas um velho — era Ron Carson, do Flats — atrás de seu carrinho de compras conversando com uma mulher de casaco vermelho. Ele sorriu e cumprimentou Margaret com a cabeça, enquanto Jamie, que agora agarrava o carrinho, insistia em que continuassem a andar. Alguns momentos depois, em um corredor vazio, um pouco zangada com o filho, perguntou qual era o problema, mas ele só fez uma carranca e um sinal indicando que não podia falar sobre isso.

— O que é? — perguntou ela com firmeza.

— Tenho de fazer xixi — disse ele, a voz baixa mas irada. Margaret pensou imediatamente em diabetes. Antes de ser diagnosticada em Penny, ela ia ao banheiro de quinze em quinze minutos.

Logo seus filhos já tinham saído, em um pé-de-vento, e ela ficou sozinha. A vida em si parecia esvaziar-se. Uma dúzia de tarefas a fazer, mas ficou sentada à mesa da cozinha. A tristeza que a tinha ameaçado com tanta violência durante toda a manhã era agora um lago tranqüilo, um lago em que tudo estava submerso, até mesmo a luz natural na janela, as migalhas espalhadas pelo encerado.

Teve um impulso de ligar para Alf. "Não seja insensata", repreendeu a si mesma, à maneira enérgica inglesa. "Não se comporte como uma garota tola." Nunca ligava para a fábrica, exceto em emergências. Dois minutos depois pegou o telefone.

Matt Honnegger, o chefe da seção de tecelagem, disse que Alf tinha saído uma hora antes.

— Engraçado — disse Matt —, achei que ele tinha ido para casa.

Ela só o viu quando ele apareceu às cinco e meia. Estava de bom humor, quase animado demais, e lhe levou uma barra de chocolate Cadbury's envolvida no papel azul escuro e prateado, como nos velhos tempos. Margaret não conseguiu resistir à maré de sua boa disposição. À mesa do jantar, enquanto Jamie contava cada detalhe de um programa de TV, Alf olhou para ela e piscou em uma cumplicidade feliz. De súbito, ela se sentiu insultada, tratada com condescendência. Era o tipo de piscadela que se dava a uma criança.

Na manhã seguinte, depois de as crianças saírem para a escola, ela caminhou até o Flats. Passando a arena, seus muros caiados ofuscando no sol, virou tomando o caminho que levava às fábricas. Ninguém à vista, embora ela ouvisse o ruído das máquinas pelas janelas abertas. Furtivamente, quase tonta de tensão, empurrou uma porta pesada que dava para o vestíbulo da fábrica de suéteres. O suporte de madeira dos cartões de ponto ficava do lado do relógio. Ela procurou entre os cartões amarelos até encontrar o de seu marido: *Walker A. #117.* Puxou-o e rapidamente o pôs de volta no lugar — tinha alguém na escada —, mas os passos se afastaram. De novo retirou o cartão e viu a data que procurava: ontem. Os números irregulares registrados pelo relógio mostravam que Alf tinha saído da fábrica a uma e quarenta, só retornando às três e cinco. Ela pôs o cartão de volta no lugar e saiu, piscando na luz refletida dos bancos de neve.

MARGARET TINHA uma centena de perguntas fervilhando dentro dela, mas não se atreveu a fazê-las até estar a sós com ele. Mesmo então —

eram dez horas da noite, e ela estava passando creme no rosto, em sua penteadeira, enquanto Alf lia uma brochura na cama, atrás dela — ela hesitou, pressentindo perigo, como se uma palavra errada pudesse mergulhá-la em uma situação de que se arrependeria.

Observou-o pelo espelho. Ele estava deitado de costas com um joelho levantado sob a colcha, massageando, negligentemente, o topo da cabeça com a mão.

Ela escutou sua própria voz dizer, animadamente desinteressada, ao espelho:

— Então, não almoçou ontem?

Ele resmungou, sem ouvir.

— Alf. — Mais alto.

Ele ergueu os olhos. Por um momento, o azul de seus olhos a chocaram, no espelho. Esse seu marido tem uns olhos, dissera Helen certa vez. Olhos distantes, de uma azul pálido elétrico. Sabia que outras mulheres o achavam atraente, talvez mais do que ela achava. Agora esses olhos lhe pareciam novos, uma surpresa e uma reprimenda.

— Ontem, quando teve de trabalhar na hora do almoço, chegou a comer? — Sabia que sua pergunta poderia soar esquisita, preocupando-se com algo tão trivial um dia depois.

Ele baixou o livro. Em sua hesitação, ela sentiu cálculo. Ela virou-se no banco para olhá-lo. Um cachorro latiu na rua.

— Fui ao Rendez-vous — disse ele por fim. — Tive desejo de comer um hambúrguer. — Pigarreou. — Por quê?

Ela vacilou diante de seu desafio. É claro que não podia dizer: "Esteve fora por uma hora e meia. Precisa mesmo desse tempo todo para comer um hambúrguer?" Teria de admitir que lera seu cartão de ponto e não sabia o bastante para arriscar tudo. Talvez tivesse saído para dar uma volta de carro. Podia imaginá-lo sentado no carro, em algum lugar acima do rio, comendo e olhando o gelo. Mas não podia perguntar.

— Por nada, eu só estava pensando como teria feito. Fico preocupada com que não esteja se alimentando bem.

Imediatamente *alimentando* pareceu falso na sua boca, uma palavra elaborada demais, que ocultava a sua própria duplicidade. Ele olhou-a por um longo momento, depois levantou o livro. Instantaneamente, ela se sentiu ofendida.

— Estamos bem? — disse ela.

— Hummm — disse ele.

— Alf.

O livro foi baixado.

— Estamos bem? As coisas estão bem entre nós?

Ela supôs que fazia uma cena, talvez desnecessária. Mas havia algo desesperado dentro de si, apertando, com punhos minúsculos, seu peito e garganta.

— Às vezes, acho... parece que estamos nos afastando um do outro.

— Eu não estou indo a lugar nenhum — disse ele com carinho, e o ânimo dela se elevou, querendo muito acreditar.

— Então ainda gosta de mim? — Ela ergueu o rosto para ele, de maneira desafiadora, coquete, sentindo os restos do creme frio como uma queimadura suave.

— Ei, ei — disse ele, adulando. Saiu da cama e se dirigiu a ela, enquanto ela o examinava com uma concentração sinistra, sóbria, sem saber se ele se aproximava por dever ou desejo. Quando a beijou na boca, ela se esforçou para lê-lo, ler sua mente, pela pressão de seus lábios.

Pela primeira vez em semanas, fizeram amor. Ele foi atencioso e lento, como ela gostava. Ela segurou atrás em sua cintura e concentrou-se com os olhos fechados em viajar ao lugar que era tão elusivo: o pequeno canteiro de luz que podia, simplesmente podia, se expandir, de súbito, em um prado de prazer. Parecia crítico que ela tivesse chegado lá essa noite, como se selando um pacto com ele. De repente — ela nunca fizera isso antes —, pensou nele com outra mulher, desconhecida para ela, que o abraçava, que abraçava um homem que era de outro lugar. E o prazer a atravessou em uma onda que crescia suavemente.

Mas justo quando ela estava para penetrar no prazer profundo, ele apertou o bico de seu seio com tanta força que ela gritou de dor. Tudo se rompeu; a estrada para o paraíso se encheu de pedras e sarça. Alf ficou aturdido e pediu desculpas. Desculpe, desculpe, disse ele; eu me esqueci. No fim, ela foi deixada se sentindo ferida e usada. Ficou deitada no escuro enquanto ele dormia, se perguntando do que ele tinha se esquecido.

NA MANHÃ SEGUINTE, sozinha em casa, ela revistou suas roupas. Nos bolsos do uniforme sujo da fábrica, encontrou um parafuso, uma lingüeta quebrada, um bilhete em que se lia *#8 funcionando lenta*, escrito com uma letra desconhecida, fósforos, pedaços de tabaco. Tinha voltado a fumar? Tinha sentido o cheiro de cigarro em suas camisas e, agora, fragmentos dourados de tabaco insinuavam uma vida de prazeres ilícitos. Foi ao porão, à sua bancada de trabalho. A arrumação parecia a de um santuário: as ferramentas penduradas por ordem, os pequenos vidros com parafusos e pregos, distribuídos pelo tamanho. Em geral, ela sentia ternura ao ver sua bancada. Ele tinha comprado essas ferramentas para o seu negócio de carpintaria, em 1949. Eram tudo que restava de seus planos, os planos com que a havia cortejado, na Inglaterra. Mas nessa manhã ela remexeu irreverentemente nas gavetas. Examinou latas e caixas. Em uma gaveta funda, sob um feixe de fio elétrico, encontrou um envelope com meia dúzia de cartões-postais coloridos antiquados. Dois eram de cenas francesas: a Torre Eiffel, a Praça Pigalle. Mas os outros quatro eram de mulheres nuas.

Posavam de botas e boinas: jovens de traseiros grandes, com o cabelo crespo curto e os olhos muito maquiados.

O pêlo púbico chocou-a. As jovens pareciam afetadamente surpresas, erguendo as mãos, as palmas viradas. No último cartão, uma loura com chapéu de marinheiro estava beliscando o bico de seus seios. Seus olhos com os cílios longos postiços transmitiam uma expressão de inocência perplexa, como se nunca tivesse pensado em fazer *isso* antes — sintonizando a si mesma como um rádio. Margaret lembrou-se de como Alf a machucara à noite. Era ali que se inspirava? Era essa a sua rival? Impossível, é claro. Agora, estava indignada, mal acreditando que ele guardasse essas imagens. Como ter algum prazer com uma coisa tão infantil? Jogou o envelope de volta à gaveta, sem se importar que as fotos se espalhassem no fundo.

Um pano de prato estava pendurado em um prego, xadrez azul e branco: ela o tinha procurado. Em um instante, encontrou a mancha. Era batom, não havia dúvida, rosa quase cereja.

Margaret virou-se no porão escuro e pensou, Carrie Crean.

Depois do almoço, vestiu seu vestido de veludo vermelho ferrugem, que ela guardava para festas, seu casaco e botas de domingo, e atravessou a cidade até a Kelly's Irish Linens. Carrie Crean trabalhava lá, como balconista. Na festa do Ano-novo, no salão paroquial, à meia-noite, ela se enroscara em Alf e lhe plantara um beijo na boca que a própria Margaret teria se constrangido em dar, pelo menos em público. Ela tinha visto a mesma cor de batom então, na boca dos dois.

Margaret entrou na velha loja com sua fragrância de linho e lã. Toalhas de mesa, lenços, lençóis de cama e cobertores estavam suspensos sob o teto; o lugar era uma verdadeira floresta de tecidos, e Carrie Crean estava nela em algum lugar. Margaret percorreu a loja, alerta. Sentia que só precisava olhar a cara de Carrie para saber.

Evelyn Brockhurst estava lá, examinando lenços coloridos. Seu rosto era tão enrugado quanto uma passa e sua cabeça balançava sem parar, com uma espécie de distúrbio nervoso. Ela cantava com Margaret no coro anglicano, onde sua presença era motivo de constrangimento. Ela gritava nas notas agudas, mas ninguém tinha coragem de dizer-lhe para deixar o canto.

— Soube que vai cantar no casamento Clarke.

— Sim. No sábado.

A cabeça de Evelyn oscilava para frente e para trás, como se estivesse continuamente dizendo: "Bem, quem diria?"

Margaret sorriu sem vontade. Estava ciente da vida em outras partes da loja, em algum lugar nessa abundância de panos pendurados, nessa fragrância forte de lãs e linho. Talvez Carrie Crean estivesse escutando às escondidas.

— O que vai cantar, querida?

— Como?

— No casamento.

— Ah, uma peça simples. Chama-se *Seven Wishes for You.*

— Nunca ouvi falar. É bonita?

— Sim, adorável.

Não, não, não é. Dizia a cabeça de Evelyn. No fundo da loja, alguém deixou cair uma tesoura.

— E como vai aquele seu filho?

— Joe?

— Um garoto tão bonito. Aposto que é perseguido pelas garotas. Acho que puxou ao pai.

— Como?

— Tão bonito! — exclamou Evelyn.

Era uma conversa inofensiva, só que Margaret achava que Carrie Crean poderia estar escutando, o que tornava qualquer palavra portentosa, como um sino tocando. Finalmente, conseguiu escapar. Desceu o corredor, tornou a subi-lo, relanceando os olhos para os vãos, preparando-se para encontrar Carrie Crean. Mas aparentemente ela não estava na loja.

EM ALGUNS DIAS, a presença de Carrie Crean tinha crescido até ocupar a cidade, a ponto de os rios e a forma das colinas sugerirem a sua forma: os cachos louros, os pequenos olhos vivos, sua boca larga, estranha, os lábios finos — como os de uma rã, pensou Margaret, com fascínio e aversão. Não podia visitar uma loja sem pensar em que poderia esbarrar com Carrie Crean, sem a sensação de pavor que acelerava sua pulsação e a deixava alerta como um soldado.

Observava Alf, dissecando cada comentário e gesto seu, enquanto fingia que nada estava errado. Ele parecia com o humor muito melhor do que depois do funeral de Pete, e de fato estava muito carinhoso com ela. Mas ela não confiava mais em sua afeição, nem mesmo quando ele, de repente, a abraçava ou beijava com um verdadeiro furor. Margaret suspeitava não ser ela a verdadeira causa de seu arroubo, mas estar apenas recebendo o excedente. Quando ele anunciou, um sábado à noite, que ia à Legion, ela inventou uma desculpa para ligar para ele. E ele estava lá, uma voz familiar, como uma ilha no balbucio do barulho de fundo. Seu alívio extinguiu-se segundos depois de desligar. O que impedia Carrie Crean de estar lá também? Achou que a cidade toda sabia de Alf e Carrie Crean. Sim, provavelmente estavam rindo dela ou sentindo pena, e, daí em diante, ela passou a ver o segredo brincando no olho de quase todo mundo.

Dizia a si mesma que tudo isso era uma bobagem, não tinha a menor prova de nada. Por alguns minutos, por uma ou duas horas, mantinha-se ocupada o bastante para esquecer. Mas então, se lembrava, com uma sensação funda de desfalecimento que parecia provar, por sua própria violência, a verdade do que ela suspeitava. Como tais sensações tão fortes poderiam ser inspiradas a troco de nada?

No domingo, sentiu que ficaria sabendo. Procuraria Carrie Crean no coro da igreja. Margaret geralmente não usava maquiagem, mas antes de ir à igreja, passou batom e ruge, um toque de delineador, depois limpou tudo em um acesso de insatisfação. Carrie Crean era... talvez 15 anos mais nova que ela. No fim, só passou batom e ruge, e se sentiu usando uma máscara grotesca e cômica.

Mesmo antes de Margaret ver Carrie, a igreja pareceu viva com a sua expectativa. As velhas portas para o salão paroquial, com sua moldura românica, as luminárias em forma de braseiros pendendo do teto alto, os membros do coro com suas becas vermelho-escuras, a figura familiar de Jack Ramsay, tão bem-vindo em seus paramentos — tudo parecia tão vívido a Margaret como se nunca os tivesse visto antes. Apertou-se no corredor onde as becas estavam penduradas. Para além de uma porta entreaberta, as notas invernais do órgão de Helen preenchiam o corpo principal da igreja. Pessoas sentavam-se nos bancos. E ali estava ela, Carrie Crean, em pé bem em frente dela, falando com Brian Stokes, um tenor comprido e desengonçado que se curvava para mulheres jovens, sorrindo largo.

A beca de Margaret estava pendurada atrás da de Brian. Ela avançou em sua direção, sorrindo através de sua máscara de maquiagem.

A boca de Carrie Crean moveu-se. Os lábios finos de rã, com sua camada de batom rosa, formaram as palavras *Oi, Margaret!* e os olhos minúsculos se iluminaram. Brian Stokes virou-se. Houve um alvoroço de saudações.

— Decidi ter esse órgão — disse Brian a Margaret. Seu rosto comprido era ao mesmo tempo infantil e sepulcral.

— Ah, mesmo? — falou Margaret, de modo arrastado. Suas palavras não faziam sentido para ela.

— Estava dizendo a Carrie, que podíamos tê-lo agora, enquanto mamãe está aqui para desfrutar.

— Desfrute-o enquanto pode — cantou Carrie Crean, lançando um olhar retraído, de quem sabe das coisas, para Margaret. Corando, Margaret conseguiu se lembrar de que Braian tinha passado semanas matutando publicamente sobre comprar um órgão Hammond. Ele tinha ficado excitado e confuso em relação a isso, mas então, além de sua mãe doente, com quem vivia em uma casinha asseada na John Street, não tinha muito mais com que ficar excitado.

Seu hálito cheirava como se tivesse bebido terebintina.

— Eu não toco bem — disse Brian —, mas Carrie estava sugerindo que Helen me desse aulas.

— Talvez ela dê — disse Margaret. Carrie Crean lançou-lhe outro sorriso cúmplice, embora Margaret não entendesse o que exatamente ela tentava lhe dizer. Por um momento, achou que ia desmaiar; procurando às apalpadelas sua beca, quase a deixou cair completamente confusa. Antes estava certa de que ver Carrie Crean revelaria, em um piscar de olhos, que estava sendo traída. Mas não podia afirmar nem uma coisa nem outra. Ou essa mulher a um braço de distância estava destruindo a sua vida ou ela era simplesmente a Carrie loura, inocente, bonita de uma maneira comum, falando de maneira indiferente sobre aulas de órgão.

Entraram juntas no salão. Atrás de Carrie, Margaret ficou impressionada com como ela era pequena e leve, um corpo quase de menino; *mignon* era a palavra. Em volta de seu pescoço, o colarinho da beca estava virado.

— Pare — disse Margaret, de repente ordenando. — Aqui está virado. Vou ajeitar.

Portanto Carrie Crean ficou parada enquanto Margaret alisava sua beca e aproveitava para passar as mãos trêmulas pelos ombros da jovem. Ela a estava tratando com delicadeza e também a controlando, lidando com ela como com uma colegial. Se fosse culpada, a gentileza de Margaret só a faria se sentir ainda mais culpada, talvez o bastante para parar o que quer que estivesse fazendo com Alf, se é que estavam fazendo alguma coisa.

Ao tocá-la, Margaret sentiu um arrepio estranho de excitação, imaginando como Alf sentiria Carrie.

— Pronto — disse ela, sua voz se apertando. — Ajeitei.

Virando-se, Carrie fez uma coisa extraordinária, tão extraordinária que a sua recordação persistiu por dias depois. A jovem franziu a boca larga rosada até só ficar um buraquinho escuro no centro, na forma de um diamante, e mandou um beijo para Margaret.

O beijo foi demais. Margaret se sentiu ultrajada. Parecia que Carrie havia-lhe lançado um insulto, um escárnio. Durante todo o serviço, Margaret manteve o olho na outra mulher, que estava sentada logo na frente e um pouco à esquerda, seu cachos, agora, balançando sobre a bolsa, enquanto ela tirava uma bala, a desembrulhava, fazendo o ruído do celofane, e a punha na boca. Margaret percebeu cada contorção de sua bochecha. Movendo a cabeça, podia divisar Alf, onde ele tinha-se sentado com as crianças, mas a essa distância, ela não podia ver se seus olhos azuis pálidos estavam mantendo contato com Carrie. Mas tinha certeza que havia alguma coisa entre eles. Quanto mais pensava naquele beijo, naqueles lábios franzindo para ela, mais lhe parecia uma prova — uma prova terrível, escarninha — de tudo o que suspeitava.

No caminho de volta para casa, mostrou-se impaciente com Alf e as crianças, e ao preparar o almoço de domingo (tinha colocado a carne no forno antes da igreja), quebrou uma tigela e queimou as batatas cozidas. O curioso foi que não estava mais pensando em Carrie Crean e em Alf. Eles tinham imergido no escuro de uma fúria mais geral, pois enquanto arrumava seus melhores pratos — estavam lascados e fora de moda — a sua vida toda pareceu um erro e uma injustiça.

Nessa noite, sentada como sempre à sua penteadeira, quase o enfrentou. Quase perguntou (ele estava em pé de cueca, pendurando a calça): "Está tendo um caso com Carrie Crean?" Mas acabou não dizendo nada e foi para a cama sentindo-se armada com seu silêncio. Havia algo em conhecer o segredo dele que lhe dava uma vantagem. E também tinha medo da verdade, do abismo em que poderia lançá-la.

Então, deitando-se de costas no escuro, toda a sua força fria, furiosa, desapareceu em um instante. Lágrimas correram por sua face e fizeram cócegas em seu pescoço. Do lado dela, Alf parecia ter adormecido. Movendo-se bem devagar, ela tocou, com as costas de seu pulso, suas nádegas. Queria se assegurar de sua realidade. Lembrou-se de sua primeira noite juntos, em um pequeno hotel em Londres, 24 anos atrás. Ele tinha ficado tão excitado com a nudez dela: quis que ela ficasse na luz do abajur enquanto ele se maravilhava — a reverenciava, na verdade. Ela tinha sido desajeitada, se sentido envergonhada, constrangida com a nudez *dele*, embora tivesse feito uma tentativa desanimada de tocar sua ereção. Ele a tinha machucado e, desde então, achara o sexo algo que fazia mais por ele do que por si mesma. Sentia prazer, é claro — não se podia evitar o prazer quando alguém nos toca da maneira como gostamos, em determinados lugares. Mas nunca se sentira excitada por ele, não da maneira como ele parecia se excitar com ela, com uma febre de antecipação. Havia dias (é bom que se diga que não o via assim há algum tempo) em que ele praticamente se pavoneava e não conseguia tirar as mãos dela. Tudo era um pouco de mistério. Ela se perguntou se não haveria alguma coisa errada com ela — o sexo simplesmente não parecia ter muita importância. Dava-lhe a impressão de um tanto tolo.

Talvez não tivesse cumprido a sua tarefa de mulher. Talvez não tivesse se esforçado o bastante para agradar Alf ou a si mesma. Sentia que deixara seu marido escapulir por uma rede que ela deveria ter remendado. Apertou com um pouco mais de força, com as costas de seu pulso. Ele estalou os lábios e afastou-se com um meneio.

Ocorreu-lhe a idéia de que se o enfrentasse — se houvesse uma explosão de raiva —, ele talvez se mudasse. Como ela ficaria? Tinha uma mulher, Edna Carnegie, que vivera no North End, em uma casa antiga adorável, com venezianas azuis, até seu marido fugir com uma cabeleireira de Johnsonville. Agora Edna Carnegie e seus dois filhos estavam em uma casa pequena em Willard, do lado das fábricas. Margaret a via freqüentemente, uma figura alta, bonita, alentada por um orgulho desolado. Parece que ela havia aceitado um emprego em uma fábrica em Johnsonville.

Sempre pensara em Edna Carnegie com um tipo de piedade indulgente, mas ali estava ela, bem perto, talvez, do mesmo destino. O que poderia fazer se fosse deixada... dar aulas de música? Isso mal renderia alguns centavos. Ficou olhando para o teto, onde um raio de roda de luz refletia-se da rua. A vida era tão precária. Achamos que estamos seguros como casas; temos a nossa família, amigos, rotinas, nos circundando como os muros de uma fortaleza. No entanto estamos o tempo todo pendendo por um fio. "Oh, Deus", ela sussurrou, "abençoe Alf e a mim. Ajude-nos..." Interrompendo-se, virou-se para o seu lado. Suas lágrimas corriam soltas. "Abençoe Edna Carnegie", murmurou. De repente, teve consciência da larga boca de rã de Carrie Crean. Teve a impressão de estar no quarto com ela, a apenas alguns centímetros. Sobressaltada, ergueu a cabeça, procurando no escuro.

33

CAMINHANDO DE VOLTA da patinação, Penny, Ginny e Brenda pararam no lado de fora do Oasis, sob o letreiro de néon quebrado, com a sua palmeira zunindo. O sol quente da tarde iluminava a demonstração do equipamento antiquado de fazer sorvete na vitrine.

— Acho que você não pode entrar — disse Brenda a Penny. Soou severa, como a mãe de alguém.

— Posso — disse Penny, empurrando-a para passar.

Dentro, olhou para o balcão comprido de vidro com jujubas, balas de alcaçuz, charutos e cigarros de balas em pequenos maços que diziam Camels e Lucky Strike. Pondo a mão no bolso, tocou no saco de biscoitos. Sabia que tinha de comê-los, pressentia uma reação da insulina se aproximando, mas estava enjoada de araruta. Além disso, os biscoitos não tinham formas comíveis. Penny tinha deixado o saco em sua bota enquanto patinava. Quando voltou, tinha-se esquecido de que estavam ali, calçado as botas e o amassado.

Lá fora, esbarraram com a tia de Ginny, Karen, empurrando o carro de seu bebê, Jennifer. Enquanto Brenda e Ginny se curvavam e brincavam com Jennifer, tentando fazer com que ela respondesse, Penny se retraiu. O bebê observava-as solenemente, os enormes olhos sérios olhando por debaixo de sua touca. Parecia não entender direito toda aquela comoção. Devia ser tão triste ser bebê, pensou Penny, ser tão indefeso, enquanto as pessoas ficavam pondo coisas na sua cara. Quando o bebê olhou para ela, Penny sorriu, e Jennifer, a boca desdentada abrindo-se, deu uma gargalhada silenciosa.

Continuaram pela Water Street. Brenda e Ginny davam mordidas em seus Choco-rolls, que pareciam pequenas fatias redondas de bolo de chocolate, com um remoinho de sorvete branco no centro. Penny fixou os olhos na boca das garotas; suas vozes começaram a soar distantes, como se viessem por um tubo. Estava tendo dificuldades em levantar as pernas. Na ponte para Island, ela tropeçou.

— Essas botas... — disse Ginny. Ela ofereceu o Choco-roll. — Quer um pouco?

— Ela não pode comer doce — disse Brenda.

— Estou tendo uma reação — disse Penny. Ela queria dizer que precisava de um pedaço do Choco-roll, precisava de açúcar rápido, para que sua insulina tivesse o que elaborar. Mas Ginny tinha continuado a comer. Penny não conseguiu encontrar as palavras para detê-la.

Chegaram à casa de Brenda, com sua varanda e janelas altas, onde as cortinas bege estavam sempre cerradas. Ginny e Brenda começaram a subir a alameda. Penny continuou na rua. Chegar em casa era o mais importante agora.

— Aonde vai? — ouviu Ginny gritar.

Penny virou-se e viu suas amigas atrás de um banco de neve. Pareceram estranhas, os patins brancos pendurados sobre o peito como pedaços de neve e os rostos furados com buracos para os olhos, a boca e o nariz.

— Eu sei quem é a namorada de seu pai! — falou Brenda.

Penny ouviu o sarcasmo como algo pequeno, brilhante e distante — que nada tinha a ver com ela. Desceu a Water com dificuldade. Tinha uma coisa que ela devia comer. Pensou em um biscoito: do tipo amarelo que os bebês comem, com curvinhas na borda. O biscoito existia em algum lugar, tinha certeza disso. O biscoito era a sua casa, e a casa estava no sol que havia transformado Island em uma flama branca.

Namorada? Quem era a namorada de seu pai? Às vezes, seu pai a chamava de namorada. Dizia que a levaria para sair e namorar, e Penny respondia: "Não, não pode. Pais não podem fazer isso." Mas gostava de ser provocada por ele.

Suas pernas estavam se tornando mais pesadas a cada passo, como se tentando correr no lago Erie quando a água estava na altura da sua cintura. Agora via a sua casa, uma sombra no monte deslumbrante de neve. Então, caiu de joelhos e mãos no chão. Tinha tropeçado no meio-fio. Olhou fixo para a ponta branca lascada de seu patim na calçada. De onde tinha vindo aquilo? Sentia-se tão pesada e sonolenta que se deitou na calçada e se enroscou. Mas não, não podia dormir, tinha de continuar. Rolou sobre as costas e olhou para o céu azul, sem nuvens. Ele prosseguia sem fim, tão grande como o lago Erie, e não havia mais nada a fazer a não ser afundar nele. O céu chegou mais perto. Ao mesmo tempo, diminuiu na distância, como o lago Erie quando partiam depois das férias, sua luz se reduzindo pela janela de trás do carro e um nó crescendo em sua garganta ao pensar que as férias tinham acabado e que seria um ano, um ano inteiro, de escola e inverno, até poderem voltar ao lago azul onde as ondas dançavam e faiscavam — desde a América, seu pai tinha dito uma vez.

Um frêmito de pânico — lembrou-se do biscoito. Esforçou-se para ficar de pé e se pôs a andar em direção à sua casa.

Viu um nariz acachapado, espinhento, com as narinas grandes. Viu um olho pequeno e uma echarpe vermelha. Precisou de um instante para se dar conta de que esses detalhes formavam a Sra. Horsfall, sua vizinha. A Sra. Horsfall estava bloqueando a passagem estreita entre as casas.

A Sra. Horsfall disse alguma coisa, com sua voz de pessoa surda e muda.

— Desculpe, tenho de ir — gritou Penny. Deu um passo à frente e esbarrou na Sra. Horsfall. Podia sentir o seu cheiro, uma onda asfixiante de perfume exatamente igual ao cheiro das flores no enterro do tio Pete. Seu rosto comprimiu-se contra o peito da Sra. Horsfall, mas o que ela viu foi a cara definida, cerácea, do tio Pete no caixão.

MEIA HORA DEPOIS Penny estava sentada à mesa da cozinha, sentindo-se quase normal. Tinha dor de cabeça, mas sabia o que estava acontecendo, claro como uma campainha. Sua mãe estava curvada sobre ela com as mãos nos quadris. Penny bebeu mais um gole de suco de laranja.

— Não tocou em seus biscoitos — disse sua mãe, apontando o saco amassado sobre a mesa. — Penny, você se deixou ter a reação. O que estava fazendo? O que aconteceu com seus biscoitos?

— Eu me esqueci — disse Penny. Era uma meia verdade. Debaixo da mesa, cruzou os dedos.

— Você podia... — Sua mãe interrompeu-se, frustrada. Mas Penny sabia o que ela queria dizer: *Você podia ter morrido.*

Estava envergonhada por ter feito a reação, envergonhada por ter assustado sua mãe, até mesmo, por ter diabetes; era tudo culpa sua. Moveu o copo vazio sobre a mesa, com uma infelicidade irritadiça de vergonha.

De súbito — ela quase sentiu um enjôo — as palavras de Brenda lhe retornaram.

— Papai tem uma namorada? — perguntou ela.

No fogão, sua mãe parou de mexer a panela.

— Que idéia absurda — replicou sua mãe. Mas a sua voz ressoou aguda e dura. — Quem lhe disse isso? — Penny baixou a cabeça. — Penny, quem lhe disse isso?

— Ninguém.

— Alguém deve ter dito. — Sua mãe virou-se do fogão. — Penny, quem foi?

— Brenda Stubbs — disse ela, quase inaudível. — Acho que ela só estava implicando.

— Exatamente o tipo de coisa que se esperaria de Brenda Stubbs — disse sua mãe, remexendo, de repente, no armário. Após alguns segundos, bateu a porta do armário, foi para o porão, e desapareceu. Penny podia escutar a máquina de lavar se agitando lá embaixo, *glug-glug, glug-glug,* como alguém entediado, infeliz que odiasse seu trabalho.

Subiu para o quarto, que, como viu, sua mãe havia arrumado. Ela tinha mandado Penny arrumá-lo, e Penny tinha obedecido, mas a sua arrumação nunca era boa. Sua mãe tinha colocado tudo nas prateleiras; livros, bonecas, até mesmo a corda de pular, enrolada com perfeição e atada com um barbante. A ordem no quarto a oprimiu.

Era como se ninguém vivesse ali, como se ela tivesse se mudado. Sentiu-se tão infeliz que se jogou na cama.

Depois de algum tempo, virou-se de costas e pôs os pés para o alto. Havia um buraco em suas meias vermelhas deixando o dedão para fora, e ao sacudir o dedão, que parecia ter vida própria — uma pessoinha-dedo engraçada acenando em volta, dizendo alô —, lembrou-se do sabão. Pulando da cama, puxou a gaveta da sua mesa e lá estava: a sua barra de sabão.

Um dia, quando ela e seu pai estavam fazendo compras, tinham esbarrado com a Srta. Hobsbawn, que havia contado sobre o peixe de Penny. Com sua voz masculina gritada falou como Penny era boa escultora, e olhou para ela com os olhos faiscando, deleitada. Depois, seu pai a levara ao A&P e tinha comprado essa barra grande de sabão.

— Não comece a esculpi-la logo — disse ele. — Pense um pouco sobre ela.

Penny pôs a barra sobre a mesa. Pegou seu pequeno canivete e puxou a lâmina. Estava excitada, como no Natal quando desceu à sala de estar pela primeira vez onde os presentes a esperavam na penumbra sob a árvore. Tudo o mais tinha desaparecido. Brenda Stubbs e Ginny Lamport tinham desaparecido, a sua diabetes tinha desaparecido, a sua mãe tinha desaparecido. Estava sozinha no quarto, com os pés em volta das pernas da cadeira, olhando fixo, na quietude de felicidade, para a barra do sabão de roupa amarelo.

34

AS JANELAS NA SALA de Matt Honnegger davam para o telhado chato de cascalho da seção de tintura, onde pombos gingavam no sol de fim de inverno. Alf observou-os distraidamente.

— Acho que ficarei preso aqui de novo — disse a Margaret, ao telefone. Outra ave, branca como giz, pousou com uma graça surpreendente. Aproximou-se das outras com ceticismo, a cabeça meneando como a de um boxeador. Ele tinha ficado ali, observando esses mesmos pássaros, quando Margaret havia ligado com a notícia de que Pete estava morto.

— Bem, se sair tarde, vai vir direto para casa? — disse ela, a voz jovem, queixosa.

Ele fechou os olhos.

— É claro que sim.

Cada vez que mentia para ela, sentia-se enfiando uma pequena lâmina afiada em sua carne. O corte era tão ligeiro que ela não sentia, e no entanto desconfiava que ela sabia de alguma coisa. Nesses momentos, de maneira estranha, ele tinha certeza que a amava.

Ele trabalhou até quase duas horas, depois saiu e partiu no Biscayne, pela Willard. O sol batia sobre a neve que definhava, em pórticos abandonados; a tarde de terça-feira estava impregnada de um langor de domingo, como se o propósito da vida tivesse fracassado. Como sempre, passou pela rua de Lucille, Pine, e finalmente tomou uma alameda de pedra que subia ao longo da barragem em direção ao antigo cemitério dos pioneiros. Virou entrando na garagem dilapidada atrás da casa de Lucille e ficou por um tempo no escuro, fazendo companhia ao animal chifrudo no canto: a motocicleta coberta com uma lona que o irmão de Lucille, Frank, tinha dirigido até uns dois anos atrás quando morreu em um acidente caçando no norte. Passavam dois minutos das duas. Billy estaria na escola, e Lucille — que agora trabalhava meio expediente no A&P — estava esperando por ele. Atravessando o pequeno pátio, passando pela casa vazia do cachorro Fuzz, encontrou a porta da cozinha trancada, o que não era comum. A luz manchava o linóleo no vestíbulo vazio. Por um momento pareceu que ela não somente estava fora de casa como também que tinha desaparecido de uma maneira mais permanente, morta ou ferida, e, na sua cabeça, uma voz ofereceu álibis a um promotor sem rosto. Só cheguei às duas; me viram na fábrica às duas. Pode verificar o meu cartão de ponto.

Então Lucille apareceu. Sua camiseta cinza justa moldava-se à protuberância abrupta dos seios, mostrando as pregas no sutiã. Com a velocidade da luz, a flecha do desejo atravessou o peito dele.

Ela abriu a tranca.

— Não queria que eu entrasse?

Ela lançou-lhe um olhar duro e se pôs a esvaziar a mesa da cozinha. Pratos e copos foram colocados com estrondo na pia. Ela abriu a bica.

— Você está bem?

Ela não respondeu. Ele achou um pano e secou para ela. Não fazia idéia do que tinha feito, mas sua culpa estava suscetível nos últimos tempos. Penitente, cauteloso, afastou um copo.

— O que foi? — perguntou, sorrindo.

Ela pôs um prato no secador.

— Quero sair.

— Sair?

— Você sabe, como as pessoas fazem. Queria entrar no seu carro e — ela agitou a mão levemente, água com sabão respingou em sua bochecha — dar uma volta.

— Seríamos vistos — disse ele, delicadamente.

— Talvez devêssemos — disse ela, atacando uma panela. — Acho que gostaria de ser vista.

— Mas tem Margaret — disse ele. Falou o nome de sua mulher com cuidado, odiando invocá-la. Nunca falava de Margaret com Lucille. Tinha-lhe parecido uma maneira de proteger os dois.

Lucille deu de ombros.

Ele não amava Lucille Boileau. Nesse momento, vendo-a pouco se importar com Margaret, quase a odiou. Mas a desejava — com uma fúria de frustração que tinha secado sua boca.

— Podemos conversar sobre isso — disse ele.

— Para quê? Pego meu casaco, saímos.

Os olhos dela estavam inflamados, desafiando furiosamente, apesar de, ao mesmo tempo, haver algo mal focado neles, que ele não captava.

— Mas e se Margaret descobrir... — Ele sorriu de novo, gentilmente, apaziguando. Por que ela tinha de destruir seu casamento em nome daquelas tardes agradáveis? Ele estava magoado por ela não ver isso.

— A rainha Margaret — disse ela, escarnecendo. Examinou-o por um momento. — Sabe, se só se trata de sexo, talvez você devesse me pagar. Você dá uma fugida para cá, damos uma trepada, você me paga. Bem mais honesto, hein?

— Lucille... — Sentiu que ela destruía algo valioso com a sua raiva.

— Eu fiz isso, você sabe. No oeste: Winnipeg, Edmonton. Os bons rapazes de Winnipeg!

O rosto dele enrubesceu.

— Está chocado — disse ela, com satisfação.

— Não — disse ele. — Estou.

Ela mostrava-se sinistramente triunfante, como se tivesse se cortado de propósito.

— Comecei quando tinha treze anos. Posso recomeçar.

— Não — disse ele.

— Não o quê?

— Não se machuque.

A expressão em seus olhos passou lentamente de triunfo para escárnio. Ela começou a rir, um riso rouco e sem alegria. Então, parou.

— Você me faz mal — disse ela. Jogou a esponja na pia. — Não quer que eu me machuque. Eu me pergunto o que isso significa. Você me ama?

Ela sabia que ele não a amava; era o seu trunfo.

Toda a sua vida, com seu desespero e sobrevivência rebelde, pareceu revelar-se em seu rosto, desafiando-o a responder. Debaixo de seu lábio inferior havia uma pequena cicatriz na forma da letra C. Ela tinha contado que havia sido resultado de um acidente patinando. Agora ele tinha dúvidas. Duvidava de tudo que sabia sobre ela.

— Eu gosto de você — disse ele.

Ela riu com desdém e desgosto e se afastou dele, em direção à parede bege mapeada de rachaduras. Sobre um calendário, ele viu a foto de um avião de caça, prateado sobre o azul, como uma medalha sagrada.

— Sabe, estive aqui antes. Exceto a maioria dos outros... não me refiro ao oeste. Falo daqui, na cidade... — Interrompeu-se. Sentiu que estava sendo reavaliado, julgado. Ela disse: — Voltei para cá para recomeçar, entende? Nada mais de homens, agora só rapazes honestos. Era isso o que eu ia ter: bons rapazes honestos. — Sem sentir nem bom nem honesto, ele estremeceu ao ouvir essas palavras. — Pelo menos eles achavam que me amavam — disse ela, um sorriso de dor contorcendo seu rosto. — Pelo menos diziam que me amavam. E quem sabe? Talvez amassem. Não sou tão ruim assim.

— Não — ele conseguiu dizer. Ela pareceu não escutá-lo. Um sincelo caiu lá fora, passando pela cabeça dela como uma adaga.

— E sabe o que acontece? — perguntou ela. — Sabe o que sempre acontece? Eles me deixam! — Sorrindo largo, balançou a mão que bateu em sua coxa. — Simplesmente me abandonam, todos eles. Sabe por quê?

Ele sacudiu a cabeça e esperou. Tudo o que pensava dizer parecia trivial. Além disso, sabia que também ele a deixaria.

— Se eu puder fazer alguma coisa — disse ele, por fim. Soou tão patético que não ousou encará-la.

— Já disse — replicou ela. — Pode me levar para dar uma volta.

Pensou em levá-la direto ao campo, onde teriam menos chances de serem vistos. Mas ela insistiu em um percurso urbano; precisava de cigarros de uma loja em particular onde "tinha crédito", disse ela. Taciturnamente obediente, se perguntando que crédito seria esse, dirigiu o Biscayne pela ponte da Bridge Street e subiu a Shade, depois a Station. Ela ergueu seu rosto largo para o pára-brisa, um gesto de desafio. Ela ia se divertir, passar algumas horas agradáveis, normais, ou pelo menos agir como se assim fosse.

Um velho subia a Station Hill. Curvado até a cintura, de modo que sua face parecia esquadrinhar a calçada, firmava a bengala na frente e a alcançava com passos arrastados, de bebê. Caminhava milhas dessa maneira, como uma lesma: Ralph O'Grady.

— Dê-lhe uma carona — exigiu Lucille.

— Ele está bem.

— Não, pare!

Ele parou. Sempre achou que era apenas uma questão de tempo até seu segredo ser descoberto, se bem que nunca imaginara que fosse acontecer em um passeio de tarde, com Ralph O'Grady. Mas estava impotente para resistir, já culpado por deixá-la. Culpado também por ter feito com que fosse despedida. Pensou na sua revelação de já ter trabalhado na rua. Ele lhe devia alguma coisa, pela vida que tinha levado. No entanto todas essas razões eram patéticas, não eram? Comparadas a uma pontinha de amor, não significavam nada.

E além disso ainda não desistira de sua tarde. Em meia ou uma hora, poderia estar de volta à casa dela, em sua cama oscilante. Precisava só de quinze minutos, até mesmo cinco. Apenas olhá-la em seus jeans justos, quando foi falar com Ralph, fez com que a desejasse. Talvez realmente a amasse. Na cama, ela estava com ele como nunca nenhuma outra mulher estivera, com um apetite igual ao seu, até mesmo maior. Em certos momentos, pareciam incendiar o mundo, substituí-lo com algo inteiramente deles. Estava grato por isso, grato pelo prazer de conhecê-la nua: seu corpo forte, consistente e seios com bicos escuros, como se a própria vida tivesse assumido a sua forma e se oferecido a ele toda tarde de terça-feira.

Observou quando trouxe Ralph para o carro. O velho era tão curvo que teve de girá-lo e movê-lo vagarosamente, primeiro o traseiro, para o banco de trás. Ralph bateu a cabeça na porta, mas não pareceu reparar.

— Opa — disse Lucille.

Continuaram a subir Station Hill. No espelho retrovisor, Alf viu a face contorcida do velho e seus olhos vermelhos sob a boina vermelha. Ele se perguntou se Ralph saberia onde estava.

Lucille perguntou a Ralph como ele estava indo.

— Oh, não posso me queixar.

— Pelo menos, o tempo está quente.

— Está?

— Então, o levamos em casa? — perguntou Alf.

— Quem é esse? — disse Ralph. No espelho, Alf viu o velho estreitar os olhos para ele.

— É Alf Walker, eu o conheço.

— Claro, sei quem é.

A boca frouxa sorriu largo.

O Biscayne passou pela estação e atravessou a ponte arqueada no North End. Lucille tinha-se virado de lado, o braço apoiado no banco enquanto conversava com Ralph. Alf estava ciente de suas coxas apertadas uma contra a outra em seus jeans, inclinando-se para ele, os dedos bulindo distraidamente em seu ombro. Estava excitado, não conseguia evitar, nem mesmo ali onde cada janela parecia observar, onde a sua reputação e talvez até mesmo seu casamento já tivessem começado a ser desvendados. Não conseguia pensar em outra coisa a não ser em pôr as mãos nela. Seu idiota patético, pensou. Lembrou-se dos tubarões que tinha visto certa vez em uma foto, girando extaticamente na água vermelha de seu próprio sangue.

Depois de deixarem Ralph em frente a seu pequeno bangalô, seguiram para o posto Hank Hays'Lunch and Gas. Lucille apareceu na frente do carro andando animadamente, a cabeça erguida com realeza, até desaparecer na porta com o letreiro enviesado ORANGE CRUSH. Quando a caminhonete cinza de John Henson estacionou nas bombas, Alf evitou olhá-lo, rezando para que Lucille não voltasse até Henson ter partido. Mas em alguns instantes, a figura curva e sorridente do sacristão anglicano inclinou-se à frente do pára-brisa para acenar para ele. Alf não teve outra alternativa a não ser baixar o vidro da janela.

— Dá para acreditar neste tempo?

— Não, realmente.

John Henson lançou seu sorriso fixo, contorcido. Dava sempre a impressão de algo afiado cutucando-o sob a roupa.

A porta com sua maçaneta Orange Crush abriu-se e Lucille apareceu.

— Estou dando uma carona a Lucille Boileau — explicou Alf, cedo demais. John continuou a sorrir largo, claramente sem entender. Lucille passou pela frente do capô. John relanceou os olhos para ela, mas só se deu conta realmente quando ela entrou no carro e se sentou do lado de Alf. Então a cabeça do sacristão abaixou-se e ele olhou a mulher de jaqueta de couro preto.

— Acho que ainda não nos conhecemos — disse Lucille.

— Aha! Pois é!

John estava agora sorrindo com todo o gás, exibindo as gengivas torturadas. Ele nunca ficava à vontade com mulheres, exceto talvez com as velhas, com quem tinha de bancar o cavalheiro, com uma insinuação galante de todas as coisas perigosas que faria com elas se fossem mais jovens.

— Alf, nos apresente.

Alf não teve escolha. Lucille e John apertaram-se as mãos diante do seu rosto. Ele não tinha dúvida de que John sabia quem ela era, mesmo que nunca tivessem se falado. Todo homem na cidade sabia quem era Lucille.

— Só estou dando uma carona para ela — disse Alf, tentando de novo.

— Vamos dar uma voltinha — disse Lucille animadamente, despenteando o cabelo de Alf.

— Certo — disse John, os olhos saltados, jogando o polegar para cima como um árbitro gritando *Fora!* na base do batedor. — Eu só estou abastecendo.

Partiram. Um trem de carga atravessava lentamente a passagem de nível, cada vagão flutuando com uma graça majestosa, ruidosa, atrás da cancela. Distante, nos trilhos, a locomotiva invisível apitava. Alf pediu um cigarro e Lucille acendeu-o antes de passá-lo. Ele refletiu. Não havia como prever o que John Henson faria com tê-los visto juntos. No mínimo, seria um teste para o seu cristianismo.

Seguiram Danson's Lane até a antiga escola, agora uma residência, e ziguezaguearam para o norte, passando por campos em degelo riscados com terra preta, extensões baixas de neve suja, rio de água gelada cintilante. No alto, atrás deles, o sol do começo de março derramava sua luminosidade. Fumando, Alf começou a relaxar. A luz tremeluzia pelos bosques de árvores para madeireiras, e em um cercado enlameado, um cavalo preto irrompeu trotando, arremessando a cabeça como se arremessasse rédeas invisíveis.

Pensou de novo no que ela tinha dito mais cedo. Evocou uma garota índia em um vestido pequeno para ela, ou talvez jeans, sorrindo no meio-fio, enquanto homens como ele a examinavam. A visão inspirou uma sensação cortante de solidão, embora ele estivesse fascinado. No banco do lado dele, Lucille tinha jogado a cabeça um pouco para trás, os olhos contemplando, quase sonhadoramente, a estrada na medida que se desenrolava além da fumaça de seu Caporal com filtro.

Quando chegaram à aldeia de Cairn, o silêncio dela tinha-se tornado sombrio. Nada do que ele dissesse a animava. Ela fumava furiosamente, ignorando-o. Ele tomou as ruas estreitas até um lugar em que um lago estendia-se em direção a um bosque de cedros. O lago estava quieto, coberto de gelo e neve, perfurado por algumas árvores mortas. Parou e baixou o vidro da janela. Um pica-pau batia em algum lugar, com uma precisão irregular. O pássaro estava em seu mundo próprio, com um trabalho que o ocupava inteiramente, um propósito. Mas eles estavam no carro cheio de fumaça, capturados em uma espécie de vácuo.

— Qual é o problema? — perguntou ele. Estendeu o braço no encosto do banco para tocar o cabelo dela. Quinze para as quatro; a tarde ainda podia ser salva. — Você é tão bonita — disse ele. Falava sério.

Ela franziu as sobrancelhas e um arrepio atravessou-o. Sentiu-se instantaneamente atacado. Ao mesmo tempo, ela não parecia vê-lo. Ele podia ser qualquer outro sentado ali.

Voltaram para a cidade pela rodovia Galt. A sensação de opressão no carro tinha se acentuado. Era como se algo terrível tivesse acontecido entre eles, e agora era impossível falar sem evocá-lo.

Ela fumava sem parar, com uma impaciência que beirava a fúria. Ela tinha de voltar para casa, disse; Billy chegaria logo. Ele propôs que ainda havia tempo para ele entrar com ela, mas até mesmo ele via que a tarde tinha-se perdido. Na esquina da Bridge com Willard, ela mandou, repentinamente, que ele a deixasse ali. Mas quando ele parou o carro ela continuou sentada, olhando fixo à frente, como se estivesse esperando alguma coisa. Esperando, com uma rebeldia obstinada, receber algo com que ele não atinava, que ela parecia acreditar que lhe era devido.

35

QUANDO LUCILLE BATEU a porta do Biscayne e seguiu pela Willard, Alf sentiu que tinham acabado. De certa maneira, sentia-se aliviado; ela tinha tomado a iniciativa, o que o poupara de bancar o canalha ou pelo menos de bancá-lo completamente. De qualquer jeito, a tensão de mentir para Margaret, da preocupação constante com ser pego, quase sempre era grande demais. Tinha prometido a si mesmo uma centena de vezes que deixaria Lucille. Mas a antecipação do prazer e, ainda mais, o próprio prazer, obliterava tudo, como uma droga. No fim da semana, ele apresentava sintomas de carência. Até mesmo suas mãos pareciam mais pesadas, solitárias, por causa de Lucille Boileau.

Na sexta à noite, em um silêncio sem vento, começou a nevar. No sábado de manhã, grandes flocos de forma indeterminada ainda caíam de um céu invisível, cobrindo o quintal de pura alvura. Alf e Margaret, em roupas de dormir, estavam sentados à cozinha tomando um café da manhã tardio. Do outro cômodo, chegava o ganido dos desenhos animados das manhãs de sábado. A renovação do inverno dava à casa um sentimento de isolamento aconchegado; parecia a Alf que ele tinha conseguido retornar aos prazeres simples do lar e da normalidade — uma segunda xícara de café, uma passada de faca na torrada, o jornal de sábado — depois de um período de insanidade que o deixaram meio perplexo. Quando o telefone tocou, os dois se sobressaltaram.

— É para você. — Margaret estendeu o telefone como se fosse um tanto repugnante.

— Alfie — disse a voz. Lucille.

Foi como se ela tivesse irrompido de dentro dele. Sua voz familiar, rouca com a fumaça do cigarro, parecia correr o risco de se derramar do fone.

— Quebrou um cano — disse ela. — Tem água para tudo que é lado.

— No porão? — disse ele, ciente de Margaret se movendo na pia.

— É uma emergência — disse Lucille.

— Na verdade, não sou bombeiro — disse ele asperamente. — Não sei se tenho as ferramentas certas.

— Oh, você tem as ferramentas certas, Alfie.

Ele virou-se para a parede.

— Ouça, tentou chamar um bombeiro?

— Não tenho dinheiro, Alf. A altura da água neste exato instante já é de uns trinta centímetros. Se não puder vir...

— Vou ver o que posso fazer — disse ele. — Tenho de me vestir.

— Quem era? — perguntou Margaret, quando ele desligou.

— Lucille Boileau. Seu porão inundou. Eu lhe disse... bem, você ouviu. Acho que ela não tem muito dinheiro.

— Não entendo por que ligou justo para você — disse Margaret, com a voz abafada, voltada para o bule de café.

Ele sacudiu os ombros, fazendo o possível para parecer intrigado e inocente. Mas uma felicidade arrebatada, juvenil, o invadiu; sentiu vontade de pegar sua mulher e dançar.

ALF NUNCA TINHA ESTADO no porão de Lucille, com suas paredes de pedra e teto baixo. Contra uma parede, um cano quebrado jorrava um penacho irregular de água que batia ruidosamente na água que lambia o pé da escada. Lucille observou-o patinhar em suas botas de borracha, procurando com uma enxada a válvula principal.

— Alf?

Tateando debaixo da água gelada, ele achou a torneira. Em alguns segundos, o jato da água diminuíra para um pequeno filete.

— Don quer que eu trabalhe. Uma das garotas ligou que está doente. Pode dar uma olhada em Billy?

Ele olhou para ela na escada, curvando-se na luz fraca, seus seios livres (ele achou) sob a camisa xadrez folgada. Ele ficaria mesmo lá, consertando o vazamento. Além disso, faria qualquer coisa para voltar a cair nas suas boas graças. Era uma espécie de loucura. Ele era como um homem se afogando que observa com curiosa equanimidade o ponto de luz se reduzindo acima de sua cabeça enquanto afunda.

— Ele não tem estado bem — disse ela, com um sorriso tímido, que não lhe era característico.

— Está bem.

Deixou que a beijasse, brevemente, na boca.

— Desculpe — disse ele, pretendendo se desculpar pela última vez em que estiveram juntos: pelo que quer que ele tivesse feito ou deixado de fazer e que arruinara a tarde juntos. Ela despenteou seu cabelo, como se ele fosse um menino, e alguns minutos depois, ele ouviu a porta da frente bater. Quando explorava com a enxada, tentando encontrar o bueiro (onde quer que estivesse, estava tampado), Billy materializou-se na escada. Estava de meias que não combinavam, jeans e uma camiseta vermelha com ATTAWAN FALL FAIR escrito. Em sua mão, estava um soldado de brinquedo vestido com a farda e o capacete do exército.

— Dava para fazer um barco flutuar aqui — disse Alf, tentando ser afável. Estava de bom humor, achando que ele e Lucille voltariam às boas.

Billy não disse nada.

— Lembro-me de uma enchente quando era menino. Tiveram de nos resgatar em barcos. Island todo ficou sob a água. Isso foi antes de construírem as barragens.

De novo, viu as massas espectrais de gelo arrastando-se pelas ruas cobertas de névoa, os barcos a remo movendo-se com cuidado até casas isoladas, o rápido e misterioso encrespamento das águas.

Billy manobrou seu soldado de brinquedo fazendo-o pular — ou cair — alguns degraus, certificando-se de que parasse de cabeça para baixo. Era o mesmo que ser surdo, pela atenção que dava a Alf. Mas quando Alf se virou sentiu que o menino o observava. Parecia um animal selvagem, com seus olhos escuros que se desviavam rapidamente à mera insinuação de alguém olhar para ele.

Alf encontrou o escoadouro. Havia uma pedra nele, aparentemente, tão lisa quanto o alto de um crânio, bem encravado. Ele tentou tirá-la: com seus dedos, com a ponta da enxada, com uma chave de fenda.

— Alguém pôs uma pedra aqui — disse ele. Não houve resposta da escada. Relanceando os olhos em volta, viu que o menino desaparecera.

Removeu a pedra, mas ainda havia muita sujeira entupindo o ralo. Enquanto a retirava, ouvia Billy andando lá em cima. Após algum tempo, subiu para ver como ele estava.

Encontrou-o em seu quarto estreito, sentado na cama — que era um colchão no chão —, com uma porção de revistas em quadrinhos espalhadas sobre as cobertas. Havia o ranço de urina; na janela sem cortina, o gelo não obscurecia completamente o muro sujo de tábuas da casa vizinha. O olhar de Billy fixou os joelhos de Alf, depois voltou à revista.

— Sua mãe me disse que você andou doente.

— É. — A resposta de Billy veio do fundo de sua garganta: um homenzinho falando, um pequeno gângster durão, quase cômico.

— Está se sentindo melhor agora?

— É.

— Ótimo.

Billy estava virando as páginas da revista rápido demais para que visse alguma coisa. Alf percebeu que ele não era apenas tímido. O menino parecia com medo dele. Sentiu um impulso de ir embora — de parar de torturá-lo com sua presença —, mas ficou preso pelo isolamento de Billy. Perguntou-se como teria sido a sua vida, quem era seu pai. Lucille tinha saído com muitos homens. Era como se Billy fosse filho de todos eles, abandonado e estranho.

— Sou o pai de Jamie, você sabe — disse ele.

— É.

— Está com fome? Quer comer alguma coisa?

— Não.

Alf hesitou, confuso. Nunca tinha conhecido um menino como esse. Lembrou-se do silêncio de Billy, na noite em que o levara para casa. Observou quando Billy enrolou sua revistinha e mordeu o lábio superior. Parecia, de alguma maneira, independente do mundo adulto, de todos os mundos, trancado em um mundo só seu. Parecia que guardava um segredo e, ao mesmo tempo, que esperava que alguém chegasse e adivinhasse qual era. *Ele* não conseguia adivinhar.

— O meu avô afogou-se no lago Erie — disse Billy, apertando o rolo de revista. A declaração foi feita de repente.

— Conheci o seu avô — disse Alf, agachando-se, esperando conseguir atrair o olhar de Billy. — Um inverno, foi há muito tempo, cortamos gelo juntos no Atta.

O menino continuou remexendo no tubo de papel, mas Alf percebeu que estava prestando atenção.

— Isso foi antes de as pessoas terem geladeiras. Os alimentos eram conservados em caixas de gelo. O homem do gelo costumava aparecer no verão. Ele nos dava pedaços de gelo para chupar. Como um picolé.

Os olhos pretos do menino encararam os seus por um breve momento. Uma punhalada de excitação — de vida — perfurou Alf.

— É claro que — disse Alf, afetuoso — na verdade ele não nos dava. Tínhamos de roubá-los, quando ele se afastava do caminhão.

A garganta de Billy emitiu uma risada: ih! Ele entendeu *isso.*

— Descíamos pela margem do rio e os chupávamos. Ou, se estivesse muito quente, os esfregávamos no rosto e peito.

O menino ria abertamente agora, seu rosto redondo com seus dentes de pontas marrons brilhando, feliz e tranqüilizado. Ainda assim, Alf desconfiou que o menino escapulira dele. Seu sorriso era como uma máscara oferecida a um poder maior — um poder sorridente que exigia um sorriso de volta. Havia algo mais por trás, nesses olhos evasivos, inescrutáveis, que comoviam Alf e o prendiam ali, no pequeno quarto.

36

A TELEVISÃO INUNDAVA a casa dos McVey como um luar tremeluzente falso. Deitado no sofá, sua cabeça no colo de Liz, Joe assistia a um filme antigo com Fred Astaire e Ginger Rogers, esse homem ágil e garboso movendo-se como um elfo ao descer a escada larga, levando sua amada loura platinada nos braços.

Virando a cabeça, Joe se pôs a abrir os botões da blusa de Liz, expondo seu sutiã de cetim cor de pêssego com a orla franzida. Sem tirar os olhos da tela, ela o ajudou a erguê-lo. Ausente, Liz alisava seu cabelo. Não podiam fazer amor essa noite por que seu pai havia levado o carro, e sua mãe e sua irmã estavam no andar de cima. Seu pai, ele achava, estava com Babs Wilcocks. Joe tinha visto os dois há algumas noites, entrando no LADIES AND ESCORTS do Vimy House, o homem alto de braço com a Babs atarracada, sem graça, de casaco de pele, os dois parecendo formais de uma maneira antiquada, e — cumprimentando as pessoas à esquerda e à direita — claramente sem fazer o menor esforço para esconder a relação. Joe nunca entendera: Doc McVey, o homem mais rico da cidade, bebendo no Vimy House. Era um freqüentador assíduo do lugar, e circulava a história de que uma vez tinha dado um safanão em Bud Reed por causa de uns comentários que este havia feito.

Joe acariciou o seio de Liz enquanto seu rosto impassível continuava a ver a tevê. No teto, ouviu-se um baque surdo. Ele se perguntou se a sua mãe não teria caído. Duas semanas antes, ele a tinha visto — ela consumira gim-tônica em excesso — inclinar-se lentamente para o lado, como a torre de Pisa, com um sorriso bestificado, tipo aqui-vamos-nós, em seus olhos tristes. Ele conseguiu segurá-la a tempo.

— VOCÊ NUNCA diz que me ama — disse Liz.

Joe olhou seus olhos violeta extremamente brilhantes. Ela lhe havia dito uma vez que *o* amava, sussurrando com a voz de menininha, quando ele estava em seus braços no Executive.

— Você sabe que gosto de você. — O rosto dela tremeluzia à luz da lua, impassível.

— Não quero a vida da minha mãe — disse ela, puxando o cabelo dele.

— Não. Bem, por que deveria querer?

— A maneira como ele a trata — disse ela, agora tocando na testa dele, como se a prova dos pecados de seu pai estivessem ali.

— Ei, não trato você assim.

Uma vez — estavam no Lincoln, indo para Galt — ela tinha falado com uma franqueza extraordinária do caso de seu pai com Babs Wilcocks.

— Ele acha que isso não é nada, que nós não damos importância. Afinal, ele continua aqui, ou está aqui na maior parte do tempo, ele ainda nos ama. Ele não consegue perceber a infelicidade que causa. Quer dizer, ele acha que não tem sentido ficarmos chateados. Não entende como não ficamos todos bem-humorados e todos bem como ele. Por que temos de estragar as coisas? Nós, estragando as coisas! A loucura é que, na maior parte do tempo, agimos assim. Fingimos que nada está errado. Então algo se quebra: mamãe fica bêbada ou... mamãe fica bêbada.

Ela nunca tinha sido tão franca com ele. Tinha gostado mais dela por isso, sentido-se mais próximo, ao abandonar sua maneira teatral. Mas, ao mesmo tempo, ela tinha estabelecido um nível de franqueza que ele não podia acompanhar. Agora ela estava pedindo isso, seu olhar cheio de exigências que ele não podia cumprir.

Abruptamente, ele se sentou. De mãos dadas, Fred e Ginger passavam felizes por uma multidão de convidados da festa. Nenhum dos dois estava sem fôlego.

— Você me ama um pouco? — disse Liz, espectral atrás dele. Joe continuou quieto.

Tudo na sala pedia a sua resposta: o sofá fundo, a bela escrivaninha, suas gavetas com puxadores de bronze, os quadros com molduras douradas, até mesmo Fred e Ginger, fazendo agora uma pausa com um abraço em que se olhavam em uma felicidade em suspenso, esperando a resposta de Joe voar até eles e fazer tudo exatamente correto.

A imagem de Anna atingiu-o com tal força que tirou seu ar. Nesse mesmo dia, mais cedo, ela tinha ido ao A&P. Tinha parecido se deliciar ao vê-lo varrendo o chão, com seu avental, e conversaram por cerca de cinco minutos. Desde que havia conversado em seu quarto, alguma coisa se descontraíra entre eles. Ele ficava em suspenso do lado dela, como se uma felicidade que ele não conseguia alcançar pairasse por perto.

— Joe? — disse Liz. — Ama?

— É claro que sim — disse ele. Mal a tinha escutado. Mas conseguiu estender a mão e apertar seu joelho.

FOI LOGO DEPOIS da meia-noite que chegou em casa e encontrou sua mãe na cozinha. Ela estava preocupada com o seu pai. Aparentemente, Alf tinha saído para dar uma volta às oito, dizendo que estaria de volta em uma ou duas horas. Ela queria que Joe fosse à Legion e o procurasse.

— Por que simplesmente não telefona? — perguntou ele.

— Joe — insistiu ela, falando com uma concentração intensa, carregada —, por favor, faça isso por mim.

A pressão das coisas não ditas estava no ar, e, em lugar de expressá-las, ele pegou o Biscayne e dirigiu para o Flats. Estava nevando de novo, grandes flocos à deriva no escuro, assentando-se, um velocino delicado, no pára-brisa e nos galhos das árvores. Estacionou no meio-fio e aproximou-se da velha casa de tijolos com suas cortinas puxadas. Nunca estivera na Legion antes — tinha de completar vinte e um anos —, e o edifício era para ele um lugar de mistério. Se a guerra ainda estivesse viva em algum lugar de Attawan, esse lugar era ali, e ao passar pelas portas pesadas para o *hall* de entrada pouco iluminado sentiu o clima das décadas de trinta e quarenta preservado nas salas como roupas em um velho baú. De um canto, vinha o troar de vozes e música; *The White Cliffs of Dover* fluía, em uma onda nostálgica lenta, do *juke-box*, e algumas pessoas embriagadas cantavam junto. Estava para sair quando reparou em caixotes alinhados em cada lado do *hall*. Estavam cheios de fotografias antigas e recortes de jornais antigos: ALEMANHA RENDE-SE! Mas o que o fez parar foram os rifles do exército, que remontavam à Guerra dos Bôeres. A madeira polida, entalhada, e o metal untado dos Lee-Enfields lhe falavam das batalhas sobre as quais tinha lido: Paschaendale, Vimy, Dieppe, Juno

Beach, o Scheldt Estuary. Havia uma Mauser, também, que parecia conter a própria essência do inimigo legendário. Do lado, estava um capacete alemão, sua forma mítica, de um corte de cabelo pagem, forjada no aço.

Dentro, perguntou ao barman, Nick Maroni, se tinha visto seu pai. Nick respondeu que não e deu um tapinha em sua cabeça — um sinal para Joe tirar o chapéu —, dizendo que ele podia dar uma olhada, de modo que passou, com cuidado, pelas salas, o gorro apertado na mão, passou pelo grande retrato da Rainha com sua faixa azul, cumprimentando as pessoas que o saudavam. Ao voltar, parou diante de um foto grande de uma brigada de soldados sentados ao redor de mesas quadradas improvisadas com tábuas, comendo a ceia do Natal em suas marmitas. Examinou a cena atentamente, motivado pela alegria dos rapazes de cáqui, invejando-os a aventura de suas vidas.

Lá fora, no silêncio nevoso, em pé do lado de uma pequena árvore frutífera, os galhos carregados de branco, foi tomado, de novo, pela sensação familiar de ter perdido a vida de seu pai, não tendo compreendido nada sobre anos que pareciam carregados de significado. Por um momento, sozinho na rua mal-iluminada com carros amortecidos pela neve, sentiu-se desolado.

Por algum tempo, dirigiu pelo Flats, passando pelas fábricas, tão desoladas quanto prisões, e então tomou a direção de casa. Na Bridge Street, viu seu pai caminhando para o centro da cidade. A neve se acumulara nos ombros de seu sobretudo cinza. Quando Joe parou, ele também parou, hesitando antes de se aproximar do carro, como se não reconhecesse o Biscayne. Então se apressou e entrou, com uma rajada de ar frio. Havia uma gota de umidade sobre seu nariz.

— Ei, o que está fazendo por aqui?

— Oh, mamãe... sabe como ela é. Estava preocupada com que tivesse se perdido ou outra coisa.

Estava imensamente feliz por ter encontrado seu pai.

— Eu me demorei mais do que pretendia — disse seu pai.

— Na Legion? — disse Joe. — Estava na Legion?

Seu pai relanceou os olhos para ele e os desviou.

— Eu estava lá — disse Joe, um pouco desconcertado.

Desde que tinham jogado hóquei no rio durante o feriado do Natal, estavam se dando bem, como sempre se davam se fossem bem cautelosos. Sentiu uma certa inquietação no pai, o que o deixou inquieto também. Deu partida, os pneus derrapando um pouco na rampa da ponte.

— Devo ter-me desencontrado de você — disse Joe, ansioso por poupar seu pai do desconforto da discrepância: talvez ele estivesse no banheiro quando Joe entrou. — É um lugar e tanto — disse ele. — Aquela coleção de rifles...

Seu pai não disse nada. Joe entendeu isso como um aviso, mas não parou. Saindo da Legion, tinha-se lembrado de sua mãe lhe contando que antes da guerra seu pai era outro homem. Queria fazer contato com esse homem mais jovem, mais feliz, que conversava descontraído e se divertia.

— Viu aquela foto na ceia do Natal de 1944? Pensei se você não conheceria alguém ali. Obviamente foi tirada na Europa. Parecem estar em uma igreja arruinada. Estavam se divertindo. Lembra-se de algum Natal lá?

Seu pai não respondeu; tinha mergulhado em um daqueles silêncios desconcertantes que faziam Joe sentir como se tivesse feito algo errado. Esperando o sinal abrir na Shade, outro carro emparelhou com o dele: Doc McVey — seu rosto largo, de óculos, emanando a arrogância de sempre. Por um momento, checando o tráfego, viu Joe e seu pai sem, aparentemente, reconhecê-los, e então arrancou em velocidade, subindo a Shade com o Lincoln.

— Está vindo da casa de sua namorada, acho eu — disse Joe, tentando preencher o silêncio com uma piada.

— Apenas dirija — disse seu pai.

Sentindo-se de repente enregelado, Joe engrenou o Biscayne e prosseguiram, entre as lojas escurecidas.

37

COM BILLY, ABAIXO DA RAT'S HILL, Jamie estava tremendo, suas luvas e fundilhos da calça ensopados das descidas repetidas da colina sobre um papelão arruinado que estava a seus pés. Queria ir para casa, mas havia um problema. Billy queria ir com ele.

— A gente podia brincar com seus soldados — disse Billy, a boca mal se movendo. Seus olhos iam, astutamente, do zíper do casaco de Jamie ao nariz de Jamie, a um ponto no ar entre os dois. Lá em cima, no cume da colina, Wayne Cox estava com um pé em seu tobogã, olhando a rampa de gelo que refulgia como um longo fio de saliva na encosta. Em uma casa próxima, as luzes foram acesas, assinalando aconchego e segurança.

— Está na hora de jantar — disse Jamie. — Meu pai vai estar em casa.

— A gente pode subir para o seu quarto.

— Acho que não.

— Posso esperar no seu quarto enquanto você come.

— Não sei. Acho que não.

Billy sorria, recusando a derrota. Não estava usando luvas e seu casaco não cobria seus pulsos magros e morenos; também ele estava tremendo, e havia uma expressão sonolenta, de drogado, em seu rosto.

— Acho que é melhor eu ir — disse Jamie.

Quando se pôs a andar, Billy cuspiu e ficou do seu lado, suas botas de borracha chapinhando na neve úmida.

— De qualquer jeito — disse Billy —, seu pai vai vir morar na minha casa.

Jamie parou. De repente, seu corpo se sentiu envolvido por uma quentura.

— Isso é besteira. Ele não vai.

— Vai, vai, sim.

— Isso é besteira.

— Quer lutar para decidir?

Foi dito tão rapidamente que Jamie percebeu que Billy planejava isso há muito tempo. Quando Billy tinha um problema, ele lutava. Se algo não era verdade, ele faria com que fosse com seus punhos.

— Não, é bobagem.

— Não é bobagem!

— Sei. Mas meu pai não vai morar com você. Isso é... tolice.

— Ele foi à nossa casa.

— Não, não foi

— Sim, foi. Ele beijou minha mãe. Eu vi ele fazer isso no porão Isso quer dizer que ele vai morar com a gente.

— Não, não vai — disse Jamie, mas Billy estava com aquela expressão de briga que ele vira tantas vezes no pátio da escola, fixando a boca de Jamie, como se bastasse isso para deixá-lo louco. Jamie tinha achado que se fossem amigos ficaria a salvo. Mas agora Billy não mais o via, somente uma boca, um queixo, um peito: lugares onde bater.

Ele se afastou rapidamente quando ouviu o chapinhar das botas do outro. Billy estava sobre ele antes que tivesse tempo de se virar. Os dois caíram, se esmurrando na neve suja. Ao levar um murro com o punho de Billy, um torpor espalhou-se do nariz de Jamie para a sua testa. Alguns segundos depois Billy estava escanchado sobre ele. Jamie se esperneava e contorcia, tentando soltar os pulsos dos punhos de Billy, olhando a cara dele, que era só fúria sob a cabeleira preta, os dentes marrons trincados em um escárnio. Sabia que Billy continha mais ferocidade dentro de si do que ele. Ele ia perder.

Ficou imóvel.

— Está bem — disse Jamie. — Você venceu.

Billy torceu seus pulsos.

— Diga que é verdade — disse ele.

— O quê?

— Diga que é verdade que o seu pai vai morar na minha casa.

Ele examinou o escuro do céu. Não podia dizer isso. Não era verdade, não podia ser verdade, e — uma intuição estranha atravessando seu corpo — sentiu que admitir isso o tornaria mais provável. As palavras tornam as coisas verdadeiras, fazem com que sejam.

— Diga! — Billy torceu seus pulsos de novo.

Jamie ouviu um carro passar na estrada à margem da fábrica de meias, um som, que podia significar salvação, se enfraquecendo. À distância, do outro lado dos campos atrás da fábrica, uma serra de cadeia tartamudeou e rosnou, e ele se encheu de autocomiseração. Pensou em sua casa em Island: a cozinha iluminada onde a mãe estaria preparando o jantar. Percebeu que ela não sabia o que estava acontecendo, o que o encheu de tristeza. Viu o tampo da mesa da cozinha e o pequeno prato de vidro com a manteiga, o quadrado perfeito da manteiga amarela. "Foi da minha mãe", sua mãe tinha-lhe dito.

— Diga.

Encheu-se de saudades de sua própria vida. Ao mesmo tempo, sentiu que esse momento era algo que ele sempre soubera, embora geralmente conseguisse não pensar nele; deu-se conta do solo lamacento e frio e de estar deitado nele, derrotado. Isso era verdade, e estava ali, debaixo de todas as outras coisas que ele sabia também serem verdadeiras — escola, férias de verão, seu pai —, aquele lugar frio, úmido, que lhe dava vontade de chorar.

— Diga ou vou esmurrar a sua cara.

— Está bem.

— Diga.

— Meu pai vai...

Mas não conseguiu proferir as palavras. Sua garganta inchou e sentiu a primeira lágrima derramar-se do canto de seu olho.

— Diga, bebê chorão.

Ele reagiu, se contorcendo, fazendo força. Conseguiu soltar uma mão, mas é claro que isso significava que Billy também tinha uma mão livre, que se tornou um punho e o punho o atingiu no olho, como uma pedra.

— Diga!

De novo, ficou quieto, paralisado. Outro carro passou. De repente pareceu mais escuro, embora a neve úmida e suja cintilasse na encosta da colina. Fez força para ver se Wayne Cox ainda estava na colina. Mas o cume estava vazio, contra o muro alto, chapado, de uma casa.

Seu casaco estava ensopado; estava tremendo mais do que Billy.

— Pode ir à minha casa — disse ele. — Podemos brincar com meus soldados.

Sabia que sua mãe nunca deixaria Billy entrar.

Billy torceu mais uma vez seus pulsos e recuou, soltando-os. Mas continuou sentado na barriga de Jamie, decidindo alguma coisa.

— Pode levar emprestado o meu tanque — disse Jamie. O seu melhor Dink Toy. — Pode levá-lo para casa.

Billy deixou-o se levantar e desceram em silêncio a West Street, os braços dos dois se roçando como se fossem amigos. Aproximaram-se do cachorro de Donnie Whittaker. Em sua boca havia um osso com sangue. O cachorro escapuliu para a rua, observando-os com seus olhos subservientes.

Um carro parou, era o táxi de Truck Cassidy, as laterais cobertas de lama, e a mãe de Billy estava dentro. Ela mandou-o entrar — hora do jantar, disse ela — e, quando ele não entrou, ela saiu e agarrou-o pela orelha e o pôs no banco de trás.

— Nos vemos depois, querido — disse ela a Jamie com um grande sorriso. Ele olhou para a sua boca imensa e rosa.

As luzes estavam acesas na casa de Jamie, mas o carro não estava lá. Pensou que talvez Joe tivesse saído com ele, mas um instante depois viu seu irmão na janela, lendo jornal. Por alguns minutos, ficou tremendo com sua calça encharcada, querendo entrar, mas querendo muito mais saber onde seu pai estava. Se só estivesse dando uma volta de carro, tudo bem, mas se tivesse ido à casa de Billy... Jamie correu de volta à esquina, mas não havia sinal do carro, não na West Street, onde as lojas se aninhavam no clarão dos postes de luz, ou na West, onde a rua desaparecia na escuridão espessa, nem no outro extremo da Water Street, onde a ladeira subia até a ponte para pedestres. Quando viu um carro, seus faróis riscando entre os pinheiros, achou imediatamente que tinha de ser seu pai, talvez subindo para a casa do tio Pete e da tia May ou simplesmente indo, como os adultos sempre faziam, em pequenas missões e excursões que pareciam não ter fim. Ele correu rua abaixo, subiu a ladeira até a ponte. Agora o carro estava visível, seus pneus ribombando na estrada coberta de neve, movendo-se no escuro, mas não era o do seu pai, ele viu, não era o Biscayne marrom, mas um veículo preto que ele não reconheceu, em velocidade na estrada sem saída, como se ela realmente levasse a algum lugar.

Nesse momento ouviu um som como o disparo de uma arma. Ele oscilou de lado, depois se recompôs, paralisado em um estado de hipervigilância. Seu coração parecia pulsar no corpo inteiro. Espiando pela tela reticulada da cerca de segurança, viu o rio movendo-se debaixo dele, uma serpente branca imensa, seu dorso áspero arrastando-se lentamente pela terra. Então, o ruído de mais disparos, e o ribombar como o de um trem na passagem superior. Subindo na tela, olhou para baixo e viu grandes blocos de gelo se deslocando, agarrando-se uns nos outros. Embaixo dele, a ponte batia, zunia, quando as camadas de gelo colidiam com os pilares.

Enquanto observava, uma grande camada ergueu-se no ar. Elevou-se bem alto, mais alto do que ele, mais alto do que a ponte, e estava se aproximando, lentamente, do parapeito. Jamie olhou para cima, incapacitado de correr

No lado inferior da laje, pedras e pedaços de plantas estavam incrustados como olhos. Jamie pensou em uma criatura que ele havia visto no Desfile do Natal, um gigante inclinando sua cabeça imensa e grotesca sobre a multidão.

— Mamãe — sussurrou ele. Estava quase em cima dele, e, ainda assim, ele não conseguia correr.

Está tudo bem, disse a voz.

Tudo bem?, ecoou ele, mesmerizado. A criatura afundou. Logo antes de alcançar o parapeito, a laje curvou sua grande cabeça gotejando, passando tão perto dele que Jamie sentiu o frio de seu corpo gelado quando deslizou para baixo da ponte. Jamie desceu a cerca, correu para o outro lado e observou-a reaparecer, uma ponta-delança gigantesca de gelo branco, movendo-se para longe no meio de seus irmãos menores, sob a massa fantasmagórica de Lookout Hill.

38

PENNY DESCEU COM SUA ESCULTURA de sabão. Parecia entusiasmada mas nervosa, a escultura — que ela trabalhara durante semanas e não mostrara a ninguém — cuidadosamente em sua mão direita em concha. Quando viu seu pai em sua cadeira na sala, solitário como se estivesse em outro mundo, tomou fôlego. Mas ela tinha descido esperando encontrá-lo; era a sua platéia favorita. Ao percebê-la, os olhos dele ficaram tristes, e ele pegou o cachorrinho de sabão com a ponta dos dedos.

Penny se contorceu, em suspenso, em seu joelho.

— Era para ser Red, mas acho que é... que é só um cachorro — disse ela.

O cachorro de sabão amarelo era magro demais para ser Red, as pernas curtas demais: o entalhe parecia confuso, não era bom.

— Incrível — disse seu pai.

Virou-se na cadeira e pôs a escultura sobre um livro que estava no parapeito da janela. Lá fora meninos jogavam hóquei em uma rua sem saída. Na sala, a luz do dia, fraca e prateada, era escavada pela sombra.

Penny subiu no colo do pai.

— Não está ficando grande demais para isso? — disse ele.

— Não — respondeu ela, e se ajeitou com a cabeça em seu ombro, enquanto ele girava um pouco a cadeira. Os dois examinaram o cachorro. Penny tinha feito suas orelhas empinadas, como pequenas tendas, como *skunk cabbage* se projetando na lama, no charco de Wiley.

— Lembra-me Queenie — disse o pai: seu cachorro quando ele era pequeno. Imediatamente, ela ficou esperançosa. — Claro, este rabo. É Queenie sem tirar nem pôr. É quase da mesma cor!

Ficaram em silêncio por algum tempo, olhando o cachorro, os meninos correndo de lá para cá.

— Eu sou a sua namorada? — disse ela.

Seu pai não respondeu.

— Ei, você — disse ela, com um pouco de medo. Cutucou-o no peito. Ela tinha achado engraçado dizer "Eu sou sua namorada?" como se estivesse usando os sapatos e jóias de sua mãe, o que fazia às vezes, mas só às escondidas. Não queria repetir.

— O quê?

— Sou sua namorada? — Agora estava corando, com um senso de assuntos proibidos.

— É isso mesmo — disse ele, dando um apertão em seu joelho.

Ela não ficou tranqüila, não completamente. Esperou, querendo que ele falasse mais.

— É claro — disse ele, levantando-a com o joelho.

— Sou a única? — disse ela, a face agora quente.

Sentiu que ele fez uma pausa, com um leve choque de surpresa, e nesse momento seu coração pareceu parar; ela estava à beira de coisas que não queria saber.

— Bem, tem a sua mãe — disse ele. — Ela é realmente a namorada número um.

Penny deixou que isso a convencesse, e pareceu que estava tudo bem. Ou quase. Havia algo que não se ajustava, mas era tão pequeno, menor do que uma partícula de pó, que foi capaz de deixá-lo de lado.

— Conte uma história — disse ela. Seu pai pareceu não ouvir. Ela o cutucou com o cotovelo. — Ei! Me conte uma história!

— Oh, não sei...

— Conte sobre Johnny North.

— Acho que já ouviu todas as minhas histórias de Johnny North.

— Então me conte as velhas. — Ela queria todas elas, um monte de histórias para levar eles dois para longe.

Seu pai ficou em silêncio por muito tempo. Quando começou, ela voltou a se aconchegar, olhando preguiçosamente para seu cachorro amarelo, com suas orelhas empinadas, como se observasse a rua. O cachorro agora estava bem; tinha encontrado um lar. A mão de seu pai pegou delicadamente sua perna.

Em menino, seu pai tinha conhecido Johnny North. Ele era um adulto, mas, em alguns aspectos, disse seu pai, tinha permanecido um menino. Vivia em um barraco na margem do rio Attawan. Tinha trabalhado durante alguns anos como mecânico na fábrica, mas um dia, usando as palavras que sempre usava, "Ele simplesmente abandonou tudo isso". Johnny fez um barco impulsionado por uma bicicleta, em que se sentava e transportava, pedalando, passageiros que pagavam um níquel por um *tour* até as corredeiras. Às vezes ele recitava a poesia dele para essas pessoas. Escrevia poemas longos sobre incêndios e acidentes de trens, e os recitava dramaticamente, agitando os braços enquanto conduzia a embarcação por entre as ilhas. No jornal, era conhecido como JOHNNY NORTH, O BARDO DE ATTAWAN.

— Johnny North era uma figura — disse seu pai, dando uma risinho. — Acho que ele nunca tomava banho, a não ser quando nadava no rio. O sujeito fedia... Pete costumava dizer que dava para sentir o cheiro quando ele dobrava a esquina.

— A cinco esquinas — corrigiu Penny.

— Fedido assim. — Seu pai lembrou-se de como Johnny se vestia com fantasias engraçadas: roupas de mulheres, ou um quimono japonês, com óculos de motociclista para evitar a poeira nos olhos — e andava pela cidade puxando um carrinho com um fonógrafo e um cartaz que dizia JOHNNY NORTH, ARTISTA DE VARIEDADES. Algumas pessoas o contratavam para atuar em festas de aniversário, onde ele cantava ou fazia mágicas. No entanto nem todo mundo queria contratá-lo, por causa do cheiro, e porque nunca se sabia o que ele faria.

— Lembro-me de uma vez — disse seu pai, e essa seria uma história que ela nunca tinha escutado —, quando Bob Drummond foi morto em um incêndio, em que Johnny apareceu na frente do cortejo fúnebre. Vestia uma roupa preta e dançava de maneira estranha, arrastando os pés. Algumas pessoas ficaram realmente chateadas e quiseram expulsá-lo dali. Mas Lila Drummond, a mãe de Bob, disse que o deixassem em paz. Ela disse: "Johnny só está mostrando como se sente."

— Essa foi boa — disse Penny.

— Sim, foi boa.

Outra vez, Johnny tinha salvado um menino de se afogar; essa era uma das histórias preferidas de Penny. Johnny tinha visto, de seu barraco na margem, o menino se debatendo e remara até ele. A cidade dera a Johnny uma medalha e oferecera uma festa, onde ele recitou todos os 57 versos de "O naufrágio de noventa e oito". A mulher do prefeito tinha adormecido em sua cadeira.

No inverno, quando as pessoas iam patinar acima da barragem, Johnny mantinha uma fogueira em terra. Ele amarrava os patins das senhoras e das garotas, sempre tirando o gorro e tratando-as de senhorita, "mesmo que tivessem 82 anos", disse seu pai. No verão, Johnny alugava barcos a remo que ele mesmo construíra.

— Só cobrava um pêni, e se você não o tivesse deixava que remasse de graça. Geralmente faziam água como o diabo.

Penny adorava as histórias de Johnny North. Pareciam estar sempre acontecendo em um canto ensolarado fora de vista. Escutá-las transportava-a a uma época em que seu pai era jovem. Ela ainda não tinha nascido, mas isso não tinha importância; ela se sentia segura, não sendo nascida, sabendo que ainda estava por vir.

Quando Johnny North ficou velho, as coisas não foram tão bem, disse seu pai. Penny ficou bem quieta, também não conhecia essa. Johnny teve artrite e, no inverno, forrava suas roupas com jornais que farfalhavam quando ele andava. Pintava de preto o cabelo branco com graxa para sapato. Mas continuava a escrever poemas.

— Lembro-me deste pedaço... que ele deve ter escrito para a festa de Ano-novo da cidade. Eles o publicaram no *Star*.

> Avante mil novecentos e trinta e sete,
> Estou longe da casa de minha mãe:
> Errando por florestas escuras
> Sozinho, completamente só.

— Tão triste! — disse Penny, à beira das lágrimas. Na janela, seu cachorro amarelo caminhava com Johnny em sua floresta escura.

— Bem — disse o pai, balançando-a um pouco sobre sua perna —, algumas pessoas ricas da cidade fizeram uma coleta. Pagaram para Johnny ficar em um asilo de idosos em Johnsonville. Mas ele não se sentiu muito feliz lá... não durou mais do que alguns meses.

— Quer dizer que ele morreu? — disse Penny, sentando-se. Nunca tinha pensado em Johnny morrendo: isso não fazia parte de sua história. Não fazia parte de quem Johnny *era*.

Seu pai pareceu surpreso. Ele sorriu.

— Bem, é claro que no fim, todos nós...

— Não! — gritou Penny com fúria. Jogou-se de novo contra ele.

Na rua, os meninos continuaram a gritar em seu jogo. Ela agarrou-se ao peito de seu pai, enquanto ele acarinhava seu ombro. Ela não queria ouvir sobre Johnny North nem ninguém mais morrendo. Ela queria Johnny diante da sua fogueira na neve, atando os patins das mulheres. Ela o queria pedalando seu barco corrente acima, declamando "O naufrágio de noventa e oito". Ela queria que seu pai estivesse com ele, menino ainda, e a salvo.

39

A NEVE FINALMENTE FOI EMBORA, engolida pela terra, degelando lentamente. Somente alguns trechos fulgiam entre as árvores desfolhadas na encosta da face norte de Lookout Hill. Mas a estação que chegou não foi a primavera; era um período intermediário de galhos pretos e gramados ensopados, parecendo sem vida, cobertos de papel e outros dejetos. Os meses tinham retrocedido, embora novembro tivesse recomeçado.

Um dia, deitado do lado de Lucille em sua cama instável, Alf sentiu que tinha acabado.

— Talvez devêssemos nos afastar por um tempo — disse ele, tocando em sua bochecha. Sua ternura era verdadeira. Sentia pena dela, e culpa, pois ela acharia que ele estava agindo da mesma maneira de todos os outros amantes que a abandonaram. Estendendo o braço para pegar suas roupas, ela evitou olhar para ele. Seus movimentos transmitiam uma infelicidade estóica, um desespero que não cresceria para a raiva ou condenação. Seria melhor se ela o repreendesse. Agindo assim, fazia com que ele se sentisse desesperançado também.

Ele dirigiu até o cemitério. O Biscayne atravessou os portões de ferro batido que estavam sempre abertos, passou pela lousa vermelha em que estavam seu pai e sua mãe, seguindo pela via estreita até sua curva final, onde as lápides desapareciam em alguns acres de relva amarela. A sepultura de Pete era ali, separada dos outros, sob a sombra alta de um espruce, como se a sua morte fosse, de alguma maneira, diferente das outras. May tinha erigido uma pequena lápide cinza com a superfície polida, onde a palavra MOON havia sido entalhada e, debaixo dela, um pouquinho à esquerda, PETE WATSON MOON, 1918-1965.

Alf ficou sob o espruce em cujos galhos podia-se escutar um vento remoto, como o som distante da água sobre uma barreira baixa. Estava longe de ser a primeira vez que ficava ali, olhando a cesta de vime cheia de flores de plástico que May colocara diante da lousa. Mas essa vez parecia mais vívida, como se fosse a primeira. Sentiu-se como voltando a alguma coisa. O que essa brincadeira com Lucille Boileau tinha sido além de uma tentativa de escapar desse lugar? Consumir sua culpa na cama dela? Pegou um seixo na lama em degelo e limpou-o com os dedos. Nunca se deu conta, até seu amigo desaparecer, como o amara. De fato, não soubera sequer que o tinha amado — *amor* não era um termo que ele já tivesse usado em relação a amigos. Agora era uma tortura pensar que, ao se encaminhar para a morte, Pete talvez tivesse achado que Alf o abandonara.

"Seu idiota", sussurrou. Lágrimas vieram a seus olhos em um acesso de raiva contra seu amigo. "Você devia ter lutado. Devia ter-*me* contado. Diacho, eu devia ter contado a *você*." Sim, se pelo menos tivesse confessado a Pete, implorado seu perdão. A possibilidade de confissão e perdão — com Pete, com Margaret, com qualquer um — parecia tão remota agora quanto a linha cinza fosca de mata na orla do campo além do cemitério. Alf estava em um lugar em que ninguém podia entrar nem se aproximar. Acima, a árvore tinha sido ocupada pela arenga animada de passarinhos.

TODA MANHÃ, AO ESCUTAR O APITO da Bannerman's, sentia como se só tivessem se passado alguns instantes desde que largara o trabalho no dia anterior. Subia desanimado, entorpecido, a escada da fábrica junto com os outros em silêncio, chegando na sala de máquinas altas que pareciam ter estado esperando por ele a sua vida inteira. Deixara de sentir qualquer prazer com seu trabalho. Havia dito a Prince o que podia fazer com o cargo de chefe de seção; a sua ambição tinha-se tornado uma oferenda, uma oferenda inadequada, colocada no altar da morte de Pete. Ainda assim, várias vezes se assombrava ao se pegar olhando a comunicação descorada no quadro de avisos, como se uma parte pequena e covarde dele continuasse com esperança de se tornar contramestre. Matt Honnegger continuava no cargo, temporariamente. Alf estava fazendo quase todo o trabalho por ele. Por enquanto, o cargo — a sua carga, mas não seu título — havia sido passado para ele à revelia.

Fazia seu trabalho ligeiro e automaticamente, com a sensação estranha de que estava só. Às vezes, no entanto, era despertado por um evento fortuito que transpunha seu isolamento. Podia deixar cair uma chave inglesa e, ao se curvar para pegá-la, ficava impressionado com a singularidade de sua existência, como se nunca tivesse visto uma chave inglesa antes, segurado seu cabo frio ou considerado suas mandíbulas quadradas, gritando em silêncio. Um fim de tarde úmido e nublado, ele tinha saído para dar uma volta e estava passando pela plataforma na estação, a caminho da velha escada de concreto que levava ao Shade, quando ouviu um som, como se alguém tivesse falado com ele. Não vendo ninguém, parou e olhou em volta. Acima dele um bordo Manitoba fazia um ruído impetuoso, enquanto suas sementes ressequidas — centenas e milhares de apêndices marrom-claros pendendo em feixes na árvore desfolhada — agitavam-se em uma brisa tênue. Era estranho, mas ele sentiu como se a árvore tivesse falado, e, espreitando por seus galhos, entreviu a lua em um túnel azul de nuvem — uma pequena lua convexa como uma pedra escalavrada — e um arrepio de excitação, de vida, percorreu sua espinha, embora tivesse desaparecido em um instante.

Naquela noite ele tinha sonhado que estava diante de uma máquina de tear mais alta do que qualquer outra que já vira. Na grande cabeça da máquina havia uma armação com bobinas como uma grande coroa. Parecia-lhe, de alguma maneira, humana — paternal, comandando com seu poder tranqüilo — e, apesar de não estar tecendo nada (as bobinas estavam paradas), ele tinha certeza de que a máquina estava para falar. No entanto não conseguia emitir nenhum som, e havia algo dorido e pleno de suspense em seu fracasso.

UM DIA, LOGO DEPOIS do intervalo da manhã, todos os tecelões e o pessoal da manutenção receberam ordens de desligar as máquinas e se reunirem na frente do escritório de Matt Honnegger. Último a chegar, Alf perscrutou por cima de uma massa de cabeças e ombros três homens que esperavam de costas para a pia de lavar pratos. Matt fazia parte desse triunvirato, mas permanecia um pouco arredio, embalando seu cachimbo vazio contra a camisa xadrez enquanto lançava um sorriso apático para o chão, como se distanciando dos procedimentos. Do lado dele estava Wilf Thomas, o gerente da fábrica de suéteres: um sujeito de constituição sólida, cujo nariz adunco, com sua ponte grossa, conferia-lhe um ar gladiatório de jogador da defesa no futebol ou hóquei. Wilf estava falando baixo, com a cabeça curva, com um homem que Alf nunca vira, um rapaz de mais ou menos trinta anos, com um rosto ossudo, tenso, e o cabelo tão curto que sua cabeça parecia raspada. Usava jeans e uma camiseta preta apertada, e estava com seus braços musculosos cruzados, revelando no bíceps esquerdo uma tatuagem desbotada, azulada, na qual a cabeça recurvada de um falcão ou águia era visível. Mascava chiclete — tão rapidamente que a parte inferior de seu rosto talvez tivesse sofrido um distúrbio nervoso —, seus olhos grandes indo do chão para o joelho dos homens e mulheres que estavam a alguns pés de distância, observando.

— Muito bem — disse Wilf Thomas, por fim, com sua voz rouca, encarando o grupo de trabalhadores. Wilf transmitia um senso de integridade rude que inspirava confiança. Muitos dos operários o conheciam desde meninos; filho de um fiandeiro, tinha crescido no Flats. — Não vou tomar muito do seu tempo, companheiros. Mas, como sabem, temos procurado um novo chefe de seção para este andar e, apesar de termos muitos candidatos bons, achamos que precisávamos de um especialista.

O coração de Alf disparou; instantaneamente, soube que não seria promovido a chefe de seção. Tinha tentado se convencer de que não queria mais o cargo, mas ainda assim o joio tenaz de sua esperança havia sobrevivido até agora.

Escutou Wilf como se sonhasse; o gerente parecia estar falando sobre outro lugar que Alf pouco conhecia, não da fábrica em que agora estavam reunidos, cercados pela multidão de máquinas paralisadas.

— A razão por que precisamos de um especialista — prosseguiu Wilf — é que a Intertex introduzirá várias máquinas novas que nenhum de nós sabe operar, por isso pensamos em ter alguém que as conhecesse. Fico feliz em dizer que encontramos o nosso homem em Kit Ford, que aqui está. Kit está vindo de uma das fábricas mais avançadas da América do Norte, e estou certo de que apreciaremos a sua perícia. Ele já andou me dizendo coisas que eu não sabia. — Neste ponto Wilf sorriu largo, mostrando bons dentes, mas as pessoas na frente dele não reagiram. — Kit está em um motel em Johnsonville, mas se mudará para a cidade, e sei que vocês o acharão bem-vindo. Ah, sim. Tenho de mencionar que Kit já foi fuzileiro naval, de modo que não perderá tempo em nos preparar. Kit?

— É, é isso — disse Ford, com a fala um pouco arrastada. Lambeu os lábios e olhou para eles com olhos vivos e ansiosos, e um leve sorriso. Falava com repentes bruscos, quase rápido demais para ser compreendido, e com um sotaque que parecia do sul, das Carolinas, talvez, ou da Georgia, e com uma qualidade tensa, queixosa, que dava a impressão que sua sinceridade gerava uma tensão exagerada. — É, tenho mexido com a tecelagem durante quase toda a minha vida — falou para todos. — Na verdade, há máquina aqui que não via desde menino. Aquelas antigas Jacquard ali... é engraçado. Com certeza vão ter muito o que me mostrar. Mal posso esperar. É bom estar em Attawan. — De alguma maneira, ele fez o nome da cidade parecer estrangeiro, como se nunca o tivessem escutado antes. — Costumava vir para estes lado quando era garoto, para pescar, em Quebec. É bom estar de volta. Estou ansioso para conhecê-los e trabalhar com vocês.

Quando a reunião acabou, Wilf Thomas chamou Alf, que atravessou a multidão que se dispersava. Quando passou por Dick Kenshole, o tecelão inclinou-se para ele.

— Esse cargo era seu.

Dick estava agitado, querendo saber o que Alf faria em relação a isso. Sem responder, Alf prosseguiu para onde os três homens o esperavam. Não olhou para Kit Ford até Wilf apresentá-lo, e então calmamente apertou a mão dura e úmida e encontrou a sinceridade ansiosa de seu olhar. Nesses olhos que abarcavam em volta, ele apreendeu uma alegação insistente de inocência. Eu não fiz isso, dizia a expressão de Kit Ford. Embora não houvesse indicação do que o *isso* era, Alf sentiu um tremor de apreensão.

— Alf é o nosso melhor homem — estava dizendo Wilf. — Na verdade, ele conhece o lugar como a palma de sua mão. — Então, dirigiu-se a Alf, falando em um tom de voz ligeiramente alto demais que traía seu nervosismo. — Matt vai levar Kit para conhecer a fábrica e, se não se incomodar, gostaria que fosse com eles.

Alf lançou um olhar penetrante a Wilf — não conseguiu evitar — e foi recompensado com o outro abaixando evasivamente a cabeça. Achou que o mínimo que a Bannerman's poderia ter feito era avisá-lo do que aconteceria. Não teria conquistado essa consideração nesses anos em que praticamente dirigira a seção? Atrás de Wilf, Matt sorria nervosamente com seu cachimbo.

Alf, Matt e Kit Ford atravessaram a passagem entre as máquinas. Alf estava completamente perturbado. Um gosto de traição, amargo, continuava crescendo em sua boca. Tornava difícil ele falar calmamente sobre as máquinas e as rotinas da seção de tecelagem.

Kit Ford não ajudava. Independente do que Alf dissesse, mascava o chiclete e balançava a cabeça dizendo *Sim, é, sim* tão rapidamente e continuamente que dava a impressão de que já sabia tudo o que o outro viria a lhe dizer; era tudo obsoleto. Desconcertado, Alf esqueceu-se de nomes que normalmente saberia e várias vezes teve de ser ajudado por Matt, enquanto Ford olhava para os dois de uma maneira sincera, um pouco doída, como se nada dessa incompetência o surpreendesse.

Finalmente, para dar um tempo a si mesmo, Alf perguntou a Ford sobre as novas máquinas que a Intertex estava comprando.

— Um bocado mais rápidas que esta velharia — disse Kit, conseguindo, não se sabe como, mascar e falar ao mesmo tempo. Alf ficou ressentido ao ouvir as máquinas da Número Seis serem chamadas de *velharia.* Tinha trabalhado em todas elas e as mantido operando por anos a mais de sua expectativa de vida, freqüentemente improvisando peças acessórias. Tinha orgulho delas.

Ouviu Ford falar sobre as novas máquinas de fiar. Pareciam-se um pouco com um motor a jato, disse Ford, uma descrição curiosa que Alf não conseguiu imaginar. Eram computadorizadas. Necessitariam de poucos operários para operá-las.

— Menos mão-de-obra, menos erros — disse Ford.

— Oh lá, lá — comentou Matt Honnegger, brandamente, sacudindo a cabeça.

Kit pareceu assustado em encontrar seu antecessor ali, ainda sorrindo afavelmente sobre o cachimbo vazio.

— Nada contra os métodos antigos — disse ele. — Bons em seu tempo. Mas não se rivalizam com a competição, e morrem. — Olhou significativamente para Alf e Matt, o que pareceu a Alf sutilmente cômico, afinal, estavam falando de tear, não de câncer ou guerra. Ao mesmo tempo, Alf entreviu uma tenacidade inabalável, assim como um certo deleite na visão radical que acabara de expor. Kit Ford estava lhes dizendo que, no jogo de sobrevivência que estavam disputando, ele conhecia as regras e estava disposto a obedecer a elas, como um homem deveria fazer.

NOS DIAS SEGUINTES Kit Ford ficou de lá para cá nas passagens entre as máquinas — seus sapatos de sola de borracha guinchando no piso de madeira —, movendo-se tão rapidamente que os operários da

Número Seis logo o apelidaram de Papa-Léguas. Apesar de sua afirmação de que estava ansioso para conhecê-los, continuava a confundir Alf com Art e Mary com Eileen, e nunca parava nem mesmo por alguns segundos para dois dedos de prosa, como Matt fazia, nem se unia a eles na saída de incêndio, nas pausas do trabalho. O pior de tudo era que fomentava o ressentimento, deixando transparecer que não estariam trabalhando o bastante. Nunca os acusava de preguiçosos com palavras; era o ar de pressa e reprovação que ele exsudava, o relance de seus olhos doridos que pareciam estar sofrendo em silêncio a insatisfatória atuação deles.

Na saída de incêndio, faziam piadas sobre ele.

— Acho que nunca vai ao banheiro — disse Dick Kenshole.

— E é por isso que está cheio de merda — retrucou, rápido como um chicote, Boomer Tomlinson com sua galhofeira voz de baixo.

Riram lastimosamente, abatidos pela consciência de que suas piadas eram definitivamente fúteis e que um mundo mais velho e mais amistoso estava desaparecendo. Não sabiam o que estava por vir, mas com o fatalismo soturno característico daqueles que devem aguardar as mudanças passivamente, muitos suspeitavam de que não gostariam da nova ordem. As novas máquinas que a Intertex estava introduzindo os preocupavam porque alguns operários se tornariam redundantes. Na cabeça deles, Kit Ford e essas novas máquinas — menos mão-de-obra, menos erros — estavam inextricavelmente ligados. A pressa exaustiva que ele introduzira na fábrica parecia simplesmente o antegosto de um regime ainda mais rápido a vir. Mesmo antes de chegarem, as novas máquinas prometiam um mundo em que os operários se tornariam criaturas como Kit Ford, tão rápidos e eficientes quanto o equipamento a que serviam.

Alf também não gostava de Ford e de suas maneiras, embora tentasse reprimir sua amargura. Afinal, não era culpa do outro ele ter sido depreciado para o cargo. Esforçou-se ao máximo para simpatizar com o contramestre, dizendo a si mesmo que apesar de toda a sua experiência Ford estava nervoso em seu novo papel e merecia uma chance. Quando as queixas na saída de incêndio aumentaram, resolveu aconselhar Ford.

Certo entardecer, depois da fábrica ter-se esvaziado, passou na sala de Kit. O rapaz estava sentado atrás da mesa de Matt (Alf ainda pensava nela dessa maneira), que ele mantinha completamente vazia, exceto um espigão de metal com uma mixórdia de papéis empalados, uma prancheta e um único lápis laranja, apontado bem fino. Havia um quê de abandono nisso tudo. De repente, Alf ficou ciente de que Kit Ford era jovem, até mesmo mais jovem, de certa maneira, do que a sua idade real. Sentado com os dedos grandes recurvados na beira da mesa, imóvel exceto por seu queixo em perpétuo movimento, parecia um estudante aguardando algum castigo, ainda não revelado, depois da aula.

Alf começou gentilmente. Os operários estavam se sentindo um pouco impacientes, explicou, sentando-se mais a frente em sua cadeira e gesticulando com as mãos abertas. Sentiam que grandes mudanças estavam por acontecer e estavam nervosos. Seria bom se Kit fizesse um esforço para se aproximar um pouco deles. Se falasse com eles, casualmente, de vez em quando, mesmo que fosse sobre o tempo.

Kit Ford escutou sem comentar, e ocorreu a Alf que, para esse homem, conversar à toa sobre o tempo seria impossível. Ele estava superexcitado, como se nunca tivesse aprendido — nunca tivesse a liberdade de — relaxar.

— Então mandaram você me dizer isso.

— Não, não — disse Alf, sorrindo amigavelmente, o rosto queimando —, foi uma idéia minha. Só acho que se demonstrasse boa vontade faria o pessoal mais feliz.

Kit Ford olhou de Alf para o lápis sobre a mesa. Estava mascando mais devagar, e Alf sentiu que havia confrontado o contramestre com um problema que ele não sabia como resolver.

— Então, não estão satisfeitos...

— Nada grave demais. Só estou sugerindo... você entende, faça um esforço para não trocar seus nomes. É uma coisa pequena, mas que...

— Eles o mandaram aqui para agitar.

— Não estou agitando — disse Alf tentando não dar muita importância à idéia. — Ninguém me mandou aqui. Eu só estou dizendo...

— Você foi um agitador em 49, certo?

Pego de surpresa, Alf só conseguiu ficar olhando para o outro. Todos os vestígios do garoto tinham desaparecido. Ford, agora, era o ex-fuzileiro naval, inflexível, mecânico.

— Não fui um agitador — disse Alf, de modo conciliador. Um cansaço o envolvia, uma sensação de ter começado a escalar uma montanha cujo cume nunca alcançaria. — Participei de uma greve.

— Uma greve ilegal...

— Bem, isso é passado.

— Muito obrigado pelo seu conselho — disse Ford, rispidamente. — Agradeço.

A entrevista estava claramente encerrada. O contramestre puxou a prancheta e fez como se a estivesse examinando. Por alguns segundos, Alf não se moveu. Observou Ford — seu rosto angular contraindo-se e se descontraindo em um fluxo perpétuo de tensão. Na janela atrás da cabeça com o cabelo à escovinha do contramestre, o céu do entardecer tornara-se mais luminoso, uma espécie de espelho em que Alf não conseguiu perceber seu próprio rosto.

NO FIM DE ABRIL, houve um período extraordinariamente quente, e os operários do sexto andar puderam aproveitar quase todas as pausas no lado de fora. De manhã, antes de o sol alcançar o muro oeste da fábrica, ainda fazia frio o suficiente para usarem suéteres, e o café e chá quentes que vertiam de suas garrafas térmicas em copos de plásticos eram extremamente bem-vindos. Mas à tarde, quando o sol batia no muro de tijolos atrás deles e lançava as sombras raiadas do parapeito da saída de incêndio sobre seus joelhos, abriam a camisa e suavam no calor de que tinham sentindo falta por tanto tempo. Esses dez minutos eram preciosos, tempo não reivindicado não somente pelas máquinas altas, silenciosas na sala atrás deles, como também pelas obrigações que deviam às suas famílias. Essas pequenas ilhas de repouso continham uma liberdade concentrada, a maior que a maioria de operários usufruía em um dia, e eles a aproveitavam bem; conversavam ou comiam, liam ou fumavam, ou olhavam pela balaustrada o cubo fundo do pátio da fábrica, onde traçados geométricos, bem definidos, de luz e sombra moviam-se de lá para cá o dia inteiro. Quando o apito finalmente soava, gerava sempre uma dupla sensação, a de que esses minutos tinham-se passado mais intensamente e mais lentamente do que quaisquer outros, e, ao mesmo tempo, também fluído com a rapidez de um olhar.

Nos dias em que ajudava Matt, Alf ficava, freqüentemente, tão ocupado que não participava das pausas. Mas depois de uma semana no cargo, Kit Ford deixou claro que ele não era necessário, de modo que recomeçou a assumir seu antigo lugar no lado de fora, em uma caixa de madeira virada para baixo, coberta com um pedaço de espuma, que havia adquirido uma cor dourada viva. Não participava da conversa geral, mas escutava com um prazer secreto, motivado por uma necessidade instintiva. Não fazia muito tempo, se sentira um homem com um propósito, um homem com coisas importantes a fazer; tinha-se esquecido de como era bom simplesmente sentar-se com esses homens e mulheres, muitos dos quais ele conhecia desde pequeno. Então, fumava e bebia seu café, e olhava para o outro lado do pátio, para a brecha entre os edifícios, fixando, quase inconscientemente, os olhos no lugar para o qual todos os olhares tendiam, a pequena faixa de água do rio visível entre a barragem e o muro de cimento da margem oposta.

Freqüentemente, nesses momentos, pensava em Lucille, com uma saudade que o surpreendia. Ela começara a aparecer em seus sonhos (ele a viu uma vez em um carro vermelho, depois olhando-o com uma indiferença curiosa, vigilante). Preocupava-se com que a tivesse usado, embora nunca tivesse pretendido isso. Sentia-se mal, e o pior era a sensação de que havia deixado passar alguma coisa quando estava com ela. À distância, ela — a sua beleza — parecia prometer uma experiência que ele não conseguia denominar, mas que estava certo ter perdido.

EM UMA QUINTA-FEIRA ventosa, debaixo de nuvens se movendo velozes, que pareciam prestes a bater na boca manchada de fuligem da chaminé da Bannerman's, alguém, na saída de incêndio, disse:

— Acho que encontraram outro gato.

Alf, sentando em sua caixa ergueu os olhos. Ficara sabendo que há vários meses alguém da cidade matava gatos. A praga de pequenos cadáveres parecia ter dado uma trégua por um tempo, mas agora, aparentemente, o corpo magricela de um gato tinha sido encontrado enforcado com um fio na passagem superior da Shade Street. Lá embaixo, Mary Carr gritou atemorizada — ela tinha gatos e não queria saber de nada daquilo —, mas alguns deles encetaram uma discussão animada sobre os possíveis motivos do matador.

— É só um pobre coitado maluco tentando provar que é o maioral — disse Dick Kenshole, subitamente irado, resumindo a atitude geral.

Alf escutou quando a conversa derivou para a especulação bem-humorada de quem seria o matador. Alguns lançaram os nomes dos cidadãos mais importantes da cidade. Os tecelões gritavam expansivamente e, em seguida, ficavam em silêncio, dando-se conta de terem ido longe demais.

De repente, Book Cummings, mais ou menos na metade da fila, virou sua cara grande e cheia de espinhas para Alf e disse:

— Eu acho que foi o Alf.

Alf teve um choque, seu corpo despertou de seu torpor. Não se tratou somente da estocada da acusação, que obviamente havia sido feita em tom de brincadeira, mas da explosão súbita de seu isolamento. Começara a se sentir invisível, sentado ali quieto, dia após dia sobre a almofada de esponja. Percebeu que vários rostos tinham-se inclinado para olhá-lo.

Lutando para manter a compostura, soprou a fumaça e, encarando Book, falou com a cara de pau:

— Acertou, Book. — Deu um certo tempo antes de acrescentar: — E você é o próximo, gatão.

Eles caíram na gargalhada, já que o obeso e pedante Book era tudo menos um gatão; ficaram aliviados por Alf ter encarado a zombaria tão bem. O único que não riu foi Woody Marr; sua cara gorducha ergueu-se mal-humorada. Era ignorado pelos outros tecelões, que acreditavam que ele tinha traído o pessoal demitido no outono.

Depois do incidente do gato, Alf passou a tomar parte mais ativa no grupo na saída de incêndio, embora supusesse que nunca seria o que as pessoas chamam de comunicativo. O que o surpreendia era que quando falava todos paravam para escutar. Estava certo de que os desapontava, pois nunca achava que dizia algo espirituoso, importante ou interessante o bastante para justificar os rostos expectantes alinhados ao longo do terraço.

CERTA MANHÃ, a conversa na saída de incêndio girou em torno da notícia que circulava na cidade: a Bannerman's ia fechar sua divisão de meias. Por quase cem anos, o edifício original de John Bannerman, na West Street (a fábrica alta com seu belo telhado de mansarda e o campanário), havia produzido em grande quantidade meias famosas em todo o país: meias para fantasias, meias de seda para mulheres (a seda era suprida por trens especiais transportando seu fardo em grande velocidade desde a Costa Oeste), meias de trabalho, meias de crianças, meias esporte. Agora a empresa seria fechada em agosto. Quase duzentas pessoas perderiam seu emprego.

Talvez um terremoto estivesse abalando uma fábrica no outro lado da cidade, mas o tremor atingiu diretamente o canto de ferro deles, no alto do pátio, lembrando aos operários da Número Seis a sua vulnerabilidade. Podiam fazer tudo o que lhes pediam e fazer bem, mas nunca haveria a garantia de que seus empregos não desapareceriam. Muitos tinham amigos ou membros da família trabalhando na fábrica de meias. O seu fechamento não era um evento distante ou abstrato; lançava uma sombra gélida, e atrás dela, entreviam o gigante, a Intertex. Sabiam que em praticamente um século a Bannerman's nunca tinha fechado uma fábrica na cidade, enquanto, em um ano da sua aquisição, a Intertex estava fechando algo essencial, que tinha parecido tão permanente quanto as colinas do outro lado do Atta.

— Soube que o lugar estava fazendo dinheiro — disse Steve Johnson, com uma voz aguda e queixosa, como se suplicando aos outros uma resposta.

— Como poderia ter sido? — disse Mary Carr mordazmente, sem tirar os olhos da balaustrada à sua frente. Ela era de Newfoundland, uma mulher viscosa, de queixo pontudo e opiniões fortes. — Não fechariam uma fábrica se estivesse dando lucro. É para isso que os caras estão aqui.

— Tem razão — disse alguém, e isso pareceu encerrar o assunto. Por alguns momentos, ficaram em silêncio.

Olhando para as próprias mãos, que de súbito pareceram estranhas, como as de um animal, Alf disse:

— Na verdade, *estavam* dando lucro.

Ele sentiu a agitação, a atenção despertada por suas palavras. À sua esquerda, viu Steve Johnson olhando de volta, ansiosamente, inclinando-se à frente com os cotovelos nos joelhos. Outros rostos também tinham-se virado para ele, desconcertados e expectantes. No pátio embaixo, um carrinho com rodas de ferro rolava ruidosamente sobre o asfalto bruto.

— Como pode ser, Alf? — perguntou Mary.

— Bem, parece que há lucros e lucros. Estavam ganhando cerca de duzentos por cento lá. Acho que a Intertex sentiu que poderiam tirar ainda mais com seu dinheiro em outro lugar.

Grant George, subgerente da fábrica de meias, tinha-lhe dito isso uns dois dias antes de o fechamento se tornar público, quando Alf esbarrara com esse amigo de infância no correio. Grant, parecendo mortificado e soando sinistro, não conseguira reprimir seu desgosto com a coisa toda. "Esses caras não são nada tolos", tinha ele dito da Intertex. "Venderiam a própria avó se obtivessem um bom preço."

As palavras de Alf foram recebidas com silêncio. Lá embaixo, o carrinho de bobinas se afastava.

— Estavam tendo lucro? — disse Boomer Tomlinson incrédulo. — Como pode ser?

— Ele já disse — replicou Mary. — Não estavam tendo lucro *suficiente.*

— E essa gente toda que vai perder o emprego?

— Não estão preocupados em gerar empregos — disse Mary Carr. — Se pudessem dirigir tudo com um painel de controle, como Harry Scott e suas caldeiras, se livrariam de nós rapidinho.

— É isso mesmo — disse alguém.

Mas Boomer, friccionando as mãos e contorcendo a cara em uma máscara amassada de descontentamento, não estava satisfeito.

— Alf — disse ele, olhando fila abaixo —, qual o lucro que estão tendo aqui? Aqui, na seção de suéteres?

Todos os olhos estavam fixos nele, extremamente interessados em sua resposta. Sentindo a boca ressecar, Alf sacudiu a cabeça.

— Não sei — replicou. — O bastante, suponho. — Esperaram mais alguns momentos, sentindo ou esperando que ele tivesse mais a dizer, mas ele só conseguiu repetir seu gesto de repúdio, infeliz em seu fracasso em satisfazê-los, desconfiado da fome que entrevira em seus olhos.

O TEMPO MUDOU para chuva e no intervalo, ficaram dentro, na lanchonete ruidosa do terceiro andar, com suas paredes nuas, bege, e o piso de madeira sem pintura, onde pessoas dos vários departamentos misturavam-se tornando a discussão de qualquer tema mais delicado impossível naquela algazarra. Mas quando o sol saiu, os operários do sexto andar retornaram felizes à saída de incêndio. Não foi feita mais nenhuma menção à fábrica de meias, como se a resposta de Alf, dias antes, e a chuva interveniente tivessem lavado suas mentes. Boomer Tomlinson e Eddie Ray começaram a falar sobre onde passariam as férias de verão. Boomer contou a história de um urso que havia se introduzido no acampamento em que ele e sua mulher estavam, perto de Wawa, e causado tal estrago que duvidava que conseguisse fazer sua mulher acampar de novo. Enquanto ele e Stella se comprimiam aterrorizados em sua pequena barraca, o urso tinha arrancado a janela de seu Plymouth.

— Ele simplesmente escorregou suas patas para dentro e arrancou tudo como se fosse a tampa de um Tupperware — disse Boomer.

Isso desencadeou uma série de histórias sobre ursos, a melhor das quais foi a de Mary Carr que contou que, quando era menina, tinha ficado presa na latrina anexa à casa de sua avó por causa de um urso que se sentara na frente da porta.

— A porta era tão frágil — disse Mary Carr — que uma doninha conseguiria abri-la — e havia algo tão absurdo na idéia de uma doninha abrir a porta de uma latrina que todos riram. — O urso parecia estar esperando a sua vez — disse Mary. — Fiquei tão apavorada que estava pronta para me jogar no buraco.

O balido nasalado da campainha soou distante e irrelevante, como uma ordem dos pais que a criança não leva a sério. Avisos mais severos poderiam vir depois, mas por enquanto parecia inofensivo ficar sentado ao sol. Alguém começou outra história, e Alf, apagando a guimba do cigarro sobre a balaustrada, pensou em uma história que Pete tinha lhe contado. Havia uma fogueira e um urso emboscado na orla da luz. Não se lembrava do resto, mas a imagem do rosto de Pete, as sobrancelhas erguidas em uma surpresa inocente, fez uma foice de pesar atravessá-lo. Deu um grito breve, como os soluços abafados que as pessoas fazem durante o sono. Do seu lado, Eddie Ray começou exatamente quando uma voz aguda, em tom de censura, irrompeu acima da cabeça de Alf.

— Pessoal, pessoal, assim não dá.

Na sacada, a conversa e risadas se interromperam. Alf relanceou os olhos para a sua direita e viu a perna de jeans e o tênis preto de Kit Ford balançando-se a centímetros de seu ombro. O contramestre estava debruçado na porta aberta, como um condutor de trem. Alguns dos tecelões ergueram os olhos para ele com a expressão perplexa. Outros se viraram impassivelmente, olhando o espaço. Havia no ar um senso de recusa obstinada. Estavam acostumados a obedecer à campainha, a obedecer a cada ordem que vinha de cima, mas hoje, no sol e intoxicados pelo riso, pareciam ter tomado a decisão conjunta de ignorarem o contramestre.

Kit Ford desceu para a tábua que servia de degrau. Bateu palmas. Como se tentasse levantar um bando de gansos.

— Vamos lá, pessoal! Vamos, rápido!

Continuaram sentados. Alf sentia a tensão em sua nuca, como se a qualquer minuto, o homem em cima dele batesse em sua cabeça. Dava para ouvir a respiração de Kit Ford, esforçando-se para controlar sua fúria. Curvando a cabeça e ombros à frente, Alf levantou-se devagar. Ao subir os degraus, evitou o olhar assassino do contramestre, que ficou atrás com os braços cruzados. De trás de Alf, chegou o som de copos sendo atarraxados nas garrafas térmicas, de marmitas sendo fechadas, de corpos se movendo, ganhando tempo, enquanto os operários se preparavam para segui-lo.

40

— O QUE FOI AQUILO?

Alf estava diante da mesa de Kit Ford. No seu tampo havia um pedaço de papel no qual havia sido depositado um chiclete mascado, como uma larva de inseto rosa. Os olhos de Ford, inflamados de raiva, estavam presos nos de Alf.

— Aquilo o quê?

— Aquilo! — Ford apontou dois dedos para a saída de incêndio. — Feche a porta — mandou.

Alf hesitou por um momento. Então virou-se e fechou, bem devagar, a porta. O zumbido das máquinas de tear diminuíram. Voltou a encarar o contramestre.

— Ficarem sentados lá cinco minutos depois de a campainha soar.

— Não sei — disse Alf. — Não estávamos prestando atenção.

— A maldita coisa é *ensurdecedora*!

Ouviram a campainha — pelo menos, Alf ouvira —, mas tinha parecido ressoar longe, de outra vida. Ele estava um pouco confuso com o que tinha acontecido. Mas não deixaria que lhe falassem assim, como se tivesse 14 anos. Seu desafio assumira a forma de uma calma exagerada.

Manteve as mãos nos bolsos de seu macacão de trabalho, olhando com firmeza para o capataz, imóvel.

— Está fazendo um dia bonito — disse ele, dando de ombros. — Esquecemos.

— *Esqueceram*? — A voz de Ford encheu-se de um júbilo ultrajado, como se tivesse acabado de pegar Alf em uma grande mentira. — Mesmo depois que mandei entrarem, continuaram lá.

— Sim, acho que sim.

— E por que isso?

Alf deixou que um suspiro lhe escapasse. Concordou com Ford que as coisas tinham saído fora dos trilhos. Não obstante, insistir dessa maneira — havia algo obstinado em relação a isso.

— Eu fiz uma pergunta — disse Ford, peremptório.

— Não sei — replicou Alf. — Você nos pegou de surpresa.

— Pode ter certeza. — O olhar do contramestre vagueou, com uma frustração raivosa, da mesa para o cinto de Alf, do cinto para o seu peito. Sua mandíbula mexia, como se precisando de chicletes.

— Nunca vi isso acontecer antes — falou Alf. Tinha dúvidas se Ford perceberia a insinuação de que não houvera necessidade de isso acontecer antes, mas tinha de tentar. — E duvido que aconteça de novo.

— Creio que pode providenciar para que seja assim, não pode?

De repente, Alf ficou desconfiado.

— Você é o líder.

— Não há líder nenhum.

— O que foi então, uma rebelião espontânea da classe trabalhadora? Ora, cara, tenho olhos. Não se mexeram até você se mover!

— Isso é loucura —conseguiu dizer Alf. No entanto sentia-se culpado, como se o contramestre estivesse falando a verdade. — Poderia ter sido qualquer outro.

— Seja como for — disse Ford, bulindo na prancheta —, eu o considero responsável. Se repetirem, sei quem devo procurar.

O contramestre, em seguida, simulou estar examinando a prancheta. A entrevista tinha-se encerrado? Alf continuou ali, sua calma em farrapos. Lentamente, tirou as mãos dos bolsos. Estavam pesadas, como se todo o sangue de seu corpo tivesse vertido para os seus punhos.

ÀS DEZ HORAS DA MANHÃ seguinte, os operários se dirigiram à saída de incêndio, como sempre. Quase no fim do intervalo, quando uma brisa fria, que soprou do outro lado do pátio, erguia uma página do livro de Book Cummings, Steve Johnson consultou o relógio e expressou o que todos tinham em mente.

— Será que o Papa-Léguas vai aparecer hoje?

Alguém riu à socapa, e Alf sentiu seus braços formigarem. Devo entrar, pensou, antes que o salafra apareça, mas continuou sentado, ignorando sua intenção sensata. Kit Ford havia se instalado em sua mente como um conquistador vindo de um país estrangeiro. Não conseguia parar de revisar o encontro com o contramestre, pensando no que poderia ter dito, da injustiça de todas aquela situação maldita. Expirou a fumaça e observou-a passar, um gênio de forma cambiante, pela balaustrada acima do pátio iluminado pelo sol.

Assim que a campainha soou, um movimento do seu lado direito fez com que virasse a cabeça. Kit Ford havia saído rapidamente da fábrica e se posicionado no fim da saída de incêndio, encarando seus operários, a ponta dos dedos metidos nos bolsos do jeans.

Ninguém se moveu. Então Boomer Tomlinson curvou-se à frente como se fosse bater com a cabeça no parapeito e emitiu um gemido grave.

— Algum problema, Sr. Tomlinson? — perguntou Ford.

— Só uma dor de cabeça — replicou Boomer, sem olhar para ele.

Um ou dois tecelões acharam graça — Ford era a fonte óbvia da dor de cabeça de Boomer —, mas continuaram sentados, não tanto como um desafio, como por estarem confusos, imobilizados pela presença do contramestre.

Alf suspirou, apagou a guimba do cigarro, e se preparou para se levantar. Temia o resultado, imaginando que os outros o seguiriam, dando a Ford mais uma prova de que ele era o cabeça. Mas também estaria condenado se continuasse sentado, especialmente se os outros também permanecessem em seus lugares. Pôs as mãos nos joelhos, mas antes que tivesse tempo de se levantar, Mary Carr levantou-se de um pulo.

— Bem, hora da festa — exclamou ela, com ironia. Agitaram como se fossem um só e entraram na fábrica atrás de Mary. Alf foi um dos primeiros a passar por Ford; ignorou, incisivamente, o contramestre, que ficou com os braços cruzados, observando-os com reprovação, como se tivessem passado por pouco na revista.

Quando chegou a hora da pausa da tarde, a maioria dos operários antecipava, com ansiedade, o reaparecimento de Ford. Tinham conversado o bastante sobre seu comportamento nesse meio tempo para estimular uma oposição considerável; quem sabia o que aconteceria se ele tentasse a brincadeira de novo? Mas Ford era mais esperto do que Alf esperava. O contramestre não apareceu no fim da pausa, embora algumas pessoas esperassem mais meio minuto. De fato, não reapareceu dia nenhum, e o incidente, com seus dois capítulos, passou para o repertório de histórias da fábrica, uma história a ser contada tomando cerveja, floreada com refutações espirituosas, que não haviam sido expressas na realidade, celebrações da determinação corajosa de "não deixá-lo escapar imune", que havia sido, na melhor das hipóteses, experimental.

A atmosfera na saída de incêndio contava uma história diferente. Alf reparou que, agora, quando o fim da pausa se aproximava, todos ficavam inquietos. Consultavam seus relógios furtivamente e guardavam o lanche e livros um pouco mais cedo do que antes. Embora continuassem sentados depois de a campainha tocar, o período tradicional de desafio tinha-se reduzido gradativamente — a ponto de praticamente deixar de existir.

VÁRIAS SEMANAS DEPOIS do incidente na saída de incêndio, Ford chamou Alf de novo à sua sala. Sobre a sua mesa, estava uma faixa de malha estampada, dobrada negligentemente. Alf reparou no tecido azul escuro, desconfiado; ele mesmo a tinha feito.

— Alf — começou Ford. O contramestre estava com a sua cara mais sincera, interessada. — Acho que está fazendo coisa demais aqui... operando as Richardson e consertando também. É muito para um único homem.

Alf percebeu aonde isso daria. Passando a mão no cabelo, disse:

— Bem, para dizer a verdade, desde que você chegou, tenho muito menos a fazer. Até onde posso ver, está fazendo três vezes mais do que Matt chegou a fazer algum dia. Tive de passar muito tempo ajudando-o.

— Estou grato — disse Ford, com a contração de uma bochecha macilenta. — Mas receio termos um problema. — Com habilidade, abriu com um piparote o pano. Era uma mistura sutil de fios azul-escuros, com apenas um toque de vermelho atravessando-o. Alf o tinha feito em uma das Richardson, as únicas máquinas no andar sofisticadas o bastante para produzir tal padrão. — Percebe do que estou falando?

— Não, não. — Mas seu rosto estava esquentando. Os dedos grosseiros do contramestre empurraram a amostra à frente.

— Você usou o vermelho errado.

Alf pegou o pedaço macio de pano, o vermelho vindo à superfície em riscas aleatórias, vislumbres de fogo.

— Deveria ser vermelho-persa. Você usou vermelho-palheiro. Brilhante demais.

Passando pela mesa de Ford, Alf levou o tecido até a janela sem persianas, e viu que Ford tinha razão.

A voz aguda de Ford atingiu-o por trás.

— Há 45 metros arruinados, Alf.

Alf viu o telhado de cascalhos da seção de tintura, os pescoços e peitos dos pombos ali reunidos pulsando. Sentiu o puxão de uma ironia, na forma de uma piada obscura, que ele não compreendeu inteiramente.

Alf retornou ao seu lugar — como havia se tornado seu tão rápida e completamente — diante da mesa de Ford, pondo o pano com uma delicadeza que contrariava a tensão em seu rosto e peito. Parecia sem sentido pedir desculpas ou dizer o que quer que fosse. Em quase vinte anos na tecelagem ele nunca cometera um erro dessa ordem, um erro que custaria caro à empresa. Não conseguia entender como acontecera.

— O que decidi fazer — disse Ford, franzindo o cenho com grande seriedade, olhando para a mesa — foi tirá-lo das Richardson. Se ficar trabalhando nas máquinas mais fáceis, será capaz de se concentrar mais, tanto na tecelagem quanto na manutenção.

O contramestre olhou para ele. Por trás de sua expressão de preocupação, o triunfo reluzia.

Alf sentiu-se estranhamente neutro, quase impassível com o comunicado de Ford.

— Quero que troque com Marr — disse Ford. — Ele sabe operar as Richardson... certo?

Alf riu friamente.

— O que foi tão engraçado?

— Nada — replicou Alf. No lado de lá da janela, pombos levantaram vôo, uma tempestade de asas cinza.

SAIU DA SALA e passou pelas Richardson paradas, recusando-se a olhar para elas, mas sentindo sua massa alta, como se o estivessem observando passar como um soldado em desgraça.

O posto de Woody Marr era no fundo da sala: quatro máquinas antigas de roupas de baixo que agora eram usadas para fazer malha para camisetas. Alf chegou exatamente quando Woody emergia com uma bobina de algodão branco em uma mão. O tecelão mal reconheceu Alf e prosseguiu com o que estava fazendo. Desde o outono, tinham feito o possível para evitar um o outro.

— Agora? — exclamou, incrédulo, quando Alf lhe disse o que Ford queria.

— É o que parece.

Woody lançou-lhe um olhar de malevolência. Alf sentiu-se sacudido pelo lembrete de sua história mútua. Virou-se impassível, fingindo interessar-se pelo estado das máquinas de Woody.

Uma coisa é aceitar o próprio destino, outra é continuar aceitando-o como se não houvesse nenhum esforço a fazer para uma alternativa. Em meia hora, Alf dava tratos à bola para entender como poderia ter confundido vermelho-persa com vermelho-palheiro. Eram tão distintos quanto uma garrafa de vinho tinto e um letreiro de Coca-Cola. Estaria confuso a esse ponto? Após alguns minutos, foi à sala de fiação onde moveu o interruptor lançando uma fluorescência pálida, tremeluzente, sobre a série de caixas de madeira fundas, arranhadas por gerações e gerações de uso. Os contêineres de vermelho-persa e vermelho-palheiro ficavam lado a lado, empilhados quase se derramando com as imensas bobinas do tamanho de uma cabeça. Olhou de uma caixa para a outra, perplexo. Até uma criança distinguiria as cores. Não conseguiu evitar a sensação de que tinha sido enganado — provavelmente por si mesmo.

Ainda assim, a sensação de injustiça — de que algo lhe havia sido feito — persistia. À sua direita, uma das janelas compridas na parede de tijolos espessa emoldurava a antiga casa que abrigava o Escritório Central. O Fleetwood azul-escuro de Bob Prince estava estacionado no lugar de sempre, sob o salgueiro, agora exibindo folhagens de um rosado descorado. Ao ver o carro lustroso com suas aletas baixas, uma corrente de raiva atravessou-o, e por alguns segundos enraiveceu-se em silêncio.

DEPOIS DAS RICHARDSON, operar as velhas máquinas de Woody era uma moleza. Alf nunca tinha tido tanto tempo livre: tempo para se aborrecer, tempo para torcer para uma avaria em algum lugar, de modo que tivesse o que consertar (embora odiasse receber as condolências dos outros, que achavam o seu rebaixamento injusto), tempo para ver rancorosamente Woody apressando-se em volta das Richardson, tempo para papear com Coreen Appleton.

Ela operava a plataforma do outro lado, uma mulher jovem, na faixa dos vinte, com dois filhos pequenos, bonita, com um rosto franco e olhos castanhos ávidos, que sorria para ele sem a menor insinuação de flerte ou malícia. Geralmente, usava uma camisa xadrez para dentro do jeans, que lhe caía de uma maneira que Alf achava agradável, acentuando a redondez de seu traseiro, a súbita estreiteza de sua cintura alta, apertada com um cinto branco de plástico no qual estava gravado o desenho de um coração vermelho. Às vezes, ela cantava enquanto trabalhava, com uma voz infantil de soprano, músicas antigas de Teresa Brewer, da década de cinqüenta. Ela dava um toque mais leve aos seus dias; embora gostasse de sua aparência jovem, não se sentia atraído por ela fisicamente. Ela era tão viva e animada que parecia não conter nenhum mistério, nada oculto — o contrário de Lucille —, que o fazia pensar em sua própria dissimulação. Via Lucille em fragmentos vívidos. Curvando-se para enrolar algum pano, tinha *flashes* da maciez caramelo de sua barriga ou de sua boca grossa vindo preguiçosamente em direção à sua.

Estava fazendo seu trabalho como sempre quando ouviu a voz aguda de Kit Ford no outro lado do corredor entre as máquinas. O contramestre e Coreen estavam ombro a ombro, de costas para Alf, conversando. Alf observou quando a mão quadrada do capataz estendeu-se para se apoiar no ombro dela. Então, a mão desceu, roçando suas costas na altura da cintura e parando, com a palma aberta, os dedos espalhados, em seu traseiro, apertando enquanto Coreen se contorcia tentando se afastar. Com três passos, Alf estava do lado dela. Agiu tão rapidamente, tão impulsivamente — movido pela raiva contra Ford que nunca tinha desaparecido —, que o seu movimento, realizado como perfeita eficiência, pareceu ensaiado. Tomando cuidado para não tocar em Coreen, pegou o pulso do contramestre e puxou seu braço para longe dela, puxou-o como se fosse algo podre que lhe desse nojo tocar.

— Ei! — disse Ford, se virando. Alf viu o medo em seu rosto, de novo um quê de menino, mas que desapareceu em um segundo, enterrado sob um sorriso afetado de satisfação condescendente, ao reconhecer Alf.

— Fique com as mãos longe dela — disse Alf, a voz impassível. As palavras soaram irreais, como se estivesse representando um papel em uma peça.

— Volte ao trabalho, companheiro.

— Por favor — disse Coreen aos dois. — Alf não precisa... — Nenhum dos dois reparou nela.

Alf havia se posto na frente dela, um pouco mais alto do que o outro. Ford empurrou seu peito.

— Volte para a sua índia — disse ele.

Foi o mesmo que se o contramestre lhe tivesse dado um murro. Alf empurrou-o e sentiu o músculo couraçado do peito de Ford, viu-o oscilar brevemente. Então, Ford avançou e, quase imediatamente, Alf recebeu dois murros rápidos na cabeça. Instantaneamente tonto, só teve consciência de Coreen gritar e de Ford se aproximar com os punhos erguidos sobre cada lado de seu peito, como um boxeador em uma fotografia antiga. Alf deixou a cabeça cair. Seu próprio murro foi quase indolente, como se por letargia, pegando Ford de surpresa do lado da boca e o jogando para trás com um gemido perplexo. Com a cabeça rugindo, Alf fez um esforço extraordinário para se arrastar e vencer o cansaço. Esmurraram-se com uma ferocidade em staccato, concentrando-se em causar o maior dano possível um ao outro, cambaleando entre as máquinas altas, que continuavam a produzir pano, imperturbáveis, como se nada daquilo pudesse ter alguma importância.

41

DESLIGANDO O MOTOR do carro, Alf examinou seu rosto no espelho retrovisor do Biscayne: o talho no olho direito, incrustado na pele inchada como a de uma tartaruga, a bochecha arranhada, a mancha de sangue, como um pequeno cavanhaque marrom, recurvado sob seu lábio cortado.

O olho ileso observou, impassível.

Ao entrar na cozinha, ouviu alguém baixar a tampa do piano na sala de jantar.

— Quem é? — A voz de Margaret.

Escutaram o silêncio um do outro.

— Sou eu — disse ele, curvando-se rígido para desamarrar os sapatos. Quando ela entrou na cozinha, ele aprumou o corpo, mostrando o rosto.

O grito dela foi gratificante. Estranhamente, estava orgulhoso de seu rosto arruinado. Havia algo honrado em relação a uma briga; além disso, se não tinha vencido, tampouco tinha sido derrotado.

Ela aproximou-se dele em sua roupa de tecido canelado e se deteve, as mãos meio erguidas, sem ousar tocá-lo. Por um momento, ele se sentiu como tendo feito algo extraordinário: atravessado o deserto ou retornado dos mortos. Encarou-a com franqueza, com um orgulho nítido, ameaçador. Há semanas não se sentia tão vivo.

— Foi uma briga — disse ele. Ele a estava desafiando a contradizê-lo, a insinuar uma única palavra de crítica. Após uns dois minutos, os tecelões tinham separado ele e Ford, e na hora certa: a força do mais jovem começava a se fazer sentir.

— Quem você...?

— O contramestre — replicou ele.

— Matt?

— O cara novo — resmungou sarcasticamente. Ela vincou a testa. — Não consegui o cargo, Margaret. Eles o deram a outro.

Ela olhou para ele sem entender. Ele não havia lhe dito nada a respeito de Kit Ford, e agora o aborrecia ter de explicar. Parecia que ela levantara o assunto para torturá-lo.

— Alguém...

— Não consegui o cargo! É tão difícil de entender assim?

Encarou-a com raiva, como punindo-a por simplesmente existir. O rosto dela enrubesceu. Ele foi até a pia, pegando um copo no armário. Água correu da bica, esparrinhando enquanto ele lutava para dominar sua fúria de novo despertada. Viu a face pálida, sorridente de Ford, sentiu de novo a aresta do osso malar do capataz quando o agrediu com o punho. Sua mão tremeu com o esforço para não esmagar o copo. Finalmente bebeu, e a água fria, ao atravessar sua boca crestada e descer por sua garganta, aliviou-o.

— Fui despedido — disse ele calmamente.

— Oh, Alf — disse ela. — O que aconteceu? Quem despediu...?

— Ford! — gritou ele. Tinha de explicar tudo? — O contramestre. O sujeito com quem briguei.

Ela não disse mais nada, olhando fixo para o espaço entre eles, como vendo outras realidades. Seu devaneio — como ela conseguia se desligar nesse momento crítico? — o deixou ainda mais furioso.

— Então? — exigiu ele, quase gritando.

— Alf, sinto muito! — Havia lágrimas em seus olhos. Mas ele não queria lágrimas, ou a ameaça de lágrimas, e se virou, apoiando-se na bancada da pia com as duas mãos. Com cuidado, ela tocou em seu braço. — Conte o que aconteceu.

— O canalha arruinou o lugar — disse ele. — Alienou todo mundo.

— O novo contramestre — disse ela.

— Sim, droga, o novo contramestre! — berrou. Sua boca expeliu cuspe em forma de um fio de sangue. Tinha começado a apreender sua derrota e estava descontrolado diante de sua própria impotência.

DEPOIS, SEUS FERIMENTOS já tratados com iodo e bandagens, ele se pôs à janela do quarto e observou Penny na rua, vindo para casa para almoçar. Estava usando seu casaco de inverno e carregava espigas de flores de salgueiro, como um feixe de chicotes com nós nas extremidades. Suas pernas muito finas em suas meias vermelhas pulavam no meio-fio. De repente, ela parou e olhou para a casa, desconfiada.

Ele recuou da janela.

Momentos depois ele rondava o topo da escada, escutando quando ela entrou na cozinha. Primeiro, sua voz cadenciada, inocente e animada. Depois o murmúrio de Margaret.

— Diga-lhes apenas que sofri um acidente com a máquina de tear — instruiu à sua mulher. Estava determinado a evitar que o dano se espalhasse. Manteria todos a salvo, sim, todos ficariam bem, se acreditassem no que ele dissesse. — Diga que parece que levei uma surra, mas que estou bem. Não mencione o emprego. Contaremos depois. Vai ficar tudo bem.

Quando desceu o corredor, Penny correu para encontrá-lo e, como se de repente ela fosse mais nova e menor, se jogou com um grito nos seus braços. Ele a carregou desajeitadamente até a cozinha, a cabeça em seu pescoço. Mas quando passaram para um cômodo mais iluminado, ela recuou a cabeça para vê-lo melhor.

— Oh, papai!

Jamie irrompeu na casa.

— Corri o caminho todo desde ... — Parando, viu seu pai e sua irmã que chorava. Virando-se da pia com as flores em um vaso, Margaret tentou explicar. Mas o rosto de Jamie estava cinza. — Você vai embora? — perguntou quase sussurrando. Seus olhos jorraram lágrimas espessas. — Ele está indo embora! — gritou para Margaret quando ela inclinou-se para ele.

— Não, não — disse Margaret, tentando injetar um tom mais leve. — Quantas vezes tenho de lhe dizer isso, seu bobinho? Ele não vai a lugar nenhum.

Logo estavam comendo com uma relativa calma à mesa da cozinha, todos exceto Joe que tinha ficado na escola para jogar hóquei. Quando o telefone tocou, o som pegou todos de surpresa, especialmente Penny e Jamie, que se sobressaltaram como se a máquina de tear que havia ferido seu pai estivesse prestes a entrar na casa, se arrastando pesadamente. Era Boomer Tomlinson. A Número Seis inteira estava alvoroçada, disse ele.

— Estão à beira de cruzar os braços.

— Cruzar os braços? — disse Alf bruscamente, sem entender. À mesa, Jamie gelou. Para que tinha de cruzar os braços?

— Vamos conseguir seu emprego de volta, certo? Vou falar com Wilf Thomas.

Alf voltou à mesa, atônito. Em sua cabeça, havia sido uma luta somente entre ele e Kit Ford, e a luta tinha se encerrado. Mas agora o andar todo parecia estar querendo arriscar a pele por ele.

O telefone tocou de novo: Coreen Appleton, chorando e mal se fazendo entender. Ele tinha sido tão bom, tomando a sua defesa dessa maneira, e agora... era tão injusto! Ela também ia telefonar para Wilf Thomas, o gerente da fábrica de suéteres.

Todos pararam de comer quando ele voltou à mesa.

— Só perguntando como estou — disse ele, pegando a colher e contemplando sua porção de sorvete. Não sabia se essas eram boas ou más notícias. Havia um quê decepcionante na idéia de conseguir seu emprego de volta. De certa maneira, gostava da posição extrema em que se colocara. Era digna, assim como a briga com Ford: sentia-se como tendo descido ao chão depois de anos flutuando. E havia um senso de liberdade. Não teria de ir à fábrica no dia seguinte.

O telefone tocou de novo.

— Até que somos populares — disse Margaret, levantando-se. As crianças observaram sua mãe caminhar até o telefone. Ela falou brevemente e desligou.

— Foi engano — anunciou.

Em sua cadeira, Jamie fez uma careta e se pôs a rir — *ha, ha, ha* —, com uma aspereza dissonante, teatral.

— Basta — disse Alf, rispidamente. Jamie projetou o queixo e olhou para a manteigueira.

MAIS TARDE, nesse mesmo dia, Alf estava sozinho à mesa da cozinha, bebericando uma xícara de chá frio e folheando, sem entusiasmo, os classificados do *Gleaner*, de Johnsonville, quando o telefone tocou. Era Wilf Thomas. Ele foi direto ao ponto.

— Alf, soube do que aconteceu. Ouça, se garantir que não acontecerá de novo, posso oferecer seu emprego de volta.

Alf refreou-se diante da sugestão de que ele era culpado.

— E Kit Ford? O que ele tem de garantir?

— Alf, ele é o contramestre aqui. Ignoro o que pretende ao lhe fazer essa oferta.

De inopino, em um arroubo súbito de desafio, Alf replicou:

— Não vou voltar a não ser que se livre de Ford. Ele está destruindo a seção.

— Alf, seja razoável.

Ele não era razoável. Depois de desligar, retornou à cozinha, pasmo com o que tinha acabado de fazer. No entanto sabia que tinha falado a verdade. Ele não podia — não iria — trabalhar de novo para Ford, assim como não poderia beber o cuspe do sujeito. No entanto estava em choque, chocado por ter lançado sua vida ao sabor da corrente.

COMEÇOU A FAZER as rondas familiares aos desempregados. Preencheu formulários e sentou-se na sala de espera de firmas, onde pilhas de revistas antigas espalhavam-se sobre as mesas de tampo de vidro, onde fotos dos funcionários e times da empresa sorriam exultantes nas paredes, com a serenidade confiante dos que sabem que têm um lugar. Uma vez, nas docas, foi entrevistado por um contramestre vinte anos mais jovem que ele, um sujeito troncudo, parecendo infeliz, que mal ergueu os olhos da prancheta, falando de maneira ríspida e descuidada, e que Alf achou tão insultante que se recusou a se mexer quando o homem o dispensou. Um momento depois, o contramestre foi lá para dentro e Alf ouviu-o dizer: "Se o babaca que está lá fora não for embora, chamem a polícia."

Tinha-se tornado o *babaca que está lá fora.* Era como se sentia às vezes. Talvez fosse o seu rosto, ainda manchado com contusões amarelas e roxas, que deixassem as pessoas desconcertadas. Talvez (como às vezes suspeitava) Kit Ford tivesse interferido para bloquear suas chances. Ou quem sabe não fosse a sua falta de interesse verdadeiro. De alguma maneira, o seu foco ainda era a Bannerman's, como se estivesse apenas esperando um segundo *round*, e lutar de novo sob as máquinas altas. Havia vezes em que procurar trabalho parecia abrir mão de seus princípios. De seus direitos.

Não demorou e ficou farto de tudo aquilo — farto também de ficar pela casa nos dias em que não saía para caçar. Margaret estava ficando cada vez mais impaciente, retrucando com irritação por trivialidades. Não podia culpá-la. Estavam tendo de se virar com seu seguro-desemprego, menos da metade do que ganhava antes. Estavam comprando a carne de segunda mais barata, o pão do dia anterior. Ele tentava ser útil realizando tarefas domésticas há muito adiadas, mas sentia-se a cada dia mais um estorvo. Certo dia quente e nublado, no começo de maio, pôs nos bolsos de seu blusão um sanduíche de manteiga de amendoim e uma laranja e, levando Red, atravessou a ponte para pedestres até o parque, dirigindo-se, pela floresta e brejos do rio, ao noroeste da cidade. O cachorro grande parava o tempo todo para erguer sua pata de encontro às diversas árvores e peças do equipamento do *playground*. Alf escolheu o caminho ao longo do alto da barragem, ciente, enquanto andava, do bangalô de Pete, suspenso na encosta arborizada, da porta da garagem fechada, ocultando o Saratoga que May insistia em conservar. Esforçou-se para não olhar para a casa, mas não conseguiu se conter. O próprio Pete parecia escondido lá, observando-o. Sim, Pete parecia muito perto; estava atrás da árvore seguinte, ou esperando-o na trilha úmida acima do rio que corria veloz. Estava sorrindo, de vingança, talvez, agora que Alf também sabia como era perder o emprego, ou por pura alegria, preparando uma de suas histórias. Mas tudo isso era lorota, não era? Alf estava sozinho, mais sozinho do que nunca em sua vida. "Seu idiota", disse para a casa. "Devia ter lutado mais."

Chegou ao fim do parque e penetrou em um bosque de cedros, seguindo a trilha de pedra principal, mais próxima do Atta. À frente, a represa número um da Bannerman's zumbia, o rio diluindo-se no outro lado da ampla plataforma que recebia a água. Estava exatamente do lado oposto da fábrica de meias. O edifício alto marcava uma presença graciosa acima do rio escuro, e por alguns momentos, parou para admirá-lo. Várias janelas tinham sido abertas, e ele podia ver as pessoas trabalhando — continuavam com seu emprego, embora em alguns meses, quando a Intertex fechasse a fábrica, também eles fossem ficar desempregados. Em breve, vocês ficarão completamente livres, pensou com amargura, como Pete e eu.

Red reapareceu e sentou-se do seu lado. As orelhas do cachorro empinaram-se quando algo moveu-se no rio. Seguindo o seu olhar, Alf viu uma garça imóvel na praia. Bem devagar, a ave alta e cinza ergueu uma perna e deu um passo à frente. Depois, lançando-se de súbito para baixo, seu corpo caiu com um baque de barriga entre as pedras. Mas tinha pego um peixinho, uma risca prateada se contorcendo em seu bico em forma de florete. Alf observou, paralisado. Nunca tinha visto uma garça cair, nunca tinha imaginado que isso poderia acontecer. Endireitando o corpo de novo, a ave esticou sua garganta comprida para trás, e com algumas sacudidelas, o peixe desapareceu.

Do lado dele, Red parecia estar rindo, a língua pendendo.

Ele prosseguiu, um pouco mais animado, passando a barragem e entrando na floresta que margeava o açude do moinho. O cachorro trotava à sua frente, seu rabo enrolado balançando-se acima da trilha. Ocasionalmente, fazia uma pausa e olhava para trás, para Alf. A trilha tinha-se solidificado com gerações de uso, e nada crescia ali, embora na floresta à esquerda e à direita as primeiras ramagens verdes passassem por entre os troncos das árvores. Percebeu o chilro e gorjeios invisíveis e, distante, o grasnido sem língua de um corvo dizendo perpetuamente o que não podia ser compreendido. Ele conhecia perfeitamente o bosque de pinheiros em que, provavelmente, se abrigava. Corvos abrigavam-se ali quando ele era menino.

Às duas da tarde, ele e Red tinham caminhado até a Devil's Cave, pela trilha alta da floresta. Alf sempre gostara do lugar em que o Atta se aprofundava e inundava a enseada embaixo da caverna. Quando estava à margem do rio, Red desapareceu. Por um momento, Alf sentiu uma pontada de pânico, como se tivesse sido abandonado por um guia leal, embora soubesse que o cachorro acabaria aparecendo em casa. Retornou pela margem pontilhada por árvores de frutas silvestres que começavam a florescer. Na floresta atrás, encontrou as tímidas estrelas brancas de trílios, imóveis no meio de suas folhas. A floresta estava quieta e quente. O humo da cor de areia, que logo seria oculto pela relva verde, estalou sob seus pés quando ele deixou a trilha.

Sentou-se na floresta vazia de costas para uma grande faia, escutando os pássaros. Havia um canto em particular — nunca soubera de que pássaro era, embora o tivesse escutado durante toda a sua vida — que apresentava uma qualidade curiosa, espiralada, como se as notas saíssem onduladas de um cano comprido. O canto era estranho demais para ser julgado simplesmente belo; conferia, de alguma maneira, um ar de melancolia à floresta. Alf sentiu a ameaça de chuva. Seus membros pareciam pesados. Não queria voltar a se mover, e sim permanecer sob a árvore, como a floresta mergulhada no lusco-fusco.

Devia estar sentado há uma hora quando ouviu outro som, distante, à sua esquerda. Primeiro achou que era uma coruja, piando em seu sono, ou um pato ou um ganso saindo, desajeitadamente, da água para a terra. Diminuiu, depois recomeçou, tornando-se mais forte a cada instante. Viu de relance, pelos troncos das árvores, um casaco preto. Um homem percorria a trilha, chorando. Estava soluçando abertamente, conscientemente, como se fosse a coisa mais natural do mundo tremer e chorar enquanto caminhava com dificuldade por entre as árvores. Alf imobilizou-se contra a faia com uma espécie de terror. Não queria ser visto, não queria interromper ou constranger o homem. Embora a senda não ficasse nem a dois metros à sua frente, achou que a melhor chance de permanecer invisível era ficar onde estava.

Então, o homem passou, na trilha ligeiramente elevada, aparecendo e desaparecendo por entre as faias e bordos. Alf não o reconheceu, apesar de lhe parecer familiar. Estava na faixa dos sessenta ou setenta anos, magro e curvo, com a face profundamente curtida e um emaranhado de cabelo branco que, por um momento, fez Alf pensar em seu pai — exceto que o cabelo desse homem tinha fios pretos, como se tivesse andado pintando um teto e a tinta tivesse respingado. Estava usando uma gravata de um vermelho vivo que se projetava para fora, como um ferimento comprido dentro de seu casaco. Quando chegou perto de Alf, parou. Receoso de ser descoberto, Alf baixou os olhos e, nesse instante, o homem assoou o nariz com um grasnido incrível, seguido de outros menores e de fungadas. Em seguida, prosseguiu seu caminho, sem parar de chorar.

Alf escutou o som se distanciar nas árvores. Todos os pássaros tinham se silenciado, como se também estivessem escutando. Uma chuva fina bateu no humo, no meio dos grandes troncos. As sombras tornavam-se mais compridas. De novo, o som do homem grasnindo. Depois, a floresta se aquietou.

42

— NÃO ESTOU DIZENDO que seja ruim — disse Mann com um suspiro. — Só que está aquém de seu padrão habitual.

Joe ficou contente por as luzes estarem apagadas na sala de aula deserta. Seu rosto, seu rosto de traidor, estava quente. Ele e o professor estavam sentados lado a lado, em duas carteiras. Diante de Joe estavam as vinte páginas de seu ensaio, "Vagabundos e Doações: Um Estudo da Caridade na Grande Depressão". Mann havia enchido as margens de críticas com sua letra miúda e denteada. Tinha dado B a Joe, a pior nota que ele já recebera em um projeto de história.

— Desculpe — conseguiu dizer Joe, sem olhar para o professor.

Mann agitou a mão.

— Não, não peça desculpas. Não é nada pessoal. É apenas algo, bem... quando se escreve artigos na universidade, tem-se de usar fontes melhores do que as que simplesmente já conhece. Você não leu nenhum dos livros que recomendei. Não conseguiu encontrá-los?

— Não — mentiu, sentindo seu constrangimento crescer.

— Pedi à Srta. Keynes para separar várias obras.

— Acho que não procurei direito.

Mann tinha-se girado na cadeira. No corredor lá fora, a vassoura do zelador silvou.

— O que houve? Não se dedicou tempo suficiente? Parece feito às pressas.

— Acho que foi.

Mann aguardou com uma calma incompreensível. Tinha dito que não era pessoal, mas Joe sabia que ele estava desapontado. Agora, seu silêncio, um silêncio com que Mann parecia perfeitamente à vontade, tinha ocupado a sala. No corredor, a porta de um armário bateu. Joe achou que devia algo a esse silêncio: outra desculpa, talvez, ou uma explicação. Franziu o cenho e afastou um pouco o seu ensaio. Como Mann tinha adivinhado, ele redigira o trabalho todo na noite anterior. Não o tinha achado tão ruim então. De fato, tinha-se congratulado da fluência e rapidez com que o realizara. Havia levantado alguns pontos perspicazes, achava. Mas Mann disse que "Vagabundos e Doações" (como ficara prosa desse título, e Mann nem mesmo o mencionara) continha muito poucos fatos úteis e baseava-se excessivamente em argumentos especulativos presos em um círculo vicioso.

A questão era que ele percebera isso. Na pressa de terminar o artigo, e até mesmo quando se congratulava, tinha tido uma percepção incômoda de que "Vagabundos e Doações" era um trabalho um tanto impostor. Mas dobrou a noite ignorando o óbvio diante de si. Sabia que a verdade estava ali, mas não se viraria para olhá-la: tinha adquirido o hábito de viver desonestamente.

Ainda estava com Liz McVey. Apesar de ter prometido a si mesmo, inúmeras vezes, romper com ela, havia se deixado levar a ela inabalavelmente. "Joe e Liz" tornara-se um dos destaques correntes da vida social da escola, unidos simultaneamente pelos amigos e por seus professores. Eram uma visão comum, descendo os corredores juntos, Liz com a cabeça erguida, e Joe sempre perto à sua disposição, desempenhando um papel, ele achava, secretamente crítico dela grande parte do tempo. Não suportava a maneira como ela o chamava de querido com seu sotaque falso, de como olhava fixo a pessoa na sua frente, como se fosse mais importante do que qualquer outra coisa no mundo. Ela fingia interesse em história e em poesia, mas suas opiniões soavam sempre artificiais, como se as tivesse retirado de uma arca com opiniões pré-fabricadas e aprovadas. Ela só se tornava veemente de verdade quando falando de si mesma.

Então, por que continuava com ela? Era o sexo? É verdade, não conseguia se saturar de seu corpo esguio, os ombros redondos, e de sua boca ávida. O sexo com Liz sempre parecia ligeiramente impróprio, desesperado de certa maneira, e ilícito. Mas nunca saciava. Apenas prometia, eternamente, saciar. Sempre que terminavam um de seus encontros, o mundo parecia exaurido de significado. Ele mal tinha forças para se vestir, embora, ao mesmo tempo, não conseguisse afastar-se dela rápido o bastante. Nesses momentos, sentia vontade de lhe dizer que tinham acabado, mas nunca reunia coragem. Seria extremamente cruel, ele achava, fazer amor e, depois, comunicar que ia embora para sempre. De modo que ia adiando a decisão para outro momento — e quando chegava o momento, o seu desejo de fazer amor suplantava seu desejo de partir. Portanto, girava em círculos. Odiava a si mesmo: por sua fraqueza, por sua incapacidade de poupá-la de si próprio.

Ele continuava animado e esperançoso, mantendo a aparência de um rapaz satisfeito. As pessoas comentavam com Liz como ele era atencioso. Que outro rapaz tocava no cabelo da namorada com tanta delicadeza ou tirava um pêlo de sua suéter? Ele tinha a reputação, e mesmo entre o corpo docente (se bem que não tinha certeza em relação a Mann), de ser um verdadeiro cavalheiro.

Continuava a usufruir dos privilégios que a companhia de Liz oferecia: dirigir o Lincoln, ficar à toa na sua bonita casa, fazer parte do grupo do North End. Havia algumas compensações, afinal, em estar com Liz McVey, e a maior era ver bastante Anna. Ele e Liz saíam freqüentemente com Anna e Brad. Viajavam no Lincoln ou no Oldsmobile de Brad, iam a cinemas em Johnsonville ou a concertos em Hamilton ou Kitchener. Cada hora dessas saídas era sagrada porque ele estava perto de Anna. Ele sentia que havia um entendimento entre eles. Estavam mais próximos, mais amigos ou talvez mais do que amigos, com uma comunicação secreta que era mais profunda do que a lealdade a seus parceiros respectivos. Quando saíam com Brad e Liz, sentia que seu par real era Anna. Talvez ela partilhasse essa opinião. "Oh, Joe e eu, estamos indo", disse ela uma vez, chateada com algo que Brad dissera e Liz apoiara. E tinha posto o braço no de Joe e o afastado alguns degraus, rindo, enquanto o coração de Joe disparava. Ela talvez estivesse dizendo que abria mão de sua antiga exigência de ele manter uma certa distância. Muitas vezes ele se sentira à beira de lhe perguntar o que sentia por ele. Mas receava outra rejeição.

Sua desonestidade com Liz o infectara. Ele podia sentir isso, logo abaixo da superfície de sua vida. Pegou-se assumindo ares de que não gostava nela: referindo-se em termos de enfado ao "Linc" ou "J-ville", como sua família chamava Johnsonville. Ficava cada vez mais impaciente e passava, quase irritadamente, de uma coisa para outra, sem concluir nada. Tinha desenvolvido a mania da velocidade. As noites em que deveria ter trabalhado "Vagabundos e Doações", passou dirigindo o Lincoln, impulsionando o ponteiro do velocímetro até 90, enquanto Liz, aconchegando-se do seu lado, dizia languidamente "Cuidado, Joe. Vai acabar nos matando", acariciando a coxa dele, como se se sentisse meio atraída pela idéia.

Agora, viu o reflexo de sua armadilha no olhar de Mann. Sim, ele tinha pego Mann observando-os, ele e Liz, atentamente — com reprovação. Sentia-se envergonhado diante de seu mentor, assim como se envergonhava de sua própria fraqueza. Mann parecia estar esperando que ele confessasse tudo.

O professor quebrou a tensão.

— O importante agora é se preparar para os exames finais — disse, franzindo o cenho. — Vai ter de preparar um bocado de material a mais do que seus textos de história cobrem. Eles vão querer profundidade. Eu estava pensando se você não gostaria de recapitular a Depressão, ou qualquer outro tópico, as duas guerras, talvez... Tenho alguns livros que poderia lhe emprestar.

— Seria ótimo.

— Por que não vem comigo à minha casa agora? — perguntou Mann, levantando-se. — Verei o que consigo achar.

Desceram juntos o corredor, passaram pela série de armários individuais. Saindo pela parte de trás da escola, encontraram vários estudantes descarregando caixas de papelão de uma van.

— Acabaram de ser impressos — disse um rapaz de testa larga e entradas prematuras: John Butler. Tinha aberto um dos caixotes e estendia um exemplar de *The Poet's Quill*, o jornal literário da escola. Enquanto Mann o examinava, John deu outro exemplar a Joe. Anna havia lhe contado que tinha um poema seu nesse número. Ele enfiou o jornal entre os livros debaixo do seu braço e partiu com Mann, momentaneamente estimulado pelo pensamento nela.

NO ANDAR DE CIMA do gabinete de Mann, sob um teto inclinado, várias janelas davam vista para o distante Shade. Uma grande mesa de madeira arranhada ocupava a parede sob os peitoris. O lugar tinha uma aparência casual, levemente desordenada, criada pelas pilhas de livros no chão, antigos *New Yorker* espalhados pelo tapete de juta. Joe gostava muito da sala: sua luz, seus livros, o ar de um trabalho importante estar sendo feito. Mann, ele sabia, estava escrevendo a história de Attawan. Partes da obra tinham sido publicadas no *Attawan Star*.

Sentia-se privilegiado por estar ali e quase perdoado por seu ensaio fraco. Queria ser historiador, e ir ao gabinete de Mann era como ser admitido em um santuário interior, o ponto de partida do longo processo que o conduziria à frente. Estava atento a tudo, querendo causar boa impressão. Sentou-se em uma cadeira baixa — o forro rosa parecia um pouco incongruente, até mesmo chocante —, bebericando chá e folheando os livros que o professor tirara da estante, limpando o pó com um pano antes de dá-los a Joe.

— Não vai querer todos estes — disse Mann com um largo sorriso. Inexplicavelmente, o professor estava corando. — Pelo menos, será tirado o pó dos livros.

Mann passou-lhe um grande volume com a capa escura e ajoelhou-se, estalando os joelhos, do lado da cadeira quando Joe o abriu. O livro estava cheio de fotografias preto-e-branco da Primeira Guerra Mundial: rodas de carroças inchadas de lama, colunas de soldados esfarrapados e sorridentes, a propriedade em comum inerte da terra de ninguém. Estendendo o braço, o professor folheou as páginas até encontrar a foto de vários soldados em uma trincheira. Todos estavam com a cara suja e tinham interrompido suas diversas atividades — comendo de marmitas, limpando rifles — para sorrir para a câmera.

— Aquele ali. — Mann deu um tapinha na página para indicar uma figura sentada em um caixote, seu capacete na forma de um prato fundo estava puxado para trás de sua testa enegrecida. — Meu irmão Gordon.

Joe achou a figura e percebeu um quê do rosto quadrado de Mann e de seus olhos escuros, circundados de poeira ou fadiga.

— *Vimy Ridge* — leu Joe.

— Pouco depois, foi capturada.

— Ele estava em Vimy? — perguntou Joe com excitação.

Uma forte linha de frente alemã tomada de assalto, com sucesso, pelos canadenses — depois que as forças britânicas e francesas tinham fracassado durante anos em tomá-la — era um nome mítico para ele; como acontecia com todos esses nomes, foi uma surpres descobrir que alguém que ele conhecia, ou pelo menos um parente de alguém que ele conhecia, um ser humano de verdade, tinha estado lá. Era como achar uma escada em um mundo que era maior e mais brilhante, infundido, de certa maneira, de imortalidade.

De novo Mann deu um tapinha na página.

— Veja esses sorrisos. Estão sempre sorrindo largo nestas fotos. Isso demonstra a sua juventude, como eram bons garotos. Viviam um inferno, mas não conseguiam evitar sua melhor conduta quando a câmera aparecia, o que nos diz muito sobre como eram bem disciplinados. Não digo apenas como soldados, mas também como criaturas sociais. Estavam tão ansiosos por agradar. Sempre achei isso triste.

Joe examinou a foto e ficou comovido com uma sensação curiosa de saber como era estar lá, na lama fria na França, aos 18 anos de idade, com seus amigos.

— Talvez simplesmente estivessem felizes por estarem vivos — disse calmamente.

Os olhos castanhos de Mann se umedeceram, tornaram-se penetrantes — excessivamente intensos. Joe teve de desviar o próprio olhar.

Mann continuou ajoelhado do seu lado, enquanto examinavam as fotografias. A mão esquerda do professor descansava sobre o seu ombro. Joe afastou-se, um pouco incomodado. Na igreja muito cheia, sentava-se do lado do seu pai e mal notava quando suas pernas se tocavam. Mas com Mann foi-se sentindo inibido. Estava ciente da pele rachada nas costas da mão livre do professor, que tremia um pouco, e dos pontos brancos em suas unhas, e sempre seu hálito desagradável, como o cheiro de uma máquina. Mann, ele lembrou-se, estava se aposentando no fim do ano; estava velho.

Quando saiu, Joe sentiu um alívio imediato em estar do lado de fora, no entardecer luminoso e ameno. De um gramado, um tordo emitiu seu grito trêmulo. Apressou-se para a Shade Street, passando pela esquina com a Banting, onde se sentou em um muro baixo de calcário e pegou o exemplar de *The Poet's Quill*, folheando-o até encontrar o poema.

REMOINHO

Olhos
no remoinho verde
erguidos para mim,
piscando, escurecendo, e deixando-se ir.
Olhos de água
emergindo, submergindo —
olhos de um grande animal verde
que sabe que precisa apenas de rodear
indolentemente
até eu cair —
devorada por minha fome de olhar.

Então você
em pé do lado da rocha cinza,
homem-da-terra, não do rio,
com seu olhar amoroso surpreendido,
mais do que um mero olhar.
Senti mais medo de você do que do rio,
mais medo de você do que da morte.
Seus olhos ofereciam algo mais complicado do que a água,
mais selvagem do que o rio turquesa.

Que eu retorne
aos prazeres do olhar.
Que eu me afogue no fundo com minhas palavras.

Anna Macrimmon

Leu-o várias vezes. Seria ele o "homem-da-terra"? Sim, com certeza. Lembrou-se do dia em que tinha ido ao remoinho com Anna,

Liz e Brad; viu de novo a água impetuosa encapelando-se para além da rocha onde Anna tinha ficado.

O que ela estava lhe dizendo? "Que eu retorne aos prazeres do olhar." Estava dizendo que a deixasse em paz? Ficou ali, mal reparando nos carros passando sem cessar ou na mansão Bannerman do outro lado da rua, sua pedra cinza aquecendo-se ao sol tardio. Mas ela não lhe diria isso, diria?, a menos que ele exercesse poder sobre ela — mais, talvez, do que tinha imaginado.

43

UMA SEMANA DEPOIS Joe e Brad estacionaram na alameda em declive da casa de Anna. Era noite do Spring Frolic, a celebração da primavera — clara, perfumada, extraordinariamente quente. Com uma ligeira rigidez, como atletas feridos recentemente em disputas de hóquei ou basquete, Brad, resplandecente em seu smoking, deixou o Olds e deu um ou dois passos lentos ao atravessar o gramado até a casa. Joe saiu e passou para o banco de trás com a caixinha contendo o pequeno buquê de Liz. Ele não conseguia parar de pensar nos sapatos pretos exageradamente grandes que pedira emprestado a seu pai — sapatos de palhaço, certamente, os dedos estufados com jornais —, sapatos que lhe lembravam as dificuldades atuais de seu pai, sua infelicidade impregnando a casa como um odor desagradável. Joe não tinha querido usá-los, mas só tinha sapatos da cor marrom. Percebeu suas mãos tremendo. Então a porta da frente se abriu e viu Anna em um casaco que ele não conhecia, um casaco branco sem cinto, até os joelhos, mas sem cobrir completamente a saia comprida de cor clara, flexionando-se embaixo enquanto ela atravessava o gramado.

— Joe — disse ela, sorrindo, ao entrar na frente do carro. Tinha de se lembrar de que ela não sabia que ele lera o poema. O novo número do *The Poet's Quill* só seria distribuído na semana seguinte. E isso ajudou-o a controlar seu nervosismo.

Alguns minutos depois, o Olds entrou na alameda dos McVey, parando com uma guinada atrás do Lincoln azul-celeste. Ao arrastar-se até a porta, Joe ouviu a risada de Brad, no carro. Sentiu-se inquieto, um simples objeto de zombaria, a noite arruinando-se, fora de seu controle.

Mas ainda assim, ainda assim: ela estava lá. Na curta alameda para a escola, o mundo parecia manter-se coeso somente pela graça da cabeça à sua frente. Lá dentro, lufadas de música atravessavam os corredores pouco iluminados. Casais em trajes a rigor, smokings e vestidos longos, cabelos com brilhantina, eriçados e com permanente, desfilavam em direção ao ginásio, com o ruído de pano se agitando e do bater de saltos. Joe viu Sandy, com quem ele ainda evitava se encontrar, de relance. Estava com cílios que pareciam postiços e um vestido bufante verde, e de braços com Sid Miller, um garoto do North End reputado. Havia excitação no ar quente, quase uma anarquia, como se uma força há muito reprimida estivesse a ponto de ser liberada. Duas acompanhantes de professoras, observando discretamente, pareciam deslocadas.

Subiram a escada até a sala de aula que estava servindo de vestiário. A luz fluorescente caía agressivamente sobre as carteiras com os casacos empilhados. Ajudando Liz a tirar o casaco, Joe olhou para além de seu cabelo ondulado, Anna. Ela também tinha tirado o casaco e ele sentiu-se magnetizado por ela: pelo vestido branco justo e simples, o decote quadrado que refletia o corte de sua franja, por seus braços nus, por seu frescor, e pela beleza de seu rosto, sorrindo do lado de lá das carteiras, ao descobri-lo. Não usava nenhuma jóia.

Desceram para o ginásio e se sentaram à pequena mesa reservada para eles. A chama de uma vela tremulava em sua garrafa, fazendo sinais a dezenas de outras chamas tremeluzindo ao longo do perímetro do salão. A pista estava apinhada de dançarinos, as cabeças e ombros tocados pelas mariposas de luz refletida do globo multifacetado que girava em cima, acima de uma réplica de quase três metros e meio de altura da Torre Eiffel, suas vigas envoltas em papel-alumínio. No palco, estavam os Morganaires em seus blazers azul-claros, e debrum prateado, inclinando-se à frente para soltarem as vozes profundas de suas trompas. As portas estavam abertas e o ar ameno da noite entrava furtivamente, misturando-se ao ar mais quente e perfumado do interior, fazendo as velas bruxulearem.

Liz levou Joe para a pista. Curvou seu braço nu sobre o ombro dele e se chegou para bem perto, possessivamente. Seu corpo pareceu estranhamente fino e faminto, pressionando-se contra ele, como se para estancar um ferimento em seu diafragma. Giraram no meio de outros casais, arrastando os pés lentamente. O cabelo dela cheirava a um perfume floral excessivamente doce. Afastou-a um pouco e tentou dançar com mais vigor, sabendo que Anna poderia estar observando: querendo que ela percebesse que estava disposto a romper com Liz.

— Anna está bonita — disse Liz, aproximando-se de novo. Ele resmungou alguma coisa evasiva e girou-a. Ela voltou a ele, o rosto inexpressivo com a boca de batom vermelho na luz intensa.

Meia hora depois estavam os quatro à mesa discutindo, de uma maneira ligeiramente forçada, sobre os Beatles. Somente Brad parecia estar gostando. Com um cotovelo no espaldar da cadeira, o paletó aberto revelando uma camisa com babados e a faixa cereja do smoking, sorria largo, de sua maneira afável, e dizia que os Beatles eram para a meninada de 13 anos. Joe relanceou os olhos para Anna. Ela torcia seu guardanapo de papel — tinham comido bolo — e projetava o queixo com uma carranca estranha.

— Quer dançar?

Ele ficou surpreso com a sua própria calma. Podia sentir o silêncio repentino de Liz e Brad, cada um de um lado seu. Mas Anna não ouviu: seu devaneio a levara a outro lugar.

— Ei — disse Brad a Anna. Ele parecia estar se divertindo muito. — Você tem um admirador.

Os Morganaires tinham começado *Twilight Time.*

Nunca tocara em Anna Macrimmon, não de verdade, embora às vezes suas mãos tivessem se roçado quando um livro ou papel passava entre eles. Agora, na pista, ela virou-se para ele com um meio sorriso, o rosto ao mesmo tempo revelado e oculto pela luz emitida sobre sua cabeça e ombros. Sua mão estava fria e seca: estaria ela meramente tolerando-o? Ele pôs a mão direita atrás, em sua cintura, seus dedos tocando, delicadamente, o sulco sob o tecido macio do vestido. Ao se moverem, ela errou o passo e pisou no pé dele.

— Desculpe.

— Tudo bem. Os meu sapatos... na verdade, são do meu pai... grandes demais.

Ele não acreditou que tinha admitido isso, mas não se sentia sob controle.

Dançaram um pouco desajeitadamente, incapazes de acompanhar um o ritmo do outro. As mãos dele suavam, o que o fez tocá-la mais leve para não manchar seu vestido.

O rosto dela estava próximo do seu, um pouco abaixo. Extasiou-se com o perfume que ela usava, que quase não tinha cheiro: uma pureza semelhante a baunilha. Uma mecha de seu cabelo roçou sua bochecha. Entre eles havia a orquídea que Brad prendera em seu corpete, uma boca sem sentido escancarada.

Foram ficando mais competentes, e ela se aproximou mais. O cantor lastimava a sua antecipação da noite que se aproximava.

O peito dela tocou sua costela, e fez a frente de seu corpo abrir-se como uma porta. Ele fechou os olhos.

Então, acabou. Separaram-se, hesitantes no meio de casais que conversavam. Ele pensou em voltar à mesa. Mas ela o estava olhando confusa, a cabeça erguida, um pouco de lado. Ele devolveu o olhar e o sustentou por um momento, exânime, até os olhos dela desviarem. Sentiu terror e, ao mesmo tempo, percebia uma calma extraordinária, remota. Tinha lido em algum lugar que os animais ficam calmos ao perceberem que serão mortos por outro maior. Fingiu estar interessado no que o mestre-de-cerimônias estava dizendo, lá em cima, iluminado pelo projetor de luz, mas estava apenas representando uma normalidade. Pôs a mão no bolso da calça e sentiu o lenço que ali estava; também ele era do seu pai.

— Ei, li seu poema — disse ele, virando-se para ela com um sorriso, como se a notícia fosse um pouco uma piada, nada importante.

Achou que ela corava. Com a iluminação girando era difícil afirmar.

— "O Remoinho" — disse ele. — Recebi um exemplar antecipado do *The Poet's Quill.*

— E o que achou? — Sua voz soou dura.

— Adorei — disse ele. Não conseguiu mais soar casual. Seu corpo todo tornara-se um tambor, batendo. — Decorei-o. Na verdade... — Percebeu, tarde demais, que o "na verdade" era uma expressão que Liz usava *ad nauseam.* — Não me dispus a decorá-lo. Simplesmente o reli tantas vezes que ficou. É muito bom. É...

Ele estava sorrindo impotente. Por que ela não o ajudava? Estava escutando sem expressão, cética e distante.

— Pensei se não teria algo a ver comigo. Sei que muitas vezes você inventa coisas, ou as pessoas fazem isso ao compor um poema. Mas não consegui evitar pensar... naquele dia que fomos ao remoinho. Houve um momento... bem.

— Obrigada — disse ela, finalmente, baixinho. Ele não decifrou sua expressão, mas seu rosto denotara algo.

Os Morganaires começaram outra música, graças a Deus: ele estava certo de estar se afogando em sua própria incompetência. Seu rosto devia estar da cor da faixa de Brad. A música alta tornava a conversa impossível. Dessa vez era uma música rápida: uma versão jazzística de uma antiga canção de Presley. Em volta, casais lançavam-se ao ritmo. Joe achou Anna relutante — de fato, ele próprio não era muito bom nesse tipo de dança — e saíram como que por acordo mútuo, voltando à mesa. Ele era um fracasso. Tinha dito seu segredo e nada tinha mudado. Ela o estava afastando. A revelação que pensou ter descoberto em "O Remoinho", a de que era especial para ela, não estava lá.

Liz e Brad não estavam à mesa. Por um certo tempo, Joe e Anna se ocuparam tentando localizá-los na multidão. Lá estavam eles, dançando na multidão de pequenas lâmpadas, como se tivessem nascido para isso. Brad movia-se elegantemente, com uma certa graça casual, pensou Joe com inveja, como um homem negro alto que vira uma vez na televisão: Cab Calloway ou Duke Ellington. Liz dançava como se estivesse totalmente desinteressada, mas também ela se movia bem, em seu vestido longo, o corpo curvando-se de uma maneira graciosa.

— Ficam bem juntos — disse Joe. Sua voz tinha ficado presa na garganta.

Anna Macrimmon não respondeu nada, embora seu silêncio apresentasse uma qualidade estranhamente palpável, como se ela tivesse feito surgir uma grande pedra que agora estava sobre a mesa entre eles. Mais que nunca ela pareceu pertencer a outro mundo: um mundo com a gema azul do Mediterrâneo em seu centro, tão distante e tão superior a este que devia ser uma tortura para ela estar ali em um baile chamado, entre outras coisas, de *Springtime in Paris.* Sentia-se tão aparvalhado quanto um garoto da roça, um caipira usando os sapatos de seu pai; talvez um dia ela risse da história dessa noite com amigos que ele nunca conheceria.

— Lá está o Sr. Mann — disse Anna.

Na sacada no extremo oeste do ginásio, várias pessoas observavam a dança. Empinando o pescoço, Joe sondou os grupos sentados em bancos de madeira. O professor estava atrás de uma balaustrada, seu cabelo branco inconfundível. Olhava para a orquestra, embora Joe tivesse uma intuição de que, apenas um instante atrás, o olhar do professor estivera fixo nele.

44

OS QUATRO FORAM para a casa de Liz para vestirem roupas mais descontraídas e depois foram à casa de Laura Becker, a primeira parada de uma série de festas que duravam a noite toda. Laura morava na margem da Shade Survey, em uma grande casa do estilo de rancho, de tijolos amarelos, com uma série de janelas panorâmicas dando para leste, o quintal e o rio distante, na direção de luzes que marcavam uma cascalheira. Joe entrou no pátio onde um grupo de rapazes estava fumando e bebendo junto à cerca. Petie Brennan, um garoto da roça de peito largo, óculos de lentes grossas e uma camisa social branca excessivamente grande aberta no colarinho, ofereceu uma garrafa de vinho.

— Encha a cara — disse ele, a voz engrolada.

Joe bebeu um bom gole da garrafa insípida — o vinho era espumante e doce, quase como soda — e escutou a conversa deles. Acabou, pensou, a sua longa e solitária campanha para conquistar Anna Macrimmon tinha acabado. Desajeitadamente, tinha dado o passo e nada acontecera. Podia muito bem se embriagar.

Passado algum tempo, se virou, deixando seu peso vergar sobre a cerca de arame. Acima do pátio, a extensão das janelas da sala, iluminadas a vela, sugeriam um aquário escuro, cheio das formas dos dançarinos se agitando. Não viu Anna, embora entrevisse momentaneamente a forma alta de Brad deslizando pela luz refletida de uma porta. Liz foi à janela e espiou lá fora. Depois, seu rosto pálido se retirou. Embaixo, na sala de jogos, jogavam pingue-pongue. O quicar deplorável da bolinha parecia acontecer dentro da sua cabeça.

Virou-se de novo para o vale. No leste, um fogo laranja grassava: a lua, saindo gradativamente da sombra. Bebeu de novo da garrafa e a passou adiante. *Não pode dizer isso,* falou uma voz próxima. *Ninguém diz isso.*

— Alguém tem um cigarro?

Ao ouvir sua voz — a voz delicada familiar-não-familiar —, ele se virou e viu Anna Macrimmon aproximar-se do grupo de rapazes. Ela não olhou para ele, embora sentisse que ela sabia que ele estava ali. Vários dos rapazes se puseram a buscar seus maços, mas Dick Christopoulos venceu-os acendendo, em um instante, seu isqueiro, protegendo a chama sob o rosto baixado de Anna. Ela soprou a fumaça com um ar *blasé,* experiente, como uma mulher em um filme antigo.

— Então, é um clube especial — disse ela — ou garotas podem entrar?

Estranhando a ironia, todos se apressaram a responder que sim, que garotas eram admitidas.

Petie Brennan e Bob Black fizeram sinal um para o outro com os olhos.

Ela ficou com as costas parcialmente viradas para Joe, em sua suéter curta e justa, falando com Dick Christopoulos e outros, mas especialmente com Dick. O tipo de namorada de Dick tinha geralmente o cabelo muito penteado, fumava, como era de esperar, e tinha reputação. Seu belo rosto grego, sob o topete caído, estava inclinado perto do dela e sua boca contorcia-se ligeiramente em um sorriso.

Sua maneira de fumar chocou Joe. Ela tinha revelado uma vulgaridade que ele nunca suspeitara, comportando-se como uma garota comum, satisfeita com o tipo de conversa em que Dick Christopoulos era especialista. Os outros rapazes ouviam atentamente cada palavra que era dita e davam sua opinião, mesmo não solicitada, de vez em quando. Ela falava com todos, rindo vez ou outra. Só relanceou os olhos para ele uma vez, com uma expressão que parecia cheia de raiva. Teria se aborrecido com suas perguntas sobre o poema? Bem, lamentável.

Depois de alguns minutos, ela agradeceu a Dick o cigarro e o esmagou sob o sapato.

— Acho que vou dar uma olhada na lua — disse ela.

Seguiu ao longo da cerca, afastando-se deles, em direção ao antigo portão de madeira que era fechado com uma volta de arame. Ela soltou o arame e penetrou no emaranhado escuro de arbustos e árvores pequenas. Joe observou-a descer até ficar fora de vista. Alguns segundos depois, Dick Christopoulos, tocando delicadamente com os dedos de uma mão em seu topete, atravessou o portão. Também ele desceu a encosta, com seu andar curvado, seus ombros altos, seu ar finório, desaparecendo na massa de moitas.

Joe observou em desespero. Ouvia as vozes: Anna Macrimmon rindo, e Dick Christopoulos falando em um tom grave monótono, fazendo-a rir ainda mais. Então, o som se perdeu na vibração da música na casa.

— É foda — disse alguém.

— Com ela — replicou alguém.

— Quem dera! — falou outro.

Os rapazes estavam na cerca, todos olhando, todos juntos, na noite. Joe suspeitava que todos eles fossem virgens. Estavam provavelmente pensando nos atos, com que podiam apenas sonhar, que estavam para acontecer lá embaixo no escuro. Torceu a cerca até machucar suas mãos e girou duas vezes, em um espasmo de indecisão. Voltou para a casa. Olhou, pela janela, os jogadores de pingue-pongue. Retornou à cerca. O vale estava obscurecido, embora, quando sua vista se acostumou, fosse capaz de ver mais árvores e arbustos, agora iluminados pela lua, assim como o telhado de zinco de um galpão. Mais distante, a planície descampada estendia-se em direção ao rio. Das cascalheiras do outro lado da água chegava um estrépito fraco; um caminhão grunhia ao mudar de marcha. Anna e Dick Christopoulos tinham sido tragados pela noite. Achou que não sabia absolutamente nada de amor e sexo. Ela tinha escolhido Dick Christopoulos, Dick, a rocha, Dick que diziam dormir no carro, Dick que passava metade da sua vida no salão de sinuca! Ela estava lá embaixo com ele agora, fazendo só Deus sabia o quê.

Depois de algum tempo os rapazes ouviram um rumor de comida e retornaram à casa. Minutos depois, Brad saiu. Estava comendo uma fatia de pizza; uma segunda fatia curvava-se em sua outra mão.

— Viu Anna? Ela queria pizza.

— Está lá embaixo — disse Joe, apontando para além da cerca.

Do seu lado, Brad espiou o escuro, a boca aberta em um riso silencioso, incrédulo.

— Está com Dick Christopoulos. Talvez não queira que os perturbe.

Sentiu-se ótimo, dizendo isso, e horrível. O brilho de felicidade desapareceu do rosto de Brad. Ele saiu pelo portão e desceu a colina para o escuro, com a pizza.

Joe entrou na casa. Na luz da sala de jogos, examinou sua mão ferida. O sangue do corte que o arame fizera no polegar tinha escorrido para a palma da mão. No andar de cima, ficou do lado da imensa geladeira, fingindo remexer um copo de ponche. As bancadas da cozinha estavam cheias de comida: vários tipos de pizza e sanduíches e pratos de papel com galinha frita e um bolo de chocolate salpicado de confeitos. A mãe de Laura Becker, ruiva e muito magra, mulher cuja voz parecia estridente à beira da histeria, andava em volta com um chapéu de papel e um copo vazio, instigando-os a comer. Joe estava sem fome. Estava pensando em ir para casa. Liz entrou e convidou-o a dançar.

— Não sei — disse ele, em um tom evasivo grosseiro, e continuou parado ali, ignorando-a. Ela esperou do seu lado, falando, com um ar inclusivo, com as pessoas que passavam, como se Joe estivesse realmente presente. Comportou-se socialmente o bastante para os dois, fingindo entusiasmo com coisas a que, ele sabia, ela não dava a mínima. É claro que ele próprio às vezes tinha feito a mesma coisa, mas não pensava nisso agora. Por fim, ela saiu com algumas outras garotas para dançar. De vez em quando dançava perto da luz que vinha da cozinha, ficando à vista, contorcendo o corpo de uma maneira intencional para atraí-lo, enquanto seu rosto permanecia indiferente. Ela era o seu destino, o melhor que ele podia fazer, e a detestou. Consultou o relógio da cozinha, sua face como uma pizza com números. Uma e trinta e dois.

Dezesseis minutos depois, Anna entrou, seguida de Brad, os olhos sobrenaturalmente brilhantes. Seu lábio superior estava sujo de molho de pizza. Supôs que tivessem se beijado. Mas onde estava Dick Christopoulos? Ela o teria beijado também? Não, não entendia mais nada. Talvez tudo o que tivesse a fazer, fosse beijá-la. Talvez fosse simples assim.

— Joe, devia ver a lua!

— Ele viu a lua — disse Brad, sarcasticamente. — Todos vimos a lua.

Ignorando Brad, ela pegou Joe pela mão — a dela estava fria como gelo — e o arrastou para fora da cozinha.

— Precisa vê-la sobre o rio.

Deixou-se levar pela escada. Aparentemente, era a sua vez. Talvez, no fim da noite, ela tivesse levado todos lá para baixo, até mesmo Petie Brennan com seus óculos grossos. Por um momento, retraiu-se. Estaria perdido se desse mais um passo com ela. Seguiu-a para o lado de fora da casa.

Além da cerca, as trilhas no mato eram fundas, como depressões entre ondas.

— Acho que são trilhas de cabras — disse ela. — Pelo menos cheira a cabra. — Ela prosseguia por um declive na frente dele. O luar cinza dominava, transformando as árvores e arbustos em borrões de prata opaca. Ele esperava ver Brad atrás deles, mas ninguém estava atrás dele. Experimentou um arroubo de triunfo. Talvez ela estivesse sendo apenas gentil com ele, um garoto entre muitos, mas ele estava com ela, e Brad não. Desceu aos tropeções, seguindo-a pelas trilhas endurecidas.

Sob um bosque de salgueiros que obscurecia a casa, ela parou.

— Você devia ter-me seguido na primeira vez.

— O quê?

— Olhei em volta e lá estava Dick Christopoulos.

— Não gosta de Dick Christopoulos?

Ela riu desanimada, dando um tapinha em seu braço, e prosseguiu. De repente revigorado — o entorpecimento e passividade de meses pareciam se desfazer, embora continuasse desconcertado com o que estava acontecendo —, apressou-se atrás dela.

Atravessaram a planície até o rio, rapidamente envolvidos por sua atmosfera fria, com seu cheiro de ervas silvestres decompostas e lodo. Na água escura, uma faixa de luar refulgia como um cardume de guarus.

— Muito bonito — disse ele.

— Olhe para mim.

Ele virou-se. Seu rosto sombreou metade do rosto dela. O barulho da festa descia a colina. Ela pôs as mãos no peito dele e o empurrou para trás, na trilha úmida.

— Deus, você me deixa louca — disse ela. E um momento depois, um grito de desalento: — Não acredito que estou fazendo isto!

Ela se afastou com passadas largas ao longo da senda que acompanhava o rio. Ele correu atrás do tremeluzir de seus tênis brancos.

— Anna. Anna, pare. Não pode acreditar que está fazendo o quê?

Ela continuou andando, quase caindo ao pisar em um buraco raso. Ele sentiu que ela chorava — por que chorar? o que ele tinha feito? —, mas não conseguia ver seu rosto claramente.

Então, ela parou.

— Isso é loucura — disse ela. — Temos de voltar.

— Está bem.

— Não, espere!

Agora, mais acostumado com o escuro, conseguiu distinguir suas feições, mas não conseguiu ler sua expressão. As maçãs do rosto estavam definitivamente molhadas. E a sua voz, quando ela tornou a falar, transmitia uma dificuldade de respirar.

— Você me quer, não quer? Isto é, quer estar comigo?

— Sim.

Ele não se mexeu.

— Se fizer isso — disse ela —, vamos magoar outras pessoas.

— Sim.

Mal se atrevia a compreendê-la; ao mesmo tempo, a compreensão se impunha, impetuosamente.

— Anna — disse ele. Ficaram olhando um para o outro, enxergando-se pouco na luz sombria do luar. Seus meses de repressão o reprimiam agora. Tudo o que ele queria estava ali, mas não conseguia se mexer.

De súbito, com um breve grito, ela se jogou para a frente, pegou sua cabeça e beijou-o desajeitadamente na boca. Por um instante, recuou para olhá-lo. Então, pôs os braços em volta dele. Abraçando-a, dizendo seu nome, extasiou-se com o cheiro, quase não-cheiro, que emanava de seu cabelo, mal acreditando que estava sentindo a pressão de seu corpo comprido contra o dele. Subiram juntos o rio. Seguiam em silêncio, quase solenemente, de mãos dadas, cientes de um fato consumado. Ela suspirava como se consternada consigo mesma. Quando ele perguntou qual era o problema, ela sacudiu a cabeça e não falou nada. A senda seguia acima do barranco raso, bastante escarpado, descia para cruzar a foz de regatos, e prosseguia. Nenhum dos dois já estivera ali. De vez em quando, paravam. Ele tinha de ficar beijando-a de modo a não se esquecer de que o que estava acontecendo era verdade. Entre os beijos, esqueceu-se de que gosto tinha sua boca, de como era seu corpo com seus seios pequenos pressionados contra o dele. Então se lembrou: era assim.

Então mal conseguiam dar vinte passos sem parar. Abraçavam-se e se separavam, abraçavam-se e caíam. Ela estava rindo com ele no local oco atrás de um tronco de árvore caído, rindo e chorando ao mesmo tempo, ela se equilibrava no tronco acima dele, como se tivesse dez anos, e não se preocupasse com nada mais. O solo ascendeu até o que parecia ser uma plataforma plana. Subindo-o, viram um lago longo, com uma pequena barragem gorgolejando em uma ponta. Sob a superfície escura, peixes saltavam, rompendo a membrana de veludo da água com o som delicado de beijos. A lua agora estava no lago, oscilante e irregular.

— Existem várias luas — disse ela, guiando-o no caminho. Foi ficando sombria, como se o estivesse instruindo: uma sacerdotisa virgem apontando os mistérios do lugar. — Cada lua tem um nome diferente. Elas são irmãs.

Ele não fazia a menor idéia de se ela estava inventando aquilo ou narrando alguma mitologia antiga. Não tinha importância: tudo o que ela dizia era miraculoso. Entrou no jogo.

— Cada beijo é um peixe, e cada peixe... é delicioso.

Ela o contradisse com violência. Os peixes eram sagrados para Afrodite, disse ela.

— Nós não os comemos.

— Nunca? — perguntou ele.

— Não, a menos que queiramos perder seu favor. O que não acho que queremos.

Ela beijou-o com uma deliberação lenta, e antes que pudessem se separar de novo, pegou a mão dele e pôs sobre seu peito. O momento teve a aura formal de uma oferenda, como se Afrodite não fosse um nome do passado, mas um poder pairando sobre eles, infundindo em cada toque um significado divino. Ela observou-o à luz da lua.

— Mais cedo ou mais tarde todos perdem seu favor — disse ela. — Ela se entedia facilmente.

— Eu nunca vou me entediar com você — disse ele. — Eu não conseguiria.

Mas temia, já naquele momento, que ela viesse a se aborrecer com ele. Poderia acontecer amanhã, poderia acontecer nos cinco minutos seguintes. Se ele se visse, de repente, sozinho à margem desse lago, tremendo na umidade como o cavaleiro atormentado no poema de Keats, não ficaria inteiramente surpreso. Queria que ela ecoasse o que ele havia dito: eu tampouco nunca me entediarei com você. Mas ela riu e tocou sua boca, como se para interromper suas palavras. Um sapo patinhou na margem.

Havia um segundo lago, mais alto do que o primeiro, atrás de outra barragem gorgolejante de ferro e cimento. Estavam perto de um estábulo e podiam sentir a presença lenta de animais grandes — vacas e cavalos — e o cheiro doce forte de feno e estrume.

— Sabe, não posso sentir o cheiro de esterco sem pensar em sorvete de baunilha — disse ele. — É o sorveteiro, sua carroça puxada por um cavalo. Ouve-se seu sino para baixo e para cima da rua. — Dizia qualquer coisa que viesse à sua cabeça, sem se preocupar com sua relevância, porque nessa noite estava tudo ligado: tudo era parte da mesma coisa, uma coisa que não tinha nome, mas que os continha assim como o luar cinza os continha em seu globo prateado.

A CASA DE LAURA BECKER estava em silêncio; as grandes janelas luziam em cômodos vazios. Todos tinham ido para a próxima festa. Não todo mundo. Virando a esquina do pátio da frente, viram o Olds preto esperando no meio-fio. Atrás do amplo pára-brisa estavam as sombras geminadas, acusando sua culpa.

Entraram no banco de trás. Foi Anna que falou primeiro, dizendo a Brad que não estava se sentindo bem — era mentira, Joe se perguntou, ou o que acontecera no rio fizera-lhe mal? —, ela queria ir para casa. Ninguém falou quando o Olds atravessou as ruas iluminadas pela lua. Brad deixou primeiro Joe e Liz.

— Podemos pegar o Lincoln — disse Liz, ao subirem os degraus da varanda de sua casa, como se fossem simplesmente para a festa seguinte.

Ela subiu para o banheiro. Ele esperou na sala, sentindo-se capaz de qualquer coisa — era a promessa do toque de Anna, feito secretamente antes de ela sair do carro. Atrás dele, Liz entrou na cozinha.

— Vem cá — disse ele, baixinho, o executor chamando sua vítima.

Enquanto derramava sua mistura de verdades e mentiras, ela o observava sem qualquer expressão, seu rosto em forma de coração, pálido, seus belos olhos fixos nos dele, com sua expressão de inocência surpreendida, ao mesmo tempo feroz e fria, e completamente vulnerável. Seu silêncio irritou-o. Ela não estava fazendo nada para se defender, somente esperando, com o ar calmo de quem esperara esse tratamento o tempo todo. Agora ele se atrapalhava, se atrapalhava com seus pedidos de desculpas, como um bobo.

— Desculpe — disse ele pela terceira ou quarta vez. — Sei que não é justo. — Sem saber mais o que fazer, abraçou-a. Ela ficou rígida em seus braços. Ele soltou-a, olhando em volta, hesitante. — Acho que é melhor eu ir.

— Anna não vai querer você — disse ela, a voz entrecortada. — Ela teve um envolvimento com outro. Ela me contou. Disse que nunca mais amaria.

— Outro — disse ele, entorpecido.

— Um homem — disse Liz. — Não um garoto como você.

Ele se afastou, mas na escada para a cozinha, tornou a olhar em volta. Ela estava olhando fixo para o pátio mal iluminado, para uma mesa de tampo de vidro onde alguém deixara uma podadeira de sebe. Sentiu um arrepio com o seu alheamento, que lhe conferia uma autoridade estranha, e, por um momento, quase voltou para perguntar o que ela queria dizer. Por fim, atravessou o clarão da cozinha e saiu da casa.

45

A NOITE ESTAVA REPLETA de sons que derivavam pelas janelas abertas acima da mesa em que Archie Mann estava trabalhando — música, vozes, o estrépito de esteiras transportadoras do outro lado do rio —, tornados pequenos e insidiosos pela distância.

De novo, retiniu a boca da garrafa de Glenfiddich no pequeno copo de cerâmica. Estava bêbado, percebeu, agradavelmente e completamente embriagado. Poderia me aproximar sorrateiramente deles, pensou com um resmungo divertido. Imaginou seus alunos surpresos, descobrindo-o nas moitas, com seu binóculo pendurado no pescoço. Não poderiam me despedir nesta altura do campeonato.

Pôs o copo sobre a mesa, olhou por alguns instantes o pequeno instantâneo, amarelecido pelo tempo, sobre o mata-borrão e tirou a tampa da caneta esferográfica.

Querida Esther,

A foto que enviou — bem, para ser franco, foi um choque. Acho que foi tirada no Regent's Park, naquela vez que você e Walter vieram assistir a um peça no Old Vic, se lembra? Acho que foi você que bateu. Nós quatro fizemos um piquenique antes, sobre a relva, logo a leste do zôo. Agosto de 1935. Ali estão as varandas do Nash's, à distância. Jeremy e eu ainda desfrutávamos os nossos anos dourados, cinco ou seis meses ao todo. Mas a foto é uma revelação. Quer dizer, cada foto que tiramos de nós mostra algo novo, não acha? Acho que pareço positivamente apaixonado, pateticamente devotado. Não me admira que ele tenha me deixado! Jeremy parece mais intenso do que habitualmente, olhando fixo para a câmera como se determinado a impressioná-la. Ele tinha mais vaidade do que a que eu algum dia fui capaz de fazer justiça. Walter — e seu porte —, havia uma genuína nobreza nesse seu homem, embora aqui ele pareça um pouco cansado, como se estivesse, secretamente, farto de todos nós. Acha que ele chegou a ficar de saco cheio? Não de você, querida, mas de mim e de Jeremy. Nós éramos vulgares em comparação a ele, isto é, em todos os sentidos. Mas é doloroso nos vermos no auge da juventude e felicidade, não acha? Deus, como a vida é!

Pensamentos Glenfiddich. Estou sentado à minha mesa comprida, com as janelas abertas, deliciosamente de porre e escutando um grupo de meus alunos se divertirem em uma casa perto daqui. Gostaria de voltar a ter 18 anos.

Mas Jeremy. Lembro-me de você dizer, certa vez, depois que ele me deixou, que provavelmente teria sido bom para mim, se não fosse para ele: Jeremy excessivamente absorto em si mesmo, e tendendo, você disse, "a me derrubar junto com ele". Mas por que eu não poderia erguê-lo? Pessoas erguem outras, não erguem? Ou caem um pouco também, independente de qualquer coisa? É claro que tudo isso agora é irrelevante, realmente, pois o fato é que, no fim, ele não me queria. Não sei se havia outro. Ele era tão espantosamente opaco, e eu o deixava ser como era, rejeitando uma noção errônea de gentileza. Conversávamos muito e, no fim, falávamos de tudo, menos de por que estava se afastando. O último verão em Londres, no apartamento emprestado em St. Mark's Crescent, estivemos tão bem juntos. Então, um dia (acho que não lhe contei isso, se contei, me perdoa), eu estava me vestindo, me apressando para ir trabalhar e percebi Jeremy me olhando da cama. Sua face tornara-se fria. Eu fiquei frio. Foi como se ele tivesse realmente me visto, visto algum defeito fatal em mim, pela primeira vez. Eu sempre achara que tinha sorte por tê-lo merecido — ele era mais bonito, mais inteligente, o alvo de milhares de outros rapazes etc. etc. Mas eu quase me acostumara com ele ali. E então, aquele olhar: acho que o perdi nesse momento. E ainda hoje não sei o que foi. Mas posso dizer uma coisa, há estados de espírito — estados Glenfiddich — em que sinto que o olhar foi o evento central de minha vida.

Basta disso. Já contei que estou escrevendo um ensaio sobre Abraham Shade? O homem me irrita. Moro nesta casa, é claro, e talvez seja apenas a velhice, mas eu o sinto por aqui, cada vez mais. Do pátio, posso ver a colina, do outro lado do vale, onde ele montou a cavalo em um belo dia de 1822 e olhou para baixo e viu as bifurcações pela primeira vez. Ele soube no mesmo instante (não é invenção, tenho seus diários) que tinha de erguer uma cidade aqui. Na minha cabeça (uma noção nada histórica), ele continua lá, no cume da colina, retendo a cidade em seu olhar. E é isso, de certa maneira, que permite a cidade continuar existindo.

Como eu disse, estados de espírito Glenfiddich. Às vezes, sinto como se levasse 35 anos para baixar uma prova e pegar outra. Mas temos de nos virar, não? Não podemos nos entregar. Acho o seu Walter o melhor homem que já conheci. Ele era mais velho, mais sábio e mais divertido do que nós todos, e eu o amava como amo você. Perdoe as divagações de seu velho amigo. Definitivamente, irei a Cambridge no verão.

Archie

Saiu de casa. O ruído da festa cessara. À distância, na outra margem do rio, as esteiras transportadoras prosseguiam o seu estrépito ranzinza. A lua estava quase no centro do céu. Deixou-se ir para o lado sul da casa e olhou o vale lá embaixo, na direção de Lookout Hill, onde dominava o centro da cidade. No cume da colina, não visível na massa de árvores e casas, sentiu o cavaleiro solitário esperando. O que era o tempo? Archie Mann era supostamente um historiador, mas achava que não fazia idéia do que era o tempo, realmente. Certamente não era o medido por relógios. *Aquele* tempo era uma ilusão metódica, feita para homens de negócios. O tempo real era outra coisa, tempestuoso e ininteligível. Naquele momento, a impressão era a de que o tempo acabara de nascer. Tudo era novo com o ímpeto dos novos começos: o crânio de bebê da lua passando por sobre seu ombro, a luz azul selvagem no vale, o cheiro de terra molhada do rio, as luzes tremeluzindo corrente abaixo. Do outro lado do vale, o cavaleiro observava, imóvel acima de seu sonho.

46

O EDSEL VERDE-LIMÃO fez Alf parar. Não havia como se enganar com aqueles faróis protuberantes, carcomidos pela ferrugem, os papéis pressionados no pára-lama.

— Alf! — Aquela voz de papelão rasgado. Doyle, em uma camisa esporte estampada com pontinhos vermelhos, e calça cinza informe, descia do correio, uma mão, a pata de um texugo, estendida.

Alf, incongruentemente, achou que estava sendo parabenizado. Ele sabe que fui despedido, pensou.

— Tem alguns minutos?

Não tinha nada a perder. Era uma das vantagens de estar desempregado. No começo, sente os olhos de todo mundo em você. Depois, percebe que é invisível.

Acompanhou o organizador ao Vimy House, passou pela mesa em que o mesmo gato cor de amianto dormia, subiu três lances de escada, seguindo uma trilha de tapetes incongruentes e imundos até o quarto de Doyle. Alf pegou a cadeira do lado da janela aberta que dava para a rua deserta. Dos arredores próximos, chegavam os murmúrios fracos de pombos. Chiando por causa da subida, Doyle sentou-se pesadamente na beira da cama e se pôs, imediatamente, a enrolar um cigarro. Sua língua passou pela borda do papel.

— Estou tentando deixar — resmungou. — Dizem que se fuma menos quando se prepara o próprio cigarro. Bebe alguma coisa? — disse ele, indicando com a cabeça uma garrafa de uísque na mesa-de-cabeceira. O líquido âmbar continha uma luz própria, levemente sinistra. Alf olhou para ele por um momento. Suas reações sociais tinham-se tornado mais lentas.

— Não, obrigado. Mas gostaria de um cigarro.

— Achei que era um defeito que você não tinha.

— Agora tenho todos eles — disse Alf.

Doyle deu um risinho enquanto passava o cigarro. Jogou seu isqueiro para Alf e, em silêncio, enrolou outro cigarro para si mesmo. Alf fumou e se inquietou. Sabia que não tinha sido levado para lá para bater papo, e temia arriscar a parte, mesmo pequena, do que guardara para si.

Depois de algum tempo, Doyle disse:

— Soube que não teve muita sorte.

Alf deu de ombros.

— Nada do que valha a pena falar. — Sentia Doyle esperando, na cama baixa no outro lado do quarto. Sentia a atração poderosa do silêncio de Doyle se exercendo sobre seus segredos. Resistiu, acalmando-se, um homem em um buraco. Mas Doyle continuou esperando, dando a impressão de estar perfeitamente à vontade.

— Eles o trataram mal — disse Doyle.

Alf, de novo, deu de ombros, fingindo indiferença. Mas viu Kit Ford sentando-se, presunçosamente, à sua mesa, no dia em que o contramestre o afastou das Richardson.

— Fale.

Alf examinou a ponta de seu cigarro aceso, relutante em oferecer uma única sílaba. O silêncio era a única província que ele ainda governava. Agora outro homem estava querendo entrar.

Doyle não seria persuadido. Continuava ali, como uma estátua, um homem cuja ocupação principal e talento era esperar. Podia esperar dez anos, fumando calmamente, os olhos pequenos reluzindo e sua face rude, a mão grande erguendo-se e baixando lentamente com o cigarro.

— Kit Ford — disse Alf, sem tirar os olhos do tapete a seus pés — Já deve ter ouvido falar dele.

— Oh, sim — disse Doyle, em um tom que sugeria que tanto tinha ouvido falar como desaprovava. Alf experimentou uma ligeira abertura dentro de si: mais esperança, como o vislumbre de água distante. Lambeu os lábios e começou, bem devagar, a contar a Doyle sobre a chegada de Ford na fábrica e os eventos que se seguiram. Ocasionalmente, tinha de parar para recuperar o fôlego, que, curiosamente, ficava lhe faltando.

Quando contou a história de sua briga com Ford, o organizador achou graça. Pela primeira vez, Alf sentiu um certo prazer e, até mesmo, orgulho do que tinha feito. Margaret tinha feito com que se sentisse envergonhado, mas Doyle fez perguntas sobre a briga, claramente apreciando-a. Quando Alf contou que fora despedido, o organizador sacudiu a cabeça e murmurou *canalha*; foi o mesmo que verter água na boca de um homem sedento.

Quando Alf terminou, ficaram de novo em silêncio. Na rua, várias colegiais caminhavam com cordas de pular enroladas na mão. Suas vozes ritmadas pareciam distantes, um sonho na luz intensa do sol. Em alguns segundos todo o alívio que sentira ao contar sua história deteriorou-se em remorso, uma sensação de ter cedido um pedaço crítico seu. Estava exausto. Tudo aquilo não tinha dado em nada.

— E encontrou outra coisa?

Alf sacudiu a cabeça, relutando falar mais. Seu fracasso, há semanas, em encontrar trabalho era muito pior do que ser despedido. Antes pensava que qualquer tolo poderia achar trabalho, mas ele parecia ter esbarrado com algo impenetrável. Talvez fosse um defeito só seu que nunca percebera até então, ou talvez o destino negociasse conspirações. O resultado era que se sentia tolo, irritado e, sim, inexplicavelmente embaraçado. Tinha desenvolvido, nos últimos tempos, o hábito de pôr a mão sobre a boca quando falava — como se coçando, casualmente, o lábio superior. De fato, estava ocultando as profundezas pútridas, desleais de onde vinham suas palavras. Estava se escondendo da desconfiança, da dúvida de se estava ou não mentindo.

— O que acha de trabalhar para mim?

Uma risada breve arranhou sua garganta. A oferta de Doyle parecia uma piada amarga.

— Poderia lhe pagar sessenta por semana. Não é muito, mas é melhor do que o que recebe com o seguro-desemprego.

— E o que eu faria?

— Você me ajudaria a organizar esse lugar.

Alf olhou-o incrédulo.

Doyle balançou a cabeça.

— Já tem muita gente interessada. Por causa do fechamento da fábrica de meias. Eles se dão conta de como significam pouco para esses filhos-da-puta. Também houve mudanças conosco. Conseguimos mais dinheiro. Tenho algumas garotas me ajudando. Seremos quatro, visitaremos as pessoas em casa, no horário que pudermos encontrá-las. À noite, principalmente. Encenaremos uma verdadeira blitz.

A última vez que Doyle fizera esse jogo, várias pessoas tinham perdido seus empregos. Alf sentiu como se estivessem lhe pedindo para reviver seus erros mais graves. O quarto escuro de Doyle trouxe-lhe lembranças de outro quarto, os veleiros na parede.

Continuou a fumar, olhos fixos no labirinto de rosas no tapete gasto e sujo.

— Você não me quer — disse, por fim.

— Por que não?

Alf sacudiu a cabeça de novo. Considerando-se como se sentia em relação a si mesmo, a resposta parecia óbvia. Porém, ao mesmo tempo, não conseguiu expressá-la. Significaria uma confissão, e poder confessar seria o mesmo que poder voar. Sua culpa se tornara um peso sombrio a que seu corpo se acostumara, como uma árvore crescendo ao redor da cabeça de um machado enterrado. Continuou examinando o tapete arruinado, a ponta do cigarro tornando-se uma minhoca de cinza recurvada.

— Você me vale vinte votos — disse Doyle, apagando seu cigarro. — Talvez cem.

Alf mal acreditou no que ouviu. Mas o organizador o estava examinando com gravidade.

— As pessoas o seguirão — disse Doyle. — Sabem que foi tratado injustamente.

— Isso não é motivo para se seguir alguém.

— Não, mas confiam em você. Você é uma espécie de líder para eles.

— Ora, diacho — disse Alf —, não nasci ontem. Você está por fora, se o que diz é sincero. O que duvido. Sou carta fora do baralho.

Fumaça de cigarro derivava pelas paredes oblíquas e teto. Na rua, o motor de um carro de bombeiros crepitou.

— Então, o que acha? — perguntou Doyle, incisivo, depois de algum tempo.

Alf lembrou-se do velho que ele tinha visto na floresta, o homem que percorria a trilha com esforço, chorando. Viu de novo o casaco preto aberto, revelando a faixa vermelha estreita da gravata; ouviu de novo seu lamento carregado de tristeza; viu-o parar no meio das árvores para assoar o nariz, e depois, prosseguir seu caminho. Era tudo tão vívido para ele como se estivesse acontecendo de novo, como se ele estivesse lá, no ar cinzento, ameno da floresta deserta, recostado na árvore. Exceto que dessa vez, o pesar manou *nele* — quem podia saber de onde teria vindo? Sentiu as lágrimas e virou o rosto de lado.

Após alguns segundos, se recompôs. O organizador tinha evitado seus olhos. Na penumbra do quarto coberto de fumaça, seu rosto bexiguento dava a impressão de muito velho, como se tivesse vivido séculos. Para Alf, Doyle parecia de certa forma ligado ao velho da floresta, como se estivesse pensando nele também. Alf sentiu uma pontinha de afeição pelo organizador. Mal o conhecia, e no entanto ali estavam eles, em um estranho vínculo de intimidade — mais íntimo, de certa maneira, do que qualquer coisa, durante semanas, que tenha partilhado com sua própria mulher.

NO FIM DO DIA SEGUINTE, Alf estava com Margaret, que, soturna, remexia em uma pilha de jeans para crianças. No vasto barracão da loja de artigos remarcados, em Johnsonville, pilhas de roupas emaranhadas haviam sido descarregadas em filas compridas de mesas armadas sobre cavaletes, sob o clarão ártico de luzes fluorescentes. Havia ternos e vestidos também, os cabides rangendo incessantemente enquanto as pessoas os empurravam ao longo das armações. Ele e Margaret nunca iam lá quando ele era assalariado. Ele sentia que era um fardo para ela, comprar junto com o tipo de pessoas que freqüentava esse terreno baldio de barganhas. Não muito longe, estava uma mulher índia com o cabelo comprido oleoso. Debaixo de sua suéter rosa frouxa no pescoço, seus amplos seios caíam para os lados. Ela usava chinelos, orlado de pele, e calça marrom com uma mancha de mucilagem ressequida em uma coxa. Ainda assim, havia um quê de orgulho em sua postura, carrancuda e nobremente desdenhosa, enquanto remexia na massa de roupas. Ele manuseava sem jeito as calças e de vez em quando erguia uma, que Margaret logo descartava relanceando um olhar brusco e sacudindo a cabeça. Ele sentia como se ela o estivesse dispensando também, pela situação crítica a que os levara. Fazia duas semanas que ela se mostrava ríspida com ele. Ele tentara atribuir seu comportamento ao seu período no mês, mas tinha perdurado por tempo demais para isso. Preocupou-se achando que ela descobrira sobre Lucille. Era possível; provavelmente a metade da cidade sabia.

Pagaram um jeans e saíram na luminosidade mentolada do entardecer em direção ao Biscayne. Perguntou a Margaret se não queria um sorvete.

— Não temos dinheiro para isso, temos? — replicou ela secamente, e isso também foi uma espetadela. Mas nessa noite ele não aceitaria um insulto. Dirigiu para Dairy Queen e comprou duas casquinhas de baunilha. Indo para casa, tomou o caminho mais longo, mais pitoresco, por estradas não pavimentadas, passando por valas em que brotos de novas folhagens flamejavam no meio de latas e papéis. Ficaram quase o tempo todo em silêncio, girando os sorvetes em suas línguas, entocando-se em solidões paralelas, o que se tornara a maneira habitual de estarem juntos, não muito à vontade. No horizonte, o sol começara a se pôr, enchendo o carro com uma luz cor de sangue. O rosto dela pareceu mais jovem. De repente, ele sentiu uma grande esperança e, ao mesmo tempo, uma prostração, receoso de como ela reagiria à notícia.

Mas era tarde demais. Ele já tinha falado.

— Consegui um trabalho.

Como em transe, ela não respondeu. Em seu queixo, havia uma mancha de sorvete, como uma pinta branca.

— Margaret? Consegui um...

— Eu ouvi.

Ele percebeu que não havia inflamado nada nela, a não ser o seu próprio fogo grego de medo e esperança. Era como se ela tivesse perdido a compreensão do significado da palavra *trabalho*, a sua aura de segurança. Havia também um quê impotente em relação a ela, como se tivesse sido deixada à deriva. Percebeu que ela estava tão só quanto ele. Alguma coisa nele procurou seu apoio.

— Lembra-se daquele irlandês que no verão passado apareceu para organizar um sindicato?

— Não.

— Doyle. Malachi Doyle.

— Quando todo mundo foi despedido — disse ela.

Ele mordeu o lábio.

— Na verdade, ele não é um mau sujeito.

— Está trabalhando com um sindicato — disse ela, a voz inflexível, reprovadora. — Depois de tudo o que os sindicatos fizeram a você. — Ela se mostrava irrazoável em relação à questão de sindicatos desde 1949. Ainda mais do que ele, culpava o envolvimento com o sindicato por seu fracasso posterior no negócio de construção de casas.

— É um trabalho — disse ele. — Vou ganhar sessenta por semana.

Ela riu com escárnio.

— Qual o problema com sindicato? — perguntou ele. — Não são perfeitos, mas têm ajudado muito as pessoas.

— Sim, como fizeram com Pete.

— Droga, mulher! — vociferou ele, os olhos fixos na estrada. O sorvete escorria por suas mãos, sobre o volante de direção. Conseguiu baixar a janela e jogar fora a casquinha. — Droga — disse de novo. Esse era mais do que um trabalho para ele. Nos dois últimos dias, sabendo que trabalharia com Doyle, tinha começado a se sentir ele mesmo de novo. Mas era uma sensação fraca, e lá estava ela matando-a.

Ficaram em silêncio por um tempo. O sol desaparecera. No azul que se escurecia, esteiras de jatos formavam uma cruz de Santo André.

— Eu posso ajudar aquela gente — disse ele, esforçando-se para ficar calmo. — As pessoas que foram despedidas. Se conseguirmos organizar o sindicato, poderemos negociar seus empregos de volta. — Doyle tinha-lhe prometido isso: era uma das principais razões por que tinha aceito a oferta do organizador. Seria uma maneira de compensar, pelo menos um pouco, o que tinha feito. Mas ela parecia impassível. Ela continuava olhando direto pelo pára-brisa. — De qualquer jeito, não é para sempre — disse ele. — Com o sindicato legalizado, conseguirei *meu* emprego de volta.

— Segundo Doyle — disse ela, com um sarcasmo infinito.

— Margaret, você tem de confiar em mim!

— Já confiei demais em você — replicou ela. Estava sentada com os restos de sua casquinha, como uma versão em miniatura de si mesma, esquecida em seus dedos. — Confiei em você com Carrie Crean.

— O quê?

— Acho que ouviu. Ou vai fingir que não sabe o nome dela? — Seus olhos negros estavam vidrados com lágrimas. — Eu sei sobre ela, Alf. Sei o que você andou fazendo.

Ele dirigiu cegamente, mal enxergando a estrada. Ela ter chegado tão perto da verdade, sem alcançá-la, de fato, fazia com que se sentisse como se uma bala tivesse passado de raspão na sua cabeça. De certa maneira, o choque era maior do que se tivesse sido atingido. Ela tinha, não sabia como, tocado justamente no fato essencial de sua traição. Não via Lucille há meses, mas o seu sentimento de culpa continuava em carne viva, e ela tinha posto o dedo direto em cima.

— Canalha — disse ela. — Canalha.

Ele nunca a ouvira dizer essa palavra. A casquinha nanica derretia em seus dedos. Um pequeno músculo em sua face contorceu-se. Ele sentiu como se a loucura tivesse irrompido no carro e o infectado. Por um triz, não caíram na vala.

— Pare o carro — disse ela. — Quero saltar.

Ele continuou dirigindo, com uma espécie de pânico.

— Vou vomitar — disse ela.

Antes mesmo de ele parar completamente, ela abriu a porta e saltou, tropeçando um pouco no cascalhos. Estavam do lado de uma espécie de pasto. Havia um portão de metal, que ela escalou desajeitadamente, a saia erguendo-se e expondo as ligas brancas. Além, havia uma área verde sarapintada de estrume de vaca e as fundações em ruínas de um estábulo. Ela caminhou em direção à sua entrada desmoronada como se vivesse ali.

Quando ele transpôs o portão, ela virou na quina das ruínas e ficou fora de vista. Quando finalmente a alcançou, ela estava em pé, imóvel, olhando para o gado no canto do terreno, sob o esqueleto de um olmo morto. Os animais devolviam seu olhar, com suas faces brancas sarrentas, baixando a cabeça, recuando, umas contra as outras, nervosamente.

— Vamos — disse ele. Pegou seu braço, mas ela soltou-se e continuou olhando o gado, a cabeça baixa, quase igual a eles, como se a chave, o segredo de sua própria vida estivesse ali, entre suas grandes patas chapinhando na lama, entre seus olhos selvagens, rosados em volta.

— Margaret, nunca houve nada entre mim e Carrie Crean.

— Está mentindo — disse ela, entorpecida, os olhos fixos no gado.

— Não estou mentindo.

No campo, alguns dos animais afastavam-se da manada, mugindo e seguindo em direção a eles. Na segunda vez que ele tocou em seu braço, ela se deixou conduzir, em seus sapatos sujos de lama.

Escalaram o portão. Mas quando ele abriu a porta do carro ela virou-se para ele, seus olhos imensos buscando os dele. Ele lhe disse que a amava. Ele esforçou-se ao máximo para olhar para ela inocentemente, mas teve certeza de que ela percebia a culpa em seu rosto e muito, muito mais. A impressão era a de que a sua perda, a sua confusão, estavam ali, como se ela não soubesse mais o que os olhos dele queriam dizer, ou sua boca. Ela não o conhecia mais.

47

NO FIM DA TARDE SEGUINTE, ele retornou ao hotel de Doyle. Doyle estava com seus companheiros operários Shirley e Deirdre, que ajudariam na organização. Mary Carr, ex-colega de Alf na fábrica de suéteres também estava lá, como voluntária. A pequena terra-novense andava de lá para cá no tapete sujo, exultante por ser o centro das atenções, golpeando o ar com seu cigarro, enquanto dava a Doyle nomes de possíveis partidários. O organizador, sentado na beira da cama, anotava suas sugestões, entrecerrando os olhos por causa da fumaça de seu cigarro, enfiado como um prego branco no canto de sua boca. O ar estava impregnado de fumaça, cordilheiras e planaltos azuis à deriva, que se dissolviam lentamente.

Alf estava na cadeira perto da janela. A cada nome que Mary proferia, ele se sentia mais desconfortável, dando longas tragadas no cigarro. Na calçada embaixo, duas mulheres tinham parado de conversar. O mundo lá fora parecia um refúgio de sol e normalidade. Mas ali, naquele quarto, pareciam dispostos a outra coisa: a uma atividade nas sombras, conspiradora, ilícita.

Mary interrompeu-se. Para essa ocasião especial, ela tinha pintado seus olhos pequenos com delineador e passado batom vermelho nos lábios. Mas não havia como disfarçar a estranheza de sua face encovada com seu queixo pontudo.

— Pensa em mais alguém, Alf?

Ele franziu o cenho, pensativamente.

— O que acha de Matilda Barnes? — perguntou ela, indecisa.

O nome surpreendeu-o. Matilda havia sido amiga de sua mãe, uma mulher, agora, na faixa dos sessenta, que trabalhava no departamento de corte da fábrica de suéteres. Quando era menino, ele ia freqüentemente à sua casa. Seu marido criava pombos. Alf adorava alimentá-los, enquanto se equilibravam sobre seus ombros e, até mesmo, sua cabeça, seus pezinhos espetando seu couro cabeludo.

Seu instinto foi o de proteger Matilda. Achava que se pedisse, ela assinaria o cartão do sindicato. No entanto não queria levá-la a uma situação em que correria o risco de ser despedida.

— Não acho que ela apóie — disse ele. — Está quase se aposentando. Não é o tipo para o sindicato.

No outro lado da sala, Deirdre e Shirley o observavam. Deirdre Hoar era uma mulher troncuda de talvez trinta anos, com o cabelo preto curto e belas sobrancelhas, o nariz adunco e uma expressão de ultraje acuado, como um filhote de coruja ou falcão. Shirley Dearing era mais ou menos da mesma idade, alta, com ombros curvos e um rosto comprido atraente em um cabelo fino. Alf percebia nela uma certa sagacidade; sua presença o intimidava mais do que a de Deirdre, pois fazia com que quisesse atuar bem.

— Não sei — disse Mary, objetando. — Matilda é muito independente. O seu marido não foi do sindicato, em Johnsonville?

— Bem, eu posso estar enganado — replicou Alf.

— De qualquer jeito, você a conhece, não?

— Conheci há muitos anos — disse Alf, evasivamente. Sentia seu rosto esquentar e ficou feliz com a penumbra do quarto.

O silêncio se impôs. Alf sentiu-se pego no deslize de sua mentira. Quase ouvia os outros, incrédulos, pensando: se a conhece, por que não se aproxima? Seu subterfúgio o abalara. Tinha ido àquele quarto cheio de entusiasmo, querendo ajudar. Mas alguma coisa em relação a dar nomes despertara uma antiga relutância. De certa maneira, ele voltara ao ponto de partida. De novo, havia um homem com um caderno de anotações, aguardando nomes.

— Vou tentar falar com ela — disse Mary a Doyle.

Doyle ergueu as sobrancelhas espessas na direção de Alf. Era a sua vez.

— Eu não tentaria — disse Alf, com tanta indiferença quanto pôde.

— Está bem — disse Doyle. Olhou para a ponta de sua caneta esferográfica. Alf lambeu os lábios. No outro lado do quarto, Deirdre estava imóvel em sua cadeira. Mas seus olhos pretos eram ferozes. — Então? — disse Doyle.

Alf percebeu que haviam-se passado vários segundos. Ele tinha se distraído.

— Desculpe, eu...

— Mali simplesmente queria saber se você indica outros nomes. — Isso veio de Shirley, em um tom delicado, de apoio temporário.

— Certo. — O retângulo arranhado da porta ficava a apenas alguns passos, logo além do corredor de pernas, pés e sapatos. Alf poderia se levantar e dizer "Desculpe. Cometi um erro" ou simplesmente ir embora. Mas continuou sentado, sem saber o que faria a seguir, sabendo apenas que tinha de fazer alguma coisa. Era quase um espectador fascinado de si mesmo, esperando uma clareza sem presciência ou entendimento. Estava simplesmente com medo de ir embora? Não, algo mais o prendia ali, alguma coisa que ele não compreendia.

— Não quero pôr essas pessoas em risco — disse ele.

Deirdre praguejou.

Doyle franziu o cenho.

— Alf, acho que já lhe disse que não mantemos mais reuniões como as que fizemos na casa de Pete. Pelo menos não até sermos tantos que não poderão nos despedir.

— Você disse que não haveria nenhuma reunião.

— O que está havendo, Mali? — perguntou Deirdre. Havia um quê cômico em sua raiva, tão imediata e extrema. Doyle ignorou-a.

— Se pudermos reunir cartões suficientes, não será preciso nenhuma reunião. Não antes da ratificação. Depois de sermos homologados, a situação será outra.

— Já fez isso antes? — perguntou Deirdre a Alf, criticamente.

— Não por muitos anos — replicou Alf.

— Porque é básico...

— Está bem — disse Doyle, aplacando.

— Então, nos dê alguns nomes! — gritou Deirdre, batendo na coxa.

— Não, se pedir dessa maneira — respondeu Alf, olhando-a com ódio. Havia uma certa alegria em olhá-la dessa maneira: toda a sua forte emoção finalmente encontrando um foco. Por alguns segundos, simplesmente se encararam pela fumaça.

— Está bem, irmão — disse Deirdre, por fim. Voltou a se sentar em sua cadeira, emburrada, os braços vigorosos cruzados.

Houve silêncio. Agora todos esperavam sua reação: as duas mulheres em suas cadeiras, Doyle na cama de molas rangentes, sua face talhada e antiga pairando na fumaça como um deus tribal, e Mary Carr, de costas para a porta, o rosto branco e impassível com seus círculos de delineador virado para ele, a dureza da vida tendo-a purgado de quaisquer ares, de qualquer preocupação com sorrisos falsos, encorajadores. Todas as pessoas no quarto eram duras, ele percebeu. Havia algo desesperado e cansado; tinham o ar de pobres-diabos. Mas ao mesmo tempo eram de verdade, assim como um pedaço de pedra ou um bom martelo é. Haviam dado sua resistência como um instrumento para uma causa.

— Ellen Kelly — disse ele.

— Ótimo! — disse Mary, apontando o dedo para ele. Doyle anotou o nome enquanto os outros observavam, como pessoas que não sabem escrever e têm um respeito imenso, quase supersticioso pelos escribas em seu meio. Alf ficou momentaneamente perdido nas associações evocadas por Ellen Kelly: a casa estreita no Flats, um canteiro de dálias, os braços roliços de Ellen. Sim, um nome era mais do que um nome. Era uma vida. Que direito as pessoas tinham de até mesmo proferir nomes de outras, arremessando-os como se fossem pedras? Era impossível prever o que podia acontecer. Lembrou-se de ter lido sobre uma tribo indígena em que todos tinham dois nomes, um de uso público e outro secreto, desconhecido de todos. Como entendera isso. Como desejou que Ellen Kelly tivesse outro nome, para que ficasse segura.

— Mais outros? — disse Doyle, incisivamente.

Alf ergueu os olhos, pensando, sua testa transpirando. Viu rostos, mas não conseguiu se lembrar de nenhum nome. Viu olhos, jardins e pórticos; viu um barco a remo amarrado sobre salgueiros, e um Plymouth verde com dados felpudos pendendo do espelho retrovisor. Mas não lhe ocorreu nenhum nome.

O único nome que lhe ocorria era o seu próprio nome. Fixava-se na sua cabeça como um fragmento de uma música que ele não conseguia apagar: *Alfred William Walker, Alfred William Walker.* Como se ele tivesse cinco anos, entoando-o como palavra mágica.

Então ocorreu-lhe outro nome.

— Sidney Clarke — disse ele.

SIDNEY VIVIA NA WEST STREET, cerca de cem metros ao norte de Island. Alf e Doyle o encontraram no quintal, curvado sobre a enxada em uma faixa de terra preta. Embaixo do corte pronunciado do barranco atrás dele, o Atta se encapelava, fazendo pompons de espuma. Fumaça erguia-se de uma pilha de galhos e folhas. Caminhando à frente do organizador, Alf viu a curva dos ombros de Sidney e foi tomado por segundos pensamentos. Que direito tinha de estar ali e pedir a Sidney que arriscasse sua paz e tranqüilidade? Sentiu o calor da piedade, somente a um passo da autocomiseração.

Como sempre, Sidney ficou feliz em ver Alf. Manteve os olhos vividamente fixos nele, enquanto Alf explicava o que ele e Doyle pretendiam. Quando Sidney relanceou os olhos para o organizador, seu sorriso insinuou algo duro e desconfiado. Quando voltou a atenção para Alf, sua expressão enlevada retornou. Alf lembrou-se de Pete. Teria pensado no nome de Sidney por ele se parecer tanto com Pete? Se era assim, esse era o último lugar a que deveria ter levado Doyle. O que, diabo, estava tentando fazer?

Para piorar a situação, Sidney concordou quase imediatamente em participar; disse *Sim, sim, assino,* mesmo quando Alf, mudando o peso do corpo na terra, insistiu, em silêncio, que ele recusasse. Sentiu que Sidney se unia só por sua causa: o homem não sabia o que estava fazendo. Assim como Pete não sabia.

— O negócio é o seguinte — disse Doyle —, você assina um cartão, nos paga um dólar e quando conseguirmos cinqüenta e cinco por cento, o sindicato é ratificado. — Tinha pego um cartão no bolso do paletó. O sorriso imobilizou-se no rosto de Sidney ao olhá-lo com apreensão: um bom paciente observando o médico preparando a injeção.

Não havia uma superfície plana onde escrever. Então Alf curvou-se, e Sidney assinou o cartão sobre suas costas.

Sidney tinha deixado a carteira na casa. Quando se afastou para buscar o dólar, Alf e Doyle caminharam até o rio. Estava belo naquele instante, uma faixa veloz de bronze iluminada com os matizes elusivos de terra, no entardecer de primavera. Mas Alf não se sentia conectado à cena diante dele; tinha transposto uma fronteira para o questionável lado do bem. Virou-se a um grito vindo da casa, a voz estridente de uma mulher com raiva. Alf ficou estarrecido. Uma infelicidade súbita e potente invadiu seus membros. Ele tinha de fazer alguma coisa. Encontrou uma pedra chata e a arremessou no rio.

— O pai dela participou da greve de quarenta e nove — disse ele a Doyle, em tom de acusação. — Acabou perdendo o emprego.

— Talvez desta vez — disse Doyle — ela aprenda a quem acusar.

— Todos fazemos parte disso — disse Alf, revidando. Por um instante, antes de curvar-se para pegar outra pedra, seus olhares se encontraram e o companheirismo confortável entre os dois expôs-se como uma ilusão.

Sidney voltou ao quintal, pálido e tremendo, mas com um sorriso em seu rosto fino, esforçando-se por demonstrar superioridade.

Projetando-se de sua mão, como uma criança a seguraria, estava uma nota nova de um dólar. Quando a entregou, ninguém comentou o que tinha acabado de ocorrer, mas Alf pôde ver o rosto pequeno de Jeanie Clarke espiando pela janela, uma visão de fúria concentrada.

QUINZE MINUTOS DEPOIS, estavam sentados na sala de estar de Ellen Kelly, cercada de papel de parede de um estampado floral asfixiante, como uma selva agonizante. Ellen trabalhava costurando: uma mulher pesada, grisalha, com braços descorados que balançavam na parte de baixo, enquanto ela passava um prato de balas de hortelã-pimenta. O decote curvo de seu vestido florido mostrava um peito enrugado pelo sol, como um crepom rosa. Recostando-se em sua poltrona, girou uma bala na boca com o som de estalos e, ocasionalmente, olhava de relance para seu marido, Jared, que havia arrastado uma cadeira para a entrada da sala de jantar, e sentara-se curvado, os cotovelos sobre as coxas, olhando fixo para o piso, como se suas costas e sua paciência, juntas, tivessem se esgotado. A casa exalava o cheiro desagradável de couve-de-bruxelas.

— Então não vai dar muitos problemas — disse Ellen a Alf, em voz alta e incisiva.

— Acho que não — replicou ele.

— Para vocês, rapazes, tudo bem — disse ela. — Se der errado, ainda terão seus empregos. Não é o mesmo conosco. É só nos pegarem assinando seus cartões, e estamos na rua.

— Está certa — disse Jared, distraidamente, olhando o chão. Uma parte calva na parte de trás de seu cabelo ralo emitia um brilho amarelo sob a luz elétrica. Ele tinha sido mecânico da força aérea e agora trabalhava em uma oficina em Johnsonville. Havia exaustão nele, como se há muito tivesse perdido o interesse na vida e só estivesse esperando, com um certo desgosto, o seu fim.

— Daqui a três anos me aposento. Tenho de pensar na minha pensão — disse Ellen, relanceando os olhos, com irritação, para seu marido, como se isso fosse culpa dele. — Talvez se eu tivesse vinte anos...

Seu grande queixo não parava com a bala, e seus olhos exigiam *E então?*. Sua recusa satisfez Alf; agitou-se no sofá em sinal de que estava pronto para ir embora. Mas Doyle continuou sentado com um sorriso desmaiado, como se fosse passar a noite ali, desatento ao silêncio desconfortável que se impôs.

— Pense que isso pode ser um legado — disse ele. Alguma coisa para os mais jovens, que têm bem mais de três anos pela frente.

— Tive 11 netos — disse Ellen, alto e rispidamente. — Já é um legado suficiente para mim.

— Onze! — disse Doyle. — É, me venceu. Eu só tenho nove.

Ellen continuou girando a bala em sua língua, aparentemente sem se deixar impressionar. Ela obstinadamente em oposição a eles, Alf percebeu. Por que Doyle fazia todo mundo perder tempo? Sentindo-se constrangido por eles dois, Alf pigarreou e fingiu interesse nos vasos de violetas africanas e lírios na janela. Começava a acreditar que Doyle era mais do que insensível; havia uma certa brutalidade nele, não atenuada por piedade ou remorso, como um vendedor que pretende cansar sua vítima até que se submeta.

— O marido de minha filha — disse Doyle — está naquela fábrica em Toronto, que faz amortecedores para trens. Um bom sindicato... ele é gerente... senta-se à mesa de reunião com manda-chuvas. Na verdade, ele tem voz quando é para opinar como o lugar é dirigido.

— Sorte dele — disse Jared.

— É o que eles dizem, aparentemente — disse Doyle, com indiferença. Jared deu um risinho. Ellen lançou um olhar furioso a seu marido. Alf achou que ele mexera em uma vida secreta, uma vida de submissão e raiva contida, encerrada nessa casa pequena e asseada, onde estava tudo limpíssimo e exatamente em seu devido lugar.

Doyle prosseguiu, durante um tempo, falando sobre os sindicatos com que estava familiarizado, dizendo como as coisas funcionavam depois que era legalizado. Até mesmo os manda-chuvas acabavam satisfeitos com a situação; um contrato longo permitia que predissessem seus gastos com precisão, sem surpresas. Diacho, ele próprio conhecia um patrão que se gabava de seu sindicato, e esse sujeito era do tipo durão. Tinha combatido o sindicato, quando ratificado, como um mafioso. Mas mudou de opinião. Parecia quase orgulhoso dele, como se percebesse que, finalmente estava do lado dos anjos.

Enquanto falava, Doyle tirou do bolso da camisa um cartão e o ficou remexendo em suas mãos grandes. Curvou-o entre o polegar e o indicador, fez o movimento de afiá-lo no indicador, como se fosse uma navalha, tocou com ele seu nariz vermelho bexiguento. Ellen olhou mal-humorada para o cartão branco.

De repente, Doyle parou. Olhou para o cartão e pareceu quase surpreso em encontrá-lo em sua mão. Olhou para Ellen como dizendo: "O que vou fazer com isso?" Ergueu suas grossas sobrancelhas pretas.

— Está bem — disse Ellen —, me dá o maldito cartão. — Lançou outro olhar furibundo ao marido, que levantara o rosto, aparentemente em choque.

Doyle deu-lhe o cartão, e ela assinou-o na mesinha do lado da poltrona. Mandou Jared ir buscar um dólar, que ele lhe trouxe com evidente repugnância, estendendo a nota e desviando a cabeça quando ela a pegou. Ela estendeu um braço, e quando Doyle aceitou o dólar e o cartão, ela olhou para Alf e, sem alterar sua expressão severa, deu-lhe uma piscadela.

DEPOIS, NO CARRO, Alf disse:

— Eu estava pronto para sair dali.

— Às vezes é o que deve fazer — disse Doyle. — Desenvolvemos a intuição. Ela era uma crente. Percebi ao entrar na casa.

— Uma crente — repetiu Alf, gozando gentilmente. Doyle era um pouco fanfarrão. Desciam a Shade, passando pelas lojas fechadas.

— Ela está irritada — disse Doyle. — Dá para ver isso em sua cara. Ela sabe que há injustiça na maneira como as coisas funcionam, ela sabe disso no seu íntimo. O tempo todo que está dizendo *Não, não*, e agindo com bom senso, dentro há uma mulher durona, com os punhos cerrados dizendo *Só preciso de uma chance com os calhordas.*

— Você parece tão seguro — disse Alf, criticamente.

— Você deve ter sentido alguma coisa ali também — disse Doyle.

— Não eu — disse Alf.

— Então por que me daria seu nome? — perguntou Doyle. Alf sentiu um sobressalto. Por que *tinha* dado o nome de Ellen a Doyle? Olhou para uma árvore que passava, suas folhas laranja no fluxo e refluxo da luz, surgindo do oeste.

CONSEGUIRAM CINCO ASSINATURAS nessa noite, com quatro recusas. A última recusa foi de uma casa em Erie, um povoado algumas milhas fora da cidade, onde a porta foi batida na cara deles, com um estrondo que se propagou pela rua silenciosa e escura. Dirigiram devagar na volta a Attawan. Pelas janelas abertas entrava o perfume agradável, denso e absorvente, de lilases, soprado dos bosques à margem da estrada.

— Uma boa noite de trabalho — disse Doyle. Ele estava jogado para trás, com um braço caindo sobre o banco traseiro, e o outro reto no volante de direção, sua mão grande em ângulo: a postura de um homem satisfeito. Alf invejou o prazer indolente que sentia com sua realização. Doyle parecia alguém que acreditava, que tinha levado para casa o produto dessa crença. Não havia nada mais agradável na vida, quem sabe, mas Alf não conseguiu partilhar sua idéia de um trabalho bem feito.

— Sinto como se você tivesse feito tudo.

— Não teria conseguido metade desses cartões sem você.

— Então o que sou? Uma carinha bonita?

— Exatamente — disse Doyle.

Alf deu um risinho. Tinha experimentado momentos de satisfação ao conseguir os cartões. Havia algo em estar com Doyle que normalizava o esforço e o fazia parecer mais possível do que ele tinha imaginado. Tinha até mesmo experimentado um surto agradável de vingança — contra a Bannerman's, contra Prince, contra Kit Ford. Mas vingança não era o bastante. Para se fazer esse trabalho de maneira adequada, percebeu, tinha-se de ser um crente. Ele queria acreditar, com o mesmo tipo de certeza de Doyle, ou até mesmo com a fé irada incipiente de Ellen Kelly, mas continuava se deparando com uma barreira dentro de si mesmo.

— Como justifica isso para si mesmo? — disse ele. — Arriscando os empregos dessa gente para o caso de o sindicato ser homologado?

Era o que mais o perturbava nesse instante. Não havia se preocupado com isso quando trabalhara para o sindicato em 1949. Na época, tinha ficado tão excitado pelo aspecto tático da campanha, quase como o de uma guerra, tão envolvido pela esperança de fazer um mundo melhor e, sim, tão magnetizado pelo principal organizador, Cary Winner, que na verdade não considerou o risco de ninguém mais. Agora, no entanto, estava mais velho, e o que tinha acontecido com Pete e os outros o deixara cauteloso.

— Ei, o que estamos fazendo é legal — disse Doyle, com um sarcasmo cortês. — E o que eles fazem, digo despedir as pessoas por se organizarem, isso é ilegal, mano. — Depois de algum tempo, parecendo bem mais cansado, o organizador acrescentou: — Eu me preocupo, é claro que me preocupo. Acho que acredito na situação como um todo. Para ser franco, não acredito da maneira como acreditava quando era novato. Mas creio, acho, que podemos impulsionar esta maldita sociedade para um lugar onde os valores sejam um pouco diferentes. Onde o emprego de uma pessoa comum, apenas um salário decente, pelo amor de Deus, é mais importante do que a capacidade de um canalha obscenamente rico acrescentar uma nova ala a sua casa em Palm Springs.

— Mas e se foi com dinheiro de seu trabalho? — disse Alf. Era o velho empreendedor independente nele falando, o sujeito que antes tinha querido construir casas, para um dia construir uma bela casa para si mesmo.

— Dinheiro do *seu* trabalho? — disse Doyle, com uma nova ferocidade na voz. — Ou foi a injustiça, que Ellen Kelly conhece, que lhe possibilitou uma influência divina sobre as coisas, uma influência que nenhum ser humano deveria ter? Isto é, não nego ao especulador a sua recompensa, mas não excessiva. Conheço homens que preferem que cem ou mil outros homens se arruinem a abrir mão de uma fração insignificante de seus privilégios. Não conquistaram mais do que eu conquistei o ar que respiro. Simplesmente o tiraram de nós.

Alf sabia que Doyle tinha razão. Um mundo em que alguns homens têm cem pares de sapatos e milhões não têm nenhum, não era um mundo justo. Mas, diabos, não havia espaço em algum ponto entre esses dois extremos? O que, afinal, havia de errado em se desejar ter uma casa mais bonita, um carro melhor? Sim, apesar de tudo o que tinha passado, ainda tinha esperança de subir na vida. E um sindicato não implicava subir, não implicava uma vida vivida na vertical. Implicava, ao que lhe parecia, uma vida horizontal, em que não se podia subir a não ser que todos subissem igualmente. O simples pensamento de uma vida horizontal o deprimia.

Estavam atravessando uma ponte; as águas sombrias do Attawan derivavam na névoa. Alf deu-se conta de que estava fascinado. Não era um homem compromissado com o sindicato. Sentia que estava trabalhando com Doyle para ajudar aqueles que tinham perdido seus empregos e para se desculpar com Pete. E, sim, porque precisava de dinheiro. Ao mesmo tempo, estava com medo que a história estivesse se repetindo. Se a sua campanha fosse descoberta, poderia haver ainda mais perdas de empregos do que da última vez. Parecia não ter saída. Riscou um fósforo e acendeu dois cigarros. Pelo resto do caminho para casa, ele e Doyle fumaram em silêncio, virando o rosto, ocasionalmente para as janelas, para exalar na agitação do ar noturno.

FAZIAM AS VISITAS geralmente ao entardecer e nos fins de semana. Isso deixava os dias livres: períodos longos, tediosos, de tempo, em que Alf ficava pela casa. Às vezes, Doyle aparecia, e sentavam-se do lado de fora, bebendo suco ou cerveja, à mesa de piquenique sob a macieira. Estavam se tornando amigos. Independente da diferença de opiniões, uma corrente mais profunda atuava — uma espécie de vibração solidária. Gostavam um do outro, compartilhavam um senso de humor semelhante, os dois tinham combatido na guerra, Doyle como membro do regimento britânico, uma experiência que havia irritado os sentimentos nacionalistas, católicos, do jovem irlandês do norte.

— Eu era exatamente como Hitler — gostava de dizer brincando. — Combatia em uma guerra de duas frentes.

Para Alf, a presença de Doyle era uma dádiva. Depois de Pete, não esperara mais ter um amigo íntimo. De certa maneira, já era mais íntimo de Doyle do que jamais havia sido de Pete. Com Pete, sempre se sentira um pouco superior, um irmão mais velho cuidando do menor. Mas ele e Doyle eram mais iguais, respeitando-se mutuamente. Experimentava um sentimento que nunca experimentara com Pete — o de que Doyle o compreendia.

Uma tarde ele e Doyle subiram a barragem levando suas cervejas e sentaram-se em um tronco próximo à curva pronunciada do Atta, embaixo de Lookout Hill. Estavam falando da guerra, e Doyle contou ter adormecido, certa noite, quando estava de sentinela. Nessa noite os alemães tinham atacado o campo que ele estava ajudando a guardar, matando três homens, um deles seu amigo. Ninguém soubera que ele tinha cochilado e, de qualquer jeito, havia vários outros sentinelas, de modo que ninguém o culpara, mas ele, obviamente se culpava.

— Se tenho um arrependimento... — disse ele, e interrompeu a frase.

No silêncio que se seguiu, Alf observou uma gaivota que havia se instalado sobre o rio, como um pequeno bote branco à deriva sob a margem obscurecida. Sua mente estava ocupada por Pete. Não tinha sido a mesma coisa com ele e Pete? Seu único deslize acarretando uma conseqüência que ele nunca tinha pretendido, um remorso que nunca desapareceria? Tinha achado impossível que algum dia viesse a contar a alguém o que tinha feito a Pete. Mas agora, o seu coração crescendo, sentiu que estava prestes a fazê-lo. Recuou assustado no último momento, inseguro se sua amizade com o organizador suportaria a história. Inseguro se *ele* a suportaria. Em lugar disso, contou a Doyle sobre o rapaz alemão em que atirara na adega. Exceto a morte de seu irmão, tinha sido o seu pior momento da guerra — quando a porta da adega foi aberta e ele viu o garoto a seus pés, a garrafa de vinho quebrada em sua mão.

— Acho que ele pretendia me matar com a garrafa, mas não conseguiu. Eu o atingi no coração.

— Cristo — disse Doyle.

Alf cavou a terra com o salto do seu sapato. Não tinha contado a história direito, não tinha transmitido o choque do que tinha visto: o frescor e a juventude no rosto sem vida.

E Pete continuava vivo nele, uma pressão.

48

UM DOMINGO, AO ANOITECER, quando Doyle saiu da cidade, Alf recebeu uma ligação de Mary Carr. Ela tinha sido despedida.

— Alguém deve ter me dedurado ao Papa-Léguas — disse ela. — Não imagino quem.

Joe estava com o carro — tinha saído com uma garota, uma nova, disse Margaret —, de modo que Alf caminhou até a casa de Mary, no Flats. Era um lugar pequenino, paredes de estuque, o extremo de uma construção comprida, estranhamente curva, que já havia sido uma estação de ferro na época em que uma linha servia ao vale. Seu pai havia partido daí para a França, em 1915. Rosas vermelhas vicejavam no estuque marrom.

Mary morava com suas filhas gêmeas. Seu marido Carter havia se safado para o oeste anos atrás, um sujeitinho nanico com maneiras agressivas que, como Alf se lembrava, tinha andado encrencado quando garoto por roubar uma espingarda. Quando Alf bateu na porta, uma das gêmeas (Susie ou Sharon?) olhou para fora com os olhos escancarados de seus 11 anos.

— Quem é? — ouviu Mary perguntar. Do fundo da casa, chegou o som de uma criança chorando. A garota retirou a cabeça. A porta foi aberta um pouquinho. — Alf, entre! Estou ao telefone com Deirdre.

Ele esperou na sala de estar exígua. Havia um sofá, que provavelmente se abria em uma cama, duas poltronas, duas mesinhas e um rádio antiquado com uma estátua de Nossa Senhora em cima, seu manto pintado de azul forte, os braços abertos protetores. Uma das mãos tinha-se quebrado. Mary estava à porta da cozinha com o telefone, dizendo "Sim, sim, sim" e olhando, sem ver, na direção de Alf. A gêmea que atendera a porta tinha desaparecido. O choro tinha parado, sido substituído pelo som de uma TV repetindo o tema de abertura do programa *Ed Sullivan.*

Mary desligou o telefone e se jogou em uma cadeira oposta a Alf. Seu short revelava pernas esguias, muito pálidas.

— Calhorda — disse ela com raiva. — Teve a coragem de aceitar uma xícara de chá de mim. Veio me despedir e sentou-se exatamente onde você está sentado e tomou chá!

— Quem?

— O Papa-Léguas! O filho-da-puta sorria enquanto falava comigo. Sabemos que está com o sindicato, disse ele. Bem, não neguei. Devia ter negado, acho. Isto é, que prova ele tinha? Mas não pude. Havia algo em seu rosto... a minha vontade era atacá-lo com a verdade. Ele teve sorte de eu não lhe bater com um tijolo. Mas fiz isso em mim mesma!

Ela sustentou o olhar de Alf sem acreditar, como se ele pudesse lhe dizer por que tinha agredido a si mesma, por que tinha admitido ao Papa-Léguas que era a favor do sindicato, quando tudo o que tinha a fazer era negar, negar. É claro, como ela disse, que ele a despediria de qualquer jeito, mas pelo menos poderia dizer que tinha feito tudo para defender a si mesma e suas filhas.

— O canalha queria que eu espionasse para eles — disse ela, jogando uma perna comprida sobre a outra.

— Espionar — disse ele. Despertou como se de um sonho, no fundo da cadeira.

— Você sabe. Se eu descobrisse quem tinha assinado os cartões, eu ficaria com o emprego. Aquele porco.

— E você se recusou — disse ele.

— Pode ter certeza! — disse ela. Sacudiu-se uma vez, uma breve gargalhada silenciosa. Depois as lágrimas cintilaram. — O que vou fazer com minhas filhas? Não posso manter esta casa desempregada!

— Vou falar com Doyle. — Esforçou-se para não perder a voz. — Ele vai lhe conseguir um salário — disse ele, prometendo impetuosamente. — No mínimo, quando o sindicato for ratificado, conseguiremos seu trabalho de volta.

— É o que Deirdre diz.

— Bem, é isso. Vamos reintegrá-la.

ESTAVA QUASE ESCURO quando saiu da casa dela. Desceu a Willard até a esquina com Bridge e parou por um momento do lado da calha, as fábricas em sua quietude dominical. Tinha passado praticamente vinte anos nesses edifícios; sua mãe e seu pai tinham passado a maior parte de suas vidas ali. Mas agora as fábricas pareciam opacas, um mistério, com suas inúmeras janelas refletidas foscas na água abaixo. Em seu peito, uma raiva estremeceu e desapareceu. Prosseguiu Bridge acima, passou pelo outeiro da arena, chegou à ponte e debruçou-se no parapeito. A cem metros, a represa da Bannerman's formava uma linha grossa, branca, agitada, um *psiu* de água caindo.

Sentiu-se cansado, cansado demais para se mover. Pensou em fumar um cigarro, mas até mesmo isso era esforço demais, portanto continuou a olhar o rio, os braços escorados no parapeito, em uma espécie de impotência. Cuspiu e observou o cuspe cair em uma longa curva, debaixo da ponte.

O carro chegou por trás dele, sem fazer ruído. Ele só ouviu o som — como um emissário da própria represa — de uma janela sendo baixada. O Fleetwood parecia mais escuro do que o preto poderia ser, na fraca iluminação da rua.

Ele curvou-se para a janela aberta. Prince inclinava-se para ele, no banco, sorrindo afável, como se o que quer que tivesse se passado entre eles não tivesse deixado mais do que resíduos de boa vontade casual. O belo rosto do executivo, sobre o colarinho aberto de sua camisa, fulgia um pouco no brilho do painel.

— Pensei que talvez pudéssemos conversar.

Alf experimentou um instante de triunfo, dando-se conta de que estava além do poder do outro. *Pensei que talvez.*

— O sindicato — disse Prince. — Talvez eu possa fazer um trato.

Doyle o tinha avisado de que isso talvez acontecesse, lembrou-se. Se a empresa sentisse que perderia, poderiam oferecer não se opor ao sindicato, para considerações.

— Não sou o patrão — disse Alf, sem se dar ao trabalho de ocultar a hostilidade. — Não tenho autoridade para decidir.

— Para isso, tem.

— O que é *isso*?

— Por que não entra? Provavelmente não é bom para nenhum de nós dois que nos vejam juntos.

Sondando a rua, para cima e para baixo, Alf entrou. Sabia que não devia, mas estava curioso para ver o que Prince tinha guardado na manga, e, ao mesmo tempo, pouco se importava. Diante dele, o largo pára-brisa emoldurou o principal cruzamento, onde um sinal vermelho brilhou. Além um homem com um boné de beisebol, estranhamente familiar, ocultou-se no pórtico do Vimy House. Prince deu uma guinada para a direita, e começaram a subir ao North End.

— Tem uma espécie de zunido sob o capô — disse Prince a propósito de nada. — A oficina não descobre o que é. — Passaram rápido pela estrutura cinza da mansão dos Bannerman, um castelo de contos de fadas soturno, recuado em seu gramado em declive, e na avenida sombreada por bordos.

Passando a escola secundária e o hospital, Prince virou para a Golf Links Road. Dirigia com a cabeça erguida, com aquele senso de nobreza que emanava dele tão naturalmente, dois dedos tocando levemente a parte inferior do volante. Falou de esporte — tinha assistido a uma partida de *softball* atrás da arena, e a qualidade do jogo o impressionara.

— Eu jogava perto da segunda base. Adorava não ter uma base para cobrir, entende? A sensação de liberdade.

Alf não disse nada. O ar condicionado fazia com que se sentisse encerrado em uma bolha, retirado da noite. Até mesmo a própria estrada parecia muito distante, suas imperfeições amenizadas pela carroceria magnífica do Fleetwood. Passaram flutuando pelas altas colinas do campo de golfe, por uma criação de visom, repleta de cercados compridos, por árvores antigas que, por um momento, se tornavam imensas no escrutínio veloz dos faróis do Fleetwood. À distância, à direita, no escuro vigiado por grupos silenciosos de cedros, o Shade corria em direção à cidade.

— Então, o que quer? — disse Alf, agitando-se. Arrependia-se de ter ido.

— Bem, Alf, espero não ser inoportuno, mas quero lhe fazer uma oferta.

Alf suspirou, cansado.

— Não sou muito chegado às suas ofertas.

Objetos materializaram-se no mundo de sonho lá fora. Em um campo tomado de ervas daninhas, um cavalo branco saltou, seu pescoço na horizontal.

— Estragamos tudo — disse Prince, por fim. Pareceu genuinamente melindrado, triste. — Sabe, eu queria realmente você para o cargo de contramestre. Mas sofri muita pressão para introduzir gente nova.

— Não estou interessado.

— Não posso culpá-lo por estar irritado, Alf. Ter de ver alguém chegar e ocupar o cargo que era seu. Gostaria de corrigir isso, se puder. — Prince fez uma pausa e pareceu estar considerando o passo seguinte. Nos faróis, o asfalto cedeu a uma tábua, um ronco distante. — O que acha de ser subgerente da fábrica de suéteres?

Para Alf, as palavras de Prince soaram tão irreais quanto o campo assustado por suas luzes.

— Como provavelmente já deve ter ouvido falar, Gordie Henderson saiu. Pode começar imediatamente.

— Você deve achar que sou uma puta ambiciosa. — Alf estava teso de raiva. No entanto havia um lugar nele, para além do desafio, para além da consciência, em que continuava ávido por uma vida diferente, onde as palavras de Prince tinham provocado uma onda de excitação. Descontente com sua fraqueza, acrescentou. — Ou algum idiota. Está preocupado porque estamos chegando lá. Está tentando me comprar.

— É claro que há certa verdade no que diz — disse Prince, depois de algum tempo —, mas a oferta é real. Acho que pode fazer um bom trabalho nessa função.

— Se fala sério, me fará essa oferta quando o sindicato for homologado.

Prince ficou em silêncio. Alf riu, triste, para si mesmo, achando que o tinha frustrado.

— Leve-me de volta para a cidade — disse Alf. — Isto é inútil.

Estavam se aproximando do topo de uma longa subida. O Fleetwood diminuiu a marcha quando Prince virou para a esquerda, os faróis iluminando uma trilha de terra sem cerca, e um local margeado de relva alta, onde o carro parou. Prince apagou os faróis. Estavam de frente para a orla da Reid Hills, com floresta às suas costas. A cinco ou seis quilômetros, o clarão da cidade empoeirava o horizonte.

O motor permaneceu ligado, uma vibração quase imperceptível. O ar-condicionado expelia sua exalação regular. Alf estava impaciente.

— Se me der alguns minutos — disse Prince —, gostaria que ouvisse o meu lado.

Alf deu de ombros. Tinha pouca escolha. Além disso, estava curioso. Parecia seguro deixar sua curiosidade solta; estava inabalável em sua recusa, protegida pelo ódio que sentia daquele homem. Como o marinheiro na história antiga, que amarrara a si mesmo no mastro, poderia resistir ao canto das sereias.

Escutou a voz de Prince prosseguir: razoável, com humor, inteligente, auto-reprovadora. Sob a superfície, no entanto, havia uma inflexibilidade não dissimulada completamente por essas outras qualidades. De certa maneira, Prince estava agindo. Apesar de parecer relaxado atrás do volante do Fleetwood, deixando as idéias soltas, na verdade, estava pressionando, pressionando com uma determinação de propósito que irritou Alf e o manteve na defensiva.

— Você não gosta de mim — disse Prince. — Não posso culpá-lo, não depois que as coisas aconteceram dessa maneira. Mas digamos, só para argumentar, que as circunstâncias estavam além do controle de nós dois. Pode ser difícil acreditar, mas não sou o dono dessa empresa, sou simplesmente o vice-presidente, um entre muitos. — Deu um risinho antes de prosseguir. — O que quero dizer é o seguinte: tenho grande respeito por você. Respeitei-o na primeira vez que o vi, no dia que nos mostrou aquele andar. Depois, pedi sua ajuda para derrubar o sindicato. Você recusou porque achou que isso significaria trair seus amigos. Respeito também isso. É claro que eu estava do outro lado, tinha de jogar alto, mas admirei-o por sua decisão. Realmente, Alf, admirei-o, e ainda admiro.

Acima do branco de sua camisa, a cabeça de Prince tanto parecia uma sombra quanto de carne e osso. Estava sorrindo para Alf com uma ansiedade estranha, infantil.

— A questão é que, a história do que você fez, ou não fez, agora é conhecida. Receio que tenha dado margem a uma opinião injusta.

— Do que está falando? — disse Alf, de repente alerta.

— Estive conversando com Kit Ford, tentando mostrar o tipo de sujeito que você era, para que soubesse quem enfrentaria. Portanto lhe contei o que aconteceu entre mim e você no quarto do motel Para mim, demonstrou a sua integridade. Mas Ford, receio... bem, ele aferrou-se ao fato de que você deu um nome. Ele está espalhando a história de que você era informante da empresa, um fantoche, como dizem. Está dizendo para as pessoas que você nos ajudou a interromper o sindicato no outono. Está sugerindo, bem... — Prince fez uma pausa, e depois prosseguiu, aparentemente relutante —, está sugerindo que está nos ajudando a derrubá-lo agora de novo. Ele só está fazendo seu trabalho, é claro, tentando minar o seu lado. Mas receio que isso possa deixá-lo mal.

Alf teve um choque. Ainda assim não ficou completamente surpreso. Esse momento parecia estar chegando há meses. Tinha esperado esquivar-se, mas isso era claramente uma tolice. Gente demais — Woody, Prince, agora outros — sabiam o que ele tinha feito. Para além do painel, percebeu o tremeluzir da cidade à distância.

Prince prosseguiu.

— O que quero dizer é que, vou falar sem rodeios, pode achar que o sindicato não o quer mais. Isso pode não acontecer, é claro. Talvez tudo isso seja esquecido. Falando em termos pessoais, espero que sim, para o seu bem. Mas se não for assim, bem, você pode se ver no olho da rua. Se isso acontecer, o cargo de subgerente estará aguardando você. Pode ficar feliz por ter para onde correr.

Alf ficou calado. Não sabia se Prince estava sendo sincero — parecia sincero, terrivelmente sincero —, mas em certo sentido isso não tinha importância. O que o capturara parecia-se mais com o destino do que com maquinações de um inimigo.

Prince continuou.

— Você no fundo é um homem para gerenciar. Tem a capacidade, a autoridade. Isso não pode ser ensinado. Você tem isso, Alf. Foi feito para coisas melhores do que bater de porta em porta com o Sr. Doyle.

Lá fora a noite parecia distante, algumas luzes isoladas no escuro. Uma estrela avermelhada pulsava fracamente.

— Quer que eu mantenha o cargo aberto para você até o sindicato ser ratificado ou até chutarem você? Farei o melhor que puder. A questão é que neste instante sei que podemos contratá-lo. Depois, quem pode saber? Uma vez dentro, poderá mostrar seu valor. Uma promoção que lhe for oferecida, digamos, sob circunstâncias especiais, parecerá perfeitamente natural. É certamente merecida.

O ruído constante do ar-condicionado ocupava o carro. Doyle, o sindicato pareciam distantes, sem substância. O mundo real estava ali, na bolha confortável do carro. Ali na luz atrás do painel complexo e cintilante do Fleetwood estava o mundo, todo o futuro que um homem precisava. Alf pensou em Margaret, e uma sensação arrebatada de arrependimento perfurou-o. Continuou ali, no frio vindo do painel. Lambeu os lábios e estava para falar, quando de repente — o pânico crescendo em seu peito — sentiu-se sufocar. Precisava de um cigarro. Pôs a mão na maçaneta e abriu a porta. Imediatamente sentiu o perfume, quente, de terra, aguçado. Um grilo dedilhava um banjo desafinado.

Atrás dele, Prince disse:

— As pessoas respeitam você, Alf. Independentemente do que decidir.

Alf fechou a porta e deu alguns passos, aspirando o ar noturno. Acendeu um cigarro e ficou fumando, olhando o horizonte lustroso onde estava a cidade. Por alguns momentos, só teve consciência do que o alcançava: o solo sob seus pés, o cheiro da noite, o fraco uivo de um cachorro lá embaixo, a fumaça em seus pulmões. Ele era isso e apenas isso — essa coisa tênue, finita, o clarão de um cigarro no escuro.

Pôs-se a andar. Passou pelo Fleetwood e pegou a estrada, entre suas margens altas, arborizadas, descendo em direção à cidade. Atrás dele, os faróis do Fleetwood riscaram os campos obscurecidos. Então, o carro estava atrás dele, seus pneus fazendo o cascalho ranger. Uma janela foi baixada. Prince falou com uma ironia galhofeira.

— Ei, amigo, quer uma carona?

Alf não deu sinal de notar a existência de Prince e prosseguiu caminhando e fumando ao longo da estrada escura.

49

QUANDO MARGARET OUVIU o grito de Jamie, seu coração disparou como se também ela estivesse lutando para sair de um pesadelo. Correu para o quarto dele e pegou o corpo retesado, trêmulo, em seu pijama ensopado, embalando-o contra o corpo.

— Foi o mesmo sonho? — perguntou ela, e a cabeça molhada, desgrenhada, admitiu que sim com veemência. Seu pai partia no Biscayne, e Jamie, preso no porão, não podia correr atrás dele, porque um velho, sem dentes e fogo nos olhos, estava escondido em uma caixa do lado da escada, ameaçando comê-lo. Por várias semanas sentira tanto medo desse sonho que resistira a ir para a cama. Margaret trocou seu pijama e os lençóis da sua cama. Finalmente, conseguindo acalmá-lo e fazê-lo dormir — ele deitou-se como quando era muito pequeno, com os joelhos puxados para cima e o polegar na boca —, levou a roupa molhada para o porão e as pôs de molho na tina de roupa suja. Estendendo o braço para pegar a caixa de sabão em pó, derrubou a jarra de água que as criança tinham usado para fazer bolas de sabão. A jarra caiu, se despedaçando ruidosamente no chão de cimento. Margaret deu um grito, furiosa, e chutou os cacos no meio de uma poça que se espalhava. Ao terminar de limpar tudo, estava chorando em silêncio, para si mesma. Suas regras não tinham descido e ela se sentia como tendo ganhado dez quilos; estava irritada com tudo e com todos — especialmente com Alf, que tinha dito que estaria de volta a tempo de ajudá-la a pôr as crianças na cama. Nos últimos dias estava sempre predisposta contra ele. A briga na margem da estrada não resolvera nada. O que tinha ou não acontecido (ou talvez continuasse acontecendo) com Carrie Crean alojara-se em seu estômago como uma pedra fria.

Retornando à cozinha, começava a preparar um chá, quando ouviu alguém bater. No começo, achou que era Penny, atravessando o corredor até o banheiro. Em seguida, percebeu. Tinha alguém na porta da frente.

Um homem calvo, alto, de constituição forte, usando uma camisa branca, o colarinho aberto, esperava com a cabeça baixa. Vendo-a pela tela, levantou uma mão, aberta, como se quisesse transmitir que era inofensivo.

— É Margaret Walker? — disse ele, quando ela abriu a porta. Ele tinha belos dentes e a voz grave, e parecia tão incrivelmente à vontade, que ela pensou que fosse um ator de cinema. Por um instante, sem entender nada, sentiu uma pontada de medo. — Bob Prince — disse ele. — Sou executivo da Bannerman's .

— Algum problema?

— Não, não, em absoluto. Desculpe, não queria assustá-la.

— Alf não está.

— Tivemos uma conversa não faz muito tempo. Só queria acrescentar algumas coisas ao que eu estava lhe dizendo.

Atrás dele, ela viu o carro caro, reluzindo na fraca iluminação da rua. Apesar de sua intenção de tranqüilizá-la e suas maneiras cordiais, havia no ar algo agourento. Ela foi cautelosa.

— Ele deve voltar a qualquer momento.

— Ah — disse ele, e como não se mexeu, ela acrescentou:

— Gostaria de esperá-lo?

Ela tinha feito o convite por educação e ficou desapontada quando ele aceitou. Instalou-se na beira do sofá, com sua calça cáqui e mocassins impecáveis, que deixavam à mostra cinco centímetros de meias bege, bem esticadas. Suas pernas pareciam estranhamente curtas e finas, ela pensou, para um homem tão grande. Mas o que realmente a impressionou foram seus olhos. Eram do mesmo azul dos olhos de seu marido.

Ele não quis café ou chá. Ela fez algumas tentativas de puxar conversa, mas Bob Prince parecia distraído, sentando com seus ombros largos curvados à frente, remoendo os próprios pensamentos enquanto batia os dedos no joelho. Ela sentiu-se um tanto embaraçada por ele ver a pobreza da casa, e, de certa forma, desleal com Alf, embora não soubesse exatamente por quê. Evidentemente, com Alf agora no sindicato, esse homem estava do lado oposto da cerca. Bob Prince. O nome voltou à sua memória. Não havia sido Prince que elogiara Alf no verão passado, quando o tinha conduzido no *tour* pela fábrica? Era Prince — não era? — que Alf tinha ido ver naquela noite em que recebera a ligação durante o jantar.

— Esta noite ofereci um trabalho ao seu marido — disse ele, abruptamente. Ele tinha ficado olhando fixamente para o tapete, seu velho tapete verde com riscas de estopa à mostra, mas agora se concentrava nela. — Ele recusou, como eu temia que fizesse. Ou pelo menos achei que recusaria. É que acho que não coloquei todos os argumentos que deveria.

— Que tipo de trabalho? — perguntou ela, sem confiar nele. Que tipo de trabalho poderia ser, se havia necessidade de argumentos que o justificassem?

Ele pareceu não escutá-la. Ele deu um suspiro como se o peso do mundo estivesse sobre seus ombros. De repente, pareceu vê-la — um olhar rápido, como se surpreso de descobri-la ali.

— Subgerente da fábrica de suéteres.

Ela despertou de estalo, com uma expressão de descrença.

— Não de contramestre? Querem que os ajude a dirigir a fábrica de suéteres?

— Exatamente. — Ele deu seu sorriso fascinante. — Parece surpresa.

— Bem, vocês o despediram. — Suas bochechas arderam, com a rispidez de sua própria resposta.

— *Eu* não. Foi algum tolo na direção. Ele é um dos melhores homens que temos. Ou tivemos. Receio termos deixado que escorregasse de nossas mãos.

Ela tinha perdido a esperança de Alf subir na vida. Era o sonho da sua juventude, como querer ser rico ou famoso ou simplesmente extraordinariamente bom em alguma coisa. O destino só contempla muito poucos, e estava resignada com não ser um deles. Pretendia simplesmente sobreviver, ajudá-los a superar essa pouca sorte.

A notícia do visitante era incrível, mas havia uma centelha em Margaret que nunca se extinguia, que se tornou visível. Observou os olhos azuis pálidos que lhe pareciam tão familiares examinando o tapete pobre, pousando sobre uma poltrona bamba. Sentiu uma onda de afeição por Alf. Ele *era* um homem bom e, finalmente, outros também estavam percebendo isso.

— Acho que ele se sente comprometido com o que está fazendo para o sindicato — disse Bob Prince. — Devo dizer que, apesar de discordar dele, eu o respeito por isso. O seu marido é um homem de grande integridade, Sra. Walker.

Era um homem grande, forte, cordial com um cargo importante. Mas havia, ela achou, um quê de impotência nele. Parecia trabalhar excessivamente, a julgar por suas olheiras.

— Sabe — disse ele, prendendo a sua atenção com seu olhar —, ele deixou a porta um pouquinho aberta. Disse que depois de o sindicato ser ratificado, ele ficaria feliz em considerar a nossa proposta.

Ela observou-o atentamente, alertada por algo no tom da sua voz.

— O problema é... e expliquei isso a ele... que não sei se depois poderei fazer a mesma proposta. Quer dizer, se só dependesse de mim, ele teria o cargo na hora que quisesse. Mas alguns de meus superiores... — Bob Prince hesitou. Passou a mão na cabeça calva.

As cortinas levemente separadas deixavam ver seu carro, cintilando sob a luz do poste. Um gato pulou para o capô no mesmo instante, se movendo com cuidado sobre o metal quente. É comigo que ele veio falar, e não com Alf, ela pensou. Ela virou-se de volta ao seu visitante.

— Talvez o melhor seja o senhor ir agora — disse ela. — Eu direi ao meu marido que esteve aqui.

DEPOIS QUE O FLEETWOOD partiu, ela passou meia hora inquieta esperando Alf. Varreu a cozinha, lavou alguns pratos, preparou café. Achando ter escutado Jamie gritar, subiu para verificar, mas o menino dormia deitado de costas, a boca aberta, um braço sobre o travesseiro. No andar de baixo, a porta de tela semicerrada, encontrou Alf na cozinha.

Seu marido estava sentado na ponta de uma cadeira, tirando uma meia. Ela gritou ao ver o ponto redondo, em carne viva, no seu calcanhar e lhe levou mercúrio e uma bandagem.

— Como conseguiu isso?

— Andando — disse ele, emburrado.

— Deve ter andado uma boa distância.

Ele continuou cuidando do machucado, atentamente, como um menino, seu pé na cadeira. De lá de fora, chegou o grito fraco, gago, do curiango.

Depois de fechar a porta de tela e a porta interna, ela se sentou à mesa.

— Alf, tivemos visita hoje à noite.

Ele resmungou, mais interessado no curativo. Ele arrancou a parte levantada da pele enrugada.

— Alf... — Ele olhou para ela, os olhos inflexíveis. — Oh, Alf — falou ela com a voz macia e baixa, forçando um pouco sua afeição.

Quando ele prestou atenção — sem saber, aparentemente, o que ela pretendia —, ela corou, e foi direto ao assunto.

— Bob Prince esteve aqui hoje à noite.

Ele parou no mesmo instante, a bandagem na mão.

— Veio ver você. Falou-me do cargo de subgerente. Disse que havia algumas coisas que não havia lhe dito...

— Ele veio aqui? — disse ele. — Quando, diabos, foi isso?

— Hoje à noite.

— Quando hoje à noite?

— Por favor, não levante a voz — disse ela, esforçando-se para sorrir — Chegou mais ou menos às dez horas. Foi embora há meia hora. Alf, temos de conversar...

Ele bateu o punho na mesa, fazendo a tampa de vidro da manteigueira pular. Ela ficou surpresa e chateada com seu impulso.

— Não pode simplesmente jogar isso fora com tanta facilidade... pelo quê? Pelo sindicato?

Ele bateu de novo na mesa, realmente furioso.

— Oh, ótimo — disse ela, com sarcasmo, movida pela raiva que não conseguiu mais reprimir. — Recebe a oferta da sua vida e não pode nem mesmo conversar sobre ela.

Observou-o se levantar e ir até a pia. Havia algo de animal, taurino, em seus ombros, ela pensou, enquanto ele enchia um copo de água e bebia. Isso era com o que ela lutara durante todos esses anos: com a sua rusticidade. Deixava-a furiosa; o quanto suportara por causa disso.

— Trabalhou anos para progredir — disse ela, tentando ficar calma. — Pelo amor de Deus, pelo menos ouve o que ele tem a dizer.

Ele ficou imóvel, recurvado sobre a pia. Iria enfiar-se em mais um de seus silêncios? Sentia-se sufocada, lembrando-se de todos os silêncios que suportara. Fazia parte de sua rusticidade também, não? Seu marido mal falava com ela, nem quando se tratava de assuntos importantes nem quando se tratava simplesmente de lhe fazer companhia. Era como se fosse surdo e mudo, como Bob Horsfall.

— Você teve um negócio só seu antes — disse ela. — Agora bate de porta em porta, pedindo assinaturas.

Um pouco de saliva borbulhava no lábio inferior de Alf.

— É um trabalho honesto — disse ele.

— Cavar fossas é um trabalho honesto! Por que não consegue ver o que é vantajoso para você?

— Cale-se — disse ele, olhando-a furioso.

— Diga-me — disse ela, levantando-se da cadeira e indo até ele. — Apenas me diga, já que parece que não entendo, por que bater de porta em porta com Malachi Doyle é melhor do que ser subgerente. Subgerente, Alf!

Ele virou-se para ela, os olhos chamejantes. Ótimo, pensou ela, ótimo. Há muito isso já devia ter acontecido.

— As pessoas que assinam dependem de mim — disse ele, com uma voz surpreendentemente esganiçada. Seu olhar parecia distante, perdido no espaço, como se ele estivesse recitando uma idéia mecanicamente.

— E eu? — gritou ela. — E seus filhos? Nós não dependemos de você? O seu filho está lá em cima... Sabia que ele tem pesadelos toda noite de que você está indo embora? Não é de admirar, é? Você fica fora toda noite. Nós não o conhecemos mais!

— Isso é o que estou fazendo — disse ele, depois de um momento.

Ele era tão obtuso, ela pensou. Como poderia fazê-lo entender?

— Você está se arruinando. Está arruinando esta família.

— Tenho um trabalho — disse ele, categoricamente.

A fúria dela aumentou, com o impasse de sua vida.

— Acho que você é um covarde — disse ela. — Está com medo da responsabilidade, é o que acho. Gosta de ser medíocre. Isso lhe convém. Não importa o que aconteça conosco, contanto que possa continuar cavando suas miseráveis fossas com...

As costas de sua mão a atingiram no meio da face. Ele nunca batera nela antes, nem mesmo ameaçara. Houve a surpresa — a força cabal da surpresa — e, então, o torpor, quase irrealidade, quando ela sentiu a cozinha recuando. A dor ainda não tinha começado, embora ela se perguntasse se seu nariz não estaria quebrado. A risada dela foi um grito estranho, histérico. Apoiou-se na mesa, passando uma mão no rosto, esperando outro tapa. Como não aconteceu, olhou em volta. Ele estava de costas para ela, de frente para a janela. Seus ombros erguiam-se e baixavam — ela achou que ele estava chorando —, e sua face refletida pairava no escuro além da vidraça, parecendo espreitá-la como um fantasma.

50

ALF PASSOU A NOITE se virando no sofá, andando de lá para cá, e fumando no quintal. Tinha feito, achou. Tinha cruzado a linha além da qual não havia perdão, não havia volta, ele tinha feito algo inconcebível, algo que o fazia desprezar homens que o faziam, e agora ele não era melhor do que o pior deles. Em certo sentido, ele não compreendia o que tinha acontecido. Tinha batido em sua mulher, sim, mas ao mesmo tempo era como se uma onda tivesse se levantado não se sabe de onde, uma onda grande, poderosa que havia feito os dois girarem, e na confusão e fúria, seu braço havia se estendido e a atingido, a contragosto, em seu nariz. Na manhã seguinte, Margaret, preparando o café da manhã, ignorou suas tentativas de se desculpar. Seu lábio inferior estava inchado — uma parte pálida e inflada como a parte grossa de uma minhoca. Uma equimose escurecia sua bochecha e nariz. Ele a rondava com remorso, tentando ser prestativo; então não conseguiu se mexer quando Jamie e Penny chegaram correndo para tomar café. Não levou muito tempo para descobrirem o rosto de Margaret.

— O que aconteceu? — perguntou Penny com a voz tranqüila, seus olhos movendo-se de sua mãe para seu pai, e de novo para sua mãe. Alf não conseguiu falar e ficou grato quando Margaret lhes disse, quase animada, que tinha dado com a cara na porta do armário. Ela estava bem, disse, e que eles fizessem o favor de comer seu cereal logo, que estavam atrasados para a escola.

ÀS ONZE, DOYLE apareceu. Alf encontrou-o do lado de fora e levou-o para o lugar de sempre, à margem do rio. Parecia se mover em um sonho; achou que não sabia nada, mas aferrou-se a alguns pensamentos que tinha de expressar. Doyle sentou-se no tronco lançado à margem, fumando enquanto o Atta corria. Alf ficou em pé, rígido, diante dele, contando com a voz rascante o que tinha guardado segredo: a proposta de Prince no outono passado, sua traição de Woody Marr. Não mencionou Pete. Mas contou sua última conversa com Prince, a notícia que Ford estava espalhando a história, a oferta do cargo de subgerente. Falava mecanicamente, sem muita emoção, sabendo apenas que devia isso a Doyle. A vergonha conseqüente de seu segredo mal o afetou. Tampouco sentiu qualquer alívio.

Quando Alf terminou, Doyle não disse nada, a fumaça se torcendo acima da guimba esquecida de seu cigarro. Para Alf, o seu silêncio pareceu abrir um abismo entre eles, que se aprofundava a cada segundo. Estava certo que sua amizade se encerrara.

— Gostaria que tivesse me contado isso antes — disse Doyle, por fim. Apertou os olhos para ver Alf que estava de costas para o sol. — O que você quer fazer?

Lá em cima, na janela do quarto de Joe, Alf podia distinguir a pequena lua pálida do rosto de Margaret, a contusão pouco visível à distância, observando-o. Ela continuava sem falar com ele, mas havia uma certa expectativa em sua expressão.

— Eu me demito, se quiser — disse ele, sua voz algo impassível, alheia. Sua sombra estendia-se sobre a areia diante dele. — Mas o que quero... é continuar com o sindicato. Se a organização ainda me quiser.

Doyle levantou-se com esforço. Jogou fora a guimba do cigarro. Bateu seu braço grosso em um salgueiro.

— Está bem, companheiro — disse ele. — Acho que ficará tudo bem. Todos sabem que foi despedido injustamente. Não acreditarão nas histórias de Ford ou poucos acreditarão. Vamos simplesmente prosseguir, sem nos abalarmos.

Alf aceitou com a cabeça. O sol batia na areia, no mato atrofiado, na sua nuca, no rosto vermelho de Malachi Doyle. Ficou com os olhos semicerrados, ciente de mais nada a não ser do calor.

51

PENNY PEDALOU sua bicicleta a West acima. Perto da ponte, várias garotas estavam pulando corda, as duas cordas compridas girando uma contra a outra, como os batedores na batedeira de sua mãe, batendo no solo sob Ginny Lamport, que, na sua opinião, era a que melhor pulava corda em Island, seu rabo-de-cavalo saltando, suas meias brancas para cima e para baixo, cada vez mais rápido, enquanto as cordas estalavam debaixo dela. As outras garotas, as que giravam as cordas e as que observavam, cantavam em tom insolente:

Um dois três a-Laura
Quatro cinco seis a-Laura
Sete oito nove a-Laura
Dez a-Laura Secord!

Ginny se esquivou das cordas girando rapidamente e outra garota entrou. Vendo Penny, Ginny, o rosto corado, chamou-a para brincar.

— Não posso — disse Penny, e continuou a pedalar.

Pedalou para fora de Island e subiu a West — era plano o caminho para a fábrica de meias Bannerman's — escutando as vozes das garotas gritando:

Primeiro o amor, depois o casamento.
Depois vem Linda com o carrinho de bebê!

Na colina, ela se levantou para dar impulso — a pesada e velha bicicleta, com os pneus-balão e uma cesta de vime, tinha pertencido à sua *baby-sitter* Joyce French — e conseguiu subir metade do caminho pedalando antes de saltar e ter de empurrar a bicicleta. Lá embaixo, à sua esquerda, o rio reluzia no meio das árvores que cobriam a ribanceira íngreme até a estrada. Ela não tinha certeza de onde ficava a trilha — pelo menos um ano se passara desde que seu pai lhe mostrara o caminho —, e quando saiu da estrada, ocultou a bicicleta sob a balaustrada, e começou a descer a estreita greta nas ervas daninhas, ainda sem ter certeza de que estava no lugar certo. Mas logo chegou à clareira. Ficava protegida da estrada acima das árvores e era alcançada por uma brecha embaixo. Sim, havia o outeiro coberto de erva daninha, os pedaços salientes de tábuas antigas e caixilhos com lascas de vidro penduradas — os restos do barraco de Johnny North. Ela estava ali por causa de um sonho. Ela estava deitada em algum lugar, sem conseguir se levantar por causa do peso do seu corpo, infeliz, como se tivesse sido abandonada por todos, e com frio, pois estava sem roupa. Mas um homem a salvava — Johnny North. Ele usava um casaco preto e era jovem. Seu cabelo era realmente preto, e não pintado com graxa para sapatos. Tinha sorrido para ela com seus dentes quebrados — ela não tinha sentido medo — e, então, a erguido, pondo-a sobre seus ombros. De repente, Johnny North tinha-se transformado em um gigante. E ela ficou tão no alto que podia ver o mundo inteiro, enquanto ele caminhava: os países, as montanhas, as ilhas pontilhando os oceanos prateados como alpondras.

Olhou em volta, um pouco nervosa; então, começou a tirar suas roupas, colocando-as sobre uma pedra chata: a camiseta sem mangas, as sandálias de couro vermelhas, o short com o saquinho de biscoitos de araruta no bolso, a calcinha com a etiqueta da Bannerman's. Quando um carro passou na estrada acima, ela procurou um lugar onde se esconder. Sabia que tinha de fazer isso; a idéia não saía da sua cabeça desde que acordara. Tinha de fazer, embora não soubesse dizer por quê. Ficou em pé, ereta, os olhos fechados, e sentiu o ar em seu corpo. Quando uma mosca pousou em seu braço, ela a espantou.

— Estou aqui — sussurrou. Não sabia bem com quem estava falando, se com as árvores ou Johnny North ou o rio correndo veloz sobre a barragem ou os campos em declive da fazenda de Wiley ou alguém que fosse tudo isso e mais ainda. Aspirou os espíritos. Podia senti-los perto, tocando-a com seus dedos de ar, inalando perfumes sutis por seu nariz.

Mas então, aquela mosca detestável voltou. Ela abriu um olho e lançou-lhe um olhar feroz.

52

FICARAM NA CAMA se beijando e conversando. Anna o observava um pouco distante: seus olhos verdes, sua centelha irreprimível de humor. Em sua bochecha, o sinal de nascença. De perto, revelava sua sutileza, como uma queimadura de várias cores: o branco, os matizes de rosa, fundindo-se em um castanho amarelado. Ele o havia acariciado, examinado, beijado, esse emblema da exclusividade dela.

— Não tenho muita sensibilidade aí — disse Anna, quando a mão dele fechou-se em seu seio. Ele levantou sua blusa, lambeu, chupou. Os pequenos botões de pele rosa permaneceram nivelados com suas auréolas.

Ela empurrou sua cabeça.

— Eu realmente não gosto disso.

— Desculpe, só achei que...

— Que você, meu Príncipe Encantado, teria sucesso onde todos os outros tinham fracassado.

Ela tocou carinhosamente seu cabelo, mas ele estava mortificado. Não gostava de ser lembrado de que tinha existido outros. O que ela tinha feito com esses outros? Essa era a questão. Ele tinha presumido que dormiriam juntos, como ele e Liz tinham dormido: tinha presumido que Anna Macrimmon não era nem um pouco experiente, mas durante essas duas semanas eles tinham somente sarrado e se acariciado. Ele se perguntava se Brad teria ido mais longe — Brad, que passara a agir como se ele, Joe, não existisse (exceto em uma partida de hóquei, quando Brad tinha jogado, maliciosamente, o cotovelo de que

Joe se esquivou por um triz). Pensou no homem bonito com o cabelo louro para trás, tão claramente mais velho do que ela, cujo braço a segurava carinhosamente e possessivamente no bote, na foto com moldura dourada que os encarava mesmo agora no fundo da sua mesa.

— Um amigo — ela tinha dito, com uma displicência que não denunciara nada.

Ela estava remexendo, quase maternalmente, em seu cabelo. Não tinha dito que o amava. Ele já dissera duas vezes que a amava — e amava, com uma certeza febril, diferente de tudo que já sentira —, mas parecia um erro pressioná-la a admitir o mesmo. Havia algo nela de que ele tinha um pouco de medo. Mais do que qualquer pessoa que ele conhecera, sua presença parecia temporária. *Ficarei aqui se,* ela parecia dizer, mas era impossível afirmar o que vinha depois do *se*.

— Você é virgem? — perguntou ele. A luz apagou-se nos olhos dela, e ele temeu ter cometido o ato que a faria desaparecer. A atmosfera em volta dela estava carregada de sanções invisíveis.

— Não — replicou ela, olhando francamente para ele.

— Então por que não podemos...

Ele enrubesceu, não pela alusão sexual, mas por estar expondo sua ansiedade, que parecia canhestra, uma incapacidade de apreciar a sutileza.

— O quê, *fazer aquilo*?

— Sim, por que não fazemos? — disse ele, percebendo seu tom vulgar zombador. — Não quer fazer? Isto é, o que esses outros caras têm que eu...

Ela saiu rapidamente da cama, foi até a cômoda, pegou uma escova e ficou escovando o cabelo, com fúria, diante da janela. O sol de fim de tarde fazia suas madeixas brilharem.

— Anna?

Era a primeira vez que ela reagia tão bruscamente em relação a ele.

— Nunca se refira a *outros caras* — disse ela. — Não sou uma auto-estrada!

— Não quis dizer isso.

— Mas insinuou!

— Anna, amo você!

— Isso não é desculpa — disse ela, agora realmente com raiva. Ele sentou-se, como em choque. — Não pode simplesmente dizer *amo você* toda vez que estiver em dificuldade, como uma espécie de abracadabra para tirá-lo da situação.

— Não — disse ele desalentado. Continuava sem saber ao certo o que havia feito de errado.

— O amor é o maior álibi do mundo — disse ela, e deu um suspiro, deixando a mão com a escova pender do lado. Sua blusa caía por cima da saia.

— Não entendo você — disse ele.

— Não tem de entender.

Ela foi até a cama e sentou-se de frente para ele.

— Eu só quero ir devagar. Está bem?

— Claro que sim. Desculpe. — Ele estava pensando no que Liz tinha lhe contado: Anna não consegue amar. Foi um homem, não um garoto como você.

Um homem, não um garoto como você.

— Uma vez você me disse que passou por algo ruim — disse ele. A expressão dela tornou-se sombria. — Tem alguma coisa a ver com você querer ir devagar?

— Pode ser.

— Talvez um dia você seja capaz de me contar — disse ele.

Ele estava tocando nas costas da mão dela, com seus dois anéis de prata. De repente, ela inclinou-se à frente e o beijou, mais abertamente, suavemente, do que havia feito antes. Ele resistiu ao desejo de deitá-la. Estava disposto a ser um pretendente paciente. Ao contrário de Sandy e Liz, Anna Macrimmon inspirava-lhe a ânsia de ser melhor do que era.

JANTOU COM A FAMÍLIA DELA, no quintal, a uma pequena mesa que sua mãe cobrira com uma toalha branca. Sentaram-se sob um grande bordo, onde o chão de terra estava coberto de sementes amarelo-esverdeadas que caíam dos galhos, semelhantes a lagartas, às vezes nos pratos de guisado, até mesmo nos copos de vinho tinto que Andrew Macrimmon não parava de encher com uma insistência um pouquinho maliciosa, como se estivesse determinado a embriagar todos eles. O pai de Anna era um homem esguio, louro, com óculos de aro de metal, através do qual olhos pequenos e inteligentes da mesma cor dos dela — embora não com a mesma forma felina — perscrutavam com uma certa tristeza. Era míope e um pouco curvo (a sua postura, pensou Joe, parecia combinar com a sua posição de contador sênior da Bannerman's; ele o imaginava trabalhando como um mouro sobre uma mesa alta e antiquada, como Bob Cratchit em *Christmas Carol)*, mas tinha também uma risada vigorosa, que se aquietava com seu corpo sacudindo-se para cima e para baixo. Joe achava que Andrew Macrimmon sabia que seu pai havia sido despedido, e de seu trabalho com o sindicato, e quase certamente reprovava. Mas se era assim, mantinha discretamente suas opiniões para si mesmo.

A mãe de Anna, Estelle, sentava-se muito ereta na cadeira. o rosto rechonchudo um pouco erguido, orgulhoso, como se consciente de um padrão superior de comportamento, uma nobreza do Velho Mundo que estava constantemente sitiada. Joe lembrou-se de sua mãe, que portava sua condição de inglesa como uma insígnia de honra. Mas havia algo frenético em relação a Estelle; percebia-o na maneira como seu cabelo soltava-se do coque negligente e na inquietação de suas mãos quadradas, que não paravam de mexer nas coisas sobre a mesa, como para se certificar de sua colocação no lugar certo ou de sua própria realidade. Falava o inglês com a mesma articulação entusiástica do francês, de modo que a sua conversa era rica e dramática, embora às vezes incompreensível.

Joe gostava dela e sentia um impulso galante de apoiá-la; imaginava que deveria se sentir deslocada no Canadá. Experimentou seu francês deficiente com ela, o que a fez sorrir de prazer, mesmo quando se retraía com seu sotaque. Ele queria desesperadamente agradar a ela e seu marido, não apenas por Anna, mas para ser aceito pela família dela, que parecia tão mais desejável do que a sua. A agressão de seu pai à sua mãe havia introduzido um vento frio na casa em Island. Queria escapar disso, do falso brilho que sempre exsuda depois da violência. Agora cada imperfeição da sua vida familiar — o linóleo da cozinha gasto, a presença culpada, desalinhada de seu pai — parecia parte de um atoleiro que ameaçava tragá-lo. Ali, na mesa sob a árvore, era outro mundo.

Mas escapar era difícil. Quando estava contando uma história, em francês, percebeu a expressão de Estelle se endurecer. Achando ter cometido uma gafe terrível, apressou o fim da narrativa e se calou. Um trem estava passando — a principal linha que fazia a conexão entre Toronto e Windsor atravessava a encosta, logo abaixo da cerca nos fundos das casas ao longo do lado sul da Banting — e, por alguns minutos, a conversa foi praticamente impossível, os vagões pulsavam e chocalhavam ao passarem sem serem vistos, abaixo da beira do quintal. Um mau cheiro de óleo e quentura insinuara-se furtivamente sob o bordo. Estelle comia com falsos requintes sua comida. Um desconforto profundo dispersara-se na mesa. Joe sentiu que vislumbrara uma crise familiar. Havia tensão, como se Anna e seu pai estivessem esperando uma explosão. As orelhas de Estelle, sob o cabelo preso com displicência, tinham-se tornado rosa forte.

Quando o ruído finalmente se distanciou, sob o gemido do diesel que retrocedia, Anna se pôs a conversar voluvelmente sobre um restaurante na França, mas Estelle permaneceu inquieta. Franziu as sobrancelhas e empurrou sua comida, e, de modo geral, deu a impressão, apesar de toda a sua dignidade, de uma criança emburrada.

Interrompendo, de súbito, sua filha, virou-se para Joe.

— É o seu último ano na escola?

— *Oui.*

— *Et l'année prochaine? L'université?*

— *Oui, l'université de Toronto. Je vais étudier l'histoire.*

— *Ah, bon!* — Estelle falou rapidamente em francês com Anna, aparentemente irritada. Joe não entendeu nada. No entanto ouviu a palavra *Sorbonne.* Era aonde Anna planejava ir, no outono. Ele tinha visto de relance uma carta em sua escrivaninha, com o selo francês púrpura com Sorbonne, Paris, como endereço do remetente. Ele tentara convencê-la a ir para Toronto com ele, mas, na verdade, sem contradizê-lo, tinha parecido achar a simples idéia no mínimo engraçada. Planejava partir em agosto. Já agora — e ainda estavam em maio — ele sentia pavor do fim do verão.

Anna ficou em silêncio enquanto sua mãe a repreendia. Sacudia a cabeça e sorria com os lábios fechados de uma maneira que sugeria que estava fazendo uma recusa familiar, com uma tolerância afável. Mas estava chateada, ele podia perceber; suas mãos se mexiam embaixo da mesa. Ele achou que ela estava arrancando suas cutículas.

Andrew murmurava algo em francês à sua esposa, tentando aplacá-la.

Estelle olhou com altivez seus pratos vazios e perguntou a Joe, com muita formalidade, ignorando os outros, se ele queria sobremesa.

Depois do jantar, escaparam para dar uma volta. Na Banting, a luz pouco intensa do entardecer da primavera saturava a cortiça dos bordos antigos, fazendo-a refulgir dourada. Ela havia lhe mostrado uma maneira especial de dar as mãos, dois dedos entrelaçados, e estavam assim agora. Para ele, era uma linguagem secreta, um compromisso que estabelecia um direito no futuro.

A mão dela era fina e leve. Ela parecia uma criatura de luz. Andava com a postura ereta de sua mãe, a cabeça erguida e um pouco para trás.

— Mamãe não está muito feliz. Acho que você percebeu.

— Achei que ela se aborreceu com alguma coisa que eu disse.

— Não. Toda vez que passa um trem, ela se lembra de onde está. Não tem amigas aqui. Não entende o modo de vida daqui. Acha as pessoas rudes. Tudo gira em torno da pressa e do dinheiro, ela diz, e... uma falta de prazer nas coisas. Ela retornaria amanhã para a França, se pudesse.

— Era isso o que estava dizendo para você? — Sentia-se incluído na crítica de sua mãe.

Outro trem passou ruidosamente, atrás das casas, ressoando seu apito estridente. Sua mão escorregou da dele.

— Ela gosta de você — disse ela. — Estava me dizendo que eu devia ir para Toronto com você.

— Uma mulher sábia!

— Uma mulher irada — disse ela. — Ela fala contra si mesma, é como se houvesse uma farpa em seu corpo, e que tivesse de empurrá-la cada vez mais fundo. Fico feliz que não seja pior.

— Está dizendo que ela, no fundo, não quer que vá para Toronto?

— Não sei se ela sabe. Mas gosta de você, ela realmente gosta. É maravilhoso como fala francês com ela... Vamos descer aqui — disse, de súbito, puxando-o para a direita.

A calçada na Peter Street dava lugar à terra amontoada coberta de folhas de espruce. Passaram por uma antiga mansão, sinistra por trás de seu muro de vegetação escura, e chegaram à ponte de ferro preto da ferrovia. Erguia-se um pouco no meio, e desse cume olharam para o oeste. Os trilhos refulgiam em seu grande arco, arredondando-se em direção ao entroncamento onde se via a silhueta de uma antiga torre de água, como um bloco sobre pernas, contra o pôr-do-sol. À esquerda, no vale profundo, estendia-se o telhado da fábrica de meias da Bannerman's, com suas águas-furtadas.

— Igual a um castelo — disse ela. O fato disso fazê-la se lembrar da França tanto o agradava quanto entristecia. Às vezes, ela parecia se distanciar dele e se aproximar mais, ao mesmo tempo.

Além, estavam os campos em declive da fazenda de Wiley, orlado da floresta obscurecida que ocultava a curva do Attawan a caminho da cidade. Um imenso sol liquefeito tinha pousado no horizonte.

— Às vezes, gostaria de ser pintora — disse ela, debruçando-se no parapeito. — Eu pintaria isto. Sabendo que nunca conseguiria capturá-lo. Nenhum artista consegue capturar algo, na verdade. Isso o deixa doente... a incapacidade de capturar alguma coisa.

— É lindo — disse ele.

— "O limiar do terror que somos capazes de suportar."

— O quê?

— É de um poema.

— Seu?

Ela sacudiu a cabeça, aparentemente divertida.

— Qual é a graça? Está rindo de mim porque não sei fazer citação.

— Não, não estou.

— Está. Você me acha um caipira.

Ela olhou para ele, muito séria, alarmada.

— Não — disse ela. — De jeito nenhum.

Ele ficou só meio aliviado, e embaraçado por expor sua própria insegurança. O sol, agora, era um outeiro baixo, estremecendo ao submergir.

— De qualquer jeito, aposto que isso é tão bonito quanto qualquer coisa na França.

A luz em seus olhos era uma luz ferida e amorosa. Beijou-a delicadamente, segurando sua cabeça. Quando abriu os olhos, ela continuava a olhá-lo. Ele se perguntou se seu beijo a teria tocado de alguma maneira.

— Não fechou os olhos — disse ele.

— Eu queria vê-lo.

Acima, um jato ultrapassava seu próprio estrondo vazio, carregado pelo vento. No céu, algumas nuvens solitárias estavam da cor vermelho-sumagre. Passou a mão pela curva de sua coluna, e afagou seu cabelo. Apesar de querer pegá-la, pegá-la toda, sabia que somente um toque delicado seria aceito. Sentia uma tristeza, um desespero sutil, melancólico. A vida não podia ser tomada à força: a vida era esquiva, essa luz mais intensa do que a de meio-dia era esquiva, uma coisa para ser tocada por um breve momento, não dominada.

DESCERAM PARA A PARTE MAIS BAIXA da cidade. Na Station Hill, perto da casa em que viviam as irmãs católicas, Anna parou para observar um gato atravessar correndo o gramado. Era comprido e preto, com uma expressão de determinação dissimulada: um gato a caminho de matar.

— Leve-me à sua casa — disse ela impulsivamente. — Quero conhecer sua família.

— Agora? — Ele tinha se esforçado para não mencionar sua família. Queria nascer do ar para ela, sem passado.

— Você viu a minha família. Quero conhecer a sua.

Ele disse que ela poderia conhecer uma outra vez — talvez pudesse almoçar com eles um domingo —, mas ela insistiu com tal tenacidade que ele acabou cedendo.

Excitada com a sua vitória, ela prosseguiu balançando a mão, instigada pela idéia de um bairro chamado The Island, a ilha. Ele sabia que ela estava fadada a se decepcionar — como lhe disse, não era exatamente um Havaí. Na ponte sobre a torrente, ela parou e perscrutou na água escura coberta de velhas pranchas e lixo, enquanto ele observava com uma apreensão sofrida.

— Está vendo o que eu quis dizer? — disse ele. — Não tem muito de uma ilha.

— Cale-se — disse ela. — É uma ilha para mim. — Ela olhou para baixo, a pequena rua cheia de casas. — Na verdade, acho que passei por aqui uma vez, em uma das minhas caminhadas. Só que não reparei que era cercado de água. — Próximo, assomavam-se os galpões de metal do pátio de manobras da cidade, com suas pilhas opacas de areia riscadas de sal, um nivelador de estradas amarelo arranhado — sinais, para ele, do declínio dos arredores desde que tinham se afastado de Hill. Mas ela reparou em um velho removedor de neve, suas lâminas recurvadas, enferrujadas, ascendendo como asas. — Um anjo de ferro — declarou ela, passando a mão pela crosta de tinta.

Quando chegaram à sua casa, ela parou, e ele ficou irrequieto do seu lado.

— Estamos pensando em mudar — disse ele, agarrando-se ao mito da família, que normalmente, ele desprezava. Diante deles, a fachada caiada com suas persianas verde-escuras (uma tinha começado a se esgarçar) exsudava uma rigidez que o espantou.

— É como se estivéssemos em outro século — disse ela.

Aparentemente, era um elogio, embora com ela, ele nunca soubesse com certeza, a ironia seguindo de perto tantos de seus entusiasmos. Um regador lançava estrias, fios torcidos de prata no pequenino gramado da frente.

Sua mãe estava nos fundos, trabalhando no jardim. Ultimamente, ela parecia cansada e remota, seus olhos obscurecidos de uma maneira que ele achava sofrido contemplar. Mas foi a equimose púrpuro-amarelada manchando a maior parte de seu nariz e bochecha que ele percebeu, com precisão, agora. Ela havia lhe contado toda a história sórdida — seu pai recusando-se a aceitar o cargo de subgerente e a agredindo — em um tom de exaustão desalentada, que ela nunca usara antes, sem tirar os olhos dele, como se exigisse saber o que ele faria a respeito. Pouco tempo depois, tinha confrontado seu pai no quintal. Alf tinha suportado suas recriminações constrangedoramente chorosas — não tinha ensinado a Joe nunca bater em uma mulher? — com um silêncio que intrigara Joe, fazendo-o se perguntar, depois, se conhecia toda a história. De qualquer jeito, a revelação de sua mãe tinha continuado a atuar dentro dele como uma reação química, produzindo raiva e revolta. Tinha-se oposto a seu pai, mas, na verdade, estava farto dos dois, da reserva entre os dois, que enchia a casa de uma tensão cada vez mais intensa.

Para seu alívio, sua mãe ativou seu animado ego inglês. No lusco-fusco, a equimose em seu rosto quase não era visível. Ele esperou que pudessem trocar algumas palavras no jardim e ir embora, mas ela insistiu para que tomassem um chá. Sentindo-se infeliz, Joe entrou na cozinha, onde Anna rodeou a mesa, elogiando sua mãe pela decoração — este azul com este amarelo —, tão acolhedora e viva!

— Lembra-me as casas de fazenda na França — disse ela.

— Foi no que eu estava pensando — disse a mãe de Joe. — Eu costumava ir à França nas férias, quando era menina. — Conversaram animadamente da Normandia, enquanto Margaret fervia água e punha um prato de Peak Freans na mesa da cozinha. — Não compramos mais muitos biscoitos — desculpou-se. — Não desde que a irmã de Joe ficou diabética.

Joe sentou-se do lado de Anna, sorrindo ligeiramente, cônscio da equimose no rosto de sua mãe. Pareceu-lhe que a animação que impregnava a cozinha era uma impostura, inspirada pela presença de Anna. Estava ciente — certamente Anna também — das rachaduras nas cadeiras, das fissuras e partes gastas do linóleo, da lâmpada fraca acima.

Um barulho no *hall* assustou Joe, que receou seu pai estar para aparecer, mas eram apenas sua irmã e seu irmão. Joe observou Penny lançando olhares furtivos ao sinal de nascença no rosto de Anna. Jamie vestido para dormir em seu pijama amarelo e marrom, foi mais direto.

— O que é isso na sua cara?

— Jamie — repreendeu a mãe de Joe.

— Bateu num armário?

A mãe de Joe virou-se, claramente mortificada.

— Não — disse Anna, rindo. Ela explicou a Jamie sinais de nascença, enquanto ele olhava como se olhasse alguém em um zôo. — Pode tocar, se quiser — disse Anna. Quando o menino estendeu os dedos, com hesitação, ela sorriu para Joe.

Alguns minutos depois, estavam todos sentados à mesa quando o pai de Joe entrou, o rosto cansado, o cabelo desgrenhado como sempre. Joe pôs-se instantaneamente na defensiva: sentia que não tinha mais nada em comum com ele. Mas não queria que Anna pensasse mal dele, portanto conseguiu manter um tom afetivo ao lhe apresentar seu pai.

— É ainda mais bonito do que o filho — disse Anna.

— Bem, tentei ensinar o melhor que pude — disse seu pai. Seus olhos azul-pálidos, de súbito, décadas mais jovens, chamejaram felizes para Joe, que desviou o olhar.

— Ela tem um sinal de nascença! — gritou Jamie.

— Sim, estou vendo — disse seu pai. — Eu o chamaria mais de um sinal de beleza.

Anna riu, encantada. Para desalento de Joe, seu pai instalou-se à vontade à mesa. Do outro lado da cozinha, sua mãe se retraíra ao silêncio. O que quer que houvesse entre seus pais estava ali: uma poça escura espalhando-se por baixo da alegria.

— Estávamos falando da França — disse Anna.

— Ah, sim, a França — disse o pai de Joe, passando a mão na cabeça, de uma maneira contemplativa. — Uma vez, passei bons meses na França.

— De férias? — perguntou Anna.

— Não, não — replicou o pai de Joe, corando um pouco, e lançando um olhar de relance para sua mulher. — A guerra...

— Esqueci — disse ela. — Esteve na guerra!

Um novo tom introduzira-se em sua voz, ao mesmo tempo excitado e reverente, quase ofegante. Joe esperou em suspenso; mencionar a guerra parecia fadado a fazer seu pai se retrair inconvenientemente. À volta da mesa, o irmão e a irmã de Joe baixaram os olhos aos copos de leite pela metade. Como Joe, tinham sido educados a não perguntarem sobre a guerra.

Para assombro de Joe, no entanto, seu pai pareceu não se importar nem um pouco com as perguntas de Anna. Recostando-se na cadeira, contou uma história que Joe nunca tinha ouvido, sobre pedir emprestadas, com um soldado, companheiro seu, duas bicicletas, e ir para as colinas. Tinham ficado na casa de uma família francesa. Lembrou-se do acolhimento caloroso e do pão que a mulher tinha feito no forno do lado de fora da casa.

— Foi a única vez que realmente me senti na França — disse ele. — O resto do tempo ficávamos muito nervosos. Víamos um lugar, alguma aldeia ou um bosque, e sabíamos que era lindo, sabíamos que queríamos passar algum tempo ali, mas mesmo que fizéssemos isso, não nos sentiríamos realmente ali, entende? Era impossível ficar realmente à vontade. A França era... não sei... uma espécie de sonho. Eu ficava pensando: "Depois, quando a guerra acabar, eu vou voltar. E aí verei de verdade este lugar."

— E voltou? — perguntou Anna. O pai de Joe sacudiu a cabeça. Joe mal podia acreditar que seu pai estava contando para ela, uma estranha, detalhes que nunca havia *lhe* contado. Quase ressentia isso.

— Não, nunca voltei — disse Alf, ruborizando. Parecia constrangido por não ter conseguido voltar.

— Oh, tem de voltar! — exclamou Anna. — Seria uma pena se não voltassem. Sra. Walker... vocês dois gostam da França, têm de voltar!

Joe mexeu-se na cadeira, inquieto. Anna parecia não perceber a tensão na cozinha, assim como que nem todo mundo podia simplesmente ir à França. Seu pai olhou rapidamente para a sua mãe, os olhos vivos.

— Talvez voltemos um dia — disse ele baixinho. Joe percebeu que sua mãe estava olhando para o chão e não vira o olhar de relance de seu pai.

— Você dirigiu um tanque? — perguntou Jamie. Todos se viraram para ele. A sua voz ecoou no silêncio como um sino pequeno.

— Eu teria sido um sortudo! — riu Alf, despenteando Jamie. — Não, acho que andei o tempo todo.

Lá fora, no escuro, Anna pegou a mão de Joe.

— Gosto da sua família — disse ela, ao caminharem. — Acho que é como a minha devia ser: animada e feliz. Não melancólica como a minha. Nós não moramos lá em casa, nós a freqüentamos.

Joe não disse nada. Não estava preparado para lhe contar o que ela não vira, se é que não vira. Não havia por que falar na infelicidade deles. Seria como admitir um defeito — sim, a infelicidade era um defeito. Sempre que examinava o rosto dela, o seu belo rosto, percebia isso.

53

UMA NOITE, nesse mesmo mês, subiram a escada íngreme entre as duas curtas colunas estriadas, empurraram uma porta pesada e subiram ainda mais, até o salão principal, de teto alto, da biblioteca, com suas paredes rosa-escuras e sanca branca, seu piso de madeira encerado, rangente, que tornava cada passo significativo. Anna ficou diante da lareira não usada, do lado dos retratos de Abraham Shade e sua esposa, Rebecca. Os dois estavam sentados, os dois usavam roupas sombrias, suas mãos fortes exangues agarrando os braços das poltronas, as faces pálidas austeras, rígidas como lâminas de machado contra os fundos pretos brilhantes das pinturas.

— Um casal bem soturno — disse Joe, do lado dela. Seu braço reagindo ao roçar com o dela.

— Mas veja seus olhos — disse ela. — Há vida real neles.

Ele percebeu os pontos de luminosidade nas pupilas do Fundador. Em qualquer coisa que ele lhe mostrasse, ela sempre destacava algum detalhe que ele não tinha visto. Queria resistir a essa constante revisão de um mundo que ele achava que conhecia.

— Ele escrevia poemas, sabia?

Contou-lhe sobre os sonetos e outros poemas que Archibald Mann tinha descoberto em um dos diários de Shade. A maioria era de poemas sobre a natureza, Mann tinha dito, tentativas obstinadas de evocar as belezas do vale. Enquanto falava, os olhos verdes de Anna vagueavam por seu cabelo e sua boca, como se ela não estivesse somente escutando, mas assimilando-o inteiro. Seu olhar arrepiava-o como um toque de carinho. No entanto não conseguia deixar de pensar que ela já conhecia o que ele estava lhe contando ou que ele estava cometendo algum erro — afinal, ele estava falando de poesia.

— Você os leu? — perguntou Anna.

— Não. Mas talvez Mann nos mostre os poemas.

— Por que não o visitamos? Que tal sábado?

Ela apertava seu braço enquanto tentava persuadi-lo. Havia uma força nela que estava sempre dizendo *sim, sim!*, empurrando-o para a próxima novidade. O seu método alegre, febril, rompia uma certa barreira de cautela nele, mas ao mesmo tempo, ele desconfiava da imprudência dela, como se ela pudesse estar omitindo um parte vital de conhecimento. Ela não parecia se lembrar de que rosas têm espinhos; talvez simplesmente não os temesse.

No balcão, a bibliotecária pigarreou, chamando a atenção discretamente.

— Tenho de trabalhar no sábado — sussurrou ele, um pouco chateado por ela nunca se lembrar disso.

— Domingo, então.

Estudaram em uma mesa atrás de estantes altas apinhadas de romances do século XIX e começo do século XX — três exemplares de *Lorna Doone*, obras completas de Dickens, Thackeray, Eliot, James. As capas gastas cheiravam, agradavelmente, a decadência. Viravam páginas e faziam anotações, os pés dela plantados no chão entre os dele, entre os peitos dos pés dele com uma descontração tal que ficava distraindo-o o tempo todo. Quando a olhava, ela estava quase sempre concentrada profundamente, mexendo inconscientemente no sinal de nascença com a borracha da ponta do seu lápis ou mexendo nas cutículas enquanto olhava fixamente para uma página. Ele retornava ao seu livro. Estava estudando um capítulo do compêndio sobre composição em latim intitulado "Construções com Verbos que Indicam Medo, Prevenção e Dúvida". Erguendo os olhos, viu que ela tinha posto seu texto de lado e devorava *Daniel Deronda*, pego em uma prateleira próxima. Franziu o cenho, observando-a por algum tempo antes de falar. Ela estava recostada na cadeira, os ombros curvos, a boca um pouco aberta enquanto lia.

— Devia estar estudando.

— Acho que eu não teria gostado de George Eliot — comunicou. Ele deu um suspiro e insistiu.

— Estude seu latim, moça! Essas provas são importantes! — De fato, os exames finais: para todos os efeitos, seus exames de admissão na universidade. Ele deu tapinhas com uma severidade exagerada no livro de latim, abrandando sua ordem com um sorriso. Ela olhou para o livro e, então, para ele, com uma franqueza cortante, penetrante, quase hostil. Sua raiva parecia sempre ao alcance.

— Tudo bem, não estude latim — disse ele dando de ombros. Ela voltou à sua leitura. Ele agiu com indiferença, mas o olhar dela o tinha gelado. A independência de Anna, apesar de todo o seu desejo de respeitar a liberdade dela, era algo que o mortificava. Ela podia, pelo menos, ter entrado no espírito da repreensão, provocada por uma preocupação com ela. Mas o tinha olhado de maneira tão fria que o fizera se sentir um estranho, uma pessoa sem importância.

Durante o resto do tempo na biblioteca, ele ficou cismando. Ficava tão nervoso quando perto dela. A segurança estava com ela; se ele pudesse se aproximar o suficiente, poderia tê-la também. Mas o caminho estava cheio de armadilhas e uma terrível temporariedade. Não conseguia deixar de pensar por mais de uma hora que ela ia embora em agosto; tudo o que ela fazia ficava na sombra desse fato, e não havia nada que ele pudesse fazer a esse respeito. Isso era ruim, mas o que mais o irritava era ela, aparentemente, não estar nem um pouquinho aborrecida por ter de partir.

Quando a biblioteca fechou, subiram a colina a pé. *Daniel Deronda* com os outros livros, pressionado em seu peito pelos braços cruzados.

Chegaram a King's Park, avançando por sua orla de árvores antigas. Acima e à frente, estava o pequeno coreto. A grama havia sido cortada, deixando, aqui e ali massas de capim morto arrastadas pelo vento, o cheiro de feno.

— *Fieri non potest quin te amem* — disse ele.

Tinha decorado a frase no texto em latim — *É impossível para mim não amar você* — e agora esperava com o coração disparando a sua resposta. O seu livro tinha traduzido a frase; ele compreendera a mensagem de que ela não gostava de ouvi-lo dizer *amo você*, pelo menos não com tanta freqüência quanto ele dizia. Mas não conseguiu se controlar. Estava querendo, desesperadamente uma confissão como resposta.

— É você que está falando — disse ela passado um instante — ou a página 167?

— Acho que concordo inteiramente com ela — disse ele.

Ela caminhou pela grama. Uma chuva fina caíra mais cedo; o perfume de flores foi trazido de algum lugar pelo vento, enjoativamente doce.

— E você — disse ele, nervoso. — Diria que o mesmo é verdade para você?

— Desconfio da palavra *amor* — replicou ela, com um pouco de impaciência. — Isto é, sempre me sinto meio constrangida em relação a colocá-la em um poema. Acho que me diz alguma coisa.

— O que ela lhe diz? — perguntou ele, assumindo a sua linha de pensamento com relutância. Ela estava evitando o seu desafio.

— Não sei direito — replicou ela. — É como se significasse tanto que acabasse não significando nada.

— Vaga demais?

— Alguma coisa por aí. E talvez sentimental. E talvez um tanto... fácil, de certa maneira. Se nos sentimos assim em relação a alguém é melhor que demonstremos em atos.

— Então o melhor seria eu pular da ponte da ferrovia?

— Não — disse ela. — Definitivamente, isso não.

Ele caminhou em silêncio, e então disse:

— Mas é um sentimento definido. Todo mundo sabe o que é. Até mesmo você, tenho certeza. Mas se não podemos dizê-la, então... sei lá, o mundo inteiro ficaria muito frustrado.

— Só estou falando de mim, não do mundo inteiro.

— Mas se acha errado para você... e para mim... não acha que é errado para todo mundo?

— Acho que sim — admitiu ela.

— Gostaria de eliminar completamente a palavra *amor*?

— Uma moratória de dez anos — replicou ela. — Depois, veríamos.

— Então, nem mesmo os pais deveriam dizer *amo você* aos filhos?

— Nem mesmo eles.

— Isso é monstruoso — disse ele, parando. Ela virou-se para encará-lo, perfeitamente calma. — Sem amor — disse ele, gesticulando com o braço livre —, não haveria... sei lá, nada que mantivesse as pessoas juntas. Seria terrível.

— Só estou falando da palavra — disse ela. Ele achou seu sorriso falso, conciliador, condescendente. — Sei que há algo a que a palavra se refere. Só acho que deveríamos refletir um pouco antes de usá-la a torto e a direito.

— Então, o que acabei de fazer foi usá-la a torto e a direito, mesmo em latim.

Ele estava respirando com dificuldade, realmente aborrecido. Sentia como se seu coração tivesse sido exposto e, de certa maneira, ele não conseguia descobrir por que, ridicularizado. Chutou um pequeno monte de grama seca.

— Acho que está tentando me pôr em uma camisa-de-força, me dizendo o que posso e não posso dizer.

Ela aproximou-se por trás e apoiou a cabeça em suas costas. Ficaram assim por um tempo. Ele estava emburrado, realmente magoado. Não conseguia entender por que isso o feria tanto, essa sua recusa de deixar ele dizer que a amava. Para ela, não passava de uma questão intelectual; para ele, era como se ela tivesse rejeitado o seu eu mais profundo.

Virou-se. Na luz fraca da rua, o rosto dela pareceu disforme, como se recurvado pela atmosfera. Mas percebeu um interesse por ele, interesse genuíno, embora persistisse, em seus olhos, aquela centelha de diversão que nada conseguia apagar.

— Você pode dizer o que quiser — disse ela calmamente.

— E direi — replicou ele. — Temos que correr riscos.

Ela ergueu os braços repentinamente e o beijou na boca. Ele a pegou pelos ombros, pretendendo beijá-la mais firme. Sua língua buscou a dela. Mas ela o empurrou com o braço que estava livre. Prosseguiram pelo parque. A sensação de separação entre eles pareceu mais forte que nunca para ele. Parecia vir do solo, do feno molhado e do perfume das flores, dos galhos com folhas novas. Como um trapezista, tinha abandonado o trapézio e se lançado no ar em direção a ela e tinha de ter certeza de que suas mãos estariam ali para segurá-lo. Talvez, pensou ele com uma espécie de terror, ela o estivesse alertando para se afastar do amor em uma tentativa de fazê-lo voltar à sua plataforma. Mas era tarde demais. Ele tropeçava no ar, os braços estendidos, as mãos abertas.

54

ARCHIE MANN RETIROU o plástico que envolvia um dos diários de Shade, expondo o volume de capa de couro ao ar de seu gabinete. Abriu o livro com cuidado, virando suas páginas ressequidas, crestadas. Em seu cotovelo, Joe e Anna viram as curvas marrons da letra do Fundador.

— Este é o de que mais gosto — disse Mann, passando o livro para Anna. — Tome cuidado, pois as folhas estão se desfazendo.

Anna segurou o livro na altura do peito, curvando a cabeça para decifrar a escrita. Mann saiu do caminho e Joe foi para o lado dela.

> Os córregos que fluem neste lugar encantado
> Encantado e que encanta ao mesmo tempo, uma dádiva
> Àquele que esbarra com a sua melodia
> De águas — árvores, colinas, graça arcádica
> Dando as boas vindas continuamente...

— Um tanto wordsworthiano — disse Mann.

— Um tanto trivial — disse Anna, com uma risada. Joe sentiu a estocada de seu comentário. Queria que ela e Mann se dessem bem, queria que ela tivesse prazer ao ler os poemas de Shade. Seu julgamento grosseiro esfriou o ambiente. Ele se esforçou para entender a extensão densa da letra, mas desistiu antes de chegar ao fim.

— Eu gosto — disse ele. — De qualquer jeito, soa como se fosse justamente essa a sua intenção. — Na verdade, não sabia se gostava ou não do poema, mas estava tentando abrandar a relações entre Anna e seu professor.

— Acho que sim — disse Mann, hesitando um pouco. Tinha pegado uma revista. Jogou-a sobre a mesa. Anna virou uma página.

— Tem outros? — perguntou ela.

— Duas páginas à frente — replicou Mann.

De novo, Joe leu do lado dela. Ela havia cortado, recentemente, a cutícula de seu polegar: uma risca vermelha lívida do lado da página cor de castanha.

— "O sabiá recebe seu canto do vale" — leu Anna. — É uma belo verso.

— Acho maravilhoso — disse Mann — que um homem tão ocupado como ele, pois foi um homem de negócios muito bem-sucedido, escrevesse esse tipo de coisa. Quer dizer, é gracioso, mesmo que os versos, como diz, tenham sido usados antes. Eu me pergunto quantos empresários tentariam algo assim hoje em dia?

— Não muitos, espero. — Anna riu de novo.

Joe corou com a sua falta de tato. Percebeu a cara de Mann se torcendo, os olhos escuros, de pálpebras caídas, se franzindo. Joe queria agradar seu professor, e vê-lo tão ofendido o perturbou. Era um tanto chocante. Anna não falava com Mann como se ele fosse um professor, com um pouco de deferência, mas francamente, como se ele fosse qualquer pessoa. Para Joe, ela estava a ponto de desrespeitá-lo.

— Mas então — disse ela — ele se atrapalha na estrofe seguinte inteira.

— Bem, não estou reclamando seus direitos literários — disse Mann, parecendo realmente melindrado. Seus olhos castanhos brilharam por um momento. — Para mim, os poemas são provas de um homem muito interessante. Um homem incomum. Quer dizer, ele tinha razões práticas para fundar uma cidade aqui. Mas era muito mais que simplesmente prático, no sentido estrito. Apaixonou-se pelo lugar, de verdade. Nunca se recuperou disso. Acho que seria muito bom se os *nossos* homens de negócios escrevessem ou pintassem, ou, pelo menos, se interessassem por poesia e pintura. Poderiam ver as coisas de uma maneira mais ampla. Seria melhor para todos.

— Mas os poemas são ruins... — disse ela, baixando o livro.

— Não tem importância. A questão é que entrando em contato com as complexidades da poesia, prestando alguma homenagem a ela, se enriqueceriam. — Mann sorriu com a sua escolha de verbo. — Isto é, mais do que da maneira usual. Shade foi um homem extremamente complexo. Basta ler seus diários...

O professor serviu-lhes a sobremesa no antigo belvedere. Sentando-se nos bancos rústicos e sem pintura, de frente uns para os outros, um pouco sem jeito, comeram os pequenos pratos de musse de chocolate feita em casa.

— Não encontraria coisa melhor na França. — Anna entusiasmou-se, apaziguando um pouco Mann. Lá embaixo, o Shade cintilava sob a ponte da ferrovia, como se se dispersasse em direção ao centro da cidade. O entardecer de primavera, um domingo, estava extraordinariamente quente. Um abelhão vagueou pelo belvedere, subindo para o céu verde acima da copa das árvores. Mann retomou seu velho assunto, falando sobre Shade. Parecia determinado a fazer com que Anna compreendesse sua fascinação.

— Era um tipo de homem mais completo do que encontramos hoje — insistiu ele, gesticulando distraidamente com sua colher. — Era um homem do mato, um empresário, edil e prefeito durante muitos anos, uma figura amada, realmente. Ajudou muitas famílias carentes. Foi fazendeiro...

— Um poeta fazendeiro — disse Anna, cortesmente. — Como Virgílio.

Mann baixou a cabeça concordando e prosseguiu.

— E tudo isso fazia parte da mesma ambição, de certa maneira.

— Servir a Deus? — sugeriu ela.

— Alguma coisa assim. Mas o interessante é justamente isso. Não era, formalmente, religioso, o que não era comum em um homem da sua posição. Não freqüentava a igreja. Ainda assim, e é aí que entra a poesia, tinha a paixão pelo lugar, se é que posso chamar assim. Amava o que havia aqui, estava sob sua proteção, de certa maneira. Em seus últimos anos, ele teria ficado extremamente preocupado com que... bem, alguém mudasse a vista derrubando um bosque. E foi um homem que derrubou milhares de árvores em seu tempo.

Mann fez uma pausa. Em geral, falava com Anna. Joe continuava defendendo o bastião da propriedade (muito tempo depois de ter sido rompido), enquanto os dois tagarelavam como dois iguais. Era emocionante e um pouco perturbador.

— Acho que ele estava apaixonado pela beleza — disse Mann. — Estava apaixonado pela poesia, pela... você sabe, pela beleza da vida que passa por nós sem nem mesmo nos olhar de soslaio. Você é poeta, Anna, lindíssimo seu poema publicado no *The Quill*, por isso sabe do que estou falando. É a coisa que deveria nos fazer feliz, e faz, mas que também nos faz melancólicos, porque não podemos acompanhá-la. É rápida demais, excessivamente, eternamente... jovem.

Quando a visita terminou, desceram a colina. Joe carregava uma mochila e uma manta enrolada que pegara no Biscayne; quando escurecesse, planejavam observar as estrelas. Mann tinha sugerido que visitassem o antigo cemitério dos pioneiros no lado leste da cidade, onde Shade e sua família estavam enterrados. Joe nunca tinha estado lá e ficou tão entusiasmado quanto Anna, portanto atravessaram a Bridge Street até o Flats e descobriram a pista pedregosa, com sulcos profundos, que ascendia atrás de várias casas até um portão de ferro trancado. Pularam o portão e deram com a dispersão isolada de pequenas lápides descoradas, com a linha da balaustrada e o terreno coberto de cascalhos protegendo seus fundos, a oeste, os telhados da cidade fulgindo no lusco-fusco. Joe nunca vira a cidade desse ângulo e ficou localizando edifícios conhecidos. A pirâmide escura do telhado da igreja presbiteriana dominava tudo, mas havia outras agulhas ao sul, e a sensação ondulante de vida sepultada, sob as copas escuras das árvores.

O monumento a Shade era o maior no cemitério: um pedestal alto de mármore branco, com uma base maior sobre a qual estavam entalhados os nomes do Fundador e de sua família. Rondaram à sua volta, lendo as inscrições em voz alta, decifrando a árvore genealógica da família de Shade, a investigação tinha um toque da sensação agridoce de familiaridade. Vaguearam pelas outras lápides. Anna descobriu a inscrição de um menino de oito anos, Julius Broad, que tinha-se afogado no Attawan em 1896. Dizia: *O rio levou-o. Agora, Deus o tem.*

— Deve ser maravilhoso poder acreditar nisso — disse ela. — Se realmente acreditavam. — Ela fungou, ele olhou para ela, percebendo as lágrimas que corriam por sua face. — O que Mann disse foi maravilhoso — prosseguiu ela. — A verdade é que somos apenas sombras de nós mesmos. Só estamos aqui por mais ou menos dois segundos. Depois... bem.

— Sim — disse ele, deslizando o braço em volta dela. Seu ombro nu estava frio. Ele não estava sentindo o que ela estava sentindo, mas estava grato pela oportunidade de confortá-la. Depois de alguns segundos, ela pegou seu caderno de anotações na mochila e se afastou sozinha. Ele continuou o *tour* pelo cemitério, lendo as inscrições desbotadas sobre as pedras brancas. Vez ou outra, ele percebia suas pernas expostas, ou seu ombro, se projetando de trás do monumento a Shade, onde se sentara no chão, escrevendo em seu caderno.

Uma vez, viu que o caderno estava distante dela, aberto sobre a grama. Foi até ela. Estava abraçando os joelhos, olhando fixo sem ver.

— Está com frio? Quer a suéter?

Ela sacudiu a cabeça, quase imperceptivelmente. Ele buscou o caderno, relanceando os olhos para a página antes de fechá-lo. Havia algumas palavras rabiscadas e fragmentos mais escuros, riscados.

Ele entregou o caderno a ela. Ela o olhou de relance e para longe.

— Eu não sou boa — disse ela, e um momento depois: — Não é verdade. Sou muito boa. Mas muito bom para um poeta, oh, não é melhor do que não ser bom. O mundo não precisa de mais bons poemas. — Falava com raiva, com um sarcasmo impetuoso. — Poemas muito bons. São tão úteis quanto... um cavalo de três pernas. Se não se é um gênio, não se devia nem tentar.

— Talvez você *seja* um gênio — disse ele, com total sinceridade.

— Você não sabe de nada — bufou ela. — Emily Dickson era um gênio. Safo era um gênio. Eu sou apenas uma impostora.

Ela pegou o caderno da mão dele e levantou-se abruptamente.

— Então, o que vamos fazer agora? — disse ela.

— Bem, as estrelas estão quase surgindo — replicou ele, esperançoso. — Podíamos estender a manta.

Mas ela estava irrequieta demais. Andou pelo cemitério enquanto ele estendia a manta vermelha escocesa. Tinham levado uma garrafa de vinho e um saca-rolhas que ela trouxera de sua casa. Joe abriu-a e colocou-a sobre uma pedra.

— O vinho está servido! — gritou ele. Como ela não respondeu, ele olhou em volta e a viu curvada na relva alta no fundo do terreno. Finalmente, ela chegou com um buquê de ervas silvestres, que ofereceu a ele formalmente, fazendo uma mesura desajeitada, desculpando-se por seu acesso.

— Você deve estar se enchendo de mim — disse ela.

— Sou um cara tolerante — disse ele.

— Sei que é, e sou grata por isso. — Ele cheirou o buquê que ela tinha lhe dado: as ervas tesas, como bigode de gato, tremulando em seu punho.

Deitaram-se observando as estrelas. Distinguiram a Ursa Maior, oblíqua no céu, e a Estrela Polar, brilhando fracamente. Órion pendia no sul, com seu cinturão. Ela apontou constelações que ele não conhecia, chegando para bem perto de modo que ele pudesse avistar seguindo seu braço. A Via Láctea era uma estrada cintilante comprida; não só atravessava, disse ela, campos escuros do espaço como também seus corpos, penetrando pelo lado inferior do esterno e saindo pelas costas. Ele podia sentir isso? Ele achou que podia.

Depois de algum tempo, mudaram de posição, sentando-se com as costas para o monumento a Shade, passando a garrafa de lá para cá. Quando ela riu de alguma piada que ele fez — riu com um abandono quase chocante —, ele percebeu que ela estava ficando bêbada. Ele próprio se sentia ébrio, entregue a uma liberdade vertiginosa para além de sua repressão e deferência habituais. Brindaram às estrelas e às constelações individuais. Ele contou a sua antiga fantasia infantil, de que à noite o céu era realmente o telhado de uma grande tenda, e as estrelas eram buraquinhos por onde a luz passava vinda de além. Ela ficou intrigada com a idéia de uma luz além do céu: uma luz tão brilhante que não seria suportada pelos olhos humanos, disse ela, como a radiação que as pessoas atribuíam à presença nua de Deus. Isso fez com que ela começasse a pensar no poder de Deus; se havia um Deus, seria ele completamente benigno, como as pessoas geralmente supunham, ou uma força perigosa e até mesmo destrutiva, capaz de, por um capricho, destruir a felicidade das pessoas? — não tinha feito isso com Jó, por uma simples aposta? — ou incendiar a terra. Sua imaginação era apocalíptica. Ela se pôs a falar sobre a guerra nuclear e como era impossível se pensar nela — todos aqueles mísseis russos e americanos apontados uns para os outros. O fim do mundo, a qualquer momento, estava somente a alguns minutos. Ela estava assombrada e também excitada com a idéia de tal poder, como se a devastação adormecida nessas ogivas fosse simplesmente outra faceta da natureza, grande e misteriosa como as estrelas.

Deitaram-se e beijaram-se por algum tempo. De repente, ela virou-se, deitando-se de costas. Ele fez menção de rolar para cima dela, mas ela o repeliu, instruindo-o a se deitar.

— De costas — disse ela — Deite-se completamente imóvel, os braços do lado.

Ele ficou imóvel, olhando as estrelas. Uma estava piscando: um jato, abrindo caminho entre as constelações. Seu ruído soou suave e distante.

— Estamos deitados como elas estão deitadas — disse ela. Somente a alguns passos acima.

— Não gosto de fingir que estou morto — disse ele, depois de algum tempo.

— Estamos mortos — disse ela, calmamente. Ele sentiu sua respiração parar. O jato que piscava atravessou o céu, na solidão de outra vida.

PASSADO ALGUM TEMPO, escutaram o apito de um trem, no campo, a leste. Logo viram seu farol, atravessando a noite, passando pelo cemitério em direção à ponte que cruzava o Shade. Conseguiram divisar alguns passageiros no triste isolamento dos vagões praticamente vazios, lendo jornais, olhando para o escuro.

A locomotiva ressoou na ponte. Houve um trovejar mais forte, enquanto centenas de vigas de ferro e dormentes de madeira sacudiam-se e milhares de acessórios chocalhavam como pandeiros acima do vale. Então, o trem desapareceu. Escutaram seu balido lamentoso quando dirigia-se velozmente ao entroncamento, seguindo para os campos além da cidade.

Anna levantou-se.

— Não tinha me dado conta de como estávamos perto da ponte.

Ela pôs-se a andar rapidamente pelo cemitério, escalando de maneira um tanto ébria o monte herboso no seu extremo, ultrapassando a vala e subindo da barragem até os trilhos. Joe tropeçava atrás dela. À frente, estendia-se a superfície da ferrovia suspensa, escura dos dois lados. Os dois grupos de trilhos brilhavam à fraca luz das estrelas, pela articulação infinita dos dormentes. Não havia parapeitos.

Ela andava com dificuldade entre os trilhos, onde os cascalhos não estavam nivelados com os dormentes.

— O que está fazendo? — perguntou ele, seguindo-a com passadas largas.

— Vou até a ponte.

— Não pode — disse ele. — Já morreu gente ali.

— Você não precisa vir — disse ela, com desdém. Imediatamente, ela tropeçou em um dormente. Ele pegou seu braço, mas ela se soltou. Ele a agarrou de novo. — Não! — gritou ela.

— Estou lhe avisando, é perigoso.

Ele correu na frente dela, para a ponte, e viu o Shade em seu lago sereno atrás da represa dos Bannerman, cem pés abaixo. A beira da represa cintilava e emitia um rugido suave de água caindo. Tinha atravessado a ponte uma vez, com Smiley. Mas primeiro tinham verificado o horário dos trens de passageiros e posto o ouvido nos trilhos para escutar a aproximação dos trens de carga. E não estavam bêbados.

Virou-se para encará-la sobre os trilhos.

— Não vou deixar — disse ele. — Estamos bêbados demais. Faremos isso outro dia.

Ela tentou passar, mas ele frustrou suas evasivas. Ela batia os pés e fazia caretas com esforço para se libertar. Ele tornara-se um simples objeto em seu caminho. Ela debateu-se quando ele a agarrou e arranhou uma vez seu rosto. Em desespero — ele estava convencido de que estava jogando fora suas chances com ela —, sentiu-se tentado a ceder. Mas ateve-se à sensação de que devia protegê-la.

Por fim, ela desistiu e voltou ao cemitério. Ele foi atrás, desconsolado. À distância, o apito do trem a diesel ressoou. Ele percebeu que outro trem se aproximava, dessa vez, vindo do oeste. Em alguns segundos o trem de carga ribombou na ponte. Anna pareceu não notar, e continuou a dobrar a manta e guardar a garrafa, com uma agitação fria, dispensando-o completamente. Ele ficou ali perplexo, observando os vagões estrepitarem ao passar.

— Está vendo? — disse ele. — Se tivéssemos ido, teríamos de nos esquivar *disso*. — Ela não escutava, e ele se sentiu como um velho antiquado, um pai que só sabe dizer não, que resguarda a vida com o bom senso e o medo. Mesmo se tivesse salvado sua vida — e quem sabe, talvez tivesse —, seu pai era negativo, secundário.

Deixaram o cemitério e desceram a colina para o Flats. Sob os galhos de bordos, a folhagem de verde vivo na luz dos postes, alguns carros brilhavam no meio-fio.

Ele teve de correr para acompanhá-la; talvez ela quisesse que ele desaparecesse. Prendia-se a ela obstinadamente, desvairado em seu amor inexorável, irritado por ela não ver o que ele tinha feito. Na esquina da Willard, ela parou. Fechou os olhos e jogou a cabeça para trás, respirando fundo. Ele esperou com apreensão, achando que ela preparava um discurso final. Mas ela virou-se para ele repentinamente, pressionando a testa no lado do seu pescoço. Disse que lamentava: tinha sido infantil, uma idiota. Disse que não merecia o seu amor. Ele os tinha salvado, e que ela tinha sido terrível. Ele a envolveu com seus braços e sentiu seu corpo esguio, trêmulo, sob o vestido de algodão.

ELA NÃO QUIS ir para casa, portanto perambularam, por um certo tempo, pelo Flats. Andavam devagar, abraçados, subindo vias escuras, passando por garagens, jardins e varandas silenciosas. Um gato preto e branco seguiu-os durante algum tempo. Retornaram pela Willard, sob o vasto muro oriental das fábricas que ascendiam nítidas no leito de torrente.

Olharam o reflexo nebuloso, invertido, das fábricas. Um pato grasnou sonolento e deslizou furtivamente, deixando uma esteira trêmula cintilando na luz da rua. Acima, as janelas brancas, uma fileira alta, olhava do tijolo escurecido. Chegaram à passarela estreita de metal com seu parapeito em tubo que cruzava a torrente até as fábricas. No outro extremo, uma porta sem janelas tinha sido deixada entreaberta. A porta parecia pequena e secreta, uma única abertura no muro vasto.

— Podemos entrar? — perguntou ela.

— Não sei. — Sabia que o vigia noturno deveria estar por perto, Talvez, lá dentro. Não conseguia imaginar a porta tendo sido deixada aberta por acaso. Mas deixou que ela o puxasse.

— Vamos — disse ela, adulando-o. — Não podemos ser mortos aqui, podemos?

Não queria ficar dizendo sempre não, portanto seguiu-a pela ponte até a pequena porta. Fechou-a atrás deles, mas não correu o ferrolho. Uma única lâmpada iluminava o corredor. Ele seguiu com cautela, mandando ela se calar e escutando na quietude das fábricas. Para ela, ele sentiu, era uma aventura, uma travessura gloriosa, como se esses edifícios imensos, até mesmo o espectro do vigia, tivessem sido colocados lá para diverti-los. Mas ele levava a transgressão mais a sério. Ele era filho e neto de operários das fábricas; havia trabalhado ali; encarar o lugar despreocupadamente era impossível.

Moveram-se furtivamente por corredores e subiram escadas, introduzindo-se em salas amplas onde mesas compridas sobre cavaletes transluziam, no cheiro agradável de tecido novo. Ela pôs o rosto em uma pilha de roupas terminadas e inspirou profundamente. Com as pontas dos dedos, tocou o metal frio das máquinas de formas estranhas.

— É tão estranho — sussurrou para ele. — Nunca pensei em pano vindo de algum lugar. Pano ou panos simplesmente *são*. Mas aí existe tudo isso. É como olhar debaixo da terra e ver gnomos e anões trabalhando.

A certa altura, avistaram o vigia passando distante, embaixo deles, sua lanterna iluminando aqui e ali no pátio da fábrica. Ele desapareceu na central elétrica, perto da base redonda da chaminé. Joe estava ansioso para ir embora, mas, por ela, prosseguiu o *tour*, escutando com atenção o tempo todo.

Ele mostrou onde seu pai tinha trabalhado. As máquinas de tear altas estavam silenciosas, estranhamente imóveis sob suas amplas coroas de bobinas. Ela tinha de conhecer tudo: como o fio passava pelas voltas de arame acima e embaixo para o tambor de agulhas. Curvou-se para dar uma olhada em um tubo de tecelagem pendendo entre as pernas de uma máquina. Não conseguia entender como parecia surgir não se sabe de onde. A partir de apenas alguns fios de linha surgia esse tecido azul-claro, tão macio e perfumado, disse ela, quanto a pele de um bebê.

Um estrépito súbito assustou-os. Lá fora pombos — despertados talvez por um pesadelo coletivo — voaram de um telhado, suas asas farfalhando ao passarem pelas janelas.

Prosseguiram, atravessando uma ponte coberta, vários andares acima do pátio, para outro edifício. Em uma sala, fardos de lã crua estavam empilhados até o teto. A lã era áspera ao tato e exsudava um cheiro forte de esterco ressequido. Atravessaram salas mais distantes, passando por grandes tonéis e cubas brilhando, e chegaram a uma grande tulha. Dentro havia uma massa de lã esbranquiçada, limpa, cheirando forte a lanolina. Para surpresa dele, ela subiu na tulha e se jogou de costas sobre a lã, como uma criança brincando no colchão.

— Venha cá — disse ela, estendendo os braços.

— Não acho que... o vigia...

— Venha.

A lã era áspera demais na pele nua deles, de modo que abriram a manta escocesa vermelha. Ainda assim, a lã enroscava-se nela, à volta deles. Quando ele se mexeu sobre ela, a lã fez cócegas no lado de seu corpo, em seus braços, e formou flocos brancos, como neve, ao redor do rosto dela.

55

UMA NOITE QUENTE de junho, várias semanas depois de sua briga com Margaret, Alf ficou sentado no Biscayne, cansado demais para se mover. O metal se resfriando estalou. No quintal escuro, a macieira farfalhou e a forma arqueada e deselegante de um guaxinim correu para dentro da folhagem do jardim. As costas de sua camisa tinham-se grudado no banco. Apesar de todas as visitas que tinha feito naquela noite — ele e Doyle tinham começado a trabalhar separados, para duplicar a eficácia —, só conseguira um cartão, enquanto as mulheres não tinham se saído muito melhor. Faltavam aproximadamente 15 cartões para completar o total necessário para o sindicato, mas alguma coisa na atmosfera tinha mudado. Muita gente sequer abria a porta para eles. Falavam pela porta de tela, prisioneiros espectrais de seu próprio medo, ou simplesmente indicavam com um gesto, pelas janelas, que os organizadores fosse embora. Mary Carr, que Doyle contratara várias semanas antes, culpava Kit Ford da mudança, por estar bancando o capanga da empresa.

— Estou avisando, sempre que chegamos em um lugar, a impressão é que o Papa-Léguas acabou de sair de lá. Lila Soames não quis nem mesmo abrir a porta para nós. Não sei o que o Papa-Léguas está dizendo, mas está funcionando.

Não era somente o Papa-Léguas. Ford, Alf soubera, tinha passado a andar com um guarda-costas, um cara grandão de Johnsonville a que Doyle costumava se referir como "aquele cabra". Isso acontecera depois de vários adeptos do sindicato terem ameaçado Ford em um restaurante. O capanga acompanhava Ford quando ele visitava os operários após o expediente. Ford ainda não soltara a coleira de seu capanga, mas ele rondava no segundo plano, uma sugestão que a maioria das pessoas não demorou a entender. A atmosfera na cidade estava ficando mais tensa a cada dia, e Alf, que se lembrava muito bem da violência de 1949, receava estarem incorrendo a repetição daquela desordem.

Saiu do carro e seguiu para a porta dos fundos. Margaret deixara a luz acesa na cozinha; parecia um bom sinal. Estava remexendo na geladeira, procurando alguma coisa para comer quando ela entrou, de penhoar, e dirigiu-se à pia.

— Seus tomates estão se desenvolvendo bem — disse ele. — Foi uma boa idéia começar a estufa. — Ela não respondeu, apenas encheu um copo de água e se virou. — Margaret, não podemos continuar assim!

Ela deu um suspiro. Ele ouviu Jamie gritar lá de cima.

— Diga-me o que tenho de fazer, Margaret, e farei.

— Jamie quer água — disse ela, e foi em direção à porta. Quando ele pôs a mão em seu ombro, ela se esquivou. Um pouco de água derramou-se no chão.

Logo ela desapareceu, seus chinelos arrastando-se rapidamente no *hall*. Então Joe chegou. Cumprimentando, laconicamente, Alf, foi até o armário.

Alf observou-o pegar um copo. Tudo o que queria dizer a Margaret continuava ardendo dentro dele.

— Joe — disse ele, a voz embargada —, o que aconteceu com sua mãe? Joe, preciso falar com você...

Joe virou-se, o rosto impassível. Alf percebeu a frente comum entre filho e mãe. Tinham suas razões para puni-lo, talvez boas razões, mas, de alguma maneira obscura, sentia que a história completa não havia sido contada. Naquela noite, nessa cozinha, logo antes de ele bater em Margaret, ela tocara em algo nele que não deveria ser tocado nunca — tinha estendido a mão para dentro dele e cortado sua alma. Sentia que ela tinha feito isso intencionalmente. Ele tinha reagido com a fúria de alguém que, em um instante, sente a sua vida ameaçada. Mas isso lhe parecia absurdo. Como sua vida tinha sido ameaçada?

Em pé diante do filho, esforçou-se por explicar parte disso.

— Sei que não há desculpa para um homem bater em uma mulher. Mas entenda, amo sua mãe, e por isso quando ela diz...

Sua garganta apertou-se, e ele parou. Os dois estavam constrangidos.

— Tudo bem — disse Joe, baixinho. Seus dedos roçaram o braço de Alf e ele saiu, deixando o copo vazio na bancada da pia.

NA NOITE SEGUINTE, Alf saiu depois do jantar para visitar Carl Schmidt, um fiandeiro que vivia a uns três quilômetros fora da cidade. O homem já o rejeitara uma vez. Alf dirigiu pelas estradas secundárias com um humor fatalista, sem esperar muito.

Quando entrou na via sem saída que levava à casa de Carl, relanceou os olhos para o espelho retrovisor e viu um Chevelle vermelho virar e seguir atrás dele. Se era Ford — e a súbita virada de seu estômago disse-lhe que era —, então claramente o contramestre o estava seguindo.

Impossível visitar Carl agora; poderia provocar sua demissão. O Chevelle mantinha uma distância, pouco visível na poeira levantada pelo Biscayne. "Deixa disso, pode ser qualquer um", pensou, "controle-se". Mas o sangue latejava no seu rosto. Passou por um bosque de bordos, sob o sol, em frente à casa de Carl. Um movimento de seus olhos mostrou-lhe o pórtico da frente arruinado, tremeluzindo atrás do que restara do cinzento e decadente pomar. Não viu Carl, embora a sua caminhonete Ford estivesse estacionada na relva do lado de cá da porta da cozinha. Alf continuou dirigindo.

Uma curva na pista impediu a visão de trás. A poeira levantada, brilhando, sob um pinheiro. Alf diminuiu a marcha do carro sobre uma lombada de leito de rocha, atravessando um pasto com árvores frutíferas aqui e ali.

O rio estava ali, correndo sob os salgueiros na margem distante. A estrada terminava em uma barreira de madeira apodrecida que bloqueava a ladeira até uma ponte destruída e obrigava-o a virar à esquerda, ao longo da terra baixa arenosa, onde finalmente parou do lado de um arbusto de salgueiro.

Sentindo-se vulnerável no carro, saiu e caminhou para o rio. Um pedaço de madeira estava na beira da água. Ele pegou-o, ciente do outro carro no pasto, seu motor cada vez mais alto, enquanto descia para a terra à margem da água. Fingindo indiferença, achou uma pedra, jogou-a para cima e a acertou com seu pesado bastão de madeira, mandando-a para o outro lado do rio.

Quando o Chevelle cruzou a areia atrás, ele se virou. No banco do carona estava um sujeito de cabelo grosso e desgrenhado, a pele morena, de óculos escuros. Seu braço forte estava para fora do carro com uma indolência afetada, como se estivesse quebrado. Atrás do volante, ereto como um soldado, estava Ford.

Alf voltou ao jogo. Agora, ansioso, lançou uma pedra, depois outra, perdendo as duas. Ao ouvir passos na areia, virou-se.

— Kit — disse ele. Deixou o bastão pender do lado.

O contramestre ficou a alguns centímetros de distância. Seus olhos, com olheiras de fadiga, perceberam a arma de Alf.

O capanga de Ford tinha parado a dois passos de seu patrão. Media mais de um e oitenta e cinco, pesado demais para a altura, com uma expressão no rosto de desprezo indolente. Segurava, frouxamente, com a mão esquerda, uma alavanca para pneus.

— Furaram um pneu? — disse Alf.

Estava disposto a lutar, mas, ao mesmo tempo, quase não se importava com o que acontecesse. Havia algo absurdo neles ali, como colegiais, se preparando para uma briga. Perguntou-se se essa seria a idéia de Ford de vingança. Ele tinha considerado que a briga com o contramestre acabara em empate, mas talvez Ford não visse assim. Alf esperou, com o rio às suas costas, não sentindo necessidade de falar, sustentando o olhar de Ford.

As pupilas encolhidas de Ford evitaram-no de certa maneira, focalizando-se na frente de seu rosto. Alf ficou irritado. Por Deus, pensou, pelo menos olhe para mim.

Percebeu o capanga balançar o corpo.

— Alfie — disse Ford, a voz mais controlada do que o habitual —, quero que fique longe do nosso pessoal, de qualquer um que trabalhe para a Bannerman's. Não quero você perto deles. Está claro? Ou vou ter de lhe ensinar?

Alf riu com desdém. Ford estava parecendo um canastrão em um filme de caubói.

— Qual é a graça, babaca? Fique longe do nosso pessoal.

— É assim que quer passar a sua vida? — disse Alf calmamente.

A cabeça de Ford fez um movimento brusco, quase imperceptível, como se tivesse levado um murro e, por um momento, olhou diretamente para Alf. Não pela primeira vez, Alf viu o menino em Ford, um menino, perdido, queixoso, no centro de toda essa dureza. Alf, também, foi afetado pelo contato inesperado. Uma espécie de choque percorreu seu corpo.

Jogando sua arma no chão, continuou olhando fixamente para Ford.

— Só tenha cuidado — disse Ford. Mas sua voz agora soou rouca, sem autoridade. Em seus olhos havia uma luminosidade aquosa.

Afastou-se rapidamente em direção ao Chevelle.

— Cuidado — disse o capanga a Alf, apontando-o com a alavanca. Fazendo uma carranca virou-se para seguir Ford na areia.

Alf observou o carro vermelho mover-se aos solavancos ao subir para o pasto. Retornando à água, se viu tomado por uma emoção inesperada. Era como se uma mágoa antiga tivesse sido exposta, um peso que beirava a tristeza. Impregnou tudo à sua volta: o ar quente cheirando a areia e salgueiros; a água implacavelmente em movimento, carregando pedaços de relva e plantas silvestres, afunilando debaixo da ponte arruinada. Não fazia idéia do que tinha acabado de acontecer entre ele e Ford, mas o mundo tinha mudado, ele podia sentir isso. O mundo tinha-se tornado mais triste, mais pesado e, de certa forma, mais presente. A mesma luz parecia estender-se sobre a terra com um peso lento, viscoso, dourado. Observou duas andorinhas aflorarem à superfície do rio, se contorcendo e esquivando com uma alegria surpreendente, ascendendo tão rápido que pareciam em chamas.

56

NESSA NOITE, ele fez quatro visitas e conseguiu quatro cartões, inclusive um de Carl Schmidt.

— Acho que estou de saco cheio de ter medo — disse ele, ao assinar o cartão na mesa da cozinha.

Quando Alf voltou ao Vimy House, descobriu que os outros organizadores também tinham sido bem-sucedidos. De fato, tinham conseguido fazer o sindicato prevalecer com elegância. Haviam inscrito 57 por cento da força de trabalho, dois por cento a mais do que o necessário para se conseguir um certificado automaticamente. As pessoas que haviam resistido por semanas tinham, de repente, reunido razão ou coragem ou cansaço ou raiva o bastante para assinarem um cartão. Alguma coisa tinha posto em funcionamento o misterioso mecanismo que libera uma decisão. Doyle não soube explicar o que aconteceu, embora dissesse já ter visto esse fenômeno uma ou duas vezes antes.

— Um terremoto na China? — disse ele, dando de ombros. — Quem diabos pode saber?

Enquanto os organizadores celebravam, Alf sentia-se estranhamente distante, mas teve um choque agradável quando Shirley, sua cabeça avançando sinuosamente, quase laudatoriamente, chapou um longo beijo seco em sua boca.

NA SEMANA SEGUINTE, dois negociadores de sindicatos chegaram de Toronto para decidirem um primeiro contrato. Pediram a Alf o nome das pessoas que tinham sido dispensadas ou despedidas no ano anterior como punição por apoiarem o sindicato. A idéia era alavancar sua volta à Bannerman's como parte do acordo coletivo. Alf pôs o seu próprio nome na lista. Disse aos negociadores que não queria voltar à tecelagem, que não suportava a idéia de trabalhar de novo sob as ordens de Ford, mas qualquer outra coisa estaria bem. Alguns dias depois lhe ofereceram — e aceitou — o trabalho como membro do pessoal da manutenção.

Logo estava passando os dias remendando e pintando, muitas vezes trabalhando sozinho e ao ar livre, o que lhe convinha perfeitamente, embora tudo isso parecesse um tanto insípido depois de toda a excitação na organização do sindicato. Uma de suas primeiras tarefas foi no telhado da Número Seis, sua antiga fábrica, reparando alguns vazamentos no tubo da ventilação. Trabalhava no seu próprio ritmo — era um alívio não ser apressado pelas máquinas — e de vez em quando, com um senso melancólico de liberdade, fazia uma pausa para contemplar os telhados da cidade em direção às colinas corcovadas da Fazenda do Wiley, cortando o céu claro do começo do verão.

No fim de julho, os operários aprovaram seu primeiro contrato, e o sindicato deu uma festa da vitória no Lion's Park. A tarde toda, nuvens altas derivaram do oeste, lançando sol e sombra sobre cerca de mil pessoas que abriam mantas sobre a grama ressequida, à sombra dos bordos e salgueiros. Aproveitando a oportunidade, Alf convidou Margaret para ir. Ela voltara a falar com ele, mas disse que tinha ensaio do coro na igreja. Jamie e Penny aceitaram contentes, estimulados pela promessas de cachorros-quentes e prêmios.

Doyle havia retornado à cidade para a comemoração. De bermudas ainda mais vermelhas do que seu rosto, insistiu em alardear o valor de Alf.

— Não teria acontecido sem esse homem — dizia o organizador às pessoas com sua maneira ríspida, enquanto firmava sua grande mão úmida entre as omoplatas de Alf.

Alf ficava envergonhado com a atenção — o elogio de Doyle parecia exagerado —, mas, secretamente, gostava de ouvi-lo. Em toda parte, esbarrava com rostos aprovadores: aquela expressão de admiração e esperança com que se deparava antes, na saída de incêndio. Na época, o inquietara, e agora continuava a inquietá-lo um pouco essa descoberta de que algo nele parecia atrair as pessoas. Quando chegou a hora dos discursos no coreto da banda, Doyle bradou no microfone que Alf se levantasse. Ele levantou-se, desconfiadamente, da toalha de piquenique que dividia com Jamie e Penny, e recebeu a maior ovação da tarde. Depois, ao se sentar, pegou-se olhando para a casa de Pete, na encosta acima do parque. A porta da garagem estava aberta. O Saratoga estava lá, de frente para fora, o pára-brisa escuro.

Mais tarde conversou com Doyle à beira do rio. Abaixo deles, a correnteza rasa circundava as pedras com espuma. Alf sentiu uma certa comoção. Algo estava chegando ao fim. Depois do piquenique, Doyle entraria em seu carro empoeirado e talvez nunca mais fosse visto, embora tivessem prometido manter contato.

— Então, não vou conseguir fazê-lo mudar de idéia, seu sacana? — disse Doyle. Apesar da falta de interesse de Alf, o organizador continuara a importuná-lo insistindo para que se juntasse a ele como organizador assistente para a UKW.

Alf sorriu largo para a persistência de seu amigo.

— Não acho que organizar seja para mim — disse ele. — Nunca superei a sensação de estar simplesmente incomodando as pessoas.

— Ora! As pessoas precisam ser incomodadas. Alguém tem de acordá-las.

Linda Connaught, a nova secretária do local, chamou Doyle. Ele daria início e anunciaria as corridas. Jamie correu para Alf com Billy Boileau. Os olhos escuros de Billy fixaram-se intensamente em seu peito.

— Vai ter a corrida de três-pernas de pais-e-filhos! — disse Jamie.

— Acha que podemos vencer, hein?

— É claro!

Alf virou-se para Billy.

— Podemos conseguir um parceiro para você? — Billy dardejou o olhar para o ar, para o nada. — Vamos lá, aposto que Dick Harmer pode correr com você.

— Não — disse Billy, com aquela sua voz presa. Com os punhos fechados irrequietos nos bolsos, ele parecia estar esperando alguma coisa que não tinha sido oferecida, parecia exigi-la.

Na pista, Alf amarrou a perna de Jamie na sua. Não tiveram muito tempo para treinar. A corrida de mães-e-filhas já estava acontecendo. Penny encontrara uma parceira na ex-colega de escola de Alf, Annie Stone; percorriam a pista aos trambolhões, no meio das outras competidoras, e logo os pais e filhos estavam prontos para começar. Gritando "Já, irmãos!", Malachi Doyle baixou seu braço grande e o grupo de homens e meninos saíram pulando sobre a grama em direção ao cordão vermelho esticados pelas gêmeas de Mary Carr. Alf e Jamie terminaram em quarto ou quinto lugar, Alf rindo tanto que quase caiu, enquanto Jamie continuava gritando com ele, irritado com a sua falta de seriedade. Como prêmios, todas as crianças receberam grilos de brinquedo, que logo encheram o parque com seus estalidos.

Ele viu Lucille. Não falava com ela há meses, se bem que na verdade não tivesse parado de pensar nela. Ali estava ela, como se emergindo de um de seus devaneios, vindo em sua direção. Ele esperou uma repreensão. Extraordinariamente, ela estava usando um vestido, curto e de decote redondo, os joelhos morenos se expondo enquanto andava.

Sabia que ela voltara a trabalhar na Bannerman's na seção de costura. Ele próprio a colocara na lista. Seu sorriso o surpreendeu. Perguntou-se se ela descobrira que ele a tinha ajudado.

— Sabe onde Billy se meteu?

Ele supôs que ela o tivesse visto com o menino. Mas percebeu que era ele quem ela tinha ido ver.

— Ele foi para o bosque.

— Esse garoto... é um verdadeiro artista em escapar.

Seus olhos pretos, de repente vazios de expressão, buscaram os seus. Ele a deixara sem uma explicação, simplesmente fora embora. Achava que merecia a hostilidade dela, mas em vez disso havia ali outra coisa, um quê de garota assombrada. A vergonha corou seu rosto, mas ficou feliz, muito feliz em vê-la.

Ameaçava chover. O ar estava abafado, o parque parecia envolvido por uma tristeza. Ele percebeu seus seios arfando sob o peito macio, exposto, e uma leve torção no lado esquerdo de sua boca.

— Parece que agora você é um herói — disse ela.

Estaria falando com ironia? Não conseguiu encará-la.

— Eu não diria isso — replicou ele.

— Por que me deixou? — perguntou ela.

— Sinto muito, Lucille, eu...

— Bem, você é um homem ocupado. — Ela desviou, por um momento, o olhar para a multidão Ele a queria e estava surpreso consigo mesmo, com que isso pudesse aflorar de novo. — Eu realmente o odiei por ter ido embora — disse ela. — Eu pensava que... bem, que idiota eu fui, não?

— Não tem nada de idiota em você — disse ele.

— Eu simplesmente achava que deveríamos, você entende, ter conversado a respeito.

— Eu fui um patife — disse ele.

O espaço entre eles foi ocupado por um silêncio constrangido.

— Bem — disse ela —, acho que é melhor procurar Billy.

— Vou ajudá-la — disse ele.

Ao se afastarem, percebeu que as pessoas poderiam estar olhando. Antes, fizera de tudo para esconder sua relação com ela. Agora disse a si mesmo que estavam apenas indo à floresta procurar o filho dela: eram completamente inocentes. Tomando o cuidado de não se tocarem, nem mesmo acidentalmente, atravessaram juntos o gramado, as sandálias dela batendo nos calcanhares. Não falaram. Ele perguntou-se se ela estava apenas tolerando a sua presença. Os homens colavam nela, grudavam-se a ela como espinhos em ouriço. Ela estava acostumada com isso. Ele não se importava. Isso era o principal, ele não se importava. Na floresta, tiveram de se separar para penetrar na trilha. Ele seguiu-a pelo caminho pouco iluminado que cheirava a lama em fontes ocultas, ciente da etiqueta de seu vestido, levantada na sua nuca, branca ou marrom.

57

JAMIE VIU-OS entrar na floresta. O barbante que segurava seu balão fez cócegas em sua mão e escapou, sem que ele percebesse. Quando o balão alcançou as árvores, voou, um ponto vermelho, alto sobre o rio, sobre Island.

Ele subiu pela massa escura de árvores. Então, parou, debaixo de um arvoredo alto de cedros. A água enlodava e sulcava a trilha. O som frágil e hesitante da pancada do pica-pau tornou-se agourento.

Billy tinha dito *Agora ele vai ser meu pai*, e tinha acontecido. Tinha visto Billy entrar na floresta. Agora seu pai e a mãe dele tinham ido atrás dele. Os três estavam juntos.

Ouviu uma risada que vinha de cima — a risada de seu pai! Por um segundo achou que ia ficar tudo bem — era isso que a risada de seu pai significava para ele — e lembrou-se de quando foram nadar da Devil's Cave. Seu pai tinha ficado muito tempo debaixo da água, e então emergido de repente, rindo, a água derramando-se de sua cabeça. Um estremecimento nas folhas lhe disse que seu pai estava próximo. Parando, ele virou-se um pouco e viu seu pai e a mãe de Billy. Estavam em pé bem na sua frente, olhando um para o outro, e a mão de seu pai estava no rosto dela, tocando sua bochecha.

— Papai — disse alguém.

Por um minuto, ele achou que era Billy que tinha falado: aquela vozinha dura. Mas tinha sido ele mesmo, Jamie, sua voz como um pedra.

A mão de seu pai caiu, pendendo do lado.

— Jamie, ei! Estamos procurando Billy.

Procurando Billy no rosto da mãe de Billy. Seu pai aproximou-se sorrindo.

— Então, rapaz, viu Billy?

Seu pai passou a mão no seu cabelo.

Voltaram ao parque juntos, os três. Billy saberia voltar para casa sozinho, disse sua mãe.

No parque, ela se afastou. Seu pai levou-o pela ponte, desviando de Island para as lojas. Ele se perguntou: Ainda estavam procurando Billy? Seu pai levou-o ao Oasis e lhe comprou uma casquinha dupla de chocolate — por ter corrido tão bem contra os meninos mais velhos, disse ele. Caminharam de volta a Island. Na ponte, seu pai parou, acendeu um cigarro e jogou o fósforo na água. Jamie ficou lambendo sua casquinha e observando o rosto de seu pai. O sorvete derretia frio em seus dedos. Em alguma parte na calha obscurecida, uma pomba pesarosa arrulhava.

— O que você viu lá — disse seu pai — foi apenas a mãe de Billy triste com alguma coisa. Está tudo bem, na verdade. Não precisamos comentar nada disso com sua mãe. Está bem?

Jamie lambeu a casquinha.

— Você ainda é meu pai? — perguntou ele, com sua nova voz, estranha. A pomba pesarosa tinha-se calado.

Ele estava caindo, caindo pelo ar ameno. Seu pai riu. Uma mão grande acariciou sua cabeça.

— Que idéia maluca!

58

NAQUELES DIAS — as férias longas de verão, de sol e relvas queimadas, e o canto queixoso das cigarras, altos, secretos —, Joe queria passar cada hora que tinha com Anna, que partiria em um mês. Mas precisava trabalhar. Tinha de percorrer os corredores escuros do departamento de expedição da Bannerman's, faturas em suas mãos suadas, tirando suéteres e camisetas das prateleiras e arrumando-as em caixas de papelão com o logotipo dos escoteiros impresso. O lugar estava terrivelmente quente sob o telhado chato e, apesar do cheiro de pinho do desinfetante aspergido generosamente por toda parte, fedia a excreção humana. O banheiro dava de frente para o local de trabalho, suas portas de vaivém revelando as canelas de quem estivesse sentado lá dentro. As canelas sempre pareciam vulneráveis, patéticas, alvo eterno de piadas — *Mostre-nos seu joelho, Maggie* —, que logo se tornavam corriqueiras.

Uma janela baixa, imunda, abria para campos de esporte, cor de palha, atrás da arena. Colocando o rosto perto do lado esquerdo da vidraça, Joe podia espiar o telhado da arena, e divisar a nuvem de árvores que obscurecia o North End. Pareciam plenas da presença de Anna, como o céu límpido acima e os telhados íngremes da mansão dos Bannerman. Estava impaciente para subir de novo a colina, para renovar o encantamento em sua fonte. Não parou de relancear os olhos para cima da porta da sala de expedição, onde os ponteiros de um grande relógio moviam-se como se com artrite o dia todo, e assustou-se com um paradoxo. Desejava que as horas passassem, mas cada hora que passava significava mais sessenta minutos deduzidos de seu tempo na cidade. Ela e sua mãe, que retornaria para visitar a família, já tinham comprado as passagens.

Quando o apito das cinco horas ressoou, ele foi o primeiro a descer, o primeiro a atravessar o campo de esporte. Em casa: uma chuveirada, roupas limpas, beliscar alguma coisa rapidamente e sair de novo. Sua mãe estava sempre perguntando se ele não queria convidar Anna para jantar com eles.

— Uma menina adorável — disse ela, afetuosamente, mais de uma vez. — E inteligente também.

Mas Joe resistia. *Amo você,* tinha-lhe dito, dando-lhe um beijo rápido e correndo para fora. Ele realmente a amava; era fácil, nesses dias; o amor parecia derramar-se dele sem nenhum esforço. Até mesmo amava a cozinha acolhedora, familiar, com seus móveis gastos; adorava a bicicleta de seu irmão, abandonada sobre a grama ressequida.

Algo tinha mudado entre ele e Anna. Achava que tinha sido por terem feito amor na fábrica — estabelecendo um novo nível de intimidade. Nunca se esquecera das palavras de Liz: *Anna não pode amar. Foi um homem, não um garoto como você.* Bem, ele tinha provado que ela estava enganada, não tinha? Agora, certamente, algo poderia ser planejado em relação à França. Ele disse a Anna que poderia visitá-la em Paris. Talvez pudesse estudar na França dali a um ou dois anos, se conseguisse o dinheiro. No entanto seu entusiasmo nunca provocava nada definitivo da parte dela. Fizeram amor mais algumas vezes, no quarto dela, quando seus pais não estavam, e uma vez, por insistência dele, à margem do Shade, onde ficaram juntos pela primeira vez, na noite da festa de formatura. Ainda assim, ele começou a recear que, para ela, nada verdadeiramente essencial tinha mudado. De fato, ela parecia ansiosa para partir. Ele se perguntava se ela chegava a sentir qualquer angústia. Será que não via, não adivinhava, o que ele estava passando? O seu desespero foi-se tornando cada vez mais desconfiado, o seu desespero e, sim, o seu ciúme. Não sabia se seu antigo namorado ainda teria chances, o homem que Liz tinha mencionado. Ele se perguntava se seria o homem no retrato em sua escrivaninha.

Uma tarde de domingo, liam no quarto dela. Sentado à escrivaninha, ele podia ouvir Anna virando páginas na cama, atrás dele. Não conseguindo se concentrar, continuou a examinar a fotografia na moldura dourada — a foto que vira pela primeira vez na tarde de inverno quando havia lhe levado um buquê. Atormentava-o o rosto bonito, as sobrancelhas espessas, a expressão insondável dos olhos fundos, a impressão de propriedade casual sugerida pela mão relaxada sobre o ombro de Anna. De lenço na cabeça, ela tinha o ar de uma convalescente, abrigada contra a friagem.

O homem parecia um astro de cinema, Joe achava, embora houvesse algo indefinido em seu rosto, como se tivesse sido escavado de dentro. Era uma máscara de beleza, da qual miravam olhos infelizes. Ele construíra uma teoria. Esse era o homem de quem Liz falara. Anna tinha-se apaixonado por ele e ele a abandonara. Ela sofrera terrivelmente. Ali, na fotografia, a infelicidade já estava nela, pois o homem, com sua face fria, indiferente, estava no processo de abandoná-la. Ela levara muito tempo para se recuperar, e agora, desconfiava do amor, da entrega do amor, pois não suportaria passar por isso de novo. Mesmo que amasse Joe (e ele estava quase convencido de que sim), não se permitiria sentir esse amor. Ele tinha de ir devagar. Ela precisava de uma atenção paciente, compassiva, e evidentemente ele estava disposto a lhe dar isso, só que não restava muito tempo para ser paciente.

Por duas vezes quase falou, ao ruge-ruge na cama atrás dele. Nas duas vezes, hesitou. Toda tentativa de entrar em seu espaço íntimo sempre parecia metê-lo em dificuldade. Ela tinha o pavio curto. Você nunca sabia que raiva ou censura provocaria.

Falou, casualmente:

— Quem é esse seu amigo bonito?

Como ela não respondeu, ele se virou na cadeira. Ela estava deitada de bruços, apoiada nos cotovelos, o livro na frente. Usava bermudas e uma blusa sem mangas. Aqueles olhos verdes olharam para ele, do outro lado da cama de mogno.

— Na foto — disse ele.

— Enrico — replicou ela, de maneira prosaica. — Ele foi o meu melhor amigo na Europa.

Ele fez uma análise rápida de suas palavras. Ela tinha falado tão casualmente desse Enrico que ele se perguntou se ele tinha sido realmente só um amigo.

— Muito bonito — disse ele, esforçando-se por manter um tom desinteressado. — Estava apaixonada por ele?

— De certa maneira — falou pensativamente, sempre olhando para ele.

Ele não conseguiu mais se conter.

— Vai vê-lo... quando voltar?

— Vou — disse ela, em um tom amortecido, baixando os olhos para o livro. Olhando fixo para o espaldar da sua cadeira, com o falso sorriso morrendo em sua face, ele sentiu-se, de repente, esvaziado.

Em dois segundos, a felicidade e confiança de todo o verão tinha-se evaporado.

— Então, esse é o meu rival — disse ele. Sua voz soou como um grasnido.

Ela virou a página. Seus pés descalços estavam cruzados, o que lhe pareceu o cruzamento de corpos nus, dos quais nenhum era ele.

— Anna — disse ele.

— Eu me sinto sendo analisada — disse ela sem tirar os olhos do livro.

— É uma pergunta bastante natural — disse ele. — Estou naturalmente curioso, uma curiosidade ciumenta, em relação aos meus rivais.

— Ele não é seu rival — replicou ela, a voz sem modulação.

— Ele está aqui, em sua mesa. Você não tem uma foto minha na mesa. O que aconteceu com o retrato que lhe dei?

Ela ergueu os olhos para ele, sem alterar a expressão: ela estava aborrecida. Mas ele não se abalou, não se preocupando em esconder como se sentia infeliz.

— Ele é homossexual — disse ela por fim. Ela deu um suspiro e pressionou dois dedos sobre o olhos direito como se para conter uma dor incipiente.

— Homo...

— Ele dorme com *homens* — completou ela.

— Eu sei o que quer dizer — disse ele, corando. Olhou fixamente para ela. Conhecia a palavra, mas não conhecia nenhum homossexual, embora, ocasionalmente, na escola fizessem escárnio de algum garoto chamando-o de *bicha!* ou *veado!*. Havia um quê de além-túmulo na expressão, na medida em que ninguém sabia realmente o que era uma bicha, no sentido concreto; o garoto poderia muito bem ter sido chamado de centauro.

Na cama, Anna rolou de costas, segurando o livro com uma mão acima do rosto. Passado um instante, ela o pôs do lado, com impaciência e enfado, enquanto ele olhava fixamente do outro lado do quarto.

UM DIA ANTES de ela partir, subiram o Atta até Devil's Cave. Na frente da caverna havia uma depressão arenosa coberta de restos de antigas fogueiras: toras chamuscadas, pedaços de papel laminado, cacos de vidro marrom. Limpando, com o pé, um local onde estenderem a manta, ele observou quando ela se curvou para espiar no recesso fundo entre as duas lajes imensas de calcário. Ela estava usando tênis branco, jeans e uma camiseta que mal chegava à sua cintura. A camiseta tinha subido, revelando a serpente, suavemente sinuosa, de sua coluna. Não faziam amor há uma semana, desde suas perguntas sobre a fotografia.

Ela afastou-se da gruta sem comentar nada e foi para perto dele, olhando para onde o rio corria para um poço — o lugar mais fundo que ele conhecia no Attawan, formado pela água ao fazer uma curva pronunciada e se deparar com a súbita resistência da pedra calcária. A água ali, opaca com a sujeira que carregava, estava em constante agitação, a sua superfície coberta de pequenos remoinhos que surgiam súbita e misteriosamente e desapareciam da mesma maneira misteriosa. Corrente acima, a ribanceira ascendia gradativamente até um penhasco de argila cinza, pontiagudo contra a luminosidade, quase ofuscante, do céu. Com uma mão fazendo sombra no rosto, ela olhava fixo para o penhasco — opressivo, grosseiramente pré-histórico — como se resistisse desde a era anterior ao dilúvio, o barro escorregadio, plúmbeo, caindo quase a prumo na água.

— Este lugar provoca uma sensação estranha — disse ela ao voltar. — É como se houvesse mais alguém aqui. Sinto como se estivesse o tempo todo sendo observada.

— Podemos ir a outro lugar.

Ela andou à beira do barranco sem responder. Ele continuou a dispor as coisas para o piquenique. Cada objeto que ele tocava — o Tupperware rosa com os sanduíches, a garrafa térmica com o café, o queijo em lata francês que ele comprara na A&P — parecia estranhamente sem substância, substitutos de papelão da coisa verdadeira.

Sentaram-se lado a lado, beliscando o sanduíche de queijo e presunto que sua mãe tinha preparado, absortos no curso da água. Desde que nascera, ele ia lá, primeiro com seu pai, depois com amigos. Era o local preferido para nadarem, embora tivessem acontecido pelo menos dois afogamentos, quando nadadores mais fracos tinham ficado presos sob a ribanceira. Ele contou-lhe sobre essas mortes, com uma ânsia secretamente hostil, incapaz de se conter.

— Um amigo, Graham Lessing, ele era da minha classe, quando o puxaram para fora da água e cuidaram dele, voltou a si. Sentou-se e pediu um copo de água, depois, se deitou e morreu.

— Pediu um copo de água?

— Eu entendo. É como se não gostasse de estarem bombeando seus pulmões.

— Como ele pediu? Isto é, ele estava consciente? — perguntou ela.

Joe admitiu que não estava lá, que só tinha ouvido contarem a história.

— Ah — disse ela.

Ele ficou arrasado. Não tinha conseguido transmitir a estranheza do afogamento. Corrente acima, perto do penhasco, o rio silvou em um galho quebrado de salgueiro. Ele sempre amara esse lugar, mas hoje apresentava uma qualidade de desalento, como se não ligasse a mínima para os seres humanos.

— Quero lhe perguntar uma coisa — disse ele.

Ela relanceou os olhos para ele, um pouco na defensiva.

— O que lhe aconteceu, antes de vir para Attawan? Você disse que tinha passado por maus momentos.

Ela ficou remexendo nos restos do sanduíche entre os dedos. Antes, ele não se atreveria a perguntar, cuidando para não extrapolar os limites que ela lhe impusera. Mas agora queria fatos, não importava quão traiçoeiros fossem.

— Sim, bem, não foram assim tão ruins — disse ela. Havia algo novo em seu tom, uma calma, simples sinceridade. — Eu tive um caso — prosseguiu, jogando a bolinha de pão na água. — Foi na França, em Paris, e... bem, a minha cabeça se recuperou, de certa forma.

Fez uma pausa, cavando a areia com o calcanhar. Ele mal respirava. A palavra *caso* soou madura e, de certa maneira, perigosa.

— Ele era pintor — disse ela. — No outono anterior tinha dado aulas para algumas turmas da nossa escola. Todas as garotas eram loucas por ele. Quando pediu para eu posar em seu ateliê, aceitei imediatamente.

Ela contou sobre Guillaume, que havia viajado o mundo e guardado em seu ateliê um tambor de Borneo que ele dizia ser feito de pele humana; fragmentos de entalhes de um templo na Tailândia; um dragão de *papier mâché*, medindo um metro e oitenta, do México, suas mandíbulas ferozes prendendo o corpo de uma vítima indefesa. Ele usava jeans manchados de tinta e camisetas. Pintava com cores vivas óleos de figura humana — quase sempre uma mulher nua estendida diagonalmente na tela como uma paisagem tosca, inclinada. Ele tinha 33 anos. Ela tinha acabado de completar 17.

Ela não descreveu como passou a dormir com Guillaume, poupando Joe, mas ele compreendeu que no começo ela havia sido feliz com ele.

— Meus pais não sabiam — disse ela. — Pelo menos, no começo. — Ela se interrompeu e olhou triste para a frente, como se o que viesse a seguir a privasse da fala.

— As coisas começaram a dar errado — disse Joe, servindo de ponto. Ele queria... ele precisava dessa parte da história.

— Se acha — o rancor impregnou sua voz — que alguém não gosta de seu corpo, não há realmente lugar a esconder. Ele me dizia que eu era pesada demais. Lenta demais. Eu era *idiota.* Eu estava lendo os livros errados. Ele não tinha muito dinheiro, de modo que eu roubava francos de minha mãe e os dava para ele. Roubava até mesmo tinta. Entrava numa loja e saía com os bolsos cheios de tubos. Ele costumava me chamar de sua *petite voleuse.*

Ela sacudiu a cabeça. Parecia desconcertada e consternada com seu próprio comportamento e, ao mesmo tempo, fascinada.

— Eu não comia mais — disse ela. — Eu não estudava mais. Na escola, só pensava na hora de poder sair e ir para o seu ateliê. Então, ele começou a fazer aqueles discursos: que eu precisava sair mais, que eu precisava ter um namorado da minha idade. Uma tarde me disse que partiria por alguns dias. Como fui idiota. Eu ficava no parque do outro lado da rua, vigiando o seu edifício. Quando finalmente entrei, a zeladora disse que ele havia se mudado.

Arranhou o solo com os dedos, uma, duas, três vezes, abrindo um pequeno rego. Arremessou um punhado de areia.

— Eu o revi um dia na rua — disse ela — e tudo recomeçou... por algumas horas. Depois, ele ficou completamente frio. Ele era assim. Disse que não queria mais me ver. Dessa vez, falou sério.

Joe tentou abraçá-la, mas ela o afastou. Quando recomeçou a falar, a sua voz tornou-se uniforme, quase morta.

— Tudo me parecia tosco, brilhante demais. Comecei a ter dores de cabeça constantes. Não saía de casa. Recusava-me a ir à escola. — Relanceou os olhos para Joe e ele percebeu que ela estava envergonhada por ter perdido o controle, envergonhada por ele, agora, saber o que aconteceu. — Foram semanas. Meus pais não sabiam o que fazer. — Finalmente, eles a enviaram a um psiquiatra, mas depois de três sessões, ela abandonou. — Ele era um *iceberg* — disse ela. — Eu o odiava. — Disse que o seu verdadeiro médico foi Enrico, o homem na fotografia sobre a sua mesa. Era filho de amigos de seus pais. Ela o conhecia desde pequena. Ele passava horas com ela; convencia-a a sair, passear.

Então, ofereceram a seu pai, que trabalhava no escritório de Paris da Intertex, a oportunidade de iniciar novos procedimentos de contabilidade em uma fábrica no Canadá, um trabalho que levaria um a dois anos.

— O Canadá parecia seguro, de certa forma. Eu não morava aqui desde os dez anos, meu pai é de Montreal, mas guardei boas recordações. Pensei que poderia recomeçar, entende? Levar uma vida normal, uma vida de colegial, nada tão... extremo.

Calou-se. Sua história tinha chegado ao fim, e ele continuava sem saber a parte mais importante. Ela arrastava os dedos pelo buraco que fizera no solo, com um constrangimento tal que, aos olhos de Joe, a fazia parecer muito mais nova. O seu impulso foi confortá-la, mas não tinha certeza de que ela ia querer. Ela parecia distante, isolada em sua infelicidade.

— E funcionou — perguntou ele — vir para cá?

— Não viemos imediatamente. Fomos antes visitar a família de minha mãe na Bretanha. Lá, comecei a melhorar.

— Ah — disse ele.

— Tem sido bom aqui — disse ela. — É só que... bem, não acho que eu seja uma pessoa de cidade pequena. Não posso fingir ser quem não sou. Foi tolice achar que poderia. — Ela falou com arrogância, quase raiva, como se o atacando, como se, de alguma maneira, ele a criticasse por Attawan não ser o lugar para ela.

— Liz diz que você não pode amar por causa do que aconteceu. — Lançou-lhe a acusação inesperadamente. Suspeitava de que ela nunca o amara.

— E o que Liz sabe? — disse ela. Levantou-se, de repente, e andou em direção ao rio.

— Amo você — falou baixinho. As palavras, a emoção intensa, tinham aflorado de sua desolação, como uma nova descoberta, uma desolação fadada a se repetir.

TIRARAM A ROUPA e caminharam corrente acima, seguindo uma trilha estreita que acompanhava a base do penhasco até o salgueiro caído de través na corrente. Examinou-a atentamente, à sua frente: os ombros largos, as pernas compridas, e a pele, tão macia que parecia artificial. À sombra do penhasco, ela abraçou a si mesma e queixou-se do frio. Ele mostrou como subir no tronco do salgueiro e jogar-se na água. Ela mergulhou com um grito, e o rio a levou. Ele alcançou-a correnteza abaixo, no poço perto da gruta, onde se beijaram brevemente, as pernas dela o envolvendo na água que corria.

Imediatamente, ela quis sair da água e repetir o mergulho. Ele ficou no poço, observando-a subir correndo a senda estreita abaixo do penhasco. No salgueiro, virou-se e acenou para ele. A sua nudez feriu-o, mas não conseguiu tirar os olhos dela.

Quando ela caiu na água, ele mergulhou e nadou para o fundo. Escureceu quase que imediatamente, o marrom amarelado da camada de cima assumindo uma cor púrpura impenetrável. No fundo, havia um velho tronco de pinho empapado, o resto de seus galhos pontilhando-o como a cruel extremidade redonda de uma maça medieval. Conseguiu agarrar-se a um deles para se manter no fundo. Agachando-se no lodaçal frio, perscrutou a névoa acima, esperando ter um vislumbre dela. Ficou no fundo o máximo que agüentou — ele e Smiley costumavam fazer essa brincadeira e o recorde deles era de cerca de um minuto e meio — e, finalmente, com os pulmões queimando, deu um forte impulso para a superfície.

Ofegante, não conseguiu ver ninguém. Ela não estava no rio. Não estava em parte alguma. Ele chamou seu nome, girando várias vezes no poço, a preocupação crescendo. Seus pés rasparam o fundo: a corrente o levara em direção à saída. Nadando de volta ao centro, mergulhou de novo, e nadou para onde a corrente era mais fraca, seguindo pelo fundo, tenteando com as mãos sem enxergar no escuro. Por fim, tocou um galho. Mas era somente o extremo do pinheiro, escorregadio com as algas. Voltou novamente à superfície. De novo, não havia ninguém. Agora foi tomado pelo pânico, que gelou suas entranhas. Contra a corrente, o sol chamejava acima do penhasco úmido. E então lá estava ela: surgindo a menos de um metro e meio dele, a cabeça lustrosa como a de uma lontra. Não o tinha visto.

Estava gritando o seu nome, gritando-o em desespero para a margem vazia. Quando ele falou, ela gritou e se virou para ele, os olhos cheios de medo.

— O que aconteceu com você? O que aconteceu, por que fez isso?

— Eu só mergulhei — replicou ele. — E a perdi de vista quando voltei à tona. — Ele fingia inocência, secretamente gratificado com seu alarme. Tinha pretendido preocupá-la com o primeiro mergulho; tinha pretendido deixá-la com medo.

Ela nadou até ele. Ele percebeu que ela estava chorando, a face como a de uma menininha chorando e se pendurando nele. Interiormente, ele triunfou. Na margem, ele a envolveu na manta vermelha. Tremendo, ela encolheu-se contra ele.

— Está vendo? — disse ele, abraçando-a protetoramente —, você me ama um pouquinho.

NESSA NOITE, ele comeu, no quintal, com a família dela, sob o bordo, na velha mesa de pernas bambas, que balançava um pouco sob a toalha branca. Seus pais quase não falaram — parecia haver uma certa tensão entre eles —, mas depois, Joe e Anna puderam escapar no Bel Air do pai dela. Seguiram para o norte da cidade, pela estrada sinuosa numa planície dividida em fazendas. Por sugestão de Anna, ele tomou uma estrada secundária, de cascalhos, que estendia-se direto para leste. Chegaram a uma pequena igreja construída pelos pioneiros, protegida por um bosque de bordos. As portas em arco estavam trancadas, mas eles caminharam pelo pátio, passando por muros de pedras regulares, ovais. A folhagem agitava-se acima deles, emitindo um som seco, selvagem, como o de ondas quebrando, em um vento que parecia transportar a luz laranja. Ao norte, a Reid Hills com suas florestas escapava furtivamente, escaramuçadores azuis na beira da planície.

Anna tinha mais energia para explorar do que ele, de modo que a seguia, sentindo prazer quando algo a agradava — uma antiga lápide, a absorção de uma cerca de arame pela cortiça de uma árvore —, mas também se sentindo ressentido por ela, em sua última noite, não dar importância somente a ele. Não conseguia esquecer o seu caso. Era óbvio que, comparado ao pintor, ele mal a tocara.

Observou quando ela parou para coçar a perna, observou quando o vento colou seu vestido contra suas coxas, revelando a sua forma. Parecia que a estava vendo pela primeira vez, tudo em relação a ela parecendo novo — se bem que também tenha lhe ocorrido que essa poderia ser a última vez que a via. A última e a primeira — as duas vezes tinham-se tornado uma, dolorosa em sua realidade. Então, no campo atrás da igreja, ele viu, com um susto, alguém caminhando, uma criança de três ou quatro anos, com o cabelo despenteado, andando sozinha pelo campo açoitado pelo vento. Seu coração pulou com o reconhecimento, do que não saberia dizer. Um instante depois viu que a criança era apenas o assento de ferro de uma velha ceifeira, abandonada na beira do campo. A visão o comovera. Virou-se para

Anna, pensando em lhe contar sobre isso. Mas agora as palavras pareciam inúteis; palavras não podiam fazer nada.

JÁ PASSAVA DAS ONZE quando se beijaram à porta da cozinha. Ele planejava voltar de manhã para vê-la partir, mas ainda assim não queria largá-la. Abraçaram-se em uma espécie de exaustão inerte, como dançarinos de maratonas que ele tinha visto em antigos cinejornais. Tentava se convencer de que ela o abraçava tão apertado quanto ele. Finalmente, ela se separou.

Nessa noite, ele acordou às três da manhã. Sem conseguir voltar a dormir, vestiu-se e subiu a West Street, passando pela antiga fábrica de meias, suas janelas agora entabuadas, a barragem até a casa dos Macrimmon. O vento diminuíra, sob o céu obscuro. O quintal estava quieto, espectral: a mesa onde tinham jantado tantas vezes, sem o tampo; a montanha escura do bordo; as quatro cadeiras tristemente dispersas sobre o cascalho. Sentou-se de costas para o bordo, de frente para a janela dela. Algum tempo depois, o canto caótico dos pássaros o despertou, e ele se espreguiçou no pátio antes de recomeçar a vigília em uma cadeira. Devia ter adormecido de novo, pois a próxima coisa que viu foi o rosto de Anna. Ela estava, de quimono, ajoelhada diante dele. Por um momento abençoado, esqueceu-se de que ela estava partindo e simplesmente lhe sorriu.

Ela repreendeu-o de maneira encantadora enquanto o levava para a cozinha.

— Você podia ser o personagem de um romance, esperando lá fora dessa maneira.

Ele sentou-se à mesa da cozinha enquanto ela preparava ovos, diante do fogão com um quimono verde escuro que ele nunca vira antes. As mangas excessivamente compridas que ela ficava puxando para cima, os pulsos finos — havia tanta coisa nela que ele não conhecia. Parecia injusto que a novidade em relação a ela continuasse se revelando tão naturalmente diante dele, mesmo na última manhã juntos.

— E Guillaume? — perguntou ele, e imediatamente sentiu-se mal por sua necessidade de perguntar, considerando-se o que ela passara. De lá de cima, chegou o som de vozes. Seus pais logo desceriam. — Acha que pode esbarrar com ele de novo?

No fogão, ela ficou imóvel. Com a espátula na mão, ela olhou para ele, com o que pareceu incompreensão. Ela sacudiu um pouquinho a cabeça. Significaria não, ele se perguntou, ou ela queria dizer que mal acreditava que ele tivesse perguntado?

— Anna?

— Se esbarrar — disse ela, quase animadamente —, estou certa de que saberei lidar com a situação.

— Ótimo — disse ele. — Isso é ótimo.

TODOS COMERAM o desjejum rapidamente sem parar de fazer uma dezena de coisas ao mesmo tempo. Seu pai, que levaria Anna e sua mãe ao aeroporto, cumprimentou Joe rispidamente e foi ligar para o escritório. Sua mãe corria de cá para lá, mudando de opinião a todo instante em relação a que roupa usaria no avião. Ele tentou ser útil limpando a cozinha. Ajudou Andrew Macrimmon a levar a bagagem pesada para baixo. O dia transcorria extraordinariamente, assustadoramente, comum. Ele viu um esquilo saltar para uma espreguiçadeira e apoiar-se sobre o lombo para comer alguma coisa. Isso impressionou-o como curiosamente humano — aquelas pequenas patas escuras semelhantes a mãos —, e quando fugiu precipitadamente atrás da casa, ele acompanhou seu desaparecimento assombrado, como se ali estivesse a chave para o que estava acontecendo.

Alguns minutos depois, sentou-se na cama de Anna, observando-a fazer mudanças de última hora no conteúdo de sua mala de mão. Sua mãe chamou da escada.

— *Vite, vite, allons-y! Ton père nous attend!*

Ajudou Anna a fechar a pequena mala. Beijaram-se, quase gravemente, e com um movimento rápido, ela escapou de seus braços e saiu. Ele seguiu com a bolsa. Lá fora, ele pôs a mala de mão na mala do carro e a fechou, no rolo de fumaça enjoativa do cano de descarga, enquanto Anna sentava-se no banco de trás. Sua mãe estendeu a mão pela janela da frente.

— Você é um bom garoto — disse ela. A observação feriu-o. Não queria ser um garoto, não queria ser bom. O homem que Anna amava não tinha sido bom.

Anna tinha baixado a janela. Ele se surpreendeu com suas lágrimas, que fizeram o sinal na sua bochecha cintilar. Sua garganta se apertou, ele inclinou-se para ela. Seus lábios roçaram-se um no outro — o cheiro dela, o perfume de baunilha que era quase um não-cheiro, o perfume do próprio espaço — e o carro deu a ré. Ele foi para a calçada da frente e ficou observando o Bel Air recuar na Banting e, então, com um ligeiro solavanco da mudança de marcha, avançar suavemente.

59

FIM DE AGOSTO no lado de fora da fábrica de suéteres, o barulho da serra de Alf, abelhas pairando na vara-de-ouro que se destacava do lado da escada semipronta. Por uma janela aberta, ele viu um carrossel girando com uma carga de bobinas brancas. Ligeiros, bem ligeiros, os planetas pálidos fugiam da escuridão mais profunda do salão atrás deles. Outras máquinas funcionavam invisíveis, com um estrépito regular, como o de uma queda d'água, enquanto milhares de agulhas e pequenas partes de metal operando rapidamente, acima do zunido orgânico. A tristeza instalara uma pequena pedra em seu peito. Ele já estivera no coração desse trabalho, e apesar de nunca ter se interessado tanto pela tecelagem quanto pela carpintaria, agora estava sozinho, fora do arco que homens e mulheres com um propósito formavam ao trabalharem juntos.

Ajoelhando-se, ajustou a tábua no piso e fixou-a com pregos. O pinho novo das outras tábuas já estava sujo com as marcas confusas de suas botas de trabalho. Descendo a escada, ele pegou uma prancha e ia colocá-la sobre a mesa da serra quando percebeu que o carrossel parara. Minutos depois, continuava parado. Acima das bobinas paralisadas, as linhas moviam-se levemente na brisa. O tecelão nele ficou instantaneamente alerta, crítico; nenhuma máquina devia ficar ociosa por tanto tempo. Ao erguer os olhos para a janela no alto, percebeu que não escutava mais o zunido do trabalho. De súbito — foi como a sensação sinistra de quando seu coração pulava uma pulsação —, a fábrica pareceu envolvida pelo silêncio da deserção.

Olhou em volta, o único sobrevivente milagroso de um evento que não conseguia compreender. Próximo, as abelhas, agora audíveis, voavam de copa para copa. Alguns momentos depois, ele ouviu um grito. Poderia ser de um homem ou de uma mulher, não dava para saber ao certo, mas ressoou das profundezas da fábrica de suéteres, como uma explosão de dor ou alarme do próprio edifício. Um pouco depois, ouviu outras vozes, gritando e discutindo, telefones tocando, o som de vidro quebrando. O rebuliço vinha principalmente da fábrica de suéteres, de todos os seis andares, embora parecesse se propagar, um contágio de raiva ou pânico que logo ecoou também de outros edifícios. Em pé, no deque sem parapeito, ele enrijeceu-se perplexo. Então, ouviu: o rufo nas escadas que se tornava cada vez mais alto, e continuava a aumentar à medida que os operários ocupavam o pátio. O seu primeiro pensamento foi incêndio.

Viu Lil Hepworth, com determinação, dar longas passadas com suas pernas grossas sob a saia deselegante. Imediatamente atrás, vinha Jim Corcoran, um fiandeiro, e seu primo Sid Corcoran, segurando o cabelo no topo da cabeça como se tivesse a intenção de arrancá-lo. Todos pareciam atordoados. Posicionaram-se no pátio, de frente para as entradas, das quais saíam mais operários. Vinham de todos os edifícios: não uma massa sólida, como acontecia quando a sirene soava o fim do expediente (ele consultou seu relógio para ter certeza de que ainda não era meio-dia), porém de maneira mais fragmentada, em grupos de dois ou três, das seções de tintura, tecelagem, fiação. Alguns tinham a expressão severa. Outros discutiam voluvelmente. Um casal estava rindo e sorrindo, como se estivessem de férias. Atrás dele, pessoas chegaram na rampa de madeira compensada que ele tinha montado na plataforma de descarga. Ao ver Joe, Alf o chamou. Joe não ouviu, estava prestando atenção ao que Eddie Baker dizia, arremessando os punhos fechados. Mas uma mulher que estava mais próxima a Alf — era Linda Koch — ergueu o rosto sardento e gritou:

— Estão fechando as fábricas!

Atônito, Alf observou seu traseiro rechonchudo recuar em direção ao agrupamento no pátio. Um homem e uma mulher — Lottie Connor e Art Freud — estavam discutindo tão violentamente, os rostos vermelhos a apenas alguns centímetros um do outro, que parecia que acabariam brigando para valer. Alguns tentavam acalmá-los. O agrupamento que crescia se agitou.

Alf deixou sua posição no alto e foi para a beira da confusão. Do seu lado, Davy Clark, um homem alto de sessenta anos, com uma expressão feroz, ranzinza, emitiu pelos lábios pequenos surtos explosivos, como a descarga de vapor por uma válvula de segurança. Alf percebeu que ele estava rindo.

Quando ele perguntou o que estava acontecendo — não pôde acreditar no que Linda Koch tinha-lhe dito —, Davy olhou-o com um escárnio vivo, sumário.

— Fecham a fábrica — disse, por fim, como se visse o evento se aproximando há semanas, e Alf, assim como os outros, fossem parvos por não terem percebido.

— O que quer dizer?

Ele continuou sem entender, sem querer entender a verdade toda. Tinha de haver outra explicação: incêndio, um cano arrebentado, demissões a curto prazo.

— É o fim. Acabou. Eles acabam de comunicar. Vão mudar toda essa coisa maldita para Quebec.

— Quebec?

— Disseram que quem quiser trabalhar lá, pode se candidatar. Terão prioridade. O que acha, Alf, gosta de Quebec?

Ele sentiu a malícia de Davy, a hostilidade pessoal que acrescentava uma corrente extra de confusão às notícias de que a Bannerman's estava se mudando. A descrença latejava em seu peito, em seu rosto. Sentiu-se curiosamente exposto, como se o fechamento fosse, de certa maneira, conseqüência de seus próprios deslizes, de seus próprios cálculos errados. Surgiu-lhe a imagem tão freqüente em sua infância — via a culpa fazendo uma ampla curva à distância, como um predador alado que o havia visto ao passar antes e que agora, apesar da sua esperança de não ter sido notado, estava retornando para o golpe final.

— Quando? — perguntou ele.

— Novembro — replicou Davy. — Assim que concluirmos a linha do outono.

Bruce Mason, o novo presidente do local, tinha subido à plataforma de carga e descarga, onde conferenciava com dois representantes do sindicato. Algumas pessoas na multidão os observavam com grande expectativa. Outros escarneciam. Agora, Alf entendeu o que provavelmente acontecera. O contramestre havia reunido os operários para comunicar o fechamento — ou talvez a notícia tenha sido dada pelo sistema de alto-falantes — e os empregados haviam se revoltado espontaneamente. Havia visto o mesmo acontecer antes, em 1949. Mas preparar uma greve era uma coisa, outra era o que fazer em seguida. Os operários pareciam perplexos. Estavam se acotovelando, buscando uma liderança, mas quando Bruce finalmente apresentou-se com as mãos para cima pedindo calma, pareceu impotente diante daquela multidão.

— Irmãos e irmãs — começou.

— Fodam-se seus irmãos e irmãs! — alguém gritou. Novas discussões explodiram em volta do perpetrador dessa observação. Do lado de Alf, Davy Clark continuou a bufar sua risada silenciosa, amarga. Nada disso surpreendia o velho Davy. Era o que os tolos mereciam.

Bruce disse alguma coisa sobre "combater isso com tudo que temos". Ele falaria com a administração. Iria a Montreal e falaria com o presidente da Intertex pessoalmente, se fosse preciso. Conseguiu os aplausos fracos de muitos, mas as vaias e epítetos continuaram. Nas janelas acima, algumas pessoas se debruçaram, olhando para baixo como espectadores casuais de uma matança secreta. No sexto andar, Kit Ford observava atentamente o que acontecia, como se memorizando cada detalhe. Do outro lado do pátio, irrompeu uma briga. Alf ouviu gritos irados, surpresos, o arrastar desesperado de pés sobre o cascalho. A sensação era a de uma sociedade soltando-se do que a costurava. Ninguém sabia o que fazer ou o que esperar.

Então Alf notou Lucille com um grupo de suas colegas do departamento de costura. Instantaneamente, experimentou uma onda do antigo desejo. Ela parecia um ponto de conforto — na verdade, de fuga — na confusão sombria no pátio. Desde o piquenique do sindicato que esperava uma oportunidade de estarem juntos, pelo menos para conversar. Observou-a pôr a blusa para dentro da saia, observou sua mão por dentro do cinto largo, observou a curva eqüina profunda na região lombar.

Um homem aproximou-se do grupo: Bud Reed, do departamento de tintura. Era um sujeito bem constituído, de cerca de trinta anos, com um quê de arrogância no modo de andar. Uma camiseta apertada mostrava seus bíceps. Ele curvou-se para dizer alguma coisa às mulheres, depois permaneceu do lado delas, tão perto de Lucille que seus braços se tocavam. Alf despertou quando viu os dois com os dedos entrelaçados.

AO CHEGAR EM CASA ao meio-dia, não disse nada a Margaret, mas lavou as mãos e sentou-se à mesa, olhando o arranjo de Melmac rosa, os copos de suco canelados que ela dispunha com uma eficiência determinada.

Quando o telefone tocou, Margaret atendeu.

— É pra você.

A voz no outro lado da linha era de homem e contaminada pela raiva. Alf não sabia de quem era — meia dúzia de possibilidades passaram por sua cabeça, até parecer não haver somente uma pessoa ali, mas várias, falando com uma única voz. Ouviu blasfêmias, uma enxurrada de acusações. O fechamento das fábricas era culpa do sindicato, dizia a voz. O sindicato havia exigido um custo proibitivo das fábricas. Por causa do sindicato, tinham perdido seus empregos.

— Espero que, agora, esteja feliz, Walker.

— Quem está falando? — perguntou, e a resposta foi o estrépito do telefone desligado de maneira nervosa.

— Quem era? — perguntou Margaret, da pia.

Ele mal a ouviu.

— Alf?

— Vão fechar as fábricas — disse ele, distraído, a voz ao telefone ainda fervilhando dentro dele.

— Fechar...

Ele olhou fundo para ela.

— Alf, o que está acontecendo?

— As fábricas — disse ele. — Intertex. Vão fechá-las.

— Quem disse isso?

— Eu estou dizendo! — gritou, furioso. Viu Joe à porta. Seu filho tinha simplesmente se materializado e se mantinha à parte, remoto. Estava assim há semanas, desde que a namorada partira. Alf tinha tentado consolá-lo — *O mar está cheio de peixes* —, mas o garoto mal parecia ciente de sua existência. Duas ou três vezes, quando os envelopes de carta azuis chegaram da França, Joe tinha corrido para o quarto como um prisioneiro esperando a suspensão de sua pena.

Margaret virou-se para Joe.

— Seu pai está dizendo que vão fechar as fábricas!

— Pelo amor de Deus, Margaret! — disse Alf.

Ela não confiava em mais nada do que ele dizia? Ele foi para o *hall*, parando na porta da sala, onde Jamie e Penny assistiam a TV. Bud Reed, pensou de súbito. Bud Reed. O sujeito não era um tanto simplório? Em transe, olhava fixo para a tela. Os Três Patetas faziam suas proezas de sempre: gritando como grous, metendo os dedos um nos olhos do outro, batendo a cabeça um do outro em árvores, carros estacionados e postes de telefone.

60

NESSA TARDE, DE VOLTA AO TRABALHO, ocorreu-lhe a idéia de falar com Prince. Exigiria uma explicação, planejaria algum trato para manter a Bennerman's na cidade. Achava que poderia, de alguma maneira, mexer no mecanismo de poder, como se fosse um motor de carro parado, que faria algum ajuste que interromperia o rumo da Intertex. Sabia que era uma tentativa com pouca chance de sucesso, sabia que era tolice achar que podia mudar o curso dos eventos, mas a sua relação com Prince lhe deu esperança. Não descansaria até ter tentando.

Depois do jantar, partiu no Biscayne. No Escritório Central, o Fleetwood não estava na vaga de sempre, sob o salgueiro. Seguiu para Johnsonville, onde o recepcionista do Executive disse que Prince havia cedido seu quarto há uma semana. Voltou para o carro e sentou-se diante do volante, distraído pelo fulgor trêmulo da piscina. Crianças pulando na água, levantando gêiseres com seus gritos. O desaparecimento de Prince pareceu o golpe final. Ele e a sua firma tinham surgido inesperadamente, feito o que queriam e escapado com seu espólio para onde eles não os alcançariam. A questão era que sempre tiveram o poder de fazer isso, sempre que quisessem. Tudo o que havia arriscado — que todos haviam arriscado — não havia feito a menor diferença. Podiam muito bem não ter feito nada.

No carro, de volta para a cidade, continuou procurando o Fleetwood; não conseguiu se controlar. A carroceria de uma carro preto grande esperava na esquina da Shade com a Bridge, oculto por uma loja. Ao desviar, viu que era o carro fúnebre, um Cadillac, de Ric McArthur, o mesmo em que Pete fizera a sua última viagem, sua cabine comprida forrada, decorada com um S estilizado em aço cromado.

Ele mal dormiu nessa noite; no dia seguinte, aturdido, arrastou-se nas oito horas de trabalho na Bannerman's. Mais tarde, sentindo-se um pouco melhor, caminhou até o Flats, para uma reunião especial do sindicato para tratar dos fechamentos. Ao chegar no barracão pré-fabricado perto das fábricas — tinha sido construído pelo Lions como sede do clube —, ficou atrás de uma multidão de corpos suados. Em frente às pessoas sentadas, tagarelando ruidosamente, havia uma mesa comprida em que Bruce Mason, o presidente do sindicato, testava, com tapinhas, um microfone. Bert Hatch, um antigo executivo da Bannerman's, que crescera em Attawan, sentou-se do lado dele, seu rosto com sua papada escura parecendo exageradamente pesaroso. Do seu lado, Linda Connaught, a secretária, estava curvada sobre um caderno de anotações, o rosto largo perto do papel, como uma colegial.

Nesse exato momento, Bob Prince surgiu furtivamente por uma porta atrás do palco e ocupou a cadeira do lado de Bert Hatch. Estava usando um terno marrom claro de verão, mas sem gravata. Instantaneamente alerta, Alf observou-o atentamente: a leve inclinação de sua cabeça ao murmurar alguma coisa a Bert Hatch, o coçar casual, com um dedo, do ponto sob a orelha direita, enquanto avaliava friamente a fileira de rostos.

— Estão todos me ouvindo? — perguntou Bruce Mason, sua voz desencarnada ressoando de súbito dos alto-falantes.

— Infelizmente! — berrou alguém atrás de Alf.

No meio do salão, uma mulher pesada, de camiseta, Gail Phipps da seção de costura da Número Seis, levantou-se e ergueu um braço em uma espécie de saudação. Ela olhou em volta de maneira desafiadora, sacudindo o punho como se estivesse segurando um troféu, ou talvez uma arma, enquanto os outros gritavam para que se sentasse. Levou algum tempo para Bruce controlar as coisas.

Alf teve dificuldades em se concentrar. Ficou olhando para Prince enquanto sua mente prestava atenção e se distraía, sempre retornando a um espaço em branco, causticante. Mas quando Bert Hatch disse que achava o que a Intertex estava fazendo vergonhoso, ele aplaudiu vigorosamente com os outros. Os operários não estavam acostumados a ouvir termos como *vergonhoso* de seus executivos. Escutaram atentamente, esperando claramente por mais de Bert, alguma outra repercussão de sua queixa moral — talvez até mesmo a comunicação de uma ação que poderia salvar a situação —, mas, à medida que

Bert prosseguia com sua ladainha, tornou-se claro que seu desgosto não estava levando a lugar nenhum, e voltaram a se inquietar.

Quando Bruce perguntou se alguém tinha perguntas a fazer, Jimmy Quinn quis saber se a Bannerman's estava partindo porque o sindicato tinha sido organizado.

As pessoas à mesa relancearam os olhos umas para as outras, e gritos irromperam por toda a sala.

— Responda! — gritaram várias pessoas.

— Talvez o Sr. Prince deva responder — disse Bruce Mason, olhando a extensão da mesa.

Prince recusou o microfone que Bruce empurrou na sua direção. Inclinou-se à frente, os braços cruzados sobre a mesa (tinha tirado o paletó e arregaçado as mangas até a metade de seu braço moreno).

— Serei o mais franco possível — disse ele, e sua voz forte estabeleceu, imediatamente, uma calma que não existira antes na sala. Um ou dois operários o interromperam com apartes desagradáveis, mas foram rapidamente silenciados. — Eu combati a organização do sindicato. Recebi ordens para combatê-la, e perdi. A Intertex não gostou do resultado, muita gente aqui, provavelmente algumas dessas pessoas estejam presentes nesta sala, não gostou, mas foi feito, temos um sindicato. — Prince baixou um pouco a cabeça e franziu o cenho, como se preparando para uma franqueza ainda mais dolorosa. Parecia exausto, a face pálida, olheiras escuras. Pelo menos, isso custava um pouco ao patife, pensou Alf, nem que fossem algumas noites de sono. — É claro que — prosseguiu Prince — ter de pagar salários mais altos em uma época em que estávamos fazendo algumas mudanças caras não ajudou. Isso tem de ser considerado. Mas não somente isso. Quer dizer, não estamos saindo daqui porque somos perdedores feridos ou por desforra. É uma decisão puramente comercial. — Embora Prince não olhasse para Bert Hatch, Alf sentiu que ele estava repreendendo o gerente pelo *vergonhoso*.

Essa não foi a resposta simples que Jimmy Quinn estava esperando; era uma resposta que parecia servir aos dois lados. Tentou de novo.

— Vou colocar de outra maneira. Ficariam se dispensássemos o sindicato?

Imediatamente, uma dezena de pessoas tentou calar Jimmy. Outros gritaram com esses. Passou-se mais um minuto até Prince poder continuar, tempo durante o qual Jimmy esperou pacientemente, seu rosto enrugado erguido com uma espécie de altivez. A vida toda enchendo caixas com suéteres, ocorreu a Alf que Jimmy nunca antes desfrutara de tal importância em público, e provavelmente nunca mais desfrutaria.

— Não — disse o executivo finalmente. — Discutimos isso na Intertex e, não, isso não seria o suficiente.

O silêncio que respondeu à sua declaração apresentava uma qualidade ferida, aturdida. As pessoas haviam dado autoridade a Prince. Agora a sua autoridade os tinha repreendido: proferido uma sentença que não podia ser suspensa.

— O que seria suficiente? — perguntou Jimmy.

De novo, Prince franziu o cenho antes de falar.

— Ouça, Jimmy, não foi fácil para nenhum de nós. Não tomamos essa decisão levianamente. Mas, diabos, a única razão da Bannerman's estar aqui é porque John Bannerman precisava da potência dos rios. Bem, nós não usamos mais esse tipo de energia, precisamos estar mais perto dos nossos mercados, precisamos nos livrar dos departamentos que estão dando prejuízo, precisamos de edifícios mais modernos, cuja conservação não custe tanto. Não há espaço para sentimentalismos. Estaríamos mortos se fôssemos sentimentais. Simplesmente tivemos de fazer isso. — Jimmy tentou falar de novo, mas Prince prosseguiu. — A decisão foi tomada pensando nos negócios. Foi o que vocês fizeram quando decidiram pedir mais pela mão-de-obra, exatamente como os fornecedores às vezes pedem mais por sua lã ou tinta. Às vezes essas decisões são boas, outras vezes, não.

Jimmy curvou-se, hesitante, em sua cadeira. As pessoas estavam gritando com ele, mandando que falasse o que devia, o que ainda podia ser dito. Ele estendeu as mãos com as palmas para cima e sacudiu os ombros, como se dissesse "O quê? O quê?" Outros se calaram ou conversavam entre si. Quando Alf ergueu a mão, Bruce Mason apontou para ele.

— Mais uma pergunta para Bob Prince — disse Alf. Suas palavras pareceram atravessar a sala como uma paródia da sua voz, como se não tivesse nada a ver com ele.

Observou Prince achá-lo, a face do executivo distinguindo-se na claridade sobre a mesa distante, os olhos azuis lampejando ao reconhecê-lo.

— Quando a Intertex chegou, no ano passado, só falavam em desenvolver a companhia. Disseram que tínhamos o pessoal necessário para pôr a Bannerman's nos trilhos. Um pessoal que não devia a ninguém em competência, disseram. Bem, agora viram as costas para nós. Gostaria de saber o que nos tornou de segunda categoria tão repentinamente.

— Foi o sindicato! — gritou alguém. — Foi você, Walker!

Outras vozes explodiram na sala. Alf continuou em pé. Prince remexeu em seus papéis quando a ordem foi restabelecida. Por fim, com cautela, o executivo falou.

— Como eu disse, Alf, é uma decisão em termos de negócios...

— Não nos menospreze — disse Alf bruscamente. — Como se decisões comerciais fossem melhores do que outros tipos de decisão. Como se não fôssemos entendê-las, essas tais decisões de negócios. Como se tivéssemos de nos resignar por não haver outra saída. Vocês estão nos abandonando. Estão fugindo. Mantivemos esta firma por cem anos. Nossas avós e nossos avôs trabalharam na Bannerman's, sentimos como se fosse nossa, diacho, acho que ela *é* nossa, e vocês estão tirando tudo de nós. Por que não lhes ocorreu nos perguntar o que achávamos que poderia ser feito aqui?

A sala foi dominada pelos aplausos. Mesmo as pessoas contrárias ao sindicato aplaudiram, embora outros resmungassem. Alf, o sangue latejando em sua cabeça, esperou, olhando fixamente para Prince que olhava para seus papéis.

— Ouça, a decisão foi tomada... — disse Prince, por fim. Várias pessoas vaiaram. — Acho realmente que isso não nos levará a lugar nenhum — Toda vez que tentava falar, o barulho impedia.

Bruce Mason, protegendo-se atrás de um sorriso forçado, levantou as mãos e inclinou-se para o microfone.

— Irmãos, irmãs — disse ele, e mais vaias ressoaram. — Acho que temos de... — Mas a anarquia havia se instalado. Em pé, apontando acusadoramente, ou sentadas, as pessoas discutiam, enquanto aqueles na mesa olhavam, infelizes, em volta, convidados em uma briga em família.

Alf afastou-se. Não acreditava mais que Prince tivesse algo para eles, não acreditava mais que aquele homem merecesse a sua atenção. Abriu caminho pela multidão até o estacionamento, passando pela fileira de carros, até alcançar o escuro do centro do campo de beisebol atrás da arena. Parou e procurou seus cigarros.

— Alf!

Ouviu seu nome com desespero. O jovem que surgiu do seu lado era Lloyd Tindal. Alf lembrava-se de seu pai, um bêbado com um olho só, criador de cão pastor alemão, que agora não morava mais lá. Conhecia todo mundo na cidade, ao que parece, e todos na cidade o conheciam: desejou que fosse o contrário.

O olhar intenso de Lloyd Tindal encarou-o com a franqueza excruciante da juventude.

— Foi o máximo o que você disse. — Alf continuou fumando.

— Alf, ouça, alguns amigos e eu temos um plano. Queríamos saber o que você acha. Talvez possa nos ajudar.

Então ele percebeu os outros, três ou quatro deles, perambulando no extremo das arquibancadas, como sombras esperando serem convidadas a jogar.

NO VIMY HOUSE, a pequena mesa logo ficou tomada de copos encimados por espuma. A televisão gritava de seu suporte acima do balcão: uma mulher chorando, seu marido, fuzileiro naval, morto em uma selva do outro lado do mundo. Para Alf, seu sofrimento era só mais uma irritação. Concentrou-se em sua cerveja e tentou ignorar o círculo de rostos expectantes.

Explicaram — geralmente era Lloyd que falava, seus olhos de bezerro fixos nos de Alf como se a sua vida dependesse de convencê-lo — que queriam fazer algo. Tomar o Escritório Central. Ou sabotar alguma coisa.

— Queremos incendiar o lugar — disse Andy Morris, o sorriso afetado em sua cara chata, de repente, vermelha. Os outros olharam dele para Alf. — Que levem isso para Quebec — concluiu Andy.

Alf apagou mais um cigarro.

— Tudo o que vão conseguir será arruinar suas vidas — disse ele. — Olhem para vocês. São todos jovens, podem fazer centenas de outras coisas. Sabem que serão pegos. Certamente serão pegos. — Enquanto os alertava, seus olhares o encaravam com uma coragem repentina, depois baixaram, timidamente, para a cerveja. Na TV, Dinah Shore via os EUA em seu Chevrolet.

Ao sair, ficou preocupado. Talvez devesse ter falado mais. Acendeu outro cigarro e desejou estar com eles, de volta ao começo de sua vida. *Yai, yai, yai,* gritava, asperamente, a TV, e ele olhou as dançarinas de olhos pretos rodopiando: veja a Espanha!

MAIS TARDE, NA RUA, não sabia o que fazer. À distância, os carros davam a partida. Supôs que a reunião tivesse se encerrado. Gritos chegavam do outro lado do rio, do Flats.

Andando para casa, dobrou a esquina na Water e viu Jamie — Jamie com seu paletó de pijama listrado e jeans, pedalando devagar sua bicicleta na calçada, como se saído de um sonho, inverossímil. Trotando à sua frente, estava Red.

— Jamie!

Assustado, seu filho parou abruptamente do lado de um poste de luz, pulando em um pé só para manter o equilíbrio.

— Por Deus, o que está fazendo aqui?

A cabeça baixa, o menino disse alguma coisa que Alf não entendeu, naquela voz esquisita, sem modulação, que ele tinha nesses últimos tempos. Alf supôs que ele tivesse saído às escondidas, tendo Margaret se deitado mais cedo.

— Fale alto. Não consigo ouvi-lo.

— Você estava na casa de Billy?

Pego de surpresa, Alf ofegou. Quando o menino relanceou os olhos para cima, o que Alf percebeu em seu rosto o penetrou fundo.

— Não — respondeu. — Não. Está tudo bem. Vamos, vou levá-lo para casa.

Prosseguiram na noite de verão silenciosa, com Red trotando do lado deles, o rabo levantado, passaram pela casa em que Alf crescera, sob a nuvem escura do bordo que seu pai tinha plantado, passaram por outra casa, casas com as luzes apagadas, na rua sem saída.

Na cozinha, Alf preparou um copo de chocolate com leite para Jamie e chá para si mesmo.

— Pode ficar acordado só mais um pouco — disse Alf. Na verdade, sentia uma necessidade urgente de ter o menino do seu lado. Levaram as bebidas para a sala de estar, onde Alf ligou a TV, mudando de estação até reconhecer um filme antigo, da década de cinqüenta, *Moby Dick*. Sentaram-se juntos no sofá e Alf explicou a história. A grande baleia nadava em direção ao pequenino navio à distância (tão obviamente uma maquete) como um montículo de neve deslizando em velocidade. Então, a perna de pau de Acab pisou no convés enquanto os homens, embaixo, agachavam-se com ódio e medo.

— De que tamanho é uma baleia? — perguntou Jamie.

— Oh, as maiores devem medir mais de trinta metros. Daqui até Olmsteads' lá do outro lado. — Seu filho checou a luz na varanda do outro lado da rua, que piscava entre as folhas. Alguma coisa na expressão do menino, a curiosidade e a confiança, comoveram Alf, e ele apertou o joelho de Jamie, sentindo, com gratidão a pequena protuberância do osso sob o zuarte. Ele queria estar ali: estava sempre vislumbrando essa idéia. Queria estar ali, nessa casa, mas não se sentia ali, não inteiramente. Um ligeiro pânico o inquietava. Olhou para a escada no *hall*, o corrimão branco subindo para o escuro.

Levantou-se, voltou à cozinha e cortou um pedaço de pão para torrar. A casa de Billy, pensou de repente. Meu Deus, até onde o menino sabia? Atrás, uma leve batida na porta e, ao se virar, viu uma grande mariposa esvoaçando do lado de lá da tela. Observou com um certo estupor quando o inseto, tão frágil, e ainda assim tão tenaz, bateu repetidamente na tela, na sua própria vida, parecia, sem a menor idéia de que estava se machucando.

Quando ouviu o estilhaçar da vidraça, pensou imediatamente que tivesse sido o tubo da televisão. Em seguida, ouviu o cantar de pneus, o uivo de Red no quintal. Transpondo correndo o *hall*, viu Jamie exatamente onde o tinha deixado, sentado no sofá, com jeans e o paletó do pijama. A televisão ainda funcionava — em um gesto arriscado, Moby

Dick levantava o pequeno navio com seus mastros pontudos —, mas pedaços da vidraça cobriam o tapete como restos de uma nevasca.

O rosto de Jamie estava pálido, os olhos vidrados, com uma expressão distante de alguém atento aos meandros de seus próprios pensamentos. Do lado da sua testa, que começava a sangrar, um calombo crescia. Do seu lado, no sofá, como se ele tivesse brincado com ela, estava um pedaço escuro de rocha lisa, mais ou menos do tamanho de uma bola de beisebol. Um pedaço de papel havia sido preso a ela com uma fita crepe.

Somente na manhã seguinte, ao retornar do hospital com a polícia, Alf leu o bilhete escrito de maneira grosseira: ESPERO QUE AGORA ESTEJA FELIZ WALKER VOCÊ FEZ ISSO FODA-SE QUE MORRA.

61

NO HOSPITAL tinham coberto os olhos de Jamie com gaze, para evitar que secassem, e firmado os chumaços com esparadrapo que mascarava a parte superior de seu rosto, dando-lhe a aparência de um inseto com os olhos esbugalhados — um menino inseto, deitado sobre um imenso travesseiro. Três dias depois da pedra ter atravessado a vidraça, ele continuava inconsciente.

Alf sentou-se em uma cadeira de couro do lado da cama. Eram quase onze horas. Estava no quarto desde as sete. Observava em uma espécie de transe, à deriva em seus próprios pensamentos, ao mesmo tempo sensível a cada sinal — ou, pelo menos, à possibilidade de um sinal — vindo da cama. A boca de Jamie estava um pouco aberta. Alf não o ouvia respirar, mas a exalação saía em acessos, breves demais para serem suspiros, mas que sugeriam a Alf um cansaço arriscado, como se o menino estivesse perto de desistir. Alf tinha a impressão de que Jamie trabalhava — algum trabalho vasto — sozinho no escuro. Ele queria ajudar, daria seu braço direito para descer ao escuro e colocar sobre o ombro o peso imenso que Jamie estava levantando sozinho, qualquer que fosse, mas tudo o que podia fazer era observar impotente, de fora, sem nem mesmo saber ao certo o que estava acontecendo. Pensou em uma vez na arena, anos atrás, quando Joe tinha sido derrubado em uma partida de hóquei. Seu técnico tinha saltado sobre as pranchas, deslizando rápido no gelo, enquanto os outros jogadores rodopiavam em volta do pequeno corpo em sua malha púrpura. Observando da arquibancada, Alf não tinha se juntado a eles. Não queria parecer histérico, não queria constranger seu filho, não queria romper o código masculino tácito que proibia a demonstração de emoção diante do perigo físico. E, passado um minuto, Joe tinha se levantado, devagar, e patinado até o banco, sorrindo aos aplausos dos outros pais, enquanto Alf observava com alívio e orgulho. O garoto tinha provado que podia enfrentar isso. Alf tentou envolver-se com o mesmo espírito de recuperação agora — seus filhos resistiam com determinação —, mas Jamie estava inconsciente há tanto tempo. Era verdade que os médicos o haviam tranqüilizado, dizendo que, embora pudesse demorar, as chances de Jamie se recuperar eram boas. Mas Alf estava experimentando um pavor que nunca sentira antes em sua vida. Estava alerta a cada movimento na cama. Se a respiração de Jamie parava, ele levantava de um pulo, preocupado. Se o soro parecia se interromper, ele já estava no corredor, procurando uma enfermeira. Tudo em seu corpo ansiava por ação, o salto por sobre as pranchas, o deslizar no gelo, mas dessa vez, não tinha escolha. Tudo o que podia fazer era observar.

Alf alisou a manta e tocou na testa de seu filho, que estava quente. O calombo em si, praticamente oculto pela bandagem nos olhos, começara a diminuir, um inchaço arroxeado não maior do que os muitos que Jamie já suportara antes, porém mais grave, disse o médico, porque a pedra o atingira na têmpora. A palavra tornara-se estranha, traiçoeira, na mente de Alf. Têmporas eram dias especiais de preces e jejum no rito católico (pensou em um templo, em colunas estriadas como aquelas no edifício do correio em Johnsonville), e ao mesmo tempo eram partes da testa, um local frágil, pequeno. Dois centímetros para cada lado, e Jamie poderia ter sido poupado.

Acima da atadura, o cabelo de Jamie irrompia em tufos rebeldes. Alf penteou-os com a mão e curvou-se para ele, sussurrando talvez pela centésima vez: "É o papai, Jamie. Estou aqui." Por um momento, a respiração parou. Pareceu-lhe que Jamie estava escutando. Talvez estivesse refletindo sobre a palavra *papai*, lá no fundo, no escuro. Alf imaginou-o vagando por um labirinto, tentando achar a saída. Ao ouvir a palavra, ele deveria tomar a direção de onde tinha vindo, e assim, atravessar a passagem que inclinava-se na direção da luz. A respiração recomeçou. Talvez agora, ele estivesse no caminho certo, ou quem sabe não teria seguido o caminho inverso, confundido, para um escuro mais fundo?

Alf recostou-se na cadeira de couro. Canalhas, pensou. Quem tinha feito isso? Alguém que o culpava por ter legalizado o sindicato — por ter feito a Intertex se mudar. Alguém com um rancor reprimido há anos, quem sabe? A polícia até agora não tinha apresentado nada.

Cambaleou de novo para a frente, achando ter percebido um movimento na cama. Mas o rosto enfaixado permanecia tão imóvel quanto antes. Uma bolha surgiu no tubo do soro.

Então Margaret estava lá, entrando com passos ligeiros.

Alf aprumou-se na cadeira. A atenção dela estava fixa na cama. Carregava uma sacola de papel, que ele sabia conter o que ela precisaria para passar a noite. O hospital estava disposto a fornecer um enfermeiro para passar a noite com Jamie, mas Margaret insistira em fazer isso ela mesma. Alf tinha-se oferecido para revezar com ela, mas Margaret recusara.

Observou-a deixar a sacola no catre que as enfermeiras haviam armado para ela, e curvar-se sobre Jamie. Tocou no cabelo do menino, murmurando alguma coisa que Alf não conseguiu entender, tocou em sua mão.

— O doutor Samuels fez a visita — disse Alf. Samuels, especialista de Johnsonville, estava acompanhando o caso. — Ele continua achando que as chances são muito boas.

Margaret olhou para Alf, os olhos vivos, duros, como se estivesse testando a verdade de suas palavras. Ele corou.

Depois de um momento, ele se levantou.

— Vou deixá-la com ele.

Margaret não respondeu, mas voltou a atender a Jamie, sentindo sua bochecha com as costas da mão.

— Bem — disse ele. Tudo o que queria era uma palavra dela, um reconhecimento, mas ela continuou de costas para ele enquanto alisava o cobertor.

Então, ela se virou.

— Você está cansado — disse ela. — Vá para casa descansar um pouco. — Falou de uma maneira fria, efetiva, seus olhos encontrando os dele apenas por um breve momento. O tom peremptório cansado de sua voz o inquietou mais do que irritou, pois sugeria que ela não se admirava do que tinha acontecido. Era o tipo de coisa que ela esperaria agora, aonde Alf os havia levado.

CHEGOU EM CASA e encontrou Joe e Penny na cama. Sem sono, sentou-se à mesa da cozinha, com as luzes apagadas. Das cascalheiras distantes, o estrépito vago das esteiras transportadoras atravessava, intermitentemente, a porta de tela. Contemplou a noite lá fora, depois da horta de Margaret, na direção da massa escura da barragem e da cor cinza, distante, de Lookout Hill, onde um poste de luz lançava um cone de luz sobre a estrada que seguia além do parque. Ele mal viu tudo isso.

A certa altura, percebeu que seus pensamentos uniam-se ao som que vinha do rio, de um lugar onde uma pedra solitária, que conhecia desde a infância, jazia imperturbável contra a corrente. Deu um longo suspiro e mudou de posição na cadeira, e, quando a sirene soou, ergueu um pouco a cabeça. O som continuou, a curtos intervalos. Na rua, um carro acelerou de repente, como se estivesse esperando justamente por esse sinal.

Algum tempo depois da sirene se calar, o telefone tocou. Por alguns instantes, não se mexeu. Mas então, lembrando-se de Joe e Penny dormindo lá em cima, levantou-se para silenciá-lo.

— Alf, as fábricas estão pegando fogo! — Era Jack Cornish, seu contramestre na equipe de manutenção, a voz estreita e distante como se falasse por um cano.

Alf pestanejou na luz e viu o calendário. No quadrado 30 de agosto, Margaret tinha escrito ANIVERSÁRIO DE DOZE ANOS DE PENNY! Outra vida: onde as pessoas usavam pontos de exclamação em atos de entusiasmo febril, como se a felicidade pudesse ser comandada.

— Alf, está ouvindo?

Aqueles idiotas, pensou Alf, aqueles malditos idiotas estúpidos.

— Alf?

— Estou aqui.

— Os bombeiros acabam de chegar. O corpo de bombeiros de Johnsonville está enviando dois caminhões. Precisamos de mais homens.

Alf sentiu seu coração perfurar suas costelas.

PELO PÁRA-BRISA do Biscayne, ele viu, primeiro, a fumaça turva, avermelhando-se ao encapelar sobre as fábricas. A pista para a Bridge estava bloqueada de veículos. Mangueiras ascendiam de toda parte, raiando o asfalto molhado. Dezenas e dezenas de pessoas, muitas de roupão de banho, haviam se aglomerado sob o muro da arena. Passando a saída da ruela, entreviu as janelas lívidas das fábricas: um andar após outro de fogo, como se estivesse acontecendo uma festa, uma festa de criaturas de fogo, suas leis e língua desconhecidas para os homens, ocupando as salas com suas danças, suas conversas ensurdecedoras.

Não havia lugar onde estacionar, portanto dobrou a esquina, chegando, por fim, ao estacionamento do Escritório Central. Nenhuma chama era visível dali, embora ao sair do carro, desse para ouvir o rugido abafado do fogo, os gritos de homens pedindo mangueiras. A fumaça flamejante do lado mais distante do complexo da fábrica ascendia sobre os telhados chatos, emitindo uma luz sinistra. Tudo o que via — os muros, até mesmo o asfalto da rodovia — parecia prestes a explodir em chamas. Cruzou a rua deserta, alcançando a cerca que margeava a calha. O mau cheiro da lama — o canal havia sido, recentemente, esvaziado, para reparos — misturava-se ao cheiro da fumaça. Rua abaixo, do lado de um carro de bombeiros, vários homens com mangueiras jogavam água em um edifício. Ele caminhou na sua direção, relanceando os olhos para cima de vez em quando, para as janelas das fábricas. Aqui e ali, a fumaça passava pela janela de guilhotina. Ele respirava com dificuldade.

Uma voz chamou sua atenção. Veio de cima, mas apertando os olhos para as janelas superiores, não conseguiu distinguir nada.

A voz, de novo. Parecia ressoar de dentro da sua própria cabeça.

— Você aí! Socorro!

Pondo as mãos na cerca, Alf esforçou-se para ver.

— Traga uma escada!

Gritando rouco, tentando não berrar: a um passo da histeria.

A voz lhe pareceu familiar. Mas quando Alf encontrou a janela, a figura estava semi-oculta por um véu de fumaça. Não conseguiu distinguir quem era.

— Alf! Traga uma escada!

Ele continuou olhando, enfeitiçado. O homem parecia tão pequeno e distante, absurdo nos edifícios amplos e vazios. O que estava fazendo lá? Talvez tivesse algo a ver com o próprio fogo, talvez fosse uma criatura do fogo; ou o espírito sitiado, desesperado, das próprias fábricas, gritando um último pedido de clemência. *E sabia quem Alf era.*

Agora a fumaça derramava-se em volta da figura, que ficou completamente invisível.

Alf virou-se para o parapeito, procurando ajuda. Para o sul, as mangueiras enviavam arcos finos, ineficazes, à fábrica. Não parecia haver alguma escada por ali. Ele teria de dar a volta até os fundos das fábricas pela Bridge Street. Levaria tempo demais. À sua direita, viu a passarela estreita que cruzava a calha até a base do edifício. No outro extremo da ponte, mechas de fumaça enovelavam-se delicadamente na noite; a porta de metal estava entreaberta.

No caminhão, Phil Jones cedeu seu lugar no esguicho da mangueira para outro homem. Suas mãos estavam enrijecidas, sua camisa ensopada por um vazamento na mangueira. Estava de cama, resfriado, quando a sirene tocou. Agora, sentindo-se febril e com frio, e com pena de si mesmo, relanceou os olhos para o norte e viu, na luz das chamas, uma figura amortalhada em um cobertor, atravessando a passarela. Phil observou-a correr — sob o capuz do cobertor, parecia não ter cabeça — e desaparecer na fumaça do lado da fábrica.

62

EM MEADOS DE SETEMBRO, os álamos ao longo do Atta tinham-se tornado amarelos. Suas folhas estremeciam com o mais leve movimento do ar; os reflexos invertidos, apenas visíveis na água escura, sugeriam a presença de outro mundo.

Para Joe, a universidade estava fora de questão, Não tinha conseguido uma bolsa e o novo emprego de sua mãe como balconista na Millie's Dress Nook não era suficiente para sustentar a família, de modo que teve de trabalhar na casa de bebidas. Passava os dias enchendo as prateleiras na sala dos fundos com caixas de Seagram's e Baby Duck — o que preferia a servir no balcão da frente, onde achava que as pessoas ficavam observando-o. Sentia-se envergonhado, como se os eventos que tivessem acontecido com a sua família fossem, de certa maneira, merecidos, o castigo pelo fracasso moral, talvez, por terem tido o pai que tiveram.

A sala dos fundos da loja dava para a água inflexível do Shade. Na margem distante, passando a barragem e o campo de esportes, o arcabouço escurecido das fábricas estava sendo derrubado. O dia inteiro, ele ouvia as explosões quando as bolas de demolição investiam contra os muros espessos e choviam tijolos. Acima das ruínas, bandos escuros de pombos, como lufadas de cinzas, afastavam-se e retornavam freneticamente. Certa manhã, levou um susto ao ver que as fábricas tinham desaparecido.

Tinham encontrado seu pai em um andar de cima, a cabeça envolvida na manta xadrez vermelha.

— A fumaça foi excessiva para ele — Patch Cooper, o chefe do corpo de bombeiros disse a Joe alguns dias depois do incêndio. Disse que um de seus homens havia visto seu pai entrar na fábrica, mas que quando a equipe achou as máscaras e foi atrás dele já era tarde demais. — Não sabemos exatamente por que ele entrou lá. Eu pessoalmente, acho que ele tentava ajudar alguém.

— Talvez tenha sido isso — disse Joe, vagamente.

Patch Cooper fez uma pausa antes de prosseguir.

— Sim. Bem, dois ou três contramestres entraram na Número Seis um pouco antes. Tentavam fechar portas, salvar registros, coisas assim. Talvez um deles tenha ficado em dificuldades e ele tentou ajudar. Pode ser... é claro que a investigação ainda não se encerrou... pode ser que ele tenha feito algo corajoso lá.

O bombeiro evitou seus olhos ao dizer isso, e Joe teve de imaginar qual seria a sua verdadeira opinião. Sabia que Patch Cooper estava ciente, assim como ele, dos rumores que corriam que teria sido seu pai quem começara o incêndio. Ele tentara refutar essa possibilidade, mas o único homem que poderia responder às suas dúvidas não existia mais. Joe ainda se sentia, muitas vezes, hostil a seu pai, como se a sua morte fosse mais uma afronta. Ele andava na rua e uma voz dentro dele não parava de fazer uma pergunta — *Por que fez isso, não deveria nunca ter entrado lá, por que não pensou em nós, por quê?* — que esbarrava somente com um silêncio profundo como uma espécie de inverno.

Alguns dias depois de seu encontro com Patch Cooper, dois detetives da polícia foram à sua casa. Sentaram-se no sofá com seus cadernos de notas, e entrevistaram Joe e Margaret. Estavam tentando definir o paradeiro de Alf na noite do incêndio. Aparentemente, alguém alegara ter visto o Biscayne perto das fábricas uma hora mais ou menos antes do alarme ser ligado.

— O que exatamente está insinuando? — perguntou Margaret, indignada. Joe, sentado do lado, observou-a aprumar o corpo. Ela tinha envelhecido, achou, seu rosto se tornara severo, os olhos brilhantes demais nas órbitas fundas.

Um dos detetives, o de fala mais macia, disse que não estavam sugerindo nada. Queriam apenas amarrar os dados soltos.

— Acho que já foi o bastante — disse ela, levantando-se abruptamente.

- Sei que tem sido difícil para a senhora, Sra. Walker.

— Não sabe nada — replicou ela.

Como os policiais continuaram sentados, ela saiu da sala.

— Tenho mais uma pergunta — disse o outro detetive a Joe. — Na noite do incêndio, depois de seu pai voltar do hospital, ouviu-o sair de casa de novo?

Franzindo o cenho, Joe relanceou os olhos para o tapete. Tinha ouvido o Biscayne partir, mas não fazia a menor idéia da hora.

— Não — disse ele. O detetive manteve o olhar por alguns segundos enquanto Joe, a boca seca, o enfrentou.

Depois, encontrou sua mãe na horta, adubando furiosamente a plantação de tomates com uma enxada. Quando Joe se aproximou, ela gritou a plenos pulmões:

— Eles não sabem de nada. Seu pai... — Interrompeu-se e, por um momento, algum outro pensamento dominou seu olhar, suas feições que agora pareceram suaves e estranhamente amorfas. Ele tentou abraçá-la, envolvendo, desajeitadamente, também a enxada. Depois de um minuto, ela endireitou o corpo e se afastou.

— Está tudo bem — disse ela. — Vamos entrar.

DEZ DIAS DEPOIS do incêndio, Jamie acordou, e em mais alguns dias estava bem o suficiente para ir para casa. A têmpora ainda apresentava vestígios amarelados, que se contraíam, de seu ferimento, e ele parecia lento e distraído. Quando Margaret lhe contou o que aconteceu com seu pai, ele ficou muito quieto. Um minuto depois, pediu para ver televisão.

Não tinha vontade de sair para brincar. Querendo despertar seu interesse, Joe lhe deu seu antigo arco de fibra de vidro e três flechas novas, com belas penas. Uma tarde, da janela de seu quarto, viu Jamie à margem do rio, apontando o arco para a outra margem. Não tinha força suficiente para puxar toda a corda, mas a flecha que disparou atravessou o Atta, um lampejo laranja, e desapareceu na vegetação de Lookout Hill. Joe quase gritou da janela — aquelas flechas eram caras —, mas alguma coisa na maneira extasiada como seu irmão baixou o arco e olhou para a colina o conteve, e ficou em silêncio enquanto Jamie arremessava o restante das flechas para a outra margem do rio.

Foi difícil para Penny. No cemitério, ela se separara de sua mãe e correra para o caixão que Joe e outros homens carregavam para o túmulo. Ultimamente, ela parecia tomada de uma urgência de fazer alguma coisa. Estava freqüentemente ocupada em seu quarto, sua mesa uma bagunça de papel e tintas e pedaços de sabão. Fez uma figura de *papier mâché*, de setenta centímetros de altura, com um casaco preto e um rosto grotesco que ela disse a Joe ser Johnny North. Às vezes, por alguns segundos, seu pai parecia estar olhando para ele com os olhos dela, fazendo algum pedido — que o reconhecesse? de ajuda? Joe não sabia.

Gradativamente, a cada dia, uma certa normalidade foi se estabelecendo na casa. Mas à noite aconteciam os gritos repentinos, os ruídos dos pés de seu irmão ou de sua irmã no corredor, indo para o quarto de sua mãe. Jamie só conseguia dormir se alguém sentasse do seu lado, tarefa que Joe assumia com freqüência. Uma noite, enquanto Jamie se mexia e ficava abrindo os olhos para ver se seu irmão continuava ali, Joe sentou-se no chão do quarto, recostado na parede, relendo as cartas de Anna à luz da lanterna. Em agosto, ela tinha escrito para dizer que ia dividir um apartamento com duas garotas inglesas, deleitando-se com o fato de acordarem toda manhã com o cheiro de pão fresco da loja embaixo. Quanto a Joe ficar com ela, parecia, na melhor das hipóteses, ambígua. Escrevia que sentia saudades dele, mas seu prazer em sua nova vida fazia com que ele tivesse dúvidas.

Ele tinha-lhe escrito sobre o incêndio, omitindo qualquer detalhe muito específico. Sobre seu pai, disse apenas que tinha morrido tentando salvar outro homem. De certa maneira, ficava contente por ter infortúnios a contar. Sentia que conquistara o direito de seu afeto. Ao mesmo tempo, esses eventos o enchiam de vergonha.

Dois dias depois de ele enviar essa carta, havia outro envelope azul aguardando-o no correio. O pai dela, disse, tinha-lhe contado o que acontecera. *Oh, Joe, meu querido Joe, é terrível!* Imediatamente, foi tomado pelo calor de sua simpatia. Tinha-lhe escrito um poema, que, como todos os seus poemas, ele logo decorou. Era sobre a última noite juntos: o pátio da igreja onde tinham caminhado no vento. Ela estivera mais ciente da pungência desse momento do que ele tinha percebido.

Ele ia ao correio diariamente. No começo de outubro, chegou outra carta. Levou-a para o pequeno parque, no final da avenida principal, perto do monumento da guerra. Sentando-se no degrau atrás do monumento, suas costas apoiadas na pedra fria, leu suas notícias. Estava estudando alemão, e tinha passado o fim de semana visitando Chartres. Depois de vários parágrafos sobre a catedral, mencionou Doug, um amigo americano.

> Ele se especializou em filosofia, tem interesse em Sartre. Sabe, aqui, vê-se realmente Sartre quase todo dia, andando para seu café preferido. Ele parece-se com um gnomo de jardim. Tem estrabismo. Parece estar olhando para coisas que ninguém vê, que assusta uma parte insensata dele. Doug está tentando reunir coragem para falar com ele.
>
> Joe, não acho que poderei ir a Attawan para o Natal. Não podemos arcar com a viagem, e, evidentemente, sem as fábricas, meu pai está providenciando para retornar à França. Prometeram-lhe seu antigo cargo de novo. Mas quero que saiba como o tempo que passamos juntos foi importante para mim...

Ele pôs as folhas de lado. No muro arranhado do antigo Capitol Theater, cartazes desbotados de filmes muito antigos mal eram visíveis, inclusive a imagem de um tigre imenso com uma língua vermelha. Ele não fazia idéia de quem era Sartre.

NESSA NOITE, DEPOIS DO JANTAR, ele foi dar uma volta ao longo do Atta. Andando devagar, chegou à barragem e, por um tempo, sentou-se na ribanceira olhando a escuma rala de água descendo rápido sua face comprida e inclinada. Acima, a beira do açude aproximava-se da orla com uma quietude cristalina antes de deslizar. Ele tinha estado pensando em Anna. Mas quando uma libélula morta deslizou no lago, teve uma consciência tão forte de seu pai que ficou sem fôlego. Esse era o lugar que seu pai conhecera — tinha nadado e patinado ali quando menino; seu pai tinha sido impregnado por esse lugar, assim como Joe. Sabia o que tinha visto e sentido ali, porque era capaz de vê-lo e senti-lo também.

Então, com uma brisa fria vinda do Atta, tudo mudou. O que sabia, realmente, sobre seu pai? O que poderia saber agora sobre o que havia por trás de seus olhos, por trás de seus silêncios? Joe olhou na direção da correnteza, onde encapelava-se sobre uma bicicleta enferrujada, coberta de plantas, e experimentou o calafrio da perda irrecuperável.

Durante os dias seguintes, uma fraqueza infectou seu corpo. Só queria ficar deitado, sem ler, sem escutar rádio, somente cochilando e despertando. As árvores amarelas de Lookout Hill ocupavam quase toda a sua janela. Seu olhar vagueava para um ponto de um rosa alaranjado sutil — talvez um carvalho jovem — mais ou menos no meio da colina. A primeira coisa que fazia pela manhã era fixar a vista nessa árvore, aborrecendo-se se a névoa obscurecesse a visão. Ao entardecer, observava, com um interesse febril, ela dissolver-se no escuro. Ele não tinha idéia de por que a árvore o atraía tanto; mas, uma manhã, quando percebeu que um vento forte tinha derrubado quase todas as suas folhas, ficou confuso.

Sua mãe, geralmente, ao chegar do trabalho, ia vê-lo e contar as novidades do dia. E Penny gostava de lhe levar as refeições, por menos que ele comesse. Ela tinha começado a adotar as maneiras animadas de Margaret, conversando, sentada à beira da cama, sobre a escola. Uma tarde, ela lhe levou uma figura pequena, esculpida em sabão caseiro. Era a figura de um jovem com um bastão de hóquei na mão, de cerca de sete centímetros de comprimento. Enquanto Joe o girava na mão, Penny esperava tensa.

— É você — gritou, por fim, ofendida por ele não ter adivinhado. — Lembra-se de quando fomos todos patinar acima da represa? — E ele lembrou-se do jogo de hóquei naquele dia de liberdade de céu azul. Ela o tinha esculpido patinando sozinho, corrente acima, a cabeça curvada, o bastão pendendo, ociosamente, de cabeça para baixo. Ela tinha captado a curvatura de seus ombros, e sua velha jaqueta com a manga rasgada, e mais alguma coisa, algo indefinível que era ele. Ficou abismado, ela só tinha 12 anos, e lembrou-se dela e suas amigas, suas vozes ecoando, enquanto ele patinava para as corredeiras. Viu, de novo, a raposa, seu rabo comprido oscilando.

Cerca de uma semana depois, começou a fazer pequenas incursões pela casa. Um domingo de manhã, quando os outros estavam na igreja, aventurou-se a sair. Tudo era novo e brilhante, quase doloroso de se olhar — a vegetação do quintal, revivendo depois de um verão de seca, o sol refulgindo na ponte de Lion's Park. Ainda se sentia fraco, inseguro de suas pernas, e também frágil em outro sentido, como se a pouca coragem que sentia para esse passeio pudesse desaparecer em um instante. Logo sua mente foi tomada de um pânico inominável, como se o futuro tivesse deixado de existir. Quando deslocou um pé, quase esperou não pisar em nada. Tinha de ficar alerta, tinha de se concentrar, evitar ser destruído.

No primeiro dia, foi até o coreto no parque, onde se sentou relaxando ou, pelo menos, fingindo relaxar, antes de retornar para casa. Alguns dias depois, sentindo-se mais forte, atreveu-se a uma caminhada mais longa. Passou pela represa, seguindo a orla da floresta que contornava os campos da fazenda de Wiley. Embora um pouco tonto, começou a se mover mais rápido, estendendo o passo, balançando os braços. Mas então, parando para respirar em um bosque de pinheiros, começou a suar. Todo o seu medo retornara, com toda a força. O céu era imenso demais, toda distância vasta demais.

Olhou para a colina comprida, para onde os campos coroavam contra o céu. Era o caminho mais curto para casa, percebeu, atravessando reto os campos e transpondo a colina — muito mais rápido do que retroceder pela floresta. Os campos não eram arados fazia algum tempo e estavam cobertos de ervas daninhas, com afloramentos de vara-de-ouro, chicória, e outras. Ao alcançá-los, achando que nunca conseguiria atravessá-los (ficavam longe demais, expostos demais), um vento desceu a colina. Introduziu-se na relva ressecada e nas ervas, fazendo suas cabeças curvarem, até atingi-lo. Esse vento, para sua surpresa, era quente. O dia estava frio, mas um vento quente o percorria, tocando seu rosto, envolvendo-o com o calor, movendo as plantas e galhos à sua volta. Em seu peito, algo pareceu se romper.

Não soube o que aconteceu em seguida. Em toda a sua vida, ao pensar nisso, nunca compreendeu. Mas quando voltou a si, estava no cume da colina, duzentos metros de onde estava há pouco. Não fazia idéia de como chegara lá; era como se tivesse atravessado os campos em um sonho ou como se algum poder — o próprio vento, talvez — o tivesse pego e colocado no alto da colina árida, na beira herbosa de uma antiga senda.

Percebeu que estava chorando, contente e sem cerceamento, soluçando como uma criança. Estava sentado no chão com as pernas estendidas, como uma criança em um quadrado de areia, perplexa com tudo o que via. Lá embaixo, à margem do rio, algumas folhas de álamo refulgiam. Nuvens navegavam acima, uma frota com velas com brasões, enfunando para o oeste. O rabo ereto e branco de um cervo desapareceu sobre a colina. Normalmente, ficaria surpreso ao ver um cervo, mas agora, tudo era um milagre. Um bando de estorninhos passou vibrando com um zunido de asas que ele sentiu em seu peito.

Uma garça solitária lançou-se da beira da água, suas asas remando no ar ao avançar acima da cidade.

Ele estava se balançando, em um movimento vital, antigo, para confortar a si mesmo, embora o conforto parecesse não vir somente dele. Olhando encosta abaixo, até o rio, sabia que fazia parte de tudo aquilo. Isso o mantinha quieto. Sabia que prosseguiria, quisesse ou não; seria levado, pelo que quer que o tivesse levado até essa colina, pelo que quer que movesse as nuvens e os pássaros e as folhas se agitando em uma árvore próxima. Mas também, ele *queria* prosseguir. Estava nele de novo o desejo de prosseguir, por mais fraco, infeliz ou temeroso que estivesse, e isso provocou-lhe tanto dor quanto alegria, por que sabia, agora, para onde a vida se movia. No entanto ele a queria de qualquer maneira. Queria porque a queria; não havia outra razão. Ele estava vivo.

AGRADECIMENTOS

A estrofe do poema de John North, na página 342, foi extraída do poema de Bobby West, ribeirinho excêntrico e artista de variedades de Paris, Ontario, que morreu em 1941. Originalmente publicado no *Paris Star*, o poema foi reproduzido na soberba história local de D. A. Smith, *At the Forks of the Grand*, impressa privadamente em 1956.

Exceto os personagens de Johnny North, baseado em Bobby West, e Abraham Shade, parcialmente baseado em Hiram Capron, o fundador, nascido em Vermont, de Paris, Ontario, esta é uma obra de ficção. Qualquer semelhança entre os outros personagens e pessoas reais vivas ou mortas são inteiramente acidentais.

Desejo agradecer ao Ontario Arts Council o subsídio a Works in Progress, 2000.

Este livro foi composto na tipologia Minion,
em corpo 11,5/16,5 e impresso em papel
off-white 80g/m² no Sistema Cameron
da Divisão Gráfica da Distribuidora Record.